Oscar bestsellers

di George R.R. Martin

nella collezione Oscar

Il Drago di Ghiaccio
Il Pianeta dei Venti (con Lisa Tuttle)
Le torri di cenere

LE CRONACHE DEL GHIACCIO E DEL FUOCO

Il Trono di Spade
Il Grande Inverno
Il Regno dei Lupi
La Regina dei Draghi
Tempesta di Spade
I fiumi della guerra
Il Portale delle Tenebre
Il Dominio della Regina
L'ombra della profezia
I guerrieri del ghiaccio

Libro primo - *Il Trono di Spade e Il Grande Inverno*
Libro secondo - *Il Regno dei Lupi e La Regina dei Draghi*

nella collezione I Massimi di Fantascienza

I re di sabbia

nella collezione Omnibus

La danza dei draghi
I fuochi di Valyria

GEORGE R.R. MARTIN

Le cronache del Ghiaccio e del Fuoco

IL REGNO DEI LUPI

Traduzione di Sergio Altieri

OSCAR MONDADORI

Titolo originale dell'opera: *A Clash of Kings Book Two of a Song of Ice and Fire*

I edizione I Massimi della Fantascienza giugno 2001
I edizione Oscar bestsellers luglio 2002

ISBN 978-88-04-50796-3

Questo volume è stato stampato
presso Mondadori Printing S.p.A.
Stabilimento NSM - Cles (TN)
Stampato in Italia. Printed in Italy

Cartine di James Sinclair

Anno 2013 - Ristampa . 24 25 26 27 28

Il Regno dei Lupi

A John e Gail
per il desco che abbiamo condiviso

Nord
COSTA
CONGELATA
Foresta Stregata
BARRIERA
Torre delle ombre
Castello Nero
Forte orientale
BAIA DI GHIACCIO
BAIA DELLE FOCHE
Isola dell'Orso
Ultimo fiume
Karhold
Foresta del Lupo
Forte Terrore
N
Grande Inverno
Coltello bianco
Strada del Re
Piazza di Torrhen
TERRA DELLE TOMBE
Porto Bianco
Capo della Vedova
Moat Cailin
INCOLLATURA
BAIA DEL MORSO
Torre delle Acque grigie
Arcipelago delle Tre Sorelle
Le Dita
Isole di Ferro
Torri Gemelle
Seagard
Forca Verde
Forca Blu
Nido dell'Aquila
Porta insanguinata
VALLE DI ARRYN
Delta delle Acque
Forca Rossa

Sud
Arcipelago delle Tre Sorelle
Le Dita
Strada del Re
Forca Verde
Isole di Ferro
Seagard
VALLE DI ARRYN
Forca Blu
Nido dell'Aquila
Pyke
Porta insanguinata
Città del Gabbiano
Forca Rossa
Tridente
Tumblestone
Delta delle Acque
Baia dei Granchi
Harrenhal
Occhio degli Dei
Zanna Dorata
Strada del Re
Castel Granito
Roccia del Drago
Lannisport
Strada dell'Oro
Rapide nere
Approdo del Re
ALTOPIANO
Strada del Mare
N
Boschi del Re
Strada delle Rose
Isola di Tarth
Mander
Capo Tempesta
GOLFO DEI NAUFRAGI
Alto Giardino
Terre Basse di Dorne
Bosco delle Piogge
Capo Furore
MARE DI DORNE
Vecchia Città
Stelle al Tramonto
DORNE
Braccio spezzato
Lancia del Sole

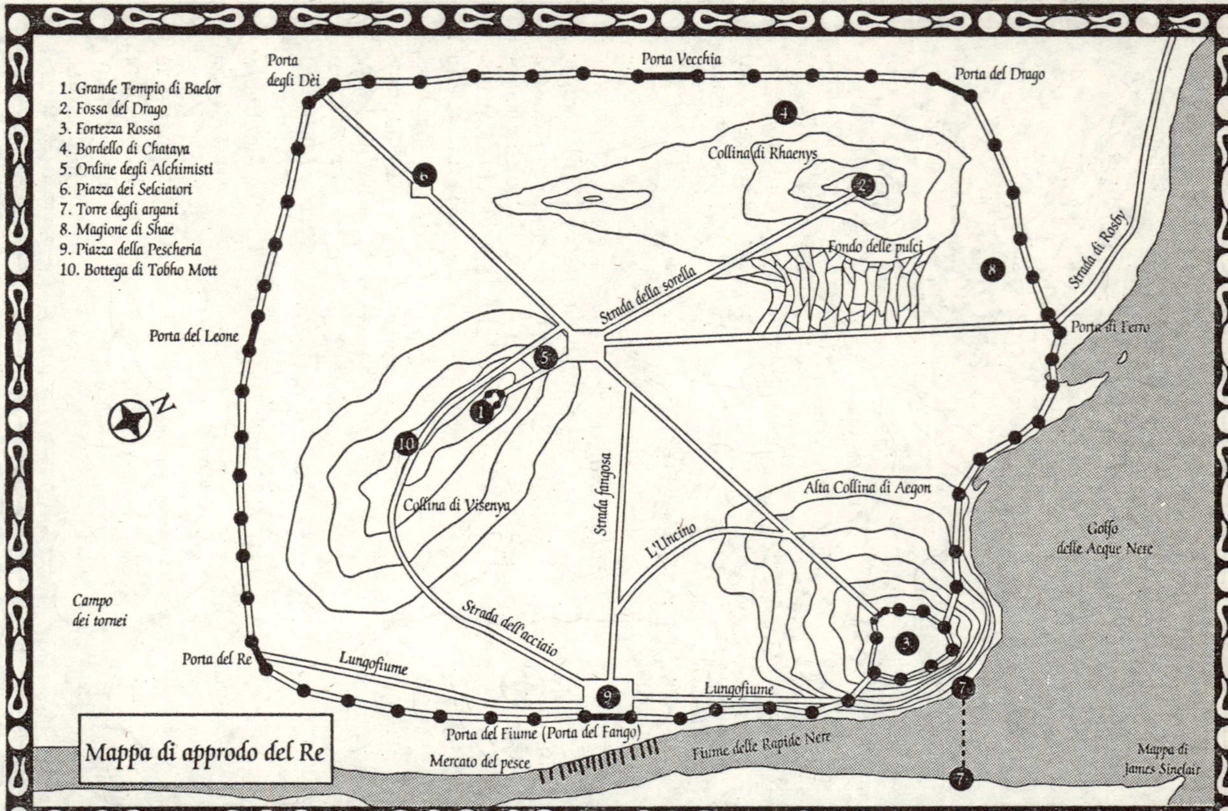
Mappa di approdo del Re
1. Grande Tempio di Baelor
2. Fossa del Drago
3. Fortezza Rossa
4. Bordello di Chataya
5. Ordine degli Alchimisti
6. Piazza dei Selciatori
7. Torre degli argani
8. Magione di Shae
9. Piazza della Pescheria
10. Bottega di Tobho Mott
Porta degli Dèi
Porta Vecchia
Porta del Drago
Collina di Rhaenys
Fondo delle pulci
Strada della sorella
Strada di Rosby
Porta di Ferro
Porta del Leone
N
Collina di Visenya
Strada fangosa
L'Uncino
Alta Collina di Aegon
Golfo delle Acque Nere
Campo dei tornei
Strada dell'acciaio
Porta del Re
Lungofiume
Lungofiume
Porta del Fiume (Porta del Fango)
Mercato del pesce
Fiume delle Rapide Nere
Mappa di James Sinclair

PROLOGO

La lunga chioma della cometa lacerava l'alba, un rosso squarcio sanguinante sugli aspri artigli di granito della Roccia del Drago, come una ferita nel cielo dalle sfumature cremisi e violette.

Maestro Cressen rimase immobile sulla balconata spazzata dal vento su cui davano le sue stanze. Era là che arrivavano i corvi messaggeri, al termine di un lungo volo. I loro escrementi punteggiavano i doccioni alti dodici piedi che torreggiavano ai lati dell'anziano sapiente: rappresentavano un cerbero e un grifone, due dei minacciosi bassorilievi che incombevano a migliaia dalle mura dell'antica fortezza. Al suo arrivo alla Roccia del Drago, molto tempo prima, quell'esercito di mostri di pietra l'aveva messo a disagio ma, con il passare degli anni, si era abituato a loro, fino a considerarli vecchi amici. Il saggio, il cerbero e il grifone continuarono a scrutare insieme il cielo, gravati da uno strano presentimento.

Maestro Cressen non credeva nei presagi. Eppure... mai, in tutta la sua lunga vita, aveva visto una cometa brillare con tanta intensità, né mai ne aveva vista una di quel terribile colore, il colore del sangue, delle fiamme e del tramonto. Si domandò se i doccioni avessero mai visto niente di simile. Loro erano là fuori a frugare i cieli da talmente tanto tempo prima di lui, e avrebbero continuato a farlo anche una volta che lui se ne fosse andato. Se solo le loro lingue di pietra avessero potuto parlare...

"Che assurdità" pensò appoggiando le mani al parapetto, le onde dell'oceano che ruggivano sotto di lui, la nera pietra scabra al tocco delle sue dita. "Doccioni che parlano e profezie nel cielo. Un uomo così vecchio che si spaventa come un bambino." Forse che un'intera esistenza di saggezza conquistata con dura fatica fosse svanita insieme alla sua salute e al suo vigore? Che cosa era mai diventato – lui, un maestro educato e investito nella grande Cittadella di Vecchia Città – se permetteva alla superstizione di riempirgli la mente come a un contadino ignorante?

Eppure... eppure... ora la cometa era visibile anche in pieno giorno. Il chiarore della sua chioma filtrava attraverso i vapori lividi che si levavano dalle roventi bocche eruttive del monte del Drago. E il giorno prima, proprio il giorno prima, un corvo bianco aveva portato il messaggio direttamente dalla Cittadella. Quel messaggio atteso ormai da lungo tempo – ma non per questo meno carico di minacce – che annunciava l'imminente fine dell'estate.

Presagi, certo, tutti quanti. Troppi, però, per essere ignorati. "Qual è il significato di tutto ciò?" Maestro Cressen avrebbe voluto abbandonarsi al pianto.

«Maestro, abbiamo visite.» Pylos parlò in tono sommesso, quasi temendo di disturbare le sue solenni meditazioni. Se avesse immaginato quali tarli riempivano la testa del vecchio, avrebbe sicuramente gridato. «La principessa vorrebbe vedere il corvo bianco.»

Preciso come sempre, Pylos adesso la chiamava "principessa", poiché il lord suo padre era ormai re. Re di una montagna fumante sperduta in mezzo al grande mare salato. E tuttavia, pur sempre un re.

«C'è il suo giullare con lei» aggiunse Pylos.

L'anziano maestro voltò le spalle all'alba, una mano in appoggio sul grifone per mantenersi eretto. «Aiutami a sedermi e poi falli entrare.»

Pylos lo prese sottobraccio e lo accompagnò nelle sue stanze. In gioventù, Cressen camminava a passo svelto. Ormai, però, si stava avvicinando agli ottant'anni e le sue gambe erano diventate incerte, fragili. Due anni prima, era rimasto vittima di una caduta, fratturandosi un'anca che non si era più del tutto rinsaldata. L'anno precedente, quando si era ammalato, la Cittadella aveva inviato Pylos da Vecchia Città, questo appena pochi giorni prima che lord Stannis Baratheon vietasse l'accesso all'isola... Perché Pylos lo aiutasse nelle sue fatiche, avevano detto, ma Cressen era consapevole della verità: alla sua morte, Pylos avrebbe preso il suo posto. Non che la cosa lo turbasse: qualcuno doveva pur sostituirlo, e forse anche prima di quanto a lui sarebbe piaciuto...

Cressen lasciò che il più giovane maestro lo facesse accomodare tra i suoi libri e i suoi documenti, poi gli comandò: «Falla entrare, Pylos. Non sta bene fare aspettare una lady».

Agitò la mano, un flebile gesto di fretta da parte di un uomo per cui la fretta era ormai un remoto ricordo. La pelle di Cressen era raggrinzita, macchiata e, sotto la superficie incartapecorita, si disegnava distintamente l'intrico azzurrognolo delle vene e s'indovinavano i rilievi delle ossa diventate fragili. E quanto tremavano quelle sue mani un tempo così forti, così sicure...

Quando Pylos rientrò, la ragazzina lo seguiva, timida come sempre. Dietro di lei, trascinando i piedi e saltellando in quel suo incedere bizzarro e un po' sghembo, veniva il giullare. In capo portava un finto elmo da battaglia, ricavato da un vecchio secchio di latta su cui erano state applicate corna di cervo con appese manciate di campanelle che, a ogni passo, tintinnavano, ognuna con una voce diversa: "cling-a-dang", "bong-dong", "ring-a-ling", "clong clong clong".

«Chi viene a visitarci così di buon'ora, Pylos?» domandò Cressen.

«Siamo io e Macchia, maestro.»

Due ingenui occhi azzurri ammiccarono nei suoi. Quello della principessa, purtroppo, non era un viso grazioso: la mascella quadrata del padre e le sfortunate orecchie della madre andavano ad aggiungersi a ulteriori malformazioni, retaggio di una brutale malattia contratta quando ancora era nella culla, che per poco non le era costata la vita e l'aveva lasciata sfigurata. Per metà di una delle sue guance e giù, lungo il collo, la pelle della fanciulla era rigida e morta, l'epidermide screpolata, squamata, ricoperta di macchie nere e grigie. Al tocco, pareva di sfiorare la pietra.

«Pylos ci ha detto che possiamo vedere il corvo bianco.»

«Ma certo che potete» rispose Cressen, come se avesse mai avuto la forza di dirle di no. Troppe volte, alla povera creatura, era stato detto di no. Il suo nome era Shireen. Aveva quasi dieci anni, ed era la bambina più triste che maestro Cressen aveva mai incontrato. "La tua tristezza è la mia vergogna, piccola. È un'altra prova del mio fallimento."

«Maestro Pylos, fammi il favore di andare a prendere il volatile dall'uccelliera per lady Shireen.»

«Con piacere.» Pylos era un giovane cortese; non aveva più di venticinque anni, eppure era solenne come un uomo che di anni ne contasse sessanta. Se solo avesse avuto più umorismo, più vita dentro di sé... Di questo c'era bisogno in quel posto. I luoghi tetri volevano levità, non solennità, e quanto a tetraggine, la Roccia del Drago non aveva rivali: una solitaria cittadella nel mezzo della desolazione liquida, assediata da tempeste e dal sale, con l'ombra della montagna fumante incombente sullo sfondo. Un maestro deve andare nel luogo dove viene assegnato, così, dodici anni prima, Cressen era venuto qui per servire il suo signore. E tanto aveva fatto. L'aveva servito, e anche molto bene, ma non era mai riuscito ad amare la Roccia del Drago, non si era mai sentito realmente a casa lì. Negli ultimi tempi, quando si svegliava di soprassalto nel cuore delle tenebre, tormentato da incubi e visioni della donna rossa, spesso non riusciva a capire dove si trovasse.

Il giullare ruotò il capo pezzato per osservare Pylos salire i ripidi gradini di ferro che portavano all'uccelliera. Nel movimento, le campanelle tintinnarono. «Sotto il mare, gli uccelli hanno scaglie invece di penne» cantò accompagnato dal "cling-cling" delle campanelle. «Lo so io, lo so io, oh, oh, oh.»

Perfino per un giullare, Macchia era una vista pietosa. Forse un tempo aveva evocato tuoni di risate con i suoi lazzi, ma il mare gli aveva carpito quel dono, portandogli via metà dell'arguzia e tutta la sua memoria. Era diventato molle e obeso, pieno di ammiccamenti e di tremiti, incoerente la maggior parte delle volte. Ormai, la bambina sfigurata era la sola che rideva dei suoi scherzi, la sola cui importava qualcosa se lui fosse vivo o no.

"Una fanciulla brutta, un giullare triste e un vecchio maestro. Che pietoso terzetto... Ecco una storia strappalacrime." «Siedi qui vicino a me, piccola.» Cressen le fece cenno con la mano di avvicinarsi. «È così presto per le visite, appena spuntata l'alba Dovresti essere al calduccio nel tuo letto.»

«Ho fatto brutti sogni, maestro» gli confidò Shireen. «C'erano i draghi che venivano a mangiarmi.»

Incubi. Per quanto indietro Cressen riandasse con la memoria la bambina ne era sempre stata tormentata.

«Ne abbiamo già parlato più volte» la rassicurò lui gentilmente. «I draghi non possono tornare in vita, sono fatti di pietra, piccola mia. In un tempo molto lontano, la nostra isola era l'avamposto più occidentale del grande dominio di Valyria. Furono i valyriani a erigere questa cittadella, e loro conoscevano modi per scolpire la pietra che da noi sono andati perduti. Un castello deve avere torri per la difesa in ogni punto in cui le mura s'incontrano a formare un angolo. I valyriani configurarono le loro torri in forme di draghi per fare apparire la loro fortezza ancora più minacciosa, lo stesso motivo per cui incoronarono le loro mura con migliaia di doccioni invece che con semplici merlature.» Cressen prese la piccola mano rosa di Shireen nella sua, così grigia e fragile, e la strinse con affetto. «Per cui, vedi, non c'è nulla di cui avere paura.»

«E che cosa mi dici di quella cosa nel cielo?» Shireen non era convinta. «Dalla e Matrissa parlavano, vicino al pozzo. Dalla diceva di aver udito la donna rossa dire alla mamma che la luce nel cielo è il respiro dei draghi. E se i draghi respirano, non significa forse che stanno tornando in vita?»

"La donna rossa." Il solo pensiero suscitò un moto di stizza in Cressen. "Non le basta aver riempito la testa della madre con le sue follie malefiche, deve anche avvelenare i sogni della figlia?" Avrebbe parlato con Dalla, diffidandola con durezza dal diffondere simili storie.

«La cosa nel cielo è una cometa, piccola mia. Una stella con la coda, perduta nel firmamento. Presto se ne sarà andata, e noi non la rivedremo mai più. Aspetta e vedrai.»

Shireen annuì con coraggio. «La mamma dice che il corvo bianco significa che non è più estate.»

«È così, mia lady. I corvi bianchi volano solo dalla Cittadella.»

Le dita di Cressen scivolarono sulla catena che portava al collo, ciascun anello forgiato in un metallo diverso, a simboleggiare la sua conoscenza in un differente campo del sapere. La catena di un maestro: l'emblema del suo ordine culturale. Nell'orgoglio della sua gioventù, non aveva avuto difficoltà a indossarla, ma adesso gli sembrava pesante, il metallo troppo gelido al contatto con la pelle.

«Sono più grossi degli altri corvi, e più intelligenti, allevati per trasportare solo i messaggi più importanti. Questo viene a informarci che il Conclave si è riunito, ha considerato i rapporti e le misurazioni elaborati dai maestri di tutto il reame, e ha dichiarato che la grande estate si è ormai conclusa. Dieci anni, due rivoluzioni e sedici giorni è durata, la più lunga estate a memoria d'uomo.»

«Adesso verrà il freddo?» Shireen era una bambina dell'estate non aveva mai conosciuto il vero freddo.

«Col tempo» rispose Cressen. «Se gli dei saranno generosi, ci daranno un caldo autunno, con abbondanti messi, in modo che ci si possa preparare per l'inverno a venire.»

Il popolino credeva che una lunga estate portasse dopo di sé un inverno ancora più lungo, ma il maestro non vide alcuna ra gione per spaventare la piccola con simili dicerie.

«È sempre estate sotto il mare» intonò Macchia facendo tintinnare le sue campanelle. «Le sirene portano coralli nei capelli e indossano gonne di alghe argentate. Lo so io, lo so io, oh, oh, oh.»

Shireen fece una risatina. «Anch'io voglio una gonna di alghe argentate.»

«Sotto il mare, nevica all'insù» continuò a intonare il giullare. «E la pioggia è secca come vecchie ossa. Lo so io, lo so io, oh, oh oh.»

«Nevicherà?» domandò la bambina. «Nevicherà veramente?»

«Sì, cara» rispose Cressen. "Ma non per anni ancora, questo io prego, e non a lungo." «Ah, ecco Pylos con l'uccello.»

Shireen emise un gridolino deliziato. Perfino Cressen doveva ammettere che l'uccello, bianco come la neve e più grosso di un falco, era davvero impressionante. Gli scintillanti occhi neri indicavano che non era un semplice albino, ma un vero corvo bianco allevato alla Cittadella.

«Qui» chiamò il maestro.

Il corvo distese le ali, spiccò un salto nell'aria e svolazzò rumorosamente per lo studio del sapiente fino ad atterrare sul tavolo accanto a lui.

«Ora mi occuperò della tua colazione, maestro Cressen» annunciò Pylos.

L'anziano annuì. «Questa è lady Shireen» disse all'uccello.

Il corvo fece ondeggiare il capo su e giù, come se s'inchinasse: «Lady» gracchiò. «Lady.»

La bambina esclamò stupefatta: «Ma... parla!».

«Qualche parola. Devi sapere che questi uccelli sono molto intelligenti.»

«Uccello intelligente, uomo intelligente, giullare molto, molto intelligente» esclamò Macchia, tintinnando. «Oh, giullare molto, molto intelligente.» Si mise a cantare: «Le ombre vengono per danzare, mio signore, danza anche tu, mio signore, danza anche tu». Macchia saltellava da un piede all'altro. «Le ombre vengono per restare, mio signore, resta anche tu, mio signore, resta anche tu.» La sua testa sussultava a ogni parola suscitando un clangore di campanelle. Il corvo bianco gracchiò, sbattendo le ali, e andò ad appollaiarsi sul corrimano di ferro della scala che portava all'uccelliera.

«Non fa che cantare quella cosa.» Shireen sembrava atterrita. «Gli ho detto di smetterla ma lui non ascolta. Quel canto mi fa paura, maestro. Fallo tacere.»

"Farlo tacere? E come?" rimuginò il vecchio. "Un tempo avrei potuto farlo tacere per sempre, ma adesso..."

Macchia era giunto da loro da ragazzo. Lord Steffon Baratheon, lode alla sua memoria, lo aveva trovato a Volantis, una delle città libere sull'altra sponda del mare Stretto. Il re, il vecchio re Aerys II Targaryen, che in quei giorni non era ancora diventato completamente folle, aveva inviato il lord a cercare una moglie per il principe Rhaegar, il quale non aveva sorelle con cui convolare a nozze. "Abbiamo trovato il più fenomenale dei giullari" aveva scritto lord Steffon a Cressen quindici giorni prima di tornare a casa dalla sua missione rimasta incompiuta. "È solo un ragazzo, eppure agile come una scimmia e arguto come una dozzina di cortigiani. Sa fare giochi di equilibrismo, conosce enigmi e trucchi magici. Ed è anche in grado di cantare soavemente in quattro lingue diverse. Abbiamo comprato la sua libertà e speriamo di condurlo a casa con noi. Robert ne sarà entusiasta e, chissà, forse col tempo riuscirà perfino a far ridere Stannis."

Cressen si rattristò nel rammentarsi di quella lettera. Nessuno era mai riuscito a far ridere Stannis, men che meno il ragazzo Macchia. La tempesta si era scatenata all'improvviso, ululando, dando al golfo dei Naufragi un'ulteriore conferma del suo funesto nome. L'*Orgoglio dei venti*, il vascello a due alberi di lord Steffon, si era spezzato quando era ormai in vista del castello. Dai parapetti delle mura, i due figli più grandi avevano guardato la nave del padre che andava a schiantarsi contro le rocce, per poi essere inghiottita dalle acque. Cento uomini, tra rematori e marinai, erano calati negli abissi insieme a lord Steffon Baratheon e alla lady sua moglie. Per giorni e giorni dopo il naufragio, ogni marea aveva trascinato sulla spiaggia sotto Capo Tempesta una nuova messe di cadaveri rigonfi e tumefatti.

Il ragazzo era stato restituito dal mare il terzo giorno. Maestro Cressen era sceso insieme agli altri per aiutare a dare un nome ai morti. Quando avevano trovato il giullare, era nudo, la pelle livida e raggrinzita incrostata di sabbia bagnata. Cressen aveva pensato si trattasse di un altro cadavere ma, nel momento in cui Jommy l'aveva preso per le caviglie per portarlo fino al carro delle sepolture, il ragazzo aveva tossito acqua di mare e si era messo a sedere. Fino al giorno della sua morte però, Jommy aveva continuato a spergiurare che la carne di Macchia era gelida come quella di un cadavere.

Nessuno riuscì mai a trovare una spiegazione valida per i due giorni in cui il ragazzo era stato disperso in mare. Secondo i pescatori, una sirena gli aveva insegnato a respirare sott'acqua in cambio del suo seme. Quanto a Macchia, di quei due giorni non aveva mai fatto parola, ma l'arguto, esperto ragazzo di cui lord Steffon aveva scritto non raggiunse mai Capo Tempesta: il ragazzo che trovarono era un'altra persona, provata nel corpo e nella mente, capace a stento di parlare e del tutto incapace di qualsiasi tipo di arguzia. Eppure, il volto del giullare non lasciava dubbi sulla sua identità. Nella città libera di Volantis, era infatti costume tatuare il volto degli schiavi e dei servi: la pelle del ragazzo era tutta istoriata, dal collo alla fronte, a scacchi alternati rossi e verdi.

«Quel disgraziato è un folle sofferente, di nessuna utilità ad alcuno, meno che meno a se stesso» aveva dichiarato il vecchio ser Harbert, in quei giorni castellano di Capo Tempesta. «La cosa più pietosa che potresti fare per lui è dargli una coppa colma di latte di papavero. Un sonno senza dolore e che sia finita. Se fosse in grado di capire, ti benedirebbe per questo gesto.» Ma Cressen aveva rifiutato, e alla fine era stato lui ad averla vinta. Se Macchia si fosse mai rallegrato di quella vittoria, il maestro non poteva dirlo, nemmeno adesso, dopo tutti quegli anni.

«Le ombre vengono per danzare, mio signore, danza anche tu, mio signore, danza anche tu.» Macchia continuò a volteggiare, a far oscillare su e giù la testa, scuotendo quelle campanelle, così martellanti, ossessive. "Bong dong ring-a-ling bong dong."

«Signore» gracchiò il corvo bianco. «Signore, signore, signore.»

«Un giullare canta quello che vuole» disse il maestro all'ansiosa principessa. «Non devi prendere sul serio le sue parole. Domattina potrebbe ricordare un canzone diversa, e questa non la sentirai mai più.»

"Ed è anche in grado di cantare soavemente in quattro lingue diverse" aveva scritto lord Steffon.

Pylos fece nuovamente ingresso nei quartieri di Cressen. «Chiedo scusa, maestro» disse.

«Ti sei dimenticato del porridge» fece Cressen, divertito. Era talmente insolito che Pylos dimenticasse qualcosa.

«Maestro, ser Davos ha fatto ritorno questa notte. Ne stanno parlando nelle cucine. Ho pensato che volessi esserne informato immediatamente.»

«Davos... Questa notte, hai detto? Ora dov'è?»

«Con il re. Sono insieme dal suo arrivo.»

C'era stato un tempo in cui lord Stannis lo avrebbe svegliato, a dispetto dell'ora, per convocarlo e avere il suo consiglio.

«Avrebbero dovuto dirmelo» si lamentò Cressen. «Avrebbero dovuto svegliarmi.» Sciolse le dita da quelle di Shireen e si scusò con lei: «Chiedo perdono, mia lady, ma devo andare a parlare con il lord tuo padre. Pylos, dammi il braccio. Ci sono troppi gradini in questo castello e ho quasi l'impressione che ogni notte ne vengano aggiunti di nuovi, al solo scopo di tormentarmi».

Shireen e Macchia li seguirono fuori. Ben presto, però, la ragazzina divenne impaziente a causa del lento passo del vecchio e corse avanti, il giullare che la seguiva nella sua incessante, folle cacofonia di campanelle.

I castelli non erano luoghi adatti ai fragili. Cressen ne ebbe un'ulteriore conferma nel discendere la scala a chiocciola della Torre del drago marino. Lord Stannis era quasi certamente nella sala del Tavolo dipinto, in cima al Tamburo di pietra, la fortezza principale della Roccia del Drago. Il nome, Tamburo di pietra, veniva dal modo in cui le sue mura antiche risuonavano e rombavano durante le tempeste. Per arrivarci, dovevano attraversare la galleria, passare oltre le muraglie intermedia e interna, con i loro doccioni guardiani e le grate di ferro nero come l'inchiostro, e infine salire altri gradini, molti di più di quanti Cressen potesse permettersi di scalare. I giovani li salivano due alla volta, ma per un vecchio con le anche a pezzi, ognuno di quei gradini era una tortura. Lord Stannis, però, non si sarebbe certo scomodato ad andare da lui, per cui maestro Cressen si rassegnò a quella tormentosa scalata. Per lo meno, aveva Pylos ad aiutarlo, e ciò bastava a rincuorarlo.

Avanzando lentamente lungo la galleria, passarono davanti a una fila di alte finestre ad arco, dalle quali si aveva un'ampia prospettiva sul ponte levatoio, il muro di cinta esterno e il villaggio di pescatori oltre la rocca. Nel cortile, arcieri si stavano addestrando ai comandi "Incocca-tendi-lancia". Il sibilo delle frecce pareva il battito d'ali di uno stormo di uccelli. Sentinelle si spostavano sui camminamenti in cima alle mura osservando, tra un doccione e l'altro, l'esercito accampato all'esterno del castello. L'aria del mattino era opaca per il fumo dei bivacchi. C'erano tremila uomini, là fuori, intenti a consumare il primo pasto della giornata sotto i vessilli dei loro signori. Al di là del grande accampamento, il porto era pieno di navi. A nessuno degli scafi che si erano presentati alla Roccia del Drago durante l'ultimo anno era stato più consentito di riprendere il mare. *Furia,* il galeone da guerra di lord Stannis, tre ponti e trecento rematori, quasi scompariva al confronto delle gigantesche navi da trasporto dalle stive panciute che lo circondavano da tutti i lati.

Le sentinelle di guardia all'esterno del Tamburo di pietra riconobbero il maestro e li lasciarono passare.

«Tu aspetta qui» comandò Cressen a Pylos, una volta che furono entrati. «È meglio che lo veda da solo.»

«È un'altra lunga ascesa, maestro.»

«Credi che non lo sappia?» Cressen sorrise. «Li ho saliti talmente tante volte, questi gradini, da aver dato un nome a ciascuno di loro.»

Ma giunto a metà strada, Cressen si pentì della decisione. Si era fermato a riprendere fiato, sperando che il dolore alle anche si calmasse, quando udì pesanti passi di stivali risuonare contro la pietra. Il maestro alzò lo sguardo e si trovò faccia a faccia con ser Davos Seaworth, che stava scendendo.

Davos era un uomo minuto, il suo basso lignaggio evidente nei suoi lineamenti comuni. Attorno alle spalle, portava una sdrucita cappa di color verde, macchiata da incrostazioni di sale e sbiadita dal sole dell'oceano. Farsetto e brache erano dello stesso marrone dei suoi occhi e dei capelli. Appesa al collo con una cinghia aveva una piccola sacca di vecchio cuoio. C'erano molti fili grigi nel suo pizzetto e un guanto di pelle gli copriva la mano sinistra mutilata.

«Ser Davos, quando sei tornato?»

«Prima dell'alba. L'ora che preferisco.»

Correva voce che nessuno fosse in grado di manovrare un vascello nelle tenebre con la perizia di Davos Manocorta. Prima di essere creato cavaliere da lord Stannis, era stato uno dei più celebri e inafferrabili contrabbandieri dei Sette Regni.

«Con che nuove?»

«È come tu gli avevi detto.» Davos scosse il capo. «Non si solleveranno, maestro. Non per lui. Non lo amano.»

"Né mai lo faranno" rimuginò Cressen. "Lui è forte, capace, giusto... Anche più giusto di quanto la saggezza suggerirebbe. Solo che non è abbastanza, non è mai stato abbastanza."

«Hai parlato con tutti loro, ser Davos?»

«Tutti? No. Solamente con quelli che hanno accettato di ricevermi. Non amano nemmeno me, quei nobili. Per loro, io sono e sempre resterò il "Cavaliere delle cipolle".» La mano sinistra di Davos si chiuse, le dita monche serrate a pugno: Stannis gliele aveva mozzate all'ultima falange, tutte tranne il pollice. «Ho condiviso il pane con Gulian Swann e il vecchio Penrose. I Tarth hanno acconsentito a un incontro notturno in una foresta. Quanto agli altri... be', lord Beric Dondarrion è ancora disperso, c'è chi dice che sia morto. Lord Bryce Caron sta con Renly. Si fa chiamare Bryce l'Arancione, adesso, membro della Guardia dell'arcobaleno.»

«Guardia dell'arcobaleno?»

«Renly ha creato una propria versione della Guardia reale» spiegò il contrabbandiere di un tempo. «La differenza è che questi sette non sono vestiti di bianco. Ciascuno ha un suo colore. Loras Tyrell è il loro lord comandante.»

Era esattamente il genere di stravaganze che piaceva a Renly Baratheon: un nuovo splendido ordine di cavalierato, con paramenti altrettanto splendidi con cui scendere in campo. Sin da ragazzo, Renly aveva amato i colori brillanti e i bei tessuti, così come aveva sempre amato giocare. «Guardatemi!» gridava correndo lungo i corridoi e le sale di Capo Tempesta. «Guardatemi, sono un drago!» o anche: «Guardatemi, sono un mago!» o addirittura: «Guardatemi, guardatemi, sono il dio della pioggia!».

Quell'audace ragazzino dai capelli neri ribelli e dagli occhi ridenti era diventato uomo adesso, nel suo ventunesimo anno, ma non per questo aveva smesso di giocare. "Guardatemi, sono un re" fu il triste pensiero che attraversò la mente di Cressen. "Renly, Renly, caro figlio, ti rendi conto di che cosa stai facendo? E anche se te ne rendessi conto, te ne importerebbe qualcosa? C'è rimasto qualcuno che si preoccupa per te, eccetto me?"

«Che ragioni hanno addotto i lord per il loro rifiuto?» domandò a ser Davos.

«Quanto a quelle, alcuni hanno pronunciato parole delicate, altri parole dure. Altri ancora hanno accampato delle scuse, alcuni promesse, alcuni solo menzogne. Parole...» Davos scrollò le spalle. «Nient'altro che vento.»

«Non gli hai portato alcuna speranza, quindi...»

«Sarebbero solo false speranze» rispose Davos. «E io questo non voglio farlo. Da me, ha avuto la verità.»

Maestro Cressen ricordava bene il giorno in cui Davos era stato creato cavaliere, poco dopo l'assedio di Capo Tempesta. Lord Stannis e una piccola guarnigione avevano resistito nel castello per quasi un anno, combattendo contro gli eserciti congiunti di lord Tyrell e di lord Redwyne. Perfino dal mare erano stati isolati, controllato com'era giorno e notte dalle galee di lord Redwyne che issavano i vessilli color porpora di Arbor. Tra le mura di Capo Tempesta, i cavalli erano stati mangiati da un pezzo, cani e gatti erano scomparsi e la guarnigione ormai era ridotta a cibarsi di radici e di ratti. Poi, in una notte di luna nuova, le stelle nascoste da nubi oscure, Davos il contrabbandiere aveva sfidato, con il favore delle tenebre, il blocco delle ostili navi di Redwyne e le insidiose rocce del golfo dei Naufragi. Il suo piccolo vascello aveva scafo nero, vele nere, remi neri e la stiva strapiena di cipolle e di pesce salato. Poco, certo, eppure sufficiente a mantenere la guarnigione in vita il tempo necessario per permettere a Eddard Stark di raggiungere Capo Tempesta e spezzare l'assedio.

Lord Stannis aveva ricompensato Davos concedendogli buone terre su capo Furore, un piccolo castello e gli onori di cavaliere... ma aveva anche decretato che Davos perdesse una falange di ciascun dito della mano sinistra, come punizione per tutti i suoi anni da contrabbandiere. Davos si era sottomesso, ma solo a condizione che fosse Stannis in persona a impugnare la lama: non avrebbe accettato una simile punizione da mano meno nobile. Il lord aveva usato una mannaia da macellaio, in modo che il taglio fosse preciso e netto. In seguito, per la sua nuova casata Davos aveva scelto il nome Seaworth, Degno del mare. Il suo vessillo era una nave nera su sfondo grigio, con una cipolla sulle vele. Il contrabbandiere di un tempo andava orgoglioso di poter affermare che lord Stannis in fondo gli aveva fatto un piacere: quattro unghie in meno da pulire e da tagliare.

No, capì Cressen, un uomo di siffatto onore non avrebbe avanzato false speranze, né avrebbe cercato di addolcire la verità.

«Ser Davos, la verità può essere un calice amaro dal quale bere, perfino per un uomo come lord Stannis. L'unica cosa a cui pensa è di fare ritorno ad Approdo del Re nel pieno della sua potenza, spazzando via i nemici e reclamando quello che è suo di diritto. Ma adesso...»

«Se porterà questo scarno esercito ad Approdo del Re, sarà solo per essere distrutto. Non ha abbastanza uomini, e io tanto gli ho detto, ma tu conosci il suo orgoglio.» Davos sollevò la mano guantata. «Mi ricresceranno quattro nuove falangi prima che quell'uomo si pieghi alla ragione.»

«Hai fatto tutto ciò che era in tuo potere, Davos» sospirò il vecchio. «Ora, tocca a me aggiungere la mia alla tua voce.»

Maestro Cressen riprese l'estenuante ascesa.

Il rifugio di lord Stannis Baratheon era un'ampia stanza circolare, dalle nude pareti di pietra nera, con quattro alte, strette finestre rivolte ai quattro punti cardinali della bussola. Al centro del salone troneggiava il grande tavolo che gli dava il nome, un blocco massiccio di legno istoriato secondo i dettami di Aegon Targaryen nei giorni che avevano preceduto la Conquista. Il Tavolo Dipinto era lungo oltre cinquanta piedi, largo la metà nel punto più ampio, ma nemmeno quattro piedi in quello più stretto. I carpentieri di Aegon lo avevano conformato a immagine e somiglianza della terra dell'Occidente, intagliando ogni singola baia, affilando ogni singola penisola, fino a eliminare dal contorno del tavolo qualsiasi linearità. Sulla superficie, ormai scurita da oltre trecento anni di verniciature, erano rappresentati i Sette Regni così come erano al tempo di Aegon. Si distinguevano, sul Tavolo Dipinto, fiumi e montagne, castelli e città, laghi e foreste.

C'era un unico scranno nella sala, accuratamente posizionato nel punto preciso che la Roccia del Drago occupava al largo della costa della terra dell'Occidente, in posizione elevata in modo da fornire una visuale completa del piano del tavolo stesso. E, seduto su quello scranno, c'era un uomo che indossava un farsetto di cuoio strettamente allacciato e brache di spessa lana marrone a maglia fitta.

«Sapevo che saresti venuto, vecchio.» L'uomo alzò lo sguardo quando maestro Cressen fece il suo ingresso. «Che io ti avessi fatto chiamare o no.»

Non c'era nessun calore nella sua voce. Raramente c'era.

Stannis Baratheon, lord della Roccia del Drago e, per grazia degli dei, erede di diritto al Trono di Spade dei Sette Regni dell'Occidente, aveva spalle larghe e muscoli scattanti. Il suo volto era perennemente teso, la pelle simile a cuoio battuto dal sole fino a diventare duro come l'acciaio. Duro, era questa la parola che i suoi uomini usavano quando parlavano di Stannis. E, in effetti, così era. Non aveva ancora trentacinque anni, ma dei suoi capelli neri e fini rimaneva soltanto un ferro di cavallo a cingergli le tempie e la nuca come l'ombra di una corona. Suo fratello, il defunto re Robert, nei suoi ultimi anni si era fatto crescere la barba. Maestro Cressen non l'aveva mai vista, ma si diceva che fosse stata una folta, fiera massa di pelo nero. Quasi per reazione, Stannis portava il pelo della sua barba rasato cortissimo, una sorta di ombra nero-azzurra sulla mascella quadrata e sulle guance incavate. I suoi occhi parevano ferite aperte sotto sopracciglia cespugliose, occhi blu scuro come il mare di notte. La bocca avrebbe dato poche soddisfazioni perfino al più divertente e irresistibile dei giullari: una bocca fatta per contrarsi, per corrucciarsi, per impartire ordini perentori, sottili labbra pallide e muscoli sotto tensione. Una bocca che aveva dimenticato il sorriso, e che non aveva mai imparato a ridere. C'erano notti, quando il mondo diventava un luogo immoto e silenzioso, in cui maestro Cressen era pressoché certo di poter udire lord Stannis Baratheon digrignare i denti dalla parte opposta del castello.

«Un tempo mi avresti svegliato» ribatté il vecchio sapiente.

«Un tempo eri giovane. Adesso sei vecchio e malato, e hai bisogno di riposo.» Stannis non aveva mai imparato ad addolcire le parole, né ad attenuarle, né a fare complimenti. Stannis diceva semplicemente ciò che pensava, e chi non gradiva poteva anche essere dannato. «Sapevo che non ci avresti messo molto a scoprire quello che Davos aveva da dire. Ci riesci sempre, non è così?»

«Non ti sarei di alcun aiuto se non ci riuscissi» rispose Cressen. «Ho incontrato Davos sulle scale.»

«E lui ti ha detto tutto, immagino. Avrei dovuto mozzargli la lingua, oltre alle dita.»

«In quel caso, sarebbe stato un emissario di ben scarsa utilità.»

«È stato comunque un emissario di ben scarsa utilità. I lord della Tempesta non si solleveranno al mio fianco. Sembra che io non gli piaccia, e che la legittimità della mia causa non significhi nulla per loro. I vili rimarranno rintanati fra le loro mura in attesa di vedere da che parte soffierà il vento e chi uscirà trionfante. I temerari si sono già schierati con Renly. Con Renly!»

Sputò fuori il nome come se fosse un grumo venefico sulla lingua.

«Ormai da tredici anni tuo fratello è lord di Capo Tempesta. Quei lord sono i suoi alfieri...»

«Suoi!» lo interruppe Stannis. «Quando di diritto dovrebbero essere miei! Non ho chiesto io di avere la Roccia del Drago, né l'ho mai voluta. L'ho presa perché qui erano i nemici di Robert e lui mi ordinò di venire a sconfiggerli. Ho costruito io la sua flotta, fatto io il suo lavoro, ossequioso come un fratello minore deve esserlo nei confronti del maggiore. Così come Renly dovrebbe esserlo nei miei confronti. E invece qual è stato il ringraziamento di Robert? Ha nominato me lord della Roccia del Drago e concesso Capo Tempesta con tutte le sue fortune a Renly. Capo Tempesta appartiene alla Casa Baratheon da trecento anni. Per diritto, quando Robert salì al Trono di Spade, sarebbe dovuto passare a me.»

Era un vecchio contenzioso, sempre profondamente sentito, e mai come in quel momento. Eccolo il cuore del punto debole del suo lord: la Roccia del Drago, per quanto antica e inespugnabile essa fosse, poteva contare solamente sulla lealtà di un pugno di lord minori, le cui isole pietrose erano troppo scarsamente popolate per fornire a Stannis gli uomini che gli servivano. Perfino contando i mercenari che aveva fatto affluire dalle città libere di

Myr e di Lys, al di là del mare Stretto, l'esercito accampato sotto le sue mura restava comunque di gran lunga troppo ridotto per abbattere la potenza militare della Casa Lannister.

«Robert ti ha fatto un torto» rispose cautamente maestro Cressen. «Ma aveva le sue buone ragioni. La Roccia del Drago è stata per molto tempo dimora della Casa Targaryen. Gli serviva un uomo forte per dominare qui e, all'epoca, Renly era solo un bambino.»

«Lo è ancora, un bambino.» La rabbia di Stannis echeggiò nel grande salone vuoto. «Un ladruncolo che crede di potermi strappare la corona dal capo. Che cosa ha mai fatto Renly per meritarsi il trono? Siede nel Concilio ristretto di Approdo del Re e scambia battute con Ditocorto. Ai tornei indossa le sue belle armature e si lascia disarcionare da cavalieri più forti di lui. Ecco chi è mio fratello Renly, lui che è convinto di dover essere re. E ora io ti domando, Cressen, perché gli dei mi hanno inflitto simili fratelli?»

«Non sono in grado di dare risposte per gli dei.»

«Mi sembra che tu non sia in grado di dare alcuna risposta, di questi tempi. Chi è il maestro di Renly? Forse è lui che dovrei mandare a chiamare, credo che i suoi suggerimenti mi piacerebbero molto più dei tuoi. Che cosa pensi avrà detto, il suo maestro, quando Renly ha deciso di sottrarmi la corona? Che genere di consiglio avrà dato, questo tuo collega di sapienza, all'uomo che tradisce il sangue del suo sangue?»

«Maestà, sarei molto sorpreso se lord Renly avesse cercato consiglio da parte di chicchessia.»

Il più giovane dei tre figli di lord Steffon era diventato un uomo di molto coraggio ma di scarso giudizio, il quale agiva seguendo più l'impulso che la ragione. In quello, e non solo in quello, Renly Baratheon era molto simile al fratello Robert, e completamente diverso da Stannis.

«Maestà?» gli fece eco Stannis con acrimonia. «Tu mi deridi rivolgendoti a me con un titolo degno di un re, ma di che cosa sarei re, io? La Roccia del Drago e pochi altri scogli sparsi per il mare Stretto. Eccolo, il mio regno.»

Discese i gradini dello scranno e andò a fermarsi di fronte al Tavolo Dipinto, la sua ombra si proiettò sull'estuario del fiume delle Rapide nere e sulla foresta, che era stata abbattuta, su cui ora sorgeva la città di Approdo del Re. Rimase immobile, meditando sul reame che avrebbe dovuto dominare, così vicino e al tempo stesso così irraggiungibile.

«Questa sera dovrei cenare con i miei lord alfieri, perché tali sono» riprese. «Celtigar, Velaryon, Bar Emmon, l'intera brigata. Una magra brigata, per dirla senza mezzi termini, ma è tutto quello che i miei fratelli mi hanno lasciato. Ci sarà anche quel pirata di Lys, Salladhor Saan, a reclamare quanto gli devo. E Morosh di Myr verrà a mettermi in guardia sulle maree e sulle tempeste autunnali, il tutto mentre lord Sunglass concionerà religiosamente sulla volontà dei Sette. Celtigar vorrà sapere quali lord della Tempesta saranno dalla nostra parte, mentre Velaryon minaccerà di riportare a casa i suoi velieri a meno che l'attacco non venga sferrato immediatamente. Che cosa dirò loro adesso? Che cosa farò?»

«Mio lord, i tuoi veri nemici sono i Lannister» rispose maestro Cressen. «Se tu e tuo fratello poteste trovare il modo di allearvi contro di loro...»

«Non ho alcuna intenzione di venire a patti con Renly» il tono di Stannis non ammetteva replica. «Non fino a quando lui continuerà a proclamarsi re.»

«E allora non Renly» concesse Cressen. Il suo signore era ostinato e orgoglioso. Una volta che aveva preso una decisione, non c'era modo di fargli cambiare idea. «Ma ci sono anche altri che potrebbero fare al caso tuo e sostenerti. Il figlio di Eddard Stark è stato proclamato re del Nord, con pieni poteri su Grande Inverno e su Delta delle Acque.»

«Un ragazzo inesperto» ribatté Stannis. «E un altro falso re. Dovrei forse accettare un reame dimezzato?»

«Un reame dimezzato è sempre meglio di nessun reame» non cedette Cressen. «E se aiutassi il ragazzo a vendicare la morte del padre...»

«Vendicare Eddard Stark? E per quale motivo dovrei farlo? Eddard Stark non significava niente per me. Oh, certo, Robert lo amava tanto. Lo amava come un fratello, quante volte l'abbiamo sentita quella storia commovente? Ero io suo fratello, non Ned Stark, ma mai lo si sarebbe detto considerando il modo in cui Robert mi trattava. Sono stato io a tenere Capo Tempesta per lui, guardando uomini valorosi morire di fame mentre Mace Tyrell e Paxter Redwyne banchettavano sotto le mie mura. E mi ha forse ringraziato Robert? No. Lui ha ringraziato Stark per aver spezzato l'assedio quando noi eravamo ridotti a ratti e radici. Ho costruito una flotta per ordine di Robert, ho preso la Roccia del Drago per ordine suo. Ma lui mi ha forse stretto la mano dicendo: "Ben fatto, fratello, che cosa mai sarei senza di te?". No, mi ha biasimato per aver lasciato che Willem

Darry si portasse via Viserys Targaryen e la bambina infante Daenerys. Come se fossi stato in grado d'impedirlo. Per quindici anni ho fatto parte del Concilio, aiutando Jon Arryn a governare sul suo reame mentre Robert si ubriacava e andava a puttane. E alla morte di Jon, mio fratello ha forse nominato me Primo Cavaliere? Niente affatto: se n'è andato al galoppo dal suo caro amico Ned Stark, offrendo a lui l'onore. E quali grandiosi risultati hanno ottenuto entrambi!»

«Sia pure, mio lord» disse Cressen in tono accomodante. «Grandi torti ti sono stati fatti, ma il passato è ormai polvere e il futuro potrebbe ancora essere tuo se tu unissi le tue forze a quelle degli Stark. Ci sono anche altri che combatterebbero al tuo fianco. Lady Lysa Arryn, per esempio. Se la regina ha davvero assassinato suo marito, di certo lady Arryn vorrà che giustizia venga fatta. Ha un figlio in tenera età, l'erede di Jon Arryn. Se Shireen diventasse la sua promessa sposa...»

«Il ragazzo è debole e malaticcio» obiettò lord Stannis. «Perfino suo padre se ne era reso conto. Per questo mi chiese di prenderlo con me alla Roccia del Drago. Farlo servire come paggio avrebbe forse potuto raddrizzarlo, ma la maledetta donna Lannister ha fatto avvelenare lord Arryn prima che la cosa fosse decisa. E adesso Lysa se lo tiene stretto al Nido dell'Aquila. E mai si separerà da quel ragazzino, te lo posso garantire.»

«E allora bisogna mandare Shireen al Nido dell'Aquila» continuò a insistere Cressen. «La Roccia del Drago è un luogo tetro per una fanciulla. E che con lei vada anche il suo giullare, in modo da lasciarle vicino un viso noto.»

«Noto e orribile» la fronte di Stannis si aggrottò. «Però... forse varrebbe la pena di tentare...»

«Il signore di diritto dei Sette Regni che implora l'aiuto di vedove e di usurpatori?» La voce della donna parve lo schioccare di una frusta.

Maestro Cressen si voltò, chinando il capo, detestando se stesso per non averla udita entrare.

«Mia lady.»

«Io non imploro nessuno» reagì duramente Stannis. «Questo non dimenticarlo mai, donna.»

«Sono lieta di sentirlo, mio lord.»

Lady Selyse era alta quanto il marito, esile nel corpo e nel viso, con grandi orecchie prominenti, naso a becco e appena un visibile accenno di peluria sul labbro superiore. Selyse la estirpava ogni giorno, e ogni giorno la malediceva, ma quella peluria si ostinava a riapparire. Aveva occhi spenti, la bocca dura, una voce come uno scudiscio. La fece schioccare di nuovo.

«Lady Arryn ti deve la sua fedeltà. E lo stesso vale per gli Stark, per tuo fratello Renly e per tutti gli altri. Sei tu l'unico vero re. E non sarebbe giusto pregare e negoziare con loro per ottenere ciò che ti spetta di diritto per grazia di dio.»

Disse "dio", non "dei". La donna rossa aveva vinto, l'aveva conquistata nel cuore e nello spirito. Le aveva fatto voltare le spalle agli dei dei Sette Regni, vecchi e nuovi, per spingerla ad adorare quello che veniva chiamato il Signore della luce.

«Il tuo dio può tenersela, la sua grazia.» Lord Stannis non condivideva la nuova fede della moglie. «È di spade che ho bisogno, non di benedizioni. A meno che tu non tenga nascosto da qualche parte un esercito di cui ti sei dimenticata di parlarmi.»

Non c'era alcun affetto nel tono del lord della Roccia del Drago. Stannis Baratheon era sempre stato a disagio in presenza delle donne, perfino della sua stessa moglie. Quando era andato ad Approdo del Re a prendere il suo posto nel Concilio ristretto del fratello Robert, aveva lasciato Selyse sull'isola assieme alla loro figlia. Le sue lettere erano state scarse, le visite ancora più rarefatte. Onorava i suoi doveri coniugali una, forse due volte l'anno, senza trarne alcuna gioia. E i figli maschi nei quali un tempo aveva sperato non erano mai arrivati.

«I miei fratelli e zii e cugini hanno eserciti» rispose Selyse. «La Casa Florent marcerà sotto il tuo vessillo.»

«La Casa Florent è in grado di schierare al massimo duemila spade.» Si diceva che Stannis fosse a conoscenza della forza di ogni singola nobile casata dei Sette Regni. «Quanto ai tuoi fratelli e ai tuoi zii, mia lady, tu hai molta più fiducia in loro di quanta ne abbia io. Le terre dei Florent sono troppo vicine ad Alto Giardino perché il lord tuo zio voglia davvero rischiare di incorrere nell'ira di Mace Tyrell.»

«C'è un altro modo.» Lady Selyse si avvicinò a lui. «Guarda dalla finestra, mio signore. Ecco il segno che stavi aspettando, lassù che splende. È rosso, il segno, il rosso della fiamma, il rosso del cuore infuocato dell'unico vero dio. È il suo vessillo... e anche il tuo! Guarda come si distende nei cieli come il fiato rovente di un drago, e tu ora sei il signore della Roccia del Drago. Significa che il tuo momento è arrivato, maestà. Nulla è più certo di questo. Il tuo destino è salpare da questa roccia desolata come già Aegon il Conquistatore fece quando venne il suo momento. Il tuo destino è conquistare tutto, come anche lui fece.

Basta che tu dica la parola, e che tu abbracci il potere del Signore della luce.»

«E quante spade il Signore della luce metterà sotto il mio comando?» domandò di nuovo Stannis.

«Tutte quelle che ti servono» promise la moglie. «Innanzi tutto, le spade di Capo Tempesta e quelle di Alto Giardino, più quelle di tutti i loro lord alfieri.»

«Davos non direbbe la stessa cosa» replicò Stannis. «Tutte quelle spade hanno già giurato fedeltà a Renly. Amano il mio fascinoso fratello minore, così come amavano Robert... e non hanno mai amato me.»

«Certo.» Selyse rimase impassibile. «Ma se Renly dovesse morire...»

Stannis rimase a fissare la sua signora, gli occhi ridotti a due fessure, fino a quando Cressen non fu più in grado di tenere a freno la lingua.

«Pensieri simili non devono albergare nella tua mente, lord Stannis. Per quante sciocchezze abbia commesso Renly...»

«Sciocchezze? Io le chiamerei tradimenti!» Stannis voltò le spalle alla moglie. «Mio fratello è giovane e in forze. Ha un vasto esercito attorno a lui, e anche questi... Cavalieri dell'arcobaleno.»

«Melisandre ha scrutato nelle fiamme» confidò lady Selyse «e ha visto Renly morto.»

«Fratricidio...» Cressen si sentì come soffocare dall'orrore. «Mio signore, ciò è malvagio, è impensabile... Ti prego, ascoltami...»

«E tu che cosa gli consiglierai, maestro?» Selyse lanciò al vecchio uno sguardo colmo di derisione. «Forse come riuscire ad avere metà del regno andando in ginocchio dagli Stark e vendendo nostra figlia a lady Arryn?»

«Ho udito i tuoi consigli, Cressen» lo congedò Stannis. «Ora udrò i suoi. Puoi andare, vecchio.»

Maestro Cressen piegò un ginocchio irrigidito. Nell'andarsene a passo lento da quella stanza troppo vuota, sentì lo sguardo di lady Selyse piantato nella schiena. Quando raggiunse i gradini di pietra alla base della torre, si reggeva in piedi a stento. Allungò una mano verso Pylos.

«Aiutami...» lo implorò.

Tornato nella quiete delle sue stanze, Cressen allontanò il giovane maestro e uscì zoppicando sulla balconata. Tornò tra i suoi due doccioni, a osservare l'oceano. Una delle navi da guerra di Salladhor Saan stava scivolando davanti al castello, la chiglia dipinta a colori vivaci che fendeva le acque plumbee, gli ordini di remi che si alzavano e si abbassavano ritmicamente. Rimase a guardarla fino a quando non svanì dietro un promontorio. "Come vorrei che anche le mie paure potessero svanire con altrettanta rapidità." Aveva vissuto tanto a lungo per assistere a questo?

Nel momento in cui un maestro indossava la catena del suo ordine, abbandonava ogni speranza di avere figli. Eppure, Cressen si era spesso sentito un padre. Robert, Stannis, Renly... tre figli che era stato lui ad allevare dopo che il mare ruggente e impietoso si era portato via lord Steffon. Era stato davvero un padre tanto degenere da essere costretto ora a guardare uno dei figli ucciderne un altro? Non poteva permetterlo, non l'avrebbe permesso.

La donna, era lei la chiave di tutto. Non lady Selyse, l'altra. "La donna rossa" la chiamavano i servi, timorosi anche solo di pronunciare il suo nome.

«Ma io lo pronuncio, il suo nome» disse Cressen al cerbero. «Melisandre. Proprio lei.»

Melisandre di Asshai, maga, evocatrice di ombre, sacerdotessa di R'hllor, il Signore della luce, Cuore del fuoco, dio della Fiamma e dell'Ombra. Melisandre di Asshai, alla cui follia non poteva essere permesso di dilagare al di fuori della Roccia del Drago.

In contrasto con la luminosità del giorno, le stanze del maestro apparivano ora tetre e oscure. Con mani tremanti, il vecchio accese una candela e la portò con sé nel laboratorio sotto la scala per l'uccelliera, dove i suoi unguenti, le pozioni e i medicamenti si allineavano ordinatamente sugli scaffali. Su quello più in basso, dietro tozzi contenitori di creta pieni di erbe, trovò una fiala di vetro color indaco, non più grossa del suo dito mignolo. Quando la scosse, qualcosa rimbalzò dentro di essa. Cressen soffiò via un velo di polvere e portò il piccolo oggetto di vetro fino al tavolo. Il maestro si lasciò cadere sulla sedia, tolse il tappo e rovesciò il contenuto della fiala. Una dozzina di cristalli, delle dimensioni di piccoli semi, si dispersero sulla pergamena che stava studiando e, alla luce della candela, scintillarono come gioielli. Erano di un viola talmente intenso da dare al maestro l'impressione di non aver mai visto il vero colore viola fino a quel momento.

La catena appesa al collo gli parve di colpo molto pesante. Con la punta del mignolo, toccò leggermente uno dei cristalli. "Una cosa tanto piccola, eppure dotata del potere di vita e di morte." Proveniva da una pianta che cresceva solamente nelle isole del mare di Giada, all'altro capo del mondo. Le foglie dovevano essere lasciate invecchiare, quindi andavano immerse in un'essenza composta da cedri spremuti, acqua zuccherata e alcune rare spezie delle Isole dell'Estate. Una volta filtrato, l'estratto andava mescolato con la cenere e lasciato cristallizzare. Era un processo lento e complesso, i cui componenti erano costosi e assai difficili da trovare. Gli alchimisti di Lys ne conoscevano la formula, e anche gli Uomini senza faccia, la confraternita di micidiali assassini di Braavos, la conoscevano... e pure i maestri del suo ordine, per quanto non fosse argomento che veniva discusso al di fuori delle mura della Cittadella. Tutto il mondo era a conoscenza del fatto che un maestro poteva forgiare l'anello d'argento della propria catena solo dopo aver appreso le arti di guarigione. Quello che il mondo preferiva dimenticare era che colui che sapeva come guarire, sapeva anche come uccidere.

Cressen non ricordava più il nome che gli Asshai davano alla foglia, né in che modo gli avvelenatori di Lys chiamavano il cristallo. Nella Cittadella, era semplicemente chiamato "lo strangolatore". Disciolto nel vino, il cristallo viola avrebbe fatto contrarre i muscoli della gola della vittima designata, serrandogli la trachea più saldamente di una mano chiusa a pugno. Si diceva che il volto della vittima diventava dello stesso colore viola del piccolo seme di cristallo che gli dava la morte, ma la stessa cosa accadeva anche a chi soffocava a causa di un pezzo di cibo.

E quella stessa sera, lord Stannis avrebbe banchettato con i suoi lord alfieri, con sua moglie... e con la donna rossa, Melisandre di Asshai.

"Devo riposare" disse fra sé maestro Cressen. "Al calar della notte, devo essere in possesso di tutte le mie forze. Le mani non mi devono tremare, né il coraggio abbandonarmi. È una cosa spaventosa quella che sto per fare, eppure deve essere fatta. Se gli dei esistono, sono certo che mi perdoneranno." Aveva dormito così male, negli ultimi tempi. Un breve sonno lo avrebbe messo in condizione di affrontare la prova che lo aspettava. Lentamente, raggiunse il suo letto. Pur con gli occhi chiusi, continuava a vedere la luce della cometa, rossa, lucente, pulsante come un faro nell'oscurità dei suoi sogni. "Forse è la mia cometa" fu il suo ultimo, annebbiato pensiero prima di scivolare nell'oblio. "Un presagio di sangue, sì... l'annuncio di un assassinio..."

Si risvegliò nel cuore delle tenebre. La stanza attorno a lui era completamente buia e ogni articolazione del corpo gli doleva. Cressen si alzò, la testa che martellava. Brancolò alla ricerca del bastone, mettendosi in piedi in equilibrio incerto. "È così tardi.

Non mi hanno chiamato." Veniva sempre convocato per i banchetti e prendeva posto vicino al sale, alla destra di lord Stannis. Il volto del suo signore fluttuò davanti a lui, non l'uomo che era diventato ma il ragazzo che era stato, in disparte tra le fredde ombre mentre il fratello maggiore brillava nella calda luce del sole. "Qualsiasi impresa Stannis compiva, Robert l'aveva già compiuta prima di lui, e meglio di lui. Povero ragazzo..." Ma ora Cressen doveva affrettarsi. Proprio in nome di quel povero figlio.

Trovò i cristalli viola là dove li aveva lasciati e li raccolse dalla pergamena. Maestro Cressen, non possedeva anelli cavi, del tipo che si diceva usassero gli assassini di Lys. Possedeva però l'abito del suo ordine culturale, dotato di ampie maniche, all'interno delle quali era cucita una miriade di tasche grandi e piccole. Fu in una di esse che celò i semi dello strangolatore. Poi spalancò la porta e chiamò ad alta voce.

«Pylos, dove sei?» Nessuna risposta. Cressen chiamò a voce più alta. «Pylos! Ho bisogno del tuo aiuto.»

E, di nuovo, ci fu solo silenzio. Strano. La cella del giovane maestro si trovava soltanto mezzo giro di scale più in basso, a portata di voce.

Alla fine, Cressen fu costretto a richiamare l'attenzione dei servi. «Fate presto» intimò loro. «Ho dormito troppo. Staranno già facendo festa... e bevendo... Avreste dovuto venire a svegliarmi...»

Ma che cos'era accaduto a maestro Pylos? Proprio non riusciva a capirlo. Fu costretto ad attraversare di nuovo la lunga galleria. Il vento notturno, saturo dell'odore del mare, sussurrava filtrando dalle alte finestre ad arco. Torce balenavano sulle mura della Roccia del Drago e nell'accampamento militare lungo la costa c'erano centinaia di bivacchi accesi, quasi che il cielo stellato fosse caduto sulla terra. Più in alto, rossa e maligna, pulsava la cometa.

"Sono troppo vecchio e troppo saggio per aver paura di un simile prodigio" si disse maestro Cressen.

Le porte della sala grande erano collocate nelle fauci di un drago di pietra.

Aveva detto ai servi di lasciarlo là. Meglio che entrasse da solo, non doveva apparire debole. Appoggiandosi pesantemente al bastone, Cressen salì gli ultimi scalini e superò l'architrave irto di zanne ricurve. Due guardie armate aprirono per lui gli spessi battenti di legno rosso, dando libero sfogo a un'improvvisa esplosione di suoni e di luci. Cressen avanzò dentro le fauci del drago.

Al di sopra del clangore dei piatti e dei coltelli, oltre il brusio delle conversazioni, udì il canto di Macchia e il tintinnare dei suoi campanelli: «... Danza, mio signore, danza, mio signore...». Era la stessa, maledetta nenia di quella mattina. «Le ombre vengono per restare, mio signore, resta anche tu, mio signore, resta anche tu.»

I tavoli al livello più basso erano affollati di cavalieri, arcieri e capitani mercenari che si avventavano su grandi forme di pane da immergere nel loro stufato di pesce. Ma non c'erano, nella sala, gli scoppi di risate né le urla sbracate che turbavano la dignità delle feste di altri nobili. Lord Stannis non permetteva eccessi del genere.

Cressen si diresse verso la piattaforma sulla quale erano accomodati i lord e il loro re, costretto a compiere un ampio giro per cercare di evitare Macchia. Continuando a danzare, le campanelle che tintinnavano senza sosta, il giullare lo non vide né l'udì avvicinarsi. Così, saltellando da un piede all'altro, Macchia finì dritto addosso a Cressen, facendogli perdere il bastone di mano. Caddero ammucchiati uno sull'altro, in mezzo a tutti i festanti, in un groviglio di gambe e braccia. Un'incontenibile ondata di risate si sollevò tutto attorno a loro. Ed erano senza dubbio uno spettacolo comico.

Macchia gli era crollato addosso, coprendolo con la faccia tatuata troppo vicina alla sua. L'elmo di latta, con tanto di corna di cervo e di campanelli, era finito chissà dove.

«Sotto il mare, cadi all'insù» esclamò il giullare. «Lo so io, lo so io, oh, oh, oh.»

Ridacchiando, Macchia rotolò via, si rialzò e fece una specie di balletto. Cercando di incassare con dignità, il maestro fece un debole sorriso e provò a rimettersi in piedi, ma la sua anca gli doleva a tal punto da fargli credere che si fosse fratturata di nuovo. Sentì due mani forti insinuarsi sotto le ascelle e sollevarlo per aiutarlo a tornare in posizione eretta.

«Ti ringrazio, signore...» L'anziano sapiente si voltò per guardare in viso il cavaliere che era venuto in suo aiuto...

«Maestro Cressen.» Nella voce profonda di lady Melisandre, la donna rossa, c'era l'accento musicale del mare di Giada. «Dovresti stare più attento.»

Come sempre, Melisandre era tutta in rosso: indossava un lungo abito di seta frusciante, rosso come il fuoco, con ampie maniche appuntite e un corpetto con profondi tagli che mostravano il tessuto più scuro al di sotto, color rosso sangue. Portava un girocollo d'oro rosso, molto più stretto della catena dei maestri della Cittadella, ornato di un unico, enorme rubino. I suoi capelli non erano del rosso proprio degli uomini o delle donne comuni: avevano sfumature di rame antico che scintillavano alla luce delle torce. Perfino i suoi occhi erano rossi, ma la sua pelle era liscia e bianca, priva di qualsiasi imperfezione, pallida come alabastro. Era snella e aggraziata, Melisandre di Asshai, più alta della maggior parte dei cavalieri, dai seni pieni e la vita stretta, il viso a forma di cuore. E quando gli occhi degli uomini si posavano su di lei, si distoglievano a fatica, perfino gli occhi di un maestro. Molti la consideravano bella, ma Melisandre non era bella. Era rossa. Terribile, e rossa.

«Io... ti ringrazio, mia signora.»

«Un uomo della tua età dovrebbe fare attenzione a dove posa i piedi» lo apostrofò cortesemente Melisandre. «La notte è oscura e piena di terrori.»

Cressen conosceva quelle parole: appartenevano a una delle preghiere del suo credo. "Non ha importanza. Io ho la mia, di fede."

«Solo i bambini hanno paura del buio» ribatté lui ma, mentre pronunciava queste parole, udì Macchia che ricominciava a cantare.

«Le ombre vengono per danzare, mio signore, danza anche tu, mio signore, danza anche tu...»

«Ecco un enigma interessante» commentò Melisandre. «Un furbo giullare e uno sciocco sapiente.» Si chinò a raccogliere l'elmo di Macchia e lo sistemò in testa a Cressen. Le campanelle tintinnarono piano quando l'assurdo copricapo di latta andò a sistemarsi sulle orecchie del vecchio. «Una corona per accompagnare la tua catena, lord maestro.»

Tutto attorno a loro, ci fu un'altra risata generale. Cressen serrò le labbra, cercando di controllare il proprio furore. Quella donna pensava che lui fosse debole e indifeso, ma prima che la notte avesse avuto fine avrebbe imparato la sua lezione. Era un vecchio, certo, ma era ancora un maestro della Cittadella.

«L'unica corona della quale ho bisogno è la verità» rispose Cressen, togliendosi dal capo l'elmo del giullare.

«A questo mondo, esistono verità che non vengono insegnate a Vecchia Città.» Detto questo, Melisandre gli voltò le spalle in un vortice di sete rosse e tornò verso il tavolo al livello più alto, dov'erano seduti lord Stannis e la sua regina. Cressen restituì l'elmo con le corna a Macchia e fece per seguirla.

Seduto al suo posto c'era maestro Pylos. L'anziano sapiente s'irrigidì e rimase a fissarlo senza parole. «Maestro Pylos» disse alla fine. «Tu... tu non sei venuto a svegliarmi.»

«Sua maestà mi ha ordinato di lasciarti riposare.» Quanto meno, Pylos ebbe la buonagrazia di arrossire. «Mi ha detto che la tua presenza qui non era necessaria.»

Cressen passò lo sguardo sui cavalieri, sui capitani, sui lord, che sedevano ammutoliti: lord Celtigar, invecchiato e inacidito, indossava un mantello ornato con disegni di granchi rossi racchiusi a grappoli nelle reti; l'avvenente lord Velaryon aveva scelto sete color verde mare, il fermaglio di oro bianco a forma di cavalluccio marino in tinta con i suoi capelli; lord Bar Emmon, un ragazzo grassoccio di quattordici anni, era ammantato di velluto viola con bordature di pelle di foca bianca; ser Axell Florent si sentiva a proprio agio con indosso una pelliccia di volpe color ruggine; il pio lord Sunglass portava tormaline di luna al collo, ai polsi e alle dita; Salladhor Saan, il capitano pirata di Lys, era un'esplosione di satin scarlatto, oro e gioielli. L'unico a essere vestito con semplicità era ser Davos Seaworth, in farsetto marrone e mantello di lana verde, e ser Davos fu anche l'unico che volle incontrare il suo sguardo, gli occhi pieni di compassione.

«Sei troppo malandato e troppo confuso per essermi di una qualsiasi utilità, vecchio.» Sembrava proprio la voce di lord Stannis, ma non poteva essere, non poteva... «D'ora in avanti, sarà Pylos a consigliarmi. Si occupa già lui dei corvi, visto che tu non riesci più a salire all'uccelliera. Non vorrei che tu finissi nella tomba per servirmi.»

Maestro Cressen ammiccò. "Stannis, mio signore, mio piccolo ragazzo triste, figlio che non ho mai avuto, non fare questo. Non sai quanto ti ho voluto bene, che ho vissuto per te, quanto ti ho amato a dispetto di tutto. Sì, ragazzo, ti ho amato, persino più di Robert e più di Renly, proprio perché eri tu quello che nessuno amava, colui che più di ogni altro aveva bisogno di me." Eppure, la sola frase che disse fu: «Come tu comandi, mio signore, ma... ma ho fame. Posso avere comunque un posto alla tua tavola?». "Al tuo fianco, è quello il mio posto..."

Ser Davos si alzò dalla panca. «Sarei onorato se il maestro potesse sedere qui accanto a me, maestà» disse.

«Come vuoi.» Stannis si voltò per dire qualcosa a Melisandre seduta proprio alla sua destra, il posto del massimo onore. Lady Selyse era alla sua sinistra, esibendo un sorriso smagliante e splendente come i suoi gioielli.

"Troppo lontano" non poté fare a meno di pensare Cressen, contrariato, vedendo qual era il posto di Davos. C'era almeno la metà degli alti lord tra il contrabbandiere e gli scranni centrali. "Devo essere più vicino alla donna rossa se voglio farle cadere lo strangolatore nella coppa, ma come riuscirci?"

Macchia tornò ad avvicinarsi saltellando mentre Cressen arrancava fra i tavoli verso il posto di Davos Seaworth. «Ecco che noi mangiamo pesce» declamò il giullare, tutto contento, sventolando un merluzzo come se fosse uno scettro. «Ma sotto il mare, è il pesce a mangiare noi. Lo so io, lo so io, oh, oh, oh.»

Ser Davos si fece da parte per lasciare posto sulla panca. «Dovremmo avere tutti quanti il volto tatuato da giullare, questa sera» commentò cupamente mentre Cressen si sedeva. «Questa storia è una vera buffonata. La donna rossa ha visto la vittoria nelle sue fiamme, così Stannis intende confermare le sue pretese, a dispetto dell'entità dell'esercito. Prima che lei porti a compimento il suo piano, temo proprio che vedremo anche noi quello che ha visto Macchia: il fondo dell'oceano.»

Cressen infilò le mani nelle maniche, come per riscaldarsele. Al di sotto della lana spessa, le sue dita trovarono i duri risalti dei cristalli venefici. «Lord Stannis.»

Stannis distolse l'attenzione dalla donna rossa, ma fu lady Selyse a rispondere per lui: «"Re" Stannis. Sembra che tu stia dimenticando il protocollo, maestro».

«È vecchio, le sua mente vacilla» ribatté rudemente il re. «Che cosa c'è, Cressen? Parla.»

«Visto che intendi salpare, è vitale che tu stringa alleanza con lord Stark e lady Arryn...»

«Non stringerò alleanze con nessuno» affermò deciso Stannis Baratheon.

«Non più di quanto la luce possa stringere alleanza con le tenebre.» Lady Selyse gli prese la mano.

«Gli Stark vogliono impadronirsi del mio regno» concordò Stannis «nello stesso modo in cui i Lannister mi hanno rubato il trono e il mio amato fratello si è appropriato delle spade, delle difese e delle piazzeforti che mi spettano di diritto. Sono tutti usurpatori. E tutti nemici.»

"L'ho perduto." Cressen, disperato, ormai non aveva più dubbi. Se solo fosse riuscito a trovare il modo di avvicinarsi a Melisandre senza essere notato. Un istante, nient'altro, gli bastava avere accesso un istante alla sua coppa.

«Tu sei l'erede di diritto di tuo fratello Robert, il vero signore dei Sette Regni, re degli Andali, dei Rhoynar e dei Primi Uomini» disse disperatamente il maestro. «Ma anche così, non puoi pensare di riuscire a trionfare senza alleati.»

«Lui ha un alleato» intervenne lady Selyse. «R'hllor, Signore della luce, Cuore del fuoco, dio della Fiamma e dell'Ombra.»

«Gli dei sono alleati quanto meno incerti» insistette Cressen. «E quel dio, qui, non ha alcun potere.»

«Ne sei davvero convinto, maestro?» Quando Melisandre si voltò verso di lui, il rubino che aveva al collo incontrò la luce delle torce e, per un fugace momento, scintillò più vivido della cometa rossa. «Se sono queste le sciocchezze che vai dicendo, maestro, forse dovresti indossare di nuovo la corona di prima.»

«Giusto» l'appoggiò lady Selyse. «L'elmo del giullare ti starà davvero bene, vecchio. Rimettilo in capo, te lo comando.»

«Sotto il mare, nessuno porta il cappello» intonò Macchia. «Lo so io, lo so io, oh, oh, oh.»

Gli occhi di lord Stannis erano tenuti in ombra dalle folte sopracciglia, la sua bocca era serrata, la mandibola che si contraeva ritmicamente. Quando era arrabbiato, digrignava sempre i denti.

«Giullare» ringhiò alla fine. «La lady mia moglie ha dato un ordine. Da' a Cressen il tuo elmo.»

"No" scongiurò fra sé il vecchio maestro. "Questo non sei tu, non è la tua anima. Tu sei sempre stato giusto; duro, senza dubbio, ma mai crudele, mai. Perché non ha mai saputo che cos'è la derisione, così come non hai mai capito che cos'è la risata."

Macchia si accostò danzando, le campanelle che tintinnavano, "clang-a-lang", "ding-ding", "clink-clank-clink-clank". Il maestro rimase in silenzio mentre il giullare gli poneva in capo l'elmo con le corna. Cressen fu costretto a chinare la testa a causa del peso, le campanelle tintinnarono.

«Credo che d'ora in avanti il saggio maestro dovrà cantarci i suoi consigli» ridacchiò lady Selyse.

«Basta così, donna» la rimproverò lord Stannis. «È un vecchio, e mi ha servito bene.»

"E continuerò a servirti fino alla fine, mio dolce signore, mio povero, solitario figlio." Perché Cressen, tutto d'un tratto, aveva trovato la soluzione. La coppa di ser Davos era davanti a lui, ancora piena a metà di vino rosso forte. Nella tasca della sua manica, le sue dita trovarono uno dei cristalli viola. Lo tenne serrato tra pollice e indice nell'accostarlo alla coppa. "Movimenti calmi, controllati, non posso essere maldestro proprio adesso." Cressen pregò in silenzio, e gli dei furono gentili con lui. In un battito di ciglia, non ci fu più niente nelle sue dita. Era da anni che le sue mani non erano così ferme, né così rapide. Davos aveva visto. Lui, ma nessun altro, Cressen ne era certo.

«Forse sono davvero stato uno sciocco.» Con la coppa in mano, si alzò dalla panca. «Lady Melisandre, fammi l'onore di dividere con me questa coppa di vino in onore del tuo dio, il Signore della luce. Un brindisi al suo potere.»

La donna rossa lo scrutò: «Se proprio insisti».

Cressen sentì gli sguardi di tutti fissi su di sé. Davos cercò di afferrarlo mentre si allontanava dalla panca, le dita che Stannis gli aveva mozzato serrate attorno alla sua manica.

«Ma che cosa credi di fare?» domandò in un sussurro il contrabbandiere.

«Qualcosa che deve essere fatto» fu la risposta di maestro Cressen. «Per il bene del reame, e per l'anima del mio signore.»

Si sciolse dalla stretta di Davos, versando nel movimento qualche goccia di vino. Melisandre gli andò incontro al cospetto dell'alto tavolo, gli sguardi di tutti che non li abbandonavano. Ma era solamente lei che Cressen vedeva: seta rossa, occhi rossi, rubino rosso alla gola, labbra rosse increspate in un sorriso evanescente mentre appoggiava la mano sopra quella di lui attorno allo stelo della coppa. La pelle della sacerdotessa era torrida, come incendiata dalla febbre.

«Non è troppo tardi per rovesciare il vino, maestro.»

«Lo è» sussurrò aspramente Cressen. «È troppo tardi.»

«Allora sia come tu desideri.» Melisandre di Asshai prese la coppa e bevve una lunga, profonda sorsata. Quando tornò a offrirgliela, solo un sorso di vino era rimasto. «Tocca a te, ora.»

Le mani di Cressen tremavano, ma lui s'impose di essere forte: un maestro della Cittadella non doveva avere paura. Al contatto con la sua lingua, il vino aveva un sapore aspro. Lasciò andare la coppa dopo aver bevuto, mandandola a infrangersi a terra.

«Il mio dio ha potere qui, mio lord» esclamò la donna. «E il fuoco purifica.» Il rubino che aveva al collo mandava lampi purpurei.

Cressen cercò di replicare ma le parole gli s'impigliarono in gola. Cominciò a tossire, una tosse che si tramutò in un terribile rantolo sibilante nel disperato tentativo di respirare, mentre dita di ferro parevano serrargli il collo. Maestro Cressen crollò in ginocchio, scuotendo il capo per negare il potere della donna rossa, negare la sua magia, il suo dio. Le campanelle sulle corna della sua corona continuarono a tintinnare, cantandogli: "Sciocco, sciocco, sciocco", mentre la donna rossa rimase a guardarlo quasi con compassione, le fiamme delle candele che danzavano nei suoi occhi rossi.

ARYA

Arya Faccia di cavallo: era così che la chiamavano a Grande Inverno, e lei aveva pensato che non potesse esserci appellativo peggiore. Ma questo era stato prima che il ragazzo orfano di nome Lommy Maniverdi la soprannominasse "Bitorzolo".

In effetti, a toccarla, la sua testa sembrava davvero bitorzoluta. Quando Yoren l'aveva trascinata nel vicolo, Arya aveva pensato che fosse per ucciderla, ma si sbagliava: il vecchio scontroso si era limitato a tenerla stretta, falciandole i capelli sporchi e arruffati con il suo pugnale. Arya non aveva dimenticato come la brezza aveva spinto manciate di luridi ciuffi castani a disperdersi sulle pietre che pavimentavano la strada, trascinandoli verso il tempio dove suo padre era appena stato decapitato. «Porto via dalla città uomini e ragazzi.» Nel pronunciare queste parole, Yoren aveva continuato a raderle la testa con la lama. «Ora stai ben fermo... "ragazzino".» E quando l'acciaio ebbe finito di grattare, sul capo di Arya non rimanevano altro che piccoli ciuffi arruffati, davvero simili a bitorzoli stopposi.

In seguito, Yoren le aveva detto che da quel momento in avanti lei sarebbe stata Arry, l'orfano. «Superare il portale non dovrebbe essere difficile, ma quando saremo per via sarà un'altra cosa. Ti aspetta molta strada da percorrere in brutta compagnia: ne ho trenta, questa volta, di uomini e ragazzi tutti diretti alla Barriera, e non credere che siano come quel tuo fratello bastardo.» Yoren l'aveva scossa per le spalle. «Lord Stark mi ha permesso di raschiare il fondo delle galere, e non ce ne sono di piccoli lord, là sotto. Metà di questa feccia ti getterebbe in pasto alla regina senza pensarci un attimo, in cambio della grazia e forse di una manciata di monete d'argento. L'altra metà farebbe lo stesso, ma prima ti stuprerebbe. Per cui, tu stattene per conto tuo e fai la tua acqua nel bosco, da solo. Sarà quella la parte più difficile: pi sciare, e quindi non bere più di quanto ti è indispensabile.»

Andarsene da Approdo del Re fu facile, proprio come Yoren aveva detto. Le guardie dei Lannister fermavano e controllavano tutti, ma Yoren chiamò una di loro per nome e i loro carri furono lasciati passare. Nessuno degnò Arya di uno sguardo. Cercavano una ragazza di alto lignaggio, la figlia del Primo Cavaliere del re, non un monello scarno dai capelli rasati pressoché a zero. Arya non si voltò a guardare indietro nemmeno una volta. Avrebbe voluto che il fiume delle Rapide nere si sollevasse spazzando via quell'intera città maledetta, dal Fondo delle Pulci alla Fortezza Rossa al Grande Tempio, tutto quanto. E soprattutto tutti quanti, specialmente il principe Joffrey e sua madre. Ma sapeva che questo non sarebbe accaduto, inoltre Sansa era ancora là, e l'acqua avrebbe portato via anche lei. Nel rendersene conto, Arya preferì rivolgere la propria mente a Grande Inverno.

Su una cosa però Yoren si sbagliava: il pisciare. Non era quella la parte più difficile, erano Lommy Maniverdi e Frittella la parte più difficile. Orfani. Yoren li aveva tolti dalle strade con la promessa di cibo per le loro pance e scarpe ai piedi. Il resto, era carne da prigione. «I Guardiani della notte hanno bisogno di uomini validi» aveva detto a tutti loro all'inizio del lungo viaggio verso il Nord. «In mancanza di quelli, andate bene anche voialtri.»

Dal buio delle prigioni, Yoren aveva preso anche degli adulti, ladri, cacciatori di frodo, stupratori e altra feccia consimile. I peggiori di tutti dovevano essere i tre che aveva trovato nelle celle oscurate. Quelli dovevano aver fatto paura persino a lui: li teneva infatti incatenati mani e piedi nel carro di coda, ripetendo che sarebbero rimasti ai ceppi fino alla Barriera. A uno era stato mozzato il naso, così gli rimaneva solamente un buco nel mezzo della faccia. E negli occhi del ciccione calvo, con i denti a punta e le pustole purulente sulle guance, non c'era niente di umano.

La carovana che lasciò Approdo del Re era composta di cinque carri, tutti stracarichi di rifornimenti per la Barriera: pellicce e involti di abiti, sbarre di ferro battuto, una gabbia di corvi messaggeri, libri e carte e inchiostro, una balla di foglie amare, giare d'olio, una cassa di medicamenti e di spezie. Sei cavalli da tirc trascinavano ciascun carro. Per i ragazzi, Yoren aveva compratc due corsieri e una mezza dozzina di somari. Arya avrebbe prefe rito un vero cavallo, ma l'asinello che montava era sempre me glio che non farsi sbattere a destra e a sinistra su uno dei carri.

Gli uomini non le prestavano attenzione, ma con i ragazzi non era altrettanto fortunata. Aveva due anni meno del più giovane degli orfani – per non parlare del fatto che era più piccola di statura e più magra – così Lommy e Frittella immaginarono che il suo silenzio significasse che lei aveva paura, o che era sorda, o stupida.

«Guarda un po' che razza di spada che ha Bitorzolo.»

Fu Lommy a parlare, un mattino, mentre attraversavano vigneti e campi di avena. Prima di essere sorpreso a rubare, era stato apprendista tintore, per questo le sue mani e le sue braccia erano verdi fino ai gomiti. La sua risata sembrava il ragliare dei somari che stavano cavalcando. «Me lo dici dov'è che se l'è fregata una spada, un topo di fogna come Bitorzolo?»

Arya si morse il labbro con fare ostile. In testa alla carovana, poteva vedere la sbiadita tenuta nera di Yoren, ma era comunque decisa a non andare da lui piagnucolando a chiedere aiuto.

«Magari è un piccolo scudiero» fece Frittella. Prima di morire, sua madre era stata una fornaia e lui se ne andava in giro per le strade tutto il giorno spingendo un carretto e gridando: "Frittelle calde! Frittelle calde!". «Ma sì, il piccolo scudiero di un qualche signorino.»

«Ma guardalo... ma quale scudiero? Scommetto che non è nemmeno una spada vera. È una roba da giocarci, fatta di latta.»

Arya li odiava per quel loro deridere Ago. «Ehi, stupido, è d'acciaio forgiato.» Si voltò sulla sella, fulminandoli con un'occhiata. «E tu farai meglio a tenere la bocca chiusa.»

I due ragazzi fischiarono. «Ehi, Foruncolo, dov'è che l'hai presa una spada come quella lì?» Era Frittella a volerlo sapere.

«Lui si chiama Bitorzolo» lo corresse Lommy. «Probabilmente l'ha rubata.»

«No che non l'ho rubata!» tuonò Arya. Jon Snow le aveva dato la spada. Potevano pure chiamare lei Bitorzolo, ma mai avrebbe permesso loro di dare del ladro a Jon.

«Se l'ha rubata, allora possiamo portargliela via» suggerì Frittella. «Non è mica sua, no? A me mi farebbe un gran comodo una spada come quella lì.»

«Vediamo se sei capace» lo provocò Lommy. «Forza, prendigliela, se ne hai il coraggio.»

Frittella diede di sproni al suo somaro, accostandosi ad Arya: «Ehi, dammi quella spada, Bitorzolo». Aveva i capelli color paglia, la faccia grassa e scottata dal sole che andava spellandosi. «Tanto non la sai usare.»

"Certo che lo so" avrebbe voluto dire Arya. "Ho ucciso un ra gazzo con questa spada, un ragazzo flaccido come te. L'ho infilzato nel ventre e lui è morto, e se non mi lasci stare, uccido anche te." Ma non osò farlo. Yoren non sapeva dello stalliere, e lei aveva paura di ciò che l'uomo avrebbe potuto farle se lo avesse scoperto. Arya era pressoché certa che anche parecchi di quegli uomini che stavano andando alla Barriera fossero degli assassini – i tre ai ceppi di certo – ma non erano loro che la regina stava cercando, per cui non erano nella stessa situazione.

«Tu guardalo» gridò Lommy Maniverdi. «Scommetto che adesso si mette anche a piangere. Allora, Bitorzolo, che fai, piangi o no?»

Aveva pianto, era vero. La notte prima, pensando a suo padre. Al mattino, si era svegliata con gli occhi secchi e arrossati, e non avrebbe più pianto, nemmeno se le fosse costato la vita.

«O forse se la sta facendo sotto» suggerì Frittella.

«Lasciatelo in pace.» La voce venne da dietro di loro. Era il ragazzo con i folti capelli scuri che cavalcava alle loro spalle. Lommy lo aveva soprannominato "il Toro", sbeffeggiando l'elmo da guerra con le corna che non faceva altro che pulire ma che non indossava mai. Solo che Lommy non osava deridere apertamente il Toro, perché il ragazzo aveva più anni di lui, ed era bello grosso per la sua età, dal torace largo e le braccia muscolose.

«È meglio che dai la spada a Frittella, Arry» insistette Lommy. «Frittella ci muore dietro. Ha ammazzato un altro ragazzo a calci, sai? E farà lo stesso con te, ci scommetto.»

«L'ho buttato a terra e l'ho preso a calci nelle palle, e ho continuato a prenderlo a calci fino a quando non è morto» si vantò Frittella. «Ne ho fatto tanti pezzettini. Gli ho spaccato le palle piene di sangue e il suo cazzo è diventato tutto nero. Faresti meglio a darmela quella spada lì.»

Arya non aveva voglia di battersi. Estrasse la spada d'addestramento dalla cintura. «Puoi avere questa» disse a Frittella.

«Ma questa è solo un bastone.» Frittella si accostò ancora di più, allungando una mano verso l'elsa di Ago.

Arya mulinò la spada di legno, pestandola sul didietro del somaro di Frittella. L'animale ragliò, impennandosi di colpo e facendo volare Frittella a terra. Arya smontò a sua volta e lo colpì di punta allo stomaco mentre lui cercava di rialzarsi, costringendolo nuovamente al suolo con un grugnito. Poi lo pestò di nuovo, dritto in faccia, e il suo naso fece "crack", come il rumore di un ramo che si spezza a metà. Il sangue cominciò a sgorgare a fiotti da entrambe le narici. Nel momento in cui Frittella si mise a piagnucolare, Arya si voltò di scatto verso Lommy Maniverdi, ancora in sella al suo somaro, la bocca spalancata.

«Allora?» lo sfidò urlando. «La vuoi anche tu la spada?»

Non la voleva, la spada, Lommy Maniverdi. Sollevò le mani verdi a proteggersi la faccia e berciò che lei gli stesse lontano.

«Arry! Dietro di te!» Era il Toro. Arya roteò nuovamente su se stessa. Frittella si era messo in ginocchio, la mano destra che stringeva una grossa pietra scabra. Arya lasciò che lui la lanciasse, abbassandosi all'ultimo istante, sentendo il sasso sibilarle accanto. Poi fu nuovamente il suo turno di andare all'attacco. Frittella alzò una mano e lei la colpì, poi lo colpì in faccia, quindi al ginocchio. Lui cercò di afferrarla, Arya lo scartò con un movimento agile da danzatore e lo colpì sulla nuca col bastone. Frittella andò a terra, si rialzò, cercò nuovamente di afferrarla. La sua faccia era rossa, tutta incrostata di fango e di sangue. Arya assunse la posizione d'attacco dei danzatori dell'acqua e rimase ad aspettarlo. Quando Frittella fu abbastanza vicino, lei scattò, colpendolo proprio in mezzo alle gambe, talmente forte che se la sua spada di legno avesse avuto una punta sarebbe venuta fuori dalle sue natiche.

Quando Yoren arrivò a togliergliela di dosso, Frittella era crollato nella polvere, le brache diventate marroni che puzzavano da fare schifo, intento a implorare mentre Arya continuava a colpirlo ancora e ancora.

«Basta così!» Il confratello in nero le strappò di mano la spada di legno: «Lo vuoi uccidere, questo scemo?» ringhiò.

Lommy e alcuni degli altri si misero a gridare.

Yoren si voltò verso di loro: «Chiudete quelle bocche, se non volete che ve le chiuda io. Provateci di nuovo, e io vi lego dietro i carri e vi ci trascino, alla Barriera!» sputò. «E per te, Arry, questo vale il doppio. Vieni con me, ragazzino... Subito!»

La stavano guardando tutti, perfino i tre ai ceppi nel carro di coda. Quello grasso e pustoloso digrignò i denti e sibilò. Arya si limitò a ignorarlo.

Il vecchio la spinse lontano dalla strada, fino a un fitto sottobosco, imprecando e mugugnando a ogni passo: «Se avessi avuto un briciolo di buonsenso ti avrei lasciata ad Approdo del Re. Mi senti, ragazzino?». La ringhiava sempre quella parola, quasi volesse azzannarne il suono, in modo da essere sicuro che lei l'udisse con chiarezza. «Slacciati le brache e tiratele giù. Forza, che qui non ti vede nessuno. Calale!»

Con fare scontroso, Arya obbedì.

«Ora mettiti contro quella quercia. Sì, così.»

Arya abbracciò il tronco, premendo il viso contro la corteccia scabra.

«E adesso urla. Urla forte.»

"No, invece" pensò Arya ostinata. Non voleva urlare, ma quando Yoren picchiò il legno contro le sue cosce nude, l'urlo le venne fuori lo stesso.

«Pensi che ti abbia fatto male? Prova un po' questo qua.» Il bastone si abbatté di nuovo su di lei sibilando. Arya urlò anche questa volta aggrappandosi all'albero e lottando per non accasciarsi a terra.

«Eccone un altro.»

Lei si aggrappò più stretta, mordendosi il labbro, stringendo gli occhi nel sentirlo arrivare. Il colpo la fece sussultare e la costrinse nuovamente a urlare. "Non piangerò" si disse. "Sono una Stark di Grande Inverno. Il nostro sigillo è il meta-lupo, e i meta-lupi non piangono." Un sinuoso rigagnolo di sangue scivolava lungo la sua gamba sinistra. Arya poteva percepirne il calore liquido. Le sua cosce, le sue natiche, erano un incendio di sofferenza.

«Forse adesso mi starai ad ascoltare» disse Yoren. «La prossima volta che alzerai quel bastone su uno dei tuoi fratelli, ne riceverai il doppio di quelle che ne hai date, mi sono spiegato? Ora rivestiti.»

"Non sono i miei fratelli." Ma questo, mentre si tirava su le brache, Arya evitò di dirlo. Le sua dita annasparono con lacci e cinture.

Yoren la stava guardando. «Ti fa male?» domandò.

"Quieta come acqua stagnante" ripeté a se stessa, proprio come Syrio Forel le aveva insegnato. «Un po'.»

«A quel ragazzo delle frittelle gli fa più male.» Yoren sputò. «Non è stato lui a uccidere tuo padre, fanciulla, e neanche quell'altro, quel ladro di Lommy. Colpirli non servirà a riportalo indietro.»

«Lo so» ammise Arya in tono cupo.

«E allora, ecco qualcosa che non sai. Non avrebbe dovuto andare com'è andata. Io ero pronto a partire, carri carichi e tutto il resto. Arriva un uomo a portarmi un ragazzo, e anche una borsa di denari e un messaggio. Non ha importanza chi lo mandava. Lord Eddard Stark entrerà nei Guardiani della notte, mi dice. Tu aspetta e lui verrà alla Barriera con te. Perché pensi che mi trovassi lì? Solo che qualcosa è andato storto.»

«Joffrey!» Arya emise il nome in un rantolo di puro odio. «È lui che qualcuno dovrebbe uccidere!»

«E qualcuno lo farà, ma non sarò io, né tu.» Yoren le restituì al volo la spada di legno. «Prendi delle foglie amare dal carro» le suggerì mentre tornavano verso la strada. «Masticale per un po', ti calmeranno il dolore.»

E infatti lo calmarono, anche se avevano un gusto atroce e davano alla sua saliva il colore del sangue. In ogni caso, per il resto della giornata Arya camminò. E camminò anche la giornata successiva, e quella successiva ancora. Il suo didietro era troppo dolente perché lei potesse sedersi in sella al somaro. Frittella era in condizioni ben peggiori. Yoren fu costretto ad ammassare parte del carico perché lui potesse sdraiarsi su alcuni sacchi d'orzo, lamentandosi ogni volta che una delle ruote sobbalzava su una pietra. Lommy Maniverdi non aveva neppure un graffio, ma preferì stare lontano da Arya il più possibile.

«Ogni volta che lo guardi, lui sussulta» disse il Toro ad Arya, che marciava a lato del suo somaro. Lei non rispose: era più sicuro non parlare con nessuno.

Quella notte, giacque sulla dura terra, avvolta in una sottile coperta, lo sguardo fisso sulla grande cometa rossa. Era una visione splendida, e al tempo stesso paurosa. La "Spada rossa", l'aveva chiamata il Toro. Secondo lui, aveva l'aspetto di una spada, la lama ancora incandescente come se fosse appena uscita dalla forgia. Osservandola in diagonale, anche Arya poté vedere la forma della spada. Solo che non si trattava di una spada appena forgiata: era Ghiaccio, la lunga spada appartenuta a suo padre, la lama di perfetto acciaio di Valyria. E il colore rosso era il sangue di lord Eddard sulla lama dopo che ser Ilyn, il giustiziere del re, lo aveva decapitato. Yoren l'aveva costretta a non guardare quando era accaduto, eppure ad Arya la cometa continuava ad apparire come Ghiaccio nell'istante successivo all'esecuzione.

Quando finalmente scivolò nel sonno, sognò casa. Nel raggiungere la Barriera, la strada del Re passava accanto a Grande Inverno. Yoren le aveva promesso che lui l'avrebbe lasciata là, senza che nessuno sapesse chi lei fosse in realtà. Voleva disperatamente rivedere sua madre, e Robb e Bran e Rickon... ma era Jon Snow che le mancava più di tutti. Come desiderava che in qualche modo loro avessero potuto raggiungere la Barriera prima di Grande Inverno, in modo che Jon potesse arruffarle i capelli e chiamarla "sorellina". "Mi sei mancato" lei gli avrebbe detto, e in quel preciso istante anche lui avrebbe pronunciato le medesime parole, proprio come facevano sempre. Le sarebbe piaciuto tanto più di qualsiasi altra cosa.

SANSA

Il giorno del compleanno di re Joffrey spuntò sereno e ventoso, la lunga chioma della grande cometa rossa visibile tra le nubi che scivolavano rapide nel cielo. Sansa Stark la stava osservando dalla finestra della torre quando ser Arys Oakheart arrivò a prenderla per scortarla fino al campo del torneo.

«Quale pensi che sia il suo significato?» gli domandò.

«Gloria al tuo promesso sposo.» Non ci fu la minima esitazione nella risposta di ser Arys. «Non vedi come si distende attraverso il cielo, proprio oggi che è il compleanno di sua maestà? Sembra quasi che gli dei abbiano deciso di innalzare un vessillo in suo onore. Il popolino l'ha chiamata "Cometa di re Joffrey".»

Questo era quanto dovevano aver detto a Joffrey, era chiaro, ma Sansa non era affatto sicura che fosse davvero così: «Ho sentito i servi chiamarla "Coda del drago"».

«Re Joffrey siede dove un tempo sedeva Aegon il Drago, nel castello costruito da suo figlio» spiegò ser Arys. «È Joffrey l'erede del drago. E porpora è il colore della Casa Lannister, un altro segno. La cometa è stata inviata per salutare l'ascesa al trono di Joffrey, non ho alcun dubbio. E il suo significato è che lui trionferà sui suoi nemici.»

"Sarà vero?" si domandò Sansa. "Sarebbero davvero così crudeli, gli dei?" Sua madre era una dei nemici di Joffrey, adesso, e anche suo fratello Robb. Suo padre era stato ucciso per volere del re. Che sua madre e Robb stessero anche loro per essere uccisi? La cometa era indubbiamente rossa, ma Joffrey era tanto un Baratheon quanto un Lannister, e lo stemma dei Baratheon era un cervo nero in campo oro. Il segno degli dei non avrebbe dovuto essere una cometa dorata?

Sansa chiuse le imposte e voltò con decisione le spalle alla finestra.

«Sei molto graziosa quest'oggi, mia lady» la complimentò ser Arys.

«Grazie, ser.»

Sapendo che Joffrey avrebbe richiesto la presenza di lei al torneo in suo onore, Sansa aveva impiegato la massima cura nel trucco del viso e nella scelta dell'abito. La veste di seta color porpora pallido e la rete che le ornava i capelli, fatta di pietre di luna, erano entrambi regali di Joffrey. L'abito aveva le maniche lunghe, in modo da nascondere i lividi sulle braccia. Anche quelli erano regali di Joffrey. Quando era stato informato che Robb Stark era stato proclamato re del Nord, il furore di Joffrey era stato incontrollabile e aveva mandato ser Boros a picchiarla.

«Vogliamo andare?» Ser Arys le offrì il braccio e Sansa lasciò che lui la guidasse fuori delle sue stanze. Visto che le era impossibile muoversi senza uno dei cavalieri della Guardia reale a farle da scorta, fra tutti era ser Arys che preferiva. Ser Boros aveva un brutto carattere, ser Meryn era gelido come un pezzo di ghiaccio e gli strani occhi spenti di ser Mandon Moore le davano i brividi; quanto a ser Preston, la trattava come una bambinetta stupida. Arys Oakheart, invece, era cortese e le si rivolgeva con gentilezza. Una volta, quando Joffrey gli aveva ordinato di colpirla, aveva addirittura obiettato. Alla fine, aveva dovuto percuoterla, ma non con la medesima brutalità di ser Meryn o di ser Boros, e quanto meno aveva tentato di opporsi. Gli altri obbedivano senza mai discutere... eccetto il Mastino: Joffrey non aveva mai chiesto al Mastino di punirla. Per quel compito, si serviva degli altri cinque.

Ser Arys aveva capelli castano chiaro e un volto non spiacevole da guardare. Quel giorno, con il mantello di seta bianca trattenuto alle spalle da un fermaglio d'oro a forma di foglia e con l'emblema dell'albero di quercia intessuto a fibre dorate sul pettorale sinistro del farsetto, aveva un aspetto quanto mai affascinante.

«Chi pensi avrà gli onori del torneo?» gli domandò Sansa mentre scendevano, sottobraccio, i gradini.

«Sarò io» rispose sorridendo ser Arys. «Ma temo che si tratterà di un vuoto trionfo: i partecipanti sono pochi e di basso lignaggio. Non più di quaranta uomini si sono iscritti, e fra questi anche scudieri e mercenari. C'è ben scarso onore nel disarcionare ragazzini inesperti.»

L'ultimo torneo era stato molto diverso, rimuginò Sansa. Re Robert lo aveva organizzato in onore di suo padre e, per sfidarsi, alti lord e celebri campioni erano calati da ogni angolo dei Sette Regni, e l'intera città era accorsa per ammirare le loro gesta. Sansa ricordava lo splendore di quei giorni: il campo dei padiglioni dei contendenti eretto lungo il fiume, con gli scudi dei cavalieri in bella mostra fuori da ciascuna tenda, gli interminabili filari di vessilli di seta ondeggianti nel vento, i riflessi dei raggi del sole sull'acciaio lucidato e sui rostri dorati degli speroni. Giorni vibranti degli squilli delle trombe e del martellare degli zoccoli, seguiti da notti piene di feste e di canti. I giorni più magici che Sansa aveva mai vissuto, il cui ricordo ora sembrava appartenere a un'età perduta. Robert Baratheon era morto, e anche suo padre era morto, decapitato sui gradini del Grande Tempio con l'accusa di tradimento. Adesso c'erano ben tre diversi re in quelle terre e, oltre il Tridente, infuriava la guerra mentre la città continuava a riempirsi di torme di disperati. Non c'era da meravigliarsi che il torneo in onore di Joffrey si svolgesse dietro le possenti mura di pietra della Fortezza Rossa.

«Pensi che ci sarà anche la regina?» Sansa si sentiva sempre più sicura quando c'era Cersei a controllare il figlio.

«Temo di no, mia lady. Il Concilio è in sessione, affari urgenti...» Ser Arys abbassò la voce: «Invece di portare il suo esercito in città, come la regina aveva comandato, lord Tywin è andato ad accamparsi a Harrenhal. Sua maestà è furioso».

S'interruppe lasciando che un drappello di armigeri dei Lannister, cappe porpora ed elmi a cresta di leone, passasse oltre. Ser Arys adorava i pettegolezzi, ma solo quando era certo che non ci fosse nessun altro ad ascoltare.

Nel cortile esterno, i carpentieri avevano eretto le corsie e gli spalti. Era una scenografia davvero misera, e l'ancora più miserevole pubblico riempiva a stento metà dei posti disponibili. La maggior parte degli spettatori erano uomini della Guardia cittadina, nei loro mantelli dorati, e guardie della Casa Lannister. I lord e le lady erano un gruppo sparuto, i pochi che erano rimasti a corte: lord Gyles Rosby, dal volto grigiastro, tossiva muco in un fazzoletto di seta rosa; lady Tanda era affiancata dalle sue due figlie, Lollys, placida e noiosa, e Falyse, dalla lingua perennemente acida; Jalabhar Xho, lo snello principe in esilio dalla pelle d'ebano, non aveva altro posto in cui rifugiarsi; l'infante lady Ermesande era seduta in grembo alla sua balia. Girava voce che presto sarebbe andata in sposa a uno dei cugini della regina, in modo che i Lannister potessero poi reclamare le sue terre.

Il re era all'ombra di un tendaggio purpureo, una gamba gettata con negligenza sul bracciolo dello scranno di legno istoriato su cui sedeva. Alle sue spalle c'erano la principessa Myrcella e il principe Tommen. Sul fondo del palco reale, montava la guardia Sandor Clegane, le mani appoggiate sul cinturone della spada. Il mantello bianco della Guardia reale era drappeggiato sulle sue spalle larghe, trattenuto da un fermaglio incastonato di pietre preziose. Quella cappa candida era in stridente contrasto con la sua grezza tunica marrone e il farsetto di cuoio borchiato.

«Lady Sansa» annunciò seccamente il Mastino nel vederla. La sua voce era aspra quanto il raschiare di una sega che morde nel legno. L'ustione che gli sfigurava metà del volto e del collo distorceva le sue labbra ogni volta che lui parlava.

Udendo il nome di Sansa, la principessa Myrcella annuì timidamente. Il piccolo, grassoccio principe Tommen, invece, saltò in piedi con entusiasmo.

«Sansa, hai saputo? Parteciperò anch'io al torneo. Mamma ha detto che posso.»

Tommen aveva otto anni. A Sansa ricordava Bran, il suo fratellino. Avevano la stessa età. Bran era tornato a Grande Inverno ridotto a uno storpio, ma almeno era al sicuro. Sansa avrebbe dato qualsiasi cosa pur di trovarsi con lui in quel momento.

«Temo per la sorte del tuo avversario» rispose invece a Tommen.

«Il suo avversario sarà un fantoccio di paglia» spiegò Joff, alzandosi in piedi.

Il giovane re indossava una corazza dorata con un leone ruggente inciso sul petto, quasi si aspettasse che la guerra fosse alle porte. Compiva tredici anni quel giorno. Era alto per la sua età, con gli occhi verdi e i capelli biondi tipici dei Lannister.

«Maestà.» Sansa lo salutò con un breve inchino.

«Chiedo perdono, maestà» s'inserì ser Arys. «Ma dovrei andare a prepararmi per la tenzone.»

Joffrey lo congedò con un cenno distratto ed esaminò Sansa da capo a piedi: «Sono compiaciuto nel vedere che indossi le mie pietre».

Evidentemente il re aveva deciso di fare il galante, quel giorno. Sansa ne fu sollevata: «Ti sono grata per avermele regalate... e anche per le tue tenere parole. Ti auguro il più fortunato dei compleanni, maestà».

«Siedi» comandò Joffrey, indicando lo scranno accanto al proprio. «Ti è giunta la notizia? Il re Mendicante è morto.»

«Chi?» Per un momento, Sansa pensò si riferisse a Robb.

«Vyseris, l'ultimo figlio di Aerys, il re Folle. Se ne andava in giro per le città libere fin da prima che io nascessi, proclamandosi re. Ebbene, mamma dice che i Dothraki lo hanno finalmente incoronato... con l'oro liquefatto.» Joffrey ridacchiò. «Divertente, non trovi? Il drago era il loro sigillo. È un po' come se un qualche lupo sbranasse quel tuo fratello traditore. Ti ho detto che intendo sfidarlo a duello?»

«Mi piacerebbe assistervi, maestà.» "Molto più di quanto tu non immagini." Sansa aveva parlato in tono distaccato e cordiale, ma gli occhi di Joffrey si erano ridotti a due fessure, come se lui stesse cercando di decidere se lo stesse prendendo in giro. «Gareggerai anche tu nel torneo quest'oggi?» Sansa si affrettò ad aggiungere.

Il re aggrottò la fronte. «La lady mia madre dice che non sarebbe corretto, visto che il torneo è in mio onore. Altrimenti, sarei stato io il campione. Non è forse così, Mastino?»

«Contro una schiera come questa?» La bocca del Mastino si contrasse. «Perché no?»

Nel torneo in onore di suo padre, ricordò Sansa, era stato proprio lui il campione.

«E tu gareggerai, mio signore?» domandò Sansa al Mastino.

«Non vale nemmeno la pena che mi metta l'armatura» la voce di Clegane grondava disprezzo. «Questo è un torneo di cimici.»

«Fiero è l'abbaiare del mio mastino» rise il re. «Forse dovrei ordinargli di duellare con il campione. All'ultimo sangue.» Joffrey adorava far combattere altri uomini all'ultimo sangue.

«Ti perderesti un altro cavaliere.» Il Mastino non aveva mai prestato giuramento come cavaliere. Suo fratello era un cavaliere, e lui odiava suo fratello.

Risuonò uno squillo di trombe. Il re tornò ad accomodarsi sul suo scranno e prese la mano di Sansa. Un tempo, a quel gesto il suo cuore avrebbe battuto più rapido. Ma questo solo fino al giorno in cui lui aveva risposto alle sue invocazioni di clemenza presentandole la testa mozzata di suo padre. Adesso il suo tocco la riempiva di repulsione, ma lei aveva imparato a non darlo a vedere. S'impose di restare immobile.

«Ser Meryn Trant della Guardia reale» annunciò un araldo.

Ser Meryn fece ingresso dal lato occidentale del cortile, in sella a un corsiero candido dalla fluente criniera grigia. Era protetto da una corazza smaltata di bianco con ornamenti d'oro. La sua cappa svolazzava dietro di lui come un campo innevato. Portava una lancia lunga dodici piedi.

«Ser Hobber della nobile Casa Redwyne di Arbor» intonò l'araldo.

Ser Hobber arrivò dal lato orientale, montando uno stallone nero con gualdrappa nei colori borgogna e blu. La sua lancia era dipinta a strisce degli stessi colori e sullo scudo c'era il grappolo d'uva simbolo della sua casata. I gemelli Redwyne erano ospiti, loro malgrado, della regina, proprio come Sansa. Lei non poté fare a meno di domandarsi chi avesse avuto l'idea di farli gareggiare nel torneo in onore di Joffrey; certamente non l'avevano fatto di loro spontanea volontà.

Al segnale del maestro delle cerimonie, i due contendenti abbassarono le lance e diedero di speroni, accompagnati dalle grida dei lord, delle lady e degli armigeri della Guardia cittadina che assistevano dagli spalti. I due cavalieri arrivarono a contatto pressoché nel centro del cortile. Ci fu un duro urto di legno e di acciaio. La lancia bianca e quella a strisce esplosero quasi simultaneamente in un doppio vortice di schegge multicolori. All'impatto, Hobber Redwyne ondeggiò malamente, tuttavia riuscì in qualche modo a restare in sella. I due cavalieri raggiunsero l'estremità delle loro corsie, girarono i cavalli, gettarono a terra i resti delle lance distrutte e ne accettarono due nuove dai rispettivi scudieri. Ser Horas Redwyne, gemello di ser Hobber, urlò al fratello grida di incoraggiamento.

Al secondo passaggio, ser Meryn fece vibrare a segno la punta della sua lancia e centrò ser Hobber in pieno petto, disarcionandolo e mandandolo a rotolare fragorosamente a terra.

«Pessima cavalcata» commentò re Joffrey.

«Ser Balon Swann di Stonehelm alla Fortezza Rossa» annunciò l'araldo.

Ampie ali bianche svettavano dall'elmo da combattimento di ser Balon, e sul suo scudo si scontravano un cigno bianco e uno nero.

«Morros della Casa Slynt, erede di lord Janos di Harrenhal.»

«Ma tu guarda quel ridicolo sciocco» gridò Joffrey, in modo da farsi sentire da metà degli spalti.

Morros, un semplice scudiero, e addirittura scudiero novello, aveva seri problemi a impugnare lancia e scudo. La lancia era l'arma dei cavalieri, questo Sansa lo sapeva bene, e gli Slynt erano di basso lignaggio. Prima che Joffrey lo nominasse membro del Concilio e gli desse Harrenhal, Janos Slynt era stato nient'altro che il comandante della Guardia cittadina.

"Spero che cada e che si copra di vergogna" pensò con rabbia. "Spero che ser Balon lo uccida." Dopo che Joffrey aveva decretato la morte di suo padre, era stato Janos Slynt a sollevare per i capelli la testa mozzata di lord Eddard perché il re e tutta la folla potessero ammirarla, mentre Sansa urlava e piangeva.

Sopra un'armatura nera con svolazzi d'oro, Morros indossava una cappa a scacchi neri e dorati. Sul suo scudo campeggiava la picca insanguinata che suo padre aveva scelto quale simbolo della loro nuova casata. Ma di quello scudo, nel lanciare il suo cavallo in avanti, non sembrava sapere bene che cosa fare. La punta di ser Balon colpì il blasone con la picca nel centro esatto. Morros lasciò cadere la lancia, lottando per restare in equilibrio, ma non vi riuscì. Nello scendere dalla sella, un piede gli restò impigliato nella staffa e il destriero fuori controllo lo trascinò fino alla fine della corsia, la sua testa che rimbalzava contro il terreno. Joffrey urlò la propria derisione. Sansa stentava a crederci: che gli dei avessero davvero esaudito la sua preghiera di vendetta? Invece, quando Morros Slynt venne finalmente sciolto dal suo cavallo, si accorsero che era pesto e insanguinato, eppure vivo.

«Ti abbiamo dato l'avversario sbagliato, Tommen» il re disse al fratello. «Il cavaliere di paglia è ben più temibile di quel buffone.»

Venne il turno di ser Horas Redwyne. Fece meglio del suo gemello, sconfiggendo un anziano cavaliere il cui simbolo era un grifone argentato su strisce bianche e blu. Pur splendido nell'aspetto, il vecchio diede scadente prova di sé. Le labbra di Joffrey si serrarono: «Questo è uno spettacolo deludente».

«Te l'avevo detto» rincarò il Mastino. «Cimici.»

Il re cominciava ad annoiarsi e ciò metteva in ansia Sansa. Abbassò lo sguardo e decise di rimanere quieta, a tutti i costi. Ogni volta che l'umore di Joffrey Baratheon peggiorava, qualsiasi parola poteva provocare uno dei suoi accessi di rabbia.

«Lothor Brune, mercenario al servizio di lord Baelish» si fece nuovamente udire l'araldo. «Ser Dontos il Rosso, della Casa Hollard.»

Il mercenario, un uomo di bassa statura in un'armatura tutta ammaccata e priva di qualsiasi simbolo, apparve come dovuto all'estremità ovest della corsia. Del suo avversario, invece, nessuna traccia. Finalmente, in un turbinare di sete porpora e scarlatte, entrò sulla scena uno stallone castano, ma ser Dontos non era in sella. Il cavaliere apparve qualche attimo dopo, imprecando e barcollando, con indosso solamente la corazza e un elmo piumato. E nient'altro. Le sue gambe erano scarne e pallide, la sua virilità ballonzolava oscenamente mentre lui dava la caccia al cavallo. Gli spettatori insorsero, urlando insulti. In qualche modo, ser

Dontos riuscì ad afferrare le briglie e cercò di montare in sella, ma l'animale continuava a trottare e il cavaliere era talmente ubriaco da non riuscire a infilare il piede scalzo nella staffa.

A quel punto, l'intera folla era scossa dalle risate... solo il re non rideva. E c'era un lampo nei suoi occhi che Sansa ben ricordava, la medesima luce malefica che aveva visto in lui di fronte al Grande Tempio di Baelor, quando aveva decretato la morte di lord Eddard Stark. Alla fine, ser Dontos il Rosso decise di rinunciare una volta per tutte, cadde a sedere sulla terra rivoltata dagli zoccoli e si tolse l'assurdo elmo piumato.

«D'accordo, ho perso» gridò al cielo. «Ehi, portatemi del vino!»

«Un barile dalle cantine!» tuonò il re, balzando in piedi. «Voglio godermi lo spettacolo mentre ci annega dentro!»

«No!» Sansa udì la propria voce erompere suo malgrado. «Non puoi farlo!»

«Che cosa?» Joffrey si voltò a guardarla. «Che cosa hai detto?»

Sansa stessa non riusciva a crederci. Era impazzita o cosa? Dirgli "no" davanti a tutta la corte? Non era sua intenzione contraddirlo, solo che... ser Dontos era un ubriacone, stolido e inutile, ma non faceva del male a nessuno.

«Hai forse detto che non posso? Lo hai detto?»

«Ti prego... Volevo solo dire... che porterebbe sventura, maestà... uccidere un uomo il giorno del tuo compleanno.»

«Stai mentendo.» Joffrey digrignò i denti. «Visto che ci tieni tanto, forse dovrei annegarti insieme a lui.»

«Non tengo affatto a lui, maestà.» Le parole di Sansa sgorgarono con la forza della disperazione. «Annegalo, decapitalo se preferisci ma, ti prego... uccidilo domattina. Non oggi... non il giorno del tuo compleanno. Non potrei tollerare se la sventura si abbattesse su di te. Terribile sventura, anche per i re, dicono i cantastorie...»

Joffrey si accigliò. Sapeva che lei stava mentendo, e lei se ne accorse. L'avrebbe fatta sanguinare per questo.

«La ragazza dice il vero» ringhiò il Mastino. «Ciò che un uomo semina nel giorno del suo compleanno, raccoglierà per tutto l'anno a venire.»

Clegane aveva parlato in tono piatto, come se non gli importasse affatto se il re gli credeva o no. Che fosse vero? Sansa non lo sapeva: aveva pronunciato quelle parole solo per evitare il castigo.

Irritato, Joffrey si agitò sul suo scranno e fece un gesto con le dita all'indirizzo di ser Dontos: «Portatelo via. Lo farò uccidere domattina, questo buffone».

«Proprio così» confermò Sansa. «È un buffone, e tu sei molto astuto ad averlo capito. Sarebbe più adatto come giullare che come cavaliere, non trovi? Dovresti fargli indossare un berretto a sonagli e trasformarlo in un vero giullare. Non merita la clemenza di una morte rapida.»

Il re la studiò per un lungo momento.

«Forse non sei poi così stupida come dice mia madre» commentò, poi alzò la voce: «Hai sentito la mia dama, Dontos? Da questo giorno in avanti, sarai tu il mio nuovo giullare. Puoi dormire insieme a Faccia di Luna e metterti il berretto a sonagli».

Ser Dontos, messo a confronto con la morte e di colpo perfettamente lucido, si trascinò carponi. «Ti ringrazio, maestà. E anche te, mia lady. Grazie.»

Una masnada di guardie dei Lannister lo condusse via dal terreno del torneo. Il maestro di cerimonie andò ad accostarsi al palco reale. «Maestà, vuoi che chiami un altro sfidante per Brune o preferisci passare alla prossima tenzone?» domandò.

«Nessuna delle due cose. Queste sono cimici, non cavalieri. Li farei mettere tutti a morte, se non fosse il mio compleanno. Il torneo finisce qui. Toglietemeli dalla vista, tutti quanti.»

Il maestro di cerimonie s'inchinò, ma il principe Tommen non fu altrettanto obbediente: «Io devo ancora cavalcare contro l'uomo di paglia».

«Non oggi.»

«Ma io voglio cavalcare!»

«Non m'importa quello che vuoi.»

«Mamma ha detto che potevo!»

«È vero» confermò la principessa Myrcella.

«Mamma ha detto così, eh?» li derise Joffrey. «Non siate infantili.»

«Noi siamo bambini» ribatté Myrcella con aria di sfida. «E i bambini sono infantili.»

Il Mastino rise. «Questa volta ti ha messo all'angolo.»

«Molto bene» Joffrey accettò la sconfitta. «Nemmeno mio fratello potrebbe far peggio di questi grandi guerrieri. Maestro di cerimonie, porta la quintana... Anche Tommen vuol essere una cimice.»

Tommen emise un grido di gioia e corse a prepararsi, le sue gambette grassocce che vorticavano. «Buona fortuna» gli gridò dietro Sansa.

La quintana fu sistemata all'estremità delle corsie mentre il pony del principe veniva sellato. L'avversario di Tommen era un guerriero di cuoio, delle dimensioni di un bambino, riempito di paglia e montato su un perno girevole. Impugnava uno scudo in una mano e stringeva un mazza imbottita nell'altra. Sull'elmo del finto cavaliere, qualcuno aveva collocato un paio di corna di cervo. Anche re Robert, il defunto padre di Joffrey, aveva corna di cervo sul proprio elmo da guerra, ricordava Sansa... come pu re suo zio, lord Renly, fratello di Robert, il quale però aveva tradito e ora si proclamava re.

Un paio di scudieri chiusero le fibbie dell'armatura di Tommen, istoriata d'argento e di porpora. Dalla cresta del suo elmo spuntava uno svolazzante piumaggio color porpora, sul suo scudo, il leone dei Lannister e il cervo incoronato dei Baratheon sembravano giostrare. Gli scudieri lo aiutarono a montare e ser Aron Santagar, maestro d'armi della Fortezza Rossa, fece un passo avanti e diede a Tommen una lunga spada d'argento opportunamente spuntata con lama a forma di losanga, l'elsa sagomata sulla mano di un bambino di otto anni.

«Castel Granito!» Alzando la spada verso il cielo, Tommen gridò il nome della sua nobile Casa con la sua vocetta infantile, poi diede di speroni, lanciando il pony sulla dura terra della corsia, verso la quintana. Lady Tanda e lord Gyles iniziarono una sorta di grido d'incoraggiamento e Sansa aggiunse la propria voce alle loro. Il re, di pessimo umore, rimase in silenzio.

Tommen fece accelerare il pony fino a un rapido trotto, mulinò vigorosamente la spada e piazzò un solido colpo sullo scudo del cavaliere passando oltre, ma non abbastanza in fretta: la quintana mulinò sul proprio asse e la mazza imbottita inferse un duro colpo sul retro dell'elmo del piccolo principe. Tommen volò giù di sella. All'impatto con il terreno, la sua nuova armatura sferragliò come un sacco pieno di vecchie pentole. La sua spada volò via, mentre il pony si allontanò al galoppo attraversando il cortile. Dagli spalti si levò una tonante ondata di risate di scherno. Una in particolare soverchiava tutte le altre: quella di re Joffrey, che continuò anche quando le altre si furono spente.

«Oh, no!» gridò la principessa Myrcella sgusciando fuori dal palco reale per correre ad aiutare il fratellino.

Per la seconda volta, Sansa si ritrovò come posseduta da una strana forma di coraggio. «Anche tu dovresti andare con lei» suggerì al re. «Tuo fratello potrebbe essersi fatto male.»

Joffrey scrollò le spalle: «E allora?».

«Dovresti andare ad aiutarlo, dicendogli che è stato bravo comunque.» Sansa sembrava incapace di fermarsi.

«È stato disarcionato di sella ed è caduto nella polvere» ribatté il re. «Lo chiami essere stato bravo?»

«Guardate là» li interruppe il Mastino. «Il ragazzo dimostra coraggio: vuole ritentare.»

Stavano aiutando il principe Tommen a salire nuovamente in sella. "Se solo fosse Tommen il maggiore invece di Joffrey" non poté fare a meno di pensare Sansa. "Non mi dispiacerebbe andare sposa a Tommen."

In quel momento, un rumore di catenacci colse tutti di sorpresa. Il clangore veniva dal posto di guardia: il ponte levatoio si stava abbassando, i grandi cancelli aperti con stridore di cardini rugginosi.

«Chi ha ordinato di aprire i portali?» tuonò Joffrey. Con i disordini che continuavano a infiammare le strade di Approdo del Re, la Fortezza Rossa era inaccessibile da giorni.

Una colonna di cavalieri emerse dall'arcata del ponte levatoio in un rumore assordante di metallo e di zoccoli. D'istinto, Clegane si accostò al suo re, la mano sull'elsa della spada da combattimento. I visitatori erano stremati, coperti di polvere e di fango eppure, alla loro testa, sventolava lo stendardo dei Lannister, leone dorato in campo porpora. Alcuni indossavano i mantelli rossi e le cotte di maglia di ferro dei soldati Lannister, ma la maggior parte erano mercenari, rivestiti delle più diverse corazze e armati di affilate lame d'acciaio. E poi... erano seguiti da altri, individui talmente mostruosi che sembravano usciti da una delle storie della vecchia Nan, quei racconti paurosi che a Bran piacevano tanto. Erano guerrieri coperti di malridotte pelli di animali e di cuoio usurato, con lunghi capelli e barbe incolte. Alcuni di loro portavano fasciature incrostate di sangue sulle sopracciglia e sulle nocche delle mani. Ad altri mancavano occhi naso, dita.

In mezzo a quella parata, sul dorso di un alto destriero fulvo su cui era stata posta una strana sella atta a sorreggerlo di fronte e sul retro, cavalcava il fratello nano della regina, Tyrion Lannister, il Folletto. Si era lasciato crescere la barba – un groviglio di rovi gialli e neri, duri come fili di ferro –, che celava parzialmente il suo volto rincagnato. Un mantello spettrale di pelliccia nera orlato di bianco gli scendeva lungo la schiena. Reggeva le redini con la sinistra, il braccio destro trattenuto al collo da una benda di seta bianca, ma per il resto rimaneva la medesima figura grottesca che Sansa ricordava dalla sua visita a Grande Inverno. Con le arcate sopracciliari troppo folte e gli occhi asimmetrici, era sempre l'individuo più brutto sul quale Sansa avesse mai posato lo sguardo.

Imperterrito, Tommen diede di speroni al suo pony e partì al galoppo lungo le corsie del torneo, gridando di giubilo. Uno dei selvaggi, un uomo enorme e dinoccolato, dalla faccia pressoché sepolta nei peli, prelevò il bambino di sella come se fosse stato un granello di polvere, nonostante il peso dell'armatura, e lo depositò a terra accanto allo zio. La risata incontenibile di Tommen riecheggiò tra le mura della Fortezza Rossa. Tyrion gli diede un'affettuosa pacca sulla placca dorsale e Sansa fu stupefatta nel vedere che i due erano della medesima statura. Anche Myrcella arrivò correndo. Il Folletto l'afferrò in vita e la fece vorticare nell'aria, lanciando striduli gridolini.

Dopo averla posata a terra, il nano la baciò in fronte e finalmente si avviò ondeggiando goffamente verso Joffrey. Due dei suoi uomini lo seguirono: uno era un mercenario dai capelli e gli occhi neri come il carbone che si muoveva come una pantera, l'altro era un giovane scarno con una cavità orbitale vuota. Tommen e Myrcella li seguirono.

Tyrion s'inginocchiò al cospetto del suo nuovo re: «Maestà».

«Tu» constatò Joffrey.

«Io» concordò il Folletto. «Per quanto un saluto un minimo più cordiale sarebbe più adatto ad accogliere uno vecchio zio.»

«Dicevano che eri morto» disse il Mastino.

Il piccolo uomo lanciò una lunga occhiata al gigante. Aveva un occhio verde e uno nero, ed entrambi avevano un'espressione gelida: «Parlavo con il re, non con il suo scagnozzo».

«Io sono contenta che tu non sia morto» dichiarò la principessa Myrcella.

«Condividiamo la tua gioia, piccola mia.» Tyrion si rivolse quindi a Sansa. «Mia lady, sono davvero dolente per la tua perdita. Invero, gli dei sono crudeli.»

Sansa rimase senza parole. Com'era possibile che fosse dispiaciuto per il suo lutto? La stava forse deridendo? Non erano gli dei a essere stati crudeli, era stato Joffrey.

«Sono dolente anche per la tua perdita, Joffrey» aggiunse il nano.

«Quale perdita?»

«Il tuo nobile padre. Un uomo grande, grosso e fiero, con una gran barba nera. Se ti sforzi un po', chissà, magari potrebbe anche tornarti in mente.»

«Oh, lui. Sì, una cosa molto triste. L'ha ucciso un cinghiale.»

«Davvero? È questo ciò che dicono, maestà?»

Joffrey aggrottò la fronte. Sansa sentiva di dover dire qualcosa Cos'è che septa Mordane, la sua istitutrice, le ripeteva sempre? Ah, sì: "La corazza di una lady è la cortesia". Così Sansa indossò quella corazza e parlò: «Sono dispiaciuta che la lady mia madre ti abbia preso prigioniero, mio signore».

«Sono spiacenti in parecchi per quello» replicò Tyrion. «E ber presto, alcuni di loro saranno ancora più spiacenti... Tuttavia ap prezzo le tue parole. Joffrey, dove posso trovare tua madre?»

«È con il mio Concilio» rispose il re. «Tuo fratello Jaime conti nua a perdere battaglie.» Scoccò a Sansa uno sguardo inferocito, come se fosse colpa sua. «È stato catturato dagli Stark e abbiamo perso Delta delle Acque, e adesso quello stupido fratello di Sansa si fa chiamare re.»

Il nano fece una smorfia che doveva essere un sorriso: «Di questi tempi, c'è un mucchio di gente stupida che si fa chiamare re».

Joffrey non seppe come rispondere alla battuta, e continuò ad avere un'espressione sospettosa e incerta. «Sì. Difatti. Sono lieto che tu non sia morto, zio. Mi hai portato un dono per il mio compleanno?»

«Uno bello grosso: il mio buonsenso.»

«Preferirei piuttosto avere la testa di Robb Stark» ribatté Joffrey con un'altra occhiata inferocita a Sansa. «Tommen, Myrcella, venite.»

Sandor Clegane si trattenne per un attimo: «Tieni a freno quella tua lingua, piccolo uomo» intimò. Dopo di che, seguì il suo re.

Sansa fu lasciata sola con il nano e i suoi mostri. Cercò di pensare a qualcosa d'altro da dire. «Ti sei fatto male al braccio» riuscì a tirare fuori alla fine.

«Durante la battaglia della Forca Verde del Tridente, uno dei tuoi uomini del Nord mi ha colpito con una mazza chiodata. Gli sono sfuggito lanciandomi da cavallo» studiando il volto di lei, il sogghigno del Folletto sembrò addolcirsi. «È il dolore per la morte di tuo padre a renderti triste?»

«Mio padre era un traditore.» Sansa non ebbe la minima esita zione. «Anche mio fratello e mia madre sono traditori.» L'aveva imparata bene, quella risposta di riflesso. «Io sono leale al mio amato Joffrey.»

«Nessun dubbio. Leale quanto una cerbiatta circondata da lupi.»

«Leoni» corresse Sansa in un sussurro, senza riflettere. Gettò un'occhiata nervosa all'intorno, ma non c'era nessuno abbastanza vicino da udirla.

Lannister allungò un braccio tozzo e le prese la mano, stringendogliela: «Io sono solo un leone molto piccolo, bambina mia, e ti prometto che non ti sbranerò». Fece un breve inchino. «E se ora vorrai perdonarmi, ho affari urgenti da sbrigare con la regina e il Concilio.»

Sansa lo guardò andarsene, il suo corpo troppo corto che ondeggiava da una parte all'altra a ogni passo, come una di quelle creature grottesche nei carri viaggianti dei guitti. "Parla in modo più gentile di Joffrey, ma anche la regina mi parlava in modo gentile. È pur sempre un Lannister, fratello della regina e zio di Joffrey. E non è amico mio." Un tempo, Sansa aveva amato il principe Joffrey con tutto il cuore, così come aveva ammirato sua madre, la regina Cersei, e si era fidata di lei. Per il suo amore, per la sua fiducia, loro l'avevano ripagata con il capo mozzato di suo padre. No, Sansa non avrebbe commesso quell'errore una seconda volta.

TYRION

Drappeggiato nel candido mantello della Guardia reale, ser Mandon Moore sembrava un cadavere avvolto in un sudario. «Sua maestà la regina ha dato ordini precisi» disse. «Il Concilio è in sessione e non può essere disturbato.»

«Sarà un disturbo da poco, ser.» Tyrion fece scivolare una pergamena fuori dalla manica. «Sono latore di una lettera da parte di mio padre, lord Tywin Lannister, Primo Cavaliere del re. E questo è il suo sigillo.»

«La regina non vuole essere disturbata» ribadì ser Mandon lentamente, quasi che Tyrion fosse un povero idiota che non lo aveva udito la prima volta.

Una volta suo fratello Jaime gli aveva detto che Moore era il più pericoloso di tutti i cavalieri della Guardia reale – eccetto lui, era chiaro – poiché niente, nel suo volto, dava indicazioni su quale sarebbe stata la sua mossa successiva. In quel frangente, però, a Tyrion non sarebbe affatto dispiaciuto avere qualche indizio. Se la cosa fosse sfociata nel confronto alla lama, Bronn e Timett sarebbero certamente stati in grado di uccidere il cavaliere. Per contro, inaugurare il suo arrivo tagliando la gola a uno dei protettori di Joffrey poteva non essere il gesto più conciliatorio. Al tempo stesso, se lui l'avesse data vinta a Moore, andandosene, che fine avrebbe fatto la sua autorità?

«Ser Mandon, credo che tu non abbia fatto la conoscenza con i miei compagni.» Tyrion s'impose di sorridere. «Questo è Timett figlio di Timett, mano rossa degli Uomini Bruciati. E quest'altro è Bronn. Forse tu ricordi ser Vardis Egen, comandante della Guardia di lord Jon Arryn?»

«Conosco ser Vardis.» Gli occhi di ser Mandon erano grigio chiaro, spenti e senza vita.

«Conoscevi» precisò Bronn con un mezzo sorriso.

Ser Mandon non si degnò di dar segno di aver udito.

«Sia come sia» riprese Tyrion. «È molto importante, cavaliere che io veda mia sorella e le consegni questa lettera. Ora, vorresti essere così gentile da aprirci la porta?»

Il cavaliere in bianco non rispose. Tyrion era ormai sul punto di tentare di entrare con la forza, quando improvvisamente ser Mandon si fece di lato: «Tu puoi entrare. Loro no».

"Una piccola vittoria" gongolò il Folletto. "Piccola ma dolce." Il primo esame era superato. Tyrion Lannister oltrepassò il portale sentendosi quasi alto. I cinque uomini che componevano il Concilio ristretto del re cessarono all'istante di discutere.

«Tu.» Fu sua sorella la regina Cersei a parlare, in un tono a metà tra stupefazione e disgusto.

«Adesso capisco da chi Joffrey ha imparato le sue buone maniere.»

Tyrion si soffermò per un momento ad ammirare la coppia di sfingi di Valyria che montavano la guardia sulla porta della sala del Concilio ristretto, ostentando un'aria di rilassata sicurezza di sé. Cersei era infatti in grado di sentire il tanfo della debolezza nello stesso modo in cui un cane percepisce quello della paura.

«Che cosa ci fai qui?» Gli splendidi occhi verdi della sorella lo studiarono senza la benché minima luce di affetto.

«Consegno una lettera del lord nostro padre.» Tyrion si accostò al tavolo e collocò una pergamena arrotolata di fronte alla regina.

Varys l'eunuco prese la pergamena e la rigirò tra le dita delicate, perfettamente incipriate. «Quale cortesia da parte di lord Tywin. E la cera del suo sigillo ha una così squisita sfumatura dorata» Varys esaminò il sigillo con la massima attenzione. «All'aspetto, sembra proprio autentica.»

«Ma certo che è autentica.» Cersei gli strappò la pergamena dalle mani, poi spezzò il sigillo e srotolò il documento.

Tyrion rimase a osservarla mentre lo leggeva. Sua sorella si era impossessata dello scranno del re – evidentemente Joffrey non partecipava spesso alle riunioni del Concilio, non più di quanto avesse fatto suo padre, il defunto re Robert – per cui Tyrion si arrampicò sulla sedia del Primo Cavaliere. Nulla infatti gli sembrò più appropriato.

«Ma questo... è assurdo.» La regina alzò lo sguardo dal documento. «Il lord mio padre ha inviato mio fratello Tyrion a prendere il suo posto nel Concilio. Ci chiede di accettare Tyrion quale

Primo Cavaliere del re fino a quando lui stesso non sarà in grado di assumere di nuovo quel ruolo.»

Il gran maestro Pycelle si accarezzò la fluente barba bianca e annuì vigorosamente: «Si direbbe che un benvenuto sia d'uopo».

«Senz'altro.» Janos Slynt, con la sua pappagorgia e il cranio calvo, sembrava un rospo, un gracchiante animaletto che si era elevato un po' troppo dalla palude. «Abbiamo un disperato bisogno di te, mio signore. Rivolte ovunque, il cupo presagio nel cielo, disordini nelle strade della città...»

«E di chi è la colpa dei disordini, lord Janos?» sibilò Cersei. «Sono le tue cappe dorate ad aver l'incarico di mantenere l'ordine. E per quanto riguarda te, Tyrion, potresti esserci di maggiore aiuto sul campo di battaglia.»

«Già stato, mi è bastato.» Tyrion rise. «Io ho chiuso con i campi di battaglia, grazie tante. Sto più comodo su una sedia che in sella, e al sollevare un'ascia da combattimento preferisco di gran lunga alzare una coppa di vino. Tutto quel rullare di tamburi, quello scintillare di armature, tutti quei magnifici destrieri che nitriscono e scalpitano... Ebbene, i tamburi mi fanno venire il mal di testa, il sole che riverberava sull'armatura mi ha stracotto come un'anatra nella festa del giorno del raccolto e quei magnifici destrieri cacano proprio dappertutto. Non che io mi lamenti, intendiamoci. Al confronto dell'ospitalità di cui sono stato fatto oggetto alla valle di Arryn, tamburi, merda di cavallo e punture di zanzare sono una vera manna.»

«Ben detto, Lannister» commentò ridendo Ditocorto. «Un uomo che capisco con tutto il cuore.»

Tyrion sorrise a sua volta, ma non si era scordato una certa daga dall'impugnatura di osso di drago e dalla lama di acciaio di Valyria. "Di quella dovremo parlare a quattr'occhi, e anche molto presto." Si domandò se il caro lord Petyr avrebbe trovato anche quell'argomento altrettanto divertente.

«Vi prego.» Tyrion apostrofò l'intero Concilio. «Permettete che vi sia d'aiuto, per quanto modesto possa essere.»

Cersei lesse la lettera una seconda volta. «Quanti uomini hai portato con te?»

«Poche centinaia. Sono miei uomini, per la gran parte. Nostro padre detestava l'idea di indebolire le sue forze. Dopo tutto, sta combattendo una guerra.»

«E di quale utilità saranno quelle poche centinaia di uomini se Renly decidesse di marciare sulla città, o se Stannis volesse far vela dalla Roccia del Drago? Io chiedo un esercito e mio padre mi manda... un nano. Inoltre, è il re a nominare il Primo Cavaliere, con il consenso del Concilio. E Joffrey ha nominato il lord nostro padre.»

«E il lord nostro padre ha nominato me.»

«Questo non può farlo. Non senza l'approvazione di Joff.»

«Lord Tywin si trova a Harrenhal insieme al suo esercito» ribatté Tyrion in tono conciliante. «Perché tu e Joffrey non andate da quelle parti a verificare di persona?»

«Miei lord» continuò poi il Folletto con cordialità «potreste concedermi la grazia di poter parlare in privato con mia sorella?»

Varys fu il primo a scivolare in piedi, sorridendo in quel suo modo untuoso: «Quanto dev'esserti mancato il suono della dolce voce di tua sorella. Miei lord, vi prego, diamo loro qualche momento insieme. I guai del nostro travagliato regno aspetteranno».

Janos Slynt si alzò con esitazione, e anche il gran maestro Pycelle, con gravità. Tutti si alzarono. Ditocorto fu l'ultimo: «Vuoi che dica all'attendente di farti preparare l'alloggio nel Fortino di Maegor?».

«I miei ringraziamenti, lord Petyr, ma intendo sistemarmi nelle stanze che erano state di lord Stark, nella Torre del Primo Cavaliere.»

«Sei più coraggioso di me, Lannister.» Ditocorto rise di nuovo. «Tu sei al corrente di che fine hanno fatto i due Primi Cavalieri che ti hanno preceduto, non è vero?»

«Solamente due? Se stai cercando di farmi paura, perché non dire quattro?»

«Quattro?» Ditocorto inarcò un sopracciglio. «Vuoi dire che anche i Primi Cavalieri antecedenti a lord Arryn incontrarono un fato avverso nella torre? Temo di essere stato troppo giovane per prestare attenzione alla loro sorte.»

«Il Primo Cavaliere nominato alla fine del regno di Aerys Targaryen fu ucciso durante il saccheggio di Approdo del Re, ma dubito che abbia avuto il tempo di sistemarsi nella torre: fu Primo Cavaliere solamente per una notte. Quello prima di lui venne bruciato sul rogo. E i due prima di loro, che morirono in esilio, senza possedimenti e senza un soldo, si considerarono fortunati. Ritengo che il lord mio padre sia stato l'ultimo Primo Cavaliere ad andarsene da Approdo del Re con il suo titolo, le sue proprietà e tutte le parti anatomiche intatte.»

«Affascinante» commentò Ditocorto. «Tutte ottime ragioni per cui io preferirei dormire in una segreta.»

“Non perdere le speranze, potresti vedere esaudito presto questo tuo desiderio” pensò Tyrion.

«Coraggio e follia sono cugini» replicò invece. «O almeno questo è quanto si dice. Qualsiasi maledizione gravi sulla Torre del Primo Cavaliere, prego di essere abbastanza piccolo da poterla evitare non facendomi notare.»

Janos Slynt rise, Ditocorto sorrise e il gran maestro Pycelle fece uno dei suoi brevi, cupi inchini e li seguì fuori della sala.

«Spero che nostro padre non ti abbia inviato fin qui per tediarci con lezioni di storia» commentò Cersei una volta rimasti soli.

«Quanto, quanto ho desiderato udire di nuovo il suono della dolce voce di mia sorella» le disse Tyrion in un sospiro.

«Quanto, quanto ho desiderato che fosse strappata la lingua a quell'eunuco maledetto con un paio di tenaglie arroventate» rispose Cersei. «Nostro padre è forse uscito di senno? O forse invece sei stato tu a falsificare questa lettera?» Lesse il documento per la terza volta, con fastidio crescente. «Per quale motivo vorrebbe infliggermi la tua presenza? Volevo che lui venisse di persona.» Accartocciò nel pugno la lettera di lord Tywin. «Sono la reggente di Joffrey, e gli avevo inviato un ordine reale.»

«Ma lui ti ha ignorata» sottolineò Tyrion. «Il lord nostro padre dispone di un esercito piuttosto vasto, per cui può permettersi di farlo. A proposito, anche altri ti hanno ignorata, o sbaglio?»

La bocca di Cersei si contrasse. Il Folletto poté vedere il rossore diffondersi sul suo viso. «Ma se io denuncio questa lettera come un falso e ti faccio marcire in una segreta, nessuno potrà ignorarlo, te lo garantisco.»

Tyrion sapeva che ora stava camminando su ghiaccio pericolosamente sottile. Un passo falso e sarebbe sprofondato, senza che qualcuno lo tirasse fuori. «No, nessuno» replicò amabilmente. «Nemmeno nostro padre. Quello con il vasto esercito, hai presente? Ma perché mai vorresti farmi marcire in una segreta, cara sorella, considerando che ho fatto tutta questa strada proprio per venire a darti il mio aiuto?»

«Non so che farmene del tuo aiuto. Era la presenza di nostro padre che avevo comandato.»

«Certo, ma la presenza che volevi realmente è quella di Jaime.»

Sua sorella si considerava molto astuta, ma Tyrion era cresciuto insieme a lei ed era in grado di leggere le sue espressioni come se fossero passaggi di uno dei suoi libri preferiti. E quello che leggeva adesso era rabbia, paura, disperazione.

‹Jaime...»

«È tanto tuo fratello quanto mio» la interruppe Tyrion. «Dammi il tuo appoggio e io ti prometto che Jaime sarà non solo liberato ma anche che tornerà da noi sano e salvo.»

«E in che modo? Credi forse che gli Stark, madre e figlio, siano disposti a dimenticare che abbiamo decapitato lord Eddard?»

«Non lo credo, ma tu hai ancora le sue figlie, vero? Ho visto Sansa, la maggiore, nel cortile con Joffrey.»

«Ho sparso la voce che tengo a corte anche l'altra, Arya, ma è una menzogna» ammise la regina. «Alla morte di Robert, avevo mandato Meryn Trant a prenderla, ma quel suo dannato maestro di danza della ragazza si è messo di mezzo e lei è riuscita a scappare. Nessuno l'ha più vista. Probabilmente è morta. Furono in molti a morire quel giorno.»

Tyrion aveva contato su entrambe le ragazzine Stark. In ogni caso, ora avrebbe dovuto accontentarsi di una sola. «Veniamo ai tuoi amici del Concilio.»

Cersei lanciò un'occhiata alla porta chiusa: «Cosa vuoi sapere?».

«Sembra che a nostro padre non piacciano granché. Quando l'ho lasciato, si stava domandando che bell'effetto potrebbero fare le loro teste mozzate accanto a quella di lord Stark.» Tyrion si protese verso di lei. «Sei certa della loro lealtà? Ti fidi di loro?»

«Di nessuno, mi fido» scattò Cersei. «Mi servono, però. Nostro padre ritiene forse che ci stiano tradendo?»

«Diciamo che lo sospetta.»

«Perché? Che cosa sa?»

Tyrion scrollò le spalle. «Sa che il breve regno di tuo figlio non è stato altro che un'interminabile serie di assurdità e di disastri. Questo implica che qualcuno sta dando a Joffrey pessimi consigli.»

«Al contrario, Joffrey ha sempre ricevuto ottimi consigli.» La regina gli lanciò uno sguardo indagatore. «Ha sempre avuto una forte personalità, e adesso che è re, ritiene di poter fare ciò che lo compiace, non ciò che gli viene detto.»

«Le corone fanno strani effetti alle teste che le portano» concordò Tyrion. «Questa brutta faccenda di Eddard Stark... Opera di Joffrey?»

La regina fece una smorfia. «Gli era stato suggerito di perdonare Stark, di permettergli di entrare nella confraternita in nero. In quel modo, ce lo saremmo tolto di torno per sempre e avremmo addirittura potuto negoziare una pace con suo figlio. Ma Joff si era messo in testa di offrire uno spettacolo alla folla. Che cosa potevo fare? Ha decretato di volere la testa di lord Eddard davanti a mezza città. Janos Slynt e ser Ilyn si sono fatti avanti e l'hanno decapitato senza che neppure io avessi la possibilità di dire una sola parola!» La mano della regina si chiuse a pugno. «Adesso il sommo septon ci accusa di aver profanato il Grande Tempio di Baelor con il sangue, dopo che gli avevamo mentito sulle nostre vere intenzioni.»

«Vogliamo dargli torto?» ribatté Tyrion. «Per cui questo... lord Slynt ha preso parte a questa storia, giusto? E dimmi, sorellina, chi ha avuto la brillante idea di concedergli Harrenhal e di ammetterlo nel Concilio?»

«È stato Ditocorto a organizzare tutto. Ci servivano le cappe dorate di Slynt. Eddard Stark stava complottando con Renly e aveva scritto a lord Stannis, offrendogli il trono. Stavamo per perdere tutto. E abbiamo rischiato grosso. Se Sansa non fosse venuta da me a parlarmi dei piani di suo padre...»

«Sul serio? Tradito niente meno che da sua figlia?» Tyrion era onestamente sorpreso. Sansa gli era sempre sembrata una ragazzina così dolce, tenera e delicata.

«La piccola grondava amore per Joffrey. Per lui avrebbe fatto qualsiasi cosa... Fino a quando lui non ha tagliato la testa di suo padre definendolo un atto di clemenza. Questo gesto ha anche posto fine all'amore.»

«Sua maestà il re ha un modo tutto suo per conquistarsi il cuore dei suoi sudditi.» Tyrion fece un sorriso ironico. «Ser Barristan Selmy è stato rimosso dal comando della Guardia reale per un'altra brillante idea di Joffrey?»

La regina sospirò. «Joff voleva qualcuno su cui fare ricadere la colpa della morte di Robert. Varys ha suggerito ser Barristan. E in fondo, perché no? Questo avrebbe dato a Jaime il comando della Guardia e un seggio nel Concilio ristretto, permettendo a Joff di gettare un bell'osso anche al suo Mastino. È molto vicino a Sandor Clegane. Eravamo pronti a offrire a Selmy delle terre e un piccolo castello, molto di più di quanto quel vecchio stupido meritasse.»

«Mi è stato detto però che quel vecchio stupido ha massacrato due delle guardie cittadine del grande lord Slynt, quando queste hanno cercato di catturarlo alla Porta del fango.»

«Janos avrebbe dovuto inviare più uomini.» La regina assunse un'espressione infelice. «Non è poi così competente quanto vorremmo.»

«Tu dici? Ser Barristan Selmy era il lord comandante della

Guardia reale di re Robert Baratheon» le rammentò Tyrion. «Lui e Jaime sono gli unici superstiti delle sette spade bianche di Aerys Targaryen. Di ser Barristan, il popolo parla con la medesima ammirazione con cui parla di Serwyn dallo Scudo a specchio e di Aemon il Cavaliere del drago. Che cosa credi che penseranno nel vedere Barristan il Valoroso cavalcare a fianco di Robb Stark o di Stannis Baratheon?»

Cersei distolse lo sguardo: «A questo non avevo pensato».

«Ci ha pensato però nostro padre. Ed è proprio la ragione per cui mi ha mandato qui, per porre fine a tutte queste idiozie e richiamare all'ordine tuo figlio.»

«Dubito molto che Joffrey sarà più malleabile con te di quanto lo sia con me.»

«Potrebbe diventarlo.»

«E perché dovrebbe?»

«Perché sa che tu non gli faresti mai del male.»

Gli occhi di Cersei si ridussero a due fessure. «Se credi che ti permetterò di fare del male a mio figlio, stai delirando di febbre.»

Tyrion sospirò. Non ci arrivava. In realtà, faceva spesso fatica a capire. «Con me, Joffrey è al sicuro tanto quanto lo è con te» la rassicurò. «Ma se il ragazzo sente di essere minacciato, sarà più incline ad ascoltare.» Le prese una mano. «Cersei, sono sempre tuo fratello, e tu hai bisogno di me, che tu lo voglia ammettere o no. E anche tuo figlio ha bisogno di me, soprattutto se vuole continuare a sperare di conservare quel brutto scranno di ferro.»

Sua sorella parve sconvolta dal fatto che lui avesse osato toccarla: «Sei sempre stato astuto, Tyrion».

«A mio modesto modo» sogghignò il Folletto.

«Forse vale la pena di tentare...» cedette Cersei. «Ma non commettere errori, Tyrion. Se io accetto la tua presenza, sarai il Primo Cavaliere del re di nome, ma il Primo Cavaliere della regina di fatto. Prima di agire, discuterai con me tutti i tuoi piani e le tue intenzioni. E non farai nulla senza il mio consenso. Siamo intesi?»

«Ma certo.»

«Sei d'accordo, quindi.»

«In tutto e per tutto» le mentì lui. «Sono ai tuoi comandi, sorella...» "Ma solo fino a quando mi farà comodo." «Per cui, adesso che abbiamo un obiettivo comune, non dovrebbero più esistere segreti fra di noi. Hai detto che è stato Joffrey a far uccidere lord Eddard, che è stato Varys a liquidare ser Barristan e Ditocorto a farci gentile omaggio di lord Slynt. Chi ha assassinato Jon Arryn?»

Cersei strappò la mano da quelle di lui: «Perché dovrei saperlo?».

«L'inconsolabile vedova al Nido dell'Aquila è convinta che sia io il colpevole. E mi domando chi mai le avrà messo in testa una simile sgradevole idea.»

«Non lo so proprio. Quello stupido di Eddard Stark mi ha accusata della stessa cosa. Mi ha lasciato intendere che lord Arryn sospettava... ecco, che credeva...»

«Che tu ti facevi sbattere dal nostro caro fratellino Jaime?»

Lei lo schiaffeggiò.

«Credi che sia cieco come nostro padre?» Tyrion si massaggiò la guancia. «Non m'importa con chi giaci, per quanto... be', diciamocelo: non trovo giusto che tu apra le gambe solo per un fratello e non per l'altro.»

Lei lo schiaffeggiò.

«Sii gentile con me, Cersei, sto solo scherzando. In tutta franchezza, preferirei andare con una bella puttana. Non sono mai riuscito a capire che cosa Jaime continui a vedere in te... A parte un'immagine riflessa di se stesso.»

Lei lo schiaffeggiò.

«Non rifarlo, sorellina.» Le guance di Tyrion erano rosse e infuocate, eppure lui continuava a sorridere. «Potrei davvero irritarmi.»

Questo la spinse ad abbassare la mano. «E se anche fosse?»

«Ho dei nuovi amici, qui fuori» le confidò. «E non credo proprio che ti piacerebbe fare la loro conoscenza. Parliamo di Robert: in che modo lo hai ucciso?»

«Ha fatto tutto da solo. Noi... gli abbiamo solo fornito un piccolo aiuto. Quando Lancel lo ha visto andare ad affrontare il cinghiale, gli ha dato del vino forte, il suo rosso amaro preferito. Però potenziato, tre volte più forte di quello che beveva di solito. Quanto lo amava, il vino, quel fetente imbecille. Poteva fermarsi, poteva smettere di riempirsi le viscere dopo il primo otre. Invece no, ha ordinato a Lancel di portargliene un secondo. Il cinghiale ha fatto il resto. Peccato che tu ti sia perso il banchetto, Tyrion. Mai mangiato un cinghiale più delizioso. L'hanno cucinato con funghi e mele. Aveva il sapore... del trionfo!»

«In verità, sorella cara, tu sei nata per essere vedova.» A Tyrion in fondo non dispiaceva Robert Baratheon, sciocco crapulone che era, più che altro per reazione al fatto che sua sorella lo odiava così tanto. «Quindi, se hai finito di prendermi a sberle, credo che toglierò il disturbo.» Contorse le gambette corte e scivolò goffamente giù dallo scranno.

«Non ti ho dato licenza di andare.» Cersei corrugò la fronte. «Voglio sapere che cosa intendi fare per liberare Jaime.»

«Te lo dirò quando lo saprò. I piani sono come i frutti: bisogna farli maturare. Per adesso, credo che farò una cavalcata nelle strade per farmi un'idea di questa città.»

Tyrion appoggiò una mano sulla testa di una delle sfingi di Valyria ai lati della porta. «Oh, un'ultima cosa. Cortesemente, sorellina, assicurati che a Sansa non venga fatto alcun male, intesi? Sarebbe quanto mai controproducente perderle entrambe, le ragazze Stark.»

Fuori della sala del Concilio, Tyrion si congedò da ser Mandon Moore con un rapido cenno del capo e si avviò per il lungo corridoio con volta ad arco. Bronn lo scortò a distanza ravvicinata. Di Timett figlio di Timett, nessuna traccia.

«Dov'è la nostra Mano rossa?» domandò Tyrion.

«Gli è venuta una gran voglia di esplorare. Quelli come lui non sono fatti per aspettare davanti a una porta.»

«Mi auguro che non uccida nessuno d'importante.»

I barbari che Tyrion aveva portato con sé dalle montagne della Luna avevano una sorta di loro brutale senso di lealtà, ma erano anche troppo orgogliosi e troppo litigiosi, sempre pronti a rispondere a insulti veri o presunti con l'acciaio.

«Va' a cercarlo, Bronn» gli intimò il Folletto. «E già che ci sei, assicurati che il resto della truppa si sia acquartierato e rifocillato. Voglio che si sistemino nei baraccamenti sotto la Torre del Primo Cavaliere, ma non permettere che l'attendente metta i Corvi di Pietra vicino ai Fratelli della Luna. Digli anche che gli Uomini Bruciati devono avere un edificio tutto per loro.»

«E tu dove andrai?»

«Torno all'Incudine spezzata.»

«Ti serve una scorta?» Bronn fece un sogghigno insolente. «Gira voce che le strade siano pericolose.»

«Chiamerò il comandante delle guardie di mia sorella, e gli rammenterò che io sono un Lannister tanto quanto lo è lei. Il prode ufficiale deve tenere ben presente che ha giurato fedeltà a Castel Granito, non a Cersei o a Joffrey.»

Tyrion uscì a cavallo dalla Fortezza Rossa un'ora più tardi, con al seguito una dozzina di guardie dei Lannister in mantelli porpora ed elmi con criniera di leone. Nel superare il ponte levatoio, il suo sguardo incontrò le teste mozzate infilate sulle picche lungo le mura, orridi simulacri decomposti e anneriti dal catrame, ormai pressoché irriconoscibili.

«Comandante Vylarr!» gridò. «Voglio che quelle teste domani siano sparite. Datele alle Sorelle del silenzio perché le ricompongano.»

Riuscire ad accoppiarle con i corpi corrispondenti sarebbe stato un lavoro d'inferno, immaginò Tyrion, eppure andava fatto. Perfino nel mezzo di una guerra, certe forme di decenza dovevano essere rispettate.

Vylarr ebbe un attimo d'esitazione. «Sua maestà il re ci ha detto di lasciare le teste sulle mura fino a quando anche le tre ultime picche non saranno state riempite.»

«Lascia che mi lanci in un'ipotesi temeraria, comandante. Una picca è per Robb Stark, le altre due per lord Renly e lord Stannis Baratheon. Ho indovinato?»

«È così, mio signore.»

«Mettiamo le cose in chiaro, Vylarr. Quest'oggi, mio nipote compie tredici anni. Cerca di non scodartelo. Quelle teste saranno tolte da là domattina, altrimenti una di quelle picche potrebbe finire a ospitare la testa sbagliata. Ci siamo intesi, comandante?»

«Le farò deporre io stesso, mio signore.»

«Ottimo.» Tyrion diede di speroni e si allontanò al galoppo. Le cappe porpora gli tennero dietro al meglio che poterono.

Aveva detto a Cersei che intendeva farsi un'idea della città, e questa non era interamente una menzogna. Tyrion Lannister non fu minimamente soddisfatto di ciò che vide: le strade di Approdo del Re erano sempre state affollate, brulicanti e rumorose, adesso però grondavano un senso di pericolo che Tyrion non ricordava di aver mai percepito nelle sue visite precedenti. Un cadavere completamente nudo, abbandonato in un fosso nei pressi della strada della Frutta, era divorato da un branco di cani inselvatichiti, eppure nessuno sembrava farci caso. Gli uomini della Guardia cittadina, mantelli dorati e cotte di maglia di ferro, erano una presenza visibile, muovendosi a coppie da un vicolo all'altro, mani guantate sulle impugnature delle loro mazze da combattimento. I mercati erano pieni di uomini macilenti e coperti di stracci, i quali cercavano di vendere i loro miseri possedimenti per qualsiasi prezzo venisse loro offerto... Ed erano invece visibilmente assenti i contadini che esponevano frutta e cibi freschi. Qualsiasi prodotto commestibile costava almeno il triplo dell'anno precedente.

«Ratti freschi!» gridava a gran voce un ambulante. «Ratti freschi!»

Erano veramente topi di fogna, infilati su uno spiedo e cotti alla brace, e i topi freschi erano certamente meglio di vecchi topi in putrefazione. Ma la cosa inquietante era che quei ratti allo spiedo sembravano decisamente più succulenti di qualsiasi altro tipo di carne venisse esposto sulle bancarelle dei macellai. Lungo la strada della Farina, guardie armate sorvegliavano l'ingresso di ogni singola bottega. In tempi di magra, perfino i fornai trovavano che i mercenari fossero più a buon mercato del pane, rimuginò Tyrion.

«Nessun rifornimento raggiunge la città, non è così?» domandò a Vylarr.

«Pochissimi» ammise il comandante. «Tra la guerra nelle terre dei fiumi e lord Renly che raduna ribelli ad Alto Giardino, le strade a sud e a ovest sono chiuse.»

«E la mia buona sorella che provvedimenti ha adottato per risolvere il problema?»

«Sta compiendo passi per restaurare la pace del re» lo assicurò Vylarr. «Lord Slynt ha triplicato la Guardia cittadina e la regina ha messo mille operai al lavoro per rafforzare le nostre difese. Gli spaccapietre rinforzano le mura, i carpentieri costruiscono scorpioni e catapulte a centinaia, gli armaioli fabbricano archi e frecce, i fabbri forgiano lame, e l'ordine degli Alchimisti ha garantito diecimila ampolle di altofuoco.»

Tyrion si dimenò sulla sella, a disagio. Era compiaciuto che sua sorella non fosse rimasta con le mani in mano, ma l'altofuoco era roba che scottava, in tutti i sensi: diecimila anfore bastavano per ridurre in cenere l'intera Approdo del Re.

«E in che modo la regina avrebbe trovato i fondi per pagare tutto questo?» Non era un segreto per nessuno che re Robert aveva lasciato in eredità un regno gravemente indebitato Quanto agli alchimisti, ben di rado il loro ordine faceva rima con altruisti.

«Lord Ditocorto trova sempre il modo, mio signore. Ha imposto una tassa d'ingresso alla città.»

«Sì, quella funziona di certo» riconobbe Tyrion.

"Abile, certo, molto abile. E anche molto crudele." Decine di migliaia erano i profughi che continuavano a fuggire dalle zone dei combattimenti, cercando ipotetico rifugio ad Approdo del Re. Tyrion li aveva visti, lungo la strada del Re, lunghe schiere di madri e di bambini spaventati, accompagnate da padri ansiosi, i loro sguardi avidi fissi sui suoi cavalli e i suoi carri. Una volta raggiunta la città, avrebbero pagata cara la possibilità di frapporre quelle mura protettrici tra loro e il pericolo. Forse avrebbero cambiato idea se avessero saputo dell'altofuoco.

La locanda con l'insegna dell'Incudine spezzata si trovava in vista di quelle stesse mura protettrici, in prossimità della Porta degli dei, dalla quale Tyrion e i suoi uomini erano passati quella mattina stessa. Entrando nel cortile interno, un ragazzo accorse ad afferrare le redini del destriero del Folletto, aiutandolo a scendere di sella.

«Riporta i tuoi uomini al castello» ordinò a Vylarr. «Io passerò la notte qui.»

Il comandante ebbe un'espressione dubbiosa: «Sarai al sicuro, mio lord?».

«Vedi, comandante, quando me ne sono andato da qui, questa mattina, la locanda era piena di guerrieri del clan Orecchie Nere. Nessuno è mai del tutto al sicuro quando c'è in giro Chella figlia di Cheyk.»

Con la sua andatura barcollante, Tyrion si avviò verso l'ingresso, lasciando Vylarr a domandarsi quale fosse il significato di quelle parole.

Una ventata di allegria lo accolse nel momento in cui fece ingresso nella sala comune. Il Folletto riconobbe la risata gutturale di Chella e quella argentina di Shae. La ragazza era vicino al caminetto, seduta a un tavolo rotondo di legno. Sorseggiava del vino insieme ai tre delle Orecchie Nere che Tyrion aveva lasciato a proteggerla e a un individuo corpulento che gli voltava le spalle. Doveva trattarsi del locandiere.

«Tyrion!» lo salutò sorridendo Shae. L'individuo corpulento si alzò, voltandosi verso di lui: «Mio buon signore» un languido sorriso da eunuco affiorò sul suo volto incipriato. «Non sai quanto io sia felice di vederti.»

«Lord Varys...» Il Folletto ebbe difficoltà ad articolare il suo nome. «Non mi aspettavo di trovarti qui.» "Che gli Estranei lo portino alla dannazione. Come ha fatto a trovarli tanto in fretta?"

«Perdona la mia intrusione, lord Tyrion, ma sono stato colto da questo irrefrenabile impulso di incontrare la tua giovane dama.»

«Giovane dama» ripeté Shae, assaporando il suono di quelle parole. «Hai ragione almeno a metà, milord. Sono giovane.»

"Diciotto anni" pensò Tyrion. "Diciotto anni e puttana. Ma dalla mente pronta e, tra le lenzuola, agile come una gatta. Grandi occhi scuri, serici capelli neri e una dolce, morbida, famelica boccuccia... ed è mia! Che tu sia maledetto, eunuco!"

«Temo, lord Varys, di essere io l'intruso.» Il Folletto ostentò cortesia forzata. «Mi sembravate nel mezzo di piacevoli conversari.»

«Milord Varys stava facendo i complimenti a Chella per le sue orecchie e le ha detto che deve aver ucciso molti uomini per portare una tale graziosa collana» spiegò Shae. A Tyrion diede non poco fastidio sentirla chiamare Varys "milord" a quel modo: lo stesso modo in cui chiamava lui "milord" quando giocavano fra i cuscini. «E Chella gli ha risposto che solo i codardi uccidono i vinti.»

«È atto più coraggioso lasciare in vita lo sconfitto, dandogli la possibilità di lavare l'onta riprendendosi il suo orecchio» spiegò Chella. Era una donna piccola e scura, e la macabra collana attorno al suo collo era formata da non meno di quarantasei orecchie, tutte annerite, grinzose, mummificate. Tyrion le aveva contate una per una. «Solo così si dimostra di non aver paura dei nemici.»

Shae rise forte. «Milord ha detto che se lui fosse un Orecchio Nero non dormirebbe mai, per paura degli uomini con un orecchio solo.»

«Un problema che non dovrò mai affrontare» rispose Tyrion. «Sono terrorizzato dai miei nemici... Per questo li uccido tutti.»

Varys ridacchiò: «Bevi un po' di vino con noi, mio lord?».

«D'accordo.» Tyrion sedette accanto a Shae.

Chella e la ragazza non capivano che cosa stesse accadendo, ma lui aveva capito perfettamente. Varys gli aveva mandato un messaggio. Aveva detto: "Sono stato colto da questo irrefrenabile impulso d'incontrare la tua giovane dama", ma quello che intendeva realmente dire era: "Tu hai cercato di tenerla nascosta, ma io sapevo dove si trovava, so chi è e adesso eccomi qui". Il Folletto si domandò chi lo avesse tradito. Il locandiere, il ragazzo delle stalle, una guardia alla porta... o uno dei suoi?

«Preferisco sempre rientrare in città passando per la Porta degli dei» disse Varys a Shae, tornando a riempire le coppe di vino. «I bassorilievi sull'architrave sono splendidi. Ogni volta che li ammiro, mi commuovo. Quegli occhi... così incredibilmente espressivi, non trovi? Superando il ponte levatoio, sembrano quasi seguirti con lo sguardo.»

«Non li avevo notati, milord» rispose Shae. «Domani guarderò meglio, se ti compiace.»

"Non perdere il tuo tempo, dolcezza" pensò Tyrion, facendo ondeggiare il vino nella coppa. "Gli occhi di cui parla sono i suoi. Sta dicendo che 'lui' stava guardando, che ha saputo che eravamo qui l'istante stesso in cui abbiamo oltrepassato la porta."

«Ma tu sii prudente, figliola» la esortò Varys. «Approdo del Re non è per niente sicura, di questi giorni. Conosco bene queste strade, eppure esitavo a venire, così solo e disarmato. In questi tempi oscuri, uomini senza legge sono in agguato dovunque, oh, sì. Uomini che impugnano freddo acciaio, e dai cuori ancora più freddi.» "Dove io posso arrivare solo e disarmato, anche altri possono arrivare, ma con la spada in pugno" intendeva dire.

Shae rise di nuovo. «Se cercano di darmi fastidio, si ritroveranno con un orecchio in meno quando Chella li metterà in fuga.»

Varys rise forte, nemmeno fosse stata la battuta più divertente che avesse udito in vita sua. Ma quando si voltò verso Tyrion, non c'era alcuna traccia di allegria nei suoi occhi. «La tua giovane dama è quanto mai amabile. Al tuo posto, lord Tyrion, mi prenderei molta cura di lei.»

«È precisamente quello che intendo fare. Chiunque cercasse di farle del male... Ebbene, sono troppo piccolo per essere un Orecchio Nero, e non pretendo di essere un valoroso.» "Che te ne pare di questa, eunuco? Un linguaggio che capisci bene, o sbaglio? Tu falle del male, e io avrò la tua testa."

«È ora che vada.» Varys si alzò. «So quanto dovete essere stanchi. Volevo solamente darti il benvenuto, mio lord, e dirti quanto sono lieto del tuo arrivo. C'è molto bisogno di te nel Concilio. Hai visto la cometa?»

«Sono piccolo, Varys, non cieco» rispose Tyrion. Sulla strada del Re, la cometa pareva invadere metà del cielo, addirittura più luminosa della luna crescente.

«I popolani la chiamano "il Messaggero rosso"» spiegò Varys. «Dicono che sia l'araldo che precede il re, un avvertimento di fuoco e di sangue a venire.» L'eunuco si fregò le mani incipriate. «Posso congedarmi da te con un piccolo indovinello, lord Tyrion?» Proseguì senza attendere una risposta: «Tre grandi uomini siedono in una stanza, un re, un prete e un ricco con il suo oro. Tra loro c'è un mercenario, un ometto di umili origini e senza troppo cervello. Ognuno dei tre grandi uomini ordina al mercenario di uccidere gli altri due. "Uccidili" dice il re "perché io sono il tuo signore." "Uccidili" dice il prete "perché io te l'ordino nel nome degli dei." "Uccidili" dice il ricco "e tutto quest'oro sarà tuo." Per cui, dimmi, mio lord: chi sarà a vivere e chi a morire?».

Con un profondo inchino, l'eunuco si ritirò dalla sala comune ondeggiando sulle sue morbide pantofole.

Una volta che se ne fu andato, Chella sbuffò e Shae arricciò il naso ben fatto. «Il ricco, vive, giusto?» azzardò.

«Forse. E forse no.» Tyrion sorseggiò pensosamente il vino. «Dipende dal mercenario, mi pare.» Posò la coppa. «Vieni, andiamo di sopra.»

Shae fu costretta ad aspettarlo sulla sommità delle scale: le sue gambe erano snelle e forti, mentre quelle di lui rimanevano corte, deformi e piene di dolori. Quando il Folletto finalmente la raggiunse, Shae stava sorridendo. «Ti sono mancata?» gli domandò con fare scherzoso, prendendogli la mano.

«Disperatamente» ammise Tyrion. Shae era alta appena più di cinque piedi, eppure lui era comunque costretto a guardarla dal basso in alto. Ma nel caso di Shae, la cosa non lo disturbava. Era bella da guardare dal basso in alto.

«Continuerò a mancarti mentre starai in quella tua Fortezza Rossa» disse guidandolo nella sua stanza. «Tutto solo in quella tua Torre del Primo Cavaliere.»

«Come hai ragione...»

Tyrion l'avrebbe volentieri tenuta con sé, ma il lord suo padre gliel'aveva proibito. "Tu non porterai quella puttana a corte" aveva imposto lord Tywin. Averla condotta ad Approdo del Re era il massimo che Tyrion si sentiva di osare. Tutta la sua autorità emanava dal padre, e la ragazza questo doveva capirlo.

«Non sarai lontana» le promise. «Avrai una casa, con guardie e servitori, e io verrò a visitarti ogni volta che potrò.»

Shae chiuse la porta con un calcio. Oltre i vetri offuscati della stretta finestra, il Grande Tempio di Baelor era visibile in cima alla collina di Visenya. Ma in quel momento, Tyrion era distratto da un diverso panorama: chinandosi in avanti, Shae afferrò il bordo della tunica, se la sfilò dalla testa e la gettò di lato. Non portava mai biancheria intima.

«Non riuscirai a dormire» disse facendosi ammirare da lui, tutta rosa, nuda e adorabile, una mano su un fianco. «Ogni volta che andrai a letto, penserai a me. Poi ti verrà duro, ma non ci sarà nessuno ad aiutarti, così sarai costretto a...» Fece quel suo sorriso malizioso che a Tyrion piaceva tanto. «Torre del Primo Cavaliere la chiamano? Forse dovrebbero rinominarla "torre del cavaliere solitario"...»

«Smettila di parlare e baciami» le ordinò.

Il Folletto sentì il gusto del vino che ancora aleggiava sulle labbra di lei e la pressione dei suoi seni sodi contro di lui mentre le sue dita armeggiavano con i lacci delle brache.

«Mio leone» sussurrò Shae quando lui si scostò per spogliarsi. «Mio dolce signore, mio gigante di Lannister.»

Tyrion la spinse verso il letto. Quando entrò in lei, Shae urlò così forte da risvegliare Baelor il Benedetto dalla sua tomba. Le sue unghie gli affondarono nella schiena. Mai dolore era stato più piacevole.

"Stupido." Fu questo che Tyrion pensò più tardi, mentre giacevano al centro del paglericcio malconcio, circondati da lenzuola attorcigliate. "Riuscirai mai a imparare? È una puttana, maledetto te. Se ne frega del tuo cazzo, sono i tuoi soldi che vuole. Ti ricordi di Tysha?" Eppure, uno dei capezzoli di lei s'inturgidì al tocco delle sue dita e la traccia dei suoi denti, dove lui le aveva dato un morso nel pieno della passione, era ancora ben visibile sul suo seno.

«Che cosa farai, mio lord, adesso che sei Primo Cavaliere del re?» Shae gli domandò mentre lui accarezzava quella pelle liscia e morbida.

«Qualcosa che Cersei non si aspetterebbe mai» sussurrò piano Tyrion contro il suo collo affusolato. «Farò... giustizia.»

BRAN

Brandon Stark preferiva la dura pietra del sedile della finestra al conforto del materasso di piume e delle coperte calde. Quando giaceva nel letto, era come se le pareti lo opprimessero e il soffitto incombesse su di lui. Quando giaceva nel letto, la sua stanza si tramutava in una cella, e il castello di Grande Inverno in un carcere, mentre fuori della finestra il vasto mondo continuava a chiamarlo.

Non poteva più camminare, Brandon Stark. Non poteva più scalare, né cacciare, né combattere con la spada di legno come faceva un tempo. Ma poteva ancora osservare. Gli piaceva guarda re le luci tenui apparire dietro le finestre ai quattro angoli di Grande Inverno, quando candele e focolari venivano accesi die tro i vetri a losanghe della torre e del salone. E amava ascoltare meta-lupi ululare al cielo stellato.

Negli ultimi tempi, li sognava spesso, i lupi. "Mi stanno parlando, da fratello a fratello" questo diceva fra sé udendo il loro ululato. Poteva quasi capirli... non proprio del tutto, ma quasi. Come se stessero comunicando in un linguaggio che un tempo lui aveva conosciuto ma che ora aveva dimenticato. I giovani Walder avevano paura di loro, ma nelle vene degli Stark scorreva sangue di lupo. "E in alcuni" lo aveva avvertito la vecchia Nan "è più forte che in altri."

Gli ululati di Estate erano prolungati e tristi, pieni di sofferenza, pieni della memoria di cose perdute. Quelli di Cagnaccio erano più ferali. Le loro voci rimbalzavano nei cortili e negli androni del maniero, e risuonavano in tutto il castello, come se un intero branco di famelici meta-lupi avesse invaso Grande Inverno. Ma i meta-lupi rimasti erano solamente due dei sei che erano stati un tempo. "Anche a loro mancano i loro fratelli e le loro sorelle?" si domandava Bran. "Li chiamano? Chiamano Vento grigio e Spettro? Chiamano Nymeria e lo spirito di Lady? Vogliono che tornino a casa, in modo da essere nuovamente un branco?"

«Chi può sapere quello che passa per la mente di un lupo?» aveva replicato ser Rodrik Cassel quando Bran gli aveva chiesto perché ululassero. Lady Catelyn, madre di Bran, lo aveva nominato castellano di Grande Inverno in sua assenza e quei doveri lasciavano a ser Rodrik ben poco tempo per rispondere a domande oziose.

«È la libertà che invocano» aveva sostenuto Farlen, il mastro dei canili, il quale non aveva verso i meta-lupi più affetto di quanto ne avessero i suoi mastini. «A loro non piace stare rinchiusi entro una cinta di mura, e chi può dare loro torto? Le creature selvagge appartengono alla natura selvaggia, non a un castello.»

«Vogliono cacciare» aveva concordato Gage il cuoco, mentre gettava cubetti di prosciutto nella grande pentola dello stufato. «L'olfatto di un lupo è migliore di quello di qualsiasi uomo. Da come la vedo io, hanno fiutato l'odore di una preda.»

Maestro Luwin, però, non la pensava a quel modo. «Spesso i lupi ululano alla luna. Questi invece ululano alla cometa. Vedi quanto è luminosa, Bran? Forse credono che la cometa sia la luna.»

Quando però Bran aveva ripetuto quella frase a Osha, lei aveva riso forte. «I tuoi lupi sanno molte più cose del tuo maestro» aveva risposto la donna che era stata tra i bruti. «I lupi conoscono verità che il vecchio ha dimenticato.» Il modo in cui aveva pronunciato quelle parole aveva fatto correre brividi gelidi lungo la schiena di Bran, e quando lui aveva domandato quale fosse il significato della cometa, la risposta di Osha era stata: «Sangue e fuoco, piccolo mio. Niente di bello».

Bran aveva chiesto della cometa anche a septon Chayle mentre entrambi stavano occupandosi di alcune antiche pergamene salvate a stento dall'incendio della biblioteca del castello. «È la spada che taglia le stagioni» aveva ribattuto lui e, poco dopo, dalla Cittadella di Vecchia Città era giunto il corvo bianco che portava l'annuncio dell'autunno. Per cui, senza dubbio doveva essere Chayle ad aver ragione.

Ma la vecchia Nan non era dello stesso avviso, e lei aveva vissuto più a lungo di tutti quanti loro. «Draghi» aveva risposto, sollevando il capo a annusando l'aria. Era pressoché cieca, la vecchia Nan, quindi non era in grado di vedere la cometa, eppure sosteneva di poterne fiutare l'odore. «Questi sono draghi, ragazzo» aveva insistito. Nan non lo chiamava mai "principe", non l'aveva mai fatto.

La sola cosa che Hodor aveva detto era stata: «Hodor». Ma in fondo, era anche l'unica parola che sapesse dire.

Eppure, i meta-lupi continuavano a ululare. Le guardie sulle mura imprecavano a denti stretti, i mastini nei canili abbaiavano furiosamente, i cavalli tiravano calci all'interno dei loro stabbioli, i due giovani Walder rabbrividivano davanti al focolare e perfino maestro Luwin si lamentava per le notti insonni. Bran era l'unico a essere tranquillo. Dopo che Cagnaccio aveva morso Piccolo Walder, ser Rodrik aveva confinato i meta-lupi nel parco degli dei, ma le pietre di Grande Inverno giocavano strani scherzi con i suoni e a volte pareva che le due belve stessero ululando nel cortile appena sotto la finestra di Bran. Altre volte, lui avrebbe scommesso che erano saliti sulle mura, muovendosi lungo i camminamenti come sentinelle. La sola cosa che desiderava era riuscire a vederli.

Riusciva però a vedere la cometa, incombente al di sopra del corpo di guardia e della Torre della campana, che si stendeva fin sopra la forma tozza e rotondeggiante della Prima Fortezza, le sagome dei doccioni che si stagliavano nere contro il crepuscolo violetto. Un tempo, Bran conosceva ogni singola pietra di quegli edifici, dentro e fuori. Li aveva scalati tutti, arrampicandosi lungo muri verticali con la medesima facilità con cui altri ragazzi correvano giù per le scale. I tetti erano stati i suoi nascondigli segreti, e i corvi sulla cima della torre spezzata i suoi migliori amici.

Ma poi lui era precipitato.

Bran non ricordava di essere caduto, ma tutti dicevano che era successo, così lui supponeva che fosse vero. Era stato a un passo dalla morte. Nell'osservare i doccioni corrosi dalle intemperie sulla sommità della Prima Fortezza, là dove dicevano che lui era finito nel vuoto, Bran sentiva uno strano vuoto nel ventre. Adesso non poteva più scalare niente, non poteva più nemmeno camminare, né correre, né tirare di spada. Tutti i suoi sogni di diventare cavaliere erano diventati nient'altro che ricordi amari.

Estate, il suo meta-lupo, aveva ululato il giorno in cui lui era caduto, e aveva continuato a ululare per tutto il tempo in cui il suo piccolo corpo spezzato era rimasto a giacere nel letto. Glielo aveva confidato suo fratello Robb prima di partire per la guerra. Estate era stato triste per lui, Cagnaccio e Vento grigio avevano condiviso quella sofferenza. E la notte in cui il corvo insanguinato aveva recato la notizia della morte di Eddard Stark, loro padre, i meta-lupi avevano capito anche quello. Bran si trovava nella torretta di maestro Luwin insieme a Rickon e stavano ascoltando la storia dei Figli della foresta quando le parole di Luwin erano state sopraffatte dagli ululati di Estate e di Cagnaccio.

"Ma adesso, per chi si lamentano?" Che un nemico avesse ucciso suo fratello Robb, il re del Nord? Che Jon Snow, suo fratello bastardo, fosse caduto dalla Barriera? Che sua madre fosse morta, o una delle sue sorelle? O forse si trattava di qualcosa d'altro, come il maestro e il septon e la vecchia Nan sembravano credere?

"Se io fossi veramente un meta-lupo" pensò "sarei in grado di capire il loro canto." Nei suoi sogni di lupo, era in grado correre su per le pendici delle montagne – aspre montagne ricoperte dai ghiacci e più alte della più alta delle torri – e rimanere su quelle cime impervie al cospetto della luna piena, con l'intero mondo sotto di lui, proprio com'era stato un tempo.

«Uuuu» gridò Bran con poca convinzione. Poi si portò le mani attorno alla bocca e sollevò il viso verso la cometa rossa. «Uuuuuuuuuuuuuuuuuuuu, ahuuuuuuuuuuuuuuuuuuuuu» ululò. Fu un suono stupido quello che gli venne fuori, un suono troppo alto, troppo vuoto e troppo tremante. L'ululato di un bambino, non di un lupo. Eppure Estate gli rispose, e la voce profonda della belva soverchiò quella infantile di Bran. Cagnaccio si unì al coro. Bran ululò di nuovo: "Haruuuuuuuu". Tutti e tre ulularono insieme, ultimi rimasti del loro branco.

Tutto quel gridare fece accorrere alla sua porta una delle guardie, Testa di fieno, quello con la verruca sul naso. Diede un'occhiata nella camera da letto e vide Bran che ululava, appollaiato sul davanzale della finestra.

«Che cos'è questo grido, mio principe?»

A Bran continuava a fare effetto quando lo chiamavano "principe", anche se di fatto era l'erede di Robb, il quale era il re del Nord. Voltò la testa e ululò alla guardia: «Uuuuuuuu. Uu-uuuuuuuuuuuuuuuuuu».

Testa di fieno fece una smorfia: «Basta, principe. Basta così».

«Uu-uu-uuuuuuuuuuuuuuu. Uuu-uuu-uuuuuuuuuuuuuu.»

Testa di fieno batté in ritirata. Quando fece ritorno, con lui c'era maestro Luwin, tutto in grigio, la catena del suo ordine stretta al collo.

«Bran, quelle bestie fanno già abbastanza rumore anche senza il tuo aiuto.» L'anziano sapiente attraversò la stanza e andò ad appoggiare una mano sulla fronte del ragazzo. «È molto tardi, e tu dovresti essere già addormentato.»

«Sto parlando con i lupi.» Bran allontanò la mano.

«Vuoi che Testa di fieno ti porti a letto?»

«Ci vado da solo, a letto.» Mikken aveva conficcato a martellate una fila di sbarre di ferro nei muri della stanza, in modo che Bran potesse muoversi a forza di braccia. Erano spostamenti lenti, faticosi, che gli facevano dolere le spalle, ma lui detestava essere portato a braccia. «E comunque, non devo dormire se non ne ho voglia.»

«Tutti gli uomini devono dormire, Bran. Perfino i principi.»

«Quando dormo mi trasformo in un lupo.» Bran si voltò di nuovo a scrutare nella notte. «Sognano, i lupi?»

«Tutte le creature sognano, io credo, anche se non come gli uomini.»

«E gli uomini morti? Anche loro sognano?» Bran stava pensando a suo padre. Nel profondo delle tenebrose cripte di Grande Inverno, uno scalpellino stava cesellando le fattezze di lord Eddard in una lastra di granito.

«Alcuni dicono di sì, altri di no» rispose il maestro. «Quanto ai morti, loro non dicono nulla in materia.»

«E gli alberi, sognano?»

«Gli alberi? No...»

«Invece sognano.» C'era un'improvvisa certezza nel tono di Bran. «Sognano i sogni degli alberi. Anch'io sogno di un albero, a volte... Un albero-diga, come quello nel parco degli dei. Mi chiama. I sogni dei lupi sono migliori. Fiuto odori, a volte, sento il sapore del sangue.»

Maestro Luwin passò due dita sotto la catena, nel punto in cui gli aveva scavato il collo. «Bran, se tu solamente passassi un po' più di tempo con gli altri bambini...»

«Io li odio, gli altri bambini» ribatté Bran, alludendo ai Walder. «Ti ho ordinato di mandarli via.»

«I giovani Frey sono i protetti della lady tua madre.» Luwin si rabbuiò. «Sono stati mandati qui per essere allevati a Grande Inverno dietro suo preciso ordine. Non spetta a te cacciarli, né sarebbe una cosa gentile da fare. Inoltre, una volta via di qui, dove potrebbero mai andare?»

«A casa. È colpa loro se tu non mi permetti di tenere Estate.»

«Non è stato il ragazzo Frey a chiedere di venire attaccato» replicò il maestro. «Nemmeno io lo avevo chiesto.»

«È stato Cagnaccio a morderlo.» Il grande meta-lupo nero di Rickon era talmente feroce da spaventare persino Bran. «Estate non ha mai attaccato nessuno.»

«Estate ha squarciato la gola di un uomo in questa stessa stanza, o forse te ne sei dimenticato? La verità è che quei simpatici cuccioli che tu e i tuoi fratelli trovaste nella neve adesso sono cresciuti, sono diventati belve pericolose. I ragazzi Frey dimostrano saggezza nel diffidare di loro.»

«Sono i Walder che dovremmo mettere nel parco degli dei, così potrebbero giocare a fare i signori del guado finché ne hanno voglia, ed Estate potrebbe dormire di nuovo con me. Se sono il principe, perché non mi tratti come tale, Luwin? Volevo cavalcare Danzatrice, ma Alebelly rifiuta di lasciarmi uscire dal castello.»

«E con ragione. La foresta del Lupo è piena di pericoli, e la tua ultima uscita dovrebbe avertelo insegnato, questo. Vorresti forse che qualche fuorilegge ti prendesse prigioniero per poi venderti ai Lannister?»

«Estate mi salverebbe» insistette Bran, ostinato. «Ai principi dovrebbe essere permesso di solcare i mari, di dare la caccia ai cinghiali e di addestrarsi con le lance.»

«Bran, bambino mio, perché ti tormenti in questo modo? Un giorno, potrai arrivare a compiere alcune di queste gesta, ma adesso sei solo un ragazzo di otto anni.»

«Preferirei piuttosto essere un lupo. Se così fosse, potrei vivere nella foresta e dormire quando ne ho voglia. Potrei ritrovare Arya e Sansa: sentirei il loro odore e potrei accorrere per salvarle. E quando Robb andasse in battaglia, potrei combattere al suo fianco, come Vento grigio. Squarcerei la gola allo Sterminatore di re con le mie zanne, così, e poi la guerra finirebbe, e tutti potrebbero tornare a Grande Inverno. Se solo fossi un lupo...» Ululò di nuovo. «Uuu-uuu-uuuuuuuuuuuuuuu.»

Luwin alzò la voce: «Un vero principe accoglierebbe di buon grado...».

«Aahu-uuuuuuuuuuuuuuu» Bran ululò più forte. «Uuu-uuu-uuuuuuuuuu.»

Il maestro si arrese. «Come vuoi, piccolo» e con un'espressione a metà tra la compassione e il disgusto lasciò la stanza.

Una volta che Bran fu di nuovo solo, ululare non fu più altrettanto eccitante. Dopo un po', finì con l'acquietarsi. "Certo che li ho accolti di buon grado" rimuginò Bran, pieno di risentimento. "Mi sono comportato come il lord di Grande Inverno, come un vero lord, Luwin non può dire il contrario." Quando i Walder erano arrivati dalle Torri Gemelle, era stato Rickon, il suo fratellino di quattro anni, a non volerli al castello. Si era messo a urlare che voleva sua madre e suo padre e suo fratello Robb, non quegli estranei. Era toccato a Bran cercare di calmarlo e dare il benvenuto ai Walder. Aveva offerto loro carne, idromele e un posto accanto al focolare. In seguito, perfino maestro Luwin lo aveva lodato per come si era comportato.

Ma questo era stato prima del gioco.

Il gioco si faceva con un tronco d'albero, un lungo bastone, dell'acqua e urla in quantità. L'acqua, Walder e Walder assicurarono a Bran, era la cosa più importante. Al posto del tronco si poteva usare un'asse, o anche delle pietre affioranti: invece del bastone lungo andava bene anche un ramo. Non era nemmeno necessario urlare. Ma senza acqua, il gioco non si poteva fare. Dal momento che maestro Luwin e ser Rodrik non permettevano loro d'inoltrarsi nella foresta del Lupo alla ricerca di un torrente, i ragazzi dovettero accontentarsi di una delle pozze di acqua scura nel parco degli dei. Walder e Walder non avevano mai visto acqua che ribolliva dal sottosuolo, ma furono d'accordo nel dire che avrebbe addirittura reso il gioco più divertente.

Entrambi si chiamavano Walder Frey. Grande Walder diceva che c'erano torme di Walder alle Torri Gemelle, chiamati così in onore del loro nonno, lord Walder Frey. «A Grande Inverno, noi abbiamo i nostri nomi» aveva replicato Rickon in tono altezzoso nell'udire ciò.

Il gioco si svolgeva sistemando il tronco sull'acqua, con uno dei giocatori che impugnava il bastone, in bilico sulla mezzeria. Lui era il signore del guado, e quando un altro giocatore si avvicinava, lui diceva: «Sono il signore del guado, chi va là?». A quel punto, l'altro giocatore doveva fare un bel discorso, spiegando chi era e per quale motivo doveva essergli permesso di attraversare il fiume. Il signore poteva chiedere all'altro giocatore di fare giuramenti o di rispondere a domande. Non si doveva dire la verità, era chiaro, ma i giuramenti erano impegni solenni, a meno che non venisse pronunciata la parola "forsecheno". Per cui il trucco stava nel far passare il "forsecheno" senza che il signore del guado se ne accorgesse. Dopo di che, il giocatore poteva tentare di mandare il signore del guado a mollo, in modo da diventare lui, a sua volta, signore del guado. Ma solo dopo aver detto "forsecheno", altrimenti il giocatore era fuori gara. Il signore del guado era l'unico ad avere il bastone, e poteva gettare in acqua chiunque volesse in qualsiasi momento.

In pratica, il gioco si riduceva a una specie di rissa a base di spinte, colpi e cadute in acqua, il tutto punteggiato da sonore litigate su chi fosse riuscito a dire "forsecheno". Ed era quasi sempre Piccolo Walder a restare signore del guado.

Si chiamava Piccolo Walder nonostante fosse grande e grosso, con una faccia rubiconda e un bel pancione rotondo. Grande Walder, invece, aveva lineamenti affilati, era magrolino e di un palmo più basso. «Lui è più vecchio di me di cinquantadue giorni» aveva spiegato Piccolo Walder. «All'inizio era più grande lui, io però sono cresciuto più in fretta.»

«Siamo cugini, non fratelli» aveva aggiunto Grande Walder, quello piccolo. «Io sono Walder figlio di Jommos. Mio padre è figlio della quarta moglie di lord Walder. Lui, invece, è Walder figlio di Merrett. Sua nonna era la terza moglie di lord Walder, una Crakehall. Anche se il più vecchio sono io, lui è più avanti di me nella linea di successione.»

«Solamente di cinquantadue giorni» aveva obiettato Piccolo Walder. «E nessuno di noi due diventerà mai il lord delle Torri Gemelle, stupido.»

«Io lo diventerò, invece» aveva ribattuto Grande Walder. «Non siamo solamente noi a chiamarci Walder. Ser Stevron ha un nipote, Walder il Nero, lui è il quarto nella linea di successione. Poi c'è Walder il Rosso, il figlio di ser Emmon, e poi Walder il Bastardo, che non entra proprio nella linea di successione. Lui si chiama Walder Rivers, non Walder Frey. Infine, c'è una ragazza di nome Walda.»

«E Tyr. Ti dimentichi sempre di Tyr.»

«Lui è Waltyr, non Walder» aveva precisato Grande Walder con aria da saputello. «E tanto viene dopo di noi, per cui non conta. Comunque, a me è sempre stato antipatico.»

Ser Rodrik aveva stabilito che condividessero quella che era stata la stanza di Jon Snow. Lui ormai era nei Guardiani della notte e non sarebbe più tornato a Grande Inverno. Bran non sopportava quell'invasione: era come se i Frey stessero cercando di rubare il posto di Jon.

Così era rimasto a guardare con ansia mentre i due Walder si battevano con Turnip, il ragazzo delle cucine, e con Bandy e Shyra, le due figlie di Joseth. I Walder avevano decretato che Bran dovesse essere il giudice di gara, con il compito di decidere se i giocatori avessero effettivamente detto "forsecheno". Ma nel momento in cui il gioco aveva inizio, tutti si dimenticavano di lui.

Le grida e i tonfi nell'acqua attirarono ben presto parecchi altri: Palla, la ragazza dei canili, Calon, figlio di Cayn, Tom, il cui padre, Fat Tom, era stato ucciso ad Approdo del Re con lord Stark. Non ci volle molto perché tutti quanti si ritrovassero fradici e infangati; Palla era inzaccherata dalla testa ai piedi, i capelli pieni di muschio e senza fiato dalle gran risate. Era dalla notte in cui era arrivato il corvo insanguinato, che Bran non udiva così tante risate. "Se avessi ancora le gambe, li butterei in acqua tutti quanti" pensò amaramente. "Sarei io il solo signore del guado."

Alla fine, anche Rickon era arrivato di corsa nel parco degli dei, seguito da vicino da Cagnaccio. Rickon rimase a guardare Turnip e Piccolo Walder lottare per il controllo del bastone fino a quando Turnip perse l'equilibrio e finì in acqua con un grandioso "splash", gambe e braccia annaspanti.

«Io! Io adesso! Voglio giocare!»

Piccolo Walder gli fece cenno di accostarsi al tronco e Cagnaccio, come sempre, andò dietro a Rickon.

«No, Cagnaccio, tu no» comandò il piccolo Stark. «I lupi non possono giocare. Tu rimani con Bran...»

E Cagnaccio, in effetti, era rimasto con Bran, ma quando Piccolo Walder aveva colpito Rickon con il bastone, un fendente secco al ventre, in meno di un battito di ciglia il meta-lupo nero era già balzato sull'asse. L'acqua si colorò di sangue, tutti e due i Walder strillavano talmente forte come se stessero andando al macello e Rickon, seduto nel fango, era piegato in due dalle risate. Hodor arrivò pencolando, gridando: «Hodor! Hodor! Hodor!».

Dopo quell'evento, stranamente, Rickon decise che i Walder gli piacevano. Non giocarono mai più al signore del guado, ma fecero altri giochi: mostri e principesse, gatti e topi, vieni-nel-mio-castello e tanti altri. Sempre seguiti da Rickon, i Walder facevano razzie di torte e di miele nelle cucine, correvano lungo le mura, gettavano ossa ai cuccioli nei canili e si addestravano con le spade di legno sotto l'occhio attento di ser Rodrik. Rickon era addirittura arrivato a mostrare loro le cripte, giù nel profondo della terra, dove lo scalpellino lavorava alla tomba del padre.

«Non avevi il diritto di farlo!» Bran aveva urlato al fratello dopo essere venuto a saperlo. «Quello è un posto nostro... Un posto solo per gli Stark!» Ma a Rickon questo non importava.

La porta della sua camera si aprì. Entrò maestro Luwin, reggendo una fiasca di vetro verde. Insieme a lui c'erano Osha e Testa di fieno.

«Ti ho preparato una pozione per dormire, Bran.»

Osha lo prese tra le braccia ossute. Era molto alta per essere una donna, e incredibilmente forte. Senza sforzo alcuno, lo trasportò fino al letto.

«Questo ti darà un sonno senza sogni» assicurò Luwin, togliendo il tappo alla fiaschetta. «Un sonno dolce, senza sogni.»

«Sul serio?» Bran voleva credere che fosse vero.

«Sì, piccolo. Bevi, adesso.»

E Bran bevve. Il liquido era denso e sapeva di gesso, ma conteneva anche un po' di miele, così andò giù più facilmente.

«Tornerò da te domattina.» Luwin, sorridendo, gli diede una piccola pacca sulla spalla nel congedarsi. «Ti sentirai meglio, vedrai.»

Osha si trattenne ancora un momento. «Hai fatto ancora il sogno del lupo?»

Bran annuì.

«Non lottare così duramente, ragazzo. Ti vedo parlare con l'albero-cuore. Forse gli dei stanno cercando di risponderti.»

«Gli dei?» Bran, già intontito, fece fatica ad articolare le parole. Il volto di Osha si fece indistinto e grigio.

"Un sonno dolce, senza sogni" fu l'ultimo pensiero di Bran

Invece, non appena le tenebre si chiusero su di lui, si ritrovò nel parco degli dei.

Si muoveva silenziosamente sotto i grandi alberi-sentinella, dai tronchi grigioverdi, superando querce contorte vecchie quanto il tempo.

"Sto camminando!" Bran se ne rese conto con esultanza. Una parte di lui sapeva che si trattava solamente di un sogno, ma poter camminare, anche se in sogno, era sempre meglio della realtà della sua stanza, dei muri, del soffitto e della porta.

Era buio sotto gli alberi, ma la cometa rossa gl'illuminava il cammino e i suoi passi erano sicuri. Stava muovendosi su quattro gambe, forti e veloci. Poteva sentire il terreno sotto i suoi piedi, il soffice scricchiolare delle foglie cadute, le radici spesse e le dure pietre, i profondi strati dell'humus. Era una bella sensazione.

La sua testa era piena di odori forti, inebrianti: la verde emanazione delle pozze fangose, il profumo penetrante della terra che marciva sotto le sue zampe, gli scoiattoli sulle querce. L'odore degli scoiattoli gli fece tornare alla mente il gusto acre del sangue caldo, mentre le sue zanne frantumavano le loro ossa. La bocca gli si riempì di bava. L'ultima volta che aveva mangiato era stato appena mezza giornata prima, ma non c'era piacere nella carne già morta, nemmeno nella carne di cervo. Sopra di lui, al sicuro tra le foglie e i rami, poteva udire gli scoiattoli che squittivano e si agitavano. Mai si sarebbero azzardati a scendere dove lui e suo fratello erano in caccia.

Suo fratello... Riusciva a sentire anche lui, un odore familiare, forte come quello della terra, nero come la sua pelliccia. Suo fratello stava scivolando lungo le mura, in balia della sua furia. Un giro dopo l'altro, una notte dopo l'altra. instancabile. Andava alla ricerca di prede. E di una via d'uscita, in modo da ricongiungersi con sua madre, i suoi fratelli di nidiata, il suo branco... Sempre in cerca, senza mai riuscire a trovare.

Oltre gli alberi s'innalzavano le mura, barriere di uomini-pietra morti che isolavano questo frammento vivente di foresta. Barriere grigie, punteggiate dal lichene, eppure forti, spesse, più alte di quanto qualsiasi lupo fosse mai stato in grado di saltare. Gelido ferro e legno acuminato sigillavano gli unici fori tra le pietre ammucchiate tutt'attorno. Suo fratello si fermava di fronte a ognuna di quelle fessure, mostrando le zanne nel suo furore, ma non c'era comunque via d'uscita.

La prima notte, anche lui aveva fatto lo stesso, ma aveva imparato che non sarebbe servito a niente. Qui, il ringhio ferale non era in grado di aprire alcun varco. Aggirare le mura non le avrebbe spinte più indietro. Sollevare una delle zampe posteriori a lasciare il proprio marchio sugli alberi non sarebbe servito a tenere lontani gli uomini. Il mondo si era stretto attorno a loro, ma oltre quelle barriere di alberi, le grandi caverne grigie degli uomini-pietra continuavano a esistere. "Grande Inverno": ricordava quel nome, ne evocò all'improvviso il suono. Al di là delle muraglie di roccia erette dall'uomo, alte fino al cielo, il vero mondo stava lanciando il suo richiamo. E lui sapeva di dover rispondere a quel richiamo, oppure morire.

Viaggiavano dall'alba al tramonto, attraversando foreste, boschi e campi accuratamente coltivati, superando piccoli villaggi, affollati mercati e solidi fortini. Al calar della notte, si accampavano e mangiavano alla luce della Spada rossa. Gli uomini facevano turni di guardia. Oltre gli alberi, Arya vedeva a volte il baluginare dei fuochi degli accampamenti di altri viaggiatori. Notte dopo notte, quei fuochi sembravano diventare più numerosi, e ogni giorno, il traffico lungo la strada del Re sembrava farsi più intenso.

Giorno e notte, era un fiume umano senza fine: vecchi e bambini, uomini robusti e piccoli uomini, ragazzine scalze e madri con i neonati al seno. Alcuni guidavano carriaggi da contadini, altri arrancavano su carri trainati da buoi. Molti erano in sella: cavalli da tiro, pony, muli, asini, qualsiasi cosa fosse in grado di camminare, correre o rotolare. Una donna conduceva una vacca da latte con una bambina in groppa. Arya vide un fabbro che spingeva una carriola carica dei suoi ferri del mestiere: martelli, pinze, perfino un'incudine. Poco dopo vide un altro uomo, con un'altra carriola, solo che dentro questa c'erano due infanti avvolti in una coperta. La maggior parte venivano a piedi, le loro poche cose sulle spalle, sul volto un'espressione di sgomento e di stanchezza. Andavano a sud, verso la città, verso Approdo del Re. Solo uno su cento aveva una parola per Yoren e la sua carovana in viaggio verso nord. Arya si domandò perché nessuno seguisse la loro stessa direzione.

Molti dei profughi erano armati: daghe e pugnali, asce e roncole, qua e là una spada. Alcuni si erano muniti di bastoni ricavati da rami d'albero e da impugnature di scuri da taglialegna. Osservavano il passaggio della carovana di Yoren con occhio torvo, famelico, le loro dita che tormentavano le impugnature delle loro armi disparate. Ma alla fine, li lasciavano andare. Trenta erano troppi da affrontare, qualsiasi cosa ci fosse su quei carri.

"Guarda con gli occhi" le aveva insegnato Syrio "e ascolta con le orecchie."

«Pazzi! Vi uccideranno, pazzi!» Un giorno, una donna fuori di senno si mise a urlare dal bordo della strada. Era magra come uno spaventapasseri, gli occhi vuoti, i piedi coperti di piaghe sanguinanti.

La mattina seguente, un impettito mercante in sella a un destriero grigio si accostò a Yoren e si offrì di comprare tutti i carri e il loro contenuto per un quarto del loro valore. «C'è la guerra, si prenderanno tutto ciò che vogliono» li mise in guardia il mercante. «Meglio che tu venda a me, amico mio.» Per tutta risposta, Yoren aveva voltato le spalle deformi e aveva sputato per terra.

Fu quel medesimo giorno che Arya notò la prima tomba, un piccolo tumulo oltre il ciglio della strada, scavato per un bambino. Un cristallo era stato collocato sulla terra ancora soffice. Lommy Maniverdi insistette per prenderlo, ma il Toro gli disse di piantarla: i morti era meglio lasciarli stare. Poche leghe più oltre, Praed indicò altre tombe, anche quelle scavate di fresco. E dopo, non passava giorno che non ne incontrassero, sempre più numerose.

Una notte, Arya si risvegliò di soprassalto nelle tenebre, spaventata da qualcosa d'ignoto. In alto, la Spada rossa riempiva il cielo insieme a qualche centinaio di astri. Poteva udire il debole russare di Yoren, lo scoppiettare del fuoco morente, perfino i movimenti attutiti degli asini, eppure la notte le sembrava stranamente quieta. Era come se il mondo stesse trattenendo il respiro. Quel grande silenzio le diede i brividi. Cercò di rimettersi a dormire stringendo l'elsa di Ago.

All'alba, Praed non si svegliò. Arya capì che cosa mancava fra i rumori della notte: il tossire secco del mercenario. Così venne il loro turno di scavare una fossa per seppellire Praed là dove aveva trascorso la sua ultima notte. Prima che lo ricoprissero di terriccio, Yoren spogliò il corpo di tutto ciò che aveva posseduto. Un uomo prese gli stivali, un altro la daga, anche la maglia di ferro e l'elmo vennero distribuiti. La spada lunga da combattimento, Yoren la diede al Toro. «Con un paio di braccia come le tue» gli disse «puoi imparare a usarla bene, questa.» Un ragazzo di nome Tarber gettò una manciata di ghiande sul cadavere di Praed. Un giorno, forse, una quercia sarebbe cresciuta in quel luogo.

Quella sera fecero sosta in un villaggio, presso una locanda coperta d'edera. Yoren contò le monete nella sua bisaccia e decise che sarebbero bastate per pagare a tutti un pasto caldo. «Dormiremo all'aperto, come sempre, ma hanno un capanno dei bagni. Se qualcuno di voi ha voglia d'acqua calda e di una passata di sapone, faccia pure.»

Arya l'aveva, quella voglia: tra sudore e grasso rancido, sapeva di puzzare quanto e peggio di Yoren. Ma non osò rischiare. Alcune delle piccole creature annidate nei suoi vestiti erano con lei fin dal Fondo delle Pulci, e non le sembrò giusto annegarle. Tarber, Frittella e il Toro andarono a ingrossare la fila degli uomini in attesa di entrare nel mastello. Altri si sistemarono alla meglio di fronte al capanno dei bagni. Il resto andò ad affollare la sala comune della locanda. Yoren mandò Lommy a portare delle gavette ai tre ai ceppi, sempre incatenati nel carro al fondo della carovana.

Tutti quanti, puliti o sudici, si cibarono di stufato di maiale e di mele cotte. Il locandiere arrivò a offrire a tutti un giro di birre. «Avevo un fratello che andò nella confraternita in nero, molto tempo fa» spiegò. «Un ragazzo servizievole, bravo, anche. Ma un giorno, venne pizzicato a rubare del pepe dal desco del mio signore. Gli piaceva il gusto, tutto lì. Appena una presina di pepe. Ser Malcom però era un uomo duro. L'avete il pepe, sulla Barriera?» Yoren scosse il capo e l'uomo sospirò. «Peccato. A Lync piaceva proprio, il pepe.»

Tra una cucchiaiata e l'altra di stufato ancora caldo di forno, Arya sorseggiò cautamente dal suo boccale. Si ricordò che, a volte, suo padre le permetteva di bere una coppa di birra. Sansa storceva sempre la bocca al sapore della birra, dicendo che il vino era molto più buono, ma ad Arya piaceva. Il pensiero di Sansa e di suo padre la rattristò ancora di più.

La locanda era piena di gente diretta a sud e, quando Yoren dichiarò che la sua carovana stava andando a nord, si levò un boato generale di critica.

«Vi rivedremo da queste parti molto presto» esclamò il locandiere. «Non si passa a nord. Metà dei campi sono bruciati, e i pochi che sono restati se ne stanno ben protetti entro le mura dei fortini. Una comitiva parte all'alba, e un'altra arriva al tramonto.»

«Questo non ci riguarda» si ostinò Yoren. «Tully o Lannister, non ha importanza. I Guardiani della notte non si schierano.»

"Lord Hoster Tully è mio nonno" pensò Arya, e per lei aveva importanza. Si morse il labbro e rimase ad ascoltare.

«Non si tratta solo dei Lannister e dei Tully» replicò il locandiere. «Ci sono i selvaggi venuti giù dalle montagne della Luna. Prova a dirlo a loro che i Guardiani della notte non si schierano. E poi ci sono gli Stark, è sceso il giovane lord, il figlio del Primo Cavaliere che è morto...»

Arya si raddrizzò sulla sedia, cercando di ascoltare più attentamente. Stava forse parlando di Robb?

«Ho sentito dire che il ragazzo si presenta sul campo di battaglia cavalcando un lupo» aggiunse un uomo dai capelli gialli, con un boccale in mano.

«Parole di uno sciocco» sputò Yoren.

«L'uomo che me l'ha detto l'ha visto di persona. Un lupo grosso come un cavallo, me l'ha giurato.»

«Che l'ha giurato, non vuole dire che è vero, Hod» ribatté il locandiere. «Anche tu continui a giurare che mi paghi, e il tuo soldo io lo devo ancora vedere.»

La sala comune fu percorsa da una risata, e l'uomo dai capelli gialli diventò rosso.

«È stato un brutto anno con i lupi» azzardò un uomo dalla pelle cerulea, con indosso una cappa verde sporca per il viaggio. «Tutto attorno all'Occhio degli Dei, i branchi si sono fatti più numerosi di quanto si riesca a ricordare. Pecore, vacche, cani, non ha importanza: loro sbranano tutto, e non hanno nessuna paura dell'uomo. Andare in quei boschi la notte, ti può costare la vita.»

«Sono tutte storie, e nessuna è più vera dell'altra.»

«Anche mia cugina mi ha detto la stessa cosa, e lei non le dice, le bugie» confidò una vecchia. «Dice che c'è questo grande branco, centinaia di lupi, mangiatori di uomini. E a guidarli è una lupa, una specie di mostro venuto fuori dal settimo infero.»

"Una lupa!" Arya sorseggiò la birra, rimuginando. L'Occhio degli Dei si trovava forse vicino al Tridente? Era stato presso il Tridente che lei era stata costretta ad abbandonare Nymeria, la sua meta-lupa. Non voleva farlo, ma Jory le aveva detto che non c'era altra scelta. La lupa aveva morso Joffrey e, se fosse tornata, l'avrebbero uccisa, anche se lui se l'era meritato. Così loro erano stati costretti a gridare e a urlare e a lanciare pietre. Alla fine, quando le pietre di Arya l'avevano colpita, Nymeria aveva smesso di seguire la carovana reale ed era svanita nelle foreste. "Probabilmente non mi riconoscerebbe nemmeno più" si disse Arya. "E se anche mi riconoscesse, mi odierebbe."

«Ho sentito dire che questa lupa degli inferi è entrata in un villaggio, un giorno» riprese l'uomo dal mantello verde. «Un giorno di mercato, gente dappertutto, e quella appare come se niente fosse e strappa un neonato dalle braccia della madre. Quando la storia è arrivata a lord Mooton, lui e i suoi figli hanno giurato di farla finita con quella lupa. L'hanno seguita fino alla sua tana con un branco di cani lupo... Ma hanno portato a casa la pelle a stento. E dei loro cani non è rimasto niente.»

«È solo una storia.» Arya non fu in grado di trattenersi. «I lupi non li mangiano, i bambini.»

«E tu che ne sai, ragazzino?» domandò l'uomo dal mantello verde.

Prima che lei riuscisse ad articolare una risposta, la mano di Yoren si chiuse attorno al suo braccio in una morsa: «Il ragazzo è ubriaco di birra, tutto qui».

«No che non sono ubriaco. I lupi non mangiano i bambini...»

«Vattene fuori di qui, ragazzino... E resta fuori fino a quando non imparerai a tenere la bocca chiusa quando parlano gli uomini» le diede una forte spinta in direzione della porta sul retro, che conduceva verso le stalle. «Va', adesso. Vedi se quello stalliere ha abbeverato i nostri cavalli.»

Furente, Arya fu costretta a uscire. «Non li mangiano» mugugnò, dando un calcio a una pietra e mandandola a rotolare sotto uno dei carri.

«Ragazzo» la chiamò una voce amichevole. «Caro ragazzo...»

Uno degli uomini ai ceppi le stava parlando. Cautamente, Arya si avvicinò, la mano sull'elsa di Ago.

In un tintinnare di catene, il prigioniero sollevò la gavetta vuota. «A quest'uomo non dispiacerebbe un assaggio di birra. Quest'uomo ha sete. Sono pesanti questi bracciali che indossa sempre».

Era il più giovane dei tre, fisico asciutto, lineamenti raffinati, sempre sorridente. I suoi capelli erano per metà rossi e per l'altra bianchi, tutti incrostati della sporcizia della gabbia e del viaggio.

«Quest'uomo gradirebbe anche fare un bagno» riprese quando vide che Arya lo stava guardando. «E questo ragazzo potrebbe dimostrarsi suo amico.»

«Ne ho già, di amici.»

«Io non ne vedo» disse un altro nella gabbia, quello senza naso. Era tozzo e massiccio, con mani enormi. Una peluria nera gli copriva le braccia, le gambe, il petto e perfino la schiena. Ad Arya fece venire in mente un disegno che aveva visto in un libro di un gorilla delle Isole dell'Estate. Non era facile guardarlo a lungo, a causa del buco che aveva in faccia.

Il terzo, quello calvo, aprì la bocca e sibilò, come una specie di lucertolone bianco. Arya, spaventata, fece un balzo all'indietro. Allora lui aprì la bocca ancora di più, mettendo in mostra la lingua. In realtà, era solo un mozzicone.

«Falla finita» riuscì a dire Arya.

«Nelle segrete oscure, quest'uomo non ha potuto scegliersi i compagni di cella» riprese quello con i capelli di due colori. Qualcosa, nel modo in cui parlava, le fece venire in mente l'accento di Syrio. Era simile, eppure diverso. «Questi due non conoscono la cortesia. Quest'uomo deve chiedere perdono. Ti chiami Arry, non è così?»

«Bitorzolo» disse quello senza naso. «Faccia di bitorzolo, ragazzo di legno, Faccia di bitorzolo. Sta' attento, Lorath, o quello ti colpisce con il bastone.»

«Quest'uomo si vergogna dei suoi compagni di viaggio, Arry» disse il prigioniero avvenente. «Quest'uomo ha l'onore di essere Jaqen H'ghar, un tempo della città libera di Lorath. Quella sarebbe la sua dimora. Gli ineducati compagni di viaggio di quest'uomo in cattività sono Rorge» indicò senza-naso con la gavetta «e Mordente.» Mordente sibilò di nuovo, ostentando una doppia chiostra di denti giallastri, limati a punte acuminate. «Un uomo deve pur avere un nome, non credi? Mordente non sa scrivere e Mordente non può parlare, eppure i suoi denti sono molto affilati, per cui quest'uomo viene chiamato Mordente e lui sorride. Sei affascinato da tutto ciò?»

«No.» Arya arretrò dal carro. "Non possono farmi del male. Sono tutti incatenati."

Jaqen capovolse la gavetta vuota: «A quest'uomo piacerebbe bere».

Rorge le lanciò la gavetta attraverso le sbarre, imprecando. Le catene gli impacciavano i movimenti ma, anche così, se Arya non fosse stata lesta ad abbassarsi, il contenitore di spesso metallo l'avrebbe colpita alla testa.

«Portaci della birra, foruncolo! Subito!»

«Tienila chiusa, quella bocca!» Arya cercò d'immaginare che cosa avrebbe fatto Syrio. Estrasse la sua spada di legno da allenamento.

«Prova solo ad avvicinarti» minacciò Rorge «e quel bastone te lo pianto su per il culo. Poi ti fotto a sangue.»

"La paura uccide più della spada." Arya si costrinse ad avvicinarsi al carro. Ogni passo era più difficile del precedente. "Feroce come un furetto, quieta come acqua stagnante." Le parole del maestro di scherma danzavano nella sua mente. Syrio non avrebbe avuto paura. Arya si era avvicinata tanto da poter quasi toccare la ruota, quando Mordente balzò in piedi e cercò di afferrarla, in uno stridore di catene tintinnanti. Gli anelli ai polsi gli bloccarono le braccia a un palmo dalla faccia di Arya. Il prigioniero sibilò.

Arya lo colpì, dritto fra i suoi occhietti malefici.

Mordente arretrò urlando. Poi, caricando con tutto il peso del corpo, si lanciò di nuovo verso di lei, sforzando al massimo le catene. Gli anelli cigolarono sfregando gli uni contro gli altri, tendendosi allo spasimo. Arya udì scricchiolare il legno vecchio e marcio del fondo del carro su cui erano fissati i grandi anelli di ferro delle catene. Enormi mani livide annaspavano nel vuoto nel tentativo di afferrarla, le vene che si gonfiavano lungo le braccia di Mordente. Ma i ceppi ressero e, alla fine, l'uomo crollò di nuovo all'indietro, con il sangue che colava delle pustole che aveva in faccia.

«Questo ragazzo ha più coraggio che buonsenso» commentò quello che aveva detto di chiamarsi Jaqen H'ghar.

Mentre Arya arretrava dal carro, sentì una mano appoggiarsi sulla sua spalla. Roteò su se stessa, brandendo la spada di legno. Era il Toro.

«Ma che fai?» l'apostrofò lui alzando entrambe le mani in atto di difesa. «Yoren dice che non bisogna nemmeno andargli vicino, a questi tre.»

«Non mi fanno paura.»

«E allora sei proprio stupido. Fanno paura a me.» La mano del Toro andò a sfiorare l'impugnatura della spada. Nella gabbia, Rorge si mise a ridere. «Allontaniamoci da loro, Arry.»

Arya pestò un piede per terra, ma alla fine permise al Toro di condurla verso l'ingresso della locanda. La risata di Rorge e il sibilare di Mordente li seguirono.

«Vuoi batterti?» Arya domandò al Toro. Aveva una gran voglia di colpire qualcosa.

Lui ammiccò, stupito. Ciocche di capelli neri, ancora umidi dal bagno, gli ricadevano sugli occhi azzurri. «Battermi? Ti farei del male.»

«Non penso proprio.»

«Tu non sai quanto io sono forte.»

«E tu non sai quanto io sono veloce.»

«Ci tieni proprio a prenderle, Arry?» Il Toro sfoderò la spada lunga che era appartenuta a Praed. «Questo è acciaio da poco, ma è una vera spada.»

Arya sguainò Ago: «Questo invece è ottimo acciaio, per cui la mia spada è più vera della tua».

Il Toro scosse il capo: «Prometti di non piangere se ti ferisco?».

«Lo prometto se lo prometti anche tu.» Arya si mise di tre quarti, assumendo la posizione dei danzatori dell'acqua. Il Toro non si mosse. Il suo sguardo era fisso su qualcosa alle spalle di lei.

«Che succede?»

«Cappe dorate.» La faccia del ragazzo si era tramutata in una maschera di tensione.

"No, non può essere..." Arya guardò alle proprie spalle: avanzavano lungo la strada del Re, sei cavalieri con i mantelli dorati e le cotte di maglia di ferro nero della Guardia cittadina di Approdo del Re. Uno era un ufficiale e indossava una corazza smaltata di nero con quattro dischi d'oro. Vennero a fermarsi di fronte alla locanda. "Guarda con gli occhi" sembrò sussurrarle la voce di Syrio. E i suoi occhi videro le tracce di schiuma biancastra sotto le selle: quegli uomini avevano cavalcato a lungo e di gran lena. Quieta come acqua stagnante, prese il Toro per un braccio e lo trascinò dietro un'alta siepe fiorita.

«Ma che fai?» Il Toro non capiva. «Lasciami andare.»

«Silenzioso come un'ombra» sussurrò Arya, costringendolo ad accovacciarsi.

Alcuni dei membri della carovana stavano ancora facendo la fila davanti al capanno dei bagni, aspettando il loro turno.

«Ehi, voi!» gridò loro una delle cappe dorate. «Siete voi che state andando a unirvi ai Guardiani della notte?»

«Può darsi» rispose cautamente qualcuno.

«Preferiremmo entrare nella Guardia cittadina» disse il vecchio Reysen. «Ci hanno detto che fa freddo sulla Barriera.»

L'ufficiale delle cappe dorate smontò di sella: «Abbiamo l'ordine di scovare un certo ragazzo...».

«Davvero?» Yoren emerse dalla locanda, accarezzandosi la barba nera sudicia. «E chi è che lo vuole, questo ragazzo?»

Anche le altre cappe dorate smontarono, rimanendo accanto ai loro cavalli.

«Ma perché ci nascondiamo?» bisbigliò il Toro.

«È me che vogliono» sussurrò Arya in risposta. L'orecchio di lui profumava di sapone. «Ora sta' zitto.»

«La regina lo vuole, vecchio. E comunque questo non ti riguarda.» L'ufficiale estrasse dalla cintola una pergamena arrotolata. «Ecco l'ordinanza con il sigillo di sua maestà.»

Dietro il cespuglio, il Toro scosse perplesso il capo: «Per quale ragione la regina vorrebbe te, Arry?».

Lei gli diede un pugno contro la spalla: «Zitto!».

Yoren sfiorò il nastro della pergamena, trattenuto dalla cera del sigillo reale. «Ma quant'è carino questo.» Sputò. «Il fatto è che il ragazzo è nei Guardiani della notte, ormai. E quello che ha fatto in città, non significa più una merda di niente.»

«Alla regina non interessano le tue opinioni, vecchio» ribatté l'ufficiale. «E nemmeno a me. Consegnami il ragazzo.»

Arya pensò di scappare, ma sapeva che, contro i cavalli delle cappe dorate, non avrebbe fatto molta strada in sella al suo asino. E poi era talmente stanca di fuggire. Era fuggita quando ser Meryn era venuto a prenderla, e di nuovo quando avevano tagliato la testa a suo padre. Se fosse stata una vera danzatrice dell'acqua, sarebbe andata là fuori e li avrebbe uccisi tutti, e non sarebbe mai più fuggita di fronte a nessuno.

«Tu non porti via nessuno» s'impuntò Yoren. «C'è una legge per queste cose.»

L'ufficiale sfoderò una spada corta. «Eccola qui, la tua legge».

«Quella non è una legge.» Yoren fissò la lama. «È solo una spada. Guarda caso, ne ho una anch'io.»

«Vecchio idiota» sghignazzò l'ufficiale. «Ho cinque uomini con me.»

Yoren sputò. «Guarda caso, io ne ho trenta di uomini con me.»

L'ufficiale rise di nuovo.

«Questo branco?» domandò gridando un altro dei suoi, un bestione dal naso rotto, mostrando il suo acciaio. «Allora, chi vuol essere il primo?»

«Comincio io.» Tarber estrasse un forcone da una balla di fieno.

«No, io.» Cutjack, lo spaccapietre grassoccio, mise mano al martello che teneva nella tasca del grembiale di cuoio che aveva sempre indosso.

«Io.» Kurz si schierò con un coltellaccio da macellaio.

«Lui e anch'io.» Koss incoccò una freccia nell'arco da combattimento.

«Tutti quanti noi.» Il vecchio Reysen brandì il pesante bastone da pellegrino.

Dobber uscì dal capanno del bagno, completamente nudo, i vestiti raccolti in un fagotto. Rendendosi conto della situazione, lasciò cadere tutto quanto a terra, tranne la daga. «Si combatte?» domandò.

«Così pare!» Frittella avanzò a quattro zampe, mettendo mano a una grossa pietra. Arya non riusciva a credere ai suoi occhi. Lei odiava Frittella! Perché mai voleva rischiare la pelle per lei?

«Voi bambine mettete via pietre e bastoni se non volete essere sculacciate.» Il mantello dorato con il naso rotto continuava a pensare che la scena fosse molto divertente. «Non sapete nemmeno da che parte s'impugna una spada.»

«Io lo so!» Arya non avrebbe permesso che morissero per lei com'era morto Syrio. Si aprì la strada fra i cespugli e assunse la posizione d'attacco del danzatore dell'acqua.

Naso rotto grugnì. L'ufficiale la guardò dalla testa ai piedi. «Abbassa quella lama, ragazzina. Nessuno vuole farti del male.»

«Non sono una ragazzina!» Arya era inferocita. Ma che razza di idioti erano mai quelli? Avevano fatto tutta quella strada per catturarla, e adesso che lei gli si presentava davanti, loro le ridevano in faccia. «Sono io quello che volete!»

«No, è lui che vogliamo.» L'ufficiale indicò con la spada verso un punto alle spalle di Arya. Lui era il Toro, che era uscito allo scoperto andando a fermarsi vicino ad Arya, la spada da poco di Praed stretta in pugno.

Ma distogliere lo sguardo da Yoren, anche solo per un battito di ciglia, era stato un grosso errore.

«Nessuno dei due è quello che cerchi...» In un lampo, la punta della spada del confratello in nero si trovò puntata contro il pomo d'Adamo dell'ufficiale. «A meno che tu non voglia farmi vedere se il tuo pomo è già maturo. In caso ti servano altri argomenti per convincerti, ne ho altri dieci, quindici di confratelli armati nella locanda. Se fossi in te, io getterei quel temperino, metterei il culo su quel tuo somaro di cavallo e tornerei al galoppo in città.» Sputò con disprezzo, aumentando la pressione della lama. «Subito.»

Le dita dell'ufficiale si aprirono. La spada corta cadde nella polvere.

«Questa la teniamo noi» disse Yoren. «C'è sempre bisogno di buon acciaio sulla Barriera.»

«Come vuoi tu... per ora. In sella, uomini!» Le cappe dorate rinfoderarono le lame e montarono a cavallo. «Meglio che tu cerchi di arrivare molto in fretta a quella tua Barriera, vecchio. La prossima volta che t'incontro, credo che prenderò anche la tua testa insieme a quella del ragazzo bastardo.»

«Ci hanno provato in parecchi, e uomini più valorosi di te.» Yoren diede una pacca sulle natiche del cavallo con il piatto della spada, incitandolo a galoppare via nel buio della strada del Re. I suoi uomini lo seguirono.

Una volta che furono scomparsi, Frittella cominciò a sghignazzare, ma Yoren era più inferocito che mai.

«Idiota! Credi che sia finita qui? La prossima volta, quel fetente non farà salamelecchi e non mi darà nessuna maledetta pergamena. Tirate gli altri fuori dal bagno: dobbiamo andarcene di qui, e subito. Cavalcando tutta la notte, forse riusciamo a mettere un po' di strada tra noi e loro.» Raccolse la spada corta che l'ufficiale aveva gettato a terra. «Chi la vuole, questa?»

«Io!» si offrì all'istante Frittella.

«Non metterti a usarla contro Arry.» Yoren diede la spada al ragazzo, porgendogliela dalla parte dell'elsa, poi si voltò e si diresse verso Arya, ma fu al Toro che parlò: «La regina ti vuole proprio mettere le mani addosso, figliolo».

«Ma perché lui?» Arya non capiva.

«E perché dovrebbe volere te?» la rimbeccò il Toro con rabbia. «Non sei altro che un topo di fogna.»

«Ah, sì? E tu non sei altro che un ragazzo bastardo!» O forse stava solo facendo finta di essere un ragazzo bastardo. «Qual è il tuo vero nome?»

«Gendry» rispose il Toro esitando, come se non ne fosse certo nemmeno lui.

«Non so perché vi vogliono, ne l'uno né l'altro» si intromise Yoren. «Ma in ogni caso non vi avranno. Mettetevi in sella ai due cavalli. Al primo mantello dorato che spunta fuori, date di speroni e cercate di raggiungere la Barriera come se aveste un drago alle calcagna. Il resto di noi, per loro non vale uno sputo.»

«Tutti tranne te» fece notare Arya. «Quell'uomo ha detto di volere anche la tua, di testa.»

«Lo ha detto, certo» ribatté Yoren. «Be', se riesce a staccarmela dalle spalle, può anche tenersela.»

JON

«Sam?» La voce di Jon, poco più di un sussurro, si fece strada nell'aria satura dell'odore della carta, della polvere, del tempo. Tutt'attorno a lui, alte scaffalature di legno s'innalzavano a perdersi nella penombra. Erano cariche di volumi dalle pesanti rilegature di cuoio e di antiche pergamene arrotolate. Da una lanterna nascosta chissà dove, filtrava un debole alone di luce giallastra. Jon spense il mozzicone di candela che teneva in mano: non voleva rischiare aggirandosi con una fiamma non protetta in mezzo a tutta quella carta vecchia e secca. Continuò a seguire il riverbero della luce, scivolando lungo stretti corridoi, sotto oscuri soffitti a volta. Era interamente vestito di nero, un'ombra tra le ombre. I capelli, anch'essi neri, incorniciavano un volto allungato e due occhi grigi. Le mani erano coperte da guanti di fustagno nero, la destra perché ustionata, la sinistra perché si sarebbe sentito uno stupido a portare un unico guanto.

Samwell Tarly sedeva curvo a un tavolo sistemato in una nicchia nella parete di pietra. Il chiarore proveniva da una lanterna appesa sopra di lui. Nell'udire il suono dei passi di Jon, alzò il capo.

«Sei stato qui tutta la notte?»

«Sul serio?» Sam parve stupito.

«Non hai rotto il digiuno insieme a noi, e nel tuo letto non ha dormito nessuno.»

Rast aveva suggerito che Sam potesse aver disertato, ma a questo Jon non aveva creduto nemmeno per un istante. Ci voleva coraggio per disertare, e di coraggio Sam ne aveva poco.

«È già mattina? Qui dentro, è impossibile saperlo.»

«Sam, sei proprio un amabile sciocco.» Jon sorrise. «Quando dormirai sul duro, freddo terreno, ti mancherà quel paglericcio, te lo garantisco.»

Sam sbadigliò. «Maestro Aemon mi ha mandato a cercare le mappe per il lord comandante. Non avrei mai pensato... Jon, quanti libri! Ne hai mai visti tanti tutti insieme? Ce ne sono migliaia!»

«Ce ne sono oltre cento nella biblioteca di Grande Inverno» Jon fece scorrere lo sguardo sugli antichi tomi. «Le hai trovate, le mappe?»

«Certo.» La mano di Sam, dalle dita tozze come salsicciotti, scivolò sul piano del tavolo, indicando la massa di testi e il gruppo di rotoli davanti a sé. «Per lo meno una dozzina.» Dispiegò una pergamena quadrata. «La pittura si è sbiadita, ma si riesce ancora a vedere dove il cartografo ha indicato i siti dei villaggi dei bruti. E poi c'è anche quest'altro libro... dov'è finito? Lo stavo leggendo appena un momento fa...» Spostò alcune pergamene, rivelando un polveroso tomo rilegato in cuoio ormai a brandelli. «Eccolo, è questo» disse in tono reverente. «È la cronaca di un viaggio dalla Torre delle ombre fino alla Punta Lorn, sulla Costa Congelata. Fu scritta da un ranger di nome Redwyn. Non c'è data, ma si parla di Dorren Stark come del re del Nord, per cui deve risalire a prima della Conquista. Jon, combatterono contro i giganti! Redwyn arrivò addirittura a fare commerci con i figli della foresta, è tutto in queste pagine.» Con incredibile delicatezza, come sempre, girò le pagine con la punta del dito. «Ha anche tracciato delle mappe, vedi?...»

«Forse, Sam, anche tu potresti scrivere una cronaca della nostra spedizione.»

Jon intendeva avere un tono incoraggiante, ma ottenne il risultato opposto. L'ultima cosa che Sam desiderava era che gli venisse ricordato ciò che li attendeva l'indomani. Frugò di nuovo tra le vecchie carte, questa volta a caso. «Ci sono anche altre mappe. Se avessi più tempo per continuare a cercare... È tutto così in disordine. Ma io sarei in grado di fare ordine. So che potrei, però ci vorrebbe tempo... ecco, in verità... ci vorrebbero anni.»

«Mormont vuole quelle mappe un po' prima...» Jon prese uno dei rotoli e soffiò via lo spesso velo di polvere che lo ricopriva. Nell'aprirlo, un angolo della pergamena gli si spezzò tra le dita. «Guarda, questo si sta sbriciolando» esclamò corrugando la fronte nell'osservare le scritte tutte sbiadite.

«Fai piano...» Sam aggirò il tavolo e gli tolse la pergamena dalle mani, reggendola come se fosse un animale ferito. «I libri importanti venivano ricopiati di continuo, perché ce n'era sempre bisogno. I più vecchi sono stati ricopiati almeno una cinquantina di volte, credo.»

«Be', non ritengo sia il caso di copiare questo: ventitré barili di merluzzo affumicato, diciotto anfore di olio di pesce, una cassa di sale...»

«Un inventario» riconobbe Sam «o forse un ordine di vendita.»

«A chi può importare quanto merluzzo affumicato si mangiava seicento anni fa?» domandò Jon.

«A me importa.» Con la massima cura, Sam tornò a riporre la pergamena nel contenitore dal quale Jon l'aveva prelevata. «S'imparano tantissime cose da documenti come quello, davvero. Sono in grado di dirti quanti uomini facevano parte dei Guardiani della notte a quel tempo, come vivevano, che cosa mangiavano...»

«Mangiavano come noi. E vivevano come noi.»

«Invece potresti avere delle sorprese, Jon. Questa cripta è un vero forziere di tesori.»

«Se lo dici tu.» Jon continuava a essere dubbioso. Un forziere conteneva oro, argento, gioielli, non polvere, ragni e cuoio marcio.

«Ne sono sicuro» mugugnò il ragazzo grasso. Aveva più anni di Jon e, secondo la legge, Samwell Tarly era un uomo fatto, ma era difficile pensare a lui se non come a un ragazzo. «Ho trovato schizzi dei volti scolpiti negli alberi, e in uno dei libri è descritto il linguaggio dei figli della foresta... Opere di cui nemmeno la Cittadella è in possesso, pergamene dell'antica Valyria, resoconti sulle stagioni scritti da maestri morti mille anni fa...»

«I libri saranno ancora qui quando torneremo, Sam.»

«"Se" torneremo.»

«Il Vecchio orso ha messo insieme duecento uomini esperti, tre quarti dei quali sono ranger. Qhorin il Monco porterà altri cento confratelli dalla Torre delle ombre. Sarai al sicuro come se fossi ancora al castello di tuo padre sulla collina del Corno.»

Samwell Tarly riuscì a sfoggiare un sorriso triste: «Non sono mai stato al sicuro nemmeno nel castello di mio padre».

"Gli dei giocano scherzi crudeli" Jon non ne aveva mai dubitato. Pyp e Toad, che smaniavano di far parte della grande spedizione, sarebbero rimasti al Castello Nero, invece Samwell Tarly, codardo per propria ammissione, grasso e timido come un cerbiatto, pessimo cavaliere e ancora peggiore spadaccino, era chiamato ad affrontare la foresta Stregata. Il Vecchio orso aveva deciso di portare due stie di corvi, in modo da poter inviare messaggi sui progressi della spedizione. Maestro Aemon era cieco e troppo avanti negli anni per cavalcare con loro, per cui sarebbe stato il suo attendente a sostituirlo. E l'attendente era Samwell Tarly.

«Abbiamo bisogno di te per i corvi, Sam. E qualcuno dovrà pure darmi una mano a tenere Grenn al posto suo, no?»

«Potresti essere tu a occuparti dei corvi.» I molti menti di Sam tremavano. «O anche Grenn, o chiunque altro» proseguì con una punta di disperazione nella voce. «Posso mostrarti io come si fa. E anche tu conosci le lettere. Sapresti scrivere i messaggi di lord Mormont bene quanto me.»

«Sono l'attendente del Vecchio orso. Devo fargli da scudiero, prendermi cura del suo cavallo, erigere la sua tenda. Non credo proprio che avrei il tempo di stare dietro agli uccelli. Inoltre, Sam, anche tu hai pronunciato il giuramento. Anche tu ora sei un confratello dei Guardiani della notte.»

«Un confratello dei Guardiani della notte non dovrebbe essere tanto spaventato.»

«Siamo tutti quanti spaventati, Sam. Saremmo degli sciocchi a non esserlo.»

Fin troppi ranger erano andati perduti negli ultimi due anni, perfino Benjen Stark, zio di Jon. Avevano trovato due dei suoi uomini nella foresta, massacrati. Ma poi, nel gelo della notte, i loro cadaveri erano tornati a risorgere. Al solo pensiero, Jon sentiva le dita bruciate contrarsi. Uno di quei morti viventi – il cadavere di Othor, occhi accesi da un freddo fuoco azzurro e gelide mani nere – continuava a turbare i suoi sonni. Ma questa era l'ultima delle cose che avrebbe ricordato a Sam.

«Non c'è vergogna nell'avere paura, mi diceva sempre mio padre» gli confidò. «Quello che conta è come l'affrontiamo. Forza, ti do una mano a raccogliere le mappe.»

Sam, con aria infelice, si sforzò di annuire. Gli scaffali erano talmente vicini tra loro che erano costretti a camminare uno davanti all'altro per uscire. L'accesso alla cripta dava su uno dei tunnel che i confratelli chiamavano "i passaggi dei vermi", un dedalo di condotti sotterranei che collegava i manieri e le torri del Castello Nero. Durante l'estate, fatta eccezione per i ratti e altre creature del sottosuolo, i passaggi dei vermi venivano usati di rado. Ma in inverno, era tutt'altra storia. Quando la neve si accumulava fino a quaranta, cinquanta piedi e i venti gelidi scendevano a ululare dal Nord, erano quei tunnel a tenere unito il Castello Nero.

"Presto." La parola continuava a rimbalzare nella mente di Jon mentre risalivano. Anche lui aveva visto il volatile messaggero per maestro Aemon che portava la notizia della fine dell'estate. Quel grande corvo giunto dalla Cittadella, bianco e silenzioso come Spettro, il suo meta-lupo. Jon ricordava di aver visto un inverno, tanto tempo prima, quando era appena un bambino. Ma tutti concordavano nel dire che si era trattato di un inverno breve e mite. Quello che stava arrivando sarebbe stato diverso. Jon se lo sentiva nelle ossa.

Raggiunsero la superficie. Alla fine dei ripidi gradini, Sam ansimava come il mantice di un fabbro. Il vento teso che li accolse fece turbinare e schioccare le falde del mantello di Jon. Spettro era allungato a sonnecchiare per terra, sotto la tettoia di legno e paglia del granaio. Percepì l'arrivo di Jon e immediatamente si rizzò sulle zampe, la folta coda bianca eretta mentre trottava verso di lui.

Socchiudendo gli occhi, Sam guardò verso la Barriera, una gigantesca muraglia di ghiaccio alta settecento piedi, torreggiante, incombente. A volte, a Jon sembrava una creatura vivente, dotata di umori propri. Il colore del ghiaccio mutava a seconda della luce: ora era del blu profondo dei fiumi congelati, ora del bianco sporco della neve vecchia e, quando una nube scivolava a intercettare i raggi del sole, si oscurava assumendo la sfumatura grigio pallido del granito. La Barriera si allungava a perdita d'occhio verso est e verso ovest. Era una fuga prospettica talmente immane da fare apparire i fortini e le torri di guardia del Castello Nero strutture insignificanti.

La Barriera era la fine del mondo.

"E noi stiamo per andare al di là."

Esili nubi grigie striavano il cielo del mattino ma, dietro di esse, s'intravedeva sempre la pallida linea rossa. I confratelli in nero avevano chiamato l'astro vagabondo la Torcia di Mormont, affermando, un po' per scherzo e un po' no, che gli dei l'avevano inviato per guidare il Vecchio orso nei meandri della foresta Stregata.

«La cometa è talmente luminosa da essere visibile anche di giorno, adesso» commentò Sam continuando a osservarla, usando i libri come una visiera sugli occhi.

«Lascia perdere la cometa. Sono le mappe che vuole il Vecchio orso.»

Spettro si mosse avanti a loro. Gli spazi aperti del Castello Nero sembravano deserti a quell'ora del mattino. La maggior parte dei ranger aveva passato la notte nei bordelli di Città della Talpa, il villaggio in parte sotterraneo poco a sud della Barriera, alla ricerca di piaceri carnali e di sbornie in cui dimenticare se stessi. Anche Grenn era andato con loro. Pyp, Halder e Toad si erano offerti di comprargli la sua prima donna per celebrare la sua prima spedizione. Volevano che andassero anche Jon e Sam, ma a Sam le puttane facevano quasi altrettanta paura quanta gliene faceva la foresta Stregata, e a Jon la cosa non interessava. «Voi fate quello che vi pare» aveva detto a Toad. «Io rispetto il mio giuramento.»

Nel superare il tempio, udì voci che cantavano in coro un inno. "Alla vigilia della battaglia, certi uomini desiderano le puttane, altri gli dei." Jon si domandò chi si sarebbe sentito meglio, dopo. Il tempio non lo tentava più di quanto lo tentasse il bordello. I suoi dei avevano i loro templi in luoghi isolati e selvaggi, dove gli alberi-diga allungavano i loro rami, bianchi come ossa spolpate. "I Sette Dei non hanno alcun potere oltre la Barriera" si disse "ma i miei dei mi stanno aspettando."

Fuori dell'armeria, ser Endrew Tarth stava addestrando alcune nuove reclute. Erano arrivate la notte prima insieme a Conwy, uno dei corvi neri erranti che, come il veterano Yoren, percorrevano senza fine i Sette Regni alla ricerca di uomini per la Barriera. Quest'ultimo branco consisteva di un individuo dalla barba grigia che si appoggiava a un bastone, due ragazzi biondi che, dall'aspetto, sembravano fratelli, un giovanotto belloccio addobbato di satin lercio, uno straccione zoppo e un fesso con un sogghigno stampato sul volto che doveva credersi un grande guerriero. In quel momento, era a lui che ser Endrew stava dimostrando quanto errata fosse quella sua idea. Come maestro d'armi, ser Endrew era più delicato dell'inflessibile ser Alliser Thorne, ma non per questo le sue lezioni lasciavano meno lividi. A ogni colpo, Sam chiudeva gli occhi, Jon Snow, invece, osservava l'addestramento con attenzione.

«Che te ne pare di questi, Snow?» Donal Noye, torace nudo sotto il grembiale di cuoio, il moncone del suo braccio sinistro mutilato per una volta lasciato in vista, era in piedi sulla soglia della sua forgia. Con il suo ventre prominente e il petto muscoloso grosso come una botte, il naso rotto e l'ispida barba nera, Noye non era esattamente una bellezza, ma per Jon era comunque un piacere vederlo: l'armaiolo si era rivelato un buon amico.

«Puzzano d'estate» fu il commento di Jon, osservando ser Endrew che caricava il finto guerriero e lo mandava a stramazzare nella neve. «Dov'è che li ha trovati Conwy?»

«Nella prigione di un qualche lord dalle parti di Città del Gabbiano» rispose Noye. «Un bandito, un barbiere, un mendicante, due orfani e un ragazzo di piacere. Ecco con chi difendiamo il reame degli uomini.»

«Andranno bene.» Jon rivolse a Sam un sorriso incoraggiante. «Anche noi siamo andati bene, no?»

L'armaiolo gli fece cenno di avvicinarsi. «Le hai udite le notizie su tuo fratello?»

«Ieri sera.»

Le notizie in questione avevano raggiunto il Nord insieme a Conwy e ai suoi coscritti, e nella sala comune non si era parlato d'altro. Jon non era del tutto certo dei sentimenti che provava. Robb... re? Quel fratello con cui lui aveva giocato, lottato, bevuto la prima coppa di vino? "Ma non il latte della stessa madre, questo no. Così adesso Robb sorseggerà il vino dell'estate da calici tempestati di gioielli... mentre io m'inginocchierò lungo un torrente senza nome, a bere con le mani l'acqua sciolta delle nevi."

«Robb sarà un buon re» affermò con lealtà.

«Sul serio?» L'armaiolo lo guardò a viso aperto. «Lo spero proprio, ragazzo. Un tempo, avrei detto la stessa cosa anche di Robert.»

«Dicono che sia stato tu a forgiare la sua mazza da guerra» ricordò Jon.

«Sì, ero uno dei suoi uomini, uno dei Baratheon, fabbro e armaiolo a Capo Tempesta fino a quando non persi il braccio. Sono abbastanza vecchio da ricordarmi di lord Steffon, prima che il mare se lo portasse via. E ho conosciuto i suoi tre figli fin dal giorno in cui ricevettero i loro nomi. Lascia che ti dica questo: dopo che ebbe quella corona in capo, Robert non fu più lo stesso. Certi uomini sono come le spade, fatti per combattere. Appendili a un chiodo, e come le spade si arrugginiscono.»

«E i suoi fratelli?» domandò Jon.

L'armaiolo ci pensò su per qualche momento: «Robert era vero acciaio. Stannis è puro ferro, nero e aspro e forte, ma anche fragile, proprio come può diventare il ferro. Si spezzerà piuttosto che piegarsi. Renly? Lui è rame, chiaro e lucente, carino da guardare, ma di ben poco peso quando il gioco si fa duro».

"E Robb? Di che metallo è Robb?" Ma questo, Jon Snow non lo chiese. Da uomo dei Baratheon, Noye molto probabilmente pensava che Joffrey fosse il legittimo re e Robb un traditore. Nella confraternita dei Guardiani della notte esisteva una sorta di patto silenzioso: non discutere mai troppo di politica. Arrivavano alla Barriera uomini da ogni angolo dei Sette Regni e, a dispetto di tutti i giuramenti, le vecchie simpatie e le vecchie lealtà non erano facili da gettarsi alle spalle... Jon stesso ne sapeva qualcosa. Perfino Sam... La Casa di suo padre aveva prestato giuramento di fedeltà ad Alto Giardino, e lord Tyrell appoggiava re Renly. No, meglio non parlare di queste cose: i Guardiani della notte non si schieravano con nessuno.

«Lord Mormont ci aspetta» disse Jon come commiato.

«Non ti faccio arrivare tardi dal Vecchio orso.» Noye gli posò una mano sulla spalla, sorridendo. «Che gli dei veglino su di te, Snow. E riporta indietro quel tuo zio.»

«Lo farò» promise Jon.

Jeor Mormont, lord comandante dei Guardiani della notte, aveva spostato i propri alloggi nella Torre del re dopo che il fuoco aveva devastato il suo torrione. Jon lasciò Spettro fuori con le guardie.

«Altre scale» disse Sam costernato mentre cominciavano a salire. «Quanto le odio, le scale.»

«Consolati: non ce ne saranno nella foresta Stregata.»

Entrando nel solarium alla sommità della torre, il corvo di Mormont individuò Jon immediatamente: «Snow!» gracchiò l'uccello.

Mormont interruppe la conversazione nella quale era impegnato: «Ce ne hai messo di tempo per trovare quelle mappe». Spinse da parte quanto restava della sua prima colazione per fare spazio sul tavolo. «Mettile qui, le guarderò più tardi.»

Thoren Smallwood, un ranger muscoloso dal mento sfuggente e dalla bocca sottile seminascosta da una barbetta rada, lanciò a Jon e a Sam uno sguardo gelido. Era uno degli scherani di Alliser Thorne, e detestava entrambi.

«Ritengo che sia il Castello Nero il posto adatto al lord comandante» insistette con Mormont, ignorando ostentatamente i due giovani appena arrivati «dove può essere un lord e può comandare, così almeno la penso io.»

«Io. Io. Io.» Il corvo sbatté le ali nere.

«Se mai diverrai lord comandante, farai come ti pare» ribatté il Vecchio orso. «Ma "io" penso di non essere ancora morto, e non credo che i confratelli ti abbiano elevato al mio posto.»

«Con Ben Stark disperso e ser Jaremy morto, adesso sono io Primo Ranger» si ostinò Smallwood. «E mio dovrebbe essere il comando.»

Ma da quell'orecchio, Mormont proprio non ci sentiva. «Ho mandato là fuori Ben Stark, e Waymar Royce prima di lui. Non intendo mandare fuori te, per poi restare qui seduto a domandarmi per quanto tempo dovrò aspettare prima di dare anche te per disperso. Inoltre» tenne a precisare «fino a quando non sapremo per certo che Ben Stark è morto, rimane lui Primo Ranger. E se e quando quel giorno verrà, sarò io a nominare il suo successore, non di certo tu. Adesso falla finita di sprecare il mio tempo, Smallwood. Ci mettiamo in viaggio all'alba, o te ne sei scordato?»

Smallwood si alzò. «Come il mio lord comanda» disse. Nell'uscire, scoccò a Jon un'ostile occhiata in tralice, quasi fosse colpa sua.

«Primo Ranger!» Lo sguardo del Vecchio orso si piantò su Sam. «Piuttosto nominerei te Primo Ranger. Smallwood ha avuto l'audacia di venirmi a dire in faccia che sono troppo vecchio per cavalcare con lui. Dimmi una cosa, ragazzo, ti sembro forse vecchio?» I capelli che si erano ritirati dal cranio coperto di macchie di Mormont sembravano essersi ammassati nell'ispida barba grigia che copriva tutta la parte inferiore del suo volto, scendendo fin sul petto. «Ti sembro forse fragile?»

Sam aprì la bocca, ma non ne venne fuori niente. Il Vecchio orso lo gettava semplicemente nel terrore più cieco.

«Certo che no, mio signore» gli andò in aiuto Jon. «Hai un aspetto forte come un... come un...»

«Evita le lusinghe, Snow, sai che con me non attaccano. Vediamo un po' queste mappe.» Mormont le passò bruscamente in rassegna, concedendo a ciascuna non più di un'occhiata e un grugnito. «E sarebbe questo tutto quello che sei riuscito a trovare, Tarly?»

«Io... ecco, m-m-mio signore...» balbettò Sam. «Ce... ce n-n-n'erano di più, m-m-ma... il dis-disordine...»

«È tutta roba vecchia» si lamentò Mormont.

«Vecchia» fece eco il suo corvo. «Vecchia.»

«I villaggi sorgono e spariscono» fece notare Jon. «Ma fiumi e colline sono rimasti gli stessi.»

«Questo è vero. Hai già scelto i corvi, Tarly?»

«M-m-maestro Aemon v-vuole decidere al tramonto, d-d-dopo avergli dato da m-m-mangiare.»

«Che scelga il meglio. Uccelli in gamba... e forti.»

«Forti» ripeté il suo uccello. «Forti. Forti.»

«Dovessimo finire tutti quanti al macello, là fuori, voglio che il mio successore sappia come e dove siamo morti.»

L'idea di finire macellato ridusse Samwell Tarly al totale mutismo.

«La sai una cosa, Tarly?» Mormont si protese verso di lui.

«Quando ero un ragazzino con la metà dei tuoi anni, la lady mia madre mi diceva sempre che, se restavo a bocca aperta, poteva finire che un criceto la scambiasse per la sua tana e mi scendesse giù per la gola. Se hai qualcosa da dire, dilla. Altrimenti, attento ai criceti.» Fece un brusco cenno di commiato. «Ora fuori, ho troppo da fare per tollerare altre sciocchezze. Senza dubbio il maestro ha qualcosa da farti fare.»

Sam deglutì, arretrò e finalmente batté in ritirata talmente in fretta che per poco non inciampò.

«Ma quel ragazzo è davvero stupido quanto sembra?» domandò il lord comandante dopo che Sam se ne fu andato.

«Stupido» si lamentò il corvo.

Mormont non attese una risposta da Jon: «Il lord suo padre copre un'elevata posizione nel Concilio di re Renly, e avevo una mezza idea d'inviare Sam... No, meglio di no. Escludo che Renly possa dare retta a un ragazzo timido e grasso. Manderò ser Arnell. Lui sa concludere buoni accordi, e sua madre era una dei primi Fossoway».

«Cortesemente, mio lord, che cosa vorresti chiedere a re Renly?»

«La stessa cosa che voglio chiedere a tutti loro, ragazzo. Uomini, cavalli, spade, armature, grano, formaggio, vino, lana, chiodi... I Guardiani della notte non sono orgogliosi, prendiamo qualsiasi cosa ci venga offerta.» Il Vecchio orso tamburellò le dita sulle assi rozzamente piallate del tavolo. «Se i venti ci sono favorevoli, ser Alliser Thorne dovrebbe raggiungere Approdo del Re con la nuova luna. Ma se Joffrey gli presterà attenzione oppure no, questo è tutto da vedere. La Casa Lannister non è mai stata amica della confraternita in nero.»

«Per convincerli, Thorne ha con sé la mano del cadavere vivente» rilevò Jon. Un'orrida cosa livida, le cui dita annerite continuavano a muoversi a e contrarsi nella giara di vetro che la conteneva, come se la mano fosse ancora viva.

«Ne avessimo anche un'altra, di mano come quella, da mandare a Renly.»

«Dywen dice che si trova di tutto, oltre la Barriera.»

«Sì, Dywen ne dice tante.» Mormont fece una smorfia di scherno. «L'ultima volta che è andato di pattuglia, ha detto di aver visto un orso alto quindici piedi. Si diceva anche che mia sorella avesse un orso per amante. Crederei piuttosto a quello, prima di credere a un orso alto quindici piedi. Per quanto, in un mondo dove i morti camminano... Ah, ma anche così, è ai propri occhi che deve credere un uomo: io ho visto un morto camminare, ma non ho mai incontrato un orso gigante!» Il suo sguardo indagatore incontrò quello di Jon a lungo e intensamente. «A proposito di mani, la tua come va?»

«Meglio.» Jon si tolse il guanto di fustagno e gliela mostrò. Le cicatrici lasciate dall'ustione si ramificavano fino a metà del suo avambraccio. La carne deformata dal calore era rosacea e cedevole al tatto, ma la ferita stava guarendo. «Continua a prudermi, però. Maestro Aemon dice che questo è un buon segno. Mi ha dato un unguento da spalmarvi quando saremo di pattuglia.»

«Riesci a impugnare Lungo artiglio a dispetto del dolore?»

«Abbastanza bene.» Jon aprì e chiuse le dita a pugno nel modo in cui gli aveva detto di fare il maestro. «Faccio esercizi con le dita ogni giorno, per mantenerle agili, come mi ha insegnato maestro Aemon.»

«Sarà anche cieco, ma Aemon sa il fatto suo. Prego gli dei perché lo lascino con noi per altri vent'anni. Lo sai che avrebbe potuto diventare re?»

Questo colse Jon di sorpresa. «Mi ha detto che suo padre era re, ma non che... Avevo creduto che fosse un figlio minore.»

«Lo era, in effetti. Il padre di suo padre era Daeron Targaryen, il Giovane drago, colui che portò Dorne nel reame. A suggellare il patto furono le sue nozze con una principessa dorniana. Lei gli diede quattro figli. Maekar, il padre di Aemon, era il più giovane dei quattro, e Aemon era il suo terzo figlio. Tieni presente, Snow, che tutto questo accadeva molto prima che io nascessi... a dispetto di quanto decrepito Smallwood crede che io sia.»

«Maestro Aemon è stato chiamato così in onore del Cavaliere del drago.»

«Esattamente. C'è chi dice che il vero padre di re Daeron fosse proprio il principe Aemon, e non Aegon il Mediocre. Comunque sia, al nostro Aemon mancava l'indole marziale del Cavaliere del drago. Di se stesso, ama dire di essere stato lento di spada ma svelto di mente. Non è sorprendente che suo padre lo abbia inviato alla Cittadella. Aveva nove o dieci anni, credo... Ed era anche il nono o il decimo in linea di successione.»

Maestro Aemon era vecchio oltre cento anni, sapeva Jon. Fragile, avvizzito, incartapecorito e cieco com'era adesso sembrava impossibile immaginarselo un ragazzino della stessa età di Arya.

«Aemon era immerso nei suoi studi» riprese Mormont «quando il più anziano dei suoi zii, l'erede diretto al trono, rimase ucciso in un incidente di torneo. Lasciò due figli, ma né l'uno né l'altro durarono molto: morirono entrambi nella Grande epidemia di primavera. Anche re Daeron morì, così la corona passò al suo secondogenito, re Aerys.»

«Vuoi dire Aerys il Folle?» Jon era confuso. Aerys era stato re prima di Robert, non molto tempo prima.

«No, questo era Aerys I. Quello che Robert depose era il secondo nel suo nome.»

«Ma quanto tempo fa accadde tutto questo?»

«All'incirca ottant'anni fa» rispose il Vecchio orso. «E no, nemmeno a quell'epoca ero nato, per quanto Aemon, a quel tempo, avesse già forgiato una mezza dozzina di anelli della catena del suo ordine. Seguendo la tradizione dei Targaryen, Aerys sposò sua sorella e regnò per dieci, forse dodici anni. Alla Cittadella, Aemon prestò il suo solenne giuramento come maestro e quindi andò al servizio alla corte di un qualche signorotto... Fino a quando il suo reale zio morì, senza eredi. Il Trono di Spade passò così all'ultimo dei quattro figli di re Daeron. Questi era Maekar, il padre di Aemon. Il nuovo re chiamò a corte tutti i suoi figli e avrebbe voluto che Aemon facesse parte del suo Concilio. Ma Aemon rifiutò: non voleva usurpare il posto che spettava di diritto al gran maestro di quel tempo. Lui, invece, andò al servizio del più vecchio dei suoi fratelli, un altro Daeron. Ebbene, anche lui morì, lasciandosi dietro come erede solo una figlia demente... Effetto di una qualche malattia che quel Daeron aveva contratto da una puttana, credo. Il fratello successivo era Aerion.»

«Aerion il Mostruoso?» Jon aveva già udito quel nome. «Il principe che credeva di essere un drago...»

Era una delle storie più terribili che raccontava la vecchia Nan. Eppure il suo fratellino Bran l'adorava, quella storia.

«Proprio lui, sebbene si facesse chiamare Aerion Fiamma Lucente. Una notte, nel mezzo di un festino, bevve un'intera ampolla di altofuoco. Disse ai suoi amici che lo avrebbe trasformato in un drago. Ma gli dei furono misericordiosi e fu trasformato solamente in un cadavere. Nemmeno un anno più tardi, nel corso di una battaglia contro un lord fuorilegge, anche re Maekar morì.»

Jon non era del tutto ignorante delle vicende storiche del reame. Ci aveva pensato Luwin, il suo maestro a Grande Inverno, a istruirlo. «Era l'anno del Grande Concilio» proseguì. «I lord scavalcarono il figlio infante del principe Aerion e la figlia del principe Daeron e diedero la corona ad Aegon.»

«Sì e no» corresse il Vecchio orso. «Il primo a cui la offrirono, con discrezione, fu Aemon. E, con altrettanta discrezione, lui la rifiutò. Gli dei, disse loro, avevano decretato che lui servisse, non che regnasse. Aveva prestato solenne giuramento e, per quanto il sommo septon in persona si fosse offerto di scioglierlo dal vincolo della Cittadella, lui non intendeva infrangerlo. In ogni caso, nessun uomo sano di mente avrebbe voluto sul trono un discendente di Aerion, e la figlia di Daeron era ritardata, oltre che essere femmina, per cui non ebbero altra scelta se non rivolgersi al fratello minore di Aemon: Aegon, quinto nel suo nome. Aegon l'Improbabile, lo chiamarono, quarto figlio di un quarto figlio. Una cosa Aemon sapeva per certo: se fosse rimasto a corte, coloro i quali erano contrari al regno di suo fratello avrebbero cercato di servirsi di lui, così venne alla Barriera. E qui lui è rimasto, mentre suo fratello, il figlio di suo fratello e il di lui figlio hanno regnato uno dopo l'altro e sono morti uno dopo l'altro, finché Jaime Lannister, lo Sterminatore di re, ha posto fine alla dinastia dei re del Drago.»

«Re» il corvo sbatté le ali attraversando il solarium e andò a posarsi sulla spalla di Mormont. «Re» disse di nuovo, zampettando avanti e indietro.

«Gli piace quella parola» commentò Jon sorridendo.

«È una parola facile da pronunciare. Ed è anche una parola che fa in fretta a piacere.»

«Re» ripeté l'uccello.

«Penso che voglia dire che dovresti essere tu ad avere la corona, mio signore.»

«Il reame ha già tre re, ragazzo, due di troppo, per i miei gusti.» Mormont accarezzò il corvo sotto il becco con un dito, senza mai distogliere gli occhi da Jon Snow.

Uno sguardo che lo mise a disagio: «Mio lord, perché mi hai detto tutto questo su maestro Aemon?».

«Ci dev'essere per forza una ragione?» Mormont si agitò sul suo scranno, la fronte aggrottata. «Tuo fratello Robb è stato incoronato re del Nord. Una cosa che tu e Aemon avete in comune: un re per fratello.»

«Abbiamo anche un'altra cosa in comune» precisò Jon. «Un solenne giuramento.»

Il Vecchio orso emise un sonoro grugnito e il corvo spiccò il volo, svolazzando in tondo nel locale. «Datemi un uomo per ogni giuramento spezzato e la Barriera non sarà più a corto di custodi.»

«Ho sempre saputo che Robb sarebbe diventato lord di Grande Inverno.»

Mormont lanciò un fischio e il corvo tornò ad appollaiarsi sul suo braccio. «Un lord è una cosa, un re è ben altra cosa» estrasse di tasca una manciata di chicchi di grano e la offrì all'uccello. «Vestiranno tuo fratello Robb di satin, sete e velluti di cento diversi colori, mentre tu vivrai e morirai in una cotta di maglia di ferro nera. Lui sposerà una qualche bella principessa e sarà il padre dei figli che lei gli darà. Tu non avrai mai moglie, né mai stringerai tra le braccia un figlio nato dal tuo sangue. Robb dominerà, tu servirai. Gli altri uomini ti chiameranno "corvo nero", e chiameranno lui "maestà". I menestrelli canteranno ogni sua più insignificante impresa, mentre tutte le tue più grandi gesta resteranno ignote. Allora, Jon Snow, dimmi che nulla di tutto questo ti turba... e io ti darò del bugiardo, sapendo che è la verità.»

Jon si erse, teso come una corda d'arco. «E se anche mi turbasse, che cosa potrei fare, da quel bastardo che sono?»

«Che cosa farai?» lo incalzò Mormont. «Da quel bastardo che sei?»

«Resterò turbato» rispose Jon. «E manterrò fede al mio giuramento.»

CATELYN

La corona di suo figlio era appena uscita dalla forgia, ma Catelyn Stark continuava ad avere l'impressione che fosse troppo pesante per la fronte di Robb. L'antica corona dei re dell'Inverno era andata perduta tre secoli prima, ceduta ad Aegon il Conquistatore quando Torrhen Stark si era inginocchiato sottomettendosi di fronte a lui. Che cosa Aegon ne avesse fatto, nessun uomo ne era a conoscenza. Il fabbro di lord Hoster aveva fatto bene il suo lavoro e la corona di Robb era molto simile a come doveva essere stata quella dei re Stark di un tempo: un anello aperto di bronzo battuto, con incise rune dei Primi Uomini, sormontato da nove rostri di ferro nero a forma di spade lunghe da battaglia. Niente oro e argento, niente gioielli. I metalli dell'Inverno erano il bronzo e il ferro, metalli duri e forti, capaci di combattere il gelo.

Mentre attendevano che il prigioniero venisse condotto davanti a loro nella sala grande di Delta delle Acque, Catelyn vide Robb spingere la corona all'indietro sui suoi folti capelli neri. Qualche momento dopo, tornò a spostarla in avanti. Poi le diede un quarto di giro, nel tentativo di sistemarla nella posizione più comoda. "Non esiste una posizione comoda per una corona" pensò Catelyn mentre continuava a osservarlo. "Soprattutto per un ragazzo di quindici anni."

Quando le guardie portarono dentro il prigioniero, Robb chiese di avere la sua spada. A porgergliela, rigorosamente dalla parte dell'elsa, fu Olyvar Frey. Robb la sguainò e l'appoggiò in orizzontale sulle ginocchia, un segno di minaccia che chiunque era in grado di vedere.

«Maestà» annunciò ser Robin Ryger, comandante della Guardia della nobile Casa Tully «ecco l'uomo che hai chiesto di vedere.»

«In ginocchio di fronte al tuo re, Lannister!» gridò Theon Greyjoy. Ser Robin costrinse il prigioniero a genuflettersi.

"Non ha proprio l'aspetto di un leone" rifletté Catelyn. Ser Cleos Frey era figlio di lady Genna, sorella di lord Tywin Lannister, ma non aveva nulla della leggendaria bellezza dei signori di Castel Granito, né i capelli biondi né gli occhi verdi. Al contrario, aveva ereditato il mento sfuggente, i crespi capelli castani e la faccia scavata di suo padre, ser Emmon Frey, secondogenito del venerando lord Walder del Guado. I suoi occhi erano chiari e acquosi, e lui sembrava non riuscire a smettere di sbattere le palpebre, ma forse era solo a causa della luce. Le segrete di Delta delle Acque erano molto buie e umide e, in quei giorni, anche molto affollate.

«Alzati, ser Cleos.» La voce di Robb non era gelida quanto lo sarebbe stata quella di suo padre, ma nemmeno suonava come la voce di un ragazzo di quindici anni. La guerra lo aveva trasformato in un uomo ben prima del suo tempo. La luce del mattino scintillava debolmente lungo il filo dell'acciaio sulle sue ginocchia.

Ma non era la spada a rendere ansioso ser Cleos: era la belva. Vento grigio, l'aveva chiamata suo figlio. Un meta-lupo grosso il doppio di un mastino, muscoli asciutti e mantello nero come il fumo, occhi come oro liquido. E quando la belva venne avanti ad annusare il cavaliere prigioniero, tutti nella sala percepirono il lezzo acre della paura. Ser Cleos era stato catturato nella battaglia del bosco dei Sussurri, durante la quale Vento grigio aveva squarciato la gola a una mezza dozzina di uomini.

Il cavaliere balzò in piedi e si portò a distanza di sicurezza con tale folgorante velocità da strappare parecchie risate. «Grazie, mio lord.»

«Maestà» tuonò lord Umber, detto Grande Jon, il più roboante degli alfieri che avevano giurato fedeltà a Robb, e anche il più onesto e il più fiero... così almeno diceva lui. Era stato Grande Jon il primo a proclamare il figlio di Catelyn re del Nord, e sembrava deciso a ribadire il primato di quella nuova sovranità a ogni occasione.

«Maestà» si corresse in fretta ser Cleos. «Chiedo venia.»

"Non è un coraggioso" rimuginò Catelyn. Più un Frey che non un Lannister, a dire il vero. In quella stessa situazione, suo cugino lo Sterminatore di re sarebbe stato di tutt'altra pasta. Mai e poi mai il fatidico "maestà" sarebbe uscito dalla perfetta dentatura di ser Jaime Lannister.

«Ti ho fatto rilasciare dalla tua cella, ser Cleos» gli comunicò Robb «perché tu porti un messaggio a tua cugina Cersei Lannister ad Approdo del Re. Viaggerai sotto un vessillo di pace, e con la scorta di trenta dei miei uomini migliori.»

Ser Cleos apparve visibilmente sollevato: «Sarò onorato di essere latore del messaggio di sua maestà alla regina.»

«Sia chiara una cosa, ser Cleos» proseguì Robb. «Io non ti sto concedendo la libertà. Tuo nonno, lord Walder, mi ha garantito il suo appoggio, e anche l'appoggio della nobile Casa Frey. Molti dei tuoi cugini e dei tuoi zii hanno cavalcato con noi al bosco dei Sussurri, mentre tu hai scelto di batterti sotto i vessilli del leone. Questo ti rende un Lannister, non un Frey. Per cui io ora voglio il tuo solenne giuramento, sul tuo onore di cavaliere, che dopo aver consegnato il messaggio farai ritorno qui con la risposta della regina. E ridiventerai mio prigioniero.»

Ser Cleos rispose senza esitazione: «Hai il mio giuramento».

«Ogni uomo in questa sala ti ha udito» ammonì ser Edmure Tully, fratello di Catelyn, il quale parlava a nome di Delta delle Acque e dei lord del Tridente in luogo del padre morente. «Qualora tu non dovessi tornare, tutti i Sette Regni sapranno che sei uno spergiuro.»

«Rispetterò il mio giuramento» replicò rigidamente ser Cleos. «Qual è il messaggio?»

«Un'offerta di pace.» Robb si alzò, la spada lunga in pugno. Vento grigio si avvicinò al suo fianco. Nell'intera sala calò un silenzio assoluto. «Dirai alla regina reggente che, qualora ella accettasse le mie condizioni, io rinfodererò questa spada e porrò fine alla guerra tra di noi.»

Sul fondo della sala, Catelyn ebbe le fugace visione dell'alta, scarna figura di lord Rickard Karstark aprirsi un varco tra i ranghi delle guardie e andarsene. Nessun altro si mosse.

Robb ignorò quell'interruzione. «Olyvar, il documento» ordinò. Lo scudiero prese da lui la spada lunga e gli porse una pergamena arrotolata.

Robb la dispiegò: «Punto primo: la regina deve rilasciare le mie sorelle Arya e Sansa e provvedere al loro trasporto per mare da Approdo del Re a Porto Bianco. Resta inteso che il fidanzamento tra Sansa e Joffrey Baratheon è da considerarsi annullato. Quando il mio castellano mi comunicherà che le mie sorelle saranno giunte sane e salve a Grande Inverno, io rilascerò i cugini della regina, lo scudiero Willem Lannister e tuo fratello, Tion

Frey, garantendo loro il passaggio sicuro a Castel Granito o in qualsiasi altro luogo la regina indicherà».

Quanto Catelyn Stark avrebbe desiderato poter leggere i pensieri che fluivano dietro ognuna di quelle espressioni tese, ognuna di quelle fronti aggrottate, ognuna di quelle labbra serrate nella sala.

«Punto secondo: le ossa del lord mio padre devono esserci restituite, in modo che lui possa riposare a fianco di suo fratello e di sua sorella nelle cripte di Grande Inverno, come lui avrebbe voluto. I resti degli uomini della Guardia del Nord che sono caduti al suo servizio ad Approdo del Re devono parimenti essere restituiti.»

Uomini vigorosi erano andati al Sud, ma a ritornare al Nord sarebbero state fredde ossa. "Ned lo sapeva, lo aveva saputo fin dal principio" ricordò Catelyn. "Il suo posto era a Grande Inverno, lo aveva detto e ripetuto, ma io l'ho forse ascoltato? No, va', gli ho detto. Devi essere il Primo Cavaliere di Robert. Per il bene della nostra nobile Casa, per il futuro dei nostri figli... È stata colpa mia... solo mia!"

«Punto terzo: Ghiaccio, la spada di mio padre, mi verrà restituita direttamente, qui a Delta delle Acque.»

Catelyn osservò suo fratello, ser Edmure Tully, i pollici infilati nel cinturone che reggeva la spada, il volto di pietra.

«Punto quarto: la regina ordinerà a suo padre, lord Tywin, di rilasciare i miei cavalieri e i lord alfieri catturati nella battaglia della Forca Verde del Tridente. Una volta che ciò sarà stato eseguito, io rilascerò i prigionieri da me presi nelle battaglie del bosco dei Sussurri e degli Accampamenti. Tutti tranne Jaime Lannister, il quale rimarrà mio ostaggio a garanzia del buon comportamento di lord Tywin.»

Catelyn studiò il sorriso astuto di Theon Greyjoy, domandandosi che cosa nascondesse. Dall'espressione di Theon, sembrava sempre che lui sapesse qualcosa di cui gli altri non erano a conoscenza. Un atteggiamento che a Catelyn non era mai piaciuto.

«Infine, re Joffrey e la regina reggente devono rinunciare a qualsiasi dominio territoriale sul Nord. Da questo momento in avanti, il Nord non fa più parte del loro reame, ma è un regno libero e indipendente, così com'era un tempo. Il nostro dominio comprenderà tutte le terre degli Stark a nord dell'Incollatura, a cui andranno ad aggiungersi le terre bagnate dal fiume Tridente e dai suoi affluenti. Il confine occidentale sarà la Zanna Dorata e quello orientale le montagne della Luna.»

«Viva il re del Nord!» tuonò Grande Jon, il suo pugno, grosso come un prosciutto, martellava ritmicamente nell'aria. «Stark! Stark! Viva il re del Nord!»

«Maestro Vyman ha disegnato una mappa che illustra i nostri nuovi confini» proseguì Robb tornando ad arrotolare la pergamena. «Te ne verrà data una copia per la regina. Lord Tywin deve ritirarsi oltre questi confini, cessando le sue scorrerie, i suoi saccheggi e i suoi incendi. La regina reggente e suo figlio dovranno cessare qualsiasi richiesta di tributi, tasse e servizi presso il mio popolo. Dovranno sciogliere i miei lord e i miei cavalieri da tutti i giuramenti di fedeltà, gl'impegni, i debiti e gli obblighi verso il Trono di Spade e le Case Baratheon e Lannister. Inoltre, quale pegno di pace, i Lannister dovranno consegnare dieci ostaggi di alto lignaggio, sui cui nomi sarà raggiunto un mutuo accordo. Io tratterò queste persone quali ospiti onorati, come si confà al loro rango nobiliare. Fino a quando questi termini verranno rispettati fedelmente, io libererò due ostaggi ogni anno, garantendo il loro sicuro ritorno alle loro famiglie.» Robb gettò la pergamena ai piedi del cavaliere. «Queste sono le mie condizioni. Se Cersei Lannister le accetterà, le concederò la pace. Se invece non le accetterà...» emise un sottile sibilo e Vento grigio si fece avanti ringhiando «le darò un altro bosco dei Sussurri.»

«Stark!» rombò nuovamente Grande Jon, e questa volta molte altre voci si unirono alla sua. «Stark, Stark, re del Nord!»

Ser Cleos era pallido come latte cagliato. «La regina udrà il tuo messaggio, mio... maestà.»

«Bene» replicò Robb. «Ser Robin, provvedi che quest'uomo riceva un buon pasto e abiti puliti. Voglio che parta alle prime luci.»

«Come comandi, maestà» ubbidì ser Robin Ryger.

«A questo punto» concluse il re del Nord «abbiamo finito.»

I cavalieri e i lord alfieri riuniti in assemblea s'inginocchiarono mentre Robb si voltava per andarsene, Vento grigio che lo seguiva da presso. Ser Olyvar Frey corse avanti ad aprirgli la porta. Catelyn si accodò, il fratello Edmure al suo fianco.

«Ti sei condotto bene.» Catelyn raggiunse Robb nella galleria che si diramava dal retro della sala. «Per quanto quell'esibizione con il lupo sia stata consona più a un ragazzo che a un re.»

Robb diede una grattata a Vento grigio dietro l'orecchio: «Ma hai visto che faccia ha fatto ser Cleos, madre?». Sorrise.

«Quello che ho visto è stato lord Karstark che se ne andava.»

«L'ho visto anch'io.» Con entrambe le mani, Robb si tolse la corona dal capo e la consegnò a Olyvar. «Riporta questo aggeggio nelle mie stanze.»

«Immediatamente, maestà.» Lo scudiero si dileguò.

«Sono pronto a scommettere che c'erano anche altri della stessa opinione di lord Karstark» dichiarò Edmure. «Come possiamo parlare di pace mentre i Lannister continuano a dilagare come una pestilenza sulle terre di mio padre, depredando i suoi raccolti e massacrando la sua gente? L'ho detto e lo ripeto: dobbiamo marciare su Harrenhal.»

«Non abbiamo le forze per farlo» replicò cupamente Robb.

«Forse le otterremo standocene seduti qui?» insistette Edmure. «Il nostro esercito si assottiglia ogni giorno che passa.»

«E questo a chi è imputabile?» scattò Catelyn contro il fratello. Era stato Edmure a fare pressioni su Robb perché acconsentisse ai lord dei fiumi di andarsene dopo la sua incoronazione, in modo che potessero difendere le loro terre. Ser Marq Piper e lord Karyl Vance erano stati i primi a lasciare Delta delle Acque. Lord Jonos Bracken li aveva seguiti poco dopo, giurando di tornare in possesso delle rovine annerite del suo castello e di seppellire i suoi morti. E ora, anche lord Jason Mallister aveva annunciato la sua intenzione di rientrare a Seagard, ancora miracolosamente scampata alla guerra.

«Non puoi chiedere ai miei lord dei fiumi di rimanere inerti mentre i loro campi vengono saccheggiati e le loro genti passate a fil di spada» si difese ser Edmure. «Ma lord Karstark è un uomo del Nord. Se anche lui dovesse lasciarci, sarebbe un duro colpo.»

«Gli parlerò» rispose Robb. «Ha perduto due dei suoi figli al bosco dei Sussurri. Chi può biasimarlo se non vuole fare pace con chi li ha uccisi... Con chi ha ucciso mio padre...»

«Nuovi spargimenti di sangue non lo riporteranno indietro» intervenne Catelyn. «Né riporteranno indietro i figli di Karstark. Un'offerta di pace doveva essere fatta, per quanto sarebbe stato saggio offrire condizioni più miti.»

«Qualsiasi offerta più mite sarebbe stata un suicidio per noi.»

Robb si era fatto crescere la barba, più tendente al rosso rispetto al castano ramato dei suoi capelli. Sembrava convinto che la barba lo rendesse più temibile, più regale... e più vecchio. Ma barba o no, rimaneva un ragazzo di quindici anni e continuava a essere pieno di desiderio di vendetta tanto quanto lo era Rickard Karstark. Convincerlo a presentare quelle condizioni, per quanto dure, non era stata impresa da poco.

«Cersei Lannister non acconsentirà mai a scambiare le tue sorelle contro un paio di cugini» gli disse Catelyn. «È suo fratello che rivuole, e tu lo sai molto bene.» Questo glielo aveva detto e ripetuto fino alla noia, rendendosi però conto che i re prestano molto meno ascolto dei figli.

«Non potrei rilasciare lo Sterminatore di re nemmeno se lo volessi. I miei lord non lo permetteranno mai.»

«I tuoi lord ti hanno fatto re.»

«E possono togliermi la corona con la medesima facilità.»

«Se il prezzo da pagare per riavere Arya e Sansa è la tua corona, allora dovresti pagarlo senza esitare. Metà dei tuoi lord vorrebbero scendere nella cella di Jaime Lannister e tagliargli la gola. Se dovesse morire mentre è tuo prigioniero, si direbbe che...»

«... ha fatto la fine che meritava» completò la frase Robb.

«E le tue sorelle?» chiese Catelyn con durezza. «Anche loro meritano quella fine? Te lo garantisco, Robb: se verrà fatto del male a suo fratello, Cersei ripagherà il sangue col sangue.»

«Lannister non morirà» la rassicurò Robb. «Senza il mio esplicito consenso, nessuno osa neppure rivolgergli la parola. Ha cibo, acqua, paglia pulita e molte più comodità di quelle che avrebbe il diritto di avere. Ma non intendo liberarlo, nemmeno per Arya e Sansa.»

Suo figlio si stava imponendo a lei, ora Catelyn non ne dubitava più. "È stata la guerra a farlo crescere tanto in fretta, o è forse quella corona che gli hanno posto in capo?" si domandò.

«Robb, tu hai paura di ritrovarti ad affrontare Jaime Lannister sul campo di battaglia, non è forse questa la verità?»

Vento grigio emise un basso ringhio, come se percepisse la rabbia montante di Robb. Edmure pose una mano fraterna sulla spalla di Catelyn. «Cat, non dire questo. Il ragazzo ha ragione.»

«Non chiamarmi "ragazzo"!» Il furore di Robb Stark, non più contenibile, finì con l'abbattersi proprio sull'uomo che lo stava sostenendo. «Sono quasi un uomo fatto. E sono un re... Il tuo re, ser Edmure! E non ho nessuna paura di Jaime Lannister. L'ho già sconfitto una volta e continuerò a sconfiggerlo, se necessario. Solo che...» Si scostò dalla fronte una ciocca di capelli scuri e scosse il capo. «Per riavere mio padre, avrei potuto scambiare lo Sterminatore di re ma...»

«... ma non per riavere le tue sorelle.» La voce di Catelyn era calma e glaciale. «Le bambine non sono abbastanza importanti, non è forse così?»

Robb non rispose, ma i suoi occhi erano pieni di dolore. Occhi azzurri, occhi dei Tully; era stata lei a darglieli, quegli occhi. Catelyn lo aveva ferito, ma lui era troppo uno Stark, troppo il figlio di suo padre, per ammetterlo.

"È stata una cosa crudele da dirgli" rifletté. "Dei, siate misericordiosi, che cosa mi sta accadendo? Mio figlio sta facendo del suo meglio, sta tentando l'impossibile. Lo so, lo vedo. Eppure... ho perduto il mio Ned, la roccia sulla quale era costruita la mia vita. Se dovessi perdere anche le bambine..."

«Farò tutto quello che potrò per le mie sorelle» disse Robb. «Se alla regina rimane un po' di senno, accetterà le mie condizioni. In caso contrario, le farò maledire il giorno del suo rifiuto.» Chiaramente, ne aveva avuto abbastanza di quell'argomento. «Madre, sei davvero certa di non acconsentire a recarti alle Torri Gemelle? Saresti non solo più lontana dai combattimenti, ma potresti anche conoscere meglio le figlie di lord Frey, in modo da aiutarmi a scegliere la mia sposa una volta che la guerra sarà finita.»

"Vuole che me ne vada" si rese conto Catelyn con dolore. "I re non dovrebbero avere attorno le loro madri, sembrerebbe. E io gli dico cose che lui non vuole sentirsi dire." «Sei abbastanza grande da decidere tu quale delle fanciulle Frey sia la più adatta a te, Robb, anche senza l'aiuto di tua madre.»

«E allora va' con Theon. Lui parte domani. Aiuterà i Mallister a scortare il gruppo di prigionieri fino a Seagard, e di là s'imbarcherà per le isole di Ferro. Anche tu potresti trovare una nave ed essere a Grande Inverno prima della nuova luna, se i venti saranno favorevoli. Bran e Rickon hanno bisogno di te.»

"Tu invece no, è questo che vuoi dire?" «Al lord mio padre non rimane più molto tempo su questa terra» replicò Catelyn. «E fino a quando tuo nonno sarà in vita, il mio posto è a Delta delle Acque, accanto a lui.»

«Potrei ordinarti di andare, madre. Come re, potrei farlo.»

Catelyn semplicemente ignorò quella frecciata. «Come ti ho già detto, Robb, sarebbe meglio se tu mandassi qualcun altro a Pyke e tenessi Theon vicino a te.»

«Chi altro può fare i conti con Balon Greyjoy meglio di suo figlio?»

«Jason Mallister» suggerì Catelyn. «Tytos Blackwood, Stevron Frey, chiunque altro... ma non Theon.»

«Theon ha combattuto valorosamente per noi.» Robb sedette sui talloni accanto a Vento grigio, arruffando la pelliccia del meta-lupo, evitando di incontrare lo sguardo della madre. «Ti ho raccontato di come ha salvato la vita di Bran da quei bruti, nella foresta del Lupo. Se i Lannister non dovessero accettare la pace, mi serviranno le navi lunghe di lord Greyjoy.»

«Le avrai più in fretta se terrai suo figlio in ostaggio.»

«È stato un ostaggio per metà della sua vita.»

«E a ragione» non cedette Catelyn. «Balon Greyjoy non è uomo del quale ci si possa fidare. Anche lui ha portato una corona, non dimenticarlo, anche se solo per una stagione. Motivo più che sufficiente per non fidarsi: potrebbe aspirare a portarla di nuovo.»

«Questo problema non mi riguarda.» Robb si rialzò. «Se io sono re del Nord, che lui diventi pure re delle isole di Ferro, se ci tiene tanto. Sarò ben contento di dargliela io, la corona, dovesse aiutarci a distruggere i Lannister.»

«Robb, ascolta...»

«Ho preso la mia decisione, madre: manderò Theon. Buona giornata. Vento grigio, andiamo.»

Robb se ne andò a passi rapidi, il meta-lupo che gli camminava al fianco. Catelyn non poté far altro che osservarlo mentre si allontanava. Suo figlio, certo, e ora anche il suo re. Che sensazione strana era quella. "Comanda" gli aveva detto al Moat Cailin. E lui lo aveva fatto. Fino in fondo e oltre.

«Vado a fare visita a nostro padre» disse Catelyn all'improvviso. «Vieni con me, Edmure?»

«Devo parlare con quei nuovi arcieri che ser Desmond sta addestrando. Gli farò visita più tardi.»

"Se sarà ancora in vita più tardi." Ma questo Catelyn non lo disse a voce alta. Sapeva che suo fratello preferiva affrontare il campo di battaglia piuttosto che trovarsi nella stanza dell'infermo.

La strada più breve per raggiungere la fortezza principale di Delta delle Acque, dove si trovavano le stanze del padre morente, passava per il parco degli dei, attraverso l'erba fitta e i fiori di campo, oltre densi boschi di olmi e torreggianti sequoie. Folte chiome di foglie fruscianti continuavano ad avvolgere i rami degli alberi, del tutto ignare della notizia che il grande corvo bianco aveva portato dalla Cittadella quindici giorni prima. L'autunno era arrivato, aveva stabilito il Conclave dei maestri, ma non sembrava che gli dei avessero troppa fretta di farlo sapere ai venti e ai boschi. Catelyn era profondamente grata di ciò. L'autunno, con l'incombente spettro dell'inverno a venire, era sempre un tempo di paure. Neppure il più saggio, il più dotto degli uomini era in grado di dire se il successivo raccolto sarebbe stato anche l'ultimo.

Hoster Tully, lord di Delta delle Acque, giaceva morente nel suo solarium, di fronte allo splendido paesaggio della confluenza dei fiumi Tumblestone e della Forca Rossa del Tridente, i quali andavano a confluire sotto le mura del castello. Quando Catelyn entrò, suo padre stava dormendo, capelli e barba bianchi come le piume del letto, la sua figura un tempo possente resa piccola e fragile dalla morte che cresceva dentro di lui.

Accanto al letto, con ancora indosso la maglia di ferro da combattimento, la cappa sporca e gli stivali coperti di fango disseccato, sedeva suo fratello, Brynden Tully, il Pesce nero.

«Zio» lo apostrofò Catelyn. «Robb sa che sei tornato?»

Ser Brynden, comandante degli esploratori e degli incursori, era le orecchie e gli occhi del giovane re del Nord.

«No. Quando mi hanno detto che il re aveva riunito la corte, sono venuto qui direttamente dalle stalle. Penso che sua maestà preferisca ascoltare il mio rapporto in privato.»

Il Pesce nero era un uomo alto e asciutto, dai capelli grigi e dai movimenti precisi. Il suo volto rasato era cotto dal sole e scavato dal vento.

«Come sta?» le domandò. E non stava parlando di Robb.

«Nessun cambiamento. Per calmare il dolore, il maestro gli dà il vino dei sogni e il latte di papavero. Dorme a lungo e mangia troppo poco. Ogni giorno che passa, sembra diventare sempre più debole.»

«Riesce a parlare?»

«Sì...» Catelyn scosse il capo. «Ma quello che dice non ha molto senso. Parla di rimpianti, di cose incompiute, di gente morta da molto tempo e di eventi dimenticati. Certe volte, non sa in che stagione ci troviamo, né chi sono io. Una volta mi ha chiamato con il nome di mia madre.»

«Le manca sempre» commentò ser Brynden. «E tu hai il suo volto, Catelyn. Lo vedo nei tuoi lineamenti, nel tuo mento...»

«Tu la ricordi meglio di me. È passato così tanto tempo...» Catelyn sedette sul bordo del letto, allontanando una ciocca di capelli bianchi ricaduta sul viso del padre.

«Ogni volta che esco a cavallo» disse ser Brynden «mi domando se al mio ritorno lo ritroverò ancora in vita.»

A dispetto delle loro divergenze, il legame tra i due fratelli rimasti estranei uno all'altro per molto tempo continuava a essere forte.

«Per lo meno hai fatto pace con lui, zio.»

Rimasero in silenzio per alcuni lunghi momenti.

Catelyn sollevò il capo: «Hai parlato di rapporti che Robb dovrebbe ascoltare...».

Lord Hoster gemette, rotolando sul fianco, come se avesse udito.

«Usciamo di qui Catelyn.» Brynden si alzò. «Meglio non svegliarlo.»

Catelyn lo seguì sulla veranda, una balconata di pietra a forma triangolare che si protendeva dal solarium come la prora di una nave. Brynden alzò lo sguardo al cielo, accigliandosi.

«Ora è visibile anche di giorno. I miei uomini la chiamano il "Messaggero rosso"... Ma qual è il messaggio?»

Anche Catelyn seguì con lo sguardo la debole linea rossa che la chioma della cometa tracciava attraverso i cieli. Pareva un lungo graffio sul volto di un dio.

«Grande Jon ha detto a Robb che gli antichi dei hanno dispiegato il vessillo rosso della vendetta per Ned. Edmure pensa che sia un presagio di vittoria per Delta delle Acque: vi vede un pesce con una lunga coda, nei colori dei Tully, rosso in campo blu.» Catelyn sospirò. «Vorrei avere la loro fede. Il porpora è il colore dei Lannister.»

«Quell'astro non è porpora» ribatté ser Brynden. «E non è nemmeno del rosso dei Tully, il colore del fango dei fiumi. Quello è il rosso del sangue, piccola mia, sparso nel più alto dei cieli.»

«Il loro sangue... o il nostro?»

«Ci fu mai una guerra in cui fu solo una fazione a sanguinare?» Brynden scosse il capo. «Le terre dei fiumi sono allagate di sangue e di fiamme fino all'Occhio degli Dei. I combattimenti si sono allargati a sud del fiume delle Rapide nere e a nord oltre il Tridente, fino quasi alle Torri Gemelle. Marq Piper e Karyl Vance hanno riportato alcune piccole vittorie, e quel lord del Sud, Beric Dondarrion, continua a compiere incursioni, attaccando le colonne di rifornimenti di lord Tywin e tornando a farsi inghiottire dalla foresta. Gira la voce che ser Burton Crakehall si vantasse di averlo ucciso, fino a quando non ha guidato la sua colonna in un'imboscata di lord Beric dalla quale nessuno è uscito vivo.»

«Alcuni uomini della Guardia di Ned ad Approdo del Re cavalcano con questo lord Beric» ricordò Catelyn. «Possano gli dei proteggerli.»

«Dondarrion e quel prete rosso che cavalca con lui, Thoros di Myr, sono abbastanza abili da proteggersi da soli, a dar credito a quanto si dice. Ma gli alfieri di tuo padre» Brynden sospirò «sono una storia ben più triste. Robb non avrebbe mai dovuto permettere loro di andarsene. Si sono dispersi come quaglie, ciascuno di loro che cerca di difendere quello che gli appartiene. Follia, Cat, pura follia. Jonos Bracken è rimasto ferito nella battaglia per il controllo delle rovine del suo castello. Suo nipote Hendry è stato ucciso. Tytos Blackwood è riuscito a cacciare i Lannister dalle sue terre, ma quelli si sono portati via ogni vacca, ogni maiale e ogni chicco di grano. L'unica cosa che gli resta da difendere è Raventree Hall e la terra bruciata che la circonda. Gli uomini di Darry hanno ripreso il castello del loro signore, ma lo hanno tenuto solo per quindici giorni: Gregor Clegane è calato loro addosso e ha passato l'intera guarnigione a fil di spada, incluso il lord.»

«Darry era solo un bambino!» Catelyn era piena d'orrore.

«Ahimè, e anche l'ultimo della sua stirpe. Quel ragazzo avrebbe potuto offrire un ottimo riscatto, ma per un cane sbavante come Gregor Clegane l'oro non significa niente. La testa mozzata di quell'animale su una picca sarebbe un ottimo dono per tutte le genti dei Sette Regni, te lo garantisco.»

Catelyn era a conoscenza della malefica reputazione che circondava ser Gregor, eppure...

«Non parlarmi di teste mozzate e di picche, zio. È questa sorte che Cersei ha riservato alla testa di Ned, esibendola sulle mura della Fortezza Rossa e lasciandola in pasto ai corvi e alle mosche.» Perfino ora, continuava a esserle quasi impossibile credere che Eddard fosse davvero svanito. C'erano notti in cui si svegliava di soprassalto nelle tenebre, e per un istante quasi si aspettava di trovarlo ancora al suo fianco. «Clegane non è altro che l'artiglio di lord Tywin.»

Catelyn non aveva dubbi: era lord Tywin Lannister – signore di Castel Granito, custode dell'Occidente dei Sette Regni, padre della Regina Cersei, di Jaime lo Sterminatore di re e di Tyrion il Folletto – il vero pericolo.

«Lo so» ammise ser Brynden. «E Tywin Lannister è tutt'altro che uno sciocco. Rimane al sicuro dietro le mura di Harrenhal, nutrendo il suo esercito con i nostri raccolti e bruciando quello che non può depredare. Né Gregor Clegane è l'unica delle bestie sbavanti che Tywin ha sguinzagliato. Anche ser Amory Lorch è sceso in campo, più certi mercenari venuti da Qohor, che preferiscono mutilare un nemico piuttosto che ucciderlo. Ho visto quello che si sono lasciati alle spalle: interi villaggi dati alle fiamme, donne stuprate in massa e mutilate, bambini sventrati e lasciati insepolti in modo da attirare lupi e cani selvatici... atrocità da dare la nausea persino ai morti.»

«Quando Edmure lo saprà, cadrà preda della furia.»

«Ed è precisamente ciò che lord Tywin vuole ottenere. Il terrore è un'arma, Cat, usata con piena premeditazione. Lannister vuole provocarci ad affrontarlo in battaglia.»

«E Robb potrebbe esaudire il suo desiderio» rispose Catelyn, piena di timore. «Rimanere qui lo rende inquieto come una pantera. Edmure e Grande Jon insisteranno perché lui agisca.»

Suo figlio aveva riportato due grandi trionfi, prima annientando Jaime Lannister al bosco dei Sussurri e quindi spazzando via il suo esercito, rimasto privo di un capo, nella battaglia degli Accampamenti, alle porte di Delta delle Acque. Da come ne parlavano alcuni dei suoi alfieri, Robb Stark sembrava la reincarnazione di Aegon il Conquistatore.

«Dimostreranno di essere degli idioti, in tal caso.» Brynden arcuò le folte sopracciglia. «La mia prima regola di guerra, Cat: mai, mai, dare al nemico quello che vuole. Lord Tywin vuole combattere su un campo da lui scelto. Vuole che marciamo su Harrenhal.»

«Harrenhal...»

Ogni bimbo del Tridente conosceva le storie sinistre che giravano sulla vasta fortezza che re Harren il Nero aveva eretto sulle sponde dell'Occhio degli Dei tre secoli prima, l'epoca in cui i Sette Regni erano ancora sette regni distinti e le terre dei fiumi erano dominate dagli uomini di ferro venuti dalle isole. Nella sua smisurata ambizione, Harren aveva voluto il castello più grande e le torri più alte di tutta la terra dell'Occidente. Quarant'anni c'erano voluti a costruirlo, ombra sempre più immane che si proiettava sulle acque del lago mentre gli eserciti di Harren razziavano pietre, legname, oro e operai da tutti i territori circostanti. A migliaia erano morti i suoi prigionieri, costretti al lavoro forzato, incatenati alle slitte da trasporto, spezzati dalle fatiche per la costruzione delle cinque colossali torri. Erano caduti assiderati durante l'inverno e distrutti dal caldo durante l'estate. Alberi-diga vecchi di tremila anni erano stati abbattuti allo scopo di ricavarne travi e travicelli. Per ornare il suo sogno, Harren il Nero aveva ridotto Delta delle Acque e le isole di Ferro alla miseria. E quando finalmente Harrenhal fu completata, nel medesimo giorno in cui re Harren ne fece la propria dimora, Aegon il Conquistatore era sbarcato ad Approdo del Re.

Catelyn poteva quasi udire la vecchia Nan raccontare la storia ai suoi figli, a Grande Inverno: "E re Harren imparò che mura spesse e alte torri servono a poco contro i draghi" era così che finiva sempre la narrazione. "Perché i draghi volano." Harren e tutta la sua discendenza erano periti nella tempesta di fuoco che si era scatenata sulla sua mostruosa fortezza. E da quel giorno in avanti, qualsiasi nobile Casa che avesse tenuto Harrenhal era stata colpita da un'avversa fortuna. Per quanto possente, Harrenhal era un luogo oscuro e maledetto.

«Non vorrei mai che Robb combattesse una battaglia all'ombra di quelle torri» confessò Catelyn. «Eppure il ragazzo deve fare qualcosa, zio.»

«E in fretta» concordò ser Brynden. «Ma non ti ho ancora detto la parte peggiore, piccola. Gli uomini che ho mandato a ovest hanno portato la notizia che un nuovo esercito si sta ammassando a Castel Granito.»

"Un nuovo esercito dei Lannister." La sola idea la fece vacillare. «Robb dev'esserne informato immediatamente. Chi ne è al comando?»

«Ser Stafford Lannister, si dice.» Ser Brynden lasciò vagare lo sguardo sui fiumi, la sua cappa rossa e blu che si agitava nella brezza.

«Un altro nipote?» I Lannister di Castel Granito erano una Casa dannatamente numerosa e prolifica.

«Cugino» precisò ser Brynden. «È il fratello della defunta moglie di lord Tywin, quindi in doppio rapporto di parentela. È vecchio, e anche un po' rimbecillito. Ha però un figlio, ser Daven, che è molto più temibile.»

«E allora auguriamoci che sia il padre e non il figlio a condurre quest'armata in battaglia.»

«Abbiamo ancora un po' di tempo prima di doverli affrontare. Si tratta di una forza composta da mercenari e da ragazzi inesperti tirati fuori dai bordelli di Lannisport. Prima di arrischiarli sul campo, ser Stafford deve provvedere ad armarli e ad addestrarli. Ma non commettiamo errori: lord Tywin non è lo Sterminatore di re. Non si lancerà in alcuna impresa avventata: aspetterà pazientemente che ser Stafford si metta in marcia prima di muoversi da dietro le mura di Harrenhal.»

«A meno che...» suggerì Catelyn.

«Sì?» la esortò ser Brynden.

«A meno che non venga costretto a muoversi per affrontare qualche altra minaccia» concluse Catelyn.

Suo zio la studiò riflettendo. «Lord Renly» disse.

«Re Renly.» Perché se Catelyn gli avesse chiesto aiuto, sarebbe stata costretta a garantirgli il rango che lui stesso si era attribuito.

«Può funzionare.» Ser Brynden fece un sorriso pericoloso. «Ma vorrà qualcosa in cambio.»

«Vorrà ciò che vogliono tutti i re» rispose Catelyn. «Che gli venga reso omaggio.»

TYRION

Janos Slynt era figlio di un macellaio, e la sua risata era quella di un uomo avvezzo a ridurre carne in pezzi.

«Altro vino?» offrì Tyrion Lannister.

«Non dirò di no.» Lord Janos sollevò la coppa. Aveva la corporatura di un barile, e altrettanta capienza. «Non dirò certo di no. Ottimo questo rosso. Da dove viene, da Arbor?»

«Da Dorne.» Il Folletto fece un cenno al suo servitore perché tornasse a versare. Esclusa la presenza dei servi, lui e lord Janos erano gli unici nella sala piccola, seduti a una tavola illuminata da poche candele. Tutt'attorno a loro, tenebre. «È stata una gradevole scoperta. I vini dorniani sono raramente così ricchi.»

«Ricchi» ripeté l'omone con la faccia da rospo, mandando giù una sorsata robusta. Non era uomo da centellinare, Janos Slynt. Di questo, Tyrion si era reso conto dal primo istante. «Giusto: ricco era la parola che stavo cercando, proprio quella. Tu hai il dono del linguaggio, lord Tyrion, se mi consenti. E sai raccontare storie amene, sì...»

«Mi compiaccio che tu la pensi a questo modo... ma non sono un lord come te. Perché non mi chiami semplicemente "Tyrion", lord Janos?»

«Come desideri.» Slynt ingollò altro vino, facendolo ruscellare sul davanti del farsetto di satin nero. Indossava anche una cappa dorata trattenuta al collo da un fermaglio d'oro a forma di minuscola picca, la punta smaltata di rosso vivo. Ed era completamente ubriaco.

Tyrion si portò una mano alla bocca e ruttò con discrezione. A differenza di lord Janos, lui era stato cauto con il vino, per quanto avesse mangiato a sazietà. La prima cosa che aveva fatto dopo essersi insediato nella Torre del Primo Cavaliere era stata scoprire qual era la miglior cuoca in città e prenderla al suo servizio. Quella sera avevano cenato a base di zuppa di coda di bue, verdure dell'estate saltate con noci, uva, finocchio rosso e pezzi di formaggio, sformato caldo di granchio, zucca speziata e quaglie al burro. Ciascuna portata era stata accompagnata da un vino diverso, e lord Janos aveva confessato di non aver mai mangiato tanto bene.

«Temo purtroppo che la buona cucina diverrà un ricordo quando prenderai il tuo posto a Harrenhal» commentò Tyrion.

«Puoi starne certo. Forse dovrei chiedere a questa tua cuoca di passare al mio servizio, che ne pensi?»

«Si sono combattute guerre per molto meno!» Entrambi risero alla battuta del Folletto. «Sei un uomo coraggioso a prendere Harrenhal come tua sede. Un luogo talmente tetro, e anche enorme... costoso da mantenere. E c'è chi dice vi gravi una maledizione.»

«Dovrei forse temere un mucchio di vecchie pietre?» sghignazzò Slynt. «Un uomo coraggioso, hai detto. Bisogna avere coraggio per elevarsi. E tanto io ho fatto. A Harrenhal, sì! E perché no? Tu questo lo capisci. Anche tu sei un uomo coraggioso, lo sento. Piccolo di statura, ma grande di coraggio!»

«Troppo gentile. Altro vino?»

«No... veramente, basta. Io... alla malora, ma sì, perché no? Un uomo coraggioso non ha paura nemmeno di bere.»

«Per l'appunto.» Tyrion riempì la coppa di lord Slynt fino all'orlo. «Ho dato un'occhiata ai nomi degli uomini che hai proposto per prendere il tuo posto al comando della Guardia cittadina.»

«Uomini bravi... uomini validi. Uno qualsiasi di quei sei andrà bene, io però sceglierei Allar Deem, il mio braccio destro. Ottimo elemento... leale. Scegli lui e non rimpiangerai di averlo fatto. Se ciò compiace il re.»

«Naturalmente.» Tyrion bevve un breve sorso dalla sua coppa. «Sto considerando anche ser Jacelyn Bywater. È da tre anni comandante della Guardia alla Porta del fango, e si è battuto valorosamente durante la rivolta di Balon Greyjoy. Re Robert lo ha nominato cavaliere a Pyke. Eppure il suo nome non appare nella tua lista.»

Lord Janos Slynt bevve di nuovo, assaporando rumorosamente il vino in bocca per qualche momento prima d'inghiottirlo. «Bywater. Sì, uomo coraggioso, questo è certo, ma... un po' rigido. Strano animale. Agli uomini delle pattuglie non piace troppo.

Ed è anche mutilato: ha perso una mano nell'assalto a Pyke, per questo è stato fatto cavaliere. Scambio poco conveniente, se proprio vuoi che te lo dica: una mano in cambio di un "ser".» Slynt rise di nuovo. «Da come la vedo io, ser Jacelyn ha un'opinione troppo alta di se stesso e del suo onore. Farai bene a lasciarlo dove sta, lord T... Tyrion. È Allar Deem l'uomo che fa per te.»

«Mi si dice però che Deem riscuota scarsa simpatia nelle strade.»

«È temuto. Molto meglio così.»

«Ma cos'è che credo di aver sentito su di lui? Un qualche guaio in un postribolo?»

«Ah, quella storia... Non è stata colpa sua, mio lo... Tyrion. Il buon Deem non aveva intenzione di ucciderla, la donna. È stata tutta colpa sua. Deem l'aveva avvertita di farsi da parte e di lasciargli fare il suo dovere.»

«Ma... quando si tratta di madri e figli... lui doveva aspettarsi che la donna avrebbe cercato di proteggere l'infante.» Tyrion sorrise. «Un po' di ottimo formaggio? Si sposa splendidamente con il vino. E dimmi, lord Janos, perché hai scelto proprio Deem per quello sgradevole compito?»

«Un buon comandante conosce i suoi uomini, Tyrion. Certi vanno bene per alcuni lavori, certi per altri. Per liquidare una donna e un'infante che ancora le succhiava la tetta ci vuole un uomo speciale. Non tutti lo farebbero. Anche se in fondo erano solo una baldracca e la sua bastardina.»

«Capisco» disse Tyrion. Udendo le parole "solo una baldracca", il suo pensiero era andato a Shae, a Tysha prima di lei e a tutte le altre donne che, nel corso degli anni, avevano accettato la sua moneta e accolto il suo seme.

«Un uomo duro per un lavoro difficile» continuò Slynt, del tutto inconsapevole. «Così è Deem. Fa quello che gli viene ordinato e mai una parola dopo che lo ha fatto.» Tagliò una fetta di formaggio e diede un morso. «Davvero ottimo. Piccante. Datemi un buon formaggio piccante e un coltello affilato e farete di me un uomo felice.»

«Goditelo finche puoi, Slynt.» Tyrion scrollò le spalle. «Con le terre dei fiumi a ferro e fuoco e Renly che fa il re ad Alto Giardino, il buon formaggio sarà presto una rarità. Per cui, chi ti ha mandato a occuparti della bastardina della baldracca?»

Lord Janos scoccò al Folletto un'occhiata guardinga, poi rise di nuovo, sventolandogli in faccia la fetta di formaggio. «Tu sei un furbo, Tyrion. Credevi di potermi fregare, giusto? Ma ci vuole ben più di pane e formaggio per fare dire a Janos Slynt quello che non deve dire. Ne vado orgoglioso. Niente domande, né prima né dopo. Non con me.»

«Proprio come Deem?»

«Esatto. Fallo tuo comandante dopo che sono andato a Harrenhal. Non rimpiangerai la decisione.»

Tyrion spezzò una porzione di formaggio. Era effettivamente piccante. E accompagnato con un vino dorniano, decisamente ottimo. «Chiunque il re nominerà, non gli sarà facile occupare la tua armatura, questo è certo. Lord Mormont sta avendo lo stesso problema.»

«Lord? Credevo fosse una lady.» Slynt parve perplesso. «Mormont... Non è quella che va a letto con gli orsi?»

«Era di suo fratello che parlavo. Jeor Mormont, lord comandante dei Guardiani della notte. Quando gli feci visita alla Barriera, mi comunicò le sue preoccupazioni riguardo al fatto di trovare un uomo valido per succedergli. Sono rimasti pochi uomini valorosi nella confraternita in nero, di questi tempi.» Tyrion sogghignò. «Dormirebbe sonni più tranquilli se avesse un uomo come te, immagino. O come il prode Allar Deem.»

Lord Janos scoppiò in una fragorosa risata: «Ciò sarà molto improbabile!».

«Certo, certo. Ma la vita gioca strani scherzi, a volte. Prendi per esempio Eddard Stark, mio lord. Non credo proprio che avesse mai immaginato che la sua vita si sarebbe conclusa sui gradini del Grande Tempio di Baelor.»

«Ben pochi se lo immaginavano» concesse lord Janos, ridacchiando.

«Un peccato che io non sia stato là per vederlo» anche Tyrion ridacchiò. «Si dice che perfino Varys sia rimasto sorpreso.»

«Il Ragno tessitore, quello che sa tutto...» Lord Janos esplose in una risata talmente sbracata che il ventre prominente si mise a vibrare come un tamburo. «Be', questo non lo sapeva.»

«E come avrebbe potuto?» Nella voce di Tyrion emerse la prima nota di gelo. «Aveva contribuito a convincere mia sorella che lord Stark avrebbe dovuto essere graziato, a condizione che poi entrasse nella confraternita in nero.»

«Eh?» Slynt ammiccò, fissando Tyrion.

«Mia sorella Cersei» ripeté il Folletto con maggior forza, nel caso il grasso imbecille che aveva davanti non avesse capito bene la prima volta. «La regina reggente.»

«Sì, ecco...» Slynt deglutì. «Quanto a quello... l'ordine lo ha dato il re, mio lord. Il re in persona.»

«Il re in persona è un ragazzino di tredici anni» gli rammentò Tyrion.

«Ma è pur sempre il re.» Slynt corrugò la fronte, e il suo doppio mento tremolò. «Il lord dei Sette Regni.»

«Be', quanto meno di uno o due di quei sette regni.» Tyrion fece un sorriso sarcastico. «Potrei vedere la tua picca?»

«La mia picca?» Lord Janos ammiccò di nuovo, confuso.

«Il fermaglio del tuo mantello» indicò il Folletto.

Esitando, Slynt rimosse la spilla e gliela diede.

«Ci sono orafi a Lannisport che avrebbe fatto un lavoro assai migliore» sentenziò Tyrion. «Lo smalto rosso sangue è troppo carico, se posso essere sincero. E dimmi, mio lord, la picca nella schiena gliel'hai piantata tu personalmente o hai solo dato l'ordine a qualcun altro di farlo?»

«Ho dato l'ordine e sarei pronto a darlo di nuovo! Lord Stark era un traditore!» La zona calva sulla sommità del cranio di Slynt era diventata rossa come una barbabietola e la cappa dorata gli era scivolata dalle spalle, finendo per terra. «Ha anche cercato di corrompermi.»

«Scarso tempismo da parte sua, visto che eri già stato corrotto.»

«Ma cos'è, sei ubriaco, forse?» Slynt sbatté rumorosamente la coppa sul tavolo. «Se credi che io rimanga qui seduto mentre il mio onore viene messo in discussione...»

«Onore, Slynt? Di quale onore parli? Devo ammetterlo: hai fatto un affare ben migliore di ser Jocelyn. Il titolo di lord e un castello in cambio di una picca nella schiena. E nemmeno hai dovuto sporcarti le mani.»

Tyrion gli gettò addosso il fermaglio. Mentre Slynt si alzava, inferocito, l'ornamento gli rimbalzò sul petto e cadde a terra.

«Non mi piace il tono della tua voce, mio sign... Folletto. Io sono lord di Harrenhal e sono membro del Concilio del re. E chi sei tu per insultarmi a questo modo?»

«Credo che tu sappia molto bene chi sono.» Tyrion inclinò la testa di lato. «Quanti figli hai, Slynt?»

«Che cosa t'importa di quanti figli ho, nano?»

«Nano?» Tyrion avvampò di furore. «Avresti dovuto fermarti a Folletto. Io sono Tyrion della nobile Casa Lannister e verrà il giorno, nell'ipotesi che tu abbia in zucca almeno il buonsenso che gli dei hanno dato a un verme di mare, in cui crollerai in ginocchio al mio cospetto, grato per aver fatto i conti con me, e non con il lord mio padre. Ripeto, quanti figli hai, Slynt?»

A Tyrion non sfuggì l'improvviso lampo di terrore negli occhi di Janos Slynt. «T...tre, mio signore. E una figlia. Ti prego, mio lord...»

«Non hai bisogno di implorare.» Tyrion scivolò giù dallo scranno. «Hai la mia parola che a nessuno di loro verrà fatto alcun male. I ragazzi più piccoli verranno affidati ad altre nobili Case per diventare scudieri. Se serviranno con lealtà, in un futuro potrebbero anche diventare cavalieri. Non sia mai detto che la Casa Lannister non ricompensi coloro i quali la servono. Il tuo primogenito erediterà il titolo di lord Slynt, e anche questo tuo orribile sigillo grondante sangue.» Il Folletto diede un calcio al fermaglio, mandandolo a rotolare sul pavimento. «Gli troveremo delle terre, dove lui potrà erigere la sua dimora. Non sarà Harrenhal, ma basterà. Sarà compito suo trovarsi la moglie giusta.»

«Ma che cosa...» Da rossa e congestionata, la faccia di Janos Slynt era diventata bianca come un sudario, il mento tremolante come un mucchio di lardo. «Che cosa... Mio lord...»

«Che cosa ne farò di te?» Tyrion lasciò che il grassone continuasse a tremare per alcuni secondi prima di rispondere. «Il galeone *Sogno d'estate* salpa con la marea del mattino. Il suo capitano mi ha informato che farà approdo a Città del Gabbiano, alle Tre Sorelle, all'isola di Skagos e al Forte orientale. Quando incontrerai lord Mormont, voglio che tu gli porti i miei più affettuosi saluti. E che tu gli dica che non mi sono dimenticato delle necessità dei Guardiani della notte. Ti auguro una lunga vita e un onorato servizio nella confraternita in nero, mio lord.»

Nel rendersi conto che non stava per subire un'esecuzione sommaria, la faccia di Janos Slynt riprese il colore purpureo di prima.

«Questo è da vedersi, Folletto... Nano!» Slynt protese minacciosamente in avanti la mandibola. «Forse ci sarai tu su quella nave, che te ne pare, eh? Forse lo presterai tu onorato servizio sulla Barriera.» Scoppiò in una risata isterica. «Tu e le tue minacce. Vedremo, vedremo... Io sono amico del re, che cosa credi? Sentiremo che cosa ha da dire re Joffrey in merito. E anche Ditocorto, e la regina, sicuro. Janos Slynt ha molti amici. Staremo a vedere chi sarà a prendere il mare, te lo prometto. Certo che lo vedremo!»

Slynt girò sui tacchi, proprio come il ligio gorilla della Guardia cittadina che era stato un tempo. Marciò via impettito, attraversando l'intera sala, i tacchi degli stivali che pestavano sul pavimento di pietra. Salì i pochi gradini, spalancò la porta... e si trovò di fronte un uomo alto, dalla mascella quadrata, con una corazza nera e un mantello dorato. Al moncone del suo polso destro era legata una mano di ferro.

«Janos» lo salutò freddamente il monco. Aveva occhi infossati sotto spesse arcate sopracciliari e una folta criniera di capelli brizzolati.

Janos Slynt arretrò. Sei cappe dorate seguirono il monco dentro la sala piccola, circondando Slynt.

«Lord Slynt» l'apostrofò Tyrion. «Credo che tu conosca già ser Jacelyn Bywater, il nuovo comandante della Guardia cittadina di Approdo del Re.»

«Una carrozza ti attende, mio lord» disse ser Jacelyn. «Il porto è lontano e male illuminato, e le strade non sono sicure la notte. Uomini, procedete.»

Le sei cappe dorate presero in consegna il loro ex comandante e lo trascinarono fuori. Tyrion fece a ser Jacelyn cenno di avvicinarsi e gli consegnò una pergamena arrotolata. «È un lungo viaggio, e noi non vogliamo che lord Janos si senta troppo solo. Che questi sei vadano con lui sul *Sogno d'estate*.»

Ser Jacelyn studiò i nomi sul documento e sorrise: «Come comandi».

«Uno di questi» aggiunse Tyrion con calma «è Allar Deem. Di' al capitano che non sentiremo la sua mancanza se il caro Deem dovesse accidentalmente cadere fuori bordo prima di arrivare al Forte orientale.»

«Si dice che le acque del Nord sono quanto mai infide, mio signore.» Detto questo, ser Jacelyn fece un breve inchino e se ne andò, il mantello che frusciava dietro di sé. Nell'uscire, calpestò la cappa di Slynt.

Rimasto solo, Tyrion continuò a sorseggiare quanto rimaneva del fragrante vino dorniano. Servitori andavano e venivano, sgomberando la tavola. Disse loro di lasciare la caraffa. Una volta che i servitori ebbero finito, lord Varys arrivò nella sala piccola quasi fluttuando, con indosso una palandrana color lavanda che si abbinava splendidamente all'aroma del suo profumo.

«Ben fatto, mio lord, dolce esecuzione.»

«E allora come mai ho questo amaro in bocca?» Tyrion premette i pollici contro le tempie. «Gli ho appena ordinato di gettare Allar Deem in fondo all'oceano. E sono fortemente tentato di fare lo stesso anche con te.»

«Potresti essere amaramente deluso delle conseguenze...» Varys rimase imperturbabile. «Le tempeste vanno e vengono, le onde s'infrangono e si ritirano, il pesce grosso mangia quello piccolo, ma io continuo a restare a galla. Posso osare chiederti di lasciarmi assaggiare un po' di quel vino che a Janos Slynt è piaciuto così tanto?»

Tyrion, la fronte aggrottata, accennò alla caraffa.

Varys riempì una coppa: «Ah, dolce come l'estate». Bevve un altro sorso. «Posso quasi udire l'uva che canta serenate al mio palato.»

«Cominciavo per l'appunto a chiedermi che cosa fosse quel rumore. Di' all'uva di piantarla, Varys, mi si sta spaccando la testa. È stata mia sorella. È questo che quel campione di lealtà di lord Slynt si è rifiutato di dire. È stata Cersei a mandare Deem e le cappe dorate in quel postribolo.»

Varys ebbe un moto di disagio. Sapeva, certo. Aveva sempre saputo.

«Qualcosa che sembra tu ti sia dimenticato di dirmi» lo accusò Tyrion.

«La tua dolce sorella, mio lord, sangue del tuo sangue...» Varys sembrava sinceramente sul punto di piangere. «È una dura verità da rivelare a un uomo. Temevo il modo in cui avresti potuto reagire, mio lord. Potrai mai perdonarmi?»

«No!» scattò Tyrion. «Maledetto te, e maledetta anche lei.»

Non poteva toccare Cersei, questo Tyrion lo sapeva. Non ancora, nemmeno se lo avesse voluto. E non era nemmeno certo di volerlo. Eppure, non gli andava giù di starsene seduto lì, a esibirsi in quella farsa di giustizia, imponendo punizioni a penosi pupazzi come Janos Slynt e Allar Deem, mentre sua sorella andava avanti imperterrita per sua strada lastricata di sangue.

«In futuro tu mi dirai ciò che sai, lord Varys. Tutto quanto.»

«La cosa potrebbe richiedere molto tempo, mio signore» rispose l'eunuco con un sorriso malizioso. «Io so parecchie cose.»

«Ma non abbastanza per salvare una bambina in fasce, si direbbe.»

«Ahimè, no. C'era anche un altro figlio bastardo, un ragazzo. Ho preso provvedimenti per assicurarmi che non corresse alcun pericolo. Però devo ammettere... mai avrei pensato che l'infante potesse rischiare di essere uccisa. Una bambina del volgo, per giunta, nemmeno un anno di vita, con una puttana per madre. Quale minaccia poteva rappresentare?»

«Era figlia di Robert» replicò Tyrion, pieno di veleno. «Per Cersei, tanto bastava, evidentemente.»

«Triste, triste verità. Devo biasimare me stesso per la fine di quella povera piccola creatura e di sua madre, che era così giovane e amava il re.»

«Davvero lo amava?» Tyrion non sapeva che viso avesse la ragazza morta, ma nella sua mente aveva le sembianze di Shae e di Tysha. «Una puttana è in grado amare davvero, mi domando? No, non dire niente, Varys. Certe domande è meglio che rimangano senza risposta.»

Aveva sistemato Shae in una grande casa di legno e di pietra, con un suo pozzo, le stalle e un giardino. Le aveva concesso servitori pronti a eseguire ogni suo desiderio, un uccello bianco delle isole dell'Estate a tenerle compagnia, sete e argenti e pietre preziose ad adornarla, guardie a proteggerla. Eppure, Shae sembrava inquieta. Voleva che Tyrion passasse con lei più tempo, gli aveva detto. Voleva servirlo e aiutarlo. "Mi aiuti di più stando qui, tra le lenzuola" le aveva confidato una notte, dopo che avevano fatto l'amore, la testa appoggiata al suo seno, la virilità che gli doleva piacevolmente. Shae non aveva risposto, erano stati i suoi occhi a farlo. E Tyrion si era reso conto che non era quello che avrebbe voluto sentire.

Tyrion sospirò, allungando una mano verso la caraffa. Poi, ricordandosi di lord Janos, spinse lontano il vino. «Sembra che mia sorella abbia detto la verità sulla morte di lord Stark. È il mio caro nipotino che dobbiamo ringraziare per quella follia.»

«Re Joffrey ha dato l'ordine. Janos Slynt e ser Ilyn Payne l'hanno eseguito, rapidamente e senza esitare...»

«... come se si aspettassero di riceverlo, quell'ordine. Lo so, lo so, ne abbiamo parlato fino alla nausea senza venire a capo di niente. Follia, pura follia.»

«Ora che hai la Guardia cittadina in pugno, mio lord, sei in un'ottima posizione per evitare che sua maestà commetta altre... diciamo, follie? Dobbiamo però tener conto che c'è anche la Guardia della regina...»

«I mantelli porpora?» Tyrion scosse il capo. «La lealtà di Vylarr è verso Castel Granito. Sa bene che sono qui in virtù dell'autorità di mio padre. Per Cersei sarebbe difficile usare i suoi uomini contro di me. Inoltre, loro sono solo un centinaio. Io ho i miei guerrieri, che sono quasi il doppio. E seimila cappe dorate, sempre che Bywater sia davvero l'uomo che tu dici essere.»

«Scoprirai che ser Jacelyn è coraggioso, leale, obbediente... E molto riconoscente.»

«Ma riconoscente a chi, questo mi domando.» Tyrion non si fidava di Varys, anche se l'abilità dell'eunuco era innegabile. Sapeva molte cose, anche questo era innegabile. «E tu, mio lord Varys?» Tyrion studiò le mani morbide del Ragno tessitore, la sua faccia glabra e incipriata, il suo sorriso mellifluo. «Tu perché sei così disponibile?»

«Perché tu sei il Primo Cavaliere, mio lord. Io servo il reame, il re e te.»

«Nello stesso modo in cui hai servito Jon Arryn ed Eddard Stark?»

«Ho servito lord Arryn e lord Stark quanto meglio ho potuto. Sono stato rattristato e orripilato dalla loro morte prematura.»

«Ti dirò ciò che penso. Sarò io il prossimo sulla lista nera.»

«Oh, io invece credo di no.» Varys fece ondeggiare il vino nella coppa. «Il potere, mio signore, è una cosa quanto mai curiosa. Hai avuto l'opportunità di pensare a quel piccolo indovinello che ti ho posto quel giorno alla locanda?»

«Mi è passato per la testa, una volta o due» ammise Tyrion. «Il re, il prete e il ricco... chi vive e chi muore? A chi di loro obbedirà il mercenario? È un indovinello che non ha risposta. O meglio, che di risposte ne ha troppe. Tutto dipende dall'uomo con la spada.»

«Eppure, quell'uomo non è nessuno» commentò Varys. «Non possiede corona, né oro, né il favore degli dei. Possiede solo un pezzo di acciaio acuminato.»

«Ma quel pezzo d'acciaio ha il potere di vita e di morte.»

«Per l'appunto... Quindi, se sono i guerrieri, in realtà, a dominare il mondo, per quale motivo facciamo finta che siano i re a detenere il potere? Per quale motivo un uomo forte con una spada in pugno dovrebbe mai obbedire a un re bambino come Joffrey o a un grasso ubriacone come suo padre?»

«Perché quel re bambino e quel grasso ubriacone possono chiamare altri uomini, con altre spade.»

«E allora sono quegli altri uomini con le spade ad avere il potere. Ma lo hanno veramente? Da dove provengono le loro spade? Perché quegli uomini, alla fine, obbediscono?» Varys continuò a sorridere. «C'è chi dice che il sapere è potere. Altri dicono che il potere arriva dagli dei, altri ancora che deriva dalla legge. Eppure, quel giorno, sulla scalinata del Grande Tempio di Baelor, il nostro sacrale sommo septon, la nostra investita regina reggente e il tuo onnisapiente servitore qui presente si sono rivelati tanto impotenti quanto il più miserabile dei ciabattini e dei vinai in quella folla. Chi pensi che abbia veramente ucciso Eddard Stark, quindi? Joffrey, che ha dato l'ordine? Ser Ilyn Payne, che ha calato la spada? Oppure... qualcun altro?»

«Facciamola finita, Varys.» Tyrion tornò a inclinare la testa di lato. «Hai intenzione di darmi una risposta al tuo maledetto enigma, o vuoi solo che il mio mal di testa peggiori?»

«Vuoi la risposta? Eccola.» Varys non smise di sorridere. «Il potere risiede dove un uomo crede che risieda. Nulla di più, nulla di meno.»

«Vuoi dire che il potere è un trucco da guitti?»

«Voglio dire che è nient'altro che un'ombra sul muro» sussurrò Varys. «Ma le ombre possono uccidere. E, certe volte, un uomo molto piccolo può proiettare un'ombra molto grossa.»

«Lord Varys» era Tyrion ora a sorridere «stai cominciando a piacermi in modo preoccupante. Potrei sempre decidere di ucciderti, certo, ma ne sarei comunque rattristato.»

«Considero il tuo dire come un'alta lode.»

«E tu, Varys, che cosa sei?» Tyrion si rese conto che la sua non era una domanda retorica. «Un Ragno tessitore, dicono.»

«Spie e informatori riscuotono pochi e scarsi affetti, mio signore. Non sono altro che un fedele servitore del reame.»

«E un eunuco. Cerchiamo di non dimenticare questo dettaglio.»

«Raramente ci riesco.»

«Anch'io sono stato chiamato mezzo-uomo, eppure credo che con me, in fondo, gli dei siano stati generosi. Sono piccolo, le mie gambe sono deformi, le donne non mi guardano con particolare voluttà... ma rimango pur sempre un uomo. Shae non è la prima a condividere con me un letto e, chissà, un giorno potrei addirittura avere una moglie e generare un figlio. Se gli dei continueranno a essere generosi, avrà l'aspetto di suo zio e il cervello di suo padre. Ma tu, Varys, tu non hai questa speranza a sostenerti. I nani sono uno scherzo degli dei, a fare gli eunuchi sono gli uomini. Chi è stato a mutilarti, Varys? Quando? E perché? Chi sei tu, in realtà?»

Non ci fu alcun mutamento nel sorriso dell'eunuco, ma nei suoi occhi apparve una luce priva di qualsiasi allegria. «Sei gentile a domandarlo, mio signore. Ma la mia storia è lunga e triste, e tu e io è di tradimenti che dobbiamo parlare.» Da un'ampia manica della veste estrasse una pergamena arrotolata. «Il comandante del *Cervo bianco*, un galeone del re, sta tramando di salpare le ancore fra tre giorni. Farà rotta per la Roccia del Drago, dove intende offrire la sua nave e la sua spada a lord Stannis.»

Tyrion sospirò: «Immagino che dovremmo fare di questo individuo un cruento esempio per tutti, giusto?».

«Ser Jacelyn potrebbe semplicemente farlo sparire, ma un processo al cospetto del re rinsalderebbe la lealtà degli altri comandanti di mare.»

"Non solo: terrebbe anche occupato il mio regale nipotino."

«D'accordo, Varys. Fa' sì che il prode comandante riceva una dose della giustizia di Joffrey.»

Varys depennò il nome dalla pergamena e proseguì: «Ser Horas e ser Hobber Redwyne invece hanno corrotto una delle guardie perché questa permetta loro di dileguarsi da una porta secondaria, dopodomani notte. Sono state date anche disposizioni perché possano imbarcarsi sulla galea *Corridore della luna*, della città libera di Pentos, camuffati da rematori».

«Ingegnoso. Potremmo farli restare a remare per i prossimi dieci anni, tanto per vedere l'effetto che fa...» Sorrise. «Meglio di no, quanto sarebbe rattristata la mia sorellina dal perdere simili onorevoli ospiti. Informa anche di questo ser Jacelyn. Prendete l'uomo che quei due hanno corrotto e spiegategli che grande onore sarà per lui servire nei Guardiani della notte. Inoltre, fate mettere il *Corridore della luna* sotto sorveglianza, qualora i Redwyne dovessero trovare una seconda guardia a corto di moneta.»

«Come comandi.» Varys depennò un altro nome. «Quel tuo uomo, Timett figlio di Timett, proprio questa sera, in una sala da gioco sulla strada dell'Argento, ha tagliato la gola al figlio di un venditore di vini, accusandolo di barare ai dadi.»

«Ed era vero?»

«Senza dubbio alcuno.»

«In questo caso gli uomini onesti di Approdo del Re hanno con Timett figlio di Timett un debito di gratitudine. Provvederò affinché abbia i ringraziamenti del re.»

L'eunuco ebbe una risatina nervosa e depennò un altro nome. «Ci ritroviamo a fronteggiare un'improvvisa epidemia di sant'uomini. La cometa ha portato fuori dalle loro tane ogni sorta di finti preti, finti predicatori, finti profeti. Chiedono l'elemosina nelle birrerie e nei mercati, vaticinando la fine del mondo a chiunque si trovi nei paraggi.»

«Stiamo avvicinandoci ai trecento anni dallo sbarco di Aegon il Conquistatore...» Tyrion si strinse nelle spalle. «Dovevamo prevedere un dilagare di falsi profeti. Lascia che continuino a berciare.»

«Ma diffondono la paura.»

«E io che pensavo che quello fosse il tuo, di lavoro!»

Varys si portò una mano sulla bocca. «Sei crudele a dire ciò, mio signore... Un'ultima cosa. Ieri sera, lady Tanda ha offerto una cena per pochi intimi. Ho il menu e la lista degli invitati, qualora tu volessi verificare. Quando è stato versato il vino, lord Gyles si è alzato proponendo un brindisi al re. Ser Balon è stato udito commentare così: "Al re? Allora di coppe ce ne vogliono almeno tre". Molti hanno riso e...»

«Basta così.» Tyrion lo interruppe con un gesto. «Quella di ser Balon era una battuta. Non m'interessano i pettegolezzi conviviali proditori, Varys.»

«Mio signore, sei tanto saggio quanto tollerante.» La pergamena tornò a svanire nella manica dell'eunuco. «Ora, con tua licenza, ti lascio. Abbiamo entrambi molto da fare.»

Una volta che l'eunuco si fu dileguato, Tyrion si trattenne là a lungo, osservando il consumarsi delle candele e domandandosi come sua sorella avrebbe preso la notizia della rimozione di Janos Slynt. Non bene, se la conosceva quanto bastava. Ma al di là d'inviare un'irata protesta a lord Tywin a Harrenhal, c'era ben poco che Cersei potesse fare in merito. Perché il Folletto ora aveva dalla sua la Guardia cittadina, più oltre cento barbari delle montagne, a cui andavano ad aggiungersi i mercenari che Bronn stava reclutando. Si sentiva ben protetto.

"Senza dubbio anche Eddard Stark si sentiva ben protetto."

La Fortezza Rossa era immersa nelle tenebre e nel silenzio quando Tyrion lasciò la sala piccola. Bronn lo stava aspettando nel solarium della Torre del Primo Cavaliere.

«Slynt?» domandò il mercenario.

«Lord Janos sarà in viaggio per la Barriera con la marea del mattino. Varys ha cercato di farmi credere di aver rimpiazzato uno degli uomini di Joffrey con uno dei miei. Sarebbe più corretto dire che ho rimpiazzato un uomo di Ditocorto con uno di Varys. Ma per adesso, va bene così.»

«Meglio che tu lo sappia, Tyrion, Timett ha ucciso un uomo...»

«Varys me l'ha detto.»

Bronn non parve sorpreso da questo: «L'imbecille ha creduto che un uomo con un occhio solo sarebbe stato più semplice da fregare. Timett gli ha prima inchiodato il polso al tavolo con la daga, poi gli ha strappato via metà della gola a mani nude. Riesce a fare questo trucchetto contraendo le dita e...».

«Risparmiami i particolari macabri» lo interruppe Tyrion. «Già m'è rimasta la cena sullo stomaco. Come sta andando con il reclutamento?»

«Piuttosto bene. Tre nuovi uomini questa notte.»

«Come fai a decidere quali assoldare?»

«Gli do una bella occhiata, faccio delle domande, in modo da capire dove hanno combattuto e quanto bene mentono.» Bronn sorrise. «Quindi do loro la possibilità di uccidermi, facendo lo stesso con loro.»

«E ne hai ucciso qualcuno?»

«Nessuno che ci sarebbe servito.»

«Ma se uno di loro ti uccide?»

«Allora sarà lui che dovrai assoldare.»

Tyrion era leggermente ubriaco e molto stanco. «Dimmi una cosa, Bronn. Se ti ordinassi di uccidere una bambina... una bambina in fasce, che prende ancora il latte dalla madre... Lo faresti? Senza pormi domande?»

«Una domanda te la farei.» Il mercenario strofinò più volte i polpastrelli del pollice e dell'indice uno contro l'altro. «Ti chiederei: "Quanto?".»

"E perché mai dovrei aver bisogno del tuo Allar Deem, lord Slynt?" pensò Tyrion. "Ne ho già cento, di Allar Deem."

Tyrion Lannister aveva voglia di ridere. E aveva voglia di piangere. Ma, più di ogni altra cosa, aveva voglia di Shae.

Due solchi tra le erbacce: a questo si riduceva ormai la strada del Re. La presenza umana era quasi inesistente, il che era un bene: almeno non c'era nessuno che li indicasse con il dito, sorpreso della direzione verso cui si stavano muovendo.

L'aspetto negativo era che il percorso continuava a snodarsi da una parte all'altra come una serpe, mescolandosi a sentieri più piccoli, più aspri, a volte svanendo addirittura del tutto, per poi tornare a riapparire quasi una lega oltre, o quando loro stavano per abbandonare la speranza. Arya era esasperata. Il paesaggio era piacevole, colline e campi a terrazze intervallati da pascoli, boschi e strette valli nelle quali i salici crescevano talmente folti da rallentare la corrente dei torrenti. Ma, a causa del sentiero stretto e contorto, il loro ritmo di marcia si era ridotto a un tormentoso avanzare palmo a palmo.

Erano i carri a rallentarli, un lento sussulto dopo l'altro, i semiassi che scricchiolavano penosamente sotto il pesante carico. Non passava giorno senza che fossero costretti a fermarsi almeno una dozzina di volte per liberare una ruota finita in una buca, o per ammassarsi dietro questo o quel carriaggio per spingerlo fuori dalla morsa del fango. Una volta, nel mezzo di un fitto bosco di querce, si ritrovarono faccia a faccia con tre uomini che spingevano un carico di legname su un carro tirato da un bue. Riuscire a passare insieme era impossibile. Non c'era stato altro da fare se non aspettare che i tre staccassero il bue dal giogo, lo spostassero fuori pista aggirando gli alberi, facessero ruotare il carro su se stesso, aggiogassero nuovamente il bue e tornassero nella direzione dalla quale erano venuti. E il bue era addirittura più lento della loro carovana. Fu un giorno dannato in cui rimasero pressoché fermi.

Arya non riusciva a evitare di guardarsi alle spalle, né di domandarsi quando le cappe dorate sarebbero riapparse. Di notte, si svegliava di soprassalto a ogni più piccolo rumore, afferrando l'impugnatura di Ago. Non si accampavano mai senza piazzare sentinelle di guardia, ma Arya non si fidava di loro, soprattutto dei ragazzi orfani. Nei vicoli fetidi di Approdo del Re se la sarebbero anche cavata, ma qui fuori erano persi. Silenziosa come un'ombra, Arya era in grado di scivolare alle loro spalle, in modo da andare a fare i suoi bisogni nella foresta dove nessuno poteva vederla. Una notte, durante il turno di guardia di Lommy Maniverdi, Arya scalò una quercia e continuò a spostarsi da un albero all'altro fino ad arrivargli proprio sopra. E lui non si accorse di nulla. Arya avrebbe voluto saltargli addosso, ma sapeva che il grido di Lommy avrebbe svegliato l'intero accampamento e che Yoren avrebbe di nuovo alzato il bastone su di lei.

La regina voleva la testa del Toro, per cui adesso Lommy e gli altri lo trattavano come se fosse un tipo speciale. Lui, però, non voleva saperne. «Non ho fatto niente alla regina» aveva risposto con rabbia. «Io lavoravo nella fucina e basta. Mantici e pinza, porta questo e scarica quello. Sarei diventato armaiolo, ma poi un giorno maestro Mott mi dice che devo entrare nei Guardiani della notte. Non so altro.» Detto questo, si era messo nuovamente a lucidare il suo elmo. Era uno splendido elmo da guerra, arrotondato e bombato, con una feritoia nella celata e un paio di grandi corna di metallo. Arya osservava il ragazzo mentre puliva e ripuliva l'elmo con una pezza oleata, tirandolo talmente lucido da poter distinguere nell'acciaio il riflesso del fuoco da campo. Eppure, quell'elmo così imponente il ragazzo non lo aveva mai indossato.

«Ci scommetto che è il figlio bastardo di quel traditore» disse Lommy una notte a voce bassissima, in modo da non farsi udire da Gendry. «Il lord del lupo, quello cui hanno tagliato la testa davanti al tempio di Baelor.»

«Non è vero» rispose Arya. "Mio padre aveva un solo figlio bastardo: Jon."

S'inoltrò fra gli alberi, camminando a lunghi passi. Quanto avrebbe voluto semplicemente sellare la sua cavalla e correre a casa. Era una buona cavalcatura, una puledra castana con un diamante bianco sulla fronte. E Arya era sempre stata un'ottima cavallerizza. Se avesse voluto, avrebbe potuto montare in sella e via, al galoppo. Solo che allora non ci sarebbe stato più nessuno a tenere d'occhio la strada avanti a lei, né a guardarle le spalle, né a montare la guardia quando dormiva. E se le cappe dorate fossero riuscite a catturarla, lei sarebbe stata completamente sola. No, era più sicuro rimanere con Yoren e gli altri.

«Non siamo troppo lontani dall'Occhio degli Dei» disse un mattino il confratello in nero. «La strada del Re non sarà sicura fino a quando non attraverseremo il Tridente, per cui ci conviene andare a nord seguendo la sponda occidentale del lago. Difficile che ci cerchino là.»

A mano a mano che proseguivano, le terre coltivate cedevano il posto alle foreste, villaggi e fortini erano più piccoli e più distanziati uno dall'altro, le colline erano più alte e le valli più profonde. Era difficile trovare cibo. In città, Yoren aveva fatto un carico di pesce salato, pane duro, lardo, rape, sacchi di fagioli e di avena e forme di formaggio giallo. Ma ormai tutto quanto era stato divorato fino all'ultimo boccone. Costretti ora a nutrirsi di quello che offriva la terra, Yoren aveva dovuto ricorrere a Koss e a Kurz, che in città erano stati imprigionati come bracconieri. Li mandava nei boschi avanti alla colonna. Alla sera, loro riapparivano con un cervo legato per le zampe al palo che portavano a spalla o con mazzi di quaglie appese alle cinture. I ragazzi più piccoli avevano il compito di raccogliere bacche o anche, nel caso si trovassero a costeggiare un frutteto, di scalare gli steccati per cogliere mele.

Arya, che usciva sempre da sola, era agile a scalare e veloce a raccogliere. Un giorno, per puro caso, le capitò di trovarsi davanti un coniglio. Era grasso e con il pelo marrone, lunghi orecchi e naso tremolante. I conigli corrono più in fretta dei gatti, ma non sanno arrampicarsi sugli alberi bene quanto loro. Arya lo fece fuori con un colpo bene assestato del bastone e Yoren ne ricavò uno stufato aggiungendo funghi e cipolle selvatiche. Arya ricevette un'intera coscia, il coniglio dopo tutto lo aveva preso lei, e la condivise con Gendry. Tutti gli altri ricevettero almeno un mestolo, perfino i tre ai ceppi. Jaqen H'ghar la ringraziò con cortesia, Mordente si leccò le dita unte con un'espressione estatica, ma Rorge, quello senza naso, le rise in faccia: «Guardalo, il grande cacciatore: Bitorzolo-Testa di Bitorzolo acchiappaconigli».

All'esterno di un fortino chiamato Briarwhite, alcuni braccianti circondarono la carovana, chiedendo moneta per le pannocchie che avevano preso. Yoren adocchiò le falci che i contadini stringevano in pugno e gettò loro alcuni soldi di rame. «C'era un tempo in cui gli uomini in nero ricevevano cibo e alloggio dappertutto, da Dorne a Grande Inverno. Perfino gli alti lord dicevano che era un onore averli ospiti sotto il loro tetto» disse loro il confratello errante, pieno di amarezza. «Adesso codardi come voi vogliono soldi per un morso a una mela piena di vermi.» Yoren sputò con disprezzo.

«È grano maturo, meglio di quello che merita un fetente corvo nero come te» rispose con ostilità uno dei contadini. «Adesso va' via dal nostro campo, e portati dietro i tuoi ladruncoli, prima che vi mettiamo tutti su un palo per spaventare gli altri corvi.»

Arrostirono le pannocchie nella notte umida, rivoltandole con lunghi bastoni biforcuti, mangiando il tutto appena uscito dalla brace. Arya trovò che avessero un sapore delizioso, ma Yoren era troppo inferocito per mangiare. Una nube sembrava gravare su di lui, una nube sfilacciata e nera come la sua cappa. Continuò a passeggiare avanti e indietro per l'accampamento, imprecando a denti stretti.

Il giorno dopo, Koss tornò indietro di corsa avvertendo di avere avvistato un accampamento avanti a loro.

«Venti o trenta uomini, maglie di ferro e mezzi elmi» spiegò il bracconiere. «Alcuni sono feriti malamente e almeno uno sta morendo, a giudicare dai suoi lamenti. Urlava talmente forte che sono riuscito ad avvicinarmi inosservato. Hanno picche e scudi, ma solamente un cavallo, e pure azzoppato. Dal puzzo, direi che sono accampati lì da un bel po'.»

«Hai visto qualche vessillo?»

«Un gatto selvatico maculato, giallo e nero, su sfondo marrone fango.»

«Non lo conosco» ammise Yoren, infilandosi in bocca una foglia amara da masticare. «Possono essere di una parte o anche dell'altra. Ma da qualsiasi parte stanno, se sono conciati davvero così male vorranno le nostre cavalcature. E forse non si accontenteranno di queste. Ci conviene fare un giro largo per evitarli.»

Il giro largo li portò fuori strada di parecchie miglia e costò loro almeno due giorni di marcia in più, ma il corvo errante insistette che il gioco valeva la candela. «Sulla Barriera tempo ne avrete fin troppo. Il resto della vostra vita, probabilmente. Mi sembra che non c'è alcuna fretta di arrivare.»

Continuando verso nord, Arya vide sempre più uomini che facevano la guardia ai campi. Spesso si limitavano a rimanere immobili lungo la strada, osservando freddamente tutti quelli che passavano da là. In altri casi, pattugliavano a cavallo, costeggiando gli steccati con asce da battaglia attaccate alla sella. A un certo punto, Arya notò un individuo che si era arrampicato su un albero morto, arco in pugno e faretra appesa a un ramo. Nel momento in cui avvistò la carovana, incoccò una freccia e non distolse mai lo sguardo fino a quando anche l'ultimo carro non fu fuori della vista.

«Quell'idiota sull'albero!» Yoren imprecò per l'intero transito. «Vedremo quanto ci sta bene tra quei rami una volta che arrivano gli Estranei a farlo scendere. Allora sì che urlerà aiuto agli uomini in nero, ci puoi giurare.»

Il giorno seguente, Dobber individuò un chiarore rossastro nel cielo che imbruniva. «O la strada del Re ha girato e stiamo tornando indietro, o il sole si è messo a tramontare a nord.»

Yoren andò ad arrampicarsi su un rilievo roccioso, in modo da avere una visuale migliore. «È un incendio» annunciò. Si leccò un pollice e saggiò l'aria. «Il vento lo spinge lontano da noi. Ma teniamolo comunque d'occhio.»

E lo tennero d'occhio. Con il calar della notte, il baluginante chiarore purpureo si fece sempre più intenso, fino a quando sembrò che l'intero orizzonte a nord fosse avvolto dalle fiamme. Di quando in quando, riuscivano addirittura a sentire l'odore del fumo. Il vento però continuò a soffiare nella medesima direzione e l'incendio non si avvicinò. All'alba, non sembrava essere rimasto più niente da bruciare. Ma quella notte, nessuno di loro era riuscito a prendere sonno.

Intorno a mezzogiorno, raggiunsero il punto in cui sorgeva il villaggio. Per miglia e miglia, i campi tutto attorno erano una desolazione carbonizzata, le case ridotte a gusci vuoti, anneriti. Il terreno era disseminato di carcasse di animali inceneriti e sventrati. Torme di corvi stavano banchettando con i resti in un'orgia di furibonde beccate. Se disturbati nel loro macabro pasto, si levavano in volo gracchiando. Veli di fumo continuavano a innalzarsi dall'interno del fortino. Vista da lontano, la palizzata di tronchi appariva solida: non lo era stata abbastanza.

Cavalcando in testa alla carovana, Arya vide corpi bruciati, irriconoscibili, infilzati su pali lungo tutte le mura, le mani alzate a coprire le facce in una sorta d'inutile tentativo di proteggersi dalle fiamme che li avevano divorati. Yoren diede l'ordine di fermarsi quando si trovavano ancora a una certa distanza e disse ad Arya e agli altri ragazzi di montare la guardia ai carri, mentre lui, Murch e Cutjack si avvicinavano a piedi. Quando raggiunsero il portale semidistrutto, un nugolo di corvi si levò in volo da dietro le mura. I corvi ingabbiati sui carri risposero al loro gracchiare.

«Non dovremmo andare a cercarli?» disse Arya a Gendry, dopo che Yoren e gli altri erano stati via parecchio tempo.

«Yoren ha detto di aspettare.» La voce di Gendry era stranamente cupa. Arya si voltò verso di lui e vide che si era messo in capo l'elmo, tutto acciaio scintillante e grandi corna ricurve.

Quando finalmente fecero ritorno, Yoren aveva una bambina tra le braccia, mentre Murch e Cutjack trasportavano una donna in una barella di fortuna ricavata da una coperta strappata. La bimba non poteva avere più di due anni e piangeva senza sosta, un suono flebile, come se le fosse rimasto qualcosa incastrato in gola. O non era in grado di parlare o lo aveva dimenticato. All'altezza del gomito, il braccio destro della donna era ridotto a un moncone sanguinante. I suoi occhi parevano non vedere nulla, nemmeno quando fissavano qualcosa. Lei riusciva a parlare, ma le uniche due parole che diceva erano: «Vi prego, vi prego...». Continuava a gridare: «Vi prego, vi prego...». Rorge trovò che la cosa fosse molto divertente e si mise a sghignazzare dal buco che aveva al posto del naso. Anche Mordente cominciò a ridere, finché Murch non inveì contro entrambi e ordinò loro di smetterla.

Yoren fece sistemare la donna all'interno di uno dei carri: «Fate presto» insistette. «Al calar della notte, qui arriveranno i lupi... E forse anche qualcosa di peggio dei lupi.»

Frittella osservò la donna ferita contorcersi e lamentarsi dentro il carro: «Io ho paura...».

«Anch'io» confessò Arya.

«Senti, Arry...» le disse stringendole le spalle «non ho mai ucciso nessun ragazzo a calci. Vendevo le frittelle che faceva mia mamma, tutto lì.»

Quando si rimisero in marcia, Arya cavalcò quanto più avanti possibile a fianco della carovana, in modo da non udire il pianto ininterrotto della bambina, né i lamenti ossessivi della donna, "Vi prego, vi prego...". Le tornò in mente una delle storie della vecchia Nan, che raccontava di un uomo imprigionato in un castello oscuro da giganti maligni. Era un uomo abile e coraggioso, così riuscì a imbrogliare i giganti e a fuggire... Solo che nel momento in cui si trovò fuori dal castello, gli Estranei lo presero e bevvero il suo sangue che era ancora caldo. Ora Arya sapeva che cosa dovette aver provato l'uomo in quel momento.

La donna morì prima del tramonto. Gendry e Cutjack la seppellirono sulle pendici di una collina, sotto un grande salice piangente. Al soffiare del vento, Arya credette di continuare a udire il suo terribile mormorio: "Vi prego, vi prego, vi prego...".

Sentì i capelli che le si rizzavano sulla nuca e corse via, lontano dalla tomba.

«Niente fuoco questa notte» fu la decisione di Yoren.

La loro cena fu a base di radici selvatiche trovate da Koss, fagioli essiccati e acqua di ruscello. Aveva un sapore strano, quell'acqua. Lommy disse loro che era l'odore dei cadaveri, corpi in putrefazione chissà dove a monte del ruscello. Se Reysen non fosse intervenuto, Frittella gli sarebbe saltato addosso.

Arya bevve troppo, giusto per mettersi qualcosa nello stomaco. Credeva di non poter prendere sonno, invece, chissà come, si addormentò. Quando si svegliò era notte fonda e aveva un disperato bisogno di orinare. Tutto attorno a lei c'era gente addormentata, avvolta in coperte e mantelli. Arya trovò Ago e si alzò, immobile, in ascolto. Udì i passi lievi delle sentinelle, qualcuno che si rigirava in un sonno inquieto, il russare pesante di Rorge, lo strano sibilo che Mordente emetteva quando dormiva. Da uno dei carri, veniva un rumore costante, ritmico: era Yoren, intento ad affilare sulla cote la lama della sua daga, mentre masticava foglie amare.

Uno dei ragazzi di quel turno di guardia era Frittella: «Dov'è che vai?» domandò vedendo Arya che si dirigeva verso gli alberi.

Lei fece un cenno vago in direzione dei boschi.

«Invece no che non ci vai!» Adesso che aveva una spada al fianco, anche se si trattava di una spada corta che lui usava come una clava, Frittella era più determinato. «Il vecchio dice che questa notte tutti devono stare vicino al campo.»

«Devo fare un goccio d'acqua» spiegò Arya.

«E allora usa quell'albero lì» indicò Frittella. «Te non lo sai quello che può esserci là fuori, Arry. Prima ho sentito dei lupi.»

Se si fossero messi a fare a botte un'altra volta, a Yoren non sarebbe andata giù. Arya fece finta di essere spaventata: «Lupi? Per davvero?».

«Li ho sentiti io» confermò il ragazzo.

«Non mi scappa poi così tanto.»

Arya tornò alla propria coperta e fece finta di dormire fino a quando non udì i passi di Frittella che si allontanavano. Poi strisciò nuovamente via nel buio, raggiunse l'altro lato dell'accampamento e s'infilò nei boschi, silenziosa come un'ombra. Anche da quel lato c'erano sentinelle, ma lei non ebbe difficoltà a evitarle. Per maggior sicurezza, s'inoltrò nella foresta molto più del solito. Una volta che fu certa che vicino non c'era nessuno, si abbassò le brache e fece quello che doveva fare.

Percepì il frusciare nel sottobosco quando era ancora lì a orinare, con i calzoni calati. "Frittella!" pensò in preda al panico. "Mi ha seguita!" Poi vide due occhi ferali scintillare nelle tenebre, ancora più luminosi per il riflesso dei raggi della luna. Lo stomaco stretto nella morsa del terrore, Arya cercò di afferrare Ago, senza nemmeno preoccuparsi di bagnarsi le brache. Gli occhi ferali si moltiplicarono: quattro, otto, dodici, un intero branco.

Uno dei lupi avanzò fuori dal folto degli alberi. La belva la fissò e mostrò le zanne, ringhiando sommessamente. Quanto era stata stupida. E quanto sarebbe stato trionfante Frittella la mattina dopo, alla vista del suo cadavere semidivorato... Ma il lupo improvvisamente si voltò e se andò, e anche tutti gli altri occhi tornarono a essere inghiottiti dalle tenebre. Tremando, Arya si ripulì alla meglio, si sistemò le brache e rientrò all'accampamento, seguendo il ritmico suono fino a dove si trovava Yoren.

Arya salì sul carro e si sistemò accanto a lui. «Lupi» sussurrò ancora scossa. «Nel bosco.»

«Sì, ce ne sono di sicuro.» Il confratello in nero nemmeno la guardò.

«Mi hanno fatto paura.»

«Davvero?» Yoren sputò. «Mi sembra che quelli come te vogliono bene ai lupi.»

«Nymeria era una meta-lupa.» Arya si strinse le braccia attorno al corpo. «È diverso. E comunque, adesso non c'è più. Jory e io le abbiamo lanciato contro delle pietre fino a quando non è corsa via... Altrimenti la regina l'avrebbe uccisa.» Parlarne la rese triste. «Se in città ci fosse stata anche lei, non avrebbe permesso che tagliassero la testa a mio padre.»

«Gli orfani non hanno padri» le rammentò Yoren. «O te ne sei scordata?» La foglia amara aveva fatto assumere alla sua saliva un caratteristico colore rosso vivo ed era come se la sua bocca stesse sanguinando. «I soli lupi di cui avere paura sono quelli che camminano a due zampe, come quelli che hanno distrutto quel villaggio.»

«Vorrei essere a casa» disse Arya con disperazione. Cercava sempre di essere coraggiosa, di essere feroce come un furetto, ma c'erano volte in cui sentiva di essere soltanto una bambina di dieci anni.

Il Guardiano della notte strappò un'altra foglia amara dalla balla nel retro del carro e se la cacciò in bocca: «Forse dovevo lasciarti là dove ti ho trovato, ragazzino. Tu e anche gli altri. Giù in città, dove si sta più sicuri... almeno così sembra».

«Non m'importa. Voglio tornare a casa.»

«Ho portato uomini alla Barriera per quasi trent'anni.» Una

bava rossastra, simile a un ribollire di sangue, scintillò sulle labbra di Yoren. «In tutti questi anni, ne ho persi soltanto tre. Un vecchio se l'è portato via la febbre, un ragazzo di città morso da un serpente velenoso mentre cacava, e un idiota che ha cercato di uccidermi nel sonno... ricavandone in cambio un bel sorriso rosso.» Yoren si passò il taglio del pugnale davanti alla gola, per mostrarle che cosa intendesse dire. «Tre in trent'anni.» Sputò la foglia masticata. «Una nave, ecco. Quella era una scelta più sicura. Non c'è la possibilità di trovare altri confratelli lungo la strada, ma forse... un uomo astuto avrebbe preso una nave, invece... io no. Io sono trent'anni che percorro la strada del Re.» Rinfoderò il pugnale. «Va' a dormire adesso, ragazzo. Mi hai sentito?»

Arya cercò di dormire. Eppure, mentre giaceva avvolta nella coperta, da qualche parte poteva udire l'ululare dei lupi... e anche un altro suono, più debole, nient'altro che un sussurro nel vento. Forse erano urla.

DAVOS

L'aria del mattino era resa opaca dal fumo degli dei che bruciavano.

Erano ormai tutti quanti avvolti dalle fiamme: la Vergine e la Madre, il Guerriero e il Fabbro, la Vecchia con gli occhi di perle e il Padre con la sua barba dorata, perfino lo Sconosciuto, scolpito in fattezze più bestiali che umane. Il vecchio legno disseccato dal tempo e gli infiniti strati di vernice e di smalto venivano divorati dal fuoco emettendo un bagliore quasi furioso. Il calore faceva vibrare l'aria gelida. Dietro quella cortina tremante, i doccioni e i draghi di pietra sulle mura del castello apparivano evanescenti, come se Davos li osservasse da dietro un velo di lacrime. "O come se le belve stessero muovendosi, si agitassero..."

«È un sacrilegio» dichiarò Allard. Ebbe quanto meno il buonsenso di parlare a voce bassa. Dale mugolò la sua approvazione.

«Silenzio» impose Davos. «Ricordate dove vi trovate.»

Entrambi i suoi figli erano bravi uomini, ma ancora giovani. Allard, soprattutto, era troppo impetuoso. "Se avessi continuato a fare il contrabbandiere, Allard sarebbe finito sulla Barriera. Una fine che Stannis gli ha risparmiato. E un altro motivo per cui gli sono debitore..."

Erano venuti a centinaia ad ammassarsi contro le porte del castello per essere testimoni del rogo dei Sette Dei. Il lezzo che ammorbava l'aria era fetido. Perfino per i soldati era difficile non sentirsi a disagio. Quale terribile sacrilegio veniva perpetrato contro quegli dei che molti di loro avevano adorato per tutta la vita.

La donna rossa camminò per tre volte attorno al fuoco, pregando la prima volta nel linguaggio di Asshai, la seconda in valyriano dotto, la terza nella lingua comune. Fu quest'ultima la sola che Davos riuscì capire.

«R'hllor, scendi a spezzare le nostre tenebre» invocò la sacerdotessa. «Signore della luce, noi ti offriamo questi falsi dei, questi sette che sono uno, e quell'uno è il nemico. Portali via, e fa' scendere la tua luce su di noi, perché la notte è oscura e piena di terrori.»

La regina Selyse fece eco alle sue parole. In piedi accanto a lei, Stannis si limitò a osservare, impassibile, la mascella come di pietra sotto l'ombra nera e blu della sua barba dura come limatura di ferro. In onore del rogo dei sette, si era vestito più riccamente del solito.

Il tempio della Roccia del Drago sorgeva nel punto esatto in cui Aegon il Conquistatore si era inginocchiato a pregare la notte prima di salpare. Quel gesto non era bastato a salvare il sito sacro dagli uomini della regina: avevano rovesciato gli altari, abbattuto le statue, distrutto le finestre di vetro istoriato con le mazze da battaglia. L'unica cosa che septon Barre aveva potuto fare era stato maledirli. Per difendere gli dei, invece, ser Hubard Rambton si era schierato davanti al tempio insieme ai suoi tre figli. I Rambton erano riusciti a uccidere quattro soldati prima di venire sopraffatti dagli altri. Poco dopo, Guncer Sunglass, un lord molto pio, aveva comunicato a Stannis di non potere più appoggiare la sua pretesa al Trono di Spade. Ora lord Sunglass condivideva una cella torrida con il septon e con i due figli superstiti di ser Hubard. Gli altri lord non ci avevano messo molto a imparare la lezione.

Per Davos il contrabbandiere, gli dei non avevano mai significato granché. Nonostante ciò, era noto che Davos, come molti altri uomini, faceva sacrifici in onore del Guerriero prima di andare in battaglia, al Fabbro prima di varare una nave e alla Madre quando sua moglie era gravida. A guardare i loro simulacri venire ridotti in cenere, Davos si sentiva male, e non solamente a causa del fumo.

"Maestro Cressen avrebbe fermato questo scempio." Il vecchio sapiente aveva osato sfidare il Signore della luce. Per una simile empietà era stato punito con la morte, o almeno queste erano le dicerie. Davos però conosceva la verità. Aveva visto il maestro lasciare cadere qualcosa nella coppa di vino. "Veleno. Che altro poteva essere? Ha bevuto un sorso di morte per liberare Stannis da Melisandre. Ma, in qualche modo, il dio della donna rossa l'ha protetta." Lui stesso le avrebbe volentieri tagliato la gola, ma quali sarebbero state le sue reali possibilità di riuscita là dove perfino un dotto maestro della Cittadella aveva fallito? In fondo, lui non era altro che un contrabbandiere che era riuscito a elevarsi, Davos del Fondo delle Pulci, Cavaliere delle cipolle.

Avvolti nei loro sudari di fiamme, gli dei al rogo diffondevano una luce cangiante, un caleidoscopio di sfumature rosse, arancioni, gialle. Tempo prima, septon Barre aveva raccontato a Davos come quelle statue erano state scolpite dai pennoni delle navi che avevano portato da Valyria i primi Targaryen. Nel corso dei secoli, erano state dipinte, ridipinte, smaltate, argentate, ingioiellate. «Questa loro bellezza farà sì che siano più gradite a R'hllor» aveva commentato Melisandre nel dire a Stannis di rimuoverle e di trascinarle fuori delle porte del castello.

La Vergine era caduta contro il Guerriero, le braccia spalancate quasi a tenerlo stretto a sé. Quando le fiamme salirono a lambirle il volto, la Madre parve quasi sussultare. Una spada lunga le era stata piantata nel cuore, l'impugnatura di cuoio simile a una spirale di fuoco. Il Padre, il primo a cadere, era più in basso di tutte le altre statue. Davos aveva osservato la mano dello Sconosciuto deformarsi e contorcersi, le dite annerite che si staccavano e cadevano una dopo l'altra. Lì vicino, lord Celtigar stava tossendo convulsamente, un fazzoletto di lino con granchi ricamati premuto contro il viso pieno di rughe. Uomini della città libera di Myr si scambiavano battute, godendosi il calore del fuoco. Ma il giovane lord Bar Emmon era diventato grigio in volto e lord Velaryon guardava il re, non le fiamme.

Davos avrebbe dato qualsiasi cosa per conoscere i suoi pensieri, ma lord Velaryon non si sarebbe mai confidato con lui. Il sangue del lord delle Maree era lo stesso sangue dell'antica Valyria e per ben tre volte la sua nobile Casa aveva generato spose per altrettanti principi Targaryen. Davos Seaworth invece puzzava di pesce e di cipolla. Lo stesso valeva anche per tutti gli altri nobili. Non poteva fidarsi di nessuno di loro, e nessuno di loro lo includeva mai nei propri concili privati. I suoi figli erano parimenti disprezzati. "Ma i miei nipoti affronteranno i loro in torneo, e un giorno la loro linea di sangue si congiungerà in matrimonio con la mia. Col tempo, la piccola nave nera del mio vessillo salirà tanto in alto quanto il cavallo marino di Velaryon o i granchi rossi di Celtigar."

Ma solo se Stannis fosse asceso al Trono di Spade. Se però questo non fosse accaduto...

"Tutto ciò che sono, è a lui che lo devo." Stannis lo aveva fatto cavaliere, gli aveva concesso un posto d'onore alla sua tavola e una galea da battaglia con cui navigare al posto della sua barca da contrabbandiere. Dale e Allard comandavano altre galee, Maric era rematore capo sulla *Furia*, Matthos serviva il padre sulla

Betha nera e il re aveva preso Devan come suo scudiero reale. Un giorno, anche lui sarebbe stato fatto cavaliere, e anche i due ragazzi più giovani. Marya era castellana di una piccola fortezza a capo Furore, con servitori che la chiamavano "milady", e ora Davos poteva andare a caccia al cervo in boschi di sua proprietà. Tutto questo aveva ricevuto da Stannis Baratheon, al misero prezzo di poche falangi della mano sinistra. Davos tastò la piccola sacca di cuoio che portava appesa al collo. Quei resti di dita erano il suo portafortuna e, in quel momento, ne aveva veramente bisogno, di fortuna. "Tutti noi ne abbiamo bisogno. Lord Stannis più di chiunque altro."

Fiamme pallide salirono verso il cielo grigio. Il fumo nero continuò a contorcersi, ad avvolgersi su se stesso. Ogni volta che il vento lo spingeva verso gli astanti, gli uomini tossivano, fregandosi gli occhi che lacrimavano. Allard voltò la testa dall'altra parte, tossendo e imprecando. "Un presagio delle cose a venire." Davos ormai non ne dubitava più. Molti altri roghi sarebbero stati accesi prima che quella guerra avesse fine.

Melisandre era vestita in satin scarlatto e velluto rosso sangue e i suoi occhi parevano essere avvolti dalle fiamme come il rubino rosso che scintillava alla sua gola. «Negli antichi libri di Asshai sta scritto che verrà il giorno, dopo la lunga estate, in cui le stelle sanguineranno e il respiro gelido delle tenebre scenderà a incombere sul mondo. In questa ora terribile, un guerriero estrarrà dal fuoco una spada fiammeggiante. Quella spada sarà la Portatrice di luce, la Spada rossa degli eroi, e colui il quale la impugnerà sarà Azor Ahai reincarnato. E di fronte a lei le tenebre fuggiranno.» La donna rossa parlò a voce più alta, facendosi udire da tutti. «Azor Ahai, prediletto di R'hllor! Guerriero della luce, Figlio del fuoco! Vieni avanti, la tua spada ti attende! Vieni avanti e sollevala in pugno!»

Stannis Baratheon avanzò come un soldato che marci in battaglia. I suoi scudieri andarono a mettersi ai suoi lati. Davos rimase a guardare suo figlio Devan che faceva scivolare un lungo guanto imbottito sulla mano destra del re. Il ragazzo indossava un farsetto color crema con un cuore fiammeggiante ricamato sul pettorale sinistro. Bryen Farring, l'altro scudiero, addobbato nello stesso modo, annodò i lacci di una rigida cappa di pelle attorno alla gola del sovrano. Alle proprie spalle, Davos udì un vago suono di campanelle: "cling-a-dang", "bong-dong", "ring-a-ling".

«Sotto il mare, il fumo sale a bolle. E le fiamme ardono nere e verdi e blu.» Era Macchia che cantava da qualche parte. «Lo so io, oh-oh-oh.»

Re Stannis andò a immergersi nel fuoco, mascella serrata e cappa di cuoio stretta al petto per tenere lontane le fiamme. Puntò dritto verso il simulacro della Madre, afferrò la spada con la mano guantata e la estrasse dal legno che bruciava con un unico, deciso strattone. Poi si ritirò, la spada alta sopra la testa, fiamme color verde giada che si attorcigliavano sulla lama incandescente. Le guardie si precipitarono a soffocare i piccoli focolai d'incendio che avevano cominciato a fumare sugli abiti del re.

«Una spada di fuoco!» gridò la regina Selyse. Ser Axell Florent e gli altri uomini della sovrana si unirono al suo grido. «Una spada di fuoco! Brucia, brucia! Una spada di fuoco!»

Melisandre alzò le mani sopra la testa, gridando: «Guardate! Un segno era stato promesso e noi ora abbiamo assistito al suo realizzarsi. Guardate la Portatrice di luce! Azor Ahai è risorto! Salutiamo tutti il Guerriero della luce, salutiamo tutti il Figlio del fuoco!».

Quelle parole furono seguite da urla caotiche. Proprio in quel momento, il guanto di Stannis si mise a fumare, generando corte lingue di fuoco. Imprecando, il re conficcò la spada nella terra umida e picchiò furiosamente il guanto contro la gamba, soffocando le fiamme.

«Signore, fa' scendere la tua luce su di noi!» invocò Melisandre.

«Perché la notte è oscura e piena di terrori» fecero eco Selyse e i suoi cortigiani.

"Devo pronunciarle anch'io queste parole?" si domandò Davos. "Devo davvero tanto a Stannis? E questo dio di fuoco, è davvero il suo nuovo, vero dio?" Sentì le sue dita mutilate che formicolavano.

Stannis si tolse il guanto annerito e lo lasciò cadere. Gli dei sulla pira erano ormai ridotti a forme irriconoscibili. La testa del Fabbro cadde di lato in uno scoppio di scintille e di ceneri roventi. Melisandre cantò nella lingua di Asshai, la voce che cresceva e scemava come l'alternarsi delle maree. Stannis si slacciò la cappa di cuoio e rimase ad ascoltare. Conficcata nel terreno, la lama della spada Portatrice di luce continuava ad ardere di un bagliore rossastro, anche se le fiamme che l'avvolgevano ora stavano spegnendosi.

Una volta che il canto di Melisandre ebbe avuto fine, dei Sette Dei rimaneva solamente legno annerito. E la pazienza del re si era definitivamente esaurita. Prese la regina per un braccio e la scortò all'interno della Roccia del Drago, lasciando la Portatrice di luce là dove si trovava. La donna rossa rimase a osservare per qualche momento Devan e Byren Farring che l'avvolgevano nella bruciacchiata cappa di cuoio del sovrano.

"La Spada rossa degli eroi? Che magnifico tizzone" pensò Davos.

Alcuni dei lord si attardarono sul sito del rogo, tenendosi sopravento e parlando a voce bassa. Videro che Davos li stava guardando e s'interruppero di colpo. "Se Stannis dovesse cadere, mi distruggerebbero in un attimo." Davos Seaworth non faceva parte degli uomini della regina, quel gruppo di ambiziosi cavalieri e di lord minori che si erano dati tutti al culto di questo Signore della luce, guadagnandosi così i favori e l'appoggio di lady – "No! Regina, ricordi?" – Selyse.

Quando Melisandre e i due scudieri finalmente se ne andarono, portandosi dietro la loro preziosa spada, le fiamme erano quasi estinte. Davos e i suoi figli si mescolarono alla processione che dalla sommità della rocca tornò a scendere verso la spiaggia e le navi in attesa.

«Devan si è portato molto bene» disse Davos mentre percorrevano il sentiero.

«Ha raccolto il guanto senza lasciarlo cadere, questo sì» ribatté Dale.

«Il blasone sul suo farsetto, quel cuore incendiato, cos'era?» domandò Allard. «Il sigillo dei Baratheon non è forse il cervo incoronato?»

«Un lord può scegliere più di un sigillo» spiegò Davos.

Dale sorrise. «Una nave nera e una cipolla per noi, padre?»

«Che gli Estranei se la portino alla dannazione, la nostra cipolla...» Allard diede un calcio a un sasso. «E anche quella specie di cuore in fiamme. È stato un sacrilegio dare fuoco ai Sette Dei.»

«Da quando sei diventato così devoto?» chiese Davos. «Che può saperne il figlio di un contrabbandiere delle gesta degli dei?»

«Sono il figlio di un cavaliere, padre. Se nemmeno tu lo rammenti, perché dovrebbero ricordarsene gli altri?»

«Figlio di un cavaliere, certo, ma non un cavaliere a tua volta» replicò Davos. «E se continuerai a immischiarti in affari che non ti riguardano, non lo diventerai mai. Stannis è il nostro re di diritto, e non spetta a noi mettere in discussione il suo operato. Noi facciamo navigare le sue navi e obbediamo ai suoi comandi. E questo è tutto.»

«A proposito di navi, padre» intervenne Dale. «Non mi piacciono per niente i barili per l'acqua dolce che mi hanno dato per la *Fantasma*. Sono di legno di pino verde e l'acqua finisce sempre per diventare cattiva, quale che sia la durata del viaggio.»

«Ho lo stesso problema anche sulla *Lady Marya*» si associò Allard. «Gli uomini della regina si sono appropriati di tutto il legno stagionato.»

«Ne parlerò con il re» promise Davos. Meglio che la lamentela venisse da lui piuttosto che da Allard. I suoi figli erano bravi guerrieri e ancora più bravi navigatori, ma non avevano idea di come si parla ai nobili. "Vengono dal basso, i miei ragazzi, esattamente come me, solo che a loro non piace rammentarsene. Quando guardano il nostro vessillo, tutto quello che vedono è un veliero nero che scivola nel vento. Non vogliono però vedere la cipolla."

Il porto della Roccia del Drago era affollato come mai Davos lo aveva visto prima. Ogni singolo molo era gremito di marinai intenti a caricare vettovaglie sulle loro navi. Tutte le locande traboccavano di soldati che giocavano a dadi, bevevano o erano in cerca di una puttana. Vana ricerca, visto che Stannis le aveva bandite tutte dall'isola. Navi di ogni tipo avevano gettato l'ancora, galee da guerra e pescherecci, grossi scafi da carico e chiatte a fondo piatto. Gli approdi migliori erano stati occupati dai vascelli più grossi: la *Furia*, l'ammiraglia di Stannis, era alla fonda tra la *Lord Steffon* e la *Cervo del mare*. Tutto attorno facevano bella mostra di sé l'*Orgoglio di Driftmark* e le sue navi gemelle, l'ornata *Artiglio rosso* di lord Celtigar e la possente *Pescespada*, con la sua lunga prora. Più al largo, circondata dagli scafi a strisce di almeno due dozzine di galee della città libera di Lys, era ancorata la grande *Valyriana* di Salladhor Saan.

Una piccola locanda malridotta si ergeva alla fine del molo di pietra lungo il quale la *Betha nera*, la *Fantasma* e la *Lady Marya* condividevano gli ormeggi con circa una mezza dozzina di altre galee, che non contavano più di cento remi. Davos aveva sete. Si congedò dai figli e si diresse verso la locanda. A lato dell'ingresso, c'era un doccione alto metà di un uomo, le fattezze del volto di pietra talmente erose dalla pioggia e dal sale da essere ormai irriconoscibili. Il doccione e Davos erano vecchi amici. Nell'entrare, il contrabbandiere diede una pacca affettuosa sulla testa di granito.

«Fortuna» mormorò Davos.

Verso il fondo della caotica sala comune, Salladhor Saan stava mangiando uva da un'ampia ciotola di legno. Quando riconobbe Davos, gli fece cenno di avvicinarsi: «Siedi con me, ser cavaliere. Assaggia un chicco, anzi due. Sono dolcissimi».

Il navigatore lyseniano era un uomo asciutto e sorridente, le cui stravaganze erano leggendarie su entrambe le sponde del mare Stretto. Quel giorno, indossava un'appariscente tunica di fili d'argento, le cui maniche estese a losanga erano talmente lunghe da arrivare a toccare il pavimento. I bottoni di giada dell'indumento erano intagliati a forma di scimmia. Sulla sua fitta capigliatura di riccioli bianchi era appoggiato un berretto a punta ornato di un ventaglio di piume di pavone.

Davos aggirò tavoli affollati di clienti vocianti e riuscì a conquistarsi una sedia libera. Quando ancora non era cavaliere, aveva spesso acquistato interi carichi da Salladhor Saan. Era anche lui un contrabbandiere, Salladhor Saan, oltre a essere un mercante, un banchiere e un celebre pirata, il tutto coronato dalla sua autoproclamazione quale principe del mare Stretto. "Quando un pirata diventa abbastanza ricco, fanno di lui un principe." In effetti, era stato Davos a compiere la traversata fino a Lys per reclutare il vecchio filibustiere alla causa di lord Stannis.

«Non hai visto bruciare gli dei, mio lord?» esordì Davos.

«I preti rossi hanno un grande tempio a Lys. Oggi bruciano questo, domani bruciano quello, sempre ululando al loro R'hllor. Quanto mi tediano con i loro fuochi. Ben presto cominceranno a tediare anche Stannis, o almeno così si spera.» A Salladhor Saan sembrava non importare affatto che qualcuno potesse udirlo. Continuò a mangiare la sua uva, del tutto imperturbabile, facendo riaffiorare i semi sul labbro inferiore e quindi spazzandoli via con il polpastrello dell'indice. «La mia *Uccello del paradiso* è attraccata ieri, mio buon ser, ma non è una nave da guerra, è un vascello mercantile. E ha fatto scalo ad Approdo del Re. Sicuro di non volere un po' di quest'uva?» Sorridendo, fece oscillare un piccolo grappolo sotto il naso di Davos. «Nella città, i bambini hanno fame, si dice.»

«È birra che voglio, e notizie.»

«Gli uomini della terra dell'Occidente vanno sempre di fretta» si lamentò Salladhor Saan. «E io ti domando, a che serve? Chi attraversa la vita di fretta, si affretta verso la tomba.» Ruttò. «Il lord di Castel Granito ha mandato quel suo nano a sorvegliare Approdo del Re. Forse spera che la sua brutta faccia metta paura agli assalitori, eh? O che forse noi si finisca a crepare dalle risate quando il Folletto farà la sua comparsa sui merli della Fortezza Rossa, chi può dire? Il nano ha cacciato il grasso idiota che comandava le cappe dorate e ha messo al suo posto un cavaliere con una mano di ferro.» Il pirata strinse un acino d'uva tra il pollice e l'indice fino a farlo scoppiare. La polpa colò lungo le sue dita.

Una serva si aprì la strada nella calca, cercando di evitare le mani che le s'infilavano da tutte le parti. Davos ordinò un boccale di birra al malto e tornò a volgersi verso Salladhor Saan: «Come è difesa la città?».

«Le mura sono alte e solide.» Il lyseniano scrollò le spalle. «Ma chi combatterà su di esse? Stanno costruendo scorpioni e sputafuoco, certo, ma gli uomini dalle cappe dorate sono troppo pochi e troppo inesperti. E non c'è nessun altro. Un rapido attacco, come quello di un falco che piomba su una lepre, e la città sarà nostra. Se il vento riempirà le nostre vele, il tuo re sarà seduto sul Trono di Spade dalla sera alla mattina. Potremmo far mettere al nano un berretto a sonagli e punzecchiargli le guance con le punte delle nostre spade per convincerlo a fare un bel balletto per noi. Chissà, il nostro benevolo sovrano potrebbe addirittura farmi dono della bella regina Cersei, affinché mi scaldi il letto per una notte. È da troppo tempo che sto lontano dalle mie mogli, e tutto per servire Stannis Baratheon.»

«Mogli? Tu non hai mogli, pirata» disse Davos. «Hai solamente concubine. Quanto a servire Stannis, sei stato profumatamente pagato per ogni giornata e per ogni nave.»

«Pagato in promesse» ribatté acidamente Salladhor Saan. «È oro che voglio, mio buon cavaliere.» Si mise in bocca un altro chicco d'uva. «Non parole scritte su pergamena.»

«Avrai il tuo oro quando avremo in pugno il tesoro di Approdo del Re. Nessun uomo dei Sette Regni è più onorevole di Stannis Baratheon. Manterrà la sua parola.» Mentre pronunciava quelle frasi, Davos rifletté: "Questo mondo è corrotto senza speranza, se contrabbandieri da sentina devono rendersi garanti dell'onore dei re".

«Così Stannis ha detto e ripetuto» assentì Salladhor Saan. «Per cui io dico: facciamola, questa guerra. Nemmeno quest'ottima uva è più matura di Approdo del Re, vecchio amico mio.»

La serva tornò con la birra e Davos le diede una moneta di rame. «Noi potremmo anche conquistare Approdo del Re» bevve un sorso «ma quanto a lungo saremmo in grado di tenerla? Tywin Lannister è a Harrenhal con un grande esercito, quanto a lord Renly...»

«Ah, sì, il fratello più giovane» annuì Salladhor Saan. «La storia che lo riguarda non è troppo incoraggiante, amico mio. Re Renly ha grandi progetti. Mi correggo: qui lui è lord Renly, chiedo venia. Talmente tanti re, che sono stanco di pronunciare questa parola. Il fratello Renly ha lasciato Alto Giardino con la sua bella e giovane regina, con i suoi cavalieri di fiori e dell'arcobaleno, più un grande esercito di fanteria. Stanno risalendo a piedi la strada del Re, diretti alla stessa grande città di cui noi stiamo parlando.»

«Ha portato con sé la sua sposa?»

«Non mi è stato detto perché.» Salladhor Saan scrollò nuovamente le spalle. «Forse non sopporta di stare lontano dalla calda tana tra le cosce della fanciulla, sia pure per una notte. O forse è assolutamente certo della vittoria.»

«Di questo dev'essere informato il re.»

«Ho già provveduto, buon cavaliere. Per quanto, ogni volta che mi trovo al suo cospetto, sua maestà aggrotta la fronte in modo tanto minaccioso da indurre in me tremiti d'inquietudine. Cosa pensi, gli sarei forse più gradito se indossassi una rozza camicia e non sorridessi mai? Ebbene, non intendo farlo. Sono un uomo onesto, e lui dovrà quindi sopportarmi nelle mie sete e nel mio satin. Diversamente, porterò le mie navi dove sono meglio apprezzato. Quella spada, amico mio, non è la Portatrice di luce.»

«Spada?» L'improvviso cambio di argomento mise Davos a disagio. «Quale spada?»

«Quella estratta dalle fiamme, ricordi? Gli uomini mi raccontano tutto, forse sarà per il mio sorriso accattivante! In che modo una spada bruciata aiuterà l'ascesa di Stannis?»

«Non una spada bruciata, Salladhor» lo corresse Davos. «Una spada che brucia.»

«Bruciata» insistette Salladhor Saan. «E tu, mio buon amico, sii grato che sia così. Conosci la storia di come venne forgiata la Portatrice di luce? Permetti che t'illumini. Era un'epoca il cui il mondo era avvolto in profonde tenebre. Per opporsi all'oscurità, un eroe deve avere una spada degna di un eroe, oh sì, una spada come non ne è mai esistita l'eguale. E così, per trenta giorni e trenta notti, Azor Ahai si sfinì nella forgia del suo tempio, creando dai fuochi sacri una lama prodigiosa. Calore e martello e piegatura, calore e martello e piegatura, oh sì, fino a quando la spada non fu finalmente pronta. Eppure, quando Azor Ahai immerse l'acciaio nell'acqua per temprarlo, questo si spezzò in mille frammenti.

«Essendo lui un eroe, non era certo tipo da lasciar perdere e andare alla ricerca di ottima uva come questa. Per cui ricominciò tutto dal principio. La seconda volta, gli ci vollero cinquanta giorni e cinquanta notti, e la nuova spada sembrava addirittura più prodigiosa dell'altra. Azor Ahai catturò un leone: intendeva temprare la lama immergendola nel cuore della fiera, ma ancora una volta l'acciaio andò in mille pezzi. Grande fu il suo disappunto e altrettanto grande fu il dolore, perché ora Azor Ahai aveva capito ciò che andava fatto.

«Per cento giorni e cento notti lui rimase curvo sulla terza lama, e quando i fuochi sacri l'ebbero portata al calor bianco, Azor Ahai chiamò sua moglie. "Nissa Nissa" le ordinò, perché quello era il suo nome. "Scopriti il seno, e sappi che ti amo più di qualsiasi altra creatura a questo mondo." E lei obbedì. Perché lo fece non saprei dire, e Azor Ahai affondò la spada incandescente nel suo cuore pulsante. Si racconta che il grido di Nissa Nissa, un grido di angoscia e di estasi a un tempo, fu talmente terribile da aprire una crepa sulla faccia della luna. Ma il sangue di Nissa Nissa, e la sua anima e la sua forza e il suo coraggio, tutto questo penetrò nell'acciaio. Tale è la storia di come venne forgiata la Portatrice di luce, la Spada rossa degli eroi.

«E ora, mio cavaliere, comprendi ciò che intendo? Sii grato due volte che è solo una spada bruciata quella che sua maestà ha estratto dalle fiamme. Troppa luce fa male agli occhi, amico mio, e il fuoco brucia.» Salladhor Saan finì l'ultimo dei chicchi d'uva e fece schioccare le labbra. «Quando pensi che il re darà l'ordine di salpare, mio buon ser?»

«Presto, credo» rispose Davos. «Al suo dio piacendo.»

«Il "suo" dio, amico cavaliere? Non anche il "tuo" dio? E dove sarà mai il dio di ser Davos Seaworth, cavaliere della nave delle cipolle?»

Davos sorseggiò la birra al malto, prendendo tempo. "La locanda è affollata, e tu non sei Salladhor Saan." Davos rammentò a se stesso. "Fa' attenzione a come rispondi." «Re Stannis è il mio dio. Lui mi ha creato, lui mi ha dato la benedizione della sua fiducia.»

«Me ne ricorderò.» Salladhor Saan si alzò. «Con permesso. Quest'uva mi ha messo appetito, e la cena mi attende a bordo della *Valyriana*. Agnello speziato al pepe e gabbiano arrosto con ripieno di funghi, finocchio e cipolla. Presto ceneremo insieme ad Approdo del Re, giusto? Faremo festa nella Fortezza Rossa e il nano Lannister ci canterà un'allegra canzone. Quando parlerai con re Stannis, ricordagli che mi deve altri trentamila dragoni quando la luna tornerà nera. È a me che avrebbe dovuto darli, quegli dei. Erano troppo belli per essere ridotti in cenere, e a Pentos o a Myr avrei potuto ricavarne un notevole guadagno. Ma se mi garantirà la regina Cersei per una notte, credo che lo perdonerò.»

Il pirata lyseniano diede a Davos un amichevole colpetto sulla spalla, dopo di che uscì dalla locanda con passo sicuro e baldanzoso, come se fosse lui il proprietario.

Ser Davos Seaworth rimase in compagnia del boccale di birra ancora a lungo, continuando a rimuginare. Un anno prima, mentre si svolgeva il torneo che re Robert aveva organizzato per festeggiare il dodicesimo compleanno del principe Joffrey, lui era andato con Stannis ad Approdo del Re. Ricordava il prete rosso, Thoros di Myr, e la spada incendiata che aveva impugnato nella grande baraonda. Con le sue sgargianti tonache scarlatte al vento e la lama avvolta da pallide fiamme verdi, Thoros era stato uno spettacolo nello spettacolo. Tutti quanti però sapevano che non c'era niente di realmente magico. Alla fine, le fiamme verdi si erano estinte e Bronze Yohn Royce lo aveva mandato a terra con una mazza da combattimento qualunque.

"Ma una vera spada di fuoco, quella sì che sarebbe un indimenticabile prodigio..." Ma quando pensò a Nissa Nissa, fu l'immagine di sua moglie Marya che gli apparve, una donna abbondante e amabile, dai seni cascanti per i troppi parti e dal sorriso gentile. La donna migliore del mondo. Davos cercò d'immaginare se stesso mentre le affondava una spada nel cuore. "No" decise "non sono proprio fatto della stoffa degli eroi." Se era quello il prezzo di una spada magica, era ben più di quanto lui fosse disposto a pagare.

Davos finì la birra, allontanò il boccale e lasciò la locanda. Nell'andarsene, diede un colpetto di commiato sulla testa del vecchio doccione e gli augurò: «Fortuna».

Tutti loro ne avevano bisogno.

Era ormai notte fonda quando Devan arrivò alla *Betha nera*, cavalcando un purosangue bianco come la neve.

«Mio lord padre» annunciò. «Sua maestà ti comanda di recarti da lui nella sala del Tavolo dipinto. Questo è il destriero che monterai per arrivare da sua maestà immediatamente.»

Davos fu orgoglioso di vedere il figlio così splendido nella sua elegante tenuta da scudiero, ma quella chiamata improvvisa lo mise a disagio. "Che voglia dare l'ordine di salpare?" Salladhor Saan non era certamente il solo capitano a pensare che Approdo del Re fosse pronta per essere attaccata, ma un contrabbandiere deve imparare a essere paziente. "Non abbiamo speranze di vittoria. L'ho detto anche a maestro Cressen il giorno del mio ritorno alla Roccia del Drago. E da allora nulla è cambiato. Noi siamo troppo pochi e i nemici troppo numerosi. Immergere i nostri remi significa andare incontro a morte certa.

Davos montò comunque in sella e raggiunse il Tamburo di pietra mentre una dozzina, tra cavalieri di alto lignaggio e lord alfieri, se ne stavano andando. Senza fermarsi, lord Celtigar e lord Velaryon gli rivolsero un breve cenno del capo. Gli altri non lo degnarono nemmeno di uno sguardo. Ser Axell Florent fu l'unico a fermarsi.

Lo zio della regina Selyse era una montagna d'uomo dalle braccia robuste e dalle gambe tozze. Aveva le orecchie prominenti caratteristiche della Casa Florent, addirittura più grandi di quelle della nipote. La folta peluria che sporgeva da esse non gl'impediva di ascoltare la maggior parte di quanto avveniva al castello. Per dieci lunghi anni, l'intero periodo che Stannis aveva trascorso ad Approdo del Re quale membro del Concilio ristretto di re Robert, ser Axell era stato castellano della Roccia del Drago. Di recente, però, era emerso come portavoce degli uomini della regina.

«Ser Davos, è sempre un piacere vederti.»

«Lo stesso vale per me nei tuoi confronti, mio lord.»

«E anche questa mattina ti ho notato. I falsi dei sono bruciati con una piacevole luce, non trovi?»

«Molto vivida.» A dispetto di tutte le sue cortesie, Davos non si fidava di quell'uomo. Inoltre, la Casa Florent si era schierata con Renly.

«Lady Melisandre ci dice che R'hllor talora permette ai suoi fedeli servitori di vedere il futuro attraverso le fiamme. Questa mattina, mentre osservavo il fuoco, ho creduto di vedere dodici bellissime danzatrici. Le fanciulle indossavano vaporose sete gialle ed erano intente a volteggiare di fronte a un grande re. E io penso, ser, che si sia trattato di un'autentica visione premonitrice. Un presagio della gloria che attende sua maestà una volta che avremo preso Approdo del Re e che lui sarà asceso al trono che è suo di diritto.»

"Stannis non ha mai sopportato la danza" pensò Davos, ma non osò offendere lo zio della regina. «Io ho visto solamente fuoco, ma il fumo mi faceva lacrimare gli occhi. Ora devi perdonarmi, ser, il re mi sta aspettando.»

Davos si diresse verso il portale del maniero, chiedendosi per quale ragione ser Axell si era preso il disturbo di quella conversazione. "Lui è un uomo della regina e io un uomo del re."

Stannis sedeva al Tavolo Dipinto, il giovane maestro Pylos alle sue spalle e una disordinata pila di carte davanti a sé. «Ser» esordì il re vedendo entrare Davos. «Vieni a dare un'occhiata a questa lettera.»

Rispettosamente, Davos prelevò uno dei documenti, a caso. «Ha un ottimo aspetto, maestà, ma... temo di non comprendere che cosa c'è scritto.» Davos Seaworth era in grado di decifrare molto bene mappe e carte nautiche, ma le lettere erano al di là dei suoi poteri. "Ma mio figlio Devan le ha imparate, le lettere, e anche i due più piccoli, Steffon e Stannis."

«Già, dimenticavo.» Solchi d'irritazione aggrottarono la fronte del re. «Pylos, leggigliela tu.»

«Come comandi, maestà.» Il maestro sollevò una delle pergamene e si schiarì la voce: «"Ogni uomo riconosce in me il legittimo figlio di Steffon Baratheon, lord di Capo Tempesta, e della lady sua moglie Cassana, della nobile Casa Estermont. Sull'onore della mia nobile Casa, dichiaro che il mio amato fratello Robert, il nostro defunto re, non ha lasciato alcun erede sangue del suo sangue. Affermo infatti che il ragazzo Joffrey, il ragazzo Tommen e la fanciulla Myrcella altro non sono che abomini generati dall'incesto tra Cersei Lannister e suo fratello Jaime, lo Sterminatore di re. Per diritto di nascita e di sangue, in questo giorno io estendo la mia pretesa al Trono di Spade dei Sette Regni della terra dell'Occidente. Che ogni uomo onesto dichiari quindi la propria lealtà. Vergato nel nome del Signore della luce, nel segno e sotto il sigillo di Stannis della Casa Baratheon, primo del suo nome, re degli Andali, dei Rhoynar, dei Primi Uomini e lord dei Sette Regni"».

La pergamena frusciò leggermente quando Pylos tornò a posarla sul tavolo.

«D'ora in avanti, scrivi "ser" Jaime, lo Sterminatore di re.» La fronte di Stannis si aggrottò di nuovo. «Qualsiasi altra cosa lui sia, rimane pur sempre un cavaliere. Non sono neppure certo se sia il caso di definire Robert il mio "amato" fratello. Lui di certo non amava me più di quanto fosse necessario. Sentimento peraltro del tutto ricambiato.»

«Un'innocente cortesia, maestà» offrì Pylos.

«Una menzogna. Togli quella parola.» Stannis si rivolse a Davos. «Il maestro mi dice che abbiamo centodiciassette corvi messaggeri. È mio intendimento usarli tutti. Centodiciassette corvi che porteranno centodiciassette copie della mia lettera in tutti gli angoli del reame, da Arbor alla Barriera. Forse, quanto meno cento di loro riusciranno ad avere ragione delle tempeste e a evitare i falchi e le frecce. Significa che cento maestri leggeranno queste mie parole ai loro cento lord in altrettanti castelli... Alcune di queste lettere verranno date alle fiamme, altre no, e a molti uomini verrà imposto il solenne vincolo del silenzio. Questi grandi lord amano Joffrey, o Renly, o Robb Stark. Io sono il loro re per diritto di sangue, ma se potranno farlo, loro continueranno a negarmi. È per questo, Davos, che ho bisogno di te.»

«Sono al tuo comando, mio re. Come sempre.»

Stannis annuì. «Voglio che tu prenda il mare con la *Betha nera* e faccia rotta verso nord, alla Città del Gabbiano, ai promontori delle Dita, alle Tre Sorelle, perfino a Porto Bianco. Tuo figlio Dale andrà a sud a bordo della *Fantasma*, oltre capo Furore e il Braccio Spezzato, lungo tutta la costa di Dorne e fino ad Arbor. Ciascuno di voi trasporterà un baule pieno di lettere come questa. Ne consegnerete una in ogni porto, in ogni villaggio, in ogni fortino. Le inchioderete alle porte dei templi, delle locande, dei bordelli. In modo che ogni uomo in grado di leggere, legga!»

«Non saranno in molti a farlo» replicò Davos.

«Ser Davos dice il vero, maestà» intervenne maestro Pylos. «Sarebbe meglio che le lettere venissero lette ad alta voce.»

«Sarebbe meglio, ma anche più pericoloso» ribatté Stannis. «Queste parole potrebbero non essere accolte con favore.»

«Dammi dei cavalieri» insistette Davos. «Le loro parole avranno più peso di qualsiasi cosa io possa dire.»

«Ti darò questi uomini.» Stannis parve soddisfatto dall'idea. «Ho almeno cento cavalieri molto più pronti a leggere che a combattere. Sii palese dove puoi esserlo, e subdolo dove devi esserlo. Usa tutti i trucchi da contrabbandiere che conosci, le vele nere, le insenature nascoste, tutto quello che sarà necessario. Se dovessi trovarti a corto di lettere, cattura qualche septon e costringilo a vergarne altre copie. Intendo servirmi anche del tuo secondo figlio. Porterà la *Lady Marya* al di là del mare Stretto, a Braavos e alle altre città libere, e consegnerà altre lettere agli uomini che le governano. Il mondo deve sapere della mia pretesa al trono... e dell'infamia perpetrata da Cersei.»

"Puoi dirglielo, certo, ma ti crederanno?" Davos lanciò uno

sguardo teso a maestro Pylos, uno sguardo che al re non sfuggì. «Maestro» disse Stannis. «Forse è meglio che tu vada avanti con la scrittura. Ci serviranno molte lettere, e anche molto presto.»

«Come comandi» Pylos fece un inchino e si ritirò.

Il re attese che si fosse allontanato prima di riprendere a parlare: «Che cosa non vuoi dire in presenza del mio maestro, Davos?».

«Maestà, Pylos è un uomo valente, ma non posso guardare la catena che porta al collo senza essere addolorato per la perdita di maestro Cressen.»

«È forse colpa sua se quel vecchio è morto?» Stannis spostò lo sguardo sulle fiamme che ardevano nel focolare. «Non volevo che venisse a quella festa. Mi aveva fatto arrabbiare, questo sì, mi aveva anche dato pessimi consigli, ma non lo volevo morto. Avevo sperato che gli potessero essere concessi altri anni di riposo e di serenità. Questo, per lo meno, se lo era guadagnato, ma...» digrignò i denti «ma ora è morto. E Pylos mi serve abilmente.»

«Pylos è il minore dei problemi. Questa lettera... che cosa ne pensano i tuoi lord, mi domando...»

«Celtigar l'ha definita ammirevole» borbottò Stannis. «Se gli avessi mostrato la mia latrina, l'avrebbe definita nello stesso modo. Gli altri hanno fatto andare la testa su e giù come un branco di oche. Tutti tranne Velaryon, il quale ha detto che sarà l'acciaio a decidere la situazione, non le parole. Come se io già non lo sapessi. Che se li portino gli Estranei alla dannazione, i miei lord. È la tua opinione che voglio.»

«Le tue sono parole dure e forti.»

«E vere.»

«E vere. Ma non hai le prove. Dell'incesto tra Cersei e Jaime, intendo. Non le hai ora come non le avevi un anno fa.»

«Una sorta di prova esiste, a Capo Tempesta. Parlo del figlio bastardo di Robert, quello che lui generò la notte del mio matrimonio, violando lo stesso letto che era stato preparato per me e per la mia sposa. Delena era una Florent, e anche vergine quando lui la prese, per cui Robert ha riconosciuto il piccolo. Edric Storm, lo chiamano. Si dice che sia una perfetta immagine di mio fratello. Se il popolo lo vedesse, se lo confrontasse con Joffrey e Tommen, non potrebbero fare a meno di porsi delle domande, io credo.»

«Ma come farà il popolo a vederlo, questo ragazzo, se è a Capo Tempesta?»

Stannis tamburellò le dita sul Tavolo Dipinto: «È un problema.

Uno dei tanti». Alzò lo sguardo. «E c'è ben altro che tu hai da dire in merito alla lettera. Ebbene, parla. Non ti ho fatto cavaliere perché imparassi a pronunciare vuote lusinghe. A quello, provvedono già i miei lord. Di' ciò che vuoi, Davos.»

«C'è una frase alla fine del testo.» Davos chinò il capo. «Com'erano le parole? "Nel nome del Signore della luce"...»

«Esatto.» La mascella del re era contratta.

«Alla tua gente quelle parole non piaceranno.»

«Nello stesso modo in cui non sono piaciute a te?» Lo provocò Stannis in tono secco.

«Se invece tu dicessi: "Nel nome degli dei e degli uomini", oppure: "Per grazia degli dei vecchi e nuovi"...».

«Mi stai forse diventando bigotto, contrabbandiere?»

«Stavo per farti proprio la stessa domanda, mio re.»

«Sul serio? Si direbbe che tu non ami il mio nuovo dio più di quanto ami il mio nuovo maestro.»

«Io non conosco questo Signore della luce» ammise Davos. «Conoscevo però gli dei che sono stati bruciati questa mattina. Il Fabbro ha protetto le mie navi, la Madre mi ha dato sette figli sani e forti.»

«È tua moglie che ti ha dato sette figli sani e forti. Preghi forse per lei? Ciò che abbiamo bruciato questa mattina erano solamente dei vecchi pezzi di legno.»

«Forse» replicò Davos. «Ma quando ero un ragazzo, giù nel Fondo delle Pulci di Approdo del Re, mendicando una moneta di rame, a volte erano i septon che mi davano da mangiare.»

«Ora sono io a darti da mangiare.»

«Tu mi hai dato un posto d'onore al tuo desco, e in cambio io ti do la verità. La tua gente non ti amerà se tu gli porterai via gli dei che pregano da sempre... mettendo al loro posto un nuovo dio il cui nome non riescono nemmeno a pronunciare.»

«R'hllor!» Stannis si alzò d'improvviso. «Che cosa c'è di tanto difficile? Non mi ameranno, dici? E quando mai l'hanno fatto?» Andò alla finestra rivolta a sud, scrutando il mare illuminato dalla luna. «Ho cessato di credere negli dei il giorno in cui vidi l'*Orgoglio dei venti* spezzarsi in due davanti a questa baia. "Dei tanto mostruosi da annegare mio padre e mia madre non avranno mai la mia adorazione" questo giurai. Ad Approdo del Re, il sommo septon mi tediava su come tutta la giustizia e tutta la bontà emanano dai Sette Dei... e allora come mai tutto quello che ho visto di bontà e di giustizia è stata opera dell'uomo?»

«Visto che non credi negli dei...»

«... perché perdere tempo con questo nuovo dio?» lo anticipò Stannis. «Mi sono posto anch'io la medesima domanda. Non m'importa nulla degli dei, di nessun dio... ma la sacerdotessa rossa ha potere.»

"Sì, ma quale genere di potere?" «Maestro Cressen aveva saggezza.»

«Mi sono fidato della sua saggezza e anche dei tuoi consigli, e che cosa ne ho ricavato, contrabbandiere? I lord della Tempesta ti hanno cacciato. Io ho implorato il loro aiuto e loro mi hanno riso in faccia. Ebbene, adesso non ci saranno più implorazioni, e non ci sarà nemmeno più derisione. Il Trono di Spade mi spetta di diritto, ma come riuscirò a prenderlo? Ci sono ben quattro re nel reame, e tre di loro hanno più uomini e più oro di me. Io ho le mie navi... e ho lei, la donna rossa. Metà dei miei cavalieri hanno paura anche solo a pronunciare il suo nome, lo sapevi questo? Se anche non fosse in grado di fare altro, una negromante capace d'instillare un simile terrore nel cuore di duri guerrieri non può essere sottovalutata. Un uomo spaventato è un uomo sconfitto. E forse lei è in grado di fare di più. È ciò che intendo scoprire.

«Da bambino, trovai un falco ferito e lo curai. "Ala orgogliosa" lo chiamai. Si appollaiava sulla mia spalla e mi seguiva volando da una stanza all'altra e beccava dalla mia mano. Ma non volava mai in alto. Lo portavo a caccia spesso, ma il falco volava al massimo rasente le cime degli alberi. Robert lo chiamava "Ala pietosa". Lui possedeva un falcone chiamato "Rombo di tuono", il quale non mancava mai un colpo. Poi, un giorno, ser Harbert, nostro zio, mi disse di trovarmi un altro uccello: con Ala orgogliosa stavo facendo la figura dello stupido, disse, e aveva ragione.»

Stannis Baratheon si allontanò dalla finestra, voltando le spalle agli spettri che continuavano a scivolare sul mare a sud.

«I Sette Dei non mi hanno mai dato neppure un passero. È venuto il tempo che io tenti con un nuovo falco, Davos... un falco rosso!»

THEON

Non esistevano approdi sicuri a Pyke, eppure era dal mare che Theon Greyjoy voleva vedere il castello di suo padre, così come l'aveva visto dieci anni prima, quando la galea da guerra di Robert Baratheon lo aveva portato via, per affidarlo alla tutela di Eddard Stark. Quel giorno, Theon era rimasto appoggiato alla murata, ascoltando il tonfo dei remi scandito dai colpi ritmici del tamburo del capo rematore, osservando Pyke svanire all'orizzonte. Oggi voleva vederlo riemergere dall'orizzonte, e ingrandirsi davanti a sé.

Seguendo i suoi desideri, la *Myraham* superò il promontorio con le vele che sbattevano a vuoto, il capitano che malediceva i venti, il suo equipaggio e gli assurdi capricci dei rampolli di nobile lignaggio. Theon si mise il cappuccio del suo mantello per ripararsi il volto dagli spruzzi e guardò verso casa.

La costa era un susseguirsi di rocce acuminate e di scogliere ostili. Il castello sembrava un'estensione di quell'aspro paesaggio granitico: torri, muraglie e ponti costruiti con le stesse pietre grigie e nere, flagellati dalle stesse onde salmastre, affrescati dalle stesse chiazze di lichene verde scuro, punteggiati dagli escrementi degli stessi uccelli marini. Un tempo, lo sperone di terra emersa su cui i Greyjoy avevano eretto la loro fortezza si protendeva in avanti come una spada conficcata nelle viscere stesse dell'oceano, ma le onde avevano martellato la terra fino a quando essa si era fessurata e infine spaccata. Adesso rimanevano solamente tre isole, spoglie e desolate, circondate da una dozzina di scogli torreggianti che si ergevano dalle acque simili ai pilastri del tempio di un qualche dio marino, frustati da onde furiose che continuavano a infrangersi e a ribollire contro di essi.

Minacciosa, tetra, proibitiva, Pyke incombeva sulla sommità

di quelle isole e di quei pilastri di roccia, quasi fusa con essi. Le sue mura perimetrali sbarravano l'accesso dal terreno alla base del grande ponte di pietra che dalla cima della scogliera si protendeva fin sulla più grande delle isole, dominata dalla Grande Fortezza. Più lontano, ciascuna sulla propria isola, c'erano la Fortezza Cucina e la Fortezza Insanguinata. Altre torri e altre strutture erano aggrappate agli scogli più esterni, collegati da gallerie ad arco coperte là dove i pilastri di pietra erano più vicini gli uni agli altri, da camminamenti aerei di assi e di corda dove invece erano più lontani.

La Torre del mare, alta e cilindrica, s'innalzava dall'isola più remota, sulla punta della spada spezzata. Era la parte più antica del castello, i pilastri squadrati che la sostenevano semidivorati dall'incessante assalto dei marosi. Secoli di salinità avevano dato alla base della torre una colorazione candida. I piani più alti erano assediati da verdi tentacoli di lichene che li ricoprivano come una spessa coltre, e il fumo dei fuochi di guardia accesi ogni notte aveva reso il coronamento dentellato nero come la pece.

Sul pennone in cima alla Torre del mare, il vessillo di suo padre schioccava al vento. La *Myraham* era ancora troppo lontana perché Theon fosse in grado di distinguere qualcosa di più di un semplice drappo di stoffa, ma sapeva quale simbolo campeggiava su di esso: la piovra dorata della nobile Casa Greyjoy, con i tentacoli che si contorcevano sullo sfondo nero. A ogni colpo di vento, la bandiera si agitava sul suo pennone di ferro, simile a un uccello che stesse cercando di spiccare il volo. E qui, per lo meno, il meta-lupo degli Stark non sventolava più in alto, proiettando la sua ombra sulla piovra dei Greyjoy.

Theon non aveva mai visto uno scenario tanto impressionante. Nel cielo dietro il castello, oltre esili veli di nubi, era visibile la leggiadra chioma rossa della cometa. Per l'intera durata del viaggio da Delta delle Acque a Seagard, i Mallister non avevano mai cessato d'interrogarsi su quale fosse il suo significato. "È la mia cometa." Theon lo ripeté a se stesso, lasciando scivolare la mano all'interno della cappa foderata di pelliccia, tastando la sacca di cuoio incerato che teneva in tasca. Conteneva la lettera che gli aveva dato Robb Stark, un pezzo di carta che valeva quanto una corona.

«È come lo ricordi, il tuo castello, mio signore?» gli domandò la figlia del capitano, aggrappandosi al suo braccio.

«Sembra più piccolo» confessò Theon. «Ma forse è solo a causa della distanza.»

La *Myraham* era un mercantile del Sud dal ventre ampio proveniente da Vecchia Città per scambiare abiti, vino e semi con minerale di ferro. Anche il suo capitano era un mercante del Sud dal ventre ampio. I rostri di pietra assediati di spuma alla base del castello facevano tremolare le sue labbra carnose, così si teneva bene al largo, più di quanto Theon avesse desiderato. Un comandante delle isole di Ferro avrebbe condotto la sua nave lunga a ridosso delle scogliere, e poi sotto il grande ponte che sfidava il vuoto tra il posto di guardia e la Grande Fortezza. Invece, questo grassone di Vecchia Città non aveva né lo scafo, né l'equipaggio, né il fegato per tentare una cosa simile. Per cui continuarono a veleggiare a distanza di sicurezza, e Theon fu costretto ad accontentarsi di guardare Pyke da lontano. Ma anche così, la *Myraham* dovette comunque lottare duramente per evitare di avvicinarsi troppo a quelle.

«Deve tirare molto vento qui» osservò la figlia del capitano.

«Ventoso e freddo e umido...» Theon rise. «Un posto maledettamente duro... Ma il lord mio padre una volta mi disse che i posti duri generano uomini duri. E che gli uomini duri dominano il mondo.»

La faccia del capitano aveva la medesima sfumatura verde dell'acqua di mare quando l'uomo si accostò a Theon con un inchino: «Possiamo procedere in porto, milord?».

«Procedi, capitano, procedi pure» acconsentì Theon con un mezzo sorriso.

La promessa di una ricompensa in oro aveva tramutato il mercante di Vecchia Città in un ignobile leccapiedi. Sarebbe stato un viaggio molto diverso se a Seagard, come Theon aveva sperato, ci fosse stata una nave lunga delle isole ad attenderlo. I comandanti di ferro erano uomini orgogliosi e inflessibili, che non si facevano intimorire dal sangue blu. Le isole erano troppo piccole per farsi intimorire, e le navi lunghe ancora più piccole. Se, come si diceva spesso, a bordo della sua nave ogni capitano era re non c'era da meravigliarsi se l'aspro arcipelago veniva chiamato "la terra dei diecimila re". E dopo aver visto i propri re cacare oltre la murata o vomitarsi le viscere durante una tempesta, diventava piuttosto difficile genuflettersi e fare finta che fossero dei. «È il dio Abissale a fare gli uomini» aveva sentenziato il vecchio re Urron Manorossa, migliaia di anni prima. «Ma sono gli uomini a fare le corone.»

Inoltre, una nave lunga avrebbe compiuto il viaggio in metà tempo. La *Myraham*, a essere sinceri, non era altro che una grossa tinozza, e a Theon non sarebbe piaciuto affatto trovarsi a bordo di essa durante una tempesta. Eppure, non aveva ragione di essere scontento. Era arrivato a destinazione senza annegare, e il viaggio aveva anche offerto particolari divertimenti. Theon passò un braccio attorno alle spalle della figlia del capitano.

«Avvertimi quanto avremo attraccato al porto dei Lord» ordinò al padre della fanciulla. «Noi saremo sotto, nella mia cabina.»

Condusse via la ragazza, mentre l'uomo li seguiva con lo sguardo in un silenzio ostile.

In realtà, la cabina in questione era quella del capitano. Era stata concessa a Theon nel momento in cui erano salpati da Seagard. La figlia del capitano invece non era stata concessa a Theon, ma era comunque andata nel suo letto di sua spontanea volontà. Una coppa di vino, qualche parolina dolce, ed eccola lì. La ragazza era un filo troppo abbondante per i suoi gusti, e aveva la pelle imperfetta come farina d'avena, ma i seni erano proprio della misura giusta per le sue mani. Inoltre, era vergine la prima volta che la prese, cosa insolita per una ragazza di quell'età ma che Theon aveva trovato divertente. Non riteneva che il capitano approvasse, e lui aveva trovato divertente anche questo: guardare il grasso imbecille da un lato ingoiare l'oltraggio e dall'altro profondersi in salamelecchi verso l'alto lord, la sacca di monete d'oro che gli era stata promessa sempre presente nei suoi pensieri.

«Devi essere così felice di rivedere la tua casa, milord» la ragazza disse mentre Theon si sfilava la cappa fradicia d'acqua di mare. «Da quanti anni sei lontano?»

«Dieci, mese più mese meno non ha importanza» le rispose. «Ero un ragazzino di dieci anni quando mi portarono a Grande Inverno quale protetto di Eddard Stark...» Protetto di nome, ostaggio di fatto, e da ostaggio aveva trascorso metà dei suoi giorni... ma ora non più. La sua vita era tornata ad appartenergli, e non c'erano Stark in vista. Attirò a sé la figlia del capitano e le baciò un orecchio: «Togliti il mantello».

Lei abbassò gli occhi, improvvisamente timida, ma fece come lui le aveva chiesto. Nel momento in cui il pesante indumento, intriso d'acqua per gli spruzzi, le cadde dalle spalle e andò ad afflosciarsi sulle assi, la ragazza fece un lieve inchino e un sorriso ansioso. Aveva un'aria piuttosto stupida quando sorrideva, ma Theon non aveva mai preteso che le donne fossero intelligenti.

«Vieni qui» le disse.

«Non ho mai visto le isole di Ferro» rispose lei, avvicinandosi.

«Allora puoi considerarti fortunata.» Theon le accarezzò i capelli scuri e sottili, arruffati dal vento salmastro. «Le isole di Ferro sono luoghi austeri e rocciosi, scarsi nelle comodità e miseri nelle prospettive. La morte è sempre presente, e la vita è dura e tetra. Gli uomini passano la maggior parte del tempo a bere birra di malto e a litigare su chi sta peggio, se i pescatori che combattono contro il mare o i contadini che si spezzano le mani per far crescere qualcosa dalla terra arida. Ma per dirla in modo chiaro, sono i minatori a stare peggio di tutti, a spezzarsi la schiena laggiù nel buio. E per che cosa, poi? Ferro, piombo, latta, sono quelli i nostri tesori. Non c'è da meravigliarsi se gli uomini di ferro in passato si siano dati alle razzie.»

«Posso scendere a terra con te» la ragazza stupida non sembrava averlo neppure udito. «Lo farò, se ti compiace...»

«Certo, tu scendi pure a terra» le concesse Theon e intanto le palpava il seno, «ma non con me, temo.»

«Potrei lavorare nel tuo castello, milord. Pulire il pesce e mettere il pane nel forno e scremare il burro. Mio padre dice che la mia zuppa di granchio al pepe è la migliore che ha mai mangiato. Mi puoi trovare un posto nelle tue cucine, e io la farò anche a te, la zuppa di granchio.»

«E mi terrai anche il letto caldo la notte?» Con movimenti rapidi, esperti, Theon cominciò ad aprirle i lacci del corpetto. «Un tempo avrei potuto portarti a casa come mio trofeo e tenerti per moglie, che la cosa ti fosse piaciuta o no. Gli uomini di ferro di una volta le facevano, cose di quel genere. Avevano le loro mogli della roccia, che erano le loro vere mogli, nate dalle isole, ma avevano anche mogli del sale, donne catturate durante le scorrerie.»

La ragazza spalancò gli occhi, e non perché lui le avesse scoperto i seni: «Posso essere la tua moglie del sale, milord».

«Temo che quell'epoca sia finita.» Con l'indice, Theon seguì la curva di una delle mammelle pesanti di lei, accostandosi a spirale verso il grosso capezzolo scuro. «Non possiamo più cavalcare il vento con il fuoco e la spada, prendendo quello che vogliamo. Ora siamo costretti a raspare il suolo e a gettare reti nel mare come tutti gli altri uomini, considerandoci fortunati ad avere abbastanza merluzzo sotto sale e porridge da superare l'inverno.» Le morse il capezzolo fino a quando lei emise un gemito.

«Puoi metterlo ancora dentro di me, se ti compiace» gli sussurrò la ragazza all'orecchio mentre lui continuava a succhiare.

Theon sollevò la testa: i suoi denti avevano lasciato tracce rosse dove l'aveva morsicata. «Quello che mi compiacerebbe è insegnarti qualcosa di nuovo. Aprimi le brache e fammi godere con la bocca.»

«Con la bocca?»

«È ciò per cui è fatta questa tua bella bocca, dolcezza.» Le passò il pollice sulle labbra piene. «E se tu fossi una delle mogli del sale, faresti come ti comando.»

All'inizio, era timida, ma non ci mise molto a imparare, per essere una ragazza stupida, la qual cosa gli fece piacere. La bocca di lei era umida e morbida come la sua fica. Così almeno Theon non doveva stare a sentire quel suo insulso ciarlare. "Un tempo l'avrei veramente tenuta come mia moglie del sale" ripeté a se stesso, affondando le dita tra i capelli arruffati di lei. "Un tempo, quando seguivamo ancora la Vecchia legge, quando vivevamo ancora dell'ascia invece che della zappa, prendendo ciò che volevamo, che fossero ricchezza, donne o gloria." In quei giorni, gli uomini di ferro non si massacravano nelle miniere: quello era lavoro per i prigionieri condotti alle isole dopo le razzie, e lo stesso valeva per la trista impresa di arare la terra e pascolare pecore e capre. Era la guerra il giusto mestiere per gli uomini di ferro. Il dio Abissale permetteva loro di depredare e di stuprare, di conquistarsi regni, di scolpire i loro nomi con il fuoco, con il sangue e con le leggende.

Aegon il Drago aveva annientato la Vecchia legge nel rogo di Harren il Nero, consegnando il suo regno a quei deboli lord dei fiumi, riducendo le isole di Ferro a nient'altro che un'insignificante propaggine periferica di un regno ben più grande, dispersa nell'oceano. Eppure, attorno ai falò alimentati con il legno trascinato dal mare, davanti ai fumosi focolari sparsi su ciascuna delle isole, perfino tra le alte mura di pietra di Pyke, le storie della gloria perduta continuavano a essere narrate. Fra i suoi molti titoli, il padre di Theon vantava anche quello di lord possessore, e il motto dei Greyjoy era: "Noi non seminiamo".

Ed era stato proprio per restaurare la Vecchia legge, non certo per vuota vanità di avere una corona, che lord Balon aveva organizzato la grande ribellione. Una speranza soffocata nel sangue da Robert Baratheon, con il valido aiuto del suo caro amico Eddard Stark. Ora entrambi quegli uomini erano morti. Al loro posto, governavano stolidi ragazzini, e il reame che Aegon il Conquistatore aveva forgiato era sfasciato e ridotto in frantumi.

"E questa è la stagione" rifletté Theon, mentre le labbra della fanciulla scivolavano avanti e indietro attorno alla sua virilità eretta. "La stagione, l'anno, il mese, il giorno. E io sono l'uomo."

Ebbe un sorriso sarcastico, chiedendosi che cosa suo padre avrebbe detto di fronte alla realtà dei fatti. Lui, Theon, l'ultimo nato, l'infante, l'ostaggio, aveva trionfato là dove lord Balon in persona aveva fallito.

L'orgasmo lo travolse come lo scatenarsi di una tempesta improvvisa. Il suo seme riempì la bocca della ragazza che, impressionata, cercò di ritrarsi, ma Theon l'immobilizzò afferrandola per i capelli. Dopo, lei si sdraiò accanto a lui.

«Ti ho dato piacere, milord?»

«Quanto basta» replicò lui.

«Aveva un sapore salato» mormorò lei.

«Come il mare?»

La ragazza annuì. «Ho sempre amato il mare, milord.»

«Pure io.» Theon continuò a giocherellare con uno dei suoi capezzoli.

E questo era vero: amava il mare. Per gli uomini delle isole di Ferro, il mare rappresentava la libertà. Qualcosa che aveva dimenticato, fino a quando la *Myraham* non aveva alzato le vele, allontanandosi da Seagard. La memoria era tornata con i suoni della navigazione: lo scricchiolare del fasciame e delle funi, gli ordini perentori del capitano, lo schioccare delle vele che si riempivano di vento. Suoni a lui noti come il battito del suo cuore, e altrettanto confortanti. "Devo ricordare tutto questo" giurò a se stesso. "Non devo più restare tanto lontano dal mare, mai più."

«Portami con te, milord» implorò la figlia del capitano. «Non c'è bisogno che venga nel tuo castello. Posso stare in città ed essere la tua moglie del sale.» Fece per accarezzargli una guancia.

«Il mio posto è a Pyke.» Theon allontanò la sua mano e scese dal paglericcio. «Il tuo è su questa nave.»

«Non posso più stare qui.»

«Perché no?» Theon si tirò su le brache.

«Mio padre» spiegò la ragazza. «Una volta che tu sarai andato, lui mi punirà. Mi dirà parole brutte e mi picchierà.»

Theon raccolse la cappa e se la sistemò sulle spalle. «I padri ne fanno, di cose così» ammise chiudendo il mantello con un fermaglio d'argento. «Digli che invece dovrebbe essere contento. Ti ho chiavata tante di quelle volte che probabilmente c'è un bambino dentro di te. Non tutti gli uomini possono vantare l'onore di allevare il bastardo di un re.»

Lei rimase a fissarlo con uno sguardo stupido, e così Theon la lasciò.

La *Myraham* superò un promontorio coperto d'alberi. Sotto le scogliere ammantate di pini, una dozzina di barche da pesca stavano ritirando le reti. Il grosso vascello continuò a rimanere a distanza, virando. Theon si spostò a prora per avere una vista migliore. Per primo, vide il castello, la piazzaforte dei Botley. Da ragazzo, ricordava una struttura di tronchi e di canne. Una struttura che Robert Baratheon aveva raso letteralmente al suolo. Lord Sawane doveva averla ricostruita, questa volta in pietra, poiché ora c'era una piccola fortezza squadrata a troneggiare sulla collina. Bandiere verde pallido, ciascuna che recava il simbolo di un branco di pesci argentei, sventolavano sulle tozze torri a ciascuno dei quattro angoli.

Sotto l'incerta protezione del piccolo castello, si stendeva il villaggio di porto dei Lord, i moli affollati di navi. L'ultima volta che Theon aveva visto porto dei Lord, era ridotto a una devastazione fumante, i resti delle navi lunghe date alle fiamme e delle galee distrutte ammassati sulla spiaggia pietrosa come scheletri di morti leviatani, le case ridotte a un labirinto di muri sventrati e di ceneri fredde. Dopo dieci anni, erano rimaste poche tracce della guerra. Gli abitanti avevano eretto le loro nuove case usando i materiali di quelle distrutte, ritagliando nuove zolle erbose per ricoprirei tetti. Una nuova locanda, grande il doppio della vecchia, era sorta in prossimità dei moli, il piano terreno fatto di pietra, i due superiori di tronchi. Il tempio, invece, non era più stato ricostruito, di esso rimanevano solamente le fondazioni a sette lati. A quanto pareva, la furia distruttrice di Robert Baratheon aveva tolto agli uomini di ferro qualsiasi infatuazione per i nuovi dei.

Theon era molto più interessato alle navi che non alle divinità. Tra i pennoni di infinite barche da pesca, individuò un mercantile dalla città libera di Tirosh che scaricava di fianco a un galea proveniente dal porto di Ibben, con la caratteristica chiglia nera calafatata di catrame. Numerosissime navi lunghe, almeno cinquanta o sessanta, erano alla fonda al largo o arenate sulla spiaggia a nord. Alcune di esse esibivano i vessilli di altre isole: la luna insanguinata di Wynch, il corno da guerra a strisce nere di lord Goodbrother, la falce argentata di Harlaw. Theon cercò con lo sguardo la nave di suo zio Euron, la *Silenzio*. Ma di quello scafo affusolato, rosso e terribile, non c'era traccia. C'era invece la galea di suo padre, la *Grande piovra*, la prua dotata di un minaccioso ariete di sfondamento di ferro grigio a forma di piovra.

Che lord Balon lo avesse anticipato chiamando a raccolta i vessilli dei Greyjoy? Di nuovo, Theon fece scivolare la mano all'interno del mantello, in modo da tastare la sacca di cuoio. Robb Stark era l'unico a essere al corrente di quella lettera e gli Stark non erano degli sciocchi: non avrebbero mai affidato un tale segreto a un corvo. Ma neppure lord Balon era uno sciocco. Quasi certamente aveva intuito per quale ragione suo figlio, dopo così tanti anni, stava tornando a casa. E si era regolato di conseguenza.

Un pensiero che a Theon non piacque. La guerra che suo padre aveva combattuto era finita e lui era stato sconfitto. Questo era il momento di Theon: il suo piano, la sua gloria e, col tempo, la sua corona. "Eppure, se le navi lunghe sono qui..."

A pensarci bene, però, forse era soltanto una misura precauzionale. Una manovra difensiva, nel caso in cui la guerra si fosse estesa anche al mare. I vecchi erano prudenti per natura, e suo padre era diventato vecchio; lo stesso valeva anche per suo zio Victarion, che comandava la flotta del Ferro. Suo zio Euron, invece, era tutt'altro tipo d'uomo, indubbiamente, però la *Silenzio* non sembrava essere in porto. "Sta andando tutto per il meglio" si disse Theon. "In questo modo, potrò colpire ancora più all'improvviso."

Mentre la *Myraham* continuava ad avvicinarsi alla terraferma, Theon camminò nervosamente avanti e indietro sul ponte, scrutando la riva. Non pensava di trovare lord Balon in persona ad aspettarlo sul molo, era certo però che suo padre avesse mandato qualcuno a riceverlo. Sylas Bocca amara, l'attendente, o anche lord Botley, o addirittura Dagmer Mascella spaccata. Gli avrebbe fatto piacere rivedere quella sua brutta faccia. Non che il suo arrivo fosse stato tenuto segreto: Robb Stark aveva inviato corvi messaggeri da Delta delle Acque e, quando a Seagard non avevano trovato nessuna nave lunga delle isole ad attenderli, Jason Mallister aveva supposto che gli uccelli di Robb fossero andati dispersi e aveva inviato a Pyke altri corvi messaggeri.

Ma Theon non vide alcun viso noto ad accoglierlo sul molo, nessun picchetto d'onore pronto a scortarlo da porto dei Lord a Pyke. Tutto ciò che vide fu il popolino intento negli affari di tutti i giorni: scaricatori facevano rotolare botti di vino dal mercantile tiroshiano, pescivendoli offrivano il pescato della giornata, bambini si rincorrevano giocando. Un prete del culto del dio Abissale, con indosso gli abiti del suo culto, guidava una coppia di cavalli lungo la spiaggia sassosa. Non lontano, sporgendosi da una delle finestre della locanda, una puttana cercava di attirare l'attenzione di alcuni marinai di Ibben.

Un gruppo di mercanti di porto dei Lord si era raccolto per accogliere la *Myraham*. Cominciarono a urlare e a far domande che la nave stava ancora attraccando. «Veniamo da Vecchia Città» fece sapere il capitano. «Abbiamo mele, arance e vino di Arbor, piume delle isole dell'Estate. Abbiamo anche pepe, un rotolo di pizzo di Myr, specchi per le signore, un paio di arpe di Vecchia Città, dal suono più delicato che abbiate mai sentito.» La passerella arrivò a contatto delle pietre del molo con uno schianto secco. «E vi ho anche riportato il vostro erede.»

Gli uomini di porto dei Lord studiarono Theon Greyjoy con espressioni vuote, bovine: non avevano la minima idea di chi lui fosse, il che lo fece infuriare.

Mise un dragone d'oro nella mano del capitano: «Che i tuoi uomini mi portino le mie cose». Senza aspettare una risposta, Theon discese la passerella. «Locandiere, voglio un cavallo.»

«Come ordini, mio signore» ribatté l'uomo senza nemmeno accennare un inchino. Theon aveva dimenticato quanto potevano essere rustici gli uomini di ferro. «Ne ho uno che fa proprio al caso tuo. Dove sei diretto, milord?»

«Pyke.»

Quell'idiota si ostinava a non riconoscerlo. Theon si domandò se non avesse fatto meglio a indossare il farsetto buono, quello con la piovra ricamata sul petto.

«Allora è meglio che tu ti affretti, in modo da raggiungere Pyke prima di notte» disse il locandiere. «Il mio ragazzo verrà con te per mostrarti la strada.»

«Non c'è bisogno del tuo ragazzo» gridò una voce profonda. «E nemmeno del tuo cavallo. Penserò io ad accompagnare mio nipote alla casa di suo padre.»

Era il prete del dio Abissale che Theon aveva visto condurre i due cavalli sulla riva. Al vederlo, gli uomini sul molo si genuflessero. Theon udì il locandiere che mormorava: «Capelli umidi...».

Alto, magro, scintillanti occhi neri e naso a becco, il prete indossava le tonache verdi, azzurre e grigie, i colori cangianti della fede del dio Abissale. Sotto il braccio, aveva una sacca d'acqua appesa a una correggia di cuoio. I suoi capelli, lunghi fino alla vita, e i peli della sua barba fluente erano intrecciati con funi ritorte ricavate da alghe disseccate.

Un antico ricordo venne a riaffiorare nelle mente di Theon. In una delle sue rare, secche lettere, lord Balon aveva parlato di suo fratello più giovane, inghiottito dall'oceano durante una tempesta ma poi restituito alla terra sano e salvo, e tramutato in un uomo sacro.

«Zio... Aeron?» lo chiamò Theon dubbioso.

«Nipote Theon» annuì il prete. «Il lord tuo padre mi ha mandato a prenderti. Andiamo.»

«Un momento, zio.» Theon tornò a voltarsi verso la *Myraham*. «Capitano, le mie cose.»

Un marinaio scese a portargli il suo lungo arco da caccia di tasso e la faretra, ma fu la figlia del capitano ad apparire con la sacca dei suoi abiti buoni. «Milord...» La ragazza aveva gli occhi arrossati. Quando Theon prese la sacca, lei si fece avanti per abbracciarlo lì, davanti al padre, a suo zio sacrale e a metà dell'isola.

Theon si tirò indietro prontamente, evitando qualsiasi contatto: «I miei ringraziamenti».

«Per favore» piagnucolò la ragazza. «Hai il mio affetto, milord.»

«Devo andare, adesso.»

Theon si affrettò dietro lo zio, il quale era già a metà del molo. Lo raggiunse in una dozzina di passi rapidi. «Non mi aspettavo di trovare te, zio. Dopo dieci anni, avevo pensato che il lord mio padre e la lady mia madre sarebbero venuti di persona, o che avrebbero mandato Dagmer con una guardia d'onore.»

«Non spetta a te discutere i comandi di lord possessore di Pyke.» I modi del prete erano raggelanti, del tutto diversi da quelli dell'uomo che Theon ricordava. Fra tutti i suoi zii, Aeron Greyjoy era stato il più amabile: era arguto e sempre pronto alla risata, amante delle canzoni, della birra e delle donne. «Quanto a Dagmer, Mascella spaccata è andato a Vecchia Wyk per ordine di tuo padre, per radunare gli Stonehouse e i Drumm.»

«Ma a quale scopo? E perché tutte queste navi lunghe sono alla fonda?»

«Di solito, perché le navi lunghe sono alla fonda?» Aeron aveva lasciato i cavalli legati davanti alla locanda del porto. Nel raggiungerli, si girò verso Theon. «Ora dimmi la verità, nipote. Ti sei messo forse a pregare gli dei-lupo?»

Theon pregava molto di rado, ma non era cosa da rivelare a un prete, nemmeno se quel prete era il fratello di suo padre. «Ned Stark pregava un albero, io no. A me non sono mai interessati gli dei degli Stark.»

«Bene. In ginocchio.»

Il terreno era nient'altro che sassi e fango. «Zio, io...»

«Ho detto: in ginocchio. O forse sei troppo superbo per farlo, un signorino delle terre verdi capitato tra noi?»

Theon s'inginocchiò. Era venuto alle isole di Ferro con uno scopo preciso, e Aeron avrebbe potuto aiutarlo a raggiungerlo. Una corona valeva pure un paio di brache insozzate di terriccio e sterco di cavallo.

«China la testa.» Aeron sollevò la sacca di cuoio, tolse il tappo e irrorò il capo di Theon con un sottile getto di acqua di mare. Theon la sentì infradiciargli i capelli e scorrergli sulla fronte, colandogli negli occhi. Rigagnoli liquidi scesero lungo le sue guance, uno calò a insinuarsi dentro il colletto, un rivoletto gelido lungo la sua spina dorsale. Il sale gli fece bruciare gli occhi, al punto da costringerlo a imporsi di non urlare. Poteva sentire l'oceano sulle labbra.

«Lascia che il tuo servo Theon possa rinascere dal mare, come anche tu sei rinato» intonò Aeron Greyjoy. «Benedicilo con il sale, benedicilo con la pietra, benedicilo con l'acciaio. Nipote, ricordi ancora le parole?»

«Che ciò che è morto non muoia mai» rispose Theon, ricordando.

«Che ciò che è morto non muoia mai» fece eco suo zio. «Ma che possa risorgere, più duro e più forte. Puoi alzarti.»

Theon si rimise in piedi, cacciando indietro le lacrime dagli occhi incendiati dal sale. Senza un'altra parola, suo zio tornò a tappare la fiasca, slegò le redini del suo cavallo e montò in sella. Theon montò a sua volta. Si misero in viaggio lasciandosi alle spalle il porto e la locanda, superando il castello di lord Botley e inoltrandosi tra le colline pietrose. Il prete continuò a restare in silenzio.

«Ho passato metà della mia esistenza lontano da casa» azzardò Theon alla fine. «Le troverò cambiate, le isole?»

«Gli uomini pescano in mare, scavano la terra e poi muoiono. Le donne partoriscono bambini nel sangue e nel dolore, e poi muoiono. La notte segue il giorno. I venti e le maree rimangono. Le isole sono sempre come il nostro dio le ha create.»

"Per gli dei, quanto è diventato tetro, quest'uomo." «Ci saranno mia sorella e la lady mia madre a Pyke?»

«Non ci saranno. Tua madre dimora ad Harlaw, insieme a sua sorella. La tosse la indebolisce, ma almeno il clima è meno duro là. Tua sorella ha navigato con la *Vento nero* fino a Grande Wyk, portando messaggi del lord tuo padre. Tornerà tra poco, puoi starne certo.»

Vento nero: il vascello di sua sorella Asha. Questo, a Theon non fu necessario spiegarlo. Non vedeva sua sorella da dieci anni, ma almeno questo sapeva di lei. Strano che avesse chiamato il suo vascello a quel modo, quando Robb Stark aveva un meta-lupo chiamato Vento grigio. «Stark è grigio e Greyjoy è nero» mormorò sorridendo. «Ma sembra che il vento sia in entrambi.»

Il prete non trovò nulla da commentare.

«E tu, zio? Non eri un prete quando io venni portato via da Pyke. Ricordo ancora quando cantavi vecchie canzoni stando in piedi sui tavoli, con un boccale di birra in mano.»

«Ero giovane in quei giorni. Giovane e fatuo» rispose Aeron Greyjoy. «È stato il mare a portarsi via le mie follie e la mia fatuità. L'uomo che tu ricordi è annegato, nipote. I suoi polmoni si sono riempiti d'acqua salata e i pesci hanno divorato le squame che oscuravano i suoi occhi. Quando tornai a risorgere, potevo vedere con chiarezza.»

"È tanto pazzo quanto è tetro." Theon preferiva ricordare suo zio quando ancora aveva le scaglie sugli occhi. «Zio Aeron, per quale motivo mio padre ha chiamato a raccolta le spade e le vele?»

«Senza alcun dubbio te lo dirà quando arriverai a Pyke.»

«È adesso che vorrei conoscere i suoi piani.»

«Ma non li conoscerai da me. Ci è stato ordinato di non parlarne con nessuno.»

«Nemmeno con me?» Theon sentì nuovamente la rabbia crescergli dentro. Aveva guidato uomini in guerra, era andato a caccia con un re, aveva vinto onori in innumerevoli tornei, aveva cavalcato con Brynden Pesce nero e con Umber Grande Jon, aveva combattuto al bosco dei Sussurri, aveva portato a letto più donne di quante potesse ricordare... eppure suo zio lo stava trattando come se lui fosse ancora quel ragazzino di dieci anni. «Se mio padre sta facendo piani di guerra, io devo esserne messo al corrente. Io non sono "nessuno". Sono l'erede di Pyke e delle isole di Ferro.»

«Quanto a questo» ribatté Aeron. «È tutto da vedere.»

Queste parole furono per Theon come uno schiaffo in piena faccia. «Tutto da vedere? I miei fratelli sono morti entrambi. Sono io l'unico figlio rimasto a mio padre!»

«Dimentichi tua sorella.»

"Asha, certo" pensò confuso. Era di tre anni maggiore di lui, eppure... «Una donna può essere l'erede solo se non c'è nessun maschio in linea di successione» insistette Theon. «Non mi farò privare dei miei diritti, ti avverto.»

«Tu "avverti" un servitore del dio Abissale, ragazzo? Hai dimenticato più di quello che sai. E se credi che tuo padre darà mai le sue isole a uno Stark, sei davvero uno stolto. Ora taci. È una lunga cavalcata, non renderla ancora più lunga con il tuo ridicolo berciare.»

Theon si morse la lingua, ma non senza compiere un duro sforzo. "Allora è così che stanno le cose." Come se i dieci anni trascorsi a Grande Inverno avessero potuto fare di lui uno Stark. Oh, certo, lord Eddard lo aveva fatto crescere in mezzo ai suoi figli, ma Theon Greyjoy non era mai stato uno di loro. L'intero castello, dall'altera lady Catelyn fino al più infimo degli sguatteri, sapeva perfettamente che lui non era altro che un ostaggio a garanzia del buon comportamento di suo padre. E come tale veniva trattato. Perfino al bastardo Jon Snow venivano accordati più onori di lui.

Lord Eddard aveva provato a giocare a fare il padre, di quando in quando. Ma per Theon, lui era sempre rimasto l'uomo che aveva messo Pyke a ferro e fuoco, trascinandolo via dalla sua casa. Da ragazzo, aveva vissuto nel timore del volto austero di Stark e della sua oscura spada lunga. Quanto a sua moglie, era stata, se possibile, addirittura più fredda e distante.

E poi c'erano i loro figli... Per la maggior parte dei suoi anni a Grande Inverno, quelli più piccoli erano stati solo dei mocciosi urlanti. Robb e quel suo fratellastro bastardo Jon erano stati gli unici grandi abbastanza perché lui li notasse. Il bastardo era un ragazzo cupo e permaloso, svelto nel percepire, con gelosia, il riguardo che Robb aveva verso Theon in virtù del suo alto lignaggio. Nei confronti di Robb, Theon non poteva negare di nutrire un certo affetto, quasi che fosse un fratello più giovane... Ma di questo era meglio non parlare. A Pyke, a quanto sembrava, le vecchie guerre continuavano a infuriare. La cosa non avrebbe dovuto sorprenderlo: le isole di Ferro vivevano nel passato, perché il presente era troppo duro, troppo amaro per poter essere tollerato. Inoltre, suo padre e i suoi zii erano vecchi, e i vecchi lord erano fatti così. I loro vecchi rancori se li portavano fino alla tomba, senza dimenticarne nessuno e perdonandone ancora meno.

Lo stesso valeva per i Mallister, suoi compagni di viaggio da Delta delle Acque a Seagard. Patrek Mallister non era poi male, lui e Theon condividevano le passioni per le puttane, il vino e la caccia col falcone. Ma quando il vecchio lord Jason si era reso conto che il suo erede stava cominciando a divertirsi un po' troppo in compagnia di Theon, aveva preso Patrek da parte e gli aveva rinfrescato la memoria su alcune sgradevoli verità del passato: Seagard era stata eretta proprio per difendere la costa dai predoni delle isole di Ferro, e soprattutto dai Greyjoy di Pyke. La Torre del boato di Seagard era così chiamata per la sua immensa campana di bronzo, fusa secoli prima per dare l'allarme ai popolani e alle genti delle campagne di accorrere al castello poiché le temute navi lunghe erano state avvistate all'orizzonte verso occidente.

«E non ha importanza che quella campana sia stata fatta suonare solamente una volta in trecento anni» aveva confidato Patrek a Theon il giorno dopo mentre, tra una coppa di vino di mela verde e l'altra, gli parlava della ansie di suo padre.

«Quando mio fratello ha attaccato Seagard» si rese conto Theon. Lord Jason aveva ucciso Rodrik Greyjoy sotto le mura del castello, ricacciando in mare i suoi uomini di ferro. «Ma se tuo padre crede che io gliene voglia male, è chiaro che non ha mai conosciuto mio fratello.»

Si erano fatti una risata ed erano partiti al galoppo, diretti a un connubio con l'affettuosa e giovane moglie di un mugnaio che Patrek conosceva. "Se solo Patrek fosse qui con me adesso..." Mallister o no, era di certo un compagno di viaggio ben più piacevole dell'acido prete che suo zio Aeron era diventato.

Il sentiero continuò a inerpicarsi fra colline spoglie e cosparse di pietre. Ben presto, persero di vista l'oceano, anche se l'odore del sale continuò a impregnare l'aria umida. Avanzarono a un buon trotto, superando il gregge di un pastore e i resti di una miniera abbandonata. Il nuovo, sacrale Aeron Greyjoy non era molto loquace, e così cavalcarono in un silenzio tetro fino a quando Theon decise di averne abbastanza: «Robb Stark è lord di Grande Inverno, adesso» disse.

«Un lupo vale l'altro.» Aeron non si scompose.

«Robb ha rotto il patto di lealtà con il Trono di Spade è si è incoronato re del Nord. C'è una guerra.»

«I corvi dei maestri volano sul sale veloci come sulla roccia. La notizia è vecchia e fredda.»

«Significa un nuovo giorno, zio.»

«Ogni mattina porta un nuovo giorno, così com'è sempre stato.»

«A Delta delle Acque non sono dello stesso avviso. Dicono che la cometa rossa è l'araldo di una nuova era, un messaggero degli dei.»

«È un segno, certo» concesse il prete «ma del "nostro" dio, non dei loro. Un simbolo di fuoco, esattamente come la nostra gente portava nel passato. È la fiamma che il dio Abissale ha fatto salire dall'oceano, presagio della marea montante. È tempo di alzare le nostre vele e di calare sul mondo con il ferro e con il fuoco, come sempre è stato.»

Theon sorrise. «Non potrei essere più d'accordo.»

«L'uomo può dichiararsi d'accordo con dio come una mera goccia di pioggia con la tempesta.»

"Ma un giorno questa goccia di pioggia sarà re, vecchio." Theon non ne poteva più della tetraggine di suo zio. Diede di speroni e passò avanti al galoppo, sorridendo.

Era quasi il tramonto quando raggiunsero le mura di Pyke, un semicerchio di pietra scura che si stendeva da una scogliera all'altra, il corpo di guardia al centro e tre torri quadrate su entrambi i lati. A Theon non sfuggirono le cicatrici lasciate dalle catapulte di Robert Baratheon. Una nuova Torre sud era sorta sulle rovine di quella vecchia, le pietre di una più pallida sfumatura di grigio e non ancora infestate dal lichene. Era stato là che Robert aveva fatto breccia, guidando la sua orda a calpestare rovine e cadaveri, mazza da guerra in pugno ed Eddard Stark al fianco. Il piccolo Theon aveva osservato l'assalto dalla relativa sicurezza della Torre del mare. Certe notti, nei suoi incubi, poteva ancora vedere le torce, e udire i tonfi cupi dei crolli.

Il portale di Pyke era aperto, quasi ad aspettarlo, la rugginosa saracinesca di ferro alzata. Le guardie sulle mura lo osservarono con espressioni torve e sguardi diffidenti. Alla fine, Theon Greyjoy era tornato a casa.

All'interno delle mura si stendevano una cinquantina di acri di duro terreno, il mare sullo sfondo e il cielo che incombeva. Era là che sorgevano le stalle, i canili e altri edifici sparpagliati. Pecore e maiali rimanevano nei loro recinti, mentre i cani del castello scorrazzavano in libertà. Verso sud, dalla parte delle scogliere, aveva inizio l'ampio ponte di pietra che conduceva alla Grande Fortezza. Nello smontare di sella, Theon tornò a udire il suono dell'infrangersi delle onde. Uno stalliere venne a prendere il suo cavallo, mentre un paio di bambini macilenti e alcuni servi lo scrutavano con occhi inespressivi. Del lord suo padre, nessuna traccia. Né di lui né di qualcun altro che Theon ricordasse dalla sua infanzia. "Un triste, cupo ritorno a casa" pensò.

Il prete era rimasto sulla sella.

«Zio, non ti fermi per la notte a condividere il nostro desco?»

«Mi è stato detto di portarti qui. Tanto ho fatto. È ora che torni a occuparmi del nostro dio.» Detto questo, Aeron Greyjoy fece voltare il cavallo e lasciò il castello, superando i rostri infangati della saracinesca del portale.

Una vecchia megera dalla schiena curva, insaccata in un informe vestito grigio, si avvicinò cautamente a Theon. «Milord, sono qui per condurti al tuo alloggio.»

«Per ordine di chi?»

«Del lord tuo padre, milord.»

«Quindi tu sai chi sono io.» Theon si sfilò i guanti. «Per quale motivo il lord mio padre non è qui ad accogliermi?»

«Ti attende nella Torre del mare, milord. Una volta che ti sarai riposato dal viaggio.»

"E io che consideravo Eddard Stark un pezzo di ghiaccio." «E tu chi sei?»

«Helya, mando avanti il castello per il lord tuo padre.»

«L'attendente era Sylas. Bocca amara, lo chiamavano.» Perfino adesso, dopo dieci anni, Theon poteva ancora sentire l'alito graveolente di vino di quel vecchio.

«Morto da cinque anni, milord.»

«E che ne è di maestro Qalen, lui dov'è?»

«Dorme nel mare. È Wendamyr che ora si occupa dei corvi.»

"È come se fossi un estraneo qui" rifletté Theon. "Nulla è cambiato... mentre in realtà tutto è cambiato."

«Mostrami il mio alloggio, donna» ordinò.

Con un rigido inchino, la vecchia gli fece strada verso il ponte di collegamento. Per lo meno quello era come lui lo ricordava: le antiche pietre incrostate di salsedine e di licheni, il mare che ruggiva più in basso come una belva famelica, il vento salmastro che si attaccava agli abiti.

Ogni volta che lui si immaginava il suo ritorno a casa, aveva sempre visto se stesso entrare nell'accogliente stanza da letto nella Torre del mare, la stessa dove aveva dormito da bambino. Invece la vecchia lo condusse alla Fortezza Insanguinata. Là, corridoi e sale erano più ampi e meglio arredati, per quanto non meno freddi e umidi. Theon venne introdotto in un raggelante alloggio composto di varie stanze dai soffitti talmente alti da andare a perdersi nell'oscurità. Un luogo sontuoso, regale... se solo Theon non avesse saputo che proprio quelle stanze davano alla fortezza il suo macabro nome: là dentro, circa mille anni prima, erano stati macellati i figli del re del Fiume, letteralmente smembrati nei loro letti, in modo che i pezzi dei loro corpi potessero essere rispediti al padre sul continente.

In ogni caso, solo raramente i Greyjoy erano stati assassinati in quelle stanze, e sempre dai loro fratelli. E i fratelli di Theon erano morti entrambi. Non fu però la paura dei fantasmi che gli fece gettare all'intorno occhiate colme di disgusto: gli arazzi alle pareti erano impregnati di muffe, dal materasso troppo cedevole emanava il puzzo della macerazione, le lenzuola e le federe erano vecchie e sfilacciate. Interi anni erano trascorsi dall'ultima volta che quelle stanze erano state aperte. L'umidità gli s'insinuò fino al midollo delle ossa.

«Voglio un bacile di acqua calda e il fuoco acceso nel caminetto» ordinò Theon alla vecchia megera. «E fa' accendere i bracieri anche nelle altre stanze, in modo da disperdere un po' di questa umidità. E poi, nel nome degli dei, che venga qualcuno a cambiare queste lenzuola.»

«Sì, milord. Come comandi.» La vecchia batté in ritirata.

Dopo un po', portarono l'acqua calda che aveva chiesto. In realtà, non era calda: era appena tiepida, e in breve diventò fredda. Per di più, era acqua di mare, ma quanto meno servì a rimuovere dalle mani e dalla faccia la polvere della lunga cavalcata. Mentre due servi accendevano i bracieri, Theon si spogliò degli abiti del viaggio per indossare qualcosa di più adatto per incontrare il padre. Scelse stivali di ottimo cuoio nero, brache grigio chiaro di lana d'agnello e un farsetto di velluto nero con la piovra dei Greyjoy ricamata in oro sul pettorale sinistro. Al collo si allacciò un'esile catena d'oro, e alla vita serrò una cintura di pelle bianca trattata. Sistemò il pugnale al fianco sinistro e la spada lunga al destro, il fodero di entrambi a strisce nere e oro, i colori della sua Casa. Estrasse il pugnale e ne controllò il filo con il polpastrello del pollice. Dalla bisaccia alla cintura, tolse la cote e diede poche, secche passate. Per Theon Greyjoy, tenere affilate le proprie lame era un punto d'orgoglio.

«Al mio ritorno, mi aspetto una stanza calda e lenzuola pulite» avvertì i servi mentre infilava un paio di guanti neri, la seta ornata di un elaborato ricamo a fili d'oro.

Theon fece ritorno alla Grande Fortezza percorrendo un ponte di pietra coperto. L'eco dei suoi passi andava a mescolarsi con l'incessante martellare delle onde. Per raggiungere la Torre del mare, in bilico sui suoi pilastri contorti, fu costretto ad attraversare altri tre ponti, ognuno più stretto del precedente. L'ultimo era un camminamento sospeso sul nulla fatto di assi e di funi: il vento carico di salsedine lo rendeva viscido e lo faceva oscillare come se fosse dotato di vitalità propria. A metà del passaggio,

Theon aveva già il cuore in gola. In basso, molto più in basso, le onde s'infrangevano sulle rocce sollevando tonanti pennacchi di spuma. Da ragazzo, lui attraversava quel ponte di corsa, perfino nel buio della notte. "I ragazzi credono di essere immortali" sussurrò il dubbio nella sua mente. "Gli uomini non credono più in quest'illusione."

La porta era di spesso legno grigio con borchie di ferro. Theon la trovò sbarrata dall'interno. Picchiò con il pugno, imprecando quando una scheggia finì con lo strappare il tessuto del guanto. Il legno era umido e marcio, il ferro tutto arrugginito.

Dopo qualche momento, la porta si aprì dall'interno e una guardia che indossava elmo e pettorale di ferro nero lo squadrò con sospetto: «Sei tu il figlio?».

«Levati dai piedi, se non vuoi che t'insegni io chi sono.»

La guardia si fece da parte. Theon salì la scala a chiocciola che conduceva al solarium. Trovò suo padre seduto accanto a una torciera, avvolto in una pelliccia di pelle di foca che lo copriva dai piedi fino al mento. Al suono degli stivali contro la pietra, il lord delle isole di Ferro sollevò lo sguardo a scrutare il suo ultimo figlio maschio ancora in vita. Era più piccolo di come Theon lo ricordava, e molto più scavato. Balon Greyjoy era sempre stato un uomo magro, ma adesso era come se gli dei lo avessero messo in un calderone, spolpando via dalle sue ossa ogni superflua oncia di carne, lasciando solamente capelli e pelle. Un uomo asciutto come uno scheletro e duro come le ossa, con un volto che sembrava scolpito in un blocco di pietra. Anche i suoi occhi erano di pietra, neri e taglienti, ma il tempo e i venti salmastri avevano fatto assumere ai suoi capelli il colore grigio del mare in inverno, con ciuffi bianchi sparsi. Portava i capelli lunghi e sciolti, che andavano a ricadergli sul collo.

«Nove anni, non è così?» disse alla fine lord Balon.

«Dieci» rispose Theon togliendosi i guanti strappati dalle schegge della porta.

«Portarono via un ragazzo... che cosa sei adesso?»

«Un uomo.» Theon non esitò. «Sangue del tuo sangue. E tuo erede.»

«Questo lo vedremo...» grugnì lord Balon.

«Sì, lo vedremo» promise Theon.

«Dieci anni, tu dici. Stark ti ha avuto tanto a lungo quanto me. E ora tu torni da me come suo emissario.»

«Non proprio. Lord Eddard è morto, decapitato dalla regina Lannister.»

«Sono morti tutti e due, Stark e quel Robert che ha abbattuto le mie mura con le catapulte. Avevo giurato di vederli entrambi scendere nella fossa. E a quel giuramento ho tenuto fede.» L'espressione di lord Balon si contrasse. «Eppure il freddo e l'umidità mi fanno dolere le giunture come quando erano ancora in vita. Per cui, a che serve?»

«Serve.» Theon gli si avvicinò. «Porto una lettera...»

«È stato Ned Stark a vestirti a quel modo?» lo interruppe il padre, ammiccando quasi sepolto dalla sua pelliccia. «Gli è piaciuto addobbarti in sete e velluti, facendo di te la sua delicata figlioletta?»

«Non sono la figlioletta di nessuno!» Theon sentì il sangue salirgli alle guance. «Se i miei vestiti non ti piacciono, posso andare a cambiarli.»

«Lo farai.» Lord Balon gettò le pellicce da parte, si puntò sui braccioli dello scranno e si alzò. Non era alto quanto Theon lo ricordava. «Quel ninnolo che porti al collo... l'hai preso con l'oro o con il ferro?»

Istintivamente, Theon toccò la catena d'oro. Aveva scordato. "È passato talmente tanto tempo..." Secondo la Vecchia legge, alle donne era permesso portare ornamenti comprati con la moneta, ma un vero guerriero portava solamente gioielli strappati ai cadaveri dei nemici che aveva ucciso di suo pugno. "Pagare il prezzo con il ferro", così era chiamata quell'usanza.

«Stai arrossendo come una verginella, Theon. E non hai ancora risposto alla mia domanda: hai pagato con l'oro o con il ferro?»

«Con l'oro» fu costretto ad ammettere Theon.

Lord Balon allungò una mano e afferrò la catena. Diede una strappata talmente forte che, se una delle maglie non avesse ceduto, avrebbe staccato a Theon la testa dal collo.

«Mia figlia si è presa un'ascia da guerra per amante» sibilò lord Balon. «Non permetterò a mio figlio di agghindarsi come una puttana da bordello.» Gettò la catena spezzata nella torciera, ad attorcigliarsi sui carboni ardenti. «È come temevo. Le terre verdi ti hanno rammollito, e gli Stark ti hanno trasformato in uno dei loro.»

«Ti sbagli. Ned Stark è stato il mio carceriere... ma il mio sangue è ancora di sale e di ferro.»

Lord Balon gli voltò le spalle e si scaldò le mani ossute sopra il braciere. «Eppure il cucciolo Stark ora ti manda da me come un corvo bene addestrato, con la sua piccola lettera tra le zampe.»

«Non c'è niente di piccolo in questa lettera» ribatté Theon. «E l'offerta che fa è quella che io gli ho suggerito.»

«Il giovane re-lupo accoglie il tuo consiglio, quindi» un'idea che lord Balon sembrava trovare divertente.

«Ha bisogno di me, sì. Con lui ho cacciato, con lui ho tirato di spada, con lui ho condiviso il desco, con lui sono andato in guerra. Mi sono conquistato la sua fiducia. Lui mi considera come un fratello maggiore, lui...»

«No!» Lord Balon gli piantò un minaccioso dito indice dritto in faccia. «Non qui, non a Pyke delle isole di Ferro, e non con me tu chiamerai fratello il figlio dell'uomo che ha messo a morte i tuoi veri fratelli. A meno che tu non abbia dimenticato Rodrik e Maron, che erano sangue del tuo sangue.»

«Non ho dimenticato niente.»

In realtà, Ned Stark non aveva messo a morte nessuno dei suoi due fratelli. Rodrik era stato abbattuto in duello da lord Jason Mallister durante l'assalto a Seagard. Quanto a Maron, aveva perduto la vita nel crollo della vecchia Torre sud... ma se il corso della guerra fosse stato diverso, se li avesse fatti incontrare, Stark li avrebbe senza dubbio uccisi entrambi.

«Ricordo molto bene i miei fratelli» riprese Theon. Ma quello che ricordava erano soprattutto le risse da ubriachi di Rodrik e gli scherzi crudeli e le menzogne senza fine di Maron. «Così come ricordo bene quando mio padre era re. Qui...» Estrasse la lettera di Robb e gliela porse con un gesto brusco. «Leggi pure... maestà.»

Lord Balon spezzò il sigillo e dispiegò la pergamena arrotolata. I suoi occhi scuri scivolarono avanti e indietro sul documento. «Per cui il ragazzo-lupo sarebbe addirittura disposto a ridarmi la corona... a patto che io distrugga i suoi nemici.» La sua bocca dalle labbra sottili si distorse in una specie di sorriso.

«Ormai Robb avrà raggiunto la Zanna Dorata» disse Theon. «Una volta che questa sarà caduta, gli basterà una sola giornata per superare le colline. L'esercito di lord Tywin Lannister è a Harrenhal, tagliato fuori dall'Occidente. Lo Sterminatore di re è prigioniero a Delta delle Acque. Ser Stafford Lannister e le truppe inesperte che è andato raccogliendo sono l'unico ostacolo di Robb sulla via dell'Ovest. Ser Stafford si posizionerà tra Lannisport e l armata di Robb, questo significa che la città sarà sguarnita quando noi caleremo dal mare. Se gli dei saranno dalla nostra parte, la stessa Castel Granito potrebbe cadere prima che i Lannister si rendano conto che gli siamo addosso.»

Lord Balon emise un grugnito: «Castel Granito non è mai caduta».

«Finora» sorrise Theon. "E quanto dolce sarà questa prima volta."

«Quindi è per questo che Robb Stark ti ha rimandato da me dopo tutto questo tempo.» Lord Balon non rispose al suo sorriso. «Sta cercando di fare in modo che tu ti assicuri il mio consenso per questa sua strategia.»

«È la mia strategia, non di Robb» ribatté Theon con orgoglio. "Come mia sarà la vittoria. E come, col tempo, mia sarà la corona." «Condurrò l'attacco personalmente, se ti compiace. Come ricompensa, chiederò che tu mi assicuri Castel Granito come mia sede una volta che l'avremo portata via ai Lannister.»

Con Castel Granito in pugno, gli sarebbe stato possibile controllare Lannisport e le miniere d'oro dell'Occidente. Questo avrebbe significato ricchezza e potere come mai la Casa Greyjoy ne aveva posseduto fino a quel momento.

«Una ricca ricompensa per una semplice idea e poche righe di scarabocchi.» Lord Balon lesse nuovamente la lettera. «Di ricompensa, il ragazzino Stark non parla nemmeno. Dice solo che tu parli per lui e che io devo ascoltare. E quindi dargli le mie vele e le mie spade, in cambio lui darà a me una corona» i suoi occhi pietrosi si fissarono su Theon. «Darà a me la corona.» Ripeté con voce tagliente.

«Opinabile scelta di parole. Quello che Robb vuole dire...»

«So esattamente quello che vuole dire. Lui mi darà la corona. E ciò che è dato può essere portato via con altrettanta facilità.» Lord Balon gettò la lettera nel braciere, sopra la collana d'oro. La pergamena si attorcigliò, divenne nera e alla fine si consumò nelle fiamme.

Theon era fuori di sé: «Ma sei impazzito?».

Suo padre lo colpì in piena faccia, un duro manrovescio. «Attento a come parli. Non sei più a Grande Inverno, e io non sono Robb il ragazzino perché tu osi parlarmi in questo modo. Io sono Greyjoy, lord possessore di Pyke, re del sale e della roccia, Figlio del vento di mare... E nessun uomo da a me una corona. Io pago il prezzo con il ferro. Io me la prendo, la corona, come Urron Manorossa se la prese cinquemila anni fa.»

Theon arretrò, cercando di tenersi a distanza da quell'improvviso scoppio d'ira da parte del padre.

«Vuoi la corona?» disse in un sibilo, la guancia dolente. «Ma certo, prenditela pure. Fatti chiamare re delle isole di Ferro. Non importerà a nessuno... fino a quando la guerra sarà finita. Perché a quel punto il vincitore si darà un'occhiata intorno, e vedrà un vecchio idiota abbarbicato a un mucchio di rocce, con in testa una ridicola corona di ferro.»

Lord Balon rise. «Per lo meno non sei un codardo. Non più di quanto io possa essere un idiota. Credi davvero che abbia radunato le mie navi per guardarle mentre ondeggiano placide ai loro ancoraggi? Intendo conquistare un vero regno, con il fuoco e con la spada... ma non nell'Occidente, e non certo su richiesta di Robb il ragazzino. Castel Granito è inespugnabile, e lord Tywin fin troppo astuto. Sì, potremmo anche prendere Lannisport, ma non riusciremmo mai a tenerla. No. La mia voracità è rivolta a un diverso frutto... forse non altrettanto dolce e succoso, ma che pure è là appeso, maturo e indifeso.»

"Dove?" poteva domandare Theon Greyjoy, ma a quel punto conosceva già la risposta.

Shierak qiya, la "Stella che sanguina": era così che i Dothraki chiamavano la grande cometa rossa. I vecchi mormoravano che si trattava di un presagio oscuro, ma Daenerys Targaryen l'aveva vista per la prima volta la notte in cui aveva bruciato khal Drogo, la notte stessa in cui i draghi si erano risvegliati. "È l'araldo della mia venuta" disse fra sé, alzando lo sguardo al cielo notturno, il cuore pieno di meraviglia. "Gli dei l'hanno inviata per indicarmi la via da seguire."

Eppure, quando quel pensiero divenne parola, la sua ancella Doreah ne fu atterrita. «Da quella parte si estendono le terre rosse, khaleesi. Un posto desolato e terribile, dicono i cavalieri.»

«La direzione della cometa è la direzione nella quale dobbiamo andare» insistette Dany. In realtà, era anche l'unica direzione nella quale potessero andare.

Daenerys non osava tornare verso nord, nel vasto oceano d'erba che loro chiamavano il mare Dothraki. Il primo khalasar che avessero incontrato avrebbe inghiottito il suo misero gruppo, uccidendo i guerrieri e riducendo in schiavitù tutti gli altri. La terra degli Uomini Agnello, a sud del fiume, era parimenti preclusa. Loro erano troppo in pochi per difendersi perfino da genti non guerresche, e i Lhazareen avevano ben poche ragioni per non odiarli. Un'altra possibilità era seguire il corso del fiume fino ai porti di Meeren, Yunkai e Astapor, ma Rakharo l'aveva messa in guardia: era là che il khalasar di Pono stava andando, spingendo avanti a sé migliaia di schiavi che sarebbero stati venduti sui mercati di carne umana che infestavano le coste della baia degli Schiavisti come piaghe purulente.

«Che ragione avrei di temere Pono?» obiettò Dany. «Era il ko di Drogo, e si è sempre rivolto a me con gentilezza.»

«Ko Pono ha fatto questo, certo» ammise ser Jorah Mormont «ma khal Pono ti ucciderà. È stato lui il primo ad abbandonare Drogo, e con lui sono andati diecimila guerrieri. Mentre tu ne hai solamente un centinaio.»

"No" pensò Dany "di guerrieri ne ho soltanto quattro. Il resto sono donne, vecchi malati e ragazzini i cui capelli non sono mai stati intrecciati." «Ho i draghi» fece notare Daenerys.

«Appena usciti dall'uovo...» Ser Jorah scosse il capo. «Un solo colpo di arakh, e sarebbe la loro fine. Per quanto Pono probabilmente vorrebbe tenerli per sé. Le tue uova di drago erano molto più preziose dei rubini. Un drago vivo non ha prezzo. In tutto il mondo, ne esistono soltanto tre, e ogni uomo che li vedrà, vorrà prenderseli, mia regina.»

«Sono miei» disse Daenerys con fierezza. Erano nati in virtù della forza della sua fede e del suo bisogno, la loro vita generata dalla morte di suo marito, di suo figlio mai nato e del maegi Mirri Maz Duur. Daenerys aveva camminato nelle fiamme mentre loro le venivano incontro, e avevano succhiato il latte dei suoi seni turgidi. «E fino a quando io sarò in vita, nessun uomo li prenderà.»

«Ma non vivrai a lungo se dovessi incontrare khal Pono. Né khal Jhaqo, né nessuno degli altri. Devi andare dove loro non vanno.»

Daenerys aveva nominato ser Jorah primo dei cavalieri della Guardia della regina... e se il ruvido consiglio di Mormont e i presagi nel cielo si trovavano in accordo, la strada da prendere era chiara.

Dany chiamò a raccolta la sua gente e montò in sella alla sua puledra argentata. Affrontando le fiamme sulla pira di Drogo, i suoi capelli erano bruciati, così le sue ancelle l'avevano rivestita con la pelle dello hrakkar, il grande leone bianco del mare Dothraki che Drogo aveva ucciso. La testa feroce faceva da cappuccio per coprire lo scalpo glabro, la pelliccia le scendeva come un mantello sulle spalle e lungo la schiena. Il drago color crema affondò gli artigli neri nella folta criniera del leone e le attorcigliò la coda attorno al braccio. Come consuetudine, ser Jorah venne a cavalcare alla destra di Dany.

«Seguiremo la cometa» annunciò Daenerys al suo khalasar.

E quando questo fu detto, non una parola si levò a contraddirla. Erano stati uomini di Drogo, ma erano suoi, adesso. La "Nonbruciata", la chiamavano, la "Madre dei draghi". E la sua parola era la loro legge.

Viaggiavano di notte, e trovavano rifugio sotto le tende dal calore divorante del giorno. Daenerys non ci mise molto per rendersi conto che Doreah aveva detto il vero: non era una terra ospitale, quella. Dietro di loro, rimase una scia di cavalli morti o morenti. Pono, Jhaqo e gli altri si erano presi gli animali migliori dei branchi di Drogo, lasciando a Dany le bestie magre, malate, azzoppate e riottose. Lo stesso valeva per le persone. "Non sono forti" si disse Daenerys. "Quindi devo essere io la loro forza. Non devo mostrare paura, né debolezza, né dubbio. Per quanto spaventato sia il mio cuore, guardando il mio volto loro non dovranno vedere altro che la regina di Drogo." Aveva solamente quattordici anni, Daenerys Targaryen, ma si sentiva molto più vecchia. Se mai era stata veramente una ragazzina, ora quel tempo era finito.

Dopo tre giorni di marcia, cominciarono a morire gli uomini. Un vecchio sdentato, dai torbidi occhi azzurri, cadde di sella, stremato, e non si rialzò più. Un'ora dopo era morto. Nugoli di mosche di sangue, i grossi, famelici insetti predatori di quelle regioni, sciamarono sul corpo, comunicando ai vivi ciò che già sapevano.

«Il suo tempo era passato» dichiarò Irri, un'ancella di Dany. «Nessun uomo dovrebbe vivere più a lungo dei suoi denti.»

Gli altri si dissero d'accordo. Dany ordinò loro di abbattere il più debole dei cavalli in agonia, in modo che il defunto potesse raggiungere al galoppo le terre della notte.

Due notti dopo, fu un'infante a perire. I disperati lamenti della madre andarono avanti per tutto il giorno successivo, ma non c'era nulla che potesse essere fatto. La bambina, povero essere, era troppo piccola per poter cavalcare: non erano per lei le sterminate distese di erba nera delle terre della notte; doveva tornare a risorgere.

C'era scarso pascolo in quella desolazione rossa, e acqua ancora più scarsa. Il paesaggio era nient'altro che una plaga di basse colline e di pianure battute dal vento. I fiumi che attraversarono erano secchi come ossa scarnificate. Le loro cavalcature sopravvivevano nutrendosi d'erba canina, ciuffi di aspra vegetazione marrone che crescevano alla base delle rocce e di alberi morti. Daenerys inviò esploratori avanti alla colonna, ma non trovarono pozzi né sorgenti, solamente depressioni piene di acqua stagnante e malsana che andava disperdendosi nel sole torrido. Quanto più in profondità avanzarono nelle desolate terre rosse, tanto più si facevano esigue e distanti una dall'altra perfino quelle misere pozze. Se anche esistevano dei in quel nulla fatto di pietra, sabbia e argilla rossa, erano dei duri e disseccati, sordi a qualsiasi invocazione di pioggia.

Fu il vino a esaurirsi per primo. Non molto dopo, toccò al latte cagliato di giumenta, bevanda che i signori del cavallo preferivano persino all'idromele. Anche le scorte di pane non lievitato e di carne secca terminarono. I cacciatori non trovarono nessun tipo di selvaggina; la carne dei cavalli morti divenne il loro unico nutrimento. Alle morti seguirono solamente altre morti: bambini indeboliti, vecchie raggrinzite, malati, stolti, temerari: quella terra crudele se li portò via tutti quanti. Doreah si fece scarna e dagli occhi infossati, i suoi soffici capelli biondi divennero secchi come paglia.

Daenerys patì la fame e la sete come tutti gli altri. I suoi seni non diedero più latte, i suoi capezzoli si piagarono e sanguinarono. Giorno dopo giorno, la carne si dissipò dalle sue ossa, lasciandola magra come un pezzo di legno. Ma erano i suoi draghi a darle i maggiori timori. Suo padre era stato ucciso prima che lei nascesse, lo stesso valeva per il suo leggendario fratello Rhaegar. Sua madre era morta nel darla alla luce mentre fuori infuriava la tempesta. E il gentile ser Willem Darry, che a modo suo le aveva voluto molto bene, era morto di un'inesorabile malattia quando lei era appena una bambina. E poi era venuta la fine di suo fratello Viserys, di khal Drogo, il suo sole-e-luna, perfino di suo figlio mai nato. Gli dei glieli avevano portati via tutti. "Ma non avranno i miei draghi" giurò Daenerys. "No, non li avranno."

I draghi non erano più grossi degli scarni gatti che lei vedeva sgattaiolare rasente i muri della casa di magistro Illyrio a Pentos... ma solo fino a quando dispiegavano le ali. Avevano un'apertura alare tripla della lunghezza dei loro corpi, ogni ala un delicato ventaglio di pelle traslucida, dai meravigliosi colori, tesa su una raffinata, sottile struttura ossea. Osservandoli con attenzione, si vedeva che la maggior parte del loro corpo era composta di collo, coda e ali. "Così piccoli" pensava ogni volta che li nutriva dalla propria mano. O meglio, ogni volta che tentava di nutrirli: perché i draghi non volevano mangiare. Sibilavano e risputavano fuori ogni gocciolante pezzetto sanguinante di carne di cavallo, emettendo vapore dalle narici e rifiutandosi di ingoiare cibo... finché Daenerys ricordò qualcosa che Viserys le aveva detto quando ancora erano bambini.

"Solamente i draghi e gli uomini mangiano carne cotta."

Dopo che ebbe fatto abbrustolire la carne dalle sue ancelle, i draghi la divorarono in un attimo, le loro teste che scattavano con la rapidità di un serpente. Bastava che i bocconi fossero anneriti sulla fiamma, e ogni giorno i draghi ne ingollavano svariate volte il loro peso, diventando sempre più grossi, più forti. Dany continuava a essere stupefatta da quanto lisce fossero le loro scaglie, e da quanto calore emanassero, talmente percettibile che i loro corpi, nelle fredde notti, parevano fumare.

All'imbrunire, quando il khalasar tornava a rimettersi in marcia, Daenerys ne sceglieva uno e lo faceva appollaiare sulla propria spalla. Irri e Jhiqui trasportavano gli altri due in una gabbia di legno e funi intrecciate appesa tra le selle dei loro cavalli e cavalcavano vicino a lei, in modo che Dany potesse sempre tenerli d'occhio. Era l'unico modo per farli rimanere quieti.

«I draghi di Aegon portavano i nomi degli dei dell'antica Valyria» disse una mattina ai suoi cavalieri di sangue, al termine di un'ennesima, lunga notte di marcia. «Il drago di Visenya era Vhagar, Rhaenys aveva Meraxes e Aegon cavalcava Balerion, il Terrore Nero. Si racconta che il fiato di Vhagar era talmente rovente da fondere l'armatura di un guerriero e da cuocerlo all'interno di essa, che Meraxes poteva inghiottire interi cavalli e che Balerion... Be', il fuoco che emetteva era nero come le sue scaglie, e le sue ali talmente immense da gettare in ombra intere città al suo passaggio.»

Era con disagio che i Dothraki guardavano le strane creature appena nate. Il più grosso dei tre era di un lucido colore nero, le scaglie screziate della stessa sfumatura scarlatta delle ali e delle corna. «Khaleesi» bisbigliò Aggo. «Eccolo lì Balerion, è risorto.»

«Forse è come dici, sangue del mio sangue» rispose gravemente Daenerys «ma per questa sua seconda vita, dovrà avere un nuovo nome. Li chiamerò con il nome di coloro che gli dei hanno voluto prendere. Il drago verde sarà Rhaegal, in onore del mio valoroso fratello che morì sulle rive verdi del Tridente. Quello color crema e oro lo chiamerò Viserion. Viserys era crudele e debole e spaventato, ma era pur sempre mio fratello. Il suo drago farà ciò che lui non ha potuto.»

«E l'animale nero?» domandò ser Jorah Mormont.

«Il nero è Drogon.»

I draghi crescevano e prosperavano, ma il khalasar si assottigliava e moriva. Attorno a loro, la terra si era fatta ancora più desolata. Perfino l'erba canina diventava rara. I cavalli crollavano all'improvviso, costringendo molti a continuare a piedi. Doreah venne colta dalla febbre, e peggiorava a ogni lega che coprivano.

Sulle labbra e sulle mani apparvero piaghe sanguinanti, cominciò a perdere i capelli a ciocche, poi una sera semplicemente non ebbe più la forza di montare a cavallo. Jhogo disse che non c'era scelta: o la legavano alla sella o l'abbandonavano. Dany ricordò quella notte nel mare Dothraki, quando la ragazza lyseniana le aveva insegnato i suoi segreti, in modo che Drogo l'amasse ancora di più. Così diede a Doreah l'acqua della sua sacca, le passò una pezzuola umida sulla fronte e rimase a tenerle la mano fino a quando morì, tremando. Solo allora permise al khalasar di rimettersi in marcia.

Non trovarono mai alcuna traccia di altri viandanti. I Dothraki cominciarono a borbottare che la cometa li aveva condotti in qualche inferno. Una mattina, mentre preparavano l'accampamento tra nere formazioni di roccia scavate dal vento, Daenerys andò da ser Jorah.

«Ci siamo persi?» gli domandò. «Avrà mai fine, questa terra desolata?»

«Ha una fine, mia regina» rispose cautamente il cavaliere. «Ho visto le mappe tracciate dai mercanti. Poche carovane seguono questo cammino, ma all'Est si stendono grandi regni e città piene di meraviglie: Yi Ti, Qarth, Asshai delle Ombre...»

«Ma riusciremo a vivere per vederle?»

«Non ti mentirò, mia regina. La via è ben più ardua di quanto io avessi mai osato pensare.»

Il volto del cavaliere era grigio e scavato. La ferita al fianco che aveva riportato la notte in cui aveva affrontato i cavalieri di sangue di khal Drogo non si era mai interamente rimarginata. Dany notava la sua smorfia di dolore ogni volta che montava a cavallo, vedeva come si piegava sulla sella durante la marcia.

«Se continuiamo, forse per noi sarà la morte» riprese ser Jorah. «Ma se torniamo indietro, so per certo che per noi sarà la fine.»

Dany lo baciò piano sulla guancia. Vedere il suo sorriso, la fece sentire meglio. "Devo essere forte anche per lui" rifletté tristemente. "Ser Jorah è un cavaliere, ma io sono il sangue del drago."

L'acqua della pozza successiva era bollente e odorava di zolfo, ma i loro otri erano ormai vuoti. I Dothraki fecero raffreddare l'acqua in anfore e pentole e la bevvero ancora tiepida. Il sapore non era meno repellente dell'odore, ma l'acqua era acqua, e tutti loro erano assetati. Daenerys scrutò l'orizzonte vuoto con angoscia. Già un terzo di loro erano morti, e la desolazione continuava a stendersi a perdita d'occhio, aspra, rossa e senza fine. "La cometa si fa beffe delle mie speranze." Dany sollevò lo sguardo alla traccia purpurea nel cielo. "Ho forse attraversato mezzo mondo e ho assistito alla nascita dei draghi soltanto per morire con loro in questo rovente deserto?" No, rifiutava di crederlo.

Il giorno seguente, l'alba li sorprese nel mezzo di una pianura di dura terra disseccata, intersecata da un'infinita ragnatela di crepe. Dany stava per dare l'ordine di accamparsi quando gli esploratori rientrarono al galoppo.

«Una città, khaleesi!» gridarono. «Una città pallida come la luna e bella come una fanciulla. A un'ora di cavallo, non di più.»

«Mostratemela» ordinò loro.

A Daenerys quella visione di mura e di torri tremolanti dietro un velo di aria incandescente parve talmente splendida da indurla a credere che si trattasse di un miraggio.

«Ser Jorah, sai che posto è questo?»

«No, mia regina.» Il cavaliere esiliato scosse stancamente il capo. «Non mi sono mai spinto tanto a est.»

Le lontane mura bianche promettevano riparo e sicurezza, la possibilità di risanarsi e di riprendere le forze. Dany non avrebbe desiderato altro se non lanciarsi al galoppo verso di esse.

«Sangue del mio sangue» disse invece ai suoi cavalieri di sangue. «Andate avanti a noi e scoprite il nome di questa città, e che genere di benvenuto possiamo aspettarci.»

«Sì, khaleesi» rispose Aggo.

I cavalieri non impiegarono molto per fare ritorno. Rakharo smontò per primo di sella. Alla sua cintura a medaglioni era appeso l'arakh, l'ampia arma da taglio ricurva che Daenerys gli aveva dato nominandolo suo cavaliere di sangue.

«Questa città è morta, khaleesi» comunicò. «Senza nome e senza dei l'abbiamo trovata, le porte distrutte e, nelle strade, solo il vento e le mosche.»

«Quando gli dei se ne vanno, gli spiriti maligni dominano la notte.» Jhiqui rabbrividì. «Posti come questo è meglio evitarli. È risaputo.»

«È risaputo» concordò Irri.

«Non da me.» Daenerys diede di talloni e fu la prima ad avanzare. Superò l'arco diroccato di un'antica porta e s'inoltrò lungo una strada deserta e silente. Ser Jorah e i cavalieri di sangue la seguirono, e dietro, più lentamente, il resto dei Dothraki.

Da quanto tempo la città fosse abbandonata, Daenerys non poté neppure remotamente immaginarlo, ma le sue mura bianche, così seducenti viste da lontano, erano in realtà piene di fenditure e di crolli. Al loro interno si stendeva un labirinto di vicoli stretti, contorti. Gli edifici sembravano ammassarsi gli uni contro gli altri, blocchi dalle facciate opache, gessose, prive di finestre. Tutto era bianco, come se le genti che vi avevano abitato non fossero state consapevoli dell'esistenza degli altri colori. Dany e i suoi cavalcarono oltre mucchi di macerie cotte dal sole, residui di case crollate. In altri punti, videro le tracce nere degli incendi. In un punto dove sei vicoli venivano a intersecarsi, Dany passò vicino a un plinto di marmo che reggeva il nulla. I Dothraki avevano già visitato questo posto, o almeno così sembrava. Forse, la statua mancante da quel plinto si ergeva a Vaes Dothrak, in mezzo agli altri dei trafugati. Lei stessa poteva esservi passata davanti dozzine di volte senza nemmeno immaginarne la provenienza. Appollaiato sulla sua spalla, Viserion sibilò.

Si accamparono tra i resti di un palazzo sventrato, su una piazza sferzata dal vento, ciuffi di erba canina che emergevano dalle fenditure fra le pietre della pavimentazione. Dany inviò altri uomini a esplorare le rovine. Alcuni andarono con riluttanza, ma andarono... e un vecchio coperto di cicatrici fece ritorno poco dopo, saltellando e sogghignando: le sue mani erano colme di fichi. I frutti erano piccoli e avvizziti, ma tutti si avventarono su di essi con voracità, spintonandosi fra loro pur di arraffarli, riempiendosi la bocca e masticando come in estasi.

Altri esploratori tornarono parlando di alberi da frutta nascosti dietro porte chiuse, celati in giardini segreti. Aggo mostrò a Daenerys un patio invaso da vigne di piccola uva verde. E Jhogo scoprì una pozza la cui acqua era pura e fredda. Ma trovarono anche ossa, teschi di morti insepolti, sbiancati e frantumati.

«Spettri» balbettò Irri. «Terribili spettri. Non dobbiamo restare qui, khaleesi. Questo luogo appartiene a loro.»

«Io non temo gli spettri. I draghi sono più potenti degli spettri.» "E i fichi sono certamente più importanti." «Va' con Jhiqui, trovatemi della sabbia pulita per fare un bagno. E non tediarmi oltre con simili sciocchi discorsi.»

Nella frescura della sua tenda, Daenerys arrostì altra carne di cavallo per i draghi e rifletté sulle possibili alternative. Qui c'erano cibo e acqua per tenere in vita la sua gente, e abbastanza pastura per rimettere in forze i cavalli. Quanto sarebbe stato piacevole risvegliarsi ogni giorno nel medesimo posto, attardarsi tra giardini ombreggiati, mangiare fichi e bere acqua fresca a volontà.

Quando Irri e Jhiqui arrivarono trasportando secchi di sabbia bianca, Dany si spogliò e lasciò che le due ancelle la usassero per grattare via dal suo corpo le tracce delle terre rosse.

«I tuoi capelli stanno tornando, khaleesi» disse Jhiqui rimuovendole la sabbia dalla schiena.

Daenerys fece scorrere una mano sul capo, sentendo la nuova crescita. Gli uomini dothraki portavano i capelli acconciati in lunghe trecce oleate, e li tagliavano solamente se venivano sconfitti. "Forse anch'io dovrei fare lo stesso, in modo da ricordare loro che ora la forza di Drogo vive in me." Khal Drogo era morto senza che i suoi capelli fossero mai stati tagliati, un primato che ben pochi uomini potevano vantare.

Verso il fondo della tenda, Rhaegal aprì le ali verdi e cercò di levarsi in volo, si alzò a circa mezzo piede di altezza, poi tornò ad abbattersi sui tappeti. All'atterraggio non proprio morbido, la sua coda frustò avanti e indietro, piena di furia. Il piccolo drago sollevò il muso ed emise un grido. "Se avessi ali, anch'io vorrei volare" di questo Dany era certa. Gi antichi Targaryen andavano in guerra cavalcando a dorso di drago. Daenerys cercò di immaginare come sarebbe stato aggrapparsi al collo di uno di quei draghi e salire in alto nell'aria. "Come essere sulla vetta di una montagna, anzi, meglio. L'intero mondo sarebbe al mio cospetto. E se volassi abbastanza alto, potrei addirittura vedere i Sette Regni, forse potrei addirittura toccare la cometa."

Irri interruppe il suo fantasticare, comunicandole che ser Jorah Mormont era fuori della tenda e attendeva il volere della regina.

«Fatelo entrare» comandò Dany, l'epidermide che ancora le formicolava per l'abrasione della sabbia. Si avvolse nella pelle del leone. Lo hrakkar era stato molto più grosso di lei, per cui la pelle copriva tutto quello che c'era da coprire.

«Ti ho portato una pesca, mia regina.» Ser Jorah s'inginocchiò davanti a lei.

Il frutto era talmente piccolo che Dany poteva quasi nasconderlo nel palmo della mano. Era anche troppo maturo, ma dopo il primo morso, la polpa si rivelò talmente dolce da farle venire le lacrime agli occhi. Lo mangiò lentamente, assaporandone ogni boccone, mentre ser Jorah le parlava dell'albero da cui era stato colto, in un giardino presso le mura occidentali.

«Frutta e acqua e ombra...» Daenerys sentiva le guance appiccicose per il succo della pesca. «Gli dei sono stati generosi a portarci in questo luogo.»

«Dovremmo riposare qui fino a quando non avremo riguadagnato le forze» asserì il cavaliere. «Le terre rosse non hanno riguardo per i deboli.»

«Le mie ancelle sostengono che ci sono gli spettri tra queste pietre.»

«Ci sono spettri dovunque» ribatté ser Jorah a bassa voce. «Ce li portiamo dietro da qualsiasi parte andiamo.»

"È vero" Daenerys lo sapeva bene, questo. "Viserys, khal Drogo, mio figlio Rhaego, sono sempre con me."

«Dimmi il nome del tuo spettro, Jorah. Tu conosci i nomi di tutti i miei.»

Il volto del cavaliere divenne una maschera immobile. «Il suo nome era Lynesse.»

«Tua moglie?»

«La mia seconda moglie.»

"Parlarne lo fa soffrire." Daenerys se ne rese conto, ma voleva anche conoscere la verità. «È tutto quello che mi dirai di lei?» La pelle di leone le scivolò giù dalla spalla, lei la rimise a posto, coprendosi. «Era bella?»

«Molto bella.» Ser Jorah spostò lo sguardo dalla spalla nuda al viso di lei. «La prima volta che la vidi, pensai che fosse una dea scesa sulla terra, l'incarnazione stessa della Fanciulla. Il suo lignaggio era molto più alto del mio: la figlia più giovane di lord Leyton Hightower di Vecchia Città. Il Toro bianco che comandava la Guardia reale di tuo padre era il suo prozio. Gli Hightower sono un'antica famiglia, molto ricca e molto orgogliosa.»

«E molto leale» aggiunse Dany. «Questo lo ricordo. Viserys diceva che gli Hightower erano fra coloro che erano sempre rimasti fedeli a mio padre.»

«È così» ammise lui.

«Furono i vostri padri a organizzare il matrimonio?»

«No» rispose ser Jorah. «Il nostro matrimonio... Questa è una storia lunga e noiosa, maestà, con la quale non vorrei tediarti.»

«Non ho fretta di andare da nessuna parte» replicò Daenerys. «Ti prego, parlami.»

«Come la mia regina comanda.» Ser Jorah aggrottò la fronte. «La mia casa... ecco, è necessario che tu comprenda questo per comprendere il resto. L'isola dell'Orso è bella, ma remota. Immagina vecchie querce contorte e alti pini, cespugli iriti di spine, pietre grigie coperte di muschio, piccoli torrenti d'acqua gelida che scorrono lungo ripide colline. Il palazzo dei Mormont è fatto di enormi tronchi e costruito con una barriera di terra battuta. A parte pochi ardimentosi che affrontano l'interno, la mia gente dimora sulle coste e vive di pesca. L'isola si trova molto a nord, e i nostri inverni, khaleesi, sono molto più terribili di quanto tu possa immaginare.

«Ma pure con tutto questo, io ero lieto di stare all'isola dell'Orso, e le donne non mi mancarono mai. Ebbi la mia parte di mogli di pescatori e di figlie di braccianti, prima e anche dopo che fui sposato. Mi sposai giovane, con una ragazza scelta da mio padre, una Glover di Deepwood Motte. Per dieci anni fummo marito e moglie, mese più mese meno. Era una donna senza particolari attrattive, eppure gentile. Immagino che, col tempo, abbia imparato ad amarla, a modo mio, anche se i nostri rapporti erano improntati più al dovere che alla passione. Cercando di darmi un erede, per tre volte non fu in grado di portare a termine la gravidanza. Dall'ultima di queste non si riprese. Morì poco dopo.»

«Sono addolorata per te.» Daenerys pose una mano su quella di lui e la strinse. «Sinceramente.»

Ser Jorah annuì. «A quel punto, mio padre era entrato nella confraternita in nero dei Guardiani della notte, per cui ero diventato io, a pieno diritto, il lord dell'isola dell'Orso. Non mi mancavano offerte di matrimonio, ma prima che potessi prendere una decisione, lord Balon Greyjoy si sollevò in rivolta contro l'Usurpatore e Ned Stark chiamò a raccolta i suoi alfieri per aiutare l'amico Robert Baratheon. La battaglia decisiva ebbe luogo a Pyke delle isole di Ferro. Dopo che le catapulte di Robert ebbero fatto breccia nelle mura della Fortezza di Balon, un prete di Mys fu il primo a lanciarsi all'attacco, io però ero subito dietro di lui. Per questo ottenni il cavalierato.

«Per celebrare la vittoria, Robert organizzò un grande torneo poco fuori Lannisport. Fu là che vidi Lynesse, una fanciulla della metà dei miei anni. Era venuta da Vecchia Città insieme al padre per vedere i suoi fratelli scendere in campo. Non riuscii a staccarle gli occhi di dosso. In un impulso di follia, le chiesi un suo pegno da portare con me nel torneo. Mai immaginavo che avrebbe accolto la mia richiesta. Invece Lynesse lo fece.

«Sono un guerriero valoroso, khaleesi, ma non sono mai stato un cavaliere da torneo. Eppure, con il fazzoletto di Lynesse legato al braccio, mi tramutai in un uomo completamente diverso. Vinsi un confronto alla lancia dopo l'altro. Davanti a me cadde lord Jason Mallister, e poi caddero Yohn Royce il Bronzeo, ser Ryman Frey, suo fratello ser Hosteen, lord Whent, perfino ser Boros Blount della Guardia reale. Li disarcionai tutti quanti. Nell'ultimo confronto, spezzai ben nove lance contro Jaime Lannister senza risultato. Ma a quel punto, re Robert diede a me l'alloro del campione. Con esso, incoronai Lynesse regina d'amore e di bellezza. Quella stessa sera, andai da suo padre e gli chiesi la mano della figlia. Ero ubriaco, ebbro di gloria e di vino. Secondo il diritto nobiliare, avrei dovuto ricevere uno sdegnato rifiuto. Nemmeno questo accadde: lord Leyton acconsentì. Lynesse e io ci sposammo là, a Lannisport, e per quindici giorni, fui l'uomo più felice dell'universo.»

«Soltanto quindici giorni?» Dany stentava a crederlo. "Perfino a me è stata concessa una felicità più lunga, con Drogo, il mio sole-e-stelle."

«Tanto ci volle per salpare da Lannisport e raggiungere l'isola dell'Orso. Per Lynesse, la mia dimora fu un'enorme delusione. Troppo fredda, troppo umida, troppo remota, con un castello niente di più di una lunga sala di tronchi. Non avevamo feste in maschera, né spettacoli di guitti, né balli, né fiere. Intere stagioni potevano passare senza che da noi si fermasse un solo menestrello. E sull'isola non c'è neppure un orafo. Perfino i pasti divennero un tormento. Il mio cuoco sapeva cucinare ben poco oltre arrosti e stufati. In breve, Lynesse perse ogni interesse nel pesce e nella cacciagione.

«Vivevo per i suoi sorrisi. Per cui andai a cercare un nuovo cuoco fino a Vecchia Città e feci venire un arpista da Lannisport. Orafi, gioiellieri, sarti... qualsiasi cosa lei desiderasse, io per lei la trovai. Solo che non era mai abbastanza. L'isola è ricca di orsi e di alberi, ma è povera di tutto quello che resta. Per lei costruii un'ottima nave con la quale ci recammo a Lannisport e a Vecchia Città per i festival e le fiere. E una volta, andammo fino alla città libera di Braavos, dove presi a prestito una grossa somma. Quale campione di torneo, avevo vinto il suo cuore e la sua mano. Così, sempre per lei, entrai in altri tornei. Ma la magia si era dissipata. Non riuscii mai più a distinguermi, e ogni sconfitta significò la perdita di un altro cavallo e di un'altra armatura, che dovevano essere ricomprati o sostituiti. Tutte spese che non ero più in grado di affrontare. Alla fine, insistetti perché tornassimo a casa, ma una volta là, la situazione peggiorò ancora di più. Non potevo più pagare il cuoco e l'arpista, e nel momento in cui parlai d'impegnare i suoi gioielli, Lynesse andò su tutte le furie.

«Il resto... ho fatto cose di cui mi vergogno a parlare. Per ottenere altro oro, in modo che Lynesse potesse tenersi i suoi gioielli, il suo cuoco, il suo arpista. Alla fine persi tutto. Quando seppi che lord Eddard Stark sarebbe venuto all'isola dell'Orso, il mio onore era ormai infangato al punto che preferii fuggire pur di evitare il suo giudizio. Portai Lynesse con me in esilio. Solamente il nostro amore contava, questo continuavo a ripetere a me stesso. Riparammo a Lys, dove vendetti la mia nave per poterci mantenere.»

Nel ricordare, la voce di ser Jorah era incrinata dal dolore. Daenerys era riluttante a fare ulteriori pressioni su di lui perché raccontasse, ma doveva sapere com'era finita. «Fu là che lei morì?» gli domandò gentilmente.

«Morì solamente per me.» Ser Jorah esalò a fondo. «In metà di un anno, tutto il mio oro era svanito e fui costretto a tramutare la mia spada in una spada mercenaria. Mentre combattevo i braavosiani nella Rhoyne, Lynesse si trasferì nella magione di un principe mercante di nome Tregar Ormollen. Dicono che ora sia diventata la sua concubina favorita, e che perfino la moglie di Tregar la tema.»

Dany era sconvolta: «E tu... la odi?».

«Tanto quanto continuo ad amarla» concluse ser Jorah. «Ora, mia regina, ti chiedo di scusarmi. Sono molto stanco.»

Daenerys gli concesse di congedarsi. Ma nel momento in cui lo vide sollevare il lembo della tenda, non poté trattenersi: «Ser Jorah... che aspetto aveva, la tua lady Lynesse?».

Ser Jorah sorrise tristemente. «Assomigliava vagamente a te, Daenerys.» Poi fece un inchino e si accomiatò: «Sonni tranquilli, mia regina».

Dany rabbrividì, stringendosi nella pelle del leone. "Assomiglia a me." Questo spiegava tante cose che lei non aveva mai compreso appieno, fino a quel momento. "È me che vuole. Ama me come ha amato lei. E non come un cavaliere ama la sua regina... Ma come un uomo ama una donna." Cercò d'immaginare se stessa fra le braccia di ser Jorah, di baciarlo, dandogli piacere, lasciando che lui entrasse in lei. Non aveva senso. Nel chiudere gli occhi, il volto di Jorah divenne quello di Drogo.

Khal Drogo era stato il suo sole-e-stelle. Il suo primo uomo, e forse anche l'ultimo. La maegi Mirri Maz Duur aveva giurato che mai più lei avrebbe generato un figlio, quindi che cosa un uomo avrebbe potuto volere da una moglie sterile? Inoltre, quale uomo poteva sperare di rivaleggiare con Drogo, morto senza che i suoi capelli fossero tagliati e che ora cavalcava nelle terre della notte, con le stelle come suo khalasar?

Nella voce di ser Jorah, mentre il cavaliere parlava dell'isola dell'Orso, Daenerys aveva percepito il rimpianto. "Non potrà mai avere me, ma verrà il giorno in cui io potrò ridargli il suo onore e la sua isola. Almeno questo, io posso farlo per lui!"

Nessuno spettro venne a turbare il suo riposo, quella notte. Drogo tornò nei suoi sogni, la sera della loro prima cavalcata, dopo che si erano uniti in matrimonio. E nel sogno, non erano cavalli che loro cavalcavano: erano draghi.

«Sangue del mio sangue» disse Daenerys ai suoi tre cavalieri di sangue, la mattina dopo. «Ho bisogno di voi. Ognuno di voi sceglierà tre cavalli, tra i più forti e i più sani che ci restano. Portate con voi quanto più cibo e acqua potete e cavalcate per me. Aggo si dirigerà verso sudovest e Rhakaro andrà a sud. Jhogo, tu invece seguirai *Shierak qiya*, la "Stella che sanguina", a sudest.»

«Che cosa cercheremo, khaleesi?» domandò Jhogo.

«Qualsiasi cosa troverete. Cercherete altre città, vive o morte. Cercherete carovane e genti. Cercherete fiumi e laghi e il grande mare salato. Scoprite per quanto la desolazione rossa si estende oltre questo punto, e che cosa c'è alla fine di essa. Quando lascerò questo posto, non intendo muovermi alla cieca. Vorrò sapere dove mi sto dirigendo, e qual è la via migliore per arrivarci.»

E così partirono, le campanelle nelle loro trecce che tintinnavano. Dany e la sua piccola banda di superstiti si sistemarono in quel luogo che chiamarono Vaes Tolorro, "la città delle ossa". I giorni seguirono le notti, e le notti seguirono altri giorni. Le donne raccoglievano frutti dai giardini dei morti. Gli uomini si prendevano cura delle cavalcature e riparavano selle, staffe e calzari. I bambini s'inoltravano nei vicoli contorti, trovando vecchie monete di bronzo, frammenti di vetro viola e caraffe con i manici a forma di serpente. Una donna venne punta da uno scorpione rosso, ma la sua fu l'unica morte. I cavalli ripresero a essere in carne. Dany si occupò personalmente della ferita di ser Jorah e questa cominciò a rimarginarsi.

Rhakaro fu il primo a fare ritorno. A sud, riportò, la desolazione rossa continuava e continuava, terminando sulle sponde deserte dell'acqua velenosa. Tra la città delle ossa e quel punto, c'erano solo sabbia vorticante, rocce scavate dal vento e cespugli di rovi. Il cavaliere aveva superato lo scheletro di un drago, dichiarò, talmente immenso da riuscire a passare a cavallo tra le sue grandi mandibole nere spalancate. Ma oltre a questo, non aveva visto nient'altro.

Daenerys lo mise al comando di una dozzina degli uomini più

forti e diede loro il compito di sollevare le pietre della piazza, in modo da esporre la terra sottostante. Se l'erba canina cresceva tra le fessure della pavimentazione, anche altre erbe potevano crescere una volta che le pietre fossero state rimosse. Avevano sorgenti in quantità, e nessuna penuria d'acqua. Trovati i semi, potevano tramutare quella piazza in un orto.

Aggo tornò poco tempo dopo. Il sudovest era arido e bruciato, disse. Aveva trovato le rovine di altre due città, più piccole di Vaes Tolorro, ma parimenti abbandonate. Una di esse era guardata da un anello di teschi sistemati su picche di ferro arrugginito, e lui non aveva osato entrare. Aveva però esplorato in lungo e in largo l'altra città abbandonata. Mostrò a Dany un bracciale di ferro che vi aveva trovato, con incastonato un opale di fuoco grezzo grosso quanto il suo pollice. C'erano anche antiche pergamene, ma talmente disseccate e in disfacimento che Aggo le aveva lasciate dove si trovavano.

Dany lo ringraziò per i suoi sforzi e gli disse di comandare la riparazione delle porte. Se nel passato dei nemici avevano attraversato la desolazione rossa per distruggere quelle città, forse potevano tornare. «E noi dobbiamo essere pronti» dichiarò la giovane regina.

Jhogo rimase lontano talmente a lungo che Dany temette di averlo perduto. Ma proprio quando ormai tutti avevano perso le speranze, eccolo tornare a cavallo da sudest. Ad avvistarlo per primo e a dare l'allarme, fu una delle guardie che Aggo aveva posto sulle mura. Dany accorse per vedere con i propri occhi: era vero, Jhogo stava tornando, e non era solo. Dietro di lui venivano tre sconosciuti stranamente vestiti, in sella a brutte creature dotate di gobba, al confronto delle quali il più grosso dei loro cavalli sembrava un nano.

Tirarono le redini presso la cinta di Vaes Tolorro e guardarono in alto Dany, sulle mura.

«Sangue del mio sangue» chiamò Jhogo. «Sono stato fino alla grande città di Qarth, e ritorno con tre che desiderano vederti con i loro stessi occhi.»

«E io sono qui.» Dany sostenne gli sguardi degli stranieri. «Guardate pure, se la cosa vi compiace... ma ditemi prima i vostri nomi.»

«Io sono Pyat Pree» disse l'uomo pallido dalle labbra blu, nella gutturale lingua dothraki. «Grande stregone.»

«Io sono Xaro Xhoan Daxos dei Tredici.» L'uomo calvo, con gioielli al naso, parlò nel valyriano delle città libere. «Principe mercante di Qarth.»

«Io sono Quaithe delle Ombre.» La donna dal volto coperto da una maschera di legno laccato si espresse nella lingua comune dei Sette Regni. «Veniamo alla ricerca dei draghi.»

«La vostra ricerca è conclusa» rispose Daenerys Targaryen. «Li avete trovati.»

Whitetree, "Albero bianco". Era quello il nome del villaggio segnato sulle vecchie mappe di Sam.

A Jon Snow non parve granché: quattro case di pietra a secco, con un'unica stanza all'interno, circondate da vecchi recinti per le pecore, un solo pozzo. Le case avevano tetti di zolle, le finestre erano chiuse da pelli stracciate. Su tutto, incombevano i rami pallidi e le foglie rosso scuro di un albero-diga mostruosamente grande.

Era l'albero più gigantesco che Jon avesse mai visto, il tronco largo quasi otto piedi, i rami e la chioma che si allargavano tanto da coprire l'intero villaggio. Ma non erano le dimensioni a metterlo a disagio... era il volto scolpito nel legno, soprattutto la bocca: non una semplice fessura scavata, ma una voragine frastagliata abbastanza grossa da inghiottire una pecora.

"Quelle, però, non sono ossa di pecora. E quello fra le ceneri non è un teschio di pecora."

«Un vecchio albero.» Mormont rimase in sella, la fronte corrugata.

«Vecchio» concordò il suo corvo, appollaiato sulla spalla. «Vecchio, vecchio, vecchio.»

«E potente.» Jon poteva percepirlo, quel potere.

«Ma tu guarda quella faccia.» Thoren Smallwood, corazza e maglia di ferro nere, smontò da cavallo in prossimità del tronco. «Non c'è da stupirsi che gli uomini ne avessero paura, quando arrivarono per la prima volta nella terra dell'Occidente. Non mi dispiacerebbe farla a pezzi io stesso con un'ascia, questa cosa maledetta.»

«Il lord mio padre diceva che nessun uomo è in grado di mentire davanti a un albero-cuore» disse Jon. «Gli antichi dei sanno quando un uomo sta mentendo.»

«Anche mio padre lo credeva» confermò il Vecchio orso. «Fatemi dare un'occhiata a quel teschio.»

Jon smontò. Portava di traverso sulla schiena, in un fodero a spalla di pelle nera, Lungo artiglio, la spada dalla lama bastarda, più corta di un palmo e mezzo rispetto a quella di una spada lunga, che il Vecchio orso gli aveva dato in dono per avergli salvato la vita. «Al bastardo, una spada bastarda» scherzavano sempre i confratelli in nero. L'elsa era stata rifatta per lui, ornata da un pomo in pietra pallida a forma di testa di lupo. Ma la lama, quella era di acciaio di Valyria, antico, leggero e mortalmente affilato.

Jon mise un ginocchio a terra e affondò la mano guantata nelle fauci della faccia nell'albero. L'interno della cavità era rosso di resina disseccata e annerito dal fuoco. Sotto il primo teschio, ce n'era un secondo, semiseppellito sotto ceneri e frammenti ossei, più piccolo, la mandibola mancante.

Portò il teschio al Vecchio orso, che lo sollevò con entrambe le mani, scrutando nelle orbite vuote. «I bruti bruciano i loro morti, questo lo abbiamo sempre saputo. Quanto avrei voluto domandare loro perché lo fanno, quando ancora ce n'erano per queste terre.»

A Jon Snow tornò in mente il non-morto che risorgeva, occhi azzurri scintillanti nella pallida faccia di cadavere. Lui sapeva perché i bruti bruciavano i loro morti, ne era certo.

«Se solo queste ossa potessero parlare» il Vecchio orso scosse il capo. «Quest'uomo ci direbbe parecchio. Com'è morto, chi lo ha bruciato e perché, dove sono finiti i bruti.» Fece un profondo sospiro. «Si racconta che i figli della foresta fossero in grado di comunicare con i defunti. Ma questo, io non so farlo.» Gettò il teschio dentro la bocca spalancata dell'albero-diga, e nell'impatto si sollevò un esile sbuffo di ceneri. «Controllate tutte le case. Gigante, sali su quest'albero a dare un'occhiata. Farò anche portare i cani: può darsi che noi si riesca a trovare una traccia fresca.» Ma da come lo disse, era chiaro che non ci sperava troppo.

A coppie, i Guardiani della notte penetrarono in ognuna delle case, in modo da essere certi di non tralasciare niente. Jon fu messo con Eddison Tollett, uno scudiero dai capelli grigi e magro come una picca, che gli altri confratelli chiamavano "Edd l'Addolorato".

«Come se non bastasse che i morti camminano» disse a Jon mentre attraversavano il villaggio «adesso il Vecchio orso vuole addirittura che parlino. Non ci arriverà niente di buono da questa impresa, te lo garantisco. E poi, chi è che ci assicura che le ossa non mentono? Per quale ragione la morte dovrebbe rendere un uomo sincero, e persino saggio? Mi sa che i morti sono tipi piuttosto noiosi, pieni di lamentele: la terra è troppo fredda, la mia pietra tombale dovrebbe essere più grossa, per quale motivo lui ha più vermi di me...»

Per superare la bassa porta, Jon fu costretto a chinarsi. All'interno, il pavimento era fatto di dura terra compressa. Non c'era mobilia, nessuna traccia di presenza umana eccetto poche ceneri sotto il foro per la fuoriuscita del fumo ricavato nel tetto.

«Che posto lugubre in cui vivere» commentò Jon.

«Io ci sono nato, in un posto lugubre come questo» dichiarò Edd l'Addolorato. «E quelli sono stati i miei anni migliori. È dopo che le cose hanno cominciato ad andare male.» Il suo sguardo si spostò sul malridotto pagliericcio in un angolo. «Darei tutto l'oro di Castel Granito per poter dormire di nuovo in un letto.»

«Tu lo chiami letto, quello?»

«È più morbido della cruda terra, e sopra ha un tetto. Sì che lo chiamo letto.» Edd l'Addolorato annusò. «Sento puzza di sterco.»

L'odore era molto tenue. «Vecchio sterco» riconobbe Jon.

La casa sembrava essere disabitata da tempo. Jon si chinò a frugare tra la paglia, per vedere se sotto ci fosse nascosto qualcosa, poi esaminò anche i muri. Non ci volle molto. «Non c'è niente qui.»

E niente era quanto si era aspettato di trovare. Whitetree era il quarto villaggio che esploravano, e in tutti avevano trovato la stessa situazione. La gente se n'era andata, svanita con le loro povere cose e con tutti gli animali che avessero avuto. In nessuno dei villaggi c'erano segni di attacco o di battaglia. Erano semplicemente... vuoti.

«Che cosa pensi sia accaduto?» domandò Jon.

«Qualcosa ancora peggiore di ciò che riusciamo a immaginare» suggerì Edd l'Addolorato. «Be', io potrei immaginarlo, ma preferisco non farlo. Sapere che ti sta per capitare qualcosa di orrendo è già abbastanza brutto anche senza pensarci troppo prima del tempo.»

Quando tornarono a uscire dalla casa, due dei cani stavano annusando in prossimità dell'ingresso. Gli altri animali si aggiravano per il villaggio. Chett imprecava ad alta voce contro di loro, il tono gonfio di quella rabbia che sembrava facesse sempre parte di lui. La luce che filtrava fra le foglie purpuree dell'albero-diga faceva sembrare le vesciche sul suo volto ancora più infiammate.

Nel momento in cui vide Jon, i suoi occhi si ridussero a due fessure: non correva buon sangue fra loro.

Nemmeno le altre case fornirono alcun indizio.

«Andati» gridò il corvo di Mormont sbattendo le ali e andando ad appollaiarsi su uno dei rami pallidi sopra di loro. «Andati, andati, andati.»

«Vivevano dei bruti qui a Whitetree solamente un anno fa.» Con indosso la scintillante cotta di maglia nera e la corazza borchiata che erano appartenute a ser Jaremy Rykker, defunto capo dei ranger, era Thoren Smallwood ad avere più l'aspetto di un lord che non Mormont. La sua cappa era bordata di ricca pelliccia d'ermellino, e munita di un fermaglio d'argento a forma di due martelli incrociati, l'emblema dei Rykker. Un tempo era stata la cappa di ser Jaremy... ma lui era stato ucciso dal non-morto, e i Guardiani della notte non sprecavano niente.

«Re Robert era re solamente un anno fa» dichiarò Jarman Buckwell, l'imperturbabile comandante degli esploratori «e il reame era in pace. Possono cambiarne di cose, in un anno.»

«Una cosa non è cambiata» insistette ser Mallador Locke. «Meno bruti significa meno problemi. Non piango certo su di loro, qualsiasi fine abbiano fatto. Predoni e assassini, è questo che sono tutti.»

Jon percepì un fruscio fra le rosse foglie sopra di lui. Due rami si aprirono, rivelando un piccolo uomo, agile come uno scoiattolo, che si muoveva da una biforcazione all'altra. Bedwyck era alto non più di cinque piedi, ma le ciocche grigie fra i suoi capelli rivelavano la sua età. Gigante, così lo chiamavano i confratelli, andò a sedersi nel punto in cui due rami di legno pallido si univano.

«Vedo acqua a nord» comunicò Gigante. «Forse un lago. Alcune colline pietrose che s'innalzano a occidente, non molto alte. Nient'altro da segnalare, miei lord.»

«Potremmo accamparci qui per la notte» suggerì Thoren.

«No.» Il Vecchio orso alzò lo sguardo, andando alla ricerca di un frammento di cielo tra i rami pallidi e le foglie rosse dell'albero-diga. «Gigante, quante ore di luce ci rimangono?»

«Tre ore, mio lord.»

«Continuiamo verso nord» decise lord Mormont. «Se riusciamo a raggiungere quel lago, ci accampiamo sulle rive e forse prendiamo anche qualche pesce. Jon, portami della carta, è ormai tempo che io scriva a maestro Aemon.»

Dalla sacca della propria sella, Jon tirò fuori pergamena, penna e inchiostro e portò il tutto al lord comandante dei Guardiani della notte. "A Whitetree" scribacchiò Mormont. "Quarto villaggio. Tutto vuoto. I bruti sono scomparsi."

«Trova Tarly e provvedi a che questo parta subito» disse Mormont porgendo il messaggio a Jon. Poi emise un fischio. Il suo corvo scese in planata dall'albero-diga e venne a posarsi sulla testa del cavallo. «Grano» suggerì il volatile. Il cavallo protestò con un nitrito.

Jon montò sul suo destriero, lo fece girare e si allontanò al trotto. Il resto del contingente dei Guardiani della notte era in attesa sotto alberi più piccoli, ben oltre l'ombra proiettata dall'immenso albero-diga. Si occupavano dei cavalli masticando strisce di manzo salato, pisciando, grattandosi, parlando. Nel momento in cui venne dato l'ordine di rimettersi in marcia, le chiacchiere cessarono e i confratelli montarono in sella. I primi a muoversi furono gli esploratori di Jarman Buckwell, seguiti dall'avanguardia di Thoren Smallwood alla guida della colonna. Poi veniva il Vecchio orso con il grosso delle forze, quindi ser Mallador Locke con i carri delle vettovaglie e i cavalli da carico. Il gruppo di ser Ottyn Wythers formava la retroguardia. Duecento uomini in tutto, con quasi trecento cavalli.

Durante il giorno, seguivano i sentieri della selvaggina e i percorsi dei fiumi: erano le "strade dei ranger", che li avrebbero guidati ancora più in profondità nelle terre incolte invase da foglie e radici. Di notte, si accampavano sotto le stelle, guardando la cometa. I confratelli avevano lasciato il Castello Nero di buonumore, scherzando e scambiandosi aneddoti. Col tempo però, il silenzio sinistro della foresta aveva incupito tutti. Gli scherzi si erano fatti sempre più rari e i nervi sempre più fragili. Nessuno avrebbe ammesso di avere paura, dopo tutto erano uomini dei Guardiani della notte, ma Jon poteva percepire la tensione generale. Quattro villaggi, tutti vuoti, nessuna traccia dei bruti, perfino gli animali selvatici sembravano essere fuggiti chissà dove. Mai come in quel momento la foresta Stregata appariva più stregata. Su questo, perfino i ranger veterani erano d'accordo.

Mentre cavalcava, Jon si tolse il guanto destro per fare prendere un po' d'aria alle dita ustionate. "Sono ridotte proprio male." Gli tornò in mente di come era solito arruffare i capelli ad Arya. "Quello stecco di sorellina." Non poté fare a meno di domandarsi come stesse, in quali condizioni si trovasse. Forse non le avrebbe mai più arruffato i capelli, e questo pensiero lo rese triste. Cominciò ad aprire e chiudere le dita, in modo da tenere la mano in esercizio. Se avesse lasciato che la mano con cui impugnava la spada diventasse rigida e maldestra, sarebbe stata la sua fine. Oltre la Barriera, un uomo aveva bisogno della sua spada.

Jon trovò Samwell Tarly insieme agli altri attendenti, impegnati ad abbeverare i cavalli. Sam ne aveva tre di cui occuparsi: il suo più due cavalcature da soma, ognuna delle quali trasportava una grossa gabbia di filo di ferro e canne piena di corvi messaggeri. Nel vedere Jon avvicinarsi, gli uccelli sbatterono le ali e gracchiarono. Alcuni di quei versi risuonavano come parole.

«Sam, non è che gli stai insegnando a parlare, vero?»

«Qualcosa. Due di loro sanno dire "snow".»

«Perfetto. Come se non ne bastasse già uno di uccellaccio che sappia dire il mio nome.» Jon sbuffò. «Inoltre, "snow" non è esattamente la parola che a un confratello piace sentire.»

"Snow": neve. Nel grande Nord, neve spesso significava morte.

«Trovato niente a Whitetree?»

«Ossa, ceneri e case deserte.» Jon diede a Sam la pergamena. «Il Vecchio orso vuole che Aemon ne sia informato.»

Sam prelevò un uccello da una delle gabbie, gli accarezzò il piumaggio e attaccò il messaggio a una zampa. «Ora vola a casa. Su, da bravo: a casa.»

«Croack!» Il corvo berciò qualcosa d'inintelligibile in risposta, poi Sam lo lanciò in aria. L'uccello dispiegò le ali e si levò al di sopra delle chiome degli alberi, verso il cielo.

«Vorrei che mi portasse con sé.»

«Ancora questa storia, Sam?»

«Be'... non sono più spaventato come prima, dico sul serio. La prima notte, ogni volta che sentivo qualcuno alzarsi per fare un goccio d'acqua, ero terrorizzato che fossero invece i bruti che venivano a tagliarmi la gola. Avevo paura di chiudere gli occhi, forse non li avrei mai più riaperti, ma poi... ecco... l'alba arriva sempre.» Samwell riuscì a fare un debole sorriso. «Sarò anche codardo, ma non sono stupido. Sono tutto indolenzito e la schiena mi fa un gran male dal cavalcare e dal dormire per terra, ma non sono più spaventato. Guarda, Jon...» sollevò una mano tesa, in modo da far vedere quanto fosse priva di qualsiasi tremito. «Ho continuato a lavorare sulle mie mappe.»

"Che strano, il mondo" non poté fare a meno di pensare Jon. Duecento uomini coraggiosi avevano lasciato la Barriera, e l'unico a non essere sempre più attanagliato dalla paura era Sam Tarly, codardo per sua propria ammissione.

«Forse è ora che ti passiamo nei ranger» scherzò Jon. «E poi chissà, magari la prossima volta vorrai metterti a fare anche tu il battistrada come Grenn. Vuoi che ne parli con il Vecchio orso?»

«Non osare farlo!» Sam alzò il cappuccio della sua immensa cappa e risalì goffamente in sella. Era un cavallo da tiro, grosso, goffo e lento, ma anche l'unico in grado di reggere il suo notevole peso, cosa che gli snelli destrieri del resto degli uomini in nero non poteva fare. «Avevo sperato che avremmo passato la notte nel villaggio» aggiunse con rimpianto. «Non mi sarebbe affatto dispiaciuto dormire per una volta con un tetto sopra la testa.»

«Spiacente, amico.» Jon montò a sua volta, rivolgendogli un sorriso di commiato. «Non ci sono abbastanza tetti per tutti.»

La colonna si era già messa in marcia. Per evitare di rimanere bloccato dalla massa di cavalli, Jon fece un ampio giro attorno al villaggio. A Whitetree aveva già visto tutto quello che c'era da vedere.

Spettro emerse dal sottobosco talmente all'improvviso che il cavallo di Jon arretrò, nitrendo di terrore. Il meta-lupo albino cacciava a notevole distanza dalla pista di marcia, ma nemmeno lui stava avendo più fortuna degli arcieri che Thoren Smallwood aveva mandato in cerca di selvaggina. I boschi erano vuoti come il villaggi, aveva detto una sera Dywen, mentre erano seduti attorno al fuoco. «Siamo un bel numero» era stata la risposta di Jon. «E con tutto il baccano che facciamo, li avremo spaventati noi, gli animali.»

«Qualcosa li ha spaventati di certo» aveva concluso Dywen.

Una volta che il cavallo si fu calmato, Spettro proseguì tranquillamente al suo fianco. Jon raggiunse Mormont mentre aggirava un folto sottobosco di arbusti di rovi.

«È partito l'uccello?» volle sapere il Vecchio orso.

«Sì, mio lord. Sam sta insegnando ai corvi a parlare.»

«Se ne pentirà presto» grugnì il Vecchio orso. «Quei pennuti balordi fanno un sacco di rumore, ma non dicono mai niente che valga la pena di sentire.»

Cavalcarono in silenzio per un po'. Alla fine, Jon disse: «Se anche mio zio Benjen ha trovato tutti questi villaggi vuoti...».

«... avrà di certo voluto scoprire il perché» concluse per lui lord Mormont. «E forse, qualcuno o qualcosa non voleva che lui lo scoprisse. Ebbene, una volta che Qhorin si sarà unito a noi, saremo trecento spade. Qualsiasi nemico ci aspetti là fuori, scoprirà che siamo un osso duro da masticarsi. Li troveremo, Jon, è una promessa.»

Jon Snow rimase in silenzio. "O sarà il nemico a trovare noi."

ARYA

Sotto il riverbero del sole, il fiume era uno scintillante nastro verde azzurro. Nelle anse dalla corrente impercettibilmente lenta lungo le sue rive, le canne crescevano fitte. Arya notò un serpente d'acqua che scivolava sinuoso poco sotto la superficie, esili increspature a tracciarne la scia. In alto, un falco roteava a cerchi lenti. Sembrava un luogo ameno, tranquillo... fino a quando Koss non vide l'uomo morto.

«Là, tra quelle canne» esclamò, indicandolo con il braccio teso.

Anche Arya lo vide. Era il cadavere di un soldato, gonfio e deformato dall'immersione. La sua cappa verde, fradicia, era impigliata in un ramo macerato. Un branco di piccoli pesci argentei stava banchettando con i resti della sua faccia.

«Ve l'avevo detto io che c'erano dei cadaveri» disse trionfante Lommy Maniverdi. «Lo sentivo dal sapore dell'acqua.»

«Dobber, guarda un po' se ha addosso niente che vale la pena di prendere» ordinò Yoren. «Maglia di ferro, coltello, monete, quello che trovi.»

L'anziano confratello nero diede di speroni e s'inoltrò nell'acqua, ma non fece molta strada: ben presto il suo cavallo si ritrovò a lottare contro il fango molle del fondale più profondo oltre le canne. Yoren fu costretto a desistere. Quando raggiunse la sponda, del tutto inferocito, il suo cavallo era coperto di melma fino alle giunture.

«Di qui non si passa. Koss, tu vieni con me a monte a cercare un guado. Woth e Garren, voi scendete a valle. Il resto di voialtri, aspettate qua. E mettete le sentinelle a guardia.»

Nella cintura del morto, Dobber trovò una sacca di cuoio. Dentro c'erano quattro monete di rame e una ciocca di capelli biondi legata da un piccolo nastro rosso. Lommy e Tarber si spogliarono nudi e andarono a farsi una nuotata. Lommy raccolse una manciata di melma e la lanciò verso Frittella.

«Frittella di fango!» gridò. «Frittella di fango!»

Nel carro di coda, Rorge imprecò e minacciò e urlò di toglierlo dai ceppi mentre Yoren era via, ma nessuno gli diede retta. Kurz prese un pesce a mani nude. Arya vide come aveva fatto: si era messo su una delle pozze più basse, immobile come acqua stagnante; quando il pesce gli era passato vicino, la sua mano era scattata ad afferrarlo, rapida come una vipera. Non sembrava difficile quanto prendere gatti. In fondo, i pesci non hanno unghie.

Era mezzogiorno quando gli altri ritornarono. Woth segnalò un ponte di legno circa mezzo miglio più a valle, ma qualcuno lo aveva bruciato.

«Forse riusciamo a far passare i cavalli a nuoto.» Yoren staccò un'ennesima foglia amara dalla balla sul carro. «Magari anche i somari, ma i carri, nemmeno a pensarci. C'è fumo a nord e a ovest, altri incendi. Può darsi che è questo qua il lato del fiume dove ci conviene stare.» Con un lungo bastone, tracciò un cerchio nel fango, con una linea che scendeva dal bordo. «Questo è l'Occhio degli Dei, con il fiume che scorre verso sud.» Poi fece un buco sotto il cerchio, a fianco della linea che indicava il fiume. «Noi siamo qui. Non possiamo andare a ovest del lago, come avevo pensato. E andando a est, torniamo sulla strada del Re.» Spostò il bastone nel punto d'incontro tra il cerchio e la linea. «Se ricordo bene, qui c'è una città. Il fortino è fatto di pietra, e lì sta anche un qualche signorotto. Un solo torrione, ma avrà delle guardie, e magari anche un cavaliere o due. Seguiamo il fiume in direzione nord e ci arriviamo prima del tramonto. Avranno delle barche, per cui sto pensando di venderci tutto quello che abbiamo per prenderne una.» Tracciò una diagonale da una parte del cerchio all'altra, da sud verso nord. «Se gli dei ci assistono, i venti saranno favorevoli e le vele ci porteranno attraverso l'Occhio degli Dei fino a Harrentown.» Conficcò la punta alla sommità del cerchio. «Qui possiamo comprare altri cavalli, oppure trovare rifugio a Harrenhal. È la dimora di lady Whent, e lei è sempre stata amica dei confratelli.»

«Harrenhal...» Gli occhi di Frittella si dilatarono. «Ci sono i fantasmi a Harrenhal.»

Yoren sputò. «Che si prendano questo, i tuoi fantasmi.» Buttò il bastone nel fango. «In sella.»

Arya ricordava bene le storie che la vecchia Nan raccontava su

Harrenhal. Il malvagio re Harren il Nero si era asserragliato entro le mura della sua fortezza, così Aegon aveva scatenato i suoi draghi e tramutato il maniero in un enorme rogo. Nan diceva, però, che gli spiriti infuocati continuavano a infestare le torri annerite. Uomini andavano a dormire nei loro letti e alla mattina dopo venivano trovati morti, bruciati come tizzoni. A tutto questo, Arya non credeva veramente e, in ogni caso, era accaduto tantissimo tempo prima. Frittella stava comportandosi da sciocco: non c'erano fantasmi a Harrenhal, c'erano cavalieri. Arya avrebbe potuto rivelare a lady Whent la sua vera identità, i suoi cavalieri l'avrebbero protetta e scortata fino a casa. Perché era questo che facevano i cavalieri: proteggevano la gente, soprattutto le donne. Forse la stessa lady Whent avrebbe aiutato anche la bimba in lacrime.

La pista lungo il fiume non era certo la strada del Re, ma non era nemmeno così malridotta e, per una volta tanto, i carri avanzavano senza problemi. Arrivarono in vista della prima casa a un'ora dal tramonto, una piccola fattoria dal tetto di paglia circondata da campi d'avena. Yoren andò avanti alla colonna, gridando, ma non ottenne alcuna risposta.

«Forse sono morti. O forse si nascondono. Dobber, Rey: con me.»

I tre uomini entrarono nella casa. Non ci rimasero per molto.

«Le pentole non ci sono più, e niente monete» mugugnò Yoren. «Niente animali. Scappati, mi sa. Forse sono fra quelli che abbiamo incontrato sulla strada del Re.»

Per lo meno, la casa e l'avena non erano state date alle fiamme e intorno non c'erano cadaveri. Sul retro, Tarber trovò un orto. Prima di rimettersi in marcia, riempirono i sacchi di cipolle, tuberi e cavoli.

Più avanti lungo la strada, individuarono il capanno di qualcuno che viveva nei boschi. Era circondato da vecchi alberi e da tronchi ordinatamente sistemati, pronti per essere tagliati a ciocchi. Ancora più avanti, incontrarono una malconcia casa su palafitte, la quale pencolava pericolosamente sulla riva del fiume, su pali alti dieci piedi. Entrambe le abitazioni erano deserte. Superarono altri campi di grano, d'orzo e d'avena le cui spighe scintillavano mature sotto il sole. Ma di uomini seduti all'ombra degli alberi o in movimento tra i filari con le falci, nessuna traccia. Alla fine, arrivarono in vista della città, un gruppo di case dipinte di bianco aggrappate alla muraglia del fortino, un grosso tempio dal tetto ricoperto di assi di legno, il torrione, dimora del lord del posto, sulla sommità di una piccola altura a occidente. Ma anche qui, nessuna traccia di persone.

«Non mi piace, ma ecco che cosa faremo...» Yoren rimase in sella, l'espressione corrucciata sotto il groviglio della barba. «Andremo a dare un'occhiata, con molta cautela. Forse si nascondono, forse hanno lasciato indietro una barca, o magari delle armi che possiamo usare.»

Il confratello in nero mise dieci uomini a guardia dei carri e della bambina che continuava a piangere, e suddivise il resto di loro in quattro gruppi di cinque per esplorare il villaggio. «Tenete occhi e orecchie bene aperte» avvertì prima di dirigersi verso il torrione, alla ricerca del lord del posto e dei suoi armigeri.

Arya si ritrovò insieme a Gendry, Frittella e Lommy. Woth, un individuo tozzo, dal ventre prominente, era stato rematore su una galea e quindi era quanto di più prossimo a un marinaio avessero a disposizione. Yoren gli disse di portarli sulla riva del lago a cercare una barca. Cavalcarono fra le case bianche deserte, e il silenzio sinistro dava ad Arya la pelle d'oca. Questa città vuota la spaventava quasi quanto il fortino distrutto e bruciato in cui avevano trovato la bambina piangente e la donna mutilata. Che cosa poteva aver spinto questa gente a scappare in fretta e furia abbandonando le loro case, abbandonando tutto quanto? Che cosa poteva averli terrorizzati fino a quel punto?

Il sole era basso sull'orizzonte a occidente, le case proiettavano lunghe ombre. Uno schianto secco indusse Arya a impugnare di scatto l'elsa di Ago, ma era solo un'imposta che sbatteva al vento. Dopo gli ampi spazi della riva del fiume, la vicinanza opprimente delle case le aveva portato i nervi allo scoperto.

Alla fine, oltre le ultime case e gli ultimi alberi, arrivarono in vista del lago. Arya diede di ginocchia nei fianchi del cavallo, aumentando l'andatura e superando al galoppo Gendry e Woth. Fu la prima a raggiungere il declivio erboso che conduceva alla sponda disseminata di sassi. Il sole al tramonto faceva apparire la quieta superficie delle acque come una lastra di rame. Il lago era immenso, il più grande che Arya avesse mai visto, talmente immenso che non si riusciva a vedere la sponda opposta. Verso sinistra, Arya notò una malridotta locanda costruita su robuste palafitte di legno. A destra, un lungo molo si protendeva sulle acque. C'erano altri pontili più lontano a est, simili a dita di legno che si diramavano dalla città. Ma l'unica barca in vista era uno scafo a remi rovesciato sulle rocce sotto la locanda, la chiglia marcia e corrosa.

«Sono proprio andati» fu costretta a constatare Arya, in tono di sconfitta. E adesso, che cosa avrebbero fatto, adesso?

«C'è quella locanda» disse Lommy arrivando sulla riva insieme agli altri. «Che abbiano lasciato qualcosa da mangiare? O magari della birra?»

«Andiamo a vedere» suggerì Frittella.

«Fregatevene della locanda» scattò Woth. «Yoren dice di cercare una barca.»

«Le hanno portate via tutte, le barche.»

E Arya era certa che fosse proprio così. Potevano anche rivoltare quell'intero villaggio come un guanto, ma non avrebbero trovato niente di più del vecchio scafo a remi marcio. Scoraggiata, scese da cavallo e andò a inginocchiarsi presso la battigia. L'acqua del lago le vorticò mollemente attorno alle gambe. Alcune lucciole apparvero a spezzare la penombra del crepuscolo, le loro minuscole luci che pulsavano a intermittenza. L'acqua era calda come le lacrime, senza quel loro sapore salato, però: aveva il sapore dell'estate e del fango e di cose che crescevano. Arya vi affondò il volto, lavando via la polvere, lo sporco e il sudore di quella giornata. Nel raddrizzarsi, rivoletti liquidi le scivolarono ai lati del collo, ruscellandole lungo la schiena. Le piacque, quella sensazione. Quanto avrebbe voluto togliersi i vestiti e farsi una nuotata, scivolando tra quelle acque verdi come una magra otaria rosa. Forse sarebbe riuscita a nuotare fino a Grande Inverno.

Woth le gridò di dare loro una mano per continuare a cercare. Arya non se lo fece ripetere. Andò a curiosare nelle rimesse e nei capanni, il suo cavallo che pascolava sulla riva. Quello che trovarono furono alcune vele, chiodi, secchi di catrame indurito e una gatta con una nidiata di gattini appena nati. Ma barche, niente.

La città era immersa in un'oscurità simile a quella di una foresta profonda quando Yoren e il suo gruppo tornarono.

«La torre è deserta» annunciò l'uomo in nero. «Il lord se n'è andato a combattere, o forse a portare i suoi sudditi al sicuro, impossibile dirlo con certezza. Non c'è un solo cavallo, né un solo maiale, ma metteremo comunque qualcosa sotto i denti: ho visto un'oca che se andava in giro, e qualche gallina. E c'è del buon pesce nell'Occhio degli Dei.»

«Le barche sono sparite» riferì Arya.

«Potremmo riparare il fondo della barca a remi» suggerì Koss.

«Porterebbe al massimo quattro di noi» ribatté Yoren.

«Ci sono i chiodi» intervenne Lommy «e ci sono alberi. Ce le potremmo costruire da soli, le barche.»

Yoren sputò. «E tu che ne sai di costruire barche, garzone di tintore?» A questo, Lommy non trovò niente da rispondere.

«Una zattera» suggerì Gendry. «Chiunque è capace di costruire una zattera, con dei lunghi pali per spingerla in avanti.»

Yoren assunse un'espressione pensosa: «Il lago è troppo profondo per attraversarlo a forza di pali. Ma se ci teniamo vicino alle rive... però dovremmo abbandonare i carri. Forse questo sarà un bene. Voglio dormirci sopra».

«Possiamo stare nella locanda?» domandò Lommy.

«Staremo nel fortino» rispose Yoren. «Con le porte sbarrate. Mi piace l'idea di avere attorno delle pareti di pietra quando dormo.»

«Non dovremmo stare qui, invece.» Arya non poté fare a meno di osservare. «La gente se n'è andata. Sono scappati tutti, perfino il loro lord.»

«Arry ha paura» sghignazzò Lommy.

«Non ho paura» ribatté lei, secca. «Loro sì, però.»

«Ragazzo in gamba» disse Yoren. «Il fatto è che quelli che stavano qui erano in guerra, che questo gli piaceva oppure no. Noi non siamo in guerra: i Guardiani della notte non si schierano, quindi nessun uomo è nostro nemico.»

"Ma nessun uomo è nostro amico" pensò Arya; questo, però, evitò di dirlo: Lommy e gli altri la stavano guardando, e lei non voleva fare la figura della codarda davanti a loro.

Le porte del fortino erano rinforzate da chiodi di ferro. All'interno trovarono una coppia di lunghe sbarre d'acciaio grosse come tronchi, le cui estremità andavano a innestarsi in fori nel basamento e in forche metalliche infisse nelle porte. Una volta che le ebbero sistemate, le sbarre formavano un'enorme "X". Non era di certo la Fortezza Rossa, rilevò Yoren una volta che ebbero esplorato il fortino da cima a fondo, ma era sempre meglio che niente e, per una notte, avrebbe fatto al caso loro. Le mura erano di pietra a secco, alte più di dieci piedi, con una passerella di assi che si sviluppava lungo tutto l'interno del perimetro. C'era anche una postierla sul lato nord e, sotto un mucchio di paglia, nella vecchia stalla di legno, Gerren scoprì una botola che conduceva in uno stretto tunnel che si snodava nel sottosuolo. Lo seguirono fino in fondo, emergendo sulla riva del lago. Yoren diede ordine di sistemare uno dei carri sulla botola, in modo da bloccarne l'accesso. Organizzò poi tre turni di guardia, mandando Tarber, Kurz e Cutjack sul torrione abbandonato a montare la guardia dal punto più alto. Nel momento in cui avessero avvistato un pericolo in arrivo, Kurz avrebbe dato fiato a un corno.

Portarono dentro carri e animali e sbarrarono le porte alle loro spalle. Anche se malridotta, la stalla era grande abbastanza da ospitare metà degli animali del villaggio. Il rifugio dove i paesani probabilmente si riparavano in caso di pericolo era anche più grande, una bassa struttura di pietra dal tetto di paglia. Koss uscì dalla postierla a nord e ritornò portando l'oca e due polli, e Yoren acconsentì ad accendere un fuoco. C'era una grande cucina nella fortezza, ma tutte le pentole e le padelle erano state portate via. Gendry, Dobber e Arya finirono di corvé. Dobber disse ad Arya di spennare il pollame mentre Gendry tagliava la legna. «Perché non posso tagliare io, la legna?» protestò lei, ma nessuno le diede retta. Depressa, Arya si mise a togliere le penne alle galline, mentre Yoren si sedette all'altro capo della panca, affilando la lama del pugnale con la pietra da cote.

Quando fu pronta la cena, ad Arya toccò una coscia di gallina e una mezza cipolla. Nessuno parlò molto, neppure Lommy. Più tardi, Gendry si appartò a pulire il suo elmo con le corna, un'espressione assente sul volto. La bambina continuò a lamentarsi e a piangere, ma quando Frittella le offrì un po' di carne d'oca, lei la divorò e ne chiese dell'altra.

Arya avrebbe avuto il secondo turno di guardia, così andò a sistemarsi nel rifugio, su un mucchio di paglia. Non riusciva a prendere sonno, per cui si fece prestare da Yoren la pietra da cote e si mise ad affilare la lama di Ago. Syrio Forel le aveva insegnato che una spada che non taglia è come un cavallo zoppo. Frittella venne a sedere sulla paglia accanto a lei, osservandola all'opera.

«Dov'è che l'hai trovata, una buona spada come quella lì?» le domandò. Arya gli lanciò un'occhiataccia e lui sollevò le mani in un gesto difensivo. «Non ho mica detto che l'hai rubata: ho solo chiesto dove l'hai trovata.»

«Me l'ha data mio fratello» mugugnò lei.

«Non lo avevi mai detto di aver un fratello.»

Arya fece una pausa, infilando una mano sotto la camicia per grattarsi. C'erano delle pulci nella paglia, ma in fondo, pulce più, pulce meno... «Ne ho molti, di fratelli.»

«Ah, sì? E sono più grandi di te, o più piccoli?»

"Non dovrei parlare di queste cose. Yoren mi ha detto di tenere il becco chiuso." «Più grandi» mentì lei. «E anche loro hanno grandi spade, spade lunghe da guerra, e mi hanno mostrato come si fa a uccidere quelli che mi danno fastidio.»

«Ti sto parlando, non dando fastidio.»

Frittella se ne andò, lasciandola sola a rannicchiarsi sul pagliericcio. Dall'estremità opposta del rifugio, continuava a venire il pianto della bambina. "Quanto vorrei che si mettesse tranquilla. Perché deve piangere sempre?"

Sognò un lupo che ululava, un suono talmente terribile che la fece svegliare di soprassalto. Non ricordava di essersi addormentata. Schizzò a sedere sulla paglia, il cuore che le martellava nel petto.

«Frittella, svegliati!» Arya si mise in piedi. «Woth, Gendry... Non sentite?» Infilò uno stivale.

Tutto attorno a lei, uomini e ragazzi si svegliavano e si alzavano dai pagliericci, guardandosi attorno. «Che succede?» fece Frittella. «Sentito cosa?» domandò Gendry. «Arry ha fatto un brutto sogno» disse qualcun altro.

«No, l'ho sentito, un lupo...» insistette lei.

«Arry ce li ha nella testa, i lupi» sogghignò Lommy.

«Lasciali ululare» intervenne Gerren. «Loro sono là fuori e noi siamo qua dentro.»

«Mai sentito di un lupo che riesce a espugnare un fortino» concordò Woth.

«Io non ho sentito niente» disse Frittella scuotendo il capo.

«Era un lupo!» urlò Arya in faccia a tutti loro, infilandosi il secondo stivale. «Qualcosa non va, qualcuno sta venendo... alzatevi!»

Prima che cominciassero a deriderla di nuovo, un suono lacerò la notte, solo che non si trattava affatto dell'ululato di un lupo: era il corno da caccia di Kurz, il segnale di pericolo. In un battito di ciglia, tutti quanti si vestirono in fretta e furia, afferrando le loro armi di fortuna. Arya volò fuori verso i portali, il corno che echeggiava di nuovo. Quando lei passò davanti alla stalla, Mordente si gettò furiosamente in avanti, sforzando i ceppi e Jaqen H'ghar, da dentro il carro dei prigionieri, le gridò: «Ragazzo! Caro ragazzo! È la guerra, la guerra rossa! Ragazzo, vieni a liberarci! Quest'uomo può combattere... Ragazzo!».

Arya lo ignorò e continuò a correre. Da oltre le mura giungevano ormai rombi di zoccoli e grida. Si precipitò sulla passerella. Il parapetto era troppo alto perché lei riuscisse a vedere al di là, così fu costretta a infilare le punte dei piedi nei risalti tra le pietre per riuscirci. Per un momento, ebbe come l'impressione che la città fosse stata invasa dalle lucciole, poi si rese conto che erano uomini muniti di torce, al galoppo fra le case vuote. Vide un tetto avvampare, le fiamme che si alzavano a lambire il ventre della notte mentre la paglia prendeva fuoco. Anche un altro tetto si tramutò in un braciere, e poi un altro, e un altro ancora. L'intero villaggio fu invaso dal fuoco.

Gendry si arrampicò al suo fianco, indossando l'elmo con le corna: «Quanti sono?».

Arya cercò di contarli, ma cavalcavano troppo in fretta, le loro torce che vorticavano nelle tenebre quando i cavalieri le lanciavano per appiccare altri incendi.

«Cento... duecento...» Arya scosse il capo. «Non lo so.» Le urla si facevano strada al di sopra del rombo delle fiamme. «Presto verranno da noi.»

«Guarda là.» Gendry indicò a braccio teso.

Una colonna di cavalieri si stava muovendo tra gli edifici in fiamme, avanzando verso il fortino. I bagliori dei roghi si riflettevano sugli elmi, gettando sfumature cremisi e arancioni sulle corazze e sulle maglie di ferro. Uno di loro teneva ritto uno stendardo su una lunga lancia. Arya credette di vedere che fosse rosso, ma nel buio della notte spezzata dagli incendi, era difficile dirlo con certezza. Tutto quanto appariva rosso, nero, arancione.

Il fuoco dilagò da una casa all'altra. Arya vide uno degli alberi consumarsi, le fiamme che strisciavano lungo i rami fino a che non rimase altro che un simulacro arancione pulsante contro il buio della notte. Adesso erano tutti svegli, impegnati a sorvegliare la passerella lungo le mura o a cercare di ammansire, nel cortile interno del forte, gli animali terrorizzati. Arya udì Yoren che lanciava ordini, quando qualcosa venne a urtare la sua gamba: la bambina piangente era venuta ad aggrapparsi a lei.

«Va' via!» Arya si divincolò, liberando la gamba. «Che cosa fai qui? Scappa, stupida! Nasconditi!» Così dicendo, cacciò via la bambina.

I cavalieri con le torce vennero ad ammassarsi davanti alle porte del fortino. «Voi, nella fortezza!» tuonò un cavaliere con un alto elmo ornato di una cresta a rostri. «Aprite! In nome del re!»

«E di quale re parli?» gridò in risposta il vecchio Reysen prima che Woth lo facesse tacere con una botta sulla nuca.

Yoren salì sulla fortificazione a lato del portale, la sua sbiadita cappa nera legata a un paletto di legno: «Restate dove siete! La gente della città se n'è andata!».

«E tu chi saresti, vecchio? Uno dei codardi di lord Beric?» replicò il cavaliere con l'elmo a cresta. «Se c'è quel grasso idiota di Thoros, lì dentro, chiedigli se gli piacciono questi, di fuochi!»

«Non c'è nessun Thoros, qui» ribatté Yoren. «Solo dei ragazzi arruolati nei Guardiani della notte.» Yoren sollevò più in alto il paletto, in modo che tutti potessero vedere il colore della sua cappa. «Guardate bene: nero, il colore della confraternita.»

«O anche il nero della Casa Dondarrion» gridò l'uomo che reggeva il vessillo nemico.

Ora, al chiarore baluginante della città che ardeva, Arya fu in grado di distinguerlo chiaramente: un leone dorato in campo porpora.

«Lo stemma di lord Beric è una saetta viola in campo nero» concluse l'alfiere.

Improvvisamente, Arya si ricordò della mattina in cui aveva tirato un'arancia in faccia a sua sorella Sansa, facendole colare la polpa su quel suo stupido abito di seta color avorio. C'era un qualche lord del Sud al torneo di Approdo del Re, e Jeyne, quella cretinetta amica di Sansa, s'era innamorata perdutamente di lui a prima vista. Aveva una saetta sullo scudo, quel cavaliere. E suo padre l'aveva mandato a staccare la testa al fratello del Mastino. Sembravano trascorsi mille anni da quel giorno, era come se quell'episodio fosse accaduto a qualcun altro, in un'altra vita... ad Arya Stark, figlia del Primo Cavaliere del re, non ad Arry, il ragazzo orfano. Il quale mai avrebbe potuto conoscere lord e vessilli.

«Sei cieco, uomo?» Yoren sventolò la cappa avanti e indietro, facendola schioccare. «Vedi forse una dannata saetta?»

«Di notte, tutti i vessilli sembrano neri» osservò il cavaliere con l'elmo a cresta. «Aprite... altrimenti vi considereremo fuorilegge alleati dei nemici del re.»

Yoren sputò. «Chi ha il comando fra di voi?»

«Io ho il comando.» I cavalli della prima linea si aprirono e i bagliori delle case che bruciavano si riflessero sulla corazza del destriero da guerra che emerse dal varco, cavalcato da un uomo tozzo, con una manticora sullo scudo e complicate istoriazioni che sembravano contorcersi sui pettorali della sua armatura. Dietro la celata del suo elmo, lasciata aperta, appariva una faccia pallida, porcina.

«Ser Amory Lorch, alfiere di lord Tywin Lannister di Castel Granito, Primo Cavaliere del re. L'unico vero re: Joffrey» si presentò in una voce stridula e acuta. «In suo nome, vi comando di aprire queste porte.»

Tutto attorno, la città abbandonata continuava a bruciare. L'aria della notte era satura di fumo, nembi di ceneri ardenti salivano verso il cielo nero, offuscando le stelle.

«Non vedo alcun bisogno di aprire» rispose Yoren in tono minaccioso. «Quello che fate a questa città non m'importa niente, ma a noi lasciateci in pace. Non siamo vostri nemici.»

"Guardate con gli occhi" avrebbe voluto dire Arya a quel Lorch e ai suoi uomini. «Ma non lo vedono che non siamo lord né cavalieri?» disse in un soffio.

«Non credo gl'importi, Arry» sussurrò Gendry in risposta.

Allora Arya osservò la faccia di Lorch, lo fece nel modo in cui Syrio le aveva insegnato e capì che Gendry aveva ragione.

«Se non siete traditori, aprite le porte» insistette ser Amory. «Accerteremo che dite la verità e continueremo per la nostra strada.»

«Te l'ho detto» ribatté Yoren continuando a masticare una foglia amara. «Qua ci siamo soltanto noi. Vi do la mia parola.»

Il cavaliere con l'elmo a rostri sghignazzò: «Il corvo nero ci dà la sua parola».

«Cos'è, vecchio, ti sei perso?» lo derise uno dei lancieri. «La Barriera è mille miglia a nord di qui.»

«Ti comando ancora una volta» esclamò ser Amory «in nome di re Joffrey, di dare prova della lealtà che professi aprendo queste porte.»

Yoren rimase a rifletterci su per un lungo momento, senza smettere di masticare, poi sputò rosso. «Non credo che lo farò.»

«E sia. Disobbedite a un ordine del re, quindi vi proclamate tutti ribelli, mantello nero o no.»

«Ho solamente dei ragazzini qui dentro» insistette Yoren.

«I ragazzini muoiono come tutti gli altri. E lo stesso vale per i vecchi.» Ser Amory Lorch fece un gesto impercettibile e una lancia partì sibilando da una delle ombre illuminate dalle fiamme dietro di lui. Il bersaglio doveva essere Yoren, ma fu Woth, in piedi accanto a lui, a essere colpito. La punta della lancia lo centrò alla base della gola e gli fuoriuscì dalla nuca, scura e gocciolante. Woth riuscì ad afferrare l'asta, poi crollò dalla passerella come un sacco di stracci.

«Date l'assalto alle mura e uccideteli tutti.» Ser Amory ordinò con voce quasi annoiata.

Altre lance volarono nel buio. Arya afferrò Frittella per il retro della tunica e lo trascinò giù. Da oltre le mura, mescolati alle grida e alle imprecazioni degli uomini di Lorch e al rumore degli zoccoli dei cavalli, giungevano il tintinnare delle armature, il fruscio delle spade estratte dai foderi, il pestare delle lance contro gli scudi. Una torcia salì roteando sopra le teste degli assediati e si abbatté sul terreno del cortile interno, lasciando dietro di sé una scia di dita fiammeggianti.

«Alle armi!» ringhiò Yoren. «Sparpagliatevi sulla passerella, difendete le mura in tutti i punti in cui attaccano. Koss, Urreg: alla postierla. Lommy: tira fuori quella lancia da Woth e vieni quassù a prendere il suo posto.»

Frittella lasciò cadere la spada corta nel tentativo di estrarla. Arya la raccolse, rimettendogliela in pugno. «Io...» Frittella aveva gli occhi dilatati. «Io non la so usare, la spada.»

«È facile...» La menzogna che Arya stava per dire le morì in gola quando la prima mano nemica venne ad afferrare il bordo del parapetto. Arya la vide alla luce delle fiamme che bruciavano la città, così distintamente che pareva come se il tempo si fosse arrestato: una mano dalle dita tozze, callose, con ciuffi di peli che crescevano sulle nocche. C'era dello sporco accumulato sotto l'unghia del pollice. "La paura uccide più della spada" rammentò quando la sommità curva di un elmo apparve dietro la mano.

Arya calò la lama con tutte le sue forze. «Grande Inverno!» urlò nello sferrare il colpo. L'acciaio di Ago, forgiato nella fucina di Grande Inverno, azzannò le dita. Il sangue zampillò, falangi mutilate volarono via, e il volto dietro l'elmo svanì, rapidamente com'era apparso.

«Dietro di te!» urlò Frittella.

Arya vorticò su se stessa. Il secondo nemico era barbuto, senza elmo, il pugnale tra i denti in modo da avere entrambe le mani libere per arrampicarsi. Mentre cercava di portare una gamba oltre il parapetto, Arya gli fu addosso cercando d'infilzarlo tra gli occhi, ma Ago nemmeno lo sfiorò: l'uomo barbuto si tirò indietro, perse la presa e cadde. "Spero che picchi con la faccia e si stacchi la lingua."

«Non guardare me, stupido!» Arya urlò a Frittella. «Guarda loro!»

Quando un terzo assalitore raggiunse la sommità, Frittella lo colpì ripetutamente sulle mani finché l'uomo cadde.

Ser Amory non aveva scale, ma le mura del fortino erano costruite con pietre grezze a secco, facili da scalare. E i nemici sembravano non finire mai. Per ognuno che Arya infilzava, mutilava o ricacciava indietro, ce n'era subito un altro che arrivava al parapetto. Il cavaliere con l'elmo a rostri raggiunse la cima, ma Yoren gli avvolse la cappa attorno alla lancia. Mentre il nemico cercava di liberarsi, il confratello nero gl'infilò il pugnale in gola.

Ogni volta che Arya guardava in alto, vedeva il cielo pieno di torce che volavano ad arco dentro il fortino, seguite da lunghe lingue fiammeggianti che rimanevano impresse nel suo sguardo. Vide lo stendardo con il leone dorato in campo porpora e pensò a Joffrey. Quanto avrebbe voluto piantare Ago nella sua faccia sogghignante.

Quando quattro uomini andarono all'assalto del portale, Koss li abbatté con le frecce uno dopo l'altro. Dobber trascinò un altro soldato giù dalla passerella e Lommy gli schiantò il cranio a colpi di pietra prima che questi riuscisse a rialzarsi, ma il suo ululato di vittoria morì nel vedere la daga che sporgeva dal ventre di Dobber e nel capire che nemmeno lui si sarebbe rialzato.

Arya saltò oltre il cadavere di un ragazzo non più vecchio di Jon, che giaceva sul terreno con un braccio mozzato. Non pensava di essere stata lei a ridurlo a quel modo, ma non ne era certa. Udì Qyle che implorava clemenza, prima che un cavaliere con una vespa incisa sullo scudo gli schiantasse la faccia con una mazza ferrata. C'era nell'aria un fetore di sangue e fumo e ferro e piscio, ma poi tutto quanto si fuse nello stesso odore repellente. Non vide l'uomo scarno che scalava il muro, ma quando apparve gli fu addosso con Gendry e Frittella. La spada di Gendry lo colpì all'elmo, facendoglielo volare via dalla testa. Sotto, l'uomo era calvo, con un'aria spaventata e i denti radi, la barba chiazzata di grigio. Ad Arya quasi dispiacque per lui, ma lo uccise comunque, al grido di «Grande Inverno! Grande Inverno!», mentre Frittella urlava «Frittella! Frittella!», le loro lame che scavavano nel suo collo rugoso.

Gendry strappò la spada al cadavere e corse nel cortile per continuare a combattere. Lo sguardo di Arya si spostò dietro di lui e vide ombre d'acciaio correre per il fortino, la luce delle fiamme che rimbalzava sulle armature e sulle lame. Capì che erano riusciti a penetrare dalle mura, in qualche punto, o forse avevano sfondato la postierla. Saltò dalla passerella, atterrando a fianco di Gendry nel modo che le aveva insegnato Syrio. La notte era piena del cozzare dell'acciaio, delle grida dei feriti e dei morenti. Per un istante, Arya non seppe che fare, né da che parte andare. C'era morte tutto attorno a lei.

«Ragazzo!» le urlò in faccia Yoren, in piedi di fronte a lei, scuotendola. «Vattene via! È finita: abbiamo perso! Raduna tutti quelli che puoi, lui e lui e gli altri... I ragazzi, portali fuori. Subito!»

«Da dove?»

«Dalla botola» gridò Yoren brandendo la spada a due mani. «La botola nella stalla!»

Detto questo, il confratello nero tornò a farsi inghiottire dalla furia del combattimento.

Arya afferrò Gendry per un braccio. «Ha detto di andare!» gli gridò. «Nella stalla... quel tunnel.»

Dietro le feritoie nell'elmo, gli occhi del Toro scintillavano al chiarore delle fiamme. Gendry annuì. Chiamarono Frittella, ancora sulle mura, e trovarono Lommy Maniverdi che giaceva al suolo e perdeva sangue da una ferita di lancia al polpaccio. Trovarono anche Gerren, ma era troppo malridotto per riuscire a muoversi. Stavano correndo verso la stalla, quando Arya individuò la bambina piangente seduta nel mezzo di tutto quel caos, circondata da fiamme e da cadaveri. L'afferrò per una mano e l'aiutò a rialzarsi, mentre gli altri continuavano a correre. La bambina non si mosse. Arya la schiaffeggiò, ma non servì. Cercò allora di trascinarla nella fuga con la mano destra, tenendo Ago nella sinistra. Più avanti, la notte era diventata di un rosso cupo. "La stalla... sta bruciando!" Una delle torce era caduta nella paglia, e ora tentacoli di fuoco salivano a contorcersi su per i muri. Si udivano provenire dall'interno le grida degli animali terrorizzati.

Frittella apparve sulla soglia: «Arry! Muoviti! Lommy è già andato... Lasciala se non vuole muoversi!».

Ostinatamente, Arya continuò a trascinare la bambina piangente. Frittella tornò dentro, abbandonandola, ma Gendry venne in suo aiuto; l'incendio si rifletteva sulle corna del suo elmo, traendone bagliori talmente intensi da farle sembrare coperte d'oro. Le raggiunse, afferrò la bambina e se la issò su una spalla. «Corri!»

Varcare la porta della stalla fu come entrare in una fornace: l'aria era piena di fumo, la parete di fondo un unico lenzuolo di fuoco. I cavalli e gli asini nitrivano, calciavano, arretravano. "Poveri animali..." pensò, poi vide il carro con le sbarre e i tre uomini ai ceppi. Mordente continuava a tirare le catene, e il sangue gli ruscellava lungo le braccia dai polsi scavati dal metallo. Rorge urlava bestemmie, prendendo a calci le assi del pavimento del carro. «Ragazzo!» la chiamò Jaqen H'ghar. «Caro ragazzo!»

La botola era appena a qualche passo ma il fuoco avanzava come un'ondata divorante, consumando il vecchio legno e la paglia secca più in fretta di quanto avesse immaginato. Arya rivide il volto del Mastino, orribilmente bruciato.

«Il tunnel è stretto» disse Gendry. «Come facciamo a fare passare anche la bambina?»

«Trascinala, spingila...» suggerì Arya.

«Bravi ragazzi, cari ragazzi.» Jaqen stava tossendo.

«Toglieteci via queste catene del cazzo!» gridò Rorge.

Gendry li ignorò. «Vai tu per prima, poi lei, poi io. Presto, la strada è lunga.»

«Quando hai tagliato la legna» Arya si guardava attorno «dove hai lasciato la scure?»

«Fuori, vicino al rifugio.» Gendry gettò una rapida occhiata agli uomini in catene. «Preferirei salvare i somari. Non c'è più tempo, Arry!»

«Porta via la bambina... Portala via, via!» gli gridò Arya, poi corse nuovamente fuori dalla stalla incendiata, il fuoco che la inseguiva con zanne roventi. Era meravigliosamente fresco, là fuori, ma c'era anche la morte, là fuori. Vide Koss gettare a terra la spada e arrendersi, ma gli uomini di ser Amory lo fecero a pezzi lì dove si trovava. L'aria era satura di fumo e non c'era traccia di Yoren, ma l'ascia era dove Gendry aveva detto, presso la pila di legna fuori del rifugio. Arya la strappò dal ceppo nell'istante stesso in cui una mano coperta di maglia di ferro si chiudeva attorno al suo braccio. Arya roteò su se stessa e inferse un colpo con la lama della scure fra le gambe dell'altro. Non lo vide in faccia, vide solo la cascata di sangue scuro che colava dalle fessure della sua cotta.

Tornare nella stalla fu la cosa più difficile che avesse mai fatto in vita sua: il fumo si riversava fuori dalla porta simile a una serpe nera che si contorceva. Tutti urlavano, uomini e asini e cavalli. Arya si morse il labbro e si lanciò attraverso la porta, tenendosi bassa per evitare il fumo più denso.

Uno degli asini, intrappolato all'interno di un cerchio di fiamme, urlava di terrore e di dolore. L'atmosfera era satura del lezzo del pelo carbonizzato. Il tetto non c'era più e una grandinata di pezzi di legno e grumi di paglia avvolti dal fuoco ricadeva senza sosta. Arya si premette una mano sul naso e sulla bocca. Non riusciva a vedere il carro, completamente celato dal fumo. Poteva però udire le urla di Mordente. Strisciò verso di esse.

E poi vide una delle ruote torreggiare su di lei. Mordente si lanciò nuovamente in avanti tirando le catene e facendo sussultare l'intero carro. Jaqen la vide, ma c'era troppo fumo per parlare, troppo fumo perfino per respirare. Arya gettò l'ascia dentro il carro. Rorge l'afferrò, la sollevò alta sopra la testa, fiumi di sudore nerastro che gli ruscellavano lungo la faccia priva di naso. Mentre Arya correva via tossendo, udì l'acciaio della scure pestare contro il legno, pestare di nuovo, e di nuovo. Poi ci fu uno schianto simile a un rombo di tuono: l'intero fondo del carro crollò al suolo in un'esplosione di schegge.

Arya si tuffò nel tunnel e cadde per quasi cinque piedi. Si ritrovò con la bocca piena di fango, ma non le importava: le piaceva quel gusto di fango, di acqua, di vermi e di vita. Sotto la terra, l'aria era fresca e buia. Sopra la terra, non c'era altro che sangue e bagliori rossastri e fumo soffocante e le urla dei cavalli che bruciavano vivi. Arya fece ruotare il fodero di Ago in modo che la spada non le intralciasse i movimenti e cominciò a strisciare in avanti. Dopo una dozzina di piedi, udì un rumore, parve il ruggito di una qualche orribile bestia. Una nube rovente, fatta di fumo purpureo e di calore torrido si gonfiò alle sue spalle, piena dell'odore degl'inferi.

Arya trattenne il fiato, affondando il volto nella melma del fondo del tunnel e pianse. Ma non sapeva per chi.

TYRION

La regina non era disposta ad aspettare Varys. «Il tradimento è una cosa già abbastanza turpe in sé» disse con furia «ma qui si tratta di una spudorata infamia, e non ho alcun bisogno che sia quel disgustoso eunuco a dirmi che cosa fare con i colpevoli!»

Tyrion prese le lettere dalle mani di Cersei e le confrontò una accanto all'altra. Erano copie del medesimo testo, del tutto identiche, solo scritte da mani diverse.

«Maestro Frenken ha ricevuto la prima missiva al Castello Stokeworth» precisò il gran maestro Pycelle. «La seconda copia è arrivata da lord Gyles.»

Ditocorto si arricciò la barba: «Se Stannis ha voluto perdere tempo con gente come loro, è pressoché certo che anche tutti gli altri lord dei Sette Regni ne hanno ricevuto copia».

«Voglio che tutte queste lettere vengano distrutte» dichiarò Cersei. «Dalla prima all'ultima. Nemmeno un brandello del loro contenuto deve arrivare alle orecchie di mio figlio... o di mio padre.»

«A questo punto, temo che a nostro padre sia già arrivato ben più di un brandello» replicò Tyrion in tono secco. «Senza dubbio Stannis avrà mandato un corvo a Castel Granito e un altro a Harrenhal. Distruggere le lettere? Che differenza fa più ormai? La canzone è cantata, il vino versato e la puttana ingravidata. Il che, in verità, potrebbe non essere così tragico come pare.»

«Ma sei uscito di senno?» Cersei gli si rivoltò contro, gli occhi verdi accesi dal furore. «Non hai letto quello che dice? Il "ragazzo Joffrey", lo chiama. E osa accusare me d'incesto, di adulterio, di tradimento!»

"Lo fa solo perché sei colpevole." Era davvero sorprendente vedere come Cersei diventasse isterica di fronte ad accuse che sapeva perfettamente essere vere. "Se dovessimo perderla, questa guerra, avrebbe comunque una splendida carriera come guitto: l'arte della finzione ce l'ha proprio nel sangue."

Tyrion rimase ad aspettare che la regina avesse finito, poi replicò: «Stannis deve avere un pretesto per giustificare la sua ribellione. Che cos'altro ti aspettavi che scrivesse, Cersei? Joffrey è il vero figlio di mio fratello Robert e il legittimo erede al Trono di Spade, che io però intendo comunque portargli via».

«Ma io non ho intenzione di sopportare di essere chiamata puttana!»

"Perché ti scaldi, sorellina? Stannis non ha mica insinuato che Jaime ti ha pagato." Tyrion fece finta di esaminare nuovamente lo scritto. C'era una frase discutibile... «Nel nome del Signore della luce» lesse. «Strana scelta di parole.»

Pycelle si schiarì la gola: «Sono parole che spesso appaiono nelle lettere e nei documenti delle città libere. Il loro significato non è altro che, diciamo, "scritto nel nome di dio". Il dio dei preti rossi. Usarle, ritengo, è loro costume».

«Varys ci raccontò, alcuni anni fa, che lady Selyse si era fatta coinvolgere da un prete rosso» ricordò loro Ditocorto.

«E ora pare che anche il lord suo marito abbia fatto lo stesso.» Tyrion tamburellò le dita sulle lettere. «Qualcosa che possiamo usare contro di lui, facendo pressione sul sommo septon per indurlo a rivelare come Stannis abbia non solo rinnegato il suo legittimo re ma anche gli dei.»

«Sì, sì...» disse la regina con impazienza. «Ma prima bisogna impedire che questo sconcio si diffonda ulteriormente. Il Concilio deve emettere un editto: qualsiasi uomo che verrà udito parlare d'incesto o che chiamerà Joffrey bastardo si ritroverà con la lingua mozzata.»

«Una prudente contromisura» annuì il gran maestro Pycelle, la catena del suo ordine che tintinnava nel movimento.

«Una cretinata» sospirò Tyrion. «Strappare la lingua a un uomo non significa affatto provare che sia un bugiardo. È come dire al mondo intero che si ha paura di ciò che quell'uomo può dire.»

«Per cui, che cosa dovremmo fare, secondo te?» domandò sua sorella.

«Ben poco. Che mormorino pure, finiranno con l'annoiarsi di questa storiella molto presto. Perfino il più fesso degli individui non tarderà a capire che si tratta solo di un debole tentativo per giustificare l'usurpazione della corona. Stannis sta forse offrendo prove? E come potrebbe» Tyrion rivolse alla sorella il più delicato dei sorrisi «visto che il fattaccio di cui parla non è mai accaduto?»

«Precisamente» dovette concedere Cersei. «E tuttavia...»

«Maestà, tuo fratello vede la situazione con chiarezza.» Petyr Baelish intrecciò le dita. «Se tentassimo di far tacere queste dicerie, otterremmo il solo risultato di dare loro maggior credito. Meglio trattarle con distaccato disprezzo, da quelle patetiche menzogne che sono. E nel frattempo, combattere il fuoco col fuoco.»

«Che genere di fuoco?» domandò Cersei, lanciandogli uno sguardo indagatore.

«Una storia della medesima natura diffamatoria, forse. Ma che sia anche più credibile. Lord Stannis ha passato la maggior parte del matrimonio lontano dalla moglie. Non che lo biasimi: se fossi sposato io con lady Selyse, farei lo stesso. Ciononondimeno, se mettessimo in giro la voce che la loro figlia è una bastarda e che Stannis è un perfetto cornuto, be'... Il popolino è sempre incline a credere il peggio per quanto riguarda i loro lord, particolarmente quelli duri, acidi e pomposamente orgogliosi come Stannis Baratheon.»

«Non è mai stato troppo amato, questo è vero.» Cersei considerò la proposta. «Ripagarlo della stessa moneta... Sì, mi piace questa idea. Chi potremmo indicare come amante di lady Selyse? Ha due fratelli, credo di ricordare. E uno dei suoi zii è rimasto con lei alla Roccia del Drago per tutto questo tempo...»

«Ser Axell Florent è il suo castellano.» Per quanto Tyrion detestasse ammetterlo, il piano di Ditocorto aveva una sua validità. Stannis non era mai stato innamorato di sua moglie, ma era malfidente per natura e, nel momento in cui veniva messo in gioco il suo onore, reagiva come un toro infuriato. Se loro fossero stati in grado di seminare discordia tra lui e i suoi seguaci, questo avrebbe solamente aiutato la loro causa. «La bambina ha le orecchie a sventola dei Florent, mi viene detto.»

Ditocorto fece un gesto languido. «Una volta, un mercante di Lys mi disse che lord Stannis doveva amare davvero molto sua figlia, dal momento che aveva disseminato statue di lei lungo tutte le mura della Roccia del Drago. "Mio lord" dovetti contraddirlo "quelle statue sono doccioni".» Baelish fece un sogghigno. «Ser Axell potrebbe di certo servire come padre di Shireen ma a mio parere, quella che trova il maggior credito è sempre la fola più assurda. Stannis tiene a corte questo giullare particolarmente grottesco, Macchia, lo chiamano, un demente dalla faccia tatuata.»

L'espressione del gran maestro Pycelle si riempì di sdegno: «Lord Baelish, certamente non intenderai suggerire che lady Selyse abbia fornicato con un giullare demente?».

«E chi se non un giullare demente vorrebbe fornicare con Selyse Florent?» ribatté Ditocorto. «Senza dubbio Macchia le ricorda Stannis. Inoltre, le migliori menzogne contengono sempre un seme di verità, quanto basta per indurre chi le ascolta a pensarci sopra un momento. Il giullare è totalmente devoto alla fanciulla, e la segue dovunque lei vada. Per certi versi, addirittura si assomigliano. Anche la faccia di Shireen è coperta di chiazze e paralizzata per metà.»

Pycelle era smarrito: «Ma ciò è stato causato dalla malattia che per poco non la uccise da bambina, povera piccola».

«Preferisco la mia, di storiella» insistette Ditocorto. «E lo stesso varrà per il popolino. La maggior parte di loro crede che se una donna gravida mangia coniglio, il figlio che nascerà avrà lunghe orecchie flosce.»

Cersei concesse a Ditocorto il genere di sorriso che di solito riservava a Jaime. «Lord Petyr, quale creatura maligna sei.»

«Grazie, maestà.»

«E anche un fenomenale bugiardo» intervenne Tyrion, con molto meno calore. "Quest'essere è più pericoloso di quanto pensassi."

Gli occhi grigioverdi di Ditocorto incontrarono quelli asimmetrici del Folletto senza la benché minima traccia di disagio. «Ognuno di noi ha i propri doni di natura, mio lord.»

La regina era troppo presa dalla propria brama di vendetta per notare lo scambio verbale tra loro. «Fatto cornuto da un giullare dalla mente bacata! Stannis si farà ridere dietro in ogni singola taverna su questa riva del mare Stretto.»

«La storia però non dovrebbe provenire da noi» obiettò Tyrion. «Altrimenti verrà percepita come una menzogna di ripicca.» "Cosa che è di certo."

«Le puttane adorano i pettegolezzi.» Fu di nuovo Ditocorto a offrire la risposta. «E io, guarda caso, sono proprietario di alcuni bordelli. Senza dubbio, Varys farà girare con piacere le voci giuste nelle birrerie e nelle taverne.»

«A proposito di Varys...» Cersei corrugò la fronte. «Dov'è finito?»

«Mi stavo domandando la stessa cosa, maestà.»

«Il Ragno tessitore allestisce le sue segrete tele giorno e notte» disse sinistramente il gran maestro Pycelle. «Non nutro grande fiducia nell'eunuco, miei lord.»

«E pensare che ha sempre tali e tante parole gentili nei tuoi confronti.» Tyrion scivolò giù dalla sedia. Era perfettamente al corrente di che cosa stesse tramando l'eunuco, ma non era nulla che gli altri membri del Concilio dovessero udire. «E ora, miei lord, spero vogliate scusarmi. Altri doveri mi chiamano.»

«Doveri verso il re?» domandò Cersei, con sospetto.

«Nulla di cui tu debba darti pensiero.»

«Questo voglio essere io a giudicarlo.»

«E rovinarti la sorpresa?» Tyrion sorrise. «Sto facendo fare un regalo per Joffrey. Una piccola collana.»

«Non ha nessun bisogno di un'altra collana. Ha molto più oro e argento di quanto potrà mai indossare. E se anche solo per un momento tu credi di poter comprare l'amore di Joffrey con dei regali...»

«Ma andiamo, sorellina. Io di sicuro ho già l'amore del nostro re, e lui ha il mio. Inoltre, credo che questa particolare collana un giorno sarà a lui più cara di qualsiasi altro monile.» E con questo, il Folletto fece un inchino e si dileguò.

Bronn era in attesa fuori della sala del Concilio, pronto a scortarlo alla Torre del Primo Cavaliere.

«I fabbri sono radunati nella tua sala udienze» disse mentre attraversavano il cortile interno. «In attesa della tua compiacenza.»

«Senti, senti: "in attesa della mia compiacenza". Mi piace il suono di questa frase, Bronn. Proprio da perfetto cortigiano. La prossima volta, magari ti vedrò fare anche un bell'inchino.»

«Fottiti, nano.»

«Quello è lavoro di Shae.» Tyrion udì la voce di lady Tanda chiamarlo cinguettando dalla sommità della scala a spirale della Fortezza Rossa. Lui fece finta di niente e aumentò l'andatura. «Fa' preparare la mia portantina. Uscirò dal castello non appena avrò finito con questa udienza.»

Due dei Fratelli della Luna montavano la guardia alla porta della torre. Tyrion li salutò cordialmente, ma quel sorriso si dissipò alla sola idea di dare la scalata alla torre, un'impresa che gli faceva inevitabilmente dolere le gambe troppo corte.

Nelle sue stanze, trovò un ragazzino di circa dodici anni che stava disponendo gli abiti sul letto. Era Podrick Payne, il suo scudiero, talmente timido da essere furtivo. Tyrion non riusciva a scrollarsi di dosso il sospetto che suo padre gli avesse inflitto quel ragazzo in una sorta di scherno.

«Il tuo abbigliamento è pronto, mio signore» mormorò il ragazzo sentendo entrare il Folletto, lo sguardo fisso sui suoi stivali. Anche quando trovava il coraggio di parlare, Pod proprio non ce la faceva a guardare in faccia l'interlocutore. «Per l'udienza. E anche la tua collana, la collana del Primo Cavaliere.»

«Molto bene. Ora aiutami a vestirmi.»

Il farsetto era di velluto nero, costellato di borchie dorate lavorate a testa di leone. Le maglie della collana d'oro massiccio erano a forma di mano, le dita dell'una che andavano ad afferrare il polso di quella successiva. A tutti gli effetti, il Primo Cavaliere del re era "la mano" del re. Pod gli portò una cappa di seta color porpora orlata d'oro e tagliata per la sua altezza. Indossata da un uomo normale, sarebbe stata solo un mezza cappa.

La sala privata delle udienze del Primo Cavaliere non era grande quanto quella del re, ed era ben lontana dalla vastità della sala del Trono di Spade, ma a Tyrion piacevano i tappeti di Myr, gli arazzi alle pareti, il senso d'intimità.

Nel momento in cui fece il suo ingresso, il suo attendente annunciò: «Tyrion Lannister, Primo Cavaliere del re». Anche quell'introduzione gli piaceva, e parecchio.

L'accolta di fabbri, armaioli e mercanti di ferro che Bronn aveva radunato si prostrò istantaneamente in ginocchio. Il Folletto scalò l'alto scranno al di sotto della finestra circolare dorata e fece loro cenno di rialzarsi.

«Miei signori, so che tutti voi avete molto da fare, pertanto sarò molto breve. Pod, cortesemente, procedi pure.»

Il ragazzo gli porse un sacco di tela. Tyrion sciolse il nodo dello spago che lo chiudeva e ne rovesciò il contenuto sul pavimento. Ci fu un tonfo attutito di metallo contro il tappeto di lana spessa.

«Ho fatto fabbricare questi oggetti nella forgia del castello. Ne voglio altri mille, esattamente come questi.»

Uno dei fabbri si chinò a esaminare il manufatto che giaceva a terra: tre giganteschi anelli d'acciaio, connessi uno all'altro. «Catena possente» commentò.

«Possente, certo. Ma troppo corta» replicò il Folletto. «Proprio come me, per certi versi. Voglio una catena come questa, ma molto più lunga. Hai un nome, fabbro?»

«Mi chiamano Ventre di ferro, mio signore.» Il fabbro era tozzo e tarchiato, vestito dimessamente di lana e di cuoio, ma le sue braccia erano massicce quanto il collo di un toro.

«Voglio che ogni fucina di Approdo del Re si metta a fabbricare anelli come questi e a connetterli uno all'altro» riprese Tyrion. «Ogni altro lavoro deve essere messo da parte. Voglio che tutti gli uomini a conoscenza dell'arte di lavorare il metallo, mastri, operai o anche semplici apprendisti, siano assegnati a questo compito. Ogni volta che mi ritroverò a passare per la strada dell'Acciaio, voglio sentire i martelli in azione, giorno e notte. Infine voglio un uomo, un uomo forte, che si assuma la responsabilità di supervisionare il tutto. Sei tu quell'uomo, fabbro Ventre di ferro?»

«Potrei esserlo, mio signore. Ma come la mettiamo con le cotte di maglia e le spade che ha ordinato la regina?»

«Sua maestà ci ha comandato di fabbricare maglie di ferro e armature» intervenne un altro fabbro «spade, daghe e asce da guerra in gran numero. Per armare le nuove cappe dorate, mio signore.»

«Le cappe dorate possono aspettare» dichiarò Tyrion. «La catena viene prima di qualsiasi altra cosa.»

«Chiedo venia, mio lord, ma la regina ha detto che quelli di noi che non saranno in grado di far fronte all'ordine, avranno le mani schiacciate...» l'ansioso fabbro continuò «schiacciate sulle loro stesse incudini.»

"Adorabile Cersei, non perdi proprio occasione per farti amare dal popolino." «Nessuno avrà le mani schiacciate. Avete la mia parola.»

«Il prezzo del ferro è molto aumentato» riprese Ventre di ferro. «Ne sarà necessario molto per costruire la catena che richiedi. E anche molto carbone, per i fuochi delle forge.»

«Lord Baelish farà in modo che abbiate tutti i fondi necessari» promise Tyrion, sperando di poter contare su Ditocorto quanto meno per questo. «Darò ordine alla Guardia cittadina di aiutarvi a reperire il ferro. Fondete ogni singolo ferro di cavallo di Approdo del Re, se necessario.»

Un uomo anziano si fece avanti, elegantemente vestito di una ricca tunica damascata con fibbie d'argento e di una cappa foderata di pelo di volpe. S'inginocchiò a terra, chinandosi a esaminare i grossi anelli di metallo che Tyrion aveva rovesciato sul pavimento.

«Mio lord» annunciò in tono cupo. «Questa è una manifattura grezza, a essere generosi. Non c'è arte in essa. Appropriata per comuni fabbri, questo è indubbio, per uomini che piegano ferri di cavallo e martellano pentole. Ma io, piaccia a milord, sono un mastro armaiolo. Questo non è lavoro per me, né per gli altri miei colleghi mastri. Noi fabbrichiamo spade affilate come canti di gloria, e armature che gli dei indosserebbero. Ma questo... questo no.»

Tyrion inclinò la testa di lato e scoccò all'uomo uno dei suoi sguardi asimmetrici: «Qual è tuo nome, mastro armaiolo?».

«Salloreon, piaccia a milord. E se il Primo Cavaliere del re mi permette, sarei estremamente onorato di forgiare per lui un'armatura completa congruente con la sua nobile Casa e con il suo alto uffizio.» Due fabbri sogghignarono, ma Salloreon continuò imperterrito. «Corazza a scaglie, direi. Le scaglie dorate e luminose quanto il sole, la corazza smaltata nel porpora scuro dei Lannister. Per l'elmo, suggerirei una testa di demone, coronata da alte corna dorate. Quando scenderai in battaglia, mio signore, gli uomini si ritrarranno terrorizzati.»

"Una testa di demone..." Tyrion annuì con aria compresa. "Ma che fa, allude, forse?"

«Mastro Salloreon, è da questo scranno che intendo combattere il resto delle mie battaglie. Sono quei grezzi anelli di ferro che mi servono, non corna dorate. Per cui, lascia che la metta in questo modo: o fabbricherai queste catene, o le indosserai. A te la scelta!»

Tyrion scese dallo scranno e uscì dalla sala delle udienze senza degnare nessuno di uno sguardo.

Bronn era rimasto ad aspettarlo sul portale della Fortezza Rossa con la portantina pronta e una scorta a cavallo di barbari delle Orecchie Nere.

«Sai dove siamo diretti» gli disse Tyrion, accettando una mano per montare in cabina.

Aveva fatto il possibile per nutrire la città affamata. Aveva dato l'incarico a svariate centinaia di carpentieri di mettersi a costruire barche da pesca invece di catapulte, aveva fatto aprire la foresta del Re a tutti quei cacciatori che osassero attraversare il fiume, aveva addirittura mandato le cappe dorate a dare una mano con i raccolti a ovest e a sud di Approdo del Re. Eppure, sguardi accusatori gli si piantavano addosso ovunque andasse. Le tende della portantina riuscivano a isolarlo da quelle occhiate, una pace che gli dava anche modo di pensare.

Mentre avanzavano lentamente lungo lo stretto vicolo delle Ombre nere ai piedi della collina di Aegon, Tyrion rifletté sugli eventi di quel mattino. L'ira di sua sorella le aveva impedito di rendersi conto del vero significato della lettera di Stannis Baratheon. Senza prove valide, le sue accuse non avevano alcun valore. Il punto focale era un altro: Stannis si proclamava re. "E Renly? Lui come la prenderà, questa?" Non potevano di certo sedersi entrambi sul Trono di Spade.

Il Folletto scostò di poco la tendina per dare uno sguardo nelle strade. Guerrieri delle Orecchie Nere cavalcavano su ambo i lati della portantina, le macabre collane appese al collo, e Bronn sgombrava il passaggio alla testa del corteo. Nello scrutare i passanti che osservavano la portantina, Tyrion s'impegnò in una piccola gara con se stesso: distinguere la gente qualunque dagli informatori. "Quelli dall'aria più sospetta sono quasi certamente innocenti" decise. "Sono quelli che sembrano innocenti gl'individui da cui mi devo guardare."

La sua destinazione si trovava dietro la collina di Rhaenys e, con le strade affollate che c'erano, ci volle quasi un'ora perché la portantina finalmente si arrestasse. Al brusco interrompersi del movimento, Tyrion si riscosse con un sussulto dal torpore in cui era scivolato. Si fregò gli occhi, cercando di tornare del tutto cosciente, e accettò di nuovo la mano di Bronn per smontare.

La casa era a due livelli, pietra al piano terreno, tronchi a quello superiore. Una torretta cilindrica si levava a uno degli angoli dell'edificio. Molte delle finestre erano impiombate. Sulla porta di accesso, un'elaborata lanterna, un globo di metallo dorato munito di vetri colorati, oscillava nel vento.

«Questo è un bordello» fece notare Bronn. «Che vuoi fare qui?»

«Di solito» replicò Tyrion «che cosa si fa un bordello?»

Il mercenario rise: «Shae non ti basta?».

«Shae andava bene come prostituta da campo, ma adesso non siamo più sul campo. I piccoli uomini hanno grandi appetiti, e mi dicono che le ragazze di questo posto sono degne di un re.»

«Il ragazzo ha gli anni giusti?»

«Non Joffrey, Robert. Questo era uno dei suoi terreni di caccia preferiti.» "Per quanto, anche Joffrey potrebbe avere gli anni giusti. Idea interessante, questa." «Se tu e le Orecchie Nere avete voglia di divertirvi, fate pure, ma vi avverto che le ragazze di Chataya sono costose. Ci sono casini più a buon mercato lungo tutta la strada. Lascia qui un uomo che sappia dove trovare gli altri per quando sarò pronto a rientrare.»

«Come ordini» annuì Bronn.

Quanto alle Orecchie Nere, i loro sogghigni andavano da un orecchio all'altro.

La donna che lo attendeva oltre la porta era alta e ammantata di sete fluenti. La sua pelle era scura come ebano, i suoi occhi avevano le sfumature del legno di sandalo.

«Sono Chataya» annunciò con un profondo inchino. «E tu sei...»

«Non prendiamo l'abitudine di fare nomi» ribatté Tyrion. «I nomi sono pericolosi.»

L'aria odorava di essenze esotiche. Il pavimento sotto i suoi piedi era istoriato a mosaico: mostrava due donne avvolte una sull'altra in un atto erotico.

«Piacevole ambiente.»

«Ho compiuto molti sforzi per renderlo tale.» La voce di Chataya era come ambra liquida, ammorbidita dall'accento delle lontane isole dell'Estate. «Sono lieta che il Primo Cavaliere sia soddisfatto.»

«I titoli possono essere pericolosi come i nomi» ammonì Tyrion. «Mostrami alcune delle tue ragazze.»

«Con mia grande delizia. Scoprirai che la loro dolcezza è pari alla loro bellezza, e che sono esperte in tutte le arti amorose.»

Chataya si avviò con grazia, costringendo Tyrion e tenerle dietro alla meglio sulle sue gambette arcuate lunghe la metà delle sue.

Da dietro un ornato séparé di Myr, istoriato con forme di fiori, elfi e fanciulle sognanti, poterono osservare senza essere visti una sala comune in cui un vecchio stava suonando un'allegra aria con uno strumento a fiato. In un'alcova piena di cuscini, un tiroshi dalla barba di un rosso acceso, visibilmente ubriaco, stava dedicandosi a una formosa prostituta appollaiata sul suo ginocchio. Le aveva slacciato il corpetto, versando un esile rigagnolo di vino suoi seni e accingendosi a leccarlo. Presso una finestra a vetri colorati, altre due ragazze stavano giocando a domino. Quella con le lentiggini portava una corona di fiori azzurri tra i capelli biondo miele. La carnagione dell'altra era nera e levigata come ebano lucidato: aveva grandi occhi scuri e seni piccoli, appuntiti. Indossavano entrambe fluenti abiti di seta stretti in vita da cinture ornate con perline. I raggi del sole filtravano dai vetri colorati e si insinuavano sotto il tessuto sottile, mettendo in risalto i loro corpi flessuosi. Tyrion sentì una certa agitazione nel basso ventre.

«Suggerisco rispettosamente la ragazza con la pelle scura» disse Chataya.

«È giovane.»

«Sedici anni, mio lord.»

"L'età giusta per Joffrey" si disse Tyrion, ripensando a quello che aveva detto Bronn. La sua prima ragazza era stata anche più giovane. Tyrion ricordava ancora quanto era stata timida mentre si sfilava il vestito dalla testa. Lunghi capelli neri e occhi talmente azzurri da potercisi tuffare. E lui l'aveva fatto. Tanto, tanto tempo prima... "Che razza d'infame imbecille sei, nano."

«Viene dalla tua terra, questa ragazza?»

«Il suo sangue è il sangue dell'estate, mio lord, ma mia figlia è nata qui, ad Approdo del Re.»

L'espressione di Tyrion dovette tradire tutta la sua sorpresa, poiché Chataya si affrettò a spiegare: «Per la mia gente, non c'e vergogna a essere trovati nella casa dei cuscini. Nelle isole dell'Estate, chi è abile nel dare piacere viene tenuto in alta considerazione. Molti giovani di lignaggio e molte fanciulle continuano a servire per alcuni anni dopo la loro fioritura, per rendere onore agli dei».

«E gli dei che cosa c'entrano?»

«Gli dei creano i nostri corpi e anche le nostre anime, non è forse così? Ci danno la voce, perché noi si possa venerarli con il canto. Ci danno le mani, perché noi si possa erigere loro i templi. Ci danno il desiderio, perché noi si possa goderne e in questo modo onorarli.»

«Ricordami di dirlo al sommo septon» annuì Tyrion. «Se potessi pregare con il mio cazzo, sarei un tipo molto più religioso.» Poi fece un cenno con la mano. «Accetterò volentieri il tuo consiglio.»

«Convocherò quindi mia figlia. Vieni.»

La ragazza andò loro incontro alla base delle scale. Era più alta di Shae, ma non alta quanto Chataya. Fu comunque costretta a chinarsi perché Tyrion potesse baciarla.

«Il mio nome è Alayaya» la sua voce recava appena una traccia dell'accento della madre. «Vieni, mio signore.»

Lo prese per mano e lo guidò a salire due rampe di scale, conducendolo poi per un lungo corridoio. Da dietro una delle porte chiuse venivano ansiti e gridolini di piacere, da un'altra, sussurri e risate sommesse. Tyrion sentì il proprio membro premere contro i lacci delle brache. "Questo potrebbe rivelarsi un evento umiliante" pensò. Seguì Alayaya su per un'altra rampa di scale, fino alla stanza nella torretta. C'era un'unica porta. La ragazza lo precedette dentro, poi chiuse la porta. Un grande letto a baldacchino troneggiava nel locale, accanto a un alto armadio decorato con istoriazioni erotiche si apriva una stretta finestra di vetro colorato a rombi gialli e rossi.

«Sei bellissima, Alayaya» le disse Tyrion dopo che lei ebbe chiuso la porta. «Dalla testa ai piedi, ogni singola parte di te è splendida. Al momento però, la parte di te che più m'interessa è la tua lingua.»

«Il mio signore scoprirà che la mia lingua è ben preparata. È da quand'ero bambina che ho imparato quando usarla e quando invece no.»

«Mi fa piacere.» Tyrion sorrise. «Allora, che cosa facciamo, adesso? Qualche suggerimento?»

«Se il mio signore vorrà aprire il guardaroba» rispose Alayaya «troverà ciò che cerca.»

Tyrion si esibì in un signorile baciamano, quindi entrò nell'armadio vuoto. Alayaya richiuse le porte alle sue spalle. A tentoni, il Folletto andò alla ricerca del pannello di fondo, lo trovò e lo sentì scivolare di lato sotto la sua spinta, aprendolo del tutto. La cavità dietro la parete era immersa in un'oscurità assoluta. Sempre a tentoni, Tyrion arrivò a contatto con una superficie di metallo. La sua mano si serrò attorno al gradino di una scala metallica. Col piede, raggiunse il gradino inferiore e cominciò a scendere nel condotto immerso nelle tenebre. Molto al di sotto del livello della strada, il pozzo si apriva in un tunnel inclinato e lì, ad aspettarlo con una candela in mano, c'era Varys.

Solo che non era affatto il solito Varys profumato e incipriato: indossava una maglia di ferro sopra una tunica di cuoio trattato. Alla cintola aveva pugnale e spada corta. Sotto un tozzo elmo chiodato, era in agguato un volto segnato, coperto da un'incolta barba nera.

«Chataya è stata di tua soddisfazione, mio signore?»

«Quasi troppo» ammise Tyrion. «Sei certo che questa donna sia affidabile?»

«In questo turpe, crudo mondo non si può mai essere certi di nulla, mio lord. Chataya ha ben poche ragioni per amare la regina, mio lord. Inoltre sa di doverti dei ringraziamenti per averla liberata di Allar Deem. Vogliamo procedere?»

Il Ragno tessitore si avviò lungo il tunnel. "Perfino il modo in cui cammina è diverso" notò Tyrion. E invece del profumo alla lavanda, era il lezzo di vino rancido e di aglio che circondava la figura di Varys.

«Non male questo tuo nuovo abbigliamento» commentò il Folletto mentre procedevano.

«La mia professione non mi consente di muovermi per le strade protetto da una colonna di cavalieri. Così, quando lascio il castello, adotto i travestimenti del caso. E in questo modo, mio lord, vivo più a lungo per poterti meglio servire.»

«Il cuoio ti dona. Perché non ti presenti così alla prossima sessione del Concilio?»

«Tua sorella non approverebbe, mio lord.»

«Mia sorella se la farebbe nelle mutande.» Tyrion sorrise nell'oscurità. «Non ho visto traccia di spie di mia sorella che mi seguivano.»

«Sono lieto di sentirlo, mio signore. Alcuni degli informatori della regina sono anche miei informatori, a sua insaputa, e sarei dolente di scoprire che sono diventanti imprudenti al punto da farsi notare.»

«Ebbene, io sarei ancora più dolente al pensiero di essermi calato in un buio guardaroba e di aver sofferto le pene di una rinuncia erotica per niente.»

«Per niente? Non direi proprio» lo rassicurò Varys. «Loro sanno che sei qui. Se uno di loro sarà temerario al punto da penetrare nella casa di Chataya sotto le mentite spoglie di un normale cliente, questo non posso dirlo. Ma è sempre meglio commettere sbagli cercando di essere quanto più cauti possibile.»

«Perché il bordello ha un passaggio segreto?»

«Il tunnel venne scavato per conto di un altro Primo Cavaliere, il cui onore gl'impediva di entrare e uscire da simili luoghi apertamente. Chataya ha mantenuto gelosamente il segreto sulla sua esistenza.»

«Ma non è stato un segreto per te.»

«Gli uccelli piccoli volano attraverso molti tunnel oscuri. Fa' attenzione, gli scalini sono ripidi.»

Emersero da una botola nel retro di una stalla, dopo aver percorso una distanza di circa tre isolati sotto la collina di Rhaenys. Quando Tyrion richiuse con un tonfo il coperchio della botola, un cavallo nitrì brevemente nel suo recinto. Varys spense la candela e la sistemò su una trave. Tyrion si diede un'occhiata in giro: c'erano un mulo e tre cavalli nella stalla. Il Folletto si avvicinò a un cavallo pezzato e gli controllò i denti.

«Vecchio» rilevò. «E credo che anche di fiato ne abbia poco.»

«Non è un cavallo sul quale andare in guerra, questo è vero» ammise Varys. «Ma farà quello che deve e non attirerà l'attenzione. Lo stesso vale per gli altri. Quanto agli stallieri, vedranno e udranno solo gli animali.»

Da un perno, l'eunuco staccò un mantello. Come indumento, era grezzo, ruvido e sbiadito dal sole, ma era anche molto ampio.

«Se mi consenti, mio lord...» Lo sistemò sulle spalle di Tyrion, avvolgendolo dalla testa ai piedi, sollevando il cappuccio in modo da tenergli celato il volto. «Gli uomini vedono solo quello che si aspettano di vedere.» Varys continuò a drappeggiare e a tirare stringhe. «I nani non sono altrettanto frequenti quanto i bambini, per cui, sarà un bambino ciò che vedranno. Un ragazzo in una vecchia cappa sul cavallo di suo padre, intento ad accompagnarlo nei suoi affari. Credo comunque che sarebbe meglio se c'incontrassimo di notte.»

«Lo credo anch'io... specialmente dopo la giornata di oggi. Al momento però, Shae mi attende.»

Tyrion l'aveva sistemata in una villa protetta da mura sul perimetro nordest di Approdo del Re. Il posto non era troppo lontano dal mare, ma lui non aveva ancora osato andarci per timore di essere seguito.

«Quale cavallo scegli?»

Tyrion si strinse nelle spalle: «Questo andrà bene».

«Lascia che gli metta la sella.» Varys staccò coperta e sella da un altro uncino.

Tyrion si sistemò il mantello, camminando avanti e indietro con aria irrequieta. «Ti sei perso un Concilio quanto mai agitato. Stannis Baratheon si è proclamato re, sembra.»

«Lo so.»

«Accusa mio fratello e mia sorella d'incesto. Mi domando che cosa abbia attizzato in lui un simile sospetto.»

«Forse ha letto un certo libro e ha notato il colore dei capelli di un certo ragazzo bastardo. Stessa cosa che fecero Ned Stark e Jon Arryn prima di lui. O forse qualcuno gli ha sussurrato una parolina all'orecchio.» Nemmeno la risata dell'eunuco era il suo solito ridacchiare acuto, ma un rombo più basso, più gutturale.

«Qualcuno come te, per esempio?»

«Sarei uno dei sospetti, adesso? No, mio lord, io non c'entro.»

«Ma se invece c'entrassi, lo ammetteresti?»

«Naturalmente no. Ma perché mai dovrei tradire adesso un segreto che ho custodito così a lungo? Un conto è ingannare un re, ben altro conto è nascondersi il grillo parlante tra gli abiti e la moneta d'oro sotto il materasso. Per di più, i bastardi sono sempre stati sotto gli occhi di tutti.»

«Vuoi dire i figli bastardi di Robert? Che sai in proposito?»

«Per quanto ne so, ne ha messi al mondo ben otto» disse Varys sollevando la sella. «Le loro madri erano bionde e castane, rosse e brune... eppure tutti i figli hanno i capelli neri come l'ala di un corvo. E sono altrettanto dannati, si direbbe. Così, quando Joffrey, Myrcella e Tommen sono scivolati fuori fra le gambe di tua sorella, la verità non è stata poi così difficile da intuire.»

Tyrion scosse il capo. "Se solo la mia cara sorellina avesse messo al mondo almeno un figlio nato da suo marito, questo sarebbe servito a dissipare tutti i sospetti... Ma in quel caso, Cersei non sarebbe Cersei."

«D'accordo, Varys, se non sei tu ad avere tradito, allora chi è stato?»

«Un qualche traditore» l'eunuco strinse il sottopancia. «Nessun dubbio in merito.»

«Ditocorto?»

«Ho forse fatto nomi?»

«La sai una cosa, lord Varys?» Tyrion lasciò che l'eunuco lo aiutasse a montare in sella. «Certe volte, ti vedo come il mio miglior amico in tutta Approdo del Re. Altre volte, credo che tu sia il mio peggior nemico.»

«Ma che stranezza, mio lord. Anch'io penso esattamente la stessa cosa di te.»

BRAN

I suoi occhi erano già aperti quando le pallide dita della luce dell'alba si fecero strada tra le imposte.

C'erano ospiti a Grande Inverno, visitatori venuti per la festa del raccolto. Quella mattina, si sarebbero impegnati con le quintane nel cortile. Prospettiva che, un tempo, avrebbe riempito Brandon Stark di eccitazione. Ma questo era stato prima.

I Walder avrebbero incrociato le lance con gli scudieri della scorta di lord Manderly, ma Bran non sarebbe stato coinvolto in alcun modo. A lui sarebbe toccato fare la parte del principe nel solarium di suo padre. «Rimani ad ascoltare con attenzione» aveva detto maestro Luwin. «E forse comincerai a imparare che cosa significa essere un lord.»

Ma Bran non aveva mai chiesto di essere un lord, né un principe. Diventare un cavaliere, questo lui aveva sognato da sempre. Lucide armature e vessilli al vento, lancia e spada, un cavallo da guerra tra le gambe. Per quale ragione doveva sprecare intere giornate stando ad ascoltare dei vecchi che parlavano di cose che lui capiva a stento? "Perché sei uno storpio" gli ricordò una voce nella sua mente. A un lord seduto su uno scranno dotato di cuscini era consentito essere zoppo – i due Walder dicevano che il lord loro nonno era talmente debole da dover essere accompagnato in portantina pressoché dappertutto – ma non a un cavaliere sul suo destriero. Infine, Bran era consapevole dei suoi doveri. «Sei l'erede di tuo fratello e sei lo Stark di Grande Inverno.» Ser Rodrik Cassel non aveva perso l'occasione di rammentargli come Robb sedeva a fianco del lord loro padre quando i suoi alfieri ve nivano a fare visita al castello.

Lord Wyman Manderly era arrivato da Porto Bianco due giorni prima, al termine di un viaggio compiuto in barca e in carrozza, poiché era troppo grasso per riuscire a stare in sella a un cavallo. Con lui, era arrivata anche una lunga colonna di vassalli: cavalieri, scudieri, lord minori, nobili signore, araldi, musicanti, perfino un giocoliere, il tutto immerso in uno scenario di stendardi e di farsetti da caleidoscopio di cinquanta colori. Bran aveva dato loro il benvenuto a Grande Inverno stando seduto sull'alto scranno di pietra del lord suo padre, con i metalupi scolpiti nei braccioli. In seguito, ser Rodrik si era complimentato con lui per come si era portato. Se la cosa fosse finita lì, a Bran sarebbe anche andata bene. Invece, quello era stato solo il principio.

«La festa è un piacevole pretesto» aveva spiegato ser Rodrik «ma nessuno attraversa centinaia di leghe per un'ala d'anatra arrosto e per un sorso di vino. Sono solamente coloro che hanno cose importanti da discutere con noi ad affrontare il viaggio.»

Bran sollevò lo sguardo al soffitto di pietra sopra di lui. Robb gli avrebbe detto di non fare il ragazzino, nessun dubbio in merito. Poteva quasi sentirlo, e anche il lord loro padre. "L'inverno sta arrivando, e tu sei quasi un uomo fatto, Bran. Hai dei doveri."

Così, quando Hodor era arrivato nella stanza, sorridendo e canticchiando senza parole, il giovanissimo Stark si era ormai rassegnato al suo destino. Con l'aiuto di Hodor, si lavò e si pettinò. «Il farsetto di lana bianca» decise Bran. «E il fermaglio d'argento. Ser Rodrik vorrà che abbia un aspetto da lord.»

Per quanto possibile, Bran preferiva vestirsi da solo. C'erano però alcune fasi, come tirarsi su le brache e allacciarsi gli stivali, che continuavano a dargli dei problemi. Con l'aiuto di Hodor, diventava tutto più semplice. Una volta che all'innocuo gigante veniva insegnato qualcosa, lui la eseguiva abilmente. Per quanto la sua forza fosse incredibile, le sue mani erano sempre delicate.

«Scommetto che anche tu avresti potuto essere un cavaliere» gli disse Bran. «Se gli dei non ti avessero portato via il senno, saresti stato un grandissimo cavaliere.»

«Hodor?» gli occhi castani di Hodor ammiccarono, occhi del tutto privi della capacità di comprendere.

«Sì» disse Bran. «Hodor.» Quindi indicò con il braccio teso un cesto appeso a un perno a lato della porta d'ingresso. Era di vimini solidamente intrecciato, munito di due corregge di cuoio e di due fori in cui fare passare le gambe di Bran. Hodor fece scivolare le braccia entro le corregge e serrò l'ampia cintura attorno alla vita, quindi s'inginocchiò accanto al letto. Bran si puntellò alle sbarre fissate nelle pietre del muro e fece oscillare il peso morto dei propri arti inferiori all'interno del cesto, facendo scorrere le gambe nei due fori.

«Hodor» ripeté Hodor, alzandosi.

Il giovane stalliere era alto quasi sette piedi. Quando si trovava sulle sue spalle, Bran sentiva la testa sfiorare il soffitto, e fu costretto a chinarsi per passare sotto lo stipite della porta. Qualche tempo prima, Hodor aveva sentito l'odore del pane fresco appena sfornato nelle cucine e si era messo a correre. Bran aveva pestato la testa talmente forte che maestro Luwin era stato costretto a dargli alcuni punti sul cuoio capelluto. Per proteggerlo da ulteriori urti, Mikken gli aveva dato un vecchio elmo rugginoso privo di celata prelevato in armeria. Bran però non lo usava quasi mai: ogni volta che glielo vedevano in testa, i due Walder si mettevano a ridere.

Bran appoggiò le mani sulle spalle di Hodor mentre scendevano le scale a spirale della torre. All'esterno, i clangori di scudi, spade e cavalli già risuonavano nel cortile, come una musica suadente. "Darò solo un'occhiata" si disse Bran. "Solo una rapida occhiata. Niente di più."

I signorotti di Porto Bianco sarebbero apparsi più tardi, insieme ai loro cavalieri e ai loro armigeri. Ma fino ad allora, il cortile era dei loro scudieri, i quali andavano dall'età di dieci anni fino ai quaranta. Bran aveva talmente voglia di essere uno di loro da avere i crampi allo stomaco.

Nel cortile erano state erette due quintane: robusti plinti sostenevano bilancieri girevoli, con uno scudo da un lato e uno sbalzo imbottito dall'altro. Gli scudi erano stati dipinti alla meglio nei colori porpora e oro, ma i leoni dei Lannister erano tutti distorti e sformati, la vernice già scrostata dai primi colpi che i ragazzi avevano inferto.

L'apparizione di Bran attirò gli sguardi di quelli che lo vedevano per la prima volta, ma lui aveva imparato a fare finta di niente. Per lo meno, aveva la prospettiva migliore: dall'alto delle spalle di Hodor dominava tutti quanti. Vide i due Walder che montavano in sella. Dalle Torri Gemelle avevano portato raffinate armature, corazze di argento lucidato con ornamenti blu smaltati. La cresta dell'elmo di Grande Walder era a forma di castello, Piccolo Walder aveva preferito pennacchi di seta blu e grigia. Anche i loro scudi e le loro sopratuniche contribuivano a farli distinguere uno dall'altro. Piccolo Walder esibiva le torri gemelle, simbolo dei Frey, insieme al cinghiale fulvo della nobile Casa di sua nonna e all'aratore di quella di sua madre: rispettivamente i Crakehall e i Darry. Gli emblemi di Grande Walder erano l'albero coperto di corvi della Casa Blackwood e i serpenti attorcigliati dei Paege. "Devono avere una gran fame d'onori" pensò Bran mentre li osservava afferrare le lance. "Tutto quello che serve a uno Stark è il meta-lupo."

Montavano corsieri grigi con gualdrappa, animali veloci, forti e splendidamente addestrati. Fianco a fianco, andarono entrambi all'assalto delle quintane. Entrambi colpirono gli scudi al primo colpo, sfrecciando oltre ben prima che lo sbalzo delle quintane roteasse colpendoli. Piccolo Walder aveva picchiato più duro, rilevò Bran, ma Grande Walder aveva galoppato meglio. Avrebbe dato entrambe quelle sue inutili gambe pur di affrontare uno o l'altro di loro.

Piccolo Walder gettò a terra la sua lancia scheggiata, notò Bran e gli si avvicinò. «Quello sì che è un brutto cavallo» disse, annuendo verso Hodor.

«Hodor non è affatto un cavallo» ribatté Bran.

«Hodor» disse Hodor.

Grande Walder arrivò al trotto accanto al cugino. «Be', di sicuro non è astuto come un cavallo.» Alla battuta, alcuni dei giovani di Porto Bianco sghignazzarono e si diedero di gomito.

Tutto allegro, Hodor spostò lo sguardo da un Walder all'altro, ignaro dei loro scherni. «Hodor hodor?»

L'animale di Piccolo Walder nitrì brevemente. «Visto? Stanno anche facendo conversazione. Forse "hodor" vuole dire "ti amo" nel linguaggio dei cavalli.»

«Chiudi quella bocca, Frey.» Bran sentì le guance che gli avvampavano.

Piccolo Walder diede un leggero colpo di speroni, facendo avanzare il cavallo fino a urtare Hodor, costringendolo ad arretrare. «E che succede se invece la bocca non la chiudo?»

«Succede che ti scatena contro quel suo lupo, cugino» lo mise in guardia Grande Walder.

«Faccia pure. Ho sempre desiderato una cappa di pelle di lupo.»

«Estate ti stacca la testa con un solo morso, ciccione» dichiarò Bran.

Piccolo Walder picchiò un pugno guantato di maglia di ferro contro la corazza pettorale: «Il tuo lupo ha forse denti d'acciaio, per mordere attraverso questa?».

«Basta così!»

La voce di maestro Luwin echeggiò nel cortile come un rombo di tuono. Da quanto tempo stesse ascoltando, Bran non fu in grado di dirlo... ma era stato sufficiente a farlo infuriare, era chiaro.

«Simili minacce sono inaccettabili, e non voglio sentirne altre. È forse questo il modo in cui ti comporti alle Torri Gemelle, Walder Frey?»

«Mi comporto come voglio.» In sella al suo corsiero, Piccolo Walder allungò a Luwin uno sguardo torbido, quasi a dire: "Sei un semplice maestro, come osi rimproverare un Frey del Guado?".

«Be', questo non è il modo in cui i protetti di lady Stark dovrebbero comportarsi a Grande Inverno. Perché è nata questa discussione?» Il maestro passò lo sguardo da uno all'altro dei due ragazzi. «Me lo direte, e me lo direte subito, altrimenti...»

«Stavamo deridendo Hodor» confessò Grande Walder. «Sono dispiaciuto se abbiamo offeso il principe Bran. Volevamo solo essere spiritosi.» Quanto meno, ebbe la buonagrazia di apparire contrito.

«È vero.» Piccolo Walder invece fece soltanto finta di esserlo. «Volevamo solo fare dello spirito.»

La zona calva sulla sommità del cranio di Luwin divenne di un colore rosso acceso. L'anziano dotto era addirittura più inferocito, adesso, Bran se ne rese conto immediatamente.

«Un bravo lord conforta e protegge i deboli e gli sfortunati» disse ai Frey. «Non permetterò che voi facciate Hodor oggetto di scherzi crudeli, mi sono spiegato? È un giovane dal cuore d'oro, diligente e obbediente. Molto di più di quanto possa dire di voi due.» Il maestro puntò contro Piccolo Walder un indice accusatore. «Quanto a te, ti terrai fuori dal parco degli dei e lontano dai meta-lupi, o ne risponderai a me.» Facendo svolazzare le sue ampie maniche, Luwin si girò e se ne andò a passi veloci, gettando una rapida occhiata alle proprie spalle. «Andiamo, Bran. Lord Wyman ti attende.»

«Hodor, segui il maestro» comandò Bran.

«Hodor» concordò Hodor. Con le sue lunghe falcate, fu sui gradini della Grande Fortezza che Hodor raggiunse il maestro, le cui gambe marciavano furiosamente. Maestro Luwin tenne aperta la porta e Bran si aggrappò al collo di Hodor e abbassò la testa mentre la superavano.

«I Walder...» fece per dire Bran.

«Non voglio più parlarne, la cosa è risolta.» Maestro Luwin appariva stanco e con i nervi tesi. «Eri nel giusto a difendere Hodor, ma non avresti dovuto trovarti nel cortile. Mentre ti aspettavano, ser Rodrik e lord Wyman hanno già rotto il digiuno. Dovevo proprio venire a prenderti, Bran, come se fossi un bambino piccolo?»

«No, maestro...» Bran era pieno di vergogna. «Mi dispiace. Volevo solo...»

«So quello che volevi» il tono di maestro Luwin si addolcì. «Sarei felice se tu potessi ancora farlo, Bran. Hai domande da porre prima di procedere a questa udienza?»

«Parleremo di guerra?»

«Tu non parlerai di niente.» Il tono tagliente era tornato nelle parole del maestro. «Sei ancora un ragazzino di otto anni...»

«Quasi nove!»

«Otto» ribadì Luwin con fermezza. «Limitati a rispondere educatamente, e solo se sono ser Rodrik o lord Wyman a rivolgersi a te.»

Bran annuì: «Lo ricorderò».

«Non dirò niente a ser Rodrik di quanto è successo tra te e i Frey.»

«Ti ringrazio, maestro.»

Sistemarono Bran sui cuscini di velluto grigio dello scranno di quercia che era stato di suo padre, a capo di un lungo tavolo di legno a cavalletti. Ser Rodrik sedette alla sua destra e maestro Luwin – munito di penna d'oca, inchiostro e un rotolo di pergamena per annotare tutto quello che sarebbe stato detto – si sistemò alla sua sinistra. Bran passò una mano sul legno scabro del piano del tavolo e chiese a lord Wyman di scusarlo per il ritardo.

«Perché dici così? Nessun principe è mai in ritardo» replicò amabilmente il signore di Porto Bianco. «Sono quelli che arrivano prima di lui a essere in anticipo, tutto qui.»

Wyman Manderly aveva una risata gioviale e tonante. Non c'era da stupirsi se non era in grado di mettersi su una sella: a guardarlo, sembrava pesare più di qualsiasi cavallo. Tanto loquace quanto vasto, esordì con la richiesta che Grande Inverno confermasse i nuovi ufficiali doganali che aveva nominato a Porto Bianco. Invece di pagare i tributi al nuovo re del Nord, i loro predecessori avevano trattenuto le somme in argento per erogarle ad Approdo del Re. «Anche re Robb deve coniare la sua moneta» dichiarò lord Wyman. «E Porto Bianco è proprio il posto adatto per fabbricarla.» Si offrì di occuparsi della cosa, con il compiacimento del re. Quindi procedette a illustrare come aveva fatto rafforzare le difese del porto, entrando nel dettaglio del costo di ogni nuova fortificazione.

Oltre alla zecca, lord Wyman propose anche di costruire per Robb una flotta da guerra. «Sono ormai centinaia di anni che ci ritroviamo privi di forza navale, da quando Brandon l'Incendiario distrusse con il fuoco le navi di suo padre. Fornitemi l'oro necessario, e nel giro di un anno sarò in grado di mettere in acqua un numero di galee sufficiente a prendere non solo Approdo del Re ma anche la Roccia del Drago.»

Sentendo parlare di navi da guerra, l'interesse di Bran si accese. Nessuno glielo aveva chiesto, ma considerava ottimo il suggerimento di lord Manderly. Nella mente, lui già poteva vederle, quelle navi. Chissà se uno storpio poteva comandarne una. Ma ser Rodrik si limitò a promettere di inviare la proposta a Robb perché venisse considerata, mentre maestro Luwin continuava a verbalizzare ogni cosa.

Il mezzogiorno arrivò e passò. Maestro Luwin inviò Tym il Foruncoloso nelle cucine a prendere un pranzo a base di formaggio, capponi e pane nero di segale. Nell'andare all'assalto di uno dei volatili con le sue dita grassocce, lord Manderly chiese gentilmente di lady Hornwood, una sua cugina. «È una Manderly, lo sapevate? E forse, una volta che il lutto avrà fatto il suo corso, forse non le dispiacerebbe tornare a essere una Manderly, eh?» Diede di morso a un'ala e fece un ampio sorriso. «Io stesso sono vedovo da ormai otto anni. Direi che sia ora che prenda moglie di nuovo, non siete d'accordo, miei lord? Un uomo finisce con il sentirsi solo.» Mise da parte le ossa e procedette ad assaltare una coscia. «O se la lady preferisce qualcuno più giovane, nemmeno mio figlio Wendel è sposato. Adesso è giù al sud, di guardia a lady Catelyn, ma non dubito che al suo ritorno sarà ben disposto a prendere una consorte. Un ragazzo valoroso, e anche spiritoso. Proprio l'uomo giusto per fare ritrovare a lady Hornwood la risata, non credete?»

Dalla finestra, Bran continuava a udire il clangore lontano delle armi. Non gli importava niente dei matrimoni. "Quanto vorrei essere anch'io nel cortile."

Lord Manderly attese che la tavola fosse sparecchiata prima di passare allo spinoso argomento della lettera inviatagli da lord Tywin Lannister, il quale continuava a detenere suo figlio maggiore, ser Wylis, preso prigioniero durante la battaglia della Forca Verde. «Si offre di restituirlo a me senza alcun riscatto, a patto che io ritiri i miei guerrieri dall'esercito di sua maestà, e prometta di cessare di combattere.»

«Ma tu naturalmente rifiuterai» disse ser Rodrik.

«Non abbiate alcun timore» li rassicurò il lord. «Re Robb non troverà servitore più fedele di Wyman Manderly. Tuttavia, detesto l'idea di vedere mio figlio languire a Harrenhal più a lungo del dovuto. È un posto lugubre, quello. Maledetto, dicono alcuni. Non che io sia il tipo da bersi storie simili, ma la trista fama rimane. Pensate solo a cos'è toccato in sorte a Janos Slynt. Innalzato a lord di Harrenhal dalla regina, e poco dopo abbattuto da suo fratello il Folletto. Si dice che l'abbiano spedito alla Barriera. Quello che mi auguro comunque è che un giusto scambio di prigionieri possa essere organizzato a breve. So che Wylis non vorrebbe passare il resto della guerra in una cella. Valoroso, quel mio figlio, e duro come un mastino.»

Quando l'udienza finalmente si concluse, Bran sentiva le spalle rigide per il troppo tempo trascorso seduto nella stessa posizione. Quella sera stessa, mentre era a cena, il suono di un corno annunciò l'arrivo di un altro ospite. Lady Donella Hornwood giunse senza cavalieri e senza scudieri: c'era soltanto lei, scortata da sei stanchi armigeri con il simbolo di una testa d'alce sulle impolverate livree arancione.

«Siamo desolati per quanto sei costretta a soffrire, mia signora» disse Bran quando la lady si presentò a lui per porgere i propri omaggi. Lord Hornwood era caduto nella battaglia della Forca Verde e il loro unico figlio era stato ucciso in combattimento al bosco dei Sussurri. «Grande Inverno non dimenticherà.»

«Lieto di sentirtelo dire, giovane principe.» Era una donna esile e pallida, ogni ruga del suo volto un solco scavato dalla sofferenza. «Mi sento molto stanca, mio lord. Se mi darai licenza di andare a riposare, te ne sarò grata.»

«Senz'alcun dubbio» intervenne ser Rodrik. «Ci sarà tempo domattina per parlare.»

La maggior parte della mattina seguente fu dedicata a discussioni su granaglie, verdure e carne salata. Ora che i maestri della Cittadella avevano proclamato l'arrivo del primo autunno, gli uomini saggi mettevano da parte una porzione di ogni raccolto... Era l'ammontare di tale porzione a essere argomento di discussioni quanto mai accese. Lady Hornwood intendeva mettere in magazzino un quinto del raccolto. Seguendo il suggerimento di maestro Luwin, fu poi d'accordo nell'incrementare la quantità a un quarto.

«Il Bastardo di Bolton sta ammassando truppe a Forte Terrore» li avvertì la nobildonna. «Davvero mi auguro che intenda portarli a sud, andando a ingrossare le file dell'esercito di suo padre alle Torri Gemelle, ma quando ho mandato qualcuno a sondare le sue intenzioni, mi ha detto che nessun Bolton risponderà alle domande di una donna. Come se lui fosse di puro lignaggio e avesse il diritto di portare il nome della sua nobile Casa.»

«Per quanto ne so, lord Bolton non ha mai riconosciuto il ragazzo» disse ser Rodrik. «Lo confesso: io non lo conosco affatto.»

«Sono ben pochi a conoscerlo» ribatté lady Hornwood. «Ha vissuto con la madre fino a due anni fa, quando il giovane Domeric è morto lasciando Roose Bolton senza eredi. Fu a quel punto che lui portò il suo bastardo a Forte Terrore. Il ragazzo è un individuo che più sinistro non si può, e ha un servitore crudele quasi quanto lui. Reek, lo chiamano. Si dice che non si lavi mai. Vanno a caccia insieme, il Bastardo e questo Reek... e non a caccia di cervi. Mi sono giunte all'orecchio certe storie che stento a credere vere, perfino trattandosi di un Bolton. E adesso che il lord mio marito e il mio dolce figlio hanno entrambi raggiunto gli dei, il Bastardo guarda alle mie terre con cupidigia.»

Bran avrebbe voluto dare alla lady cento uomini per difendere le sue terre, ma ser Rodrik si limitò a dire: «Guardi pure quanto vuole, ma dovesse spingersi oltre andrebbe incontro a dure sanzioni, hai la mia promessa, mia lady. Sarai al sicuro, credimi... e forse, col tempo, quando il dolore che provi si sarà attenuato, potresti considerare prudente risposarti».

«Ho ormai superato i miei anni fertili, quale bellezza abbia avuto, si è dissipata...» Lady Hornwood fece un sorriso privo di calore. «Eppure gli uomini mi annusano attorno come mai hanno fatto quando ero in età nuziale.»

«Tu non vedi con favore questi pretendenti?» domandò ser Rodrik.

«Se sua maestà dovesse comandarlo, mi sposerò di nuovo» rispose la lady. «Ma Mors Crowfood è un bruto ubriacone, e più vecchio di mio padre. E per quanto riguarda il mio nobile cugino Manderly, il letto del mio defunto lord marito non è sufficientemente robusto per reggere il suo peso, e di certo io sono troppo piccola e fragile per giacere sotto di lui.»

Bran sapeva che gli uomini dormivano sopra le donne quando condividevano lo stesso letto. Immaginò che dormire sotto lord Manderly sarebbe stato come dormire sotto un cavallo schiantato. Ser Rodrik annuì alla vedova con fare indulgente. «Avrai di sicuro altri pretendenti, mia lady. Cercheremo di trovartene uno più consono al tuo gusto.»

«Forse, ser Rodrik, non sarà necessario cercare troppo lontano.»

Una volta che lady Hornwood si congedò, maestro Luwin non trattenne un sorriso: «Ser Rodrik, ritengo che tu non sia affatto indifferente alla nobile signora».

Ser Rodrik si schiarì la gola e apparve a disagio.

«Era molto triste» disse Bran.

«Triste e delicata» annuì ser Rodrik. «E anche attraente per una donna della sua età, pur con tutta la sua modestia. Tuttavia, rappresenta un pericolo per la pace del reame di tuo fratello.»

«Lei?» Bran era sbalordito.

«In assenza di un erede diretto» spiegò maestro Luwin «è certo che saranno in molti a bramare le terre degli Hornwood. I Tallhart, i Flint e i Karstark hanno tutti legami di parentela con la Casa Hornwood per linea femminile, e i Glover stanno allevando il figlio bastardo di lord Harys a Deepwood Motte. Forte Terrore non ha pretese, per quanto mi risulta, ma le terre degli Hornwood e dei Bolton confinano, e Roose Bolton non è uomo da lasciarsi sfuggire una simile occasione.»

Ser Rodrik si lisciò pensosamente i baffoni. «In questi casi, è compito del lord a cui ha giurato fedeltà trovarle un marito adeguato.»

«Ma perché non potresti essere tu quel marito adeguato?» domandò Bran. «Hai detto che è attraente, e tua figlia Beth avrebbe una madre.»

«Un pensiero gentile, mio principe.» L'anziano soldato gli pose una mano sul braccio. «Ma io sono soltanto un cavaliere, e troppo vecchio, per di più. Potrei tenere le sue terre per alcuni anni ma, alla mia morte, lady Hornwood si ritroverebbe nelle stesse difficoltà. E anche la situazione di Beth sarebbe pericolosa.»

«E allora, che sia il bastardo di lord Hornwood a diventare il suo erede» suggerì Bran, pensando al proprio fratellastro Jon.

«Qualcosa che farebbe piacere ai Glover» replicò ser Rodrik. «E forse anche allo spirito di lord Hornwood, ma non credo che lady Donella ne sarebbe troppo contenta. Il ragazzo non è del suo stesso sangue.»

«Ciononondimeno, è un'eventualità da considerarsi» intervenne maestro Luwin. «Lady Donella ha superato i suoi anni fertili, è stata lei stessa a dirlo. Se non il bastardo, allora chi?»

«Posso essere scusato?» disse a questo punto Bran. Continuava a udire il cozzare di acciaio contro acciaio degli scudieri impegnati nell'addestramento alla spada, nel cortile del maniero.

«Come desideri, mio principe» concesse ser Rodrik. «Ti sei portato bene.»

Bran arrossì di soddisfazione. Essere il lord di Grande Inverno non era poi così noioso quanto aveva temuto. Lady Hornwood, poi, era stata molto più concisa di lord Manderly, e questo gli lasciava qualche ora di luce da passare con Estate. Cercava di stare un po' di tempo con il suo meta-lupo ogni giorno, quando ser Rodrik e maestro Luwin lo permettevano.

Estate emerse dalle ombre che circondavano una delle grandi querce del parco degli dei nel momento stesso in cui Bran e Hodor arrivarono, quasi avesse presagito la loro venuta. Bran intravide anche una seconda sagoma scura scivolare nel sottobosco.

«Cagnaccio» chiamò. «Qui, Cagnaccio. Qui da me.» Ma il meta-lupo di Rickon scomparve con la stessa rapidità con la quale era apparso.

Hodor conosceva il posto preferito da Bran, e fu là che lo portò, sul bordo del laghetto al cospetto del grande albero-cuore, con il volto scolpito nel legno. Era là che lord Eddard era solito inginocchiarsi a pregare. Quando arrivarono, increspature lievi solcavano la superficie dell'acqua, trasformando l'immagine riflessa del pallido albero-diga in una danza cangiante. C'erano increspature, ma non c'era vento. Bran rimase perplesso.

Ma subito dopo Osha esplose dall'acqua con un grande spruzzo, talmente all'improvviso che perfino Estate si ritrasse, digrignando i denti. Hodor saltò indietro a sua volta, ripetendo in tono lamentoso: «Hodor, Hodor», fino a quando Bran non gli diede qualche colpetto sulla spalla in modo da dissipare le sue paure.

«Ma come puoi nuotare lì?» le domandò il ragazzo. «Non è fredda, l'acqua?»

«Da bambina mi piaceva succhiare candelotti di ghiaccio. A me il freddo piace.» Osha nuotò fino alla sponda e si tirò fuori dall'acqua, grondante. Era nuda, e la pelle d'oca punteggiava il suo corpo. Estate si avvicinò per annusarla. «Volevo toccare il fondo.»

«Non ho mai saputo che esistesse un fondo.»

«Forse non esiste.» Osha fece un sogghigno. «Cos'è che hai da guardare, ragazzo? Non l'hai mai vista, una donna, prima di oggi?»

«Certo che l'ho vista.» Bran aveva fatto il bagno con le sue sorelle mille volte, e aveva anche visto le serve che lo facevano. Osha però era diversa, dura e spigolosa invece che morbida e piena di curve. Le sue gambe erano tutte muscoli, i suoi seni piatti come sacche svuotate. «Hai un mucchio di cicatrici.»

«E me le sono guadagnate tutte.» Osha raccolse da terra la tunica marrone, scosse dalla stoffa grezza alcune foglie e la infilò dalla testa.

«Combattendo contro i giganti?» Osha sosteneva che c'erano

ancora giganti a nord della Barriera. "Forse un giorno riuscirò addirittura a vederne uno..."

«Combattendo contro uomini guerrieri.» La donna strinse alla vita il tratto di corda che fungeva da cintura. «Corvi neri erano, quasi sempre. Ne ho anche ucciso uno, una volta» aggiunse, scuotendosi l'acqua dai capelli.

Bran notò come fossero cresciuti dal giorno del suo arrivo a Grande Inverno, e ora le scendevano ben al di sotto delle orecchie. Adesso Osha appariva decisamente più femminile dell'essere che un tempo aveva cercato di rapinarlo e poi di ucciderlo nella foresta del Lupo.

«Ho sentito delle chiacchiere nelle cucine, oggi» gli disse. «A proposito di te e di quei Frey.»

«Quali chiacchiere?»

«È un ragazzo ben sciocco quello che si fa beffe di un gigante.» Lei fece un sorriso amaro. «Ed è un mondo ben strano quando è uno storpio a difendere il gigante.»

«Hodor non ha capito che stavano facendosi beffe di lui» rispose Bran. «E comunque, non fa mai la lotta con nessuno.»

Bran ricordava ancora un episodio accaduto quando lui era molto piccolo. Era andato al mercato insieme alla lady sua madre e alla septa Mordane, accompagnati da Hodor, che doveva aiutarle a portare la spesa. A un certo punto, Hodor si era allontanato. L'avevano ritrovato in fondo a un vicolo, mentre alcuni ragazzi gli davano fastidio con dei bastoni. Aveva continuato a gridare "Hodor!", cercando di proteggersi il volto con le mani, ma mai, nemmeno una volta, aveva attaccato quelli che lo tormentavano.

«Septon Chayle dice che ha uno spirito gentile.»

«Sì» concordò Osha. «E ha anche mani abbastanza forti da staccare la testa a un uomo, se gli viene in mente di farlo. Comunque, farà bene a stare attento quando c'è vicino quel Walder. E anche tu. Quello grosso che chiamano piccolo, mi sa che lo chiamano nel modo giusto. Grosso fuori, piccolo dentro... e carogna fino al midollo.»

«Non oserebbe farmi del male. Può dire quello che gli pare, ma di Estate ha paura.»

«Allora forse non è così scemo come sembra.» Osha era sempre cauta quando c'erano in giro i meta-lupi. Il giorno in cui era stata catturata, Estate e Vento grigio avevano fatto a pezzi tre altri bruti. «O magari invece lo è. Ma anche in questo caso porterebbe solo guai.» Si legò i capelli. «Ne hai fatti altri, di sogni di lupi?»

«No.» A Bran non piaceva parlare dei sogni.

«Un principe dovrebbe dire le bugie in modo più convincente» rise Osha. «Bene, i sogni sono affari tuoi. E le cucine invece sono affari miei. E farò meglio a tornarci prima che Gage si metta a gridare e a sventolare quel suo grosso cucchiaio di legno. Con permesso, mio principe.»

"Osha non avrebbe mai dovuto parlare dei sogni di lupi." Il pensiero continuò a tormentare Bran mentre Hodor scalava i gradini di pietra per riportarlo nella sua stanza. Lottò contro il sonno con tutte le sue forze, ma alla fine, come sempre, fu il sonno a prendere il sopravvento. Quella notte sognò l'albero-diga. Il volto nel legno lo fissava con quei suoi occhi di resina color rosso profondo, la bocca di corteccia rugosa che lo chiamava. Dai rami pallidi, il corvo con tre occhi calò sbattendo le ali, beccandogli la faccia e gracchiando il suo nome con una voce tagliente come spade.

Fu il suono del corno a svegliarlo. Bran si spinse sul bordo del letto, grato che quella visione fosse stata interrotta. Udì scalpitare di cavalli e risate rombanti. "Altri ospiti che arrivano, e anche mezzi ubriachi da tutto il baccano che fanno." Afferrandosi alle sbarre, si alzò e riuscì a raggiungere il suo posto sul sedile della finestra. Sul vessillo del gruppo di cavalieri nel cortile c'era l'emblema di un gigante circondato da catene spezzate. Capì che si trattava di uomini del clan Umber, provenienti dalle terre del Nord oltre l'Ultimo Fiume.

Il giorno seguente, due di loro chiesero udienza: erano gli zii di Grande Jon, uomini ruvidi ormai nell'inverno delle loro vite, le cui barbe erano bianche quanto le pelli d'orso che indossavano. Una volta, un corvo aveva preso Mors Umber per un cadavere e gli aveva beccato via un occhio. Al suo posto, il vecchio ora portava un pezzo di vetro di drago. Secondo quanto diceva la vecchia Nan, Mors aveva afferrato il corvo e gli aveva staccato la testa con un morso. Era stato da quel giorno che lo avevano chiamato Crowfood, Cibo di corvo. La vecchia Nan, però, non aveva mai voluto svelargli il significato del soprannome del suo scarno fratello Hother: Whoresbane, il Flagello delle puttane.

Si erano appena accomodati, quando Mors chiese il permesso di sposare lady Donella Hornwood. «Grande Jon è il braccio destro del Giovane lupo, lo sanno tutti. Chi potrà proteggere le terre della vedova meglio di un Umber? E quale Umber è migliore di me?»

«Lady Donella porta ancora il lutto» osservò maestro Luwin.

«Ce l'ho sotto le mie pellicce, la cura per il lutto» sghignazzò Mors. Ser Rodrik lo ringraziò cortesemente e promise di sottoporre la questione alla lady e al re.

Hother invece voleva delle navi. «I bruti continuano a scendere dal Nord, mai ne avevo visti tanti. Attraversano la baia delle Foche su piccole barche e approdano alle nostre coste. I corvi neri del Forte orientale sono troppo pochi per riuscire a fermarli, e quei bruti sono più svelti di un furetto. Lunghe navi, di questo abbiamo bisogno, certo, e degli uomini per manovrarle. Grande Jon ne ha presi troppi per la guerra. Metà del nostro raccolto, poi, se n'è andato in semenza: non abbiamo abbastanza braccia per maneggiare le falci.»

«Avete intere foreste di alti pini e di vecchie querce» osservò ser Rodrik arricciandosi i baffi. «Lord Manderly ha costruttori di navi e marinai in quantità. Insieme, dovreste essere in grado di varare le navi lunghe che vi servono per sorvegliare le coste di entrambi.»

«Manderly?» Mors Umber grugnì. «Quel ballonzolante sacco di lardo? Perfino la sua gente lo deride: lord Lampreda, lo chiamano. Ce la fa a stento a camminare. Se gli aprissimo il panzone con una spada, ne verrebbe fuori un'intera legione di anguille.»

«È grasso, d'accordo» ammise ser Rodrik «ma è tutt'altro che stupido. E voi lavorerete con lui, altrimenti il re saprà per quale ragione non intendete farlo.»

Con stupore di Bran, i truculenti Umber acconsentirono a fare come veniva loro comandato, per quanto non senza borbottare.

Durante la loro udienza, a Grande Inverno arrivarono da Deepwood Motte gli uomini dei Glover, e da Piazza di Torrhen un folto contingente dei Tallhart. Galbart e Robett Glover avevano lasciato Deepwood nelle mani della moglie di Robett, ma fu il loro attendente a presentarsi a Grande Inverno.

«La mia lady chiede di essere scusata per la sua assenza. I suoi figli sono ancora troppo in tenera età per affrontare un simile viaggio e lei non se la sentiva di lasciarli.»

Bran comprese all'istante che, in realtà, era l'attendente e non lady Glover a governare Deepwood Motte. L'uomo confessò che, al momento, stava mettendo da parte solamente un decimo del raccolto. Un mago dei boschi gli aveva rivelato che ci sarebbe stata un'abbondante ripresa dell'estate prima che l'inverno calasse definitivamente. Maestro Luwin ebbe svariati commenti da fare in merito ai maghi dei boschi, e ser Rodrik impose all'attendente di immagazzinare almeno un quinto del raccolto, quindi procedette a fargli una quantità di domande in merito al bastardo di lord Hornwood, un ragazzo di nome Larence Snow. Nel Nord, tutti i bastardi di alto lignaggio prendevano il soprannome di "Snow". Il ragazzo Snow aveva quasi dodici anni, e l'attendente fu pieno di lodi per la sua arguzia e per il suo coraggio.

«La tua idea sul bastardo Hornwood potrebbe essere valida» confidò maestro Luwin a Bran alla fine dell'udienza. «Un giorno, sono certo che sarai un saggio lord per Grande Inverno.»

«No, non lo sarò.» Bran sapeva che non sarebbe mai potuto essere un lord, non più di quanto sarebbe potuto essere un cavaliere. «Robb sposerà una ragazza Frey, sei stato tu a dirmelo, maestro. Anche i Walder lo dicono. Avrà dei figli, e saranno loro i lord di Grande Inverno, non io.»

«Questo potrà anche essere vero, Bran» s'intromise ser Rodrik. «Ma io avuto tre mogli, e tutte e tre mi hanno dato figlie femmine, di cui solo Beth è sopravvissuta. Mio fratello Martyn ha avuto quattro maschi forti, ma solamente Jory è vissuto fino all'età adulta. E quando lui è stato ucciso, la discendenza di Martyn è morta con lui. Quando si parla del domani, non c'è mai nulla di certo.»

Il turno di Leobald Tallhart venne il giorno successivo. Parlò di portenti del clima e della scarsa intelligenza del popolino, disse anche di come suo nipote fosse ansioso di scendere sul campo di battaglia. «Benfred ha messo insieme una sua compagnia di lancieri. Ragazzi, tutti quanti – il più vecchio avrà sì e no diciannove anni – ma ognuno di loro è convinto di essere un altro giovane lupo. Quando gli ho detto che, alla meglio, erano giovani conigli, mi hanno riso in faccia. Così adesso si fanno chiamare le Lepri selvagge e se ne vanno in giro a galoppare con code di coniglio legate alle lance, cantando canzoni cavalleresche.»

A Bran questa storia suonò come qualcosa di grandioso. Ricordava Benfred Tallhart, un ragazzo grande, forte e schietto che spesso aveva visitato Grande Inverno insieme a suo padre, ser Helman, diventando amico di Robb e di Theon Greyjoy. A ser Rodrik, invece, la cosa non piacque affatto. «Se il re del Nord avesse bisogno di altri uomini, di certo li richiederebbe» disse senza mezzi termini. «Ordina a tuo nipote di rimanere a Piazza di Torrhen, come ha comandato il lord suo padre.»

«Lo farò, ser» rispose Leobald, e fu solo allora che anche lui parlò della situazione di lady Hornwood. Poverina, rimasta senza un marito a difendere le sue terre e senza un figlio a ereditarle.

Anche la lady sua moglie era una Hornwood, sorella del defunto lord Halys, come senza dubbio ser Rodrik e maestro Luwin ricordavano bene. «Un castello vuoto è un castello triste. Avevo pensato di mandare il mio figlio più giovane da lady Donella in modo che lei possa allevarlo come proprio. Beren ha quasi dieci anni, è un ragazzo amabile, ed è pure suo nipote. La sua presenza le farebbe piacere, ne sono certo. E forse, Beren potrebbe anche prendere il nome degli Hornwood...»

«Se fosse indicato come erede?» suggerì maestro Luwin.

«... in modo che la Casa possa continuare» completò Leobald.

Bran questa volta sapeva che cosa dire. «Ti ringrazio per la tua idea, mio lord» s'inserì prima che ser Rodrik potesse parlare. «La presenteremo a mio fratello Robb. Oh, e anche a lady Hornwood.»

Leobald parve sorpreso del fatto che Bran si fosse inserito nel dialogo. «Ti sono grato, mio principe» disse, ma nei pallidi occhi azzurri del nobiluomo, Bran vide una luce di compassione, forse anche mescolata a una certa contentezza perché lo storpio, dopo tutto, non era suo figlio. Per un momento, Bran lo odiò.

Maestro Luwin, invece, sembrava averlo in simpatia. «Beren Tallhart potrebbe essere la migliore delle soluzioni» disse loro una volta che Leobald fu uscito di scena. «Per discendenza, è già per metà un Hornwood. E se prendesse il nome dello zio...»

«... resterebbe pur sempre un ragazzo» lo interruppe ser Rodrik «con il compito di difendere le sue terre da soggetti quali Mors Umber o questo bastardo di Roose Bolton. Dobbiamo valutare con attenzione, in modo da fornire a Robb il nostro miglior consiglio prima che lui prenda una decisione.»

«Bisogna anche tenere conto degli aspetti pratici» commentò maestro Luwin «e di quale lord Robb abbia più bisogno a corte. Le terre dei fiumi ora fanno parte del suo regno e Robb potrebbe voler cementare l'alleanza facendo sposare lady Hornwood a uno dei nobili del Tridente. Un Blackwood, forse, oppure un Frey...»

«Lady Hornwood può avere uno dei nostri, di Frey» intervenne Bran. «Li può avere anche tutti e due, se proprio ci tiene.»

«Non sei gentile, mio principe» lo riprese ser Rodrik non senza un tono di benevolenza.

"Nemmeno i Walder lo sono" pensò Bran, ma si limitò a fissare il piano del tavolo con espressione corrucciata, senza dire niente.

Nei giorni che seguirono, corvi messaggeri arrivarono da altre Case, latori di rinunce. Il Bastardo di Forte Terrore non si sarebbe presentato; i Mormont e i Karstark erano tutti andati a sud insieme a Robb; lord Locke era troppo vecchio per affrontare il viaggio; lady Flint era in stato di gravidanza troppo avanzato e c'era un'epidemia a Capo della Vedova. Alla fine, tutti i principali vassalli di lord Stark avevano dato notizie eccetto Howland Reed, il *crannogman*, il quale non lasciava ormai da anni le sue paludi, e i Cerwyn, il cui castello si ergeva ad appena mezza giornata di cavallo da Grande Inverno. Lord Cerwyn era prigioniero dei Lannister, ma suo figlio, un giovane di quattordici anni, arrivò una mattina chiara e ventosa, a capo di due dozzine di lancieri. Bran era in sella a Danzatrice nel cortile quando il gruppo entrò al trotto dal portale del castello. Bran si avviò a dare loro il benvenuto. Cley Cerwyn era sempre stato un buon amico di Bran e dei suoi fratelli.

«Buongiorno, Bran» lo salutò Cley con allegria. «O forse dovrei chiamarti principe Bran, adesso?»

«Solo se lo vuoi.»

«Perché no?» Cley rise. «Di questi tempi, sono tutti quanti o re o principi. Anche Stannis ha scritto a Grande Inverno?»

«Stannis? Non saprei.»

«È anche lui un re, adesso.» Cley abbassò la voce: «Dice che la regina Cersei ha dormito con il fratello, per cui Joffrey è un bastardo».

«Joffrey il Malnato» grugnì uno dei cavalieri al seguito di Cley. «Nessuna meraviglia che sia privo di fede, con lo Sterminatore di re per padre.»

«Certo» confermò un altro. «Gli dei odiano l'incesto. Guarda come hanno abbattuto i Targaryen.»

Per un lungo momento, Bran quasi non riuscì a respirare. Un artiglio gigantesco e invisibile gli stava stritolando il petto. Gli sembrò di cadere e si aggrappò disperatamente alle redini di Danzatrice.

«Bran? Stai bene?» Cley era preoccupato dall'espressione di terrore che ora leggeva sul volto di Bran. «È solo un altro di questi re.»

«Robb sconfiggerà anche lui.» Bran fece voltare Danzatrice e la guidò verso le stalle, ignorando gli sguardi perplessi di Cley e dei suoi cavalieri. Il sangue gli martellava contro le tempie e, se non fosse stato assicurato alla sella, quasi certamente sarebbe stramazzato sulle pietre del cortile.

Quella notte Bran pregò gli dei di suo padre perché gli concedessero un sonno senza sogni. Ma se anche gli dei lo avevano udito, si fecero beffe delle sue speranze: l'incubo che gli mandarono fu peggiore di qualsiasi sogno di lupi.

«Vola o muori!» gracchiava il corvo con tre occhi mentre lo beccava in faccia. Bran pianse e implorò, ma il corvo non ebbe alcuna pietà. Gli strappò l'occhio destro, poi gli strappò anche il sinistro. E quando Bran rimase cieco e al buio, gli dilaniò la fronte, affondando quel suo terribile becco nelle profondità del suo cranio.

Bran urlò fino a farsi scoppiare i polmoni. Il dolore era come un'ascia che gli spaccava la testa in due, ma alla fine, quando il corvo ritirò il becco gocciolante e cosparso di grumi biancastri di cervello e frammenti di ossa del cranio, Bran poteva nuovamente vedere.

Ma ciò che vide gli tolse il fiato per il terrore. Era aggrappato a una torre alta miglia e miglia. Le sue dita stavano scivolando, le unghie che si spezzavano contro la pietra aspra. Le gambe, quelle sue stupide gambe prive di vita, lo trascinavano giù.

«Aiutatemi!» urlò disperatamente Bran.

Un uomo dorato apparve nel cielo sopra di lui e lo afferrò, sollevandolo: «Quali atti compio nel nome dell'amore» disse in un sussurro appena percettibile, prima di gettarlo inerme nell'abisso.

TYRION

«Non dormo più come nei miei anni di gioventù» gli confidò il gran maestro Pycelle, quasi a scusarsi per quell'incontro all'alba. «E preferisco sempre alzarmi, anche se il mondo è ancora immerso nell'oscurità, piuttosto che rimanere a letto con l'assillo dei doveri incompiuti.» Le sue palpebre pesanti, cascanti, davano l'idea che fosse ancora mezzo addormentato.

Nelle luminose stanze sotto l'uccelliera, la sua giovane serva stava offrendo loro uova sode, prugne bollite e porridge mentre Pycelle pontificava: «Di questi tempi tristi, con così tanta gente affamata, ritengo che mantenere frugale la mia tavola sia a dir poco opportuno».

«Lodevole, certo.» Tyrion sbucciò un grosso uovo dal guscio marrone che gli ricordava, poco rispettosamente, il cranio calvo del dotto maestro. «Il mio approccio però è un po' diverso: se cibo c'è, io lo mangio. Giusto nel caso che all'indomani non ce ne sia più.» Il Folletto sorrise. «Dimmi, gran maestro, i tuoi corvi sono mattinieri quanto te?»

«Certamente.» Pycelle si accarezzò la fluente barba candida che gli scendeva sul petto. «Dopo che avremo mangiato, vuoi che chieda pergamena, penna e inchiostro?»

«Non sarà necessario.» Tyrion sistemò le lettere sul tavolo, accanto al porridge, due pergamene arrotolate strettamente e sigillate con ceralacca alle estremità. «Manda via la ragazza, in modo che possiamo parlare.»

«Lasciaci, figliola» comandò Pycelle. La serva si dileguò in fretta. «Ora, queste lettere...»

«All'attenzione di Doran Martell, principe di Dorne.» Tyrion finì di sbucciare l'uovo sodo e diede un morso. Sarebbe stato migliore con un po' di sale. «Stessa lettera, due copie. Manda i tuoi uccelli più veloci. Si tratta di argomento di grande importanza.»

«Li invierò non appena avremo concluso di fare colazione.»

«No, inviali subito. Le prugne bollite possono aspettare, il reame, invece, non può. Lord Renly sta guidando il suo esercito su per la strada delle Rose. E nessuno è in grado di dire quando Stannis salperà dalla Roccia del Drago.»

Pycelle ammiccò: «Se così preferisce il mio signore...».

«Così lui preferisce.»

«Sono qui per servire.»

Il canuto sapiente si alzò lentamente. Nel movimento, la catena del suo ordine che aveva attorno al collo tintinnò piano. Era un aggeggio parecchio pesante, non meno di una dozzina di anelli da maestro attorcigliati su loro stessi, connessi uno all'altro e tempestati di pietre preziose. Tyrion ebbe la netta impressione che l'argento, l'oro e il platino superassero di gran lunga gli altri metalli.

Pycelle procedette con tale lentezza, che il Folletto poté finire l'uovo e assaggiare le prugne, troppo cotte e troppo acquose per i suoi gusti. Fu solo all'udire i battiti d'ali che si alzò da tavola per osservare i corvi messaggeri che si levavano in volo, completamente neri contro il cielo dell'alba, poi spostò lo sguardo sul labirinto di scaffali verso il fondo della stanza.

I medicinali del gran maestro facevano un'impressionante mostra di sé, sia in quantità sia in qualità: dozzine di vasetti sigillati con ceralacca, centinaia di fiale tappate, altre centinaia di bottiglie di vetro opaco, innumerevoli flaconi di erbe disseccate, ciascun contenitore accuratamente etichettato nella nitida calligrafia di Pycelle. "Una mente ben ordinata" rifletté Tyrion. E in effetti, nel momento in cui si riusciva a intuire il criterio, era facile trovare ogni cosa al suo posto. "E tutte sostanze interessanti..." Molto interessanti, certo: dolcesonno e ombra notturna, latte di papavero, lacrime di Lys, capogrigio in polvere, flagello di lupo e danza di demone, veleno di basilisco, occhio cieco, sangue di vedova...

Alzandosi in punta di piedi e allungandosi, Tyrion prelevò una piccola bottiglia polverosa dallo scaffale più in alto. Lesse l'etichetta, sorrise e la fece sparire all'interno della manica.

Quando il gran maestro Pycelle tornò a scendere le scale, il Folletto era nuovamente seduto al tavolo, intento a gustare un altro uovo.

«Fatto, mio signore» il vecchio dotto sedette a sua volta. «Un argomento come questo... meglio che venga affrontato prontamente, senz'altro... Di grande importanza, hai detto?»

«Oh, sì, grandissima.» Il porridge era troppo denso, trovò Tyrion, e non gli sarebbe dispiaciuto aggiungere burro e miele. Era vero che, di recente, burro e miele erano diventati vere e proprie rarità ad Approdo del Re, per quanto lord Gyles riuscisse a non farli mancare mai alla Fortezza Rossa. La metà del cibo che mangiavano in quei giorni grami proveniva dalle sue terre e da quelle di lady Tanda. I ducati di Rosby e Stokeworth si trovavano poco a nord della città, ed erano ancora miracolosamente scampati alla guerra.

«Il principe di Dorne in persona» riprese Pycelle. «Posso chiedere...»

«Meglio di no.»

«Come tu vuoi.» La curiosità di Pycelle era talmente palpabile che Tyrion quasi riusciva a sentirne il sapore. «Ma forse... il Concilio del re...»

«Il Concilio del re, mio caro gran maestro» con il cucchiaio, Tyrion diede dei colpetti sul bordo della ciotola «esiste solo per dare consigli al re.»

«Per l'appunto» concordò Pycelle. «E il re...»

«... è un ragazzetto di tredici anni. Io parlo in sua vece.»

«Indubbiamente, certo. Il Primo Cavaliere del re. E al tempo stesso... La tua graziosa sorella, la nostra regina reggente, lei...»

«Oh, quale fardello preme sulle sue delicate spalle. Proprio vorrei evitare di rendere quel fardello ancora più gravoso.» Tyrion inclinò il capo e lanciò a Pycelle un'occhiata penetrante. «Non sei d'accordo anche tu, gran maestro?»

Pycelle riportò lo sguardo sulla sua colazione. C'era qualcosa, negli occhi asimmetrici di Tyrion Lannister, uno verde e l'altro nero, che metteva profondamente a disagio. Un'arma che il Folletto era ben consapevole di avere, e che non esitava a usare.

«Ah» mugugnò il vecchio, la bocca piena di prugne. «Senz'altro hai ragione, mio lord. È molto sollecito da parte tua... risparmiarle questo fardello...»

«Sono fatto così.» Tyrion allontanò il porridge deludente. «Sono sollecito e premuroso. In fondo, Cersei è la mia dolce sorellina.»

«Una donna davvero fuori del comune, eppure... non è cosa da poco, occuparsi di tutti i problemi del reame, a dispetto della fragilità del suo sesso...»

"Ma certo, quale tenera colombella è Cersei. Prova a domandarlo a Eddard Stark." «Sono lieto che tu condivida la mia premura, gran maestro. E voglio anche ringraziarti per avermi concesso ospitalità al tuo desco. Ora però, mi aspetta una lunga giornata.» Tyrion spostò le gambette tozze di lato e scese dalla sedia. «E tu sarai naturalmente così cortese da informarmi non appena riceverai una risposta da Dorne, vero?»

«Come desideri, mio signore.»

«Informare me e solamente me...»

«Ah... ma è ovvio.»

La mano di Pycelle, il dorso chiazzato, si afferrò alla barba nello stesso modo in cui qualcuno che sta per annegare cerca di afferrarsi all'ultima fune di salvezza. Tyrion gongolò. "E uno."

Nel raggiungere il cortile a pian terreno, le sue gambe deformi protestarono a ogni gradino. Il sole era ormai alto, e il castello cominciava a risvegliarsi. Armigeri sorvegliavano le mura, cavalieri e soldati si addestravano con armi spuntate. A non molta distanza, Bronn era seduto sul bordo di un pozzo. Un paio di attraenti servette gli passarono vicino, afferrando ciascuna un manico di un grosso cesto di vimini pieno di lenzuola da lavare. Il mercenario non le degnò neppure di uno sguardo.

«Bronn, comincio a pensare che sei un caso disperato!» Tyrion accennò alle servette. «Accattivanti visioni come queste, e tu invece preferisci guardare un'accozzaglia di balordi in maglia di ferro che fanno un gran baccano.»

«In questa città ci sono cento e un bordelli dove posso comprarmi tutta la fica che voglio con mezza moneta di rame» ribatté Bronn. «Mentre può darsi che un giorno, la mia pelle dipenderà da quanto attentamente io avrò osservato questi balordi.» Si alzò. «Chi è quel ragazzo con la tunica blu a scacchi e i tre occhi sullo scudo?»

«Un cavaliere della scorta. Tallad, si chiama. Perché?»

«Tra tutti, è lui il migliore.» Bronn rimosse dalla fronte una ciocca di capelli nerissimi. «Eppure, guardalo, ha un suo ritmo: sempre la stessa sequenza di colpi assestati sempre nello stesso ordine.» Il mercenario sorrise. «Il giorno che si troverà a duellare con me, sarà quel ritmo a costargli la vita.»

«Ha giurato fedeltà a Joffrey. Dubito che te lo troverai mai di fronte.»

Si avviarono insieme attraverso il cortile, Bronn che rallentava il passo per tenersi a fianco di Tyrion. In quei giorni, il mercenario appariva quasi rispettabile. Capelli scuri lavati e pettinati, rasato di fresco, la corazza nera della Guardia cittadina. Dalle sue spalle, scendeva un mantello nel porpora dei Lannister con un motivo ornamentale a mani dorate, emblema del Primo Cavaliere. Era stato Tyrion a regalarglielo quando lo aveva nominato comandante della sua Guardia personale.

«Quanti postulanti abbiamo oggi?» chiese il Folletto.

«Una trentina» rispose Bronn. «La maggior parte hanno lamentele da presentare. Oppure vogliono qualcosa... niente di nuovo. Inoltre, la tua gattina è tornata.»

Tyrion mugolò: «Parli di lady Tanda?».

«Il suo paggio. T'invita di nuovo a cena. C'è dell'ottima cacciagione, fa sapere, oca alla brace ripiena di bacche e...»

«... e sua figlia» concluse Tyrion acido.

Era dal momento del suo arrivo alla Fortezza Rossa che lady Tanda gli stava addosso, armata con un arsenale senza fine di sformati di lampreda, arrosti di cinghiale e cremosi stufati. Per una qualche arcana ragione, si era messa in testa che un lord nano sarebbe stato il consorte perfetto per sua figlia Lollys, un'ampia, soffice, ingenua damigella di cui si diceva fosse ancora vergine alla bella età di trentatré anni.

«E tu falle sapere che io cortesemente declino l'invito.»

«L'oca ripiena non è di tuo gusto?» Bronn ebbe un sogghigno malefico.

«Perché non te la mangi tu? E già che ci sei, perché non impalmi anche la figlia? No, meglio ancora: mandaci Shagga.»

«Shagga probabilmente mangerebbe la figlia e impalmerebbe l'oca» osservò Bronn. «E comunque, Lollys è più grossa di lui.»

«Poco ma sicuro» concordò Tyrion mentre entravano nell'ombra di un ponte coperto che collegava due torrioni. «Chi altro mi vuole?»

«C'è un usuraio di Braavos, in possesso di elaborati documenti e roba simile, che chiede di vedere il re in merito al pagamento di un qualche prestito.»

«Questo se Joffrey fosse in grado di contare oltre il venti. Mandalo da Ditocorto, ci penserà lui a fargli passare la voglia. Chi altro?»

«Un signorotto del Tridente. Dice che gli uomini di tuo padre hanno bruciato il suo castello, stuprato sua moglie e sterminato tutti i suoi contadini.»

«Credo che ciò si chiami guerra.» Tyrion sentì immediatamente il tanfo di Gregor Clegane all'opera, o forse di ser Amory Lorch, oppure dell'altro macellaio al servizio di suo padre, quel soldato di Qohor. «E questo tizio che cosa vuole da Joffrey?»

«Nuovi contadini» rispose Bronn. «Ha fatto tutta questa strada proprio per cantarci la canzoncina della sua lealtà e per chiedere un risarcimento.»

«Lo vedrò domani.» Che il lord in questione fosse effettivamente leale o semplicemente disperato, un nobile delle terre dei fiumi sottomesso poteva comunque rivelarsi utile. «Provvedi che gli venga dato un buon alloggio e un buon pasto caldo. Mandagli anche un nuovo paio di stivali, cortesia di re Joffrey.» Un atto di generosità non poteva certo guastare.

Bronn annuì. «C'è anche un mezzo plotone di fornai, macellai e verdurai, tutti che invocano a gran voce di essere ascoltati.»

«Gliel'ho già detto l'ultima volta: non ho niente da dargli.» Ormai, solamente un esile rigagnolo di vettovaglie riusciva a raggiungere Approdo del Re, il grosso del quale già riservato al castello e alla guarnigione. I prezzi della verdura, delle radici, della farina e della frutta avevano avuto un'impennata paurosa, e Tyrion nemmeno voleva pensare alla qualità della carne che finiva nei pentoloni delle bancarelle del Fondo delle Pulci. Pesce, si augurava. Avevano ancora il fiume e il mare... almeno fino a quando Stannis non fosse salpato.

«Quello che vogliono è protezione» spiegò Bronn. «Ieri notte, un fornaio è stato arrostito nel suo stesso forno. Secondo la folla i suoi prezzi erano oltraggiosi.»

«Lo erano?»

«L'interessato non è qui a negarlo.»

«Non è che lo hanno anche mangiato, no?»

«Non mi risulta.»

«La prossima volta lo faranno» commentò Tyrion cupamente. «Darò loro quanta protezione potrò. Le cappe dorate...»

«Dicono che c'erano anche delle cappe dorate tra la folla che ha cotto quel fornaio» lo interruppe Bronn. «Esigono di parlare con il re in persona.»

«Sono dei fessi.» Tyrion li aveva già respinti una volta con delle scuse, il suo caro nipotino li avrebbe scacciati con le fruste e le lance. Ebbe quasi la tentazione di lasciare che i bottegai vedessero il re... ma poi ci ripensò. Presto o tardi, uno dei loro molti nemici avrebbe marciato su Approdo del Re, e l'ultima cosa di cui avevano bisogno erano traditori entro le mura della città. «Di' loro che re Joffrey comprende le loro angosce, e che riceveranno tutto l'aiuto che saremo in grado di dare loro.»

«Quello che vogliono è pane, non promesse.»

«Se oggi darò loro pane, domani di postulanti alle porte ne avremo il doppio. Che altro?»

«Un confratello in nero è venuto dalla Barriera. L'attendente dice che si è portato dietro un vasetto di vetro con dentro una mano putrefatta.»

«Mi sorprendo che nessuno l'abbia mangiata.» Tyrion si lasciò scappare un debole sorriso. «Credo che a lui dovrei dare udienza. Non è Yoren, per caso?»

«No. È un cavaliere, un certo Thorne.»

«Ser Alliser Thorne?» Di tutti i Guardiani della notte che Tyrion aveva incontrato nella sua visita alla Barriera, ser Alliser Thorne era quello che aveva digerito di meno. Un acido fetente dall'anima nera, fin troppo pieno di sé. «Ripensandoci, non credo che m'importi molto di vedere ser Alliser proprio adesso. Trovagli un bel tugurio in cui le lenzuola non sono state cambiate da un anno e lascialo a guardare la sua mano mozzata che si putrefà un altro po'.»

Bronn fece una risata sguaiata e allungò il passo, allontanandosi da Tyrion che rimase ad arrancare sulla scala a spirale. Arrivando nel cortile esterno, gli giunse all'orecchio il rumore metallico della saracinesca della fortezza che veniva sollevata. Sua sorella e un grosso gruppo a cavallo erano in attesa di uscire presso la porta principale.

In sella a un purosangue bianco, la bionda dea in verde Cersei Lannister torreggiava su di lui. «Fratello» lo chiamò ad alta voce, tutt'altro che gentilmente. La regina reggente non era stata per nulla soddisfatta di come lui avesse sistemato Janos Slynt.

«Maestà.» Tyrion fece un educato inchino. «Hai un aspetto splendido quest'oggi.»

Cersei portava una corona d'oro e una cappa d'ermellino. Dietro di lei, si allungava il suo seguito: ser Boros Blount della Guardia reale, con indosso la corazza bianca a scaglie e la sua migliore smorfia minacciosa; ser Balon Swann, arco da guerra appeso alla sella lavorata in argento; lord Gyles Rosby, la sua tosse sibilante peggiore del solito; Hallyne il Piromante, dell'ordine degli Alchimisti e, per chiudere in bellezza, il più recente favorito di sua maestà la regina, il cugino ser Lancel Lannister, scudiero del defunto sovrano, fatto cavaliere da poco su insistenze della sua vedova. Vylarr e venti lancieri componevano la scorta.

«E dove vai quest'oggi, cara sorella?»

«Intendo compiere un'ispezione alle porte della città, in modo da verificare i nuovi scorpioni e le nuove catapulte. Non tutti sono indifferenti alle difese della capitale del reame come sembri esserlo tu.» Cersei gli piantò addosso i suoi occhi verdi, splendidi anche se pieni di astio. «Sono stata informata che Renly Baratheon sta marciando da Alto Giardino. Risale lungo la strada delle Rose, con tutto il suo esercito al seguito.»

«Varys mi ha fatto lo stesso rapporto.»

«Potrebbe essere qui alla luna piena.»

«Non al comodo passo che sta tenendo» obiettò Tyrion. «Ogni notte si ferma a banchettare in un castello diverso, e tiene concioni a ogni incrocio che attraversa.»

«E ogni giorno altri uomini vanno a ingrossare le sue file. Sembra che ora il suo esercito sia forte di centomila soldati.»

«Mi sembra un'esagerazione.»

«Piccolo stupido... dietro i suoi vessilli c'è il potere combinato di Capo Tempesta e di Alto Giardino!» scattò Cersei. «Tutti gli alfieri dei Tyrell eccetto i Redwyne. E per questa defezione, è me che devi ringraziare. Fino a quando stringerò in pugno quei suoi due foruncolosi gemelli, lord Paxter continuerà a starsene buono buono ad Arbor, ringraziando gli dei per essere fuori della mischia.»

«Un vero peccato che il Cavaliere di Fiori sia riuscito a scivolare tra le tue delicate dita. In ogni caso, non siamo noi l'unica preoccupazione di Renly. Nostro padre a Harrenhal e Robb Stark a Delta delle Acque... Se fossi in Renly, farei più o meno lo stesso. Avanzare con molta calma, sciorinare le mie forze davanti a tutto il reame, osservare, aspettare. Lasciare che siano i miei avversari a scornarsi fra di loro e guadagnare tempo prezioso. Se Stark ci sconfiggerà, tutto il Sud cadrà nelle mani di Renly Baratheon come una manna dagli dei, e senza che lui abbia perduto un solo uomo. Se invece accadrà il contrario, potrà calarci addosso mentre siamo indeboliti.»

Ma questo non calmò affatto Cersei: «Voglio che tu induca nostro padre a portare il suo esercito ad Approdo del Re».

"Per l'unica ragione di far sentire te al sicuro." «E quando mai sono riuscito a indurre nostro padre a fare qualcosa?»

Cersei ignorò la domanda. «E quando intendi liberare Jaime? Lui ne vale cento di te.»

«Non dirlo a lady Stark, ti prego» le ghignò in faccia Tyrion. «Non abbiamo cento di me da scambiare.»

«Nostro padre deve proprio essere impazzito per averti mandato qui. Sei peggio che inutile.» Cersei Lannister fece voltare bruscamente il purosangue bianco e uscì al trotto dal portale, la cappa di ermellino che le svolazzava alle spalle. Il suo seguito si affrettò dietro di lei.

In realtà, non era Renly Baratheon a preoccupare Tyrion: era suo fratello Stannis. Renly era un beniamino del popolo, ma non aveva mai guidato un esercito in guerra. Stannis era tutto il contrario: duro, glaciale, inesorabile. Se solo fossero riusciti a trovare il modo di scoprire che cosa stava accadendo alla Roccia del Drago... ma non uno dei pescatori che il Folletto aveva pagato per spiare l'isola aveva fatto ritorno. Perfino dagli informatori che l'eunuco dichiarava di avere infiltrato alla corte di Stannis continuava ad arrivare nient'altro che un silenzio preoccupante. Gli scafi a strisce delle galee da guerra di Lys erano stati avvistati ormeggiati al largo, e Varys continuava a ricevere rapporti da Myr secondo i quali capitani di navi mercenarie si mettevano al servizio della Roccia del Drago. "Se Stannis ci attacca dal mare con Renly che viene all'assalto delle mura nello stesso momento, infilzeranno ben presto la testa di Joffrey sulle picche in cima alle mura. Peggio ancora, con la mia testa proprio lì accanto." Un pensiero questo quanto mai deprimente... Doveva elaborare un piano per mettere in salvo Shae, nel caso in cui la situazione dovesse precipitare.

Podrick Payne era in piedi presso la porta del suo solarium, intento a studiare il pavimento.

«È dentro» annunciò il timido ragazzo alla fibbia della cintura di Tyrion. «Nel solarium, mio lord. Spiacente.»

Tyrion sospirò. «Pod, guardami. M'innervosisce quando parli al mio sospensorio, specialmente se non lo sto indossando. Chi è nel mio solarium?»

«Lord Ditocorto.» Podrick riuscì a gettargli una rapida occhiata in faccia, prima di tornare in fretta ad abbassare lo sguardo. «Voglio dire, lord Petyr. Lord Baelish. Il maestro del conio.»

«Da come lo presenti, sembra che ci sia una gran folla lì dentro.»

Il ragazzo si ingobbì come se fosse stato percosso, e Tyrion si sentì in colpa.

Lord Petyr Baelish, languido ed elegante in un ricco farsetto color prugna e in un mantello di satin giallo limone, era seduto sullo scranno vicino alla finestra, una mano guantata appoggiata sul ginocchio.

«Vieni a dare un'occhiata» gli disse. «Il nostro glorioso re sta dando la caccia alle lepri con l'arco... e le lepri stanno vincendo.»

Tyrion fu costretto a mettersi in punta di piedi per riuscire a vedere. C'era una lepre morta nel cortile sottostante. Un secondo disgraziato animale, lunghe orecchie tremanti, stava per spirare a causa del dardo che aveva conficcato nel fianco. Ma c'erano anche dozzine di altri dardi disseminati tutto attorno, come se fossero stati dispersi da una tempesta. «Adesso!» urlò Joffrey. Un servo rilasciò la lepre che tratteneva e quella scappò via saltellando. Joffrey tirò il grilletto della balestra. Il dardo mancò il bersaglio di almeno due piedi. La lepre si fermò, eretta sulle zampe posteriori, dilatando ritmicamente le narici in direzione del re. Imprecando, Joffrey fece ruotare la puleggia di arretramento della fune della balestra. Niente da fare, prima che riuscisse a incoccare un altro dardo, l'animale era svanito. «Un'altra!» Il servo infilò una mano dentro la gabbia, liberando una nuova lepre. Il roditore sfrecciò sulle pietre, il dardo del re che sibilava fuori bersaglio mancando di un soffio l'inguine di ser Preston Greenfield.

«Dimmi una cosa, ragazzo.» Ditocorto si voltò verso Podrick Payne. «Ti piace la lepre conservata in vaso?»

Pod rimase a fissare gli stivali del visitatore, ottime calzature di cuoio tinto di rosso con ornamenti neri. «Vuoi dire... da mangiare, mio signore?»

«Vasi, ecco l'investimento da fare» incoraggiò Ditocorto. «Ben presto la Fortezza Rossa sarà invasa dalle lepri. Finiremo con il mangiarcele tre volte al giorno.»

«Sempre meglio degli spiedini di ratto» replicò Tyrion. «Pod, ora lasciaci, a meno che lord Ditocorto non desideri qualcosa per rinfrescarsi.»

«No, grazie.» Ditocorto esibì uno dei suoi sorrisi ironici. «Bevi con il nano, si dice, e ti risvegli a pattugliare la Barriera. E il nero proprio non mi dona, mi fa apparire tetramente pallido.»

"Non temere, mio caro lord" rimuginò Tyrion. "Non è la Barriera che ho in serbo per te." Si sistemò su un'alta sedia imbottita di una pila di cuscini: «Sei molto elegante quest'oggi, mio signore».

«Quest'oggi? Mi offendi: mi faccio punto d'orgoglio di essere sempre elegante.»

«Bello quel farsetto. Nuovo?»

«Lo è. Sei un acuto osservatore.»

«Prugna e giallo. I colori della tua Casa?»

«No, ma ci si annoia a portare gli stessi colori giorno dopo giorno o, almeno, così la penso io.»

«E anche quel pugnale è molto bello.»

«Tu dici?» Gli occhi di Ditocorto furono attraversati da una luce maligna. Estrasse l'arma e la osservò con aria distaccata, come se fosse la prima volta che la vedeva. «Acciaio di Valyria, impugnatura di osso di drago. Ma tutto sommato abbastanza ordinario. È tuo, se lo rivuoi.»

«Mio?» Tyrion gli lanciò una lunga occhiata. «Non credo proprio. Mai stato mio.» "Lo sa, quell'insolente carogna! Lo sa, e sa che io so. E crede di essere intoccabile."

Se mai era esistito un uomo che si difendeva dietro un'armatura d'oro, quell'uomo era Petyr Baelish, non Jaime Lannister. La celebre armatura di Jaime era solo acciaio dorato, ma Ditocorto, ah... con suo crescente disagio, Tyrion aveva appreso alcune interessanti cosette sul conto del caro Petyr.

Dieci anni prima, lord Jon Arryn gli aveva concesso una piccola sinecura presso la dogana, nella quale lord Petyr si era subito distinto per essere riuscito a portare nelle casse del reame il triplo di tutti gli altri doganieri. Re Robert Baratheon era uno spendaccione folle e un uomo come Baelish, con il dono di far saltare fuori un dragone d'oro strofinandone due insieme, si era rivelato prezioso, in tutti i sensi, per il Primo Cavaliere. Quella di Ditocorto era stata un'irresistibile ascesa: nel giro di tre anni dal suo arrivo a corte, era stato elevato al rango di maestro del conio e membro del Concilio ristretto. Oggi, gli introiti della corona erano dieci volte quelli che erano stati sotto il suo annaspante predecessore... Per quanto anche i debiti della corona si erano moltiplicati di pari passo. Petyr Baelish: maestro del conio e mastro dei giocolieri.

Era certamente abile: non si limitava a incassare l'oro e a metterlo in un forziere, oh no. Ripagava i debiti del re con le promesse e metteva l'oro del re all'opera: comprava carri, negozi, navi, case; comprava grano quando c'era abbondanza e vendeva pane quando c'era carestia; comprava lana dal Nord, lino dal Sud e merletti da Lys, dopo di che immagazzinava, tingeva e rivendeva. I dragoni d'oro si ammassavano e si moltiplicavano, e Ditocorto li dava in prestito e li faceva moltiplicare ancora di più.

E in tutti questi anni, era anche riuscito a mettere i suoi uomini fidati nei posti giusti. Aveva in pugno i Custodi delle Chiavi, tutti e quattro. Il Contabile reale e il Pesatore reale erano stati nominati da lui, così come i funzionari responsabili delle tre zecche. E poi ufficiali portuali, esattori fiscali agrari, sergenti delle dogane, fattori della lana, agenti di pedaggio, mediatori, sensali di vino: nove su dieci erano uomini di Ditocorto. In maggioranza, erano individui del ceto medio, figli di mercanti, lord minori, a volte perfino forestieri. Ma, a giudicare dai risultati che ottenevano, erano molto più abili dei loro predecessori di alto lignaggio.

Nessuno si era neppure mai sognato di mettere in discussione quelle nomine e, in fondo, perché qualcuno avrebbe dovuto farlo? Ditocorto non rappresentava una minaccia. Era un uomo furbo, geniale, sorridente, amico di tutti, sempre in grado di trovare l'oro di cui il re o il Primo Cavaliere avevano bisogno. E al tempo stesso, un uomo di origini non rimarchevoli, poco al di sopra di un cavaliere, di cui nessuno riteneva di dovere aver paura. Non aveva vessilli da chiamare a raccolta, lord Ditocorto, né un codazzo di cortigiani, né una grande fortezza, né proprietà eclatanti, né prospettive di un matrimonio grandioso.

"Ma oserò davvero toccarlo?" si domandò Tyrion. "Perfino se è un traditore?" In realtà, non era affatto certo di poterlo fare, men che meno adesso, nel mezzo dell'infuriare di una guerra. Ma in seguito, avrebbe potuto sostituire gli uomini che Ditocorto aveva collocato nei posti chiave con suoi uomini, eppure...

Dal cortile, giunse un grido di giubilo. «Oh, guarda: sua maestà è riuscito a infilzarne una» osservò lord Baelish.

«Una di quelle lente, senza dubbio» fece Tyrion. «Mio lord, rammento che sei stato allevato a Delta delle Acque. Mi si dice che sei molto vicino ai Tully.»

«Ti si dice il vero. Specialmente alle ragazze Tully.»

«Quanto vicino?»

«Mi sono preso la loro verginità. Ti pare vicino abbastanza?»

La menzogna, Tyrion era certo che fosse una menzogna, venne fuori con una tale aria di noncuranza da sembrare quasi verità. E se invece fosse stata Catelyn Stark a mentire? Sia sulla sua deflorazione sia sul pugnale? Quanto più il tempo passava, tanto più Tyrion si rendeva conto che niente era semplice e che ben poco era vero.

«Nessuna delle due figlie di lord Hoster mi ama» confessò il Folletto. «Dubito quindi che siano prone ad ascoltare una qualsiasi mia proposta. Ma se provenissero da te, quelle medesime proposte potrebbero suonare in modo molto più suadente alle loro orecchie.»

«Dipende dalle proposte. Se intendi scambiare Sansa contro tuo fratello Jaime, va' a sprecare il tempo di qualcun altro. Joffrey non ha la minima intenzione di privarsi del suo giocattolino. Quanto a lady Catelyn, non è stupida al punto da barattare lo Sterminatore di re per una ragazzina.»

«Due ragazzine. Ho mandato a cercare anche Arya.»

«Cercare non significa trovare.»

«Lo terrò a mente, mio lord. In ogni caso, era lady Lysa che io speravo tu potessi far pendere dalla nostra parte. Per lei, ho un'offerta addirittura più allettante.»

«Lysa è più malleabile di Catelyn, questo è vero... Ma è anche più timorosa. E, da quanto ne so, ti odia.»

«Ritiene di avere ottime ragioni per odiarmi. Quando ero suo riluttante ospite al Nido dell'Aquila, mi ha accusato di avere assassinato suo marito e non era troppo disposta ad ascoltare le mie smentite.» Tyrion si protese in avanti. «Se però le consegnassi il vero assassino di Jon Arryn, credo che sarebbe più ben disposta nei miei confronti.»

«Il vero assassino?» Ditocorto raddrizzò le orecchie. «Mi stai rendendo curioso, lo confesso. Chi avresti in mente?»

«Limitiamoci a definirlo un regalo fatto a un'amica.» Fu il turno di Tyrion di sorridere. «E questo, è importante che Lysa Arryn lo capisca.»

«Ma è la sua amicizia che vuoi, o le sue spade?»

«Tutte e due le cose.»

Ditocorto si accarezzò la barbetta a punta: «Lysa ha i suoi nemici da cui difendersi. Mai i barbari delle montagne della Luna sono stati temerari come in questo periodo... e mai sono stati così bene armati».

«Inquietante» disse Tyrion, anche se era stato lui ad armarli. «Potrei darle una mano a risolvere questo problema. Una mia parola e...»

«E quanto le costerebbe questa tua parola?»

«Voglio che lady Lysa e suo figlio giurino fedeltà a Joffrey, riconoscendolo come re, e inoltre...»

«... Che scendano in campo contro gli Stark e i Tully?» Ditocorto scosse la testa. «Hai uno scarafaggio che ti nuota nella minestra, Lannister... Lysa non manderà mai i suoi cavalieri contro Delta delle Acque.»

«Né io le chiederei di farlo. Una cosa di cui non abbiamo penuria sono i nemici. Userei il suo potere contro lord Renly, o lord Stannis, nel caso dovesse muoversi dalla Roccia del Drago. In cambio, le darei giustizia per la morte di Jon Arryn e pace per la Valle. Potrei addirittura arrivare a nominare quella sua larva di figlio protettore dell'Est, il titolo che aveva suo padre.» "Voglio vederlo volare." La vocetta del piccolo Arryn continuava a martellare nella memoria del Folletto. «E per suggellare l'accordo, le darei mia nipote.»

Tyrion ebbe il piacere di vedere un lampo di genuina sorpresa negli occhi grigioverdi di lord Petrys Baelish: «Myrcella?...».

«Quando avrà raggiunto l'età da marito, potrà andare in sposa al piccolo lord Robert. E fino a quel momento, potrebbe essere la protetta di lady Lysa al Nido dell'Aquila.»

«E sua maestà la regina reggente che cosa pensa di questo tuo piano?» Tyrion scrollò le spalle e Ditocorto si fece una risata. «Proprio come immaginavo. Sei un piccolo uomo insidioso, Lannister. Sì, certo che potrei cantarla una bella canzoncina a Lysa.» Adesso era riapparso sul suo volto il sorrisetto melefico, accompagnato da uno sguardo infido. «Se solo volessi...»

Tyrion annuì, rimanendo in attesa, ben sapendo che Ditocorto non amava i lunghi silenzi.

«Quindi» riprese lord Baelish dopo una pausa, con fare sfrontato «in tutto questo, io che cosa ci guadagno?»

«Harrenhal.»

Fu interessante osservare la faccia di Ditocorto. Suo padre era stato il più piccolo dei signorotti. Suo nonno un cavaliere senza terra. Per nascita, gli spettavano nient'altro che pochi acri di terreno pietroso e battuto dal vento sulla costa di uno dei promontori delle Dita. Harrenhal era uno dei frutti più ambiti dell'intero reame, le terre che lo circondavano estese e ricche e fertili, la grande fortezza al centro di esse una delle più imponenti della terra dell'Occidente... talmente imponente, infatti, da far sembrare piccolo Delta delle Acque, dove Petyr Baelish era stato allevato dalla Casa Tully, per ritrovarsi poi bruscamente espulso quando aveva osato alzare gli occhi sulla figlia di lord Hoster.

Ditocorto si concesse qualche attimo per sistemare il bordo del mantello, ma a Tyrion non era affatto sfuggito il lampo di rapacità in quei suoi occhietti da gatto famelico. "Lo tengo in pugno." Di questo, il Folletto era certo.

«Harrenhal è una fortezza maledetta» disse lord Petyr dopo un momento, cercando di apparire tediato.

«E allora falla radere al suolo e costruiscine un'altra che sia di tuo gusto. Non credo che ti mancheranno i fondi. È mia intenzione elevarti a lord feudatario del Tridente. Quei lord dei fiumi hanno dato prova che di loro non ci si può fidare. Che quindi giurino fedeltà a te per le loro terre.»

«Perfino i Tully?»

«Ammesso che sia rimasto ancora qualche Tully una volta che avremo finito con loro.»

Ditocorto parve proprio come una ragazzino discolo che si fosse appena leccato il miele da un alveare di nascosto. Cercava di stare attento se c'erano delle api in agguato, ma quel miele era talmente dolce...

«Harrenhal, tutte le sue terre e tutti i suoi introiti» valutò. «Un'unica stoccata, e tu fai di me uno dei più potenti lord dei Sette Regni. Non che io voglia essere ingrato, mio lord di Lannister, ma... Perché?»

«Tu hai servito mia sorella molto devotamente quando si è trattato di sistemare la successione.»

«Anche Janos Slynt l'aveva servita devotamente. E anche a lui era stato dato il castello di Harrenhal... solo per portarglielo via nel momento in cui lui aveva cessato di essere utile.»

«Un punto a tuo favore, lord Baelish» rise Tyrion. «Che ti posso dire? Ho bisogno di te per portare lady Lysa dalla nostra parte, mentre non avevo alcun bisogno di Janos Slynt.» Scrollò le spalle deformi. «Meglio avere te sullo scranno di Harrenhal che Renly Baratheon sul Trono di Spade. Molto semplice, non trovi?»

«Quasi troppo semplice. Tu naturalmente di rendi conto che potrei essere costretto a portare Lysa a letto, di nuovo, per ottenere il suo consenso a queste nozze?»

«Non ho alcun dubbio che sarai del tutto all'altezza della situazione.»

«Quando ti trovi a letto con una donna brutta, dissi una volta a Ned Stark, la cosa migliore da fare è chiudere gli occhi e concludere in fretta.» Ditocorto intrecciò le dita e scrutò negli occhi asimmetrici di Tyrion. «Concedimi quindici giorni per chiudere i miei affari qui e per procurarmi una nave che mi porterà a Città del Gabbiano.»

«Nessun problema.»

«Una mattinata quanto mai piacevole, Lannister.» Ditocorto si alzò. «E anche profittevole... per entrambi, confido.»

Lord Petyr Baelish girò sui tacchi e si dileguò. Tyrion lo guardò andarsene, il mantello giallo che gli svolazzava dietro.

"E due" pensò.

Attese Varys nella sua stanza da letto. L'eunuco prima o poi avrebbe fatto la sua comparsa. Al tramonto, immaginò Tyrion. Ma forse addirittura al sorgere della luna, anche se sperava nel contrario. Volle fare visita a Shae, quella notte. Fu quindi piacevolmente sorpreso quando, meno di un'ora dopo, Galt dei Corvi di Pietra venne ad annunciargli che l'uomo incipriato era alla porta.

«Sei un uomo crudele, Lannister» lo rimproverò il Ragno tessitore «a far stare sulle spine il gran maestro come hai fatto. Pycelle è del tutto incapace di mantenere un segreto.»

«Cos'è che sto sentendo, lord Varys? Proprio dalle tue labbra escono queste parole di rimprovero. O forse preferisci non sapere qual è la mia proposta a Doran Martell?»

«Forse i miei uccelletti mi hanno già informato» ridacchiò Varys.

«Sul serio?» Era proprio ciò che Tyrion voleva sentirsi dire. «E allora, forza, Varys: intrattienimi un po'.»

«Fino a questo punto, Dorne si è tenuta fuori dalla guerra. Doran Martell ha chiamato a raccolta i vessilli, ma nulla di più. Il suo odio verso la Casa Lannister è ben noto, ed è opinione comune che finirà con lo schierarsi con lord Renly. Ed è tuo intendimento dissuaderlo.»

«Tutto ciò è ovvio e scontato» obiettò Tyrion.

«L'unico quesito è che cosa tu possa avergli offerto in cambio della sua alleanza. Il principe è un uomo sentimentale, ancora piange la morte di sua sorella Elia e del suo dolce bambino.»

«Molto tempo fa, mio padre m'insegnò che un vero lord non permette mai ai sentimenti di essere d'intralcio alla propria ambizione... Guarda caso, ora che Janos Slynt ha compiuto la nobile scelta di prendere il nero dei Guardiani della notte, c'è un posto vacante nel Concilio ristretto del re.»

«Carica tutt'altro che disprezzabile» ammise Varys. «Ma sarà sufficiente a far dimenticare a un uomo orgoglioso l'assassinio di sua sorella?»

«E perché dovrebbe dimenticarlo?» sorrise Tyrion. «Ho promesso di consegnargli gli assassini di sua sorella, vivi o morti, come lui preferisce. Dopo che la guerra sarà finita, questo è chiaro.»

Varys gli scoccò un'occhiata furba: «Corre voce che la principessa Elia di Dorne abbia urlato... un certo nome quando vennero a prenderla».

«È un segreto davvero un segreto quando tutti ne sono al corrente?» A Castel Granito, era ben noto che era stato Gregor Clegane a uccidere Elia e il suo figlioletto in fasce. Si diceva che la Montagna che cavalca avesse stuprato e poi sgozzato la principessa con le mani ancora lorde del sangue e della materia cerebrale di suo figlio.

«Questo segreto è di uno degli uomini che hanno giurato fedeltà al lord tuo padre.»

«Mio padre sarebbe il primo a dirti che cinquantamila guerrieri di Dorne valgono bene come un cane idrofobo.»

Varys si accarezzò la guancia incipriata: «Ma che cosa accadrebbe se il principe Doran, oltre a chiedere la testa degli esecutori materiali dell'atrocità, chiedesse anche quella del lord che diede l'ordine?».

«Fu Robert Baratheon a guidare l'insurrezione. Alla fine, tutti gli ordini emanavano da lui.»

«Robert Baratheon non c'era, ad Approdo del Re.»

«Nemmeno Doran Martell c'era.»

«In conclusione, vendetta per il suo orgoglio e uno scranno per la sua ambizione. E poi oro e terre, questo non c'è bisogno di dirlo. Un'offerta allettante... ma può anche essere avvelenata. Se io fossi nei panni del principe, chiederei qualcosa di più prima di accettare. Un qualche pegno di buonafede, una specie di clausola cautelare contro il tradimento.» Il sorriso di Varys era incredibilmente viscido. «Quindi, quale pegno gli darai, mio lord? Questo io mi domando.»

«Tu lo sai» sospirò Tyrion. «O sbaglio?»

«Visto che la metti in questo modo, la risposta è sì, io lo so... Tommen. Mi sembrerebbe un minimo azzardato offrire Myrcella a Lysa Arryn e allo stesso tempo a Doran Martell.»

«Ricordami di non giocare mai più agli indovinelli con te, Varys. Hai l'abitudine di barare.»

«Il principe Tommen è un bravo bambino.»

«E se io riesco a strapparlo alle grinfie di Cersei e di Joffrey quando è ancora piccolo, chissà, potrebbe addirittura diventare un brav'uomo.»

«E anche un buon re?»

«È Joffrey il re.»

«Ma se un qualche avverso destino, gli dei non vogliano, dovesse abbattersi su sua maestà, rimane Tommen l'erede diretto. La cui indole è notoriamente delicata... e decisamente più malleabile di quella del fratello.»

«Quanto sei sospettoso, Varys.»

«Lo considererò un complimento, mio lord. In ogni caso, difficilmente il principe Doran resterà insensibile a un simile onore da parte tua. Mossa molto abile, direi... con un unico, piccolo neo.»

Il Folletto rise: «Di nome Cersei?».

«Cosa potrà mai la ragion di stato contro l'amore di una madre verso il dolce frutto del suo grembo? Forse, in nome della gloria della sua nobile Casa e della sicurezza del reame, la regina potrebbe essere persuasa a privarsi di Tommen o di Myrcella. Ma di entrambi? No di certo.»

«Ciò che Cersei non sa non può danneggiarmi.»

«E se sua maestà scoprisse le tue intenzioni prima che i tuoi piani vengano a maturazione?»

«In tal caso» concluse Tyrion Lannister «io saprei che la persona che glieli ha rivelati è senza dubbio nemica mia.»

Varys ridacchiò e il Folletto sorrise, pensando: "E tre"

SANSA

"Vieni questa notte nel parco degli dei, se vuoi tornare a casa." Era la centesima volta che leggeva quelle parole. Non c'era stato alcun mutamento in esse rispetto alla prima volta che i suoi occhi le avevano incontrate, quando Sansa Stark aveva scoperto il foglio di pergamena piegato sotto il cuscino. Una nota non firmata, non sigillata, scritta in una grafia ignota. Premette la pergamena al petto, ripetendo le parole a se stessa, in un sussurro quasi impercettibile: «Vieni questa notte nel parco degli dei, se vuoi tornare a casa».

Che cosa poteva significare? Non sarebbe stato forse meglio portare quel messaggio alla regina, in modo da dimostrarle quanto lei fosse leale? Nervosamente, si passò una mano sullo stomaco. Il violento livido violaceo che ser Meryn Trant le aveva lasciato aveva cominciato a sbiadire in un giallastro orribile, ma continuava comunque a dolere. Quando il cavaliere della Guardia reale l'aveva pestata, il suo pugno era coperto da un guanto di maglia di ferro. Sansa chiuse gli occhi, li riaprì. Era stata colpa sua: non aveva ancora imparato a celare le proprie emozioni, in modo da non suscitare l'ira di Joffrey. Quando aveva sentito che il Folletto aveva spedito Janos Slynt alla Barriera, la sua reazione era stata più forte di lei. «Spero che gli Estranei se lo portino alla dannazione» aveva detto. Il re non era stato contento.

"Vieni questa notte nel parco degli dei, se vuoi tornare a casa."

Sansa aveva pregato con tale intensità... Che fosse questa, finalmente, la risposta alle sue preghiere? Che un vero cavaliere, finalmente, fosse arrivato a salvarla? Forse si trattava di uno dei gemelli Redwyne, oppure del valoroso ser Balon Swann... o addirittura di Beric Dondarrion, il giovane lord che la sua amica

Jeyne Poole aveva amato, con i suoi capelli rosso oro e la manciata di stelle sul mantello nero.

"Vieni questa notte nel parco degli dei, se vuoi tornare a casa."

E se invece era un altro, crudele scherzo di Joffrey, come il giorno in cui l'aveva portata sulle mura a vedere il cranio mozzato di suo padre infilato su una picca? Una trappola, sì: un viscido trucco per provare che lei non era leale: se fosse andata nel parco degli dei, là, sotto l'albero-cuore, avrebbe trovato ad aspettarla ser Ilyn Payne, con Ghiaccio in pugno, i suoi occhi chiari che scrutavano il buio in attesa del suo arrivo.

"Vieni questa notte nel parco degli dei, se vuoi tornare a casa."

La porta si aprì. In tutta fretta, Sansa fece sparire il messaggio sotto il lenzuolo e sedette sul letto. Era una delle sue ancelle, quella timida e silenziosa con i capelli castani crespi.

«Che cosa vuoi?» domandò Sansa.

«La mia signora desidera un bagno, questa sera?»

«Un fuoco, forse... ho freddo.» Perché, anche se era stata una giornata calda, Sansa stava tremando.

«Come desideri.»

Sansa occhieggiò la ragazza con sospetto. Che avesse visto il messaggio? Che fosse stata lei a metterlo sotto il cuscino? Non sembrava probabile. Sembrava stupida, quella ragazza, non il tipo da consegnare note segrete. Sansa però non la conosceva: la regina aveva imposto che i suoi servitori venissero cambiati a ogni ciclo di luna, in modo da evitare che uno di loro facesse amicizia con lei.

Una volta che il fuoco fu acceso nel caminetto, Sansa ringraziò in fretta la ragazza e le ordinò di uscire. La servetta fu veloce nell'obbedire, come sempre, ma Sansa decise che c'era qualcosa d'infido nel suo sguardo. Stava correndo a fare rapporto alla regina, nessun dubbio, o forse a Varys. Tutte le ancelle la spiavano, Sansa ne era certa.

Una volta sola, Sansa gettò la pergamena tra le fiamme, osservandola accartocciarsi e annerirsi. "Vieni questa notte nel parco degli dei, se vuoi tornare a casa." Si avvicinò alla finestra. Fuori, vide un cavaliere basso di statura, con indosso un'armatura pallida come la luna e una spessa cappa bianca, passeggiare avanti e indietro sul ponte levatoio. Dall'altezza, poteva trattarsi solamente di ser Preston Greenfield. La regina le aveva concesso di muoversi per il castello liberamente, ma se lei avesse cercato di lasciare il Fortino di Maegor a quell'ora di notte, ser Preston avrebbe comunque voluto sapere dove stava andando. Che cosa gli avrebbe detto? Di colpo, fu lieta di aver bruciato il messaggio.

Si slacciò il vestito e scivolò sotto le coperte, ma il sonno non venne. "Sarà ancora là?" si domandò. "Quanto a lungo mi aspetterà?" Che cosa crudele mandarle quella nota senza aggiungere altro. Pensieri e dubbi continuarono a vorticarle nella mente.

Se solo ci fosse stato qualcuno a consigliarle che cosa fare. Le mancava septa Mordane. E ancora di più le mancava Jeyne Poole, la sua più sincera amica. La septa era stata decapitata come gli altri, suo unico crimine aver servito la Casa Stark. Quanto a Jeyne, non aveva idea di che fine avesse fatto. Dopo la strage nella Fortezza Rossa, Jeyne era scomparsa dalle sue stanze e nessuno ne aveva più fatto cenno. Sansa cercava di non pensare a loro troppo spesso, ma, a volte, i ricordi tornavano ed era arduo ricacciare le lacrime. Ogni tanto, Sansa sentiva addirittura nostalgia di sua sorella. Ormai, Arya doveva essere già sana e salva a Grande Inverno, a danzare e a ricamare, giocando con Bran e con il piccolo Rickon, perfino andando a cavallo per la città dell'inverno, se lo avesse desiderato. Anche a Sansa era permesso andare a cavallo, ma solo nel cortile interno, e girare in tondo tutto il tempo dopo un po' diventava noioso.

Era ancora del tutto sveglia quando udì le grida. Lontane, al principio, poi via via sempre più vicine. Molte voci che urlavano tutte insieme. Non riuscì a distinguere che cosa dicessero. E c'erano anche scalpitare di cavalli, pestare di stivali, comandi gridati in modo perentorio. Si accostò cautamente alla finestra e vide degli uomini che correvano sulla sommità delle mura muniti di torce e armati di picche. "Torna a letto" si disse Sansa. "Non è nulla che ti riguardi, solo altri disordini in città." Ultimamente, attorno ai pozzi del castello si parlava solo delle sommosse in città. La gente scappava dalla guerra cercando rifugio ad Approdo del Re, e molti non avevano altro modo per sopravvivere se non rapinando e assassinando. "Va' a letto..."

Ma quando guardò di nuovo, il cavaliere bianco se n'era andato e il ponte che attraversava il fossato senz'acqua era abbassato ma privo di difesa.

Senza nemmeno pensare, Sansa corse al guardaroba. "Oh, ma che cosa sto facendo?" si domandò, ma continuò a vestirsi in fretta. "Questa è una follia." Sulle mura esterne, poteva vedere le fiamme di molte torce. Che Stannis e Renly, alla fine, fossero arrivati a uccidere Joffrey e a riprendersi il trono di loro fratello? Ma se così fosse stato, le guardie avrebbero alzato il ponte levatoio, isolando il Fortino di Maegor dal resto della Fortezza Rossa. Sansa si gettò sulle spalle una semplice cappa grigia e prese il coltello che usava per tagliare la carne. "Se è una trappola, meglio morire che permettere che continuino a farmi del male." Nascose la lama sotto il mantello.

Nel momento in cui scivolò fuori, nella notte, una colonna di armigeri dai mantelli porpora corse pesantemente verso le mura esterne. Sansa attese che fossero passati prima di lanciarsi di corsa lungo il ponte levatoio sguarnito. Nel cortile, altri armati si stavano affibbiando i cinturoni delle spade e sellando i cavalli. In prossimità delle stalle, Sansa notò ser Preston e tre altri cavalieri della Guardia reale, le loro cappe bianche splendenti come la luna mentre aiutavano Joffrey a indossare l'armatura. Alla vista del re, Sansa sentì il cuore in gola, ma lui non la vide, per fortuna: stava urlando che gli portassero la spada e la balestra.

Sansa scivolò ancora più in profondità nel maniero, il clamore che si smorzava dietro di lei. Non osò guardarsi alle spalle, nemmeno per un istante, nel timore che Joffrey potesse averla vista o, addirittura peggio, che la stesse inseguendo. La scalinata a spirale saliva poco più in là, i gradini di pietra tagliati in obliquo dalle deboli lame di luce proiettate dalle strette finestre più in alto. Sansa aveva il respiro corto quando raggiunse la cima. Corse lungo un colonnato avvolto dalle ombre, appiattendosi con la schiena contro il muro per riprendere fiato. Qualcosa strisciò contro la sua gamba e Sansa sobbalzò, terrorizzata. Un gatto, era solamente un gatto nero e spelacchiato, con un'orecchia mozza. L'animale le soffiò, poi corse via.

Quando finalmente raggiunse il parco degli dei, i rumori degli uomini d'arme si erano affievoliti in un rumore smorzato di metallo e di grida lontane. Sansa si strinse nella cappa. L'aria del giardino sacro era ricca degli odori della terra e delle foglie. "A Lady sarebbe piaciuto questo posto." C'era sempre qualcosa di selvaggio in ogni parco degli dei; perfino in questo, situato nel cuore del castello nel cuore della città, era come se gli dei stessero osservando con i loro mille occhi invisibili.

Sansa aveva preferito gli dei di sua madre rispetto a quelli di suo padre. Aveva amato le loro statue, le immagini di vetro colorato, la fragranza dell'incenso, i septon con le loro tonache e i loro cristalli, la cangiante meraviglia degli arcobaleni sopra altari intarsiati di madreperla, di onice e lapislazzuli. Eppure non poteva negare che il parco degli dei era pervaso da un certo potere, specialmente di notte. "Aiutatemi. Mandatemi un amico, un vero cavaliere che si schieri per me..."

Si spostò da un albero all'altro, la corteccia scabra dei tronchi sotto le sue dita. Le foglie le accarezzavano il viso. Era arrivata troppo tardi? Lui non poteva essersene andato così presto... Ma c'era mai stato, là? Doveva rischiare di chiamare ad alta voce? Era tutto così quieto...

«Temevo non saresti venuta, piccola.»

Sansa roteò su se stessa. Un uomo emerse dalle ombre, un uomo dalla corporatura tozza, dal collo corto e dal passo incerto. Indossava un mantello grigio con il cappuccio sollevato. Per un fugace momento, la luce della luna sfiorò la sua faccia. Sansa notò la pelle chiazzata, malsana, percorsa dall'intrico di sottili vene violacee.

«Ser Dontos!» esclamò Sansa in un soffio, il cuore spezzato. «Sei tu?»

«Sì, mia lady.» Quando le si avvicinò, Sansa si sentì investire da una zaffata del suo alito graveolente di vino. «Io.» Allungò una mano verso di lei.

«No! Non farlo!» Sansa fece un salto all'indietro, la mano che s'infilava sotto la cappa alla ricerca del coltello. «Che cosa... cosa vuoi da me?»

«Solo aiutarti. Come tu hai aiutato me.»

«Sei ubriaco, non è vero?»

«Solo una coppa di vino, per farmi coraggio. Se mi prendono, mi scuoiano.»

"E che cosa faranno a me?" Sansa si ritrovò di nuovo a pensare a Lady. La sua meta-lupa era in grado di percepire la menzogna, ma ormai Lady era morta, abbattuta da suo padre, a causa di Arya. Sansa estrasse il coltello e lo protese davanti a sé, impugnandolo a due mani.

«Hai intenzione di pugnalarmi?» domandò ser Dontos.

«Sono pronta a farlo. Dimmi chi ti manda.»

«Nessuno mi manda, dolce lady. Te lo giuro sul mio onore di cavaliere.»

«Di cavaliere?» Joffrey aveva decretato che ser Dontos non lo era più, un cavaliere, ma solo un giullare, ancora più in basso di Ragazzo di luna. «Ho pregato gli dei perché un cavaliere venisse a salvarmi. Ho pregato e pregato. Come hanno potuto mandarmi uno stolto vecchio ubriacone ridotto a giullare?»

«Questo, credo di meritarmelo... Lo so che è strano, ma... tutti quegli anni che sono stato cavaliere, in realtà ero solo un giullare. E adesso che lo sono veramente penso... ecco, io penso che da qualche parte dentro di me riuscirò a trovare la forza di essere di nuovo un cavaliere, dolce lady. Ed è stato tutto merito tuo, della tua grazia, del tuo coraggio. Tu mi hai salvato, e non solo da Joffrey. Anche da me stesso.» La sua voce s'incrinò. «I cantastorie narrano di un altro giullare, il quale fu il più grande di tutti i cavalieri...»

«Florian» disse Sansa in un sussurro. Sentì un brivido correrle giù per la schiena.

«Dolce lady, lascia che io sia il tuo Florian» disse Dontos con umiltà. Poi cadde in ginocchio davanti a lei.

Lentamente, Sansa abbassò la lama. Aveva l'impressione di essere come senza peso, quasi stesse fluttuando nel vuoto. "È una pura follia fidarmi di questo ubriacone. Ma se rinuncio adesso... avrò mai un'altra possibilità?"

«In che modo... in che modo intendi portarmi via?»

«Farti uscire dal castello sarà la parte più difficile.» ser Dontos levò lo sguardo su di lei. «Ma una volta fuori, ci sono navi che ti riporteranno a casa. Devo solo trovare i soldi e prendere accordi, questo è tutto.»

«Non potremmo andare adesso?» Sansa osò sperare.

«Questa notte? No, mia lady, temo proprio di no. Prima devo trovare il modo per farti uscire dalla Fortezza Rossa, quando sarà il momento giusto. Non sarà cosa facile, né rapida. Loro sorvegliano anche me.» Si passò nervosamente la lingua sulle labbra. «Non vuoi mettere via quel coltello?»

Sansa fece sparire la lama sotto la cappa: «Alzati, cavaliere».

«Ti ringrazio, dolce lady.» Goffamente, ser Dontos si rimise in piedi, togliendosi foglie e terriccio dalle ginocchia. «Il lord tuo padre era un uomo onesto come pochi il reame ha conosciuto, ma io sono rimasto a guardare mentre loro lo uccidevano. Non ho detto nulla, non ho fatto nulla... Eppure, quando Joffrey stava per uccidere anche me, tu hai parlato in mia difesa. Lady, non sono mai stato un eroe, non sono Ryam Redwyne o Barristan il Valoroso. Non ho vinto nessun torneo, non mi sono distinto in nessuna guerra... Ma ero un cavaliere, un tempo e tu mi hai aiutato a ricordare che cosa questo significa. La mia vita è poca cosa, ma essa comunque ti appartiene.» Ser Dontos pose una mano sul tronco contorto dell'albero-cuore. Sansa si rese conto che l'uomo tremava. «Io giuro, e che gli dei di tuo padre mi siano testimoni, di farti ritornare a casa.»

"Ha giurato." Una promessa solenne, fatta di fronte agli dei. «E allora, ser... Io sono nelle tue mani. Ma come saprò che è venuto il tempo di andare? M'invierai un altro messaggio?»

«Il rischio è troppo grande.» Ser Dontos si guardò attorno con aria circospetta. «Dovrai venire qui, nel parco degli dei, quanto più spesso possibile. È l'unico posto sicuro. Questo e nessun altro. Non nelle tue stanze, non nelle mie, non sulla scala a spirale, non nel cortile... Perfino se sembrerà che siamo soli. Le pietre hanno orecchie nella Fortezza Rossa, ed è solamente qui che potremo parlare liberamente.»

«Solamente qui» annuì Sansa. «Lo ricorderò.»

«E se dovessi sembrarti cattivo, indifferente o sprezzante quando ci sono altri attorno a noi, ti prego fin d'ora di perdonarmi, mia piccola. Devo interpretare una parte, e anche tu dovrai fare lo stesso. Basta un passo falso, uno solo, e le nostre teste finiranno ad adornare le mura insieme a quella di tuo padre.»

Sansa annuì: «Mi rendo conto».

«Dovrai essere coraggiosa e forte... e paziente. Questo soprattutto: paziente.»

«Lo sarò» promise lei. «Ma... ti prego... cerca di agire più in fretta che puoi. Ho paura...»

«Anch'io ho paura» ammise ser Dontos con un sorriso vacuo. «Ora è meglio che tu vada, prima che si accorgano che ti sei assentata.»

«Tu non vieni con me?»

«È meglio che non ci vedano insieme.»

Sansa annuì, fece un passo... poi all'improvviso si girò e andò a deporre un rapido bacio sulla guancia di ser Dontos, gli occhi chiusi: «Mio Florian!» sussurrò. «Gli dei hanno ascoltato le mie preghiere...»

Corse per il sentiero lungo il fiume, oltre le cucine piccole, oltre il cortile dei maiali, il suono dei suoi passi frettolosi coperto dai versi degli animali nei loro recinti.

"A casa!" Sansa non poteva pensare ad altro. "Sta per portarmi a casa, per mettermi al sicuro, mio Florian!" Le canzoni su Florian e Jonquil era sempre state le sue preferite. "Pure Florian era brutto, anche se non così vecchio."

Sansa si precipitò giù per la scalinata a spirale, quando una figura nera emerse da un androne nascosto, come dal nulla. Sansa gli finì dritto addosso, perdendo l'equilibrio. Dita d'acciaio si chiusero attorno al suo polso, evitando che cadesse.

«È una lunga caduta fino al fondo dei gradini a spirale, uccelletto» le disse una voce aspra, raschiante. «Vuoi che ci ammazziamo entrambi?» La risata pareva il suono di una sega strisciata contro la roccia. «Forse è proprio questo che vuoi.»

"Il Mastino!"

«No, mio lord, chiedo scusa, non vorrei mai questo.» Sansa cercò di guardare altrove. Troppo tardi: Sandor Clegane l'aveva riconosciuta. Lottò per divincolarsi: «Ti prego, mi stai facendo male».

«E che ci fa l'uccelletto di Joffrey a caracollare giù per la scalinata a spirale nel mezzo della notte?» Sansa non rispose. Il Mastino la scosse. «Dove sei stata?»

«Al pa-pa-parco degli dei, mio lord.» Sansa non osò mentire. «A pregare... per mio padre e... per il re. Sì, a pregare che non gli succeda niente.»

«Credi davvero che sia ubriaco al punto da crederci?» Clegane la lasciò andare, barcollando leggermente nel raddrizzarsi, il suo volto orrendamente bruciato era un mosaico di luci e di tenebre. «Sembri quasi una donna... la faccia, le tette. E sei anche più alta, quasi... ah, ma sei ancora quello stupido piccolo uccelletto, non è così? E canti le canzoncine che loro ti hanno insegnato... Cantala anche a me, una canzone, perché no? Forza. Canta. Una di quelle belle canzoni su prodi cavalieri e belle fanciulle. A te piacciono i cavalieri, no?»

Le stava facendo paura: «I ve-veri cavalieri, mio lord». «I veri cavalieri, ma certo» la derise lui. «Be', io non sono lord, né cavaliere. Devo dartele per fartelo capire?» Clegane arretrò e per poco non cadde. «Per gli dei» imprecò. «Troppo vino. Ti piace il vino, uccelletto? Il vero vino? Una caraffa di rosso forte, scuro come il sangue, un uomo non ha bisogno d'altro. Di quello o di una donna.» Rise, scuotendo il capo. «Sono ubriaco come un cane, accidenti a me. Vieni adesso. Torna nella tua gabbia, uccelletto. Ti ci porto io. Ti tengo al sicuro per il re.»

Il Mastino le diede una spinta, in modo stranamente delicato, e la seguì giù per i gradini. Quando arrivarono in fondo, il guerriero sfigurato era tornato a sprofondare in un cupo silenzio, quasi avesse dimenticato che lei era lì.

Allorché raggiunsero il Fortino di Maegor, Sansa sobbalzò nel vedere che adesso c'era ser Boros Blount a sorvegliare il ponte. Il suo elmo bianco si voltò di scatto all'udire il suono dei loro passi. Sansa evitò il suo sguardo. Di tutti i cavalieri della Guardia reale, ser Boros era il peggiore: un uomo terribile e infido, tutto digrignare denti e smorfie malvagie.

«Non è uno di cui devi aver paura, ragazzina.» Il Mastino le pose una mano massiccia sulla spalla. «Dipingi delle righe su un rospo e rimane un rospo: non sarà mai una tigre.»

Ser Boros sollevò la celata: «Ser, dove...».

«Mettitelo su per il culo il tuo ser, Boros. Sei tu il cavaliere, non io. Io sono il cane del re, ricordi?»

«E il re prima lo stava cercando, il suo cane.»

«Il cane era ad abbeverarsi. Toccava a te questa notte proteggerlo, ser. A te e ai miei altri... fratelli.»

Ser Boros si rivolse a Sansa: «Come mai non ti trovi nelle tue stanze a quest'ora, lady?».

«Sono andata nel parco degli dei a pregare per la salvezza di sua maestà il re.» Questa volta la menzogna le venne fuori meglio. Sembrò quasi vera.

«Ti aspettavi forse che potesse dormire con tutto quel baccano?» ribatté Clegane. «Che stava succedendo?»

«Degl'idioti alle porte» ammise ser Boros. «Alcune lingue lunghe hanno messo in giro la voce dei preparativi per la festa di nozze di Tyrek, così quei sacchi di sterco hanno creduto di poter fare festa anche loro. Sua maestà ha guidato una sortita e li ha messi in fuga.»

«Ragazzo coraggioso.» La bocca di Clegane si distorse nel pronunciare queste parole.

"Vedremo quanto sarà coraggioso quando si ritroverà a dover affrontare mio fratello" pensò Sansa. Il Mastino la scortò oltre il ponte levatoio. Nel salire le scale del fortino, Sansa non si trattenne: «Perché permetti alla gente di chiamarti cane? Mentre non permetti a nessuno di chiamarti cavaliere?».

«I cani sono molto meglio dei cavalieri. Il padre di mio padre era mastro dei canili di Castel Granito. In uno degli anni di un autunno, lord Tytos si ritrovò tra una leonessa e la sua preda. Alla leonessa non fregava un cazzo di essere l'emblema dei Lannister e sbranò il cavallo di Tytos... e avrebbe sbranato anche Tytos se mio nonno non fosse arrivato con i mastini. Tre cani morirono prima che il resto del branco la mettesse in fuga, e mio nonno perse una gamba, così Lannister lo ripagò dandogli delle terre e un torrione, e suo figlio divenne suo scudiero. I tre cani sul vessillo dei Clegane rappresentano quei tre che morirono nello scontro con la leonessa, nel giallo dell'erba d'autunno. Un mastino morirà per te, ma non ti mentirà mai. E ti guarderà dritto in faccia.»

Sandor Clegane le afferrò il mento sollevandolo, le sue dita una morsa dolorosa.

«Molto di più di quanto sanno fare gli uccelletti, o sbaglio? E io non l'ho ancora avuta, la mia canzone.»

«Io... ne so una su Florian e Jonquil.»

«Florian e Jonquil? Un idiota e la sua troia. Risparmiamela. Un giorno però, io l'avrò una canzone da te, che ti piaccia o no.»

«Canterò volentieri per te.»

«Che cosina graziosa sei» grugnì Sandor Clegane «e una così pessima bugiarda. Un mastino sente il puzzo delle menzogne, lo sai? Guardati attorno e annusa bene: sono tutti bugiardi qui... e tutti più bravi di te a mentire.»

Si arrampicò fino alle biforcazioni più alte, finché riuscì a vedere dei comignoli che si aprivano la strada tra le chiome degli alberi. Tetti di paglia si ammucchiavano in prossimità della sponda del lago e del piccolo fiume che vi si riversava. Un molo di legno si allungava nell'acqua a lato di un lungo edificio basso dal tetto di tegole.

Arya avanzò ancora di più sul ramo, avanzò fino a quando non cominciò a flettersi e a scricchiolare sotto il suo peso. Non c'erano barche ormeggiate al molo, ma sottili dita di fumo si levavano da alcuni dei camini. Da una stalla sporgeva il retro di un carro.

"C'è qualcuno là." Arya si mordicchiò il labbro. Tutti gli altri luoghi che avevano superato erano vuoti, desolati: fattorie, villaggi, castelli, templi, stalle, non faceva nessuna differenza che cosa fossero, qualsiasi cosa potesse bruciare, i Lannister l'avevano bruciata. Qualsiasi cosa potesse essere uccisa, loro l'avevano uccisa. Dove era stato possibile, avevano addirittura dato fuoco alle foreste; le foglie, però, erano ancora verdi, bagnate per la pioggia che era caduta, e il fuoco non aveva potuto dilagare. «Avrebbero incendiato anche il lago, se avessero potuto farlo» aveva commentato Gendry, e Arya sapeva che aveva ragione. La notte della loro fuga, le fiamme della città tramutata in un rogo si erano riflesse sulle acque con tale intensità da dare l'impressione che il lago stesse realmente bruciando.

La notte seguente, erano riusciti a trovare il coraggio di tornare ad avventurarsi tra le rovine del fortino. Non restava nient'altro che pietre annerite, case ridotte a crisalidi sventrate e cadaveri. Qua e là, esili tentacoli di fumo livido si ostinavano a sollevarsi da sotto le ceneri. Frittella li aveva implorati di non andare, Lommy aveva dato loro degli stupidi, garantendo che ser Amory Lorch li avrebbe presi e uccisi. Ma quando arrivarono al fortino, Lorch e i suoi uomini se n'erano andati da un pezzo. Trovarono le porte divelte, le mura parzialmente abbattute e l'interno disseminato di morti insepolti.

«Li hanno uccisi tutti.» A Gendry era bastata una sola occhiata. «Anche i cani gli sono andati addosso... guarda.»

«Oppure i lupi.»

«Cani, lupi, non cambia niente. Qui è finita.»

Ma Arya aveva rifiutato di andarsene fino a quando non avessero trovato Yoren. Lui non potevano averlo ucciso, aveva ripetuto a se stessa, era troppo forte e pericoloso. Ed era un confratello dei Guardiani della notte. Tanto aveva ripetuto a Gendry mentre si aggiravano tra i cadaveri.

Il colpo d'ascia che lo aveva abbattuto gli aveva aperto il cranio in due, rendendolo quasi irriconoscibile. Ma l'ispida barba arruffata e i malridotti panni neri, talmente scoloriti dal tempo e dall'usura da apparire ormai quasi grigi, potevano appartenere solamente all'anziano corvo errante. Ser Amory Lorch non si era preoccupato di seppellire i suoi stessi caduti più di quanto avesse fatto per quelli che aveva macellato. C'erano i resti di quattro soldati Lannister ammucchiati tutto attorno a Yoren. Arya non poté fare a meno di domandarsi quanti ce n'erano voluti per abbatterlo.

"Mi stava portando a casa." Mentre scavava la fossa del vecchio, quel pensiero continuava a rimbalzarle nella mente. C'erano troppi morti per seppellirli tutti, ma almeno Yoren meritava una tomba, aveva insistito Arya. "Mi avrebbe fatto arrivare a Grande Inverno, lo aveva promesso." Una parte di lei voleva piangerlo, una parte voleva prenderlo a calci.

Era stato Gendry a farsi venire in mente il torrione del Lord e i tre che Yoren aveva mandato a difenderlo. Anche loro si erano ritrovati sotto attacco, ma la torre cilindrica aveva un unico ingresso, una porta al secondo piano raggiungibile solo a mezzo scala. Nel momento in cui questa era stata ritratta, per gli uomini di ser Amory non era stato possibile raggiungere i difensori. I Lannister avevano ammucchiato fascine alla base della torre e vi avevano appiccato il fuoco, ma la pietra non poteva bruciare e Lorch non aveva avuto la pazienza di prendere quei tre per fame. Alle grida di Gendry, fu Cutjack ad aprire la porta. Kurz aveva detto che era meglio continuare verso nord piuttosto che tornare indietro. In Arya, la speranza si era riaccesa: forse sarebbe comunque riuscita a raggiungere Grande Inverno.

Be', quell'immoto villaggio davanti a lei, sulla riva dell'Occhio degli Dei, non era Grande Inverno, ma i tetti di paglia promettevano calore e rifugio e forse anche del cibo. Se loro avessero avuto coraggio sufficiente da correre il rischio. "Solo che là potrebbe esserci Lorch: ha i cavalli, può muoversi più in fretta di noi."

Rimase a osservare dall'albero per molto tempo, cercando di vedere qualcosa: un uomo, un cavallo, un vessillo, qualsiasi cosa che potesse aiutarla a capire. A tratti, ebbe la percezione di movimenti, ma le strutture erano troppo lontane, non era possibile discernere nulla di definito. A un certo punto, udì con chiarezza il nitrito di un cavallo.

Il cielo era pieno di uccelli, corvi soprattutto. Visti da quella distanza, nel loro volteggiare, nel loro ammassarsi sopra i tetti di paglia, sembravano uno sciame di mosche. Verso est, la lastra azzurra martellata dal sole dell'Occhio degli Dei invadeva metà dell'orizzonte. Certi giorni, mentre avanzavano sulla sponda fangosa – Gendry non aveva nemmeno voluto sentire parlare di continuare lungo le strade, e perfino Frittella e Lommy avevano condiviso quella scelta – Arya aveva la sensazione che il lago la stesse chiamando. Avrebbe voluto saltare in quelle placide acque azzurre, sentirsi pulita, nuotare e giocare e giacere al sole. Ma non osava togliersi i vestiti di fronte agli altri, nemmeno per lavarli. Al termine della giornata, spesso si sedeva su una roccia e faceva andare i piedi avanti e indietro, tenendoli immersi nell'acqua fresca. Alla fine aveva gettato via le scarpe tutte rotte, marce. Sulle prime, camminare a piedi nudi era stato arduo, ma poi le vesciche erano scoppiate, le scorticature si erano rimarginate e il fondo dei suoi piedi era diventato duro e resistente come il cuoio. Le piaceva sentire il fango che s'insinuava fra le dita, le piaceva sentire la terra sotto i piedi nel camminare.

Dal suo punto di osservazione, in direzione nordest, riusciva a vedere una piccola isola coperta di boschi. A un centinaio di piedi dalla riva, tre cigni neri nuotavano sulla superficie, maestosi, incredibilmente sereni... A loro, nessuno aveva detto che c'era la guerra, a loro non importava che le città venissero date alle fiamme e che gli uomini si facessero a pezzi gli uni con gli altri. Arya li osservò con desiderio. Una metà di lei avrebbe voluto essere un cigno, l'altra metà avrebbe voluto mangiarne uno. La sua colazione era stata a base di pasta di ghiande e di insetti. Gli scarafaggi non erano poi male una volta che ci si abituava. I vermi erano peggio, ma non peggiori dei dolori al ventre dopo giorni interi senza toccare cibo. Gli scarafaggi erano anche facili da trovare: bastava dare un calcio a un sasso. Quando era una bambina molto piccola, Arya ricordava di averne mangiato uno, giusto per far gridare Sansa, così adesso non aveva paura di mangiarne altri. Nemmeno Donnola aveva paura di farlo, ma quando Frittella cercò di mandare giù un millepiedi, finì con il vomitarlo, mentre Lommy e Gendry non ci provarono neanche. Il giorno prima, Gendry aveva preso una rana e l'aveva condivisa con Lommy. Un altro giorno, Frittella si era ingozzato di bacche selvatiche. In generale, però, sopravvivevano a ghiande e ad acqua. Kurz aveva insegnato loro come schiacciare le ghiande fino a trasformarle in una specie di pasta. Aveva un sapore atroce.

Quanto avrebbe voluto che il bracconiere non fosse morto: lui conosceva i boschi più di tutti quanti loro messi insieme, ma era stato colpito da una freccia alla spalla nel ritirare la scala all'interno del torrione. Tarber aveva coperto la ferita con un impacco di fango e di muschio presi dalla riva del lago. Per un paio di giorni, Kurz aveva insistito nel dire che non c'era da preoccuparsi, anche se la pelle della gola gli diventava sempre più nera e lividi violacei gli avevano invaso tutto il torace. Un mattino, infine, non riuscì a trovare la forza di alzarsi e il mattino dopo era morto.

Lo seppellirono sotto un tumulo di pietre. Cutjack si prese la sua spada e il corno da caccia, Tarber s'impossessò dell'arco, degli stivali e del coltello. Spogliarono il corpo di tutto e se ne andarono. Sulle prime, Arya e gli altri avevano pensato che fossero andati a caccia, che presto sarebbero tornati con la selvaggina e tutti avrebbero mangiato. Così loro aspettarono e aspettarono, inutilmente. Alla fine Gendry decise che era tempo di rimettersi in marcia. Forse Cutjack e Tarber avevano pensato di potersela cavare meglio senza quel grappolo di ragazzi orfani alle calcagna. Il che era probabilmente vero, ma questo non impedì ad Arya di odiarli per averli abbandonati.

Sotto l'albero sul quale si era arrampicata, Frittella abbaiò come un cane. Kurz aveva detto loro di fare versi di animali per comunicare, un vecchio trucco da bracconieri, ma era morto prima di riuscire a insegnare loro come fare i versi nel modo giusto. I richiami da uccello di Frittella erano ridicoli, il suo abbaiare andava meglio, ma non di molto.

Arya scese a un ramo più basso, le braccia distese per mantenere l'equilibrio. "Un danzatore dell'acqua non cade mai." Leggera, le dita dei piedi arcuate attorno al ramo, si spostò di qualche passo, poi saltò giù, calandosi su una biforcazione più grossa. Passando da una presa all'altra, raggiunse il tronco a forza di braccia, facendosi largo con le mani nell'intrico di foglie. Contro le sue mani, sotto le dita dei suoi piedi, la corteccia era scabra e aspra. Arya discese l'ultimo tratto in fretta, saltando da almeno sei piedi e rotolando sul terreno per attutire la caduta.

«Sei rimasta lassù per un bel po'.» Gendry le diede una mano a rialzarsi. «Che cosa hai visto?»

«Un piccolo villaggio di pescatori, più a nord lungo la riva. Ventisei tetti di paglia e uno di tegole, li ho contati. Ho visto anche parte di un carro. C'è qualcuno là.»

Nell'udire la sua voce, Donnola uscì dai cespugli. Era stato Lommy ad affibbiare quel soprannome. Diceva che lei assomigliava proprio a una donnola. Non era vero, ma non potevano continuare a chiamarla la "bambina che piangeva" anche dopo che aveva smesso di piangere. La sua bocca era lercia. Arya sperò che non avesse mangiato di nuovo il fango.

«Gente ne hai vista?» domandò Gendry.

«Tetti più che altro» ammise Arya. «Ma veniva fuori del fumo da alcuni dei camini, e ho anche sentito nitrire un cavallo.»

Donnola si mise la braccia attorno alle gambe, abbracciandola forte. A volte lo faceva.

«Dove c'è gente c'è da mangiare...» Frittella aveva parlato a voce troppo alta. Gendry continuava a dirgli di parlare piano, ma non serviva a niente. «Magari ce ne danno un po'.»

«O magari invece ci uccidono» replicò Gendry.

«Non se ci arrendiamo» fece Frittella, tutto speranzoso.

«Adesso parli come Lommy.»

Lommy Maniverdi sedeva fra due grosse radici sporgenti alla base di una quercia, la schiena appoggiata al tronco. Durante la battaglia al fortino, una punta di lancia lo aveva colpito a un polpaccio. Al tramonto del giorno dopo, era stato costretto a saltellare su una gamba sola tenendo un braccio attorno alle spalle di Gendry. Adesso non ce la faceva più nemmeno a fare quello. Gli altri ragazzi avevano tagliato dei rami e costruito una barella, ma trasportarlo era un'impresa lenta e tormentosa, con Lommy che si lamentava a ogni sussulto.

«Dobbiamo arrenderci» disse. «Doveva farlo anche Yoren. Aprire le porte come loro gli avevano detto.»

Arya proprio non ne poteva più di sentirlo berciare su ciò che Yoren avrebbe o non avrebbe dovuto fare. Quando lo trasportavano, Lommy non parlava d'altro che di quello, del male che gli faceva la gamba e del suo stomaco vuoto.

Ma questa volta, anche Frittella fu d'accordo: «Loro l'avevano detto a Yoren di aprire le porte. Glielo avevano detto nel nome del re. E quello che ti ordinano nel nome del re, tu lo devi fare. È stata tutta colpa di quel maledetto vecchio. Se si fosse arreso, loro ci avrebbero lasciato stare».

Gendry aggrottò la fronte: «Cavalieri e nobili, loro si prendono prigionieri gli uni con gli altri e pagano riscatti. Ma quelli come noi, non gl'importa niente se ci arrendiamo o no». Si girò verso Arya: «Che altro hai visto?».

«Se è un villaggio di pescatori, ci venderanno del pesce, ci scommetto» suggerì Frittella. Il lago era pieno di pesci commestibili, ma loro non avevano nessuna lenza con cui prenderli. Arya aveva cercato di usare le mani, nel modo in cui aveva visto fare a Koss, ma i pesci erano più svelti dei piccioni, e l'acqua giocava strani scherzi agli occhi.

«Di pesce non so niente.» Arya passò le dita tra i capelli di Donnola, impregnati di sporcizia. Forse avrebbe fatto meglio a tagliarglieli. «È pieno di corvi in prossimità dell'acqua. C'è qualcosa di morto laggiù.»

«Pesci, finiti ad arenarsi sulla riva» insistette Frittella. «Se i corvi li mangiano, possiamo mangiarli anche noi.»

«Invece sono i corvi che dobbiamo prendere, mangiarci quelli» intervenne Lommy. «Accendiamo un fuoco e ce li arrostiamo come polli.»

Gendry fece un'espressione truce, come sempre quando li rimproverava. Gli era cresciuta la barba, nera, folta e ispida. «Ho detto: niente fuochi.»

«Lommy ha fame» piagnucolò Frittella. «E anch'io.»

«Abbiamo tutti fame» disse Arya.

«Tu no.» Lommy sputò a terra. «Fiato di verme che non sei altro.»

Arya respinse la tentazione di dargli un calcio sulla ferita: «Ho detto che avrei scavato vermi anche per te, se li volevi».

Lommy fece una faccia disgustata: «Se non fosse per la gamba, andrei a caccia di cinghiali».

«Già me lo vedo...» lo derise Arya. «Ti ci vuole una lancia apposta per abbattere un cinghiale, e cavalli e cani e uomini che lo facciano uscire dalla tana.»

Il lord suo padre andava a caccia al cinghiale nella foresta del Lupo insieme e Robb e a Jon. Una volta, aveva anche portato Bran, ma mai Arya, anche se lei era più grande di Bran. Septa Mordane diceva che la caccia al cinghiale non era roba da signore, e l'unica cosa che la lady sua madre le aveva promesso era un falco, ma solo quando avesse raggiunto l'età giusta. Adesso l'aveva, l'età giusta, ma se avesse avuto un falco se lo sarebbe mangiato.

«E tu che ne sai della caccia al cinghiale?» le domandò Frittella.

«Più di te.»

Gendry non era in vena di starli a sentire: «Piantatela, tutti e due. Devo pensare a che cosa fare». Aveva sempre un'aria sofferente quando si metteva a pensare, come se gli facesse male alla testa.

«Arrendiamoci» incalzò Lommy.

«T'ho detto di farla finita con questa storia dell'arrendersi. Non sappiamo nemmeno chi c'è laggiù. Forse potremmo rubare un po' di cibo.»

«Lommy potrebbe rubarlo, se non fosse per la gamba» disse Frittella. «Faceva il ladro, giù in città.»

«Bel ladro» sbuffò Arya. «A farsi prendere come un fesso.»

Gendry alzò lo sguardo al sole: «Andremo dentro appena fa buio, è il momento migliore. Al calar della notte, vado a dare un'occhiata più da vicino».

«No, ci vado io» intervenne Arya. «Tu fai sempre troppo rumore.»

«Allora ci andiamo tutti e due.» Gendry aveva di nuovo quel suo cipiglio feroce.

«Che ci vada Arry» fece Lommy a Gendry. «Si muove meglio di te.»

«Ci andremo tutti e due, ho detto.»

«Ma che facciamo se non tornate? Frittella non può farcela a trasportami da solo, lo sapete che non può...»

«E poi ci sono i lupi» aggiunse Frittella.» Io li ho sentiti, ieri notte, durante il turno di guardia. Sembravano vicini.»

Anche Arya li aveva sentiti. Dormiva tra i rami di un olmo, ma gli ululati l'avevano svegliata. Era rimasta ad ascoltarli per un'ora buona, il coro delle belve che le mandava brividi gelidi lungo la schiena.

«E tu nemmeno ci permetti di accendere il fuoco per tenerli a distanza» continuò a lamentarsi Frittella. «Non è giusto lasciarci qui in balia dei lupi.»

«Nessuno vi lascia da nessuna parte» ribatté Gendry, contrariato. «Se i lupi vengono, Lommy ha la sua lancia, e ci sarai tu con lui. Arry e io andiamo solo a dare un'occhiata, tutto qui. Torniamo, sta' tranquillo.»

«Chiunque sono, io dico che dovete arrendervi» piagnucolò Lommy. «Ho bisogno di una pozione per la ferita, mi fa un sacco male.»

«Se vedo una qualche pozione, te la porto.» Gendry ne aveva abbastanza. «Arry, andiamo. Voglio arrivare vicino a quelle case prima che il sole tramonti. Frittella, tu tieni qui Donnola, non voglio che ci segua.»

«L'ultima volta che ci ho provato mi ha dato un calcio.»

«Il calcio te lo do io se non la tieni qui.» Senza aspettare una risposta, Gendry si mise in capo il suo elmo con le corna e si avviò.

Arya era quasi costretta a correre per tenergli dietro. Gendry aveva cinque anni più di lei ed era più alto di almeno un piede, con gambe lunghe in proporzione. Per un po' lui non disse nulla. Si limitò a muoversi tra gli alberi con un'espressione dura in volto, facendo troppo rumore. Di colpo, si fermò e si voltò verso di lei: «Credo che Lommy stia per morire».

Arya non ne fu sorpresa. Kurz era morto a causa di una ferita, ed era molto più robusto di Lommy. Quando era il suo turno alla barella, Arya poteva sentire la pelle del ragazzo che bruciava per la febbre, e il tanfo che emanava dalla ferita.

«Forse, se potessimo trovare un maestro...»

«I maestri li trovi solo nei castelli. E anche se ne incontrassimo uno, non si sporcherebbe certo le mani per un tipo come Lommy.» Gendry si chinò per passare sotto un ramo basso.

«Questo non è vero.» Maestro Luwin avrebbe aiutato chiunque ne avesse avuto bisogno, di questo Arya era certa.

«Sta per morire. E prima morirà, meglio sarà per tutti noi. Forse dovremmo semplicemente abbandonarlo, come dice lui. Se a essere ferito fossi io, o te, Lommy non ci penserebbe su due volte a mollarci, lo sai.»

Discesero lungo una fenditura ripida, afferrandosi a contorte radici sporgenti per mantenere l'equilibrio, poi risalirono dall'altra sponda.

«Non ne posso più di trasportarlo» continuò Gendry. «E non ne posso più delle sue lamentele di arrendersi. Se fosse in grado di stare in piedi, gli farei ingoiare i denti. Lommy non serve a niente, e nemmeno la bambina che piange serve a niente.»

«Lascia stareDonnola, ha solo paura e fame, tutto lì.» Arya gettò un'occhiata alle proprie spalle, ma la bambina non li stava seguendo, per fortuna. Frittella doveva averla tenuta ferma, come loro gli avevano detto.

«Non serve a niente» ripeté Gendry, ostinato. «Lei e Frittella e Lommy ci rallentano e basta, e finisce che ci fanno ammazzare. Sei tu l'unico del gruppo che se la sa cavare. Anche se sei una femmina.»

Arya si congelò: «Io non sono una femmina!».

«Certo che lo sei. Credi che sia scemo quanto loro?»

«Non lo sono!»

«E allora tira fuori l'uccello e fatti una pisciata. Forza.»

«Adesso non ho bisogno di pisciare. La faccio quando mi pare.»

«Bugiarda. Non te lo puoi tirare fuori l'uccello perché non ce l'hai. Prima, quando eravamo una trentina, non ci avevo mai fatto caso, ma per fare un goccio d'acqua tu te ne vai sempre nel bosco, da sola. Frittella questo non lo fa, e nemmeno io. Se non sei una femmina, allora devi essere una specie di eunuco.»

«Sei tu l'eunuco.»

«Lo sai che non lo sono.» Gendry sorrise. «Vuoi che me lo tiri fuori e te lo provi? Non ho proprio niente da nascondere.»

«Sì che ce l'hai.» Disperatamente, Arya cercò di allontanare l'argomento dall'uccello che non aveva fra le gambe. «Quelle cappe dorate, giù alla locanda, era te che cercavano. Ma tu non ci hai mai detto il perché.»

«Vorrei saperlo anch'io, il perché. Credo che Yoren lo sapesse, ma non me lo ha mai detto. E tu? Perché hai pensato che cercassero te?»

Arya si morse il labbro. E ricordò ciò che Yoren le aveva detto il giorno in cui le aveva rasato i capelli con il pugnale: "Metà di questa feccia ti getterebbe in pasto alla regina senza pensarci un attimo, in cambio della grazia e, forse, di una manciata di monete d'argento. L'altra metà farebbe lo stesso, ma prima ti stuprerebbe". Gendry era l'unico a essere diverso: la regina voleva anche lui.

«Te lo dico se tu lo dirai a me» gli propose cautamente.

«Te lo direi se lo sapessi, Arry, davvero... È proprio così che ti chiami, o hai un altro nome, da ragazza?»

Arya abbassò lo sguardo alle radici contorte ai suoi piedi. Capì che la finzione era finita. Gendry sapeva, e nei pantaloni, lei non aveva niente con cui convincerlo del contrario. Poteva estrarre Ago e ucciderlo lì, in quel preciso istante, oppure poteva fidarsi di lui. Non era però certa di riuscire a ucciderlo: anche lui aveva la spada ed era molto più forte di lei. L'unica alternativa che le rimaneva era raccontare la verità.

«Lommy e Frittella non devono sapere.»

«Non sapranno niente» giurò Gendry. «Non da me.»

«Arya.» Alzò gli occhi a incontrare quelli di lui. «Il mio nome è Arya. Della Casa Stark.»

«Della Casa...» Gli ci volle qualche momento per far combaciare i pezzi. «Il Primo Cavaliere del re si chiamava Stark. Quello che hanno ucciso come traditore.»

«Non è mai stato un traditore. Era mio padre.»

Gendry sbarrò gli occhi: «Quindi è per questo che tu hai pensato...».

«Yoren mi stava portando a casa» annuì Arya. «A Grande Inverno.»

«Tu... sei una fanciulla nobile, quindi... una lady...»

Arya abbassò nuovamente lo sguardo sugli abiti stracciati che la coprivano, sui piedi nudi piagati e pieni di calli. Vide sporco sotto le unghie, scorticature ai gomiti, graffi sulle mani. "Septa Mordane nemmeno mi riconoscerebbe, scommetto. Sansa forse sì. Ma farebbe finta di non avermi mai vista."

«Mia madre è una lady, e anche mia sorella. Ma io... non lo sono mai stata.»

«Invece sì. Sei la figlia di un lord e hai vissuto in un castello, non è così? E tu... gli dei ci aiutino, non volevo...» D'un tratto, Gendry apparve incerto, quasi spaventato. «Tutti quei discorsi sull'uccello da tirare fuori... non avrei mai dovuto dirle, quelle cose. E poi ho pisciato davanti a te e tutto il resto. Io... io chiedo il tuo perdono, milady.»

«Piantala!» sibilò Arya. La stava forse deridendo?

«Io le conosco, le buone maniere, milady» andò avanti Gendry, ostinato come sempre. «Quando le fanciulle nobili venivano alla bottega con i loro padri, il mio mastro mi diceva di fare la genuflessione, di parlare solo quando mi veniva rivolta la parola e di chiamarle milady.»

«Tu mettiti a chiamarmi milady e perfino Frittella capirà chi sono. E sarà anche meglio che continui a pisciare come hai sempre fatto.»

«Come milady comanda.»

Arya gli picchiò entrambi i pugni sul petto. Lui inciampò su una pietra e cadde a sedere con un tonfo. «Ma che genere di figlia di lord saresti?» disse Gendry ridendo.

«Di questo genere!» Arya gli assestò un calcio al fianco, il che lo fece ridere ancora di più. «Ridi, continua pure a ridere quanto ti pare. Io vado a vedere chi c'è in quel villaggio.»

Il sole era già scomparso dietro gli alberi. Ben presto, il crepuscolo sarebbe scivolato su di loro. Per una volta, fu Gendry a doversi affrettare per starle dietro.

«Lo senti questo tanfo?» gli disse.

Gendry annusò: «Pesce marcio?».

«Lo sai che non lo è.»

«Meglio che stiamo attenti. Io faccio il giro da ovest, per vedere se c'è una strada. Deve esserci, se hai visto un carro. Tu vai per la riva. Se ti trovi nei guai, abbaia come un cane.»

«È una stupidata. Se ho bisogno di aiuto, grido aiuto.»

Arya partì di corsa, i piedi nudi che si muovevano sull'erba senza fare rumore. Si voltò a gettare una rapida occhiata dietro di sé. Gendry la stava osservando con quell'espressione di dolore che indicava che stava pensando. "Probabilmente pensa che non dovrebbe permettere a milady di andare a rubare del cibo." Arya sapeva che d'ora in avanti Gendry si sarebbe comportato da scemo.

Avvicinandosi al villaggio, il tanfo divenne sempre più forte. Non assomigliava per niente a quello del pesce marcio: era un lezzo ben più fetido, ben più venefico, che le fece arricciare il naso.

Dove gli alberi cominciarono a diradarsi, Arya continuò ad avanzare dietro la copertura dei cespugli, scivolando da uno all'altro, silenziosa come un'ombra. Ogni pochi passi si fermava ad ascoltare. Alla terza pausa, udì un rumore di cavalli, e anche la voce di un uomo. Il tanfo divenne sempre più forte. Puzzo di uomini morti, ecco che cos'era. L'aveva già sentita, quella puzza, con Yoren e gli altri.

A sud del villaggio, i rovi crescevano fitti. Quando Arya li raggiunse, le lunghe ombre del sole che tramontava avevano cominciato a svanire e le lucciole a fare la loro comparsa. Appena oltre i rovi c'erano i tetti di paglia. Arya strisciò dietro le piante, trovò un varco tra i rami, vi s'infilò contorcendosi sul ventre. Alla fine, vide da che cosa emanava il tanfo.

Lungo le placide acque dell'Occhio degli Dei, era stata eretta una lunga fila di forche di legno ancora fresco. Da ogni forca, penzolavano a testa in giù i resti di ciò che un tempo erano stati esseri umani, i piedi incatenati, divorati dai corvi che svolazzavano da un cadavere all'altro. E per ogni corvo, c'erano cento mosche ronzanti. Quando il vento soffiava dal lago, il cadavere più vicino all'acqua oscillava impercettibilmente, le catene che tintinnavano. Le beccate gli avevano strappato via la maggior parte della faccia. Ma a banchettare era passato anche qualche altro animale, qualcosa di più grosso: la gola e il torace erano squarciati, grovigli d'intestini verdastri e filamenti di muscoli lacerati penzolavano dalla voragine scavata nel ventre. Un intero braccio era stato sradicato dalla spalla. A qualche passo di distanza, Arya notò delle ossa, tutte rosicchiate, spezzate, ripulite da ogni brandello di carne.

S'impose di osservare il cadavere successivo, e quello successivo, e quello successivo ancora, convincendosi di essere dura come la pietra. Morti, tutti morti, ridotti in un tale stato di scempio e ormai così decomposti che le ci volle qualche momento per rendersi conto che erano stati denudati prima di venire appesi. Non sembravano persone nude, in realtà non sembravano nemmeno persone. I corvi avevano mangiato a tutti gli occhi, in certi casi addirittura la faccia. Del sesto cadavere restava solamente una gamba, penzolante dalla catena, oscillante nel vento come un pendolo grottesco.

"La paura uccide più della spada." I morti non potevano farle del male, ma chi li aveva uccisi sì. Parecchio oltre le forche, due uomini che indossavano cotte di ferro montavano la guardia, appoggiati alle loro lance, di fronte all'edificio basso e allungato, quello con il tetto di tegole. Da un paio di alti pali conficcati nel terreno fangoso davanti alla costruzione pendevano vessilli afflosciati nell'aria pressoché immobile. Uno degli stendardi sembrava rosso, l'altro era più chiaro, bianco o forse giallo. Nella luce incerta del crepuscolo, Arya non fu in grado di dire con sicurezza se si trattasse del porpora dei Lannister. "Non ho bisogno di vedere il leone, mi bastano i morti... Chi altri avrebbe potuto ucciderli così se non i Lannister?"

Poi ci fu un grido.

I due lancieri si voltarono di scatto. Un terzo uomo apparve sulla riva del lago, spingendo davanti a sé un prigioniero. Le tenebre stavano avanzando ed era difficile distinguere le loro facce. Il prigioniero, però, portava un elmo lucido. Un elmo con le corna, vide Arya. Avevano preso Gendry! "Stupido, stupido, stupido!" Se lo avesse avuto davanti, l'avrebbe preso ancora a calci.

Le guardie parlavano a voce alta, ma lei era troppo lontana per capire che cosa stessero dicendo, specialmente con tutti quei corvi che volavano e gracchiavano. Uno dei due uomini armati di lancia strappò l'elmo dalla testa di Gendry e gli fece una domanda. La risposta di certo non gli andò a genio, perché gli pestò lo stelo della lancia dritto in faccia, mandandolo a terra. Quello che lo aveva catturato lo prese a calci, il terzo soldato si provò l'elmo.

Alla fine, rimisero Gendry in piedi e lo trascinarono verso il basso edificio. Quando aprirono le pesanti porte in legno, un ragazzino sgusciò fuori e si diede alla fuga. Una delle guardie lo afferrò per un braccio e lo scaraventò nuovamente dentro. Arya udì dei singhiozzi provenire dall'interno dell'edificio, quindi un urlo talmente lacerante, talmente pieno di sofferenza, da costringerla a mordersi il labbro inferiore.

Le guardie scaraventarono dentro anche Gendry e sbarrarono le porte. Un istante dopo, un colpo di vento si levò dal lago, agitando e gonfiando i vessilli. Quello sull'asta più alta recava l'emblema del leone dorato, proprio come Arya aveva temuto. Sull'altro stendardo, tre forme animali nere erano in corsa su uno sfondo di un colore giallo come burro. "Cani" pensò Arya. E li aveva già visti, ma dove?

Non aveva importanza. La sola cosa che importava era tirare Gendry fuori da là. Il Toro era testardo e anche stupido, ma Arya doveva aiutarlo. Si domandò se quei soldati sapevano che la regina lo stava cercando.

Una delle guardie si tolse il mezzo elmo che indossava e si mise in capo quello di Gendry. Questo la fece inferocire, ma Arya sapeva che non poteva fare niente per impedirlo. Credette di udire altre urla, soffocate dalle pareti di mattoni, provenire dal basso magazzino privo di finestre, ma era difficile esserne certi.

Rimase appostata tra i rovi a lungo. Vide il cambio del turno di guardia e osservò anche parecchie altre cose. Uomini andavano e venivano. Alcuni portarono i cavalli ad abbeverarsi al fiumiciattolo. Un gruppo di cacciatori emerse dal bosco, con la carcassa di un cervo abbattuto appesa a un palo. Li osservò mentre scuoiavano l'animale e accendevano un fuoco su cui arrostirlo sulla sponda opposta del torrente. L'odore della carne cotta si mescolò in modo strano con il lezzo della decomposizione. Il suo stomaco vuoto ebbe una contrazione dolorosa. Per un momento, Arya credette di vomitare. La prospettiva del cibo fece uscire altri uomini dalle case. Tutti indossavano maglie di ferro o abiti di cuoio. Una volta che il cervo fu completamente arrostito, le porzioni migliori vennero portate in una delle case.

Stava facendosi sempre più buio. Arya aveva pensato che, con il favore dell'oscurità, avrebbe potuto avvicinarsi e liberare Gendry. Le guardie però accesero torce dal fuoco sotto lo spiedo del cervo. Uno scudiero portò carne e pane alle due guardie presso il magazzino. Poco dopo, altri due soldati arrivarono a ingrossare il gruppo. Un otre di vino venne passato in giro. Una volta che ebbero finito di bere, gli altri se ne andarono ma le due guardie rimasero, appoggiate alle loro lance.

Quando Arya finalmente si decise a muoversi, strisciando fuori dai rovi e facendosi inghiottire dalla tenebre del bosco, sentiva le braccia e le gambe dolorosamente rigide. Era una notte nera, un'esile falce di luna argentata che occhieggiava fra grappoli di nubi opache spinte dal vento. "Silenziosa come un'ombra" disse fra sé Arya mentre continuava a spostarsi fra gli alberi. Non osava mettersi a correre in quell'oscurità: sarebbe stato facile inciampare in una radice sporgente o anche smarrirsi. Alla sua sinistra, le acque dell'Occhio degli Dei sciabordavano quietamente sulle rive. Sulla destra, il vento scivolava tra i rami, facendo stormire e schioccare le loro chiome. Lontano, udì lupi ululare.

Mancò poco che Lommy e Frittella se la facessero sotto, quando Arya si materializzò dal buio alle loro spalle.

«Zitti!» Arya mise un braccio attorno alle spalle di Donnola, la piccola che le era corsa incontro nell'attimo in cui l'aveva vista tornare.

«Pensavamo che ci avevate abbandonati...» Frittella la fissò con occhi sbarrati. Aveva in pugno la spada corta che Yoren aveva tolto al comandante delle cappe dorate. «Avevo paura che eri un lupo...»

«Dov'è il Toro?» domandò Lommy.

«L'hanno preso» rispose Arya in un sussurro. «Dobbiamo tirarlo fuori. E tu, Frittella, mi aiuterai. Ci avvicineremo e uccideremo le guardie. Poi io aprirò la porta.»

Frittella e Lommy si scambiarono un'occhiata: «Quante guardie ci sono?».

«Non sono riuscita a contarle» rispose Arya. «Almeno una ventina, ma soltanto due sulla porta del magazzino.»

Frittella pareva sul punto di mettersi a piangere: «Non possiamo combattere contro venti uomini!».

«Devi combattere contro uno solo. Dell'altro, mi occupo io. Poi facciamo uscire Gendry e scappiamo.»

«Dobbiamo arrenderci» berciò Lommy. «Sì: andare laggiù e arrenderci.»

Arya scosse il capo con ostinazione.

«Lasciamolo lì e basta, Arry» implorò Lommy. «Loro non sanno che siamo qui. Se ci nascondiamo, andranno via. Tu sai che lo faranno. Non è colpa nostra se Gendry è stato catturato.»

«Sei proprio stupido, Lommy» disse Arya con rabbia. «Tu morirai se non liberiamo Gendry... chi ti trasporterà?»

«Tu e Frittella.»

«Per tutto il tempo, senza nessuno ad aiutarci? Non ce la faremo mai. È Gendry il più forte. In ogni caso, non m'importa di quello che dici. Io torno a liberarlo.» Lanciò uno sguardo a Frittella. «Vieni o no?»

Frittella guardò Lommy, poi Arya, poi di nuovo Lommy. «D'accordo» cedette con riluttanza. «Vengo.»

«Lommy, tu tieni qui Donnola.»

Lommy afferrò la bambina per un braccio: «Ma che faccio se vengono i lupi?».

«Ti arrendi» suggerì Arya.

Parve che ci vollero ore intere per raggiungere il villaggio. Frittella continuava a inciampare nel buio e a perdere la strada. Arya fu costretta ad aspettarlo e, in certi casi, addirittura a tornare indietro per recuperarlo. Alla fine, lo prese per mano e lo guidò tra gli alberi.

«Ora fa' piano e resta vicino a me.»

Quando arrivarono in vista del chiarore delle torce del villaggio, rosso contro il cielo nero, Arya lo avvertì: «Ci sono uomini morti appesi sull'altro lato di questi cespugli. Niente di cui avere paura. Ricorda: la paura uccide più della spada. Dobbiamo muoverci molto piano e in silenzio».

Frittella trovò la forza di annuire. Arya fu la prima a mettersi a strisciare sotto i rovi, aspettandolo sul margine estremo dei cespugli. Frittella apparve accanto a lei dopo parecchio tempo, terreo in viso e dal fiato corto, gambe e braccia coperte di lunghi graffi sanguinanti provocati dalle spine. Fece per dire qualcosa, ma Arya gli mise un dito davanti alle labbra, facendolo tacere. A carponi, avanzarono lungo le forche, proprio sotto i cavaderi in putrefazione. Frittella non alzò lo sguardo nemmeno una volta, non si lasciò sfuggire nemmeno un rumore... fino a quando uno dei corvi non planò ad atterrargli sulla schiena. Frittella ebbe un sussulto, emettendo un gemito soffocato.

«Chi va là!»

Nel silenzio delle tenebre, l'improvvisa intimazione parve un rombo di tuono.

«Mi arrendo!» Frittella balzò in piedi in mezzo a un nugolo di corvi gracchianti che si levarono in volo, disturbati dal subitaneo movimento, e gettò la spada. Arya cercò di afferrarlo per la gamba e di tirarlo giù, ma non ci fu niente da fare: Frittella si divincolò, liberandosi della stretta, e corse avanti continuando a gridare: «Mi arrendo! Mi arrendo!».

Arya schizzò in piedi a sua volta, estraendo Ago. Una torma di uomini armati sorse tutto attorno a lei. Arya assestò un fendente al più vicino, ma l'armigero bloccò il colpo con un braccio coperto d'acciaio. Un altro la investì da dietro, gettandola al suolo. Un terzo le strappò la spada. Arya cercò di dare di morso: i suoi denti si chiusero sul freddo rugginoso e sporco di una maglia di ferro.

«Guardate, ne abbiamo uno che combatte!» rise l'uomo. Il colpo del suo pugno coperto di maglia di ferro per poco non le staccò la testa dal collo.

Arya giacque sul terreno ascoltando gli armigeri che parlavano fra loro, ma non riuscì a capire che cosa stessero dicendo. Le orecchie le fischiavano. Quando cercò di strisciare verso il lago, la terra sotto di lei parve muoversi da sola. "Hanno preso Ago." La vergogna fu addirittura peggiore del dolore, che pure era forte. Era stato Jon Snow a darle quella spada, e Syrio Forel le aveva insegnato a usarla.

Alla fine, qualcuno l'afferrò per il corpetto e la mise a forza in ginocchio. Anche Frittella era in ginocchio, al cospetto dell'uomo più alto e gigantesco che Arya avesse mai visto, una specie di mostro uscito dalle storie sinistre della vecchia Nan. Tre cani neri erano in corsa sulla sbiadita tunica gialla che portava sopra l'armatura e la sua faccia sembrava tagliata in un blocco di pietra. E di colpo, Arya ricordò dove aveva già visto quei tre cani neri: ad Approdo del Re, la notte del torneo del Primo Cavaliere, i contendenti avevano esposto gli scudi fuori delle loro tende. "Quello appartiene al fratello del Mastino" le aveva confidato sua sorella Sansa, indicando i cani neri su sfondo giallo. "Vedrai: è addirittura più grosso di Hodor. Lo chiamano la Montagna che cavalca."

Arya chinò il capo, solo parzialmente consapevole di ciò che stava accadendo attorno a lei. Frittella si stava arrendendo un altro po'.

«Ora ci porterete dagli altri» disse la Montagna. Poi si voltò e se ne andò.

Arya si ritrovò spinta a camminare a lato dei cadaveri sulle forche, mentre Frittella diceva agli aguzzini che avrebbe cotto per loro pane fresco e frittelle, a patto che non gli facessero del male. Andarono in quattro con loro: uno portava una torcia, un altro era armato di spada, gli altri due di lance.

Trovarono Lommy là dove lo avevano lasciato, sotto la quercia. «Mi arrendo!» implorò nel momento stesso in cui vide corazze e lame, gettando via la sua lancia e alzando le mani coperte di chiazze di vecchia tintura verde. «Mi arrendo... vi supplico!»

«Ci sei solo tu?» L'uomo con la torcia si mise a cercare tra gli alberi vicini. «Il fornaio dice che c'è anche una bambina.»

«Vi ha sentito arrivare ed è scappata» spiegò Lommy. «Ne avete fatto, di rumore...»

"Corri, Donnola!" Arya sentiva un nodo alla gola. "Corri più in fretta che puoi. Corri, nasconditi e non tornare indietro!"

«Diteci dov'è quel figlio di una scrofa di Dondarrion e c'è un pasto caldo per tutti voi.»

«Chi?» domandò Lommy senza riuscire a raccapezzarsi.

«Te l'ho detto» fece quello armato di spada. «Questi qua non ne sanno di più delle troie giù al villaggio. Un fottuto spreco di tempo.»

Uno degli uomini con la lancia si avvicinò a Lommy: «Qualcosa che non va alla tua gamba, ragazzo?».

«È ferita.»

«Puoi camminare?» Sembrava preoccupato.

«No.» Lommy scosse la testa. «Mi dovete portare.»

«Tu dici?»

Con calma, quasi con tedio, l'uomo sollevò la lancia e gliela affondò in gola. Lommy Maniverdi non ebbe neppure il tempo per arrendersi di nuovo. Ebbe un sussulto, uno solo, poi più niente.

«"Mi dovete portare" ha detto...» Sghignazzando, l'armigero strappò l'arma fuori dallo squarcio. Il sangue zampillò in una fontana oscura. «Ma ti rendi conto?»

TYRION

Lo avevano avvertito di vestirsi pesante e Tyrion Lannister li aveva presi in parola. Indossava spesse brache imbottite e un farsetto di lana, il tutto coperto con la cappa di pelliccia di panteraombra, ricordo delle montagne della Luna. La cappa, tagliata per un uomo alto il doppio di lui, era assurdamente lunga. Quando non era in sella, l'unico modo in cui poteva indossare quell'affare era avvolgerlo svariate volte attorno al corpo, il che lo faceva sembrare come un bozzolo di pelliccia tigrata.

Non aveva importanza: era ben lieto di aver accolto il suggerimento. Il freddo che regnava in quella lunga, umida cripta penetrava fino al midollo delle ossa. A Timett era bastato appena un breve soffio dell'aria gelida per indurlo a ritirarsi nello scantinato superiore. Si trovavano da qualche parte nelle viscere della collina di Rhaenys, dietro l'ordine degli Alchimisti. Le umide pareti di pietra erano incrostate di salnitro e l'unica sorgente luminosa era la lampada a olio di vetro e ferro, ben sigillata, che Hallyne il Piromante reggeva con estrema cautela.

"Cautela, certo... ce ne vorrà anche di più per maneggiare queste ampolle." Tyrion ne sollevò una per esaminarla da vicino. Un oggetto tozzo, rotondeggiante e dalla superficie scabra, simile a un pompelmo di creta. Era un'ampolla un po' troppo grossa per la sua mano, ma un uomo normale l'avrebbe tenuta in pugno agevolmente, questo Tyrion ben lo sapeva. L'argilla era sottile, talmente fragile che perfino lui era stato avvertito di non stringerla troppo, onde evitare che gli si spezzasse tra le dita. L'esterno era pieno di rilievi, di zigrinature. «È intenzionale» gli aveva spiegato Hallyne. «Un'ampolla liscia può sfuggire più facilmente alla presa di un uomo.»

Tyrion inclinò il contenitore per dare un'occhiata dentro. L'altofuoco ondeggiò lentamente verso il bordo di creta. Sapeva che il suo colore era verde torbido, ma la scarsa illuminazione non permetteva di vederlo con chiarezza.

«Denso» osservò il Folletto.

«Effetto del freddo, mio lord.» Hallyne era un uomo dalla carnagione pallida, dalle soffici mani perennemente umidicce e dai modi ossequiosi. Indossava tonache a strisce nere e scarlatte, bordate di ermellino. La pelliccia però era decisamente spelacchiata e mangiata dalle tarme. «Riscaldandosi, la sostanza scorre più fluidamente, come olio di lanterna.»

"Sostanza" era il termine con cui i piromanti definivano l'altofuoco. Avevano anche l'abitudine di chiamarsi, l'uno con l'altro, "sua saggezza". Tyrion trovava decisamente detestabile quel loro costume di tentare di fargli credere di possedere chissà quali vaste e profonde conoscenze. Un tempo, quello degli alchimisti era stato un ordine potente. Nei secoli recenti, tuttavia, i maestri della Cittadella li avevano scalzati quasi dappertutto. Ormai, della vecchia guardia rimanevano in pochi, i quali non facevano più nemmeno finta di essere in grado di trasmutare i metalli...

Erano però ancora in grado di fare l'altofuoco. «Mi si dice che neppure l'acqua riesce a spegnerlo» riprese Tyrion.

«È così. Una volta accesa, la sostanza continua a bruciare fino a quando non si è consumata del tutto. Inoltre, filtra attraverso il tessuto, il legno, il cuoio, perfino attraverso l'acciaio, incendiandoli.»

A Tyrion tornò in mente il prete rosso, Thoros di Myr, e la sua spada fiammeggiante. Perfino un sottile strato di altofuoco poteva alimentare le fiamme per un'intera ora. Nei tornei, dopo ogni scontro, a Thoros serviva regolarmente una spada nuova. Ma a Robert Baratheon il prete rosso piaceva, ed era quindi ben contento di fornirgliela.

«Come mai non filtra anche attraverso la creta dell'ampolla?»

«Oh, sì che filtra...» rispose Hallyne. «C'è una seconda cripta, al di sotto di questa, in cui sono contenute le vecchie ampolle. Quelle dei giorni di re Aerys. Desiderava averle conformate a forma di frutti, il vecchio sovrano Targaryen... frutti quanto mai pericolosi, mio lord Primo Cavaliere, e anche maturi come non mai, se intendi il mio dire. Li abbiamo sigillati con la ceralacca e abbiamo allagato la cripta inferiore, ma anche così... Avrebbero dovuto essere distrutte, le ampolle di re Aerys. Purtroppo, molti dei nostri maestri vennero assassinati durante il saccheggio di Approdo del Re, e i pochi accoliti superstiti si rivelarono non all'altezza del compito. Molte delle scorte fabbricate per Aerys sono andate perdute. Solamente l'anno scorso, duecento ampolle vennero rinvenute in un ripostiglio sotto il Grande Tempio di Baelor. Nessuno è riuscito a rammentare come siano finite colà, ma non ritengo necessario precisarti che il sommo septon era sconvolto dal terrore. Io personalmente mi sono assunto l'onere di fare sì che fossero asportate. Facemmo preparare un carro pieno di sabbia e inviammo i nostri accoliti più abili. Lavorammo solamente di notte, e quindi...»

«... avete fatto uno splendido lavoro, non ho nessun dubbio in merito.» Tyrion tornò a sistemare l'ampolla insieme alle altre. Coprivano tutto il lungo tavolo al centro della cripta, ordinati ranghi di quattro che andavano a perdersi nelle tenebre del sotterraneo. E c'erano altri tavoli come quello, tanti, tantissimi altri tavoli. «E quei... quei frutti di re Aerys, potrebbero ancora essere usati?»

«Oh, sì, per certo, ma... con cautela, mio lord... estrema cautela. Invecchiando, la sostanza si fa addirittura più, hmmmm, instabile, vogliamo dire così? Basta una qualsiasi fiamma per incendiarla, una qualsiasi scintilla. Troppo calore, e le ampolle s'incendieranno da sole. Non è cosa saggia lasciarle esposte alla luce del sole, sia pure per breve periodo. Una volta che il fuoco ha avuto inizio, il calore fa sì che la sostanza si espanda violentemente e le ampolle esplodono in una miriade di frammenti. Se altre ampolle si trovano nelle vicinanze, anche quelle esploderanno. E così...»

«Quante ampolle avete immagazzinate al momento?»

«Questa mattina, sua saggezza Munciter mi ha detto che il conto ammonta a settemilaottocento e quaranta. Numero che, per essere esatti, include le quattromila ampolle del tempo di re Aerys.»

«Vale a dire i nostri frutti troppo maturi?»

Hallyne annuì con la testa: «Sua saggezza Malliard ritiene che saremo in grado di provvedere diecimila ampolle, come promesso alla regina. E io convengo». Il piromante appariva oltremodo deliziato da una simile prospettiva.

"Ammesso e non concesso che i nostri nemici te ne lascino il tempo." Per i piromanti, la formula dell'altofuoco era il segreto custodito più gelosamente. Tyrion però era consapevole che si trattava di un procedimento complesso, pericoloso e dannatamente lento. E nemmeno si sarebbe stupito troppo se la promessa di diecimila ampolle incendiarie si fosse rivelata una solenne spacconcria, un po' come la promessa dei lord alfieri che spergiurano al loro signore di potergli garantire diecimila spade, presentandosi poi sul campo di battaglia con cento e due soldati. "Ma se questi stregoni riescono davvero a darci diecimila ampolle..."

Il Folletto non sapeva se sentirsi deliziato o orripilato. "Forse un po' l'una e un po' l'altra cosa." «Confido, vostra saggezza Hallyne, che i tuoi confratelli dell'ordine degli Alchimisti non stiano compiendo mosse affrettate in una simile impresa. Quello che non vogliamo sono diecimila ampolle di altofuoco difettoso. Anzi, nemmeno una ne vogliamo... e di certo non vogliamo incidenti.»

«Non ci sarà alcun incidente, mio lord Primo Cavaliere. La sostanza viene preparata da esperti accoliti in una serie di celle di nuda pietra. Nel momento in cui la sostanza è pronta, ogni singola ampolla è quindi prelevata da un assistente e trasportata qui. Al di sopra di ciascuna cella di preparazione c'è un locale riempito interamente di sabbia. Inoltre, un incantesimo protettivo è stato lanciato sui pavimenti – un incantesimo, hmmmm, molto efficace – in modo che un eventuale incendio nella cella sottostante faccia sì che il pavimento si collassi, lasciando cadere la sabbia e placando immediatamente le fiamme.»

Per "incantesimo", Tyrion immaginò che sua saggezza Hallyne intendesse "abile trucco". Era tentato di andare a ispezionare di persona una di queste celle dal soffitto cedevole, giusto per vedere come funzionavano, ma non era questo il momento adatto. Più tardi, forse, a guerra finita.

«Auguriamoci comunque di non avere a che fare con accoliti troppo sbadati.»

«I miei confratelli non sono mai sbadati» assicurò Hallyne. «Se posso essere, hmmmm, franco...»

«Non mi aspetterei nient'altro da te, vostra saggezza.»

«La sostanza scorre nelle mie vene, mio buon lord, e vive nel cuore di ogni piromante. Noi rispettiamo profondamente il suo potere. Ma il comune soldato, per esempio l'addetto a uno qualsiasi degli sputafuoco della regina, ecco, nella cieca frenesia della battaglia... ogni più piccolo errore significherebbe la catastrofe. Ciò non può essere mai enfatizzato abbastanza. Mio padre lo diceva spesso a re Aerys, come il padre di mio padre aveva fatto con il vecchio re Jaehaerys.»

«Entrambi devono averli ascoltati» disse Tyrion. «Se avessero ridotto questa città in cenere, suppongo che qualcuno me lo avrebbe detto. Il tuo saggio consiglio è di essere cauti, quindi?»

«Molto cauti.» Hallyne inarcò un sopracciglio. «Estremamente cauti.»
«Di queste ampolle di creta... ne avete un'ampia scorta, suppongo.»
«È così, mio lord. Ma ti ringrazio per averlo chiesto.»
«Quindi non ti dispiacerà se ne prelevo alcune. Diciamo... alcune migliaia.»
«Alcune migliaia?»
«O quante il tuo ordine può consegnarmi senza che questo vada a interferire con la produzione della sostanza. Sono ampolle vuote che chiedo, sia chiaro. Falle cortesemente avere ai comandanti di ciascuna delle porte della città.»
«Sarà fatto, mio lord, ma... per quale ragione?»
«Quando tu mi dici di vestirmi pesante» Tyrion sorrise «io mi vesto pesante. Quando tu mi dici di essere cauto, ebbene...» scrollò le spalle in modo enigmatico. «Ho visto abbastanza e ti ringrazio, vostra saggezza. Se ora tu fossi così cortese da scortarmi fino alla mia carrozza...»
«Con mio... grande piacere, mio lord.» Hallyne sollevò la lanterna schermata e fece strada verso le scale. «Gentile da parte tua venire a farci visita. Un grande onore... È trascorso lungo tempo dall'ultima volta che un Primo Cavaliere del re ci ha rallegrato con la sua presenza. L'ultimo è stato lord Rossart, il quale era però un membro del nostro ordine. E fu comunque al tempo di re Aerys. Re Aerys era grandemente interessato al nostro lavoro.»
"Re Aerys vi ha usati per arrostire i suoi nemici." Suo fratello Jaime una volta gli aveva raccontato certe storie parecchio scottanti in merito al re Folle e ai suoi amichetti piromanti. «Anche re Joffrey ne sarebbe interessato, non ne dubito.» "Ed è esattamente per questo che lo terrò ben lontano da voi."
«È nostra grande speranza che la reale persona del giovane sovrano passi a visitare la sede del nostro Ordine. Ho parlato con la tua reale sorella. Una grande festa, forse...»
Mentre salivano, l'aria diventava progressivamente più calda. «Sua maestà ha proibito qualsiasi festeggiamento fino a quando la guerra non sarà vinta.» "Su mia insistenza" ma questo Tyrion non lo disse. «Il re non ritiene giusto banchettare con il cibo migliore mentre il suo popolo è alla fame.»
«Un gesto, hmmmm, quanto mai amorevole, mio buon lord. Forse alcuni di noi potrebbero fare visita alla Fortezza Rossa, in modo da fornire a sua maestà Joffrey una piccola dimostrazione del nostro potere, distraendolo per una serata dalle sue tante

preoccupazioni. L'altofuoco è solamente uno dei molti, minacciosi segreti custoditi dal nostro antico ordine. Numerose e mutevoli meraviglie noi potremmo mostrarvi.»

«Presenterò la proposta a mia sorella.» Tyrion non aveva obiezioni da muovere a qualche trucchetto di magia. Al tempo stesso, il semplice fatto che Joffrey fosse così deliziato dal far combattere uomini a morte bastava e avanzava. Il Folletto non aveva la benché minima intenzione di permettere al ragazzo di gustare anche la possibilità di bruciarli vivi.

Nel raggiungere la sommità delle scale, Tyrion si scrollò di dosso la pelliccia della pantera-ombra, la piegò e se la mise sottobraccio. La sede dell'ordine degli Alchimisti era un imponente labirinto di pietra nera, ma Hallyne lo guidò attraverso un dedalo di curve e di svolte fino a quando non raggiunsero la galleria delle Torce di ferro. Nel lungo salone pieno di echi, tentacoli di fuoco verde danzavano a ridosso di colonne di marmo nero alte venti piedi. I loro riflessi nelle pareti e nel pavimento di marmo nero lucido immergevano il locale in una cangiante luminescenza verde smeraldo. Tyrion sarebbe stato decisamente più impressionato se non avesse saputo che le torce verdi erano state accese solo quella mattina, in onore della sua visita, e sarebbero state spente non appena lui se ne fosse andato: l'altofuoco costava troppo per essere sprecato.

Emersero in cima all'imponente gradinata ricurva di fronte alla strada delle Sorelle, in prossimità della collina di Visenya. Tyrion si congedò da sua saggezza Hallyne e raggiunse il punto in cui Timett figlio di Timett lo stava aspettando, insieme al resto della scorta degli Uomini Bruciati. Considerando l'argomento delicato della visita che aveva appena compiuto, gli era parsa la scelta più appropriata. Inoltre, le cicatrici e le ustioni che costellavano i loro corpi gettavano perfino la peggior feccia della città nel terrore. Il che non guastava, di quei tempi. Solamente tre notti prima, una folla disperata e affamata si era radunata sotto le mura della Fortezza Rossa, invocando cibo. Joffrey li aveva nutriti con una tempesta di frecce, uccidendo quattro disgraziati e urlando agli altri che avevano il suo permesso di mangiarsi i cadaveri, visto che avevano tanta fame. "Sempre pronto a farsi amare dal popolo, il caro fanciullo."

C'era anche Bronn vicino alla portantina. Tyrion ne fu sorpreso: «Che ci fa qui?».

«Ti porto alcuni messaggi. Manodiferro ti vuole con urgenza alla Porta degli dei, non ha voluto dirmi il perché. E sei anche stato convocato al Fortino di Maegor.»

«Convocato?» Tyrion sapeva benissimo qual era l'unica persona tanto presuntuosa da usare quella parola. «Che cosa vuole Cersei da me?»

Bronn scrollò le spalle: «La regina comanda che tu faccia immediatamente ritorno al castello e che ti rechi da lei nelle sue stanze. È stato quel fighetto di tuo cugino a venire a dirmelo. Quattro peli sul labbro superiore e si crede di essere un grand'uomo».

«Quattro peli... e il cavalierato. È ser Lancel Lannister, adesso, non scordartelo.»

Tyrion non dubitava che Manodiferro, ser Jacelyn Bywater, avrebbe evitato di mandarlo a chiamare se non si fosse trattato di una questione della massima urgenza. «Meglio che vada a vedere che cosa vuole Bywater. Informa mia sorella che andrò da lei al mio ritorno.»

«Non ne sarà contenta» lo avvertì Bronn.

«Magnifico. Quanto più Cersei aspetta, tanto più si arrabbia. Quanto più si arrabbia, tanto più diventa stupida.» Tyrion gettò la cappa nella portantina. Timett lo aiutò a montare. «La preferisco arrabbiata e stupida» concluse il Folletto «piuttosto che controllata e cospiratrice».

In tempi normali, la piazza del mercato presso la Porta degli dei sarebbe stata piena di contadini venuti a vendere le loro verdure in città. Quando Tyrion l'attraversò, era pressoché deserta. Ser Jacelyn Bywater, che lo stava aspettando vicino al grande portale, sollevò la mano metallica in un brusco gesto di saluto.

«Mio lord. Tuo cugino Cleos Frey è qui. È appena arrivato da Delta delle Acque sotto vessilli di pace, latore di un messaggio di Robb Stark.»

«Condizioni di pace?»

«Così dice ser Cleos.»

«Il caro cugino. Portami da lui.»

Le cappe dorate avevano confinato ser Cleos Frey in una stanza del corpo di guardia priva di finestre.

«Tyrion!» Si alzò nel vederli entrare. «È un piacere vederti.»

«Non è una frase che sento dire troppo spesso, cugino.»

«C'è anche Cersei con te?»

«Mia sorella ha altro da fare. È questa la lettera del giovane Stark?» Tyrion la prelevò dal tavolo. «Ser Jacelyn, ora puoi lasciarci soli.»

Bywater fece un rapido inchino e uscì. Ser Cleos attese che la porta si fosse richiusa. «Mi è stato chiesto di portare l'offerta direttamente alla regina reggente.»

«Gliela porterò, ma a suo tempo.» Il Folletto consultò rapidamente la mappa che Robb Stark aveva accluso al messaggio. «Siedi, cugino. Riposati. Hai l'aspetto scavato, patito.» In realtà, aveva un aspetto anche peggiore.

Ser Cleos tornò a calarsi sulla panca: «C'è una situazione tragica nella regione dei fiumi, Tyrion. Attorno all'Occhio degli Dei e lungo la strada del Re, specialmente. I signori dei fiumi bruciano i loro raccolti e cercano di portarci alla fame. Gli incursori di tuo padre danno fuoco a tutti i villaggi sui quali si abbattono, passando il popolani a fil di spada.»

La guerra era guerra. I poveracci venivano macellati mentre i nobili erano trattenuti in ostaggio. "Devo ricordarmi di ringraziare gli dei per essere nato Lannister."

«Perfino sotto i vessilli di pace, siamo stati attaccati due volte.» Ser Cleos si passò le dita tra i sottili capelli castani. «Branchi di lupi in maglia di ferro, pieni solo del desiderio di massacrare chiunque sia più debole di loro. Lo sanno gli dei da che parte stavano quando hanno cominciato a combattere, ma adesso... combattono da soli. Tre uomini della scorta perduti, il doppio feriti.»

«Che notizie mi porti del nostro avversario?» Tyrion riportò l'attenzione sulle condizioni presentate da Robb Stark. "Non è che il ragazzo voglia poi molto: metà del reame, il rilascio dei nostri prigionieri e degli ostaggi, la spada che era appartenuta a suo padre e... oh sì, già che c'è, anche le sue sorelle."

«Il ragazzo è sempre a Delta delle Acque» disse ser Cleos. «Credo che abbia paura di affrontare tuo padre in campo aperto. Ogni giorno che passa, le sue forze militari diminuiscono. I lord dei fiumi se ne sono andati, ciascuno a difendere le proprie terre.»

"È questa la strategia di mio padre?" Tyrion arrotolò la mappa di Stark: «Simili condizioni sono inaccettabili».

«Accetterai almeno di scambiare le ragazze Stark contro Tion e Willem?» domandò ser Cleos, in tono quasi implorante.

Tion Frey era suo fratello minore, ricordava Tyrion.

«Non posso farlo» rispose il Folletto quanto più gentilmente gli riuscì. «Quello che però posso fare è una controproposta per lo scambio di prigionieri. Lascia che mi consulti con Cersei e con il Concilio ristretto. Ti rimanderemo a Delta delle Acque con le nostre, di condizioni.»

Chiaramente, non fu un'idea che ser Cleos trovò troppo gratificante. «Mio lord, non ritengo che Robb Stark cederà tanto facilmente. È lady Catelyn che vuole questa pace, non lui.»

«Lady Catelyn rivuole le sue figlie.» Tyrion scivolò giù dalla panca. «Ser Jacelyn farà in modo che tu abbia cibo e un focolare. Hai l'aria di avere bisogno di riposo, cugino. Ti manderò a chiamare quando ci saranno novità da comunicarti.»

Trovò ser Jacelyn sulle fortificazioni, intento a osservare svariate centinaia di nuove reclute che si addestravano nella piazza d'armi sottostante. Con talmente tanti disperati che cercavano rifugio ad Approdo del Re, non c'era certo penuria di uomini pronti ad arruolarsi nella Guardia cittadina in cambio dello stomaco pieno e di un pagliericcio nei baraccamenti. Tyrion però non si faceva troppe illusioni su come si sarebbero comportati quegli inesperti difensori in una vera battaglia.

«Hai fatto bene a mandarmi a chiamare» disse Tyrion. «Lascio ser Cleos nelle tue mani. Che riceva una buona ospitalità.»

«E la sua scorta?» volle sapere il comandante.

«Da' loro cibo e abiti puliti, e trova un maestro che si occupi dei feriti. Ma che non mettano piede nella città, siamo intesi?» L'ultima cosa che Tyrion voleva era un Robb Stark informato di quanto tragica fosse la situazione ad Approdo del Re.

«Intesi, mio lord.»

«Oh, e un'altra cosa. Gli alchimisti consegneranno un gran numero di ampolle di creta a ciascuna delle porte della città. Voglio che tu le usi per addestrare gli uomini che si occuperanno degli sputafuoco. Riempi le ampolle di tinta verde e addestrali a caricare e a lanciare. Chiunque versi anche una sola goccia deve essere sostituito. Una volta che saranno diventati esperti a maneggiare le ampolle con la vernice, passa ad addestrarli ad accendere e a lanciare le ampolle con dentro olio da lanterna acceso. Quando finalmente avranno imparato a fare anche quello senza bruciarsi, saranno pronti per l'altofuoco, almeno così spero.»

«Sagge misure, mio lord.» Ser Jacelyn si grattò una guancia con la mano di ferro. «Per quanto io non nutra grande affetto per quel piscio da alchimisti.»

«Nemmeno io. Ma approfitto di ciò che mi viene dato.»

Di nuovo nella sua portantina, Tyrion Lannister chiuse le tendine e sistemò uno dei cuscini sotto il gomito. Cersei si sarebbe adirata perché lui per primo aveva intercettato la lettera di Robb Stark, ma il lord loro padre lo aveva mandato là per governare, non per fare contenta Cersei.

La sua impressione era che Robb Stark stesse fornendo loro

un'occasione d'oro. Che il ragazzo restasse pure a Delta delle Acque, accarezzando sogni di una facile pace. Tyrion avrebbe giocato le sue carte, quelle giuste perché il re del Nord continuasse a coltivare la speranza. E che ser Cleos si sfasciasse pure quel suo ossuto culo da Frey galoppando avanti e indietro nel balletto dei negoziati. Intanto, l'altro loro cugino, ser Stafford Lannister, sarebbe andato avanti ad addestrare e ad armare il nuovo esercito che aveva radunato a Castel Granito. E quando fosse stato pronto, lui e lord Tywin avrebbero schiacciato i Tully e gli Stark tra l'incudine e il martello.

"Se solo i fratelli di Robert fossero altrettanto accomodanti." Per quanto si muovesse alla rapidità di un ghiacciaio, Renly Baratheon stava comunque venendo verso nord e verso est alla testa del suo colossale esercito del Sud. E non passava notte senza che Tyrion andasse a letto con il terrore di essere svegliato dalla notizia che la flotta di Stannis stava avanzando lungo il fiume delle Rapide nere. "In ogni caso, si direbbe che io abbia a disposizione una divina scorta di altofuoco, eppure..."

Furono i rumori di un subbuglio nella strada a strapparlo da quelle elucubrazioni. Tyrion scostò le tendine e diede una cauta occhiata. Stavano superando la piazza dei Selciatori. Una folla considerevole si era raccolta sotto un tendone di pelle per ascoltare i vaneggiamenti di un ennesimo profeta. La tonaca di lana grezza, stretta in vita da una fune di canapa, lo identificava come un membro dei confratelli imploranti.

«Corruzione!» gridò con voce stridula. «Eccolo lassù, l'avvertimento! Guardate... guardate il flagello del Padre!» Il predicatore indicò a braccio teso la sfocata ferita rossa nel cielo. Si era posizionato proprio bene: con il lontano castello sulla sommità dell'Alta collina di Aegon direttamente alle sue spalle e la chioma purpurea della cometa che sembrava incombere sulle torri del maniero. "Abile messinscena" Tyrion ammise fra sé

«Gonfi, obesi e turpi, questo siamo diventati. Il fratello giace con la sorella nel letto dei re, e il frutto del loro incesto si pasce nel palazzo, inebriato dal flauto di una piccola, demoniaca scimmia deforme. Signore di nobile lignaggio vanno a fornicare con i loro giullari e generano altre mostruosità! Perfino il sommo septon ha dimenticato gli dei! Fa il bagno in acque profumate e s'ingrassa con folaghe e lamprede mentre il suo gregge muore di fame! L'orgoglio viene prima della preghiera, i vermi regnano nei nostri castelli e l'oro domina tutto. Ma adesso... adesso basta! L'Estate della Putredine è alla fine e il re Puttaniere marcisce nella terra! Quando il cinghiale selvaggio lo ha squarciato, un orrido lezzo è scaturito dalle sue viscere e mille viscide serpi sibilanti e venefiche sono strisciate fuori dal suo ventre!» Il dito scheletrico del profeta indicò di nuovo la cometa rossa e il castello. «Il Messaggero è venuto! Mondate il vostro spirito, questo gridano gli dei, mondate voi stessi! Immergetevi nel lago della giustizia... o verrete immersi nel fuoco... nel fuoco!»

«Fuoco!» fecero eco alcune voci, ma vennero subito sopraffatte da un soverchiante coro di fischi e di ululati di scherno.

A Tyrion la scena divertì molto. Diede ordine di riprendere a muoversi e la portantina ondeggiò come un vascello in un mare in tempesta mentre gli Uomini Bruciati si aprivano un varco nella folla. "Piccola, demoniaca scimmia deforme: niente male." E quel disgraziato di un predicatore ci aveva preso anche con il sommo septon, senza dubbio. Cos'è che Ragazzo di luna aveva detto di lui l'altro giorno? "Un pio uomo di fede che adora i Sette Dei con tale fervore da consumare un pasto per ciascuno di loro ogni volta che si siede a tavola." Il ricordo dell'acida battuta del giullare fece sorridere Tyrion.

Riuscirono ad arrivare alla Fortezza Rossa senz'altri incidenti. Nel salire i gradini della Torre del Primo Cavaliere, il Folletto si sentì molto più fiducioso di quanto non fosse stato all'alba. "Tempo, è di questo che ho realmente bisogno. Un po' di tempo per connettere tutti gli anelli." Aprì la porta del suo solarium. "E una volta che la catena sarà completa..."

«Come osi ignorare le mie convocazioni!» Cersei si girò di scatto dalla finestra, in un volteggiare di ampie gonne attorno ai suoi fianchi stretti.

«Chi ti ha permesso di entrare nella mia torre?»

«La tua torre? Questo è il reale castello di mio figlio.»

«Così infatti si dice in giro.» Tyrion non era per niente divertito. Crawn dei Fratelli della Luna lo sarebbe stato ancora meno: erano loro ad avere il turno di guardia quel giorno. «Stavo per l'appunto per venire da te.»

«Per l'appunto, eh?»

Tyrion chiuse la porta di schianto: «Dubiti forse di me?».

«Sempre. E con ottime ragioni.»

«Sono ferito e desolato.» Tyrion caracollò fino alla credenza per versarsi una coppa di vino. Un ameno dialogo con Cersei era il modo più sicuro per mettergli sete. «Ma se ti avessi recato offesa, lo saprei.»

«Sei un disgustoso vermiciattolo! Myrcella è la mia unica figlia. Non avrai davvero creduto che ti avrei permesso di svenderla come un sacco di granaglie, vero?»

"Myrcella: oh, guarda. Per cui il pulcino ha rotto il guscio... Vediamo un po' di che colore è."

«Sacco di granaglie? Fai un torto alla tua amabile creatura: Myrcella è una principessa, e come tale deve essere promessa a un principe. O forse avevi intenzione di mandarla in sposa al fratellino Tommen?»

La mano di Cersei scattò, colpendolo rapida come la lingua di una vipera. La coppa di vino cadde dalle mani di Tyrion e il liquido schizzò da tutte le parti sul pavimento.

«Dovrei farti strappare la lingua per questo, fratello o no. Sono io la reggente di Joffrey, non tu. E io dico che Myrcella non verrà spedita a questo uomo di Dorne nello stesso modo in cui io venni spedita a Robert Baratheon.»

«E perché no?» Tyrion scosse la mano, togliendosi il vino dalle dita, poi sospirò a fondo. «Sarà molto più al sicuro a Dorne che non qui.»

«Ma cosa sei, del tutto ignorante o del tutto perverso? Sai bene quanto me che i Martell non hanno nessun motivo d'affetto verso di noi.»

«In realtà, i Martell hanno tutti i motivi per odiarci a morte. L'ostilità del principe Doran nei confronti della Casa Lannister risale a solo una generazione fa, ma sono almeno mille anni che i dorniani fanno guerra a Capo Tempesta e ad Alto Giardino. E Renly, povero illuso, crede di poter dare per scontata la sua alleanza con Dorne. Myrcella ha nove anni, Tristan Martell ne ha undici. Ho proposto che si sposino quando lei compirà i quattordici anni. Fino a quell'epoca sarà un'onorata ospite a Lancia del Sole, sotto la protezione del principe Doran.»

«Non ospite» le labbra di Cersei si contrassero. «Ostaggio.»

«Onorata ospite» non cedette Tyrion. «E ho anche il sospetto che Tristan tratterà Myrcella molto meglio di quanto Joffrey continui a trattare Sansa Stark. Ho anche una mezza idea di farla accompagnare da ser Arys Oakheart. Con un cavaliere della Guardia reale quale suo scudiero investito e giurato, dubito che qualcuno potrà dimenticare chi è lei.»

«Ser Arys servirà a ben poco qualora Doran decidesse che la morte di mia figlia può compensare quella di sua sorella.»

«Martell è un uomo di troppo onore per assassinare una bambina di nove anni, specialmente se delicata e innocente come

Myrcella. E fino a quando lui la terrà a Dorne, potrà essere ragionevolmente certo della nostra fedeltà nei suoi confronti. I termini dell'accordo, poi, sono troppo allettanti per essere rifiutati. Myrcella è l'aspetto meno significativo. Gli ho anche offerto l'assassino di sua sorella Elia, un posto nel Concilio ristretto, castelli nelle Terre Basse...»

«Troppo.» Cersei si scostò da lui, passeggiando avanti e indietro come una leonessa ingabbiata, le sue gonne che svolazzavono. «Gli hai offerto troppo e lo hai fatto senza il mio consenso, senza la mia autorità.»

«È il principe di Dorne di cui stiamo parlando. Se avessi offerto meno, probabilmente mi avrebbe sputato in faccia.»

«Troppo!» gli si rivoltò contro Cersei.

«Tu che cosa gli avresti offerto?» Tyrion non poté più contenere la rabbia. «Il buco che hai in mezzo alle gambe, forse?»

Questa volta, vide arrivare lo schiaffo, ma non fece nulla per evitarlo. Il colpo gli girò la faccia dall'altra parte con uno schiocco secco.

«Dolce, dolce sorella.» Il Folletto le sorrise. «Ti prometto che questa è l'ultima volta, l'ultima in assoluto, che mi colpisci.»

«Non tentare di minacciarmi, piccolo uomo.» Cersei gli rise in faccia. «Credi forse che la lettera di nostro padre basterà a proteggerti? Non è altro che un pezzo di carta. Anche Eddard Stark aveva un pezzo di carta dalla sua, ma non gli è servito a molto, o sbaglio?»

"In realtà, dalla sua Eddard Stark non aveva la Guardia cittadina" pensò Tyrion "né i miei barbari delle montagne, né i mercenari che Bronn continua ad assoldare. Io invece sì." O almeno questo sperava Tyrion. Fidarsi di Varys, di ser Jacelyn Bywater, di Bronn. Ma, verosimilmente, anche lord Stark si era fidato di qualcuno, ed era stato poi deluso e tradito.

Eppure, il Folletto non disse nulla. L'uomo saggio evita di versare l'altofuoco in un braciere, così preferì versarsi invece un'altra coppa di vino. «Quanto credi che sarà al sicuro Myrcella se Approdo del Re dovesse cadere?» riprese Tyrion. «Renly e Stannis infilzerebbero la sua testa su una picca. Accanto alla tua.»

A quel punto, Cersei si mise a piangere.

E a quel punto, se Aegon il Conquistatore avesse fatto irruzione cavalcando un drago e facendo simultaneamente giochi di prestigio con delle torte al limone, Tyrion Lannister sarebbe stato meno sorpreso che non vedere sua sorella in lacrime. Era da quando erano bambini a Castel Granito che non assisteva a un fenomeno simile. Goffamente, fece un passo verso di lei. Quando tua sorella piange, tu dovresti confortarla... ma questa era Cersei! Tyrion allungò una mano esitante verso la sua spalla.

«Non toccarmi!»

Cersei si ritrasse di scatto, un gesto che a Tyrion non avrebbe dovuto fare male, eppure gliene fece. Un dolore molto più bruciante di qualsiasi schiaffo in piena faccia.

«Non guardarmi... non così... non tu...» Il viso congestionato, piena di sofferenza e di furore, Cersei cercò di riprendere fiato.

Tyrion le voltò le spalle. «Non era mia intenzione spaventarti. Te lo prometto: nulla accadrà a Myrcella.»

«Bugiardo» ribatté Cersei dietro di lui. «Non sono una mocciosa da fare contenta con vuote promesse. Mi avevi anche promesso che avresti liberato Jaime. Ebbene, lui dov'è?»

«A Delta delle Acque, suppongo. Al sicuro e sotto chiave... fino a quando non escogiterò il modo per tirarlo fuori da là.»

«Avrei dovuto nascere uomo» Cersei tirò su col naso «in modo da non avere bisogno di nessuno di voi. Mai avrei permesso che cose simili accadessero. Jaime... come ha potuto farsi catturare da quel ragazzino? E poi nostro padre... mi sono fidata, povera stupida, ma dov'è ora che ho tanto bisogno di lui? Che cosa sta facendo?»

«La guerra.»

«Da dietro le mura di Harrenhal?» ribatté lei in tono sprezzante. «Un modo davvero insolito di combattere. Molto simile al rimanere nascosto.»

«Potrebbe non essere così semplice.»

«No? Perché non suggerisci tu una definizione più adatta? Nostro padre sta seduto dentro un castello. Robb Stark sta seduto dentro un altro castello. E nessuno dei due fa niente.»

«C'è modo e modo di stare seduti» replicò Tyrion. «Ognuno di loro aspetta che sia l'altro a fare la prossima mossa. Il leone è là immobile, in agguato, la coda tesa appena tremante, mentre la gazzella è paralizzata dalla paura, le viscere attorcigliate. Non importa quanto a lungo, quanto rapidamente la gazzella riuscirà a correre... alla fine, sarà il leone a divorarla.»

«Sei davvero sicuro che sia nostro padre il leone?»

Tyrion sogghignò: «Be', è il simbolo sui nostri vessilli, mi risulta».

Cersei ignorò la battuta: «Se fosse stato nostro padre a esser fatto prigioniero, Jaime non resterebbe con le mani in mano, te lo garantisco».

"No, certo: Jaime porterebbe il suo dannato intero esercito a schiantarsi in pezzi sanguinosi contro le mura di Delta delle Acque, e che gli Estranei si portino tutto e tutti agl'inferi. Jaime non ha mai avuto nessuna pazienza. Ma nemmeno tu, se è per questo, dolce sorella."

«Nessuno di noi è coraggioso quanto Jaime, ma esistono anche altri modi per vincere una guerra. Harrenhal è forte e in una posizione strategica.»

«Mentre Approdo del Re non lo è affatto, qualcosa di cui sia tu sia io siamo perfettamente consapevoli. Così, mentre nostro padre gioca al leone e alla gazzella con il ragazzino Stark, Renly continua a marciare sulla strada delle Rose. Potrebbe essere alle nostre porte in qualsiasi momento, ormai!»

«Questa città non cadrà in un giorno. Da Harrenhal è una rapida, agevole marcia giù per la strada del Re. Renly non avrebbe nemmeno il tempo di schierare le sue macchine d'assedio prima che nostro padre gli arrivi addosso da dietro. Il suo esercito sarebbe il martello e le mura di Approdo del Re l'incudine. Niente male, come quadretto.»

I verdi occhi di Cersei gli si piantarono addosso. Occhi cauti, ma anche desiderosi di quella rassicurazione che lui era in grado di darle. «E che cosa accadrebbe se invece fosse Robb Stark a marciare contro di noi?»

«Harrenhal è troppo vicina ai guadi del Tridente. Questo significa che la fanteria di Roose Bolton non ce la farebbe mai a raggiungere la cavalleria del Giovane lupo. Stark semplicemente non può marciare su Approdo del Re senza prima prendere Harrenhal, e neppure con Bolton avrebbe le forze per riuscirci.» Tyrion esibì il suo sorriso più ribaldo. «E intanto, nostro padre continua a ingrassarsi a spese delle terre dei fiumi, mentre nostro zio Stafford prepara truppe fresche a Castel Granito.»

«Come fai a sapere tutto questo?» Cersei lo scrutò con sospetto. «Nostro padre ti ha forse comunicato le sue intenzioni prima di mandarti qui?»

«No. Mi sono limitato a dare un'occhiata alla mappa.»

L'espressione di Cersei si riempì di disprezzo: «Quindi ti sei inventato ogni singola parola in quel tuo cranio grottesco, non è così, Folletto?».

Tyrion sogghignò: «Dolce sorella, ti domando: se non stessimo vincendo, credi forse che gli Stark farebbero un'offerta di pace?». Le mostrò la pergamena che ser Cleos Frey aveva consegnato. «Il Giovane lupo ci presenta le sue condizioni, come vedi.

Termini inaccettabili, è certo, ma pur sempre un inizio. T'interessa vederli?»

«Sì.» E di colpo, tornò a essere la regina. «Come fai ad averli tu? Era a me che sarebbero dovuti pervenire.»

«A che serve il Primo Cavaliere del re se non per assisterti?»

Tyrion le porse la lettera. Nel punto in cui Cersei lo aveva schiaffeggiato, la guancia continuava a pulsare. "Scorticamela pure anche tutta, la faccia. Scarso prezzo da pagare per il tuo consenso al matrimonio di Dorne." Perché adesso, lui quel consenso lo avrebbe avuto. Lo sentiva.

Quello e anche una certa notizia su un informatore... be', quella sarebbe proprio stata la prugna nel suo pudding.

Danzatrice era ornata con una gualdrappa di lana bianca come la neve, sulla quale era impresso il meta-lupo grigio simbolo della Casa Stark. Bran indossava brache grigie e farsetto bianco, maniche e collo bordati di vaio. Sul cuore, aveva la sua spilla d'argento e smalto nero raffigurante una testa di lupo. Avrebbe preferito avere Estate al suo fianco piuttosto che quell'immagine argentea sul petto, ma ser Rordik era stato irremovibile.

Danzatrice ebbe un attimo di esitazione nell'affrontare i bassi gradini di pietra, ma quanto Bran la spronò, la puledra avanzò senza difficoltà. Oltre le ampie porte di quercia e di ferro, otto lunghe file di tavoli a cavalletti si allineavano nella sala grande di Grande Inverno, quattro per parte rispetto al corridoio centrale. Molti uomini si ammassavano sulle panche, spalla a spalla.

«Stark!» gridarono mentre Bran passava al trotto, alzandosi in piedi. «Grande Inverno! Grande Inverno!»

Bran aveva abbastanza anni da capire che non era realmente a lui che inneggiavano. Celebravano il raccolto, celebravano Robb e le sue vittorie, celebravano il lord suo padre e il padre di suo padre e tutti gli Stark dei passati ottomila anni. Bran si sentì comunque pieno d'orgoglio e, quando raggiunse il fondo della sala grande, aveva quasi dimenticato di essere Bran lo Spezzato. Solo che poi fu di fronte alla piattaforma del trono, gli occhi di tutti puntati su di lui. Osha e Hodor aprirono le fibbie e slegarono le cinghie che lo trattenevano alla sella, sollevarono Bran di peso e lo sistemarono sullo scranno della nobile Casa Stark.

Ser Rodrik era seduto alla sinistra di Bran, sua figlia Beth accanto a lui. Rickon era alla sua destra, i suoi folti capelli neri cresciuti talmente da arrivare a sfiorare il collo della sua cappa di ermellino. Da quando la lady loro madre se n'era andata, si era rifiutato di permettere a chiunque di tagliarglieli. L'ultima delle ragazze che ci aveva provato aveva avuto in cambio un morso per i suoi sforzi.

«Volevo cavalcare anch'io» protestò Rickon, mentre Hodor e Osha conducevano via Danzatrice. «Cavalco meglio di te.»

«Non è vero» ribatté Bran. «Per cui sta' zitto.»

Con voce possente, ser Rodrik impose il silenzio nella sala. Bran diede a tutti quanti il benvenuto in nome di suo fratello, il re del Nord, e chiese loro di elevare ringraziamenti agli dei vecchi e nuovi per le vittorie di Robb e per l'abbondanza del raccolto.

«Possano essercene cento ancora» concluse, sollevando la coppa d'argento del lord suo padre.

«Cento ancora!» Boccali di peltro, coppe d'argilla e corni per bere bordati di ferro si unirono in un brindisi generale. Il vino di Bran era addolcito con miele, fragrante di cannella e chiodi di garofano, ma era anche più forte di quello cui era abituato. Nel mandarlo giù, sentì invisibili dita calde serpeggiargli in petto. Quando finalmente posò la coppa, la sua testa galleggiava.

«Ti sei portato bene, Bran» disse ser Rodrik. «Lord Eddard sarebbe stato molto orgoglioso di te.» Verso il fondo del tavolo, maestro Luwin annuì in approvazione.

I servitori cominciarono a portare il cibo. Bran non ne aveva mai visto tanto, portata dopo portata, al punto che non riuscì ad assaggiare più di un paio di morsi di ciascuna. C'erano grandi tranci di uri arrostiti con porri; sformati di cacciagione serviti con carote, pancetta e funghi; costolette di montone in salsa di miele e chiodi di garofano; e poi anatra marinata, cinghiale al pepe, oca arrosto, spiedini di piccione e cappone, stufato di manzo all'orzo, zuppa fredda di frutta. Da Porto Bianco, lord Wyman aveva portato venti casse di pesce conservato con sale e alghe: salmone e chiocciole di mare, granchi e calamari, cozze, canocchie, aringhe, aragoste, lamprede. C'era pane nero e tortelli al miele e biscotti d'avena; c'erano rape rosse, rape bianche, piselli, zucche ed enormi cipolle rosse; c'erano mele cotte e paste di bacche e pere al liquore. Forme di formaggio bianco vennero servite a ogni tavolo, insieme al sale e al pepe. Caraffe di vino speziato caldo e di birra d'autunno ghiacciata vennero fatte circolare a volontà.

I bravi musicanti di lord Wyman ce la misero proprio tutta per intrattenere i commensali, ma non ci volle molto perché le loro armonie di arpa, violino e corno fossero sopraffate dalla marea montante di parole e risate, dal tintinnare dei brindisi, dal rumore delle posate contro i piatti e dal ringhiare dei cani che si contendevano gli avanzi. Il cantante si esibì in canzoni celebri – *Lance di ferro, L'incendio delle navi, L'orso e la fanciulla* – ma Hodor era l'unico che sembrava ascoltare, rapito di fianco al pifferaio, saltellando da un piede all'altro.

Il rumore crebbe fino a diventare una specie di rombo continuo, un inebriante turbinio di suoni. Ser Rodrik conferiva con maestro Luwin al di sopra dei riccioli di Beth, mentre Rickon gridava ridendo insieme ai Walder. Bran non li avrebbe voluti al tavolo dei nobili, ma maestro Luwin gli aveva ricordato che ben presto gli Stark e i Frey sarebbero stati imparentati: Robb avrebbe sposato una delle loro zie, e Arya uno dei loro zii. «Non lo farà mai» aveva risposto Bran. «Non Arya.» Ma maestro Luwin proprio non aveva voluto sentirci, così i Walder adesso sedevano accanto a Bran.

Era lui a essere servito sempre per primo, in modo che il giovane lord potesse scegliere la parte migliore. Quando si arrivò alle anatre, Bran non fu più in grado di mangiare altro. Annuì la propria approvazione alle portate seguenti e fece cenno ai servitori di passarle agli altri ospiti. Se una delle portate appariva particolarmente appetitosa, lui la faceva portare a un altro dei lord sul palco rialzato, un gesto di amicizia che maestro Luwin gli aveva detto di dover fare. Mandò del salmone alla povera, triste lady Hornwood, il cinghiale ai rutilanti Umber, un piatto di anatra alle bacche all'amico Cley Cerwyn. E mandò un'enorme aragosta a Joseth, mastro dei cavalli, il quale non era né un lord né un ospite, ma si era occupato di addestrare Danzatrice, permettendo a Bran di cavalcare. Mandò dei dolcetti a Hodor e anche alla vecchia Nan, per la sola ragione che voleva bene a entrambi. Ser Rodrik gli ricordò di mandare qualcosa anche ai suoi protetti, per cui fece servire barbabietole bollite a Piccolo Walder e rape al burro a Grande Walder.

Sulle panche sottostanti, gli uomini del castello fraternizzavano con la gente della città dell'inverno, con amici dei fortini circostanti e con le scorte dei loro nobili ospiti. Alcune facce Bran non le aveva mai viste prima, altre le conosceva da sempre, eppure era come se fossero anch'esse ignote. Li osservava come da lontano, quasi che si trovasse anche in quel momento alla finestra della sua stanza, a guardare giù in cortile. Intento a vedere tutto, senza fare parte di niente.

Osha si spostava tra i tavoli, riempiendo i boccali di birra. Uno degli uomini di Leobald Tallhart le fece scivolare la mano sotto la gonna e lei gli spaccò la caraffa in testa, il che suscitò uno scoppio di risate. Mikken, invece, stava esplorando sotto il corpetto di un'altra donna, la quale però non sembrava prendersela affatto. Bran guardò Farlen incitare la sua cagna rossa perché implorasse un po' di ossa da spolpare e sorrise alla vecchia Nan che sceglieva i canditi da una fetta di torta con le sue dita ossute. Sul palco, l'immane lord Wyman Manderly andò all'assalto di un ugualmente immane piatto di lampreda come se si trattasse di un esercito nemico. Era talmente grasso, il signore di Porto Bianco, che ser Rodrik aveva dato disposizioni perché una sedia larga il doppio delle altre venisse costruita appositamente per lui. Lord Wyman però rideva spesso e di gusto, e a Bran piaceva. Accanto a lui sedeva la triste lady Hornwood, il viso una maschera di pietra, che assaggiava appena il cibo, indifferente. All'estremo opposto del tavolo d'onore, Hothen e Mors Umber erano impegnati in una gara a chi beveva di più, corni che picchiavano uno contro l'altro come lance di cavalieri in un torneo.

"Fa troppo caldo, qui dentro. C'è troppo rumore, e tutti quanti si stanno ubriacando." Bran aveva voglia di grattarsi sotto i pesanti indumenti di lana. Aveva anche voglia di trovarsi in qualsiasi altro posto che non fosse quello. "È fresco adesso nel parco degli dei. Il vapore si solleva dagli stagni caldi, e le foglie rosse dell'albero-diga stormiscono. Gli odori sono più ricchi. Tra non molto sorgerà la luna, e mio fratello canterà a essa."

«Bran?» Era ser Rodrik. «Non stai mangiando.»

«Mangerò... qualcosa d'altro più tardi.» Il sogno a occhi aperti era stato talmente vivido che per un momento Bran aveva dimenticato dove si trovava. «Sono pieno da scoppiare.»

I baffoni del vecchio cavaliere erano rosa per il vino. «Sei stato bravo, Bran, sia qui sia alle udienze. Un giorno, sarai un grande e saggio lord, ne sono certo.»

"Io voglio essere un cavaliere!" Dalla coppa di suo padre, Bran bevve un altro sorso del vino speziato al miele, grato di avere qualcosa, qualsiasi cosa, a cui aggrapparsi. La testa di un metalupo ringhiante si sollevava in rilievo sull'esterno della coppa d'argento. Sentì il muso che premeva contro il palmo della mano, e ricordò l'ultima volta che aveva visto suo padre bere da quella coppa.

Era stata la notte della festa di benvenuto, quando re Robert Baratheon era arrivato con la sua scorta e il suo seguito a Grande Inverno. Dominava ancora la grande estate, in quei giorni. I genitori di Bran avevano condiviso il palco insieme a Robert e alla sua regina, con i suoi fratelli accanto a lei. Bran, i suoi fratelli e le sue sorelle erano seduti vicino ai figli del re, Joffrey e Tommen e la principessa Myrcella, la quale aveva passato la serata a fissare Robb con sguardo adorante. Quando nessuno la guardava, Arya faceva le smorfie; Sansa ascoltava rapita l'arpista del re che cantava canzoni di gesta cavalleresche e Rickon continuava a chiedere perché Jon non era insieme a tutti loro. «Perché è un bastardo» era stato costretto a sussurrargli Bran alla fine.

"E adesso sono andati, tutti quanti." Era come se un qualche dio malvagio avesse calato una grande mano su tutti loro e li avesse spazzati via: le ragazze in cattività, Jon sulla Barriera, Robb e la lady loro madre in guerra, re Robert e il lord loro padre nelle tombe, e forse anche lo zio Benjen...

Anche sulle panche, Bran vedeva uomini diversi, adesso. Jory era morto, e con lui erano morti Fat Tom, Porther, Alyn, Desmond, Hullen, che era stato mastro dei cavalli, suo figlio Harwin... Tutti quelli che erano andati al Sud con suo padre, perfino septa Mordane e Vayon Poole. I restanti erano andati alla guerra con Robb e, per quanto ne sapeva Bran, ben presto anche loro avrebbero potuto essere morti. Gli piacevano Testa di fieno e Tym il Foruncoloso e Skittrick e gli altri nuovi uomini della fortezza, ma sentiva la mancanza dei suoi vecchi amici.

Percorse i vari tavoli con lo sguardo, osservando i volti, alcuni lieti, altri tristi. Si domandò quali di quei volti non ci sarebbero stati più l'anno seguente, e l'anno seguente ancora. Avrebbe avuto voglia di piangere, ma non poteva farlo. Era uno Stark di Grande Inverno, il figlio di suo padre, l'erede di suo fratello, e quasi un uomo fatto ormai.

In fondo alla sala, le grandi porte si spalancarono. Un fiotto di aria fredda fece per un istante brillare più vivide le fiamme delle torce. Alebelly scortò alla festa due nuovi convenuti.

«Lady Meera della Casa Reed» gridò il corpulento armigero, coprendo il clamore del banchetto «con suo fratello Jojen, della Torre delle Acque grigie.»

Furono in molti ad alzare lo sguardo dalle coppe e dai piatti per osservare i nuovi ospiti. «Mangiaranocchie» Bran udì Piccolo Walder che mugugnava a Grande Walder.

«Siate i benvenuti, amici.» Ser Rodrik si alzò in piedi. «Condividete con noi la festa del raccolto.»

Servitori si affrettarono ad aggiungere un altro tavolo a cavalletti a quelli sul palco, portando anche sedie e piatti.

«Chi sono questi?» chiese Rickon.

«Gente del fango» rispose Piccolo Walder con disprezzo. «Ladri e codardi, con i denti verdi per tutte le rane che mangiano.»

Maestro Luwin si avvicinò a Bran, sussurrandogli un altro consiglio all'orecchio: «Devi accoglierli con calore. Non credevo che sarebbero venuti, ma... sai chi sono?».

«*Crannogmen*» annuì Bran. «Il popolo delle palafitte. Dall'Incollatura.»

«Howland Reed era un grande amico di tuo padre» aggiunse ser Rodrik. «Questi sono i suoi figli, sembra.»

I nuovi venuti avanzarono lungo la sala. Bran si rese conto che uno di loro era effettivamente una ragazza, anche se da com'era vestita non si sarebbe detto. Lady Meera Reed indossava brache di pelle d'agnello, sbiadite dal lungo uso, e un corpetto di cuoio rinforzato con lamine di bronzo. Per quanto circa della stessa età di Robb, era snella come un ragazzo, dai lunghi capelli castani trattenuti a crocchia e dai seni appena accennati. Portava una rete fittamente intrecciata appesa a un fianco sottile e un lungo coltello di bronzo all'altro. Sotto il braccio teneva un elmo di ferro chiazzato di ruggine. Di traverso sulla schiena erano fissate una lancia da rane e uno scudo rotondo di cuoio.

Suo fratello Jojen era di parecchi anni più giovane e non portava armi. Tutti i suoi indumenti erano verdi, perfino il cuoio degli stivali. Quando si avvicinò, Bran vide che i suoi occhi erano colore del muschio, ma i denti erano bianchi come quelli di chiunque altro. Entrambi i Reed erano di corporatura snella, asciutti come lame e poco più alti di Bran. Raggiunsero il palco e posero con rispetto un ginocchio a terra.

«Miei lord di Stark» esordì la ragazza. «Gli anni sono passati a centinaia, a migliaia, da quando il mio popolo giurò per la prima volta fedeltà al re del Nord. Il lord mio padre ci ha mandati qui a pronunciare nuovamente quelle parole, a nome di tutta la nostra gente.»

"È me che sta guardando" capì Bran. E toccava a lui darle una risposta. «Mio fratello Robb combatte nel Sud» replicò. «Ma potete dire a me le vostre parole, se così vi aggrada.»

«A Grande Inverno noi giuriamo la fedeltà delle Acque Grigie» dissero insieme Meera e Jojen. «Cuore e focolare e raccolto a te noi doniamo, mio lord. Le nostre spade, le lance e le frecce sono al tuo comando. Da' misericordia ai nostri deboli, aiuta i nostri inermi e fa' giustizia per tutti. Noi mai ti volteremo le spalle.»

«Lo giuro sulla terra e sull'acqua» disse il ragazzo in verde.

«Lo giuro sul bronzo e sul ferro» disse sua sorella.

«Lo giuriamo sul ghiaccio e sul fuoco» conclusero insieme.

Bran andò disperatamente alla ricerca delle parole giuste. Doveva forse pronunciare anche lui un giuramento in risposta? Quel loro giuramento non assomigliava a niente che gli fosse mai stato insegnato.

«Possano i vostri inverni essere brevi e le vostre estati ricche di messi.» Di solito, quella era una frase che funzionava. «Alzatevi. Il mio nome è Brandon Stark.»

Meera si alzò per prima, aiutando il fratello a rimettersi in piedi. Per tutta la durata della cerimonia, il ragazzo non aveva staccato mai gli occhi da Bran. «Ti portiamo i nostri doni di pesce e di rane e di volatili» disse.

«E io vi ringrazio per i vostri doni.» Bran si domandò se non avesse dovuto mangiare almeno una rana in segno di cortesia. «Vi offro la carne e l'idromele di Grande Inverno.»

Si sforzò di ricordare tutto quello che gli era stato insegnato sui *crannogmen*, quell'elusivo popolo delle nere paludi dell'Incollatura, il quale ben di rado lasciava le sue umide terre. Erano gente povera, pescatori e cacciatori di rane, i quali vivevano nei *crannog*, palafitte di canne e di vimini intrecciato su isole galleggianti celate nelle profondità delle paludi. Si diceva che fossero uomini codardi, gente che combatteva con punte avvelenate e che preferiva nascondersi davanti al nemico invece che affrontarlo in campo aperto. Eppure, Howland Reed era stato uno dei più valorosi compagni del lord suo padre durante la guerra in cui re Robert aveva conquistato il trono, molto prima che Bran nascesse.

Jojen prese posto, gettando tutto attorno alla sala occhiate piene di curiosità. «Dove sono i meta-lupi?» domandò il ragazzo.

«Nel parco degli dei.» Fu Rickon a rispondergli. «Cagnaccio ha fatto il cattivo.»

«A mio fratello piacerebbe vederli» intercesse Meera.

«Farà bene a stare attento che loro non lo vedano» intervenne Piccolo Walder a voce troppo alta. «Altrimenti finisce che gli staccano qualche pezzo.»

«Invece non lo morderanno se ci sarò anch'io presente.» Bran era lieto che i due giovani *crannogmen* volessero vedere i lupi. «Estate di certo non lo farà, e terrà a bada anche Cagnaccio.»

Era incuriosito dai ragazzi delle terre fangose. Non ricordava di averne mai visto uno, prima di quel momento. Nel corso degli anni, il lord suo padre aveva inviato molte lettere al lord delle Acque Grigie, ma nessuno dei Reed era mai venuto a far visita a

Grande Inverno. Bran avrebbe voluto continuare a parlare con loro, ma la sala grande era talmente rumorosa che era difficile riuscire a udire chiunque che non fosse seduto nelle immediate vicinanze.

Ser Rodrik era proprio lì accanto a lui. «Ma le mangiano per davvero, le rane?» gli domandò Bran.

«Certo» confermò l'anziano cavaliere. «Pesci e rane e lucertole-leone, e anche tutti i tipi di uccelli.»

"Forse non hanno né pecore né bestiame" ipotizzò Bran. Diede ordine ai servitori di portare ai due ragazzi costolette di montone, una fetta di uri e di riempire i loro taglieri di stufato di manzo e orzo. Parve che a Meera e a Jojen piacesse molto tutto quanto. La ragazza si accorse che lui la stava osservando e gli sorrise. Bran arrossì e distolse lo sguardo.

Molto più tardi, dopo che tutti i dolci erano stati serviti e diluiti con galloni di vino dell'estate, il cibo venne portato via e i tavoli furono spinti contro le pareti in modo da fare spazio per le danze. Il ritmo della musica si fece più martellante, i suonatori di tamburo s'inserirono tra arpisti e flautisti. Hother Umber fece saltare fuori un enorme corno da caccia bordato d'argento. Quando il cantante, intonando la ballata *Alla fine della grande notte*, giunse al punto in cui i Guardiani della notte cavalcano ad affrontare gli Estranei nella battaglia dell'Alba, Umber lasciò partire uno squillo talmente tonante da far abbaiare tutti i cani del castello.

Due uomini dei Glover partirono in un ritmo vorticoso d'arco e cornamusa. Mors Umber fu il primo a lanciarsi nelle danze. Prese al volo una servetta che passava, mandando la caraffa di vino che la ragazza stava trasportando a infrangersi sul pavimento. Tra i residui di pane e gli ossi rosicchiati disseminati fra le pietre, Umber la sollevò di peso e la fece volteggiare in aria. La ragazza rise di gusto, arrossendo mentre le sue sottane si gonfiavano.

Ben presto, molti altri si unirono alla danza. Hodor ballò tutto da solo, lord Wyman chiese di ballare alla piccola Beth Cassel. Considerando la sua stazza, il signore di Porto Bianco si muoveva con splendida grazia. Quando lui si stancò, fu Cley Cerwyn a continuare con Beth. Ser Rodrik invitò lady Hornwood, ma la nobildonna chiese di essere scusata e lasciò la festa. Bran rimase a guardare le danze quanto bastava per apparire cortese, poi mandò a chiamare Hodor. Si sentiva stanco e accaldato, la testa gli girava per il vino, e guardare gli altri che ballavano lo rendeva triste. Un'altra cosa che non sarebbe mai stato in grado di fare.

«Voglio andare.»

«Hodor» confermò Hodor, mettendosi in ginocchio. Maestro Luwin e Testa di fieno sollevarono Bran e lo sistemarono nel cesto sulla schiena dello stalliere dalla mente semplice. Gli uomini e le donne di Grande Inverno avevano assistito a quel rituale centinaia di volte, ma senza dubbio doveva apparire strano agli ospiti, alcuni dei quali furono più curiosi che educati. Bran sentì fin troppi sguardi su di sé.

Se ne andarono da una porta sul retro, invece che attraversare l'intera lunghezza della sala, con Bran che chinava prudentemente la testa per passare. Nel corridoio scarsamente illuminato fuori della sala grande, trovarono Joseth, mastro dei cavalli, impegnato in tutt'altro genere di cavalcata. Joseth aveva spinto contro la parete una donna che Bran non conosceva, le gonne sollevate fino alla vita. La donna continuò a ridacchiare fino a quando Hodor non si fermò a guardare. A quel punto, si mise a urlare.

«Lasciali stare, Hodor» comandò Bran. «Portami nella mia camera.»

Hodor salì la scala a spirale della torre e s'inginocchiò presso una delle sbarre di ferro che Mikken, il fabbro, aveva conficcato nei muri. Bran si afferrò alle sbarre per raggiungere il letto e Hodor gli sfilò le brache e gli stivali.

«Adesso puoi tornare pure alla festa» concesse Bran «ma non dare fastidio a Joseth e a quella donna.»

«Hodor» approvò Hodor, annuendo.

Bran spense la candela accanto al suo letto con un soffio. Le tenebre calarono su di lui simili a una morbida, antica coperta. Musica attutita arrivava dalla finestra.

All'improvviso gli tornò alla mente qualcosa che suo padre gli aveva detto molto tempo prima. Lui aveva chiesto a lord Eddard se quelli della Guardia reale fossero davvero i più valorosi cavalieri dei Sette Regni.

«Non più» aveva risposto lord Eddard. «Ma un tempo erano una meraviglia, un luminoso esempio per il mondo intero.»

«E chi di loro era il migliore?»

«Ser Arthur Dayne. Era lui il più coraggioso cavaliere che io abbia mai incontrato. Combatteva con una spada chiamata Alba, forgiata dal cuore di una stella caduta dai cieli. Lo chiamavano "Spada dell'alba"... e mi avrebbe ucciso se non fosse stato per Howland Reed.»

Ma, nel pronunciare queste parole, il lord suo padre s'era rattristato, e non aveva aggiunto altro. Adesso, quanto Bran avrebbe voluto saperne di più...

Si addormentò con la testa piena di cavalieri splendenti nelle loro armature, che combattevano con spade scintillanti come il fuoco delle stelle. Ma quando il sogno tornò, lui si ritrovò di nuovo nel parco degli dei.

Gli odori della cucina e delle sala grande erano talmente forti che gli parve di non essersi mai allontanato dalla festa. Scivolò tra gli alberi, suo fratello subito dietro di lui. La notte era viva e selvaggia, piena degli ululati del branco delle creature-uomo. Questi suoni lo rendevano inquieto. Voleva correre, cacciare. Voleva...

Udì un rumore di ferro e tese le orecchie. Anche suo fratello lo aveva udito. Corsero nel fitto sottobosco, dirigendosi verso il punto da cui il suono si era originato, e costeggiarono l'acqua immobile di fronte all'antico albero pallido. Lui percepì l'odore di uno sconosciuto, l'odore della creatura-uomo, insieme a quello del cuoio, della terra, del ferro.

Gli intrusi si erano spinti solo poche iarde nel parco degli dei quando lui fu su di loro. Si trattava di una femmina e di un giovane maschio. Non c'era nemmeno un frammento di paura in loro, neppure quando lui snudò le zanne. Suo fratello emise un ringhio di minaccia, ma nemmeno allora le due creature-uomo fuggirono.

«Eccoli che vengono» disse la femmina. "Meera" sussurrò una qualche parte di lui, memoria di ragazzo dormiente perduto in un sogno di lupi. «Avresti mai immaginato che sarebbero stati così grossi?»

«E diventeranno ancora più grossi quando saranno cresciuti del tutto» rispose il giovane maschio, senza smettere di osservarli con quei suoi grandi occhi verdi, occhi privi di qualsiasi timore. «Quello nero è pieno di paura e di furia, ma quello grigio è forte... Più forte di quanto si renda conto... Riesci a sentirlo, sorella?»

«No.» La femmina spostò la mano sull'impugnatura del suo lungo coltello marrone. «Fa' attenzione, Jojen.»

«Non mi farà del male. Non è questo il giorno della mia morte.»

Il maschio si diresse verso di loro, senza paura, allungò una mano e gli sfiorò il muso. Un tocco lieve come brezza d'estate. Eppure, al contatto delle dita, il bosco si dissolse e il terreno sotto i suoi piedi divenne fumo, un abisso vorticante, pieno di derisione, verso cui lui cominciò a cadere, cadere, cadere...

Fece un sogno, dormendo tra quelle colline coperte d'erba. Nel sogno, Bran era di nuovo integro, Arya e Sansa si tenevano per mano e Rickon era ancora un infante al suo seno. Robb, senza corona, giocava con una spada di legno. E quando tutti loro furono al sicuro, dormendo sonni quieti, c'era Ned ad attenderla nel loro letto. Ned che le sorrideva.

Era un sogno delicato, dolce, ma svanito troppo presto. L'alba giunse crudele, un pugnale di luce. Lei si svegliò dolorante e da sola e stanca. Stanca di cavalcare e di soffrire. Stanca del dovere. "Ho voglia di piangere" pensò. "Ho voglia di essere sciocca e spaventata, anche solo per un momento. Per un fugace momento. Un giorno... un'ora..."

Fuori della sua tenda, gli uomini cominciavano a muoversi. Udì i cavalli che nitrivano, Shadd che si lamentava della schiena rigida, ser Wendel che reclamava il suo arco. Catelyn avrebbe voluto che tutto questo si dissolvesse. Erano bravi uomini, leali, ma lei ne aveva comunque abbastanza di loro. Erano i suoi figli che voleva. Un giorno, promise in silenzio ostinandosi a rimanere sdraiata, un giorno avrebbe permesso a se stessa di essere meno forte.

Ma non oggi. Non poteva farlo quel giorno.

Le dita le parvero più maldestre del solito mentre cercava di allacciarsi i vestiti. Sapeva che avrebbe dovuto essere grata per il fatto di riuscire ancora a usarle, le sue mani. Il pugnale era di acciaio di Valyria, e l'acciaio di Valyria morde duro, in profondità. Le bastava appena un'occhiata alle cicatrici per ricordare quanto in profondità.

Fuori della tenda, Shadd stava rimescolando dell'avena in una marmitta, mentre ser Wendel Manderly controllava la tensione della corda del proprio arco.

«Mia signora» la salutò questi quando Catelyn apparve fuori della tenda. «Ci sono volatili tra l'erba. Gradiresti una quaglia arrosto per colazione?»

«Pane e avena saranno sufficienti... per tutti noi, credo. Abbiamo ancora molte leghe da percorrere, ser Wendel.»

«Come desideri, mia signora.» Sul faccione di luna piena del cavaliere apparve un'espressione depressa. «Pane e avena, certo. Niente di meglio...»

Era uno degli uomini più grassi che Catelyn avesse mai conosciuto, ma per quanto ser Wendel amasse il cibo, amava di più il suo onore.

«Ho trovato le foglie adatte e ho fatto del tè» disse Shadd. «Ne vuoi una tazza, mia signora?»

«Volentieri, ti ringrazio.»

Tenne la tazza tra le mani martoriate, soffiando per raffreddarlo. Shadd era uno degli uomini di Grande Inverno. Robb aveva mandato venti dei suoi migliori guerrieri a scortarla fino a Renly Baratheon. Aveva anche mandato cinque nobili, i cui nomi e l'alto lignaggio avrebbero aggiunto peso politico alla missione. Nel muoversi verso sud, tenendosi alla larga da fortini e da città, più volte avevano visto altre bande di uomini in maglia di ferro, e anche colonne di fumo levarsi dall'orizzonte a oriente. Nessuno però aveva osato dare loro noia: erano troppo pochi per rappresentare una minaccia, ma anche troppi per essere una facile preda. Una volta superato il fiume delle Rapide nere, il peggio fu alle loro spalle. Per gli ultimi quattro giorni, non avevano visto alcun segno di guerra.

Catelyn non aveva voluto questa missione. Aveva cercato di dirlo a Robb, quando ancora era a Delta delle Acque...

«L'ultima volta che ho visto Renly, lui era un ragazzino dell'età di Bran. Non lo conosco, manda qualcun altro, Robb. Il mio posto è qui, accanto a mio padre, quale che sia il tempo che gli rimane su questa terra.»

«Non c'è nessun altro, madre.» Lo sguardo di suo figlio era cupo. «Non posso andare io stesso. Tuo padre sta troppo male. Il Pesce nero è i miei occhi e le mie orecchie, non oso perderlo, e ho bisogno che tuo fratello tenga Delta delle Acque nel momento in cui deciderò di marciare.»

«Marciare?» In merito, nessuno aveva detto a Catelyn una sola parola.

«Non posso rimanere qui a Delta delle Acque in attesa di una risposta di pace. Sarebbe come se avessi paura di scendere nuovamente in campo. Quando non ci sono battaglie da combattere, i soldati cominciano a pensare al focolare, al raccolto. È stato il lord mio padre a insegnarmelo. Perfino i miei uomini del Nord danno segni d'impazienza.»

"I miei uomini del Nord... sta già cominciando a parlare come un re." Ma questo Catelyn lo pensò soltanto. «Di impazienza non è mai morto nessuno» replicò invece. «Lo stesso non si può dire a proposito delle azioni avventate. Abbiamo piantato dei semi, vediamo almeno se attecchiscono.»

«Abbiamo gettato semi nel vento.» Robb scosse ostinatamente il capo. «Niente di più. Se tua sorella Lysa fosse pronta a schierarsi con noi, a questo punto lo avremmo saputo. Quanti corvi abbiamo inviato al Nido dell'Aquila, quattro? Anch'io voglio la pace, madre, ma per quale motivo i Lannister dovrebbero concedermi qualcosa, qualsiasi cosa, se continuo a rimanere qui immobile mentre il mio esercito si dissolve come neve dell'estate?»

«Per cui, piuttosto che fare la figura del codardo, rischieresti di danzare alla musica che ti suona lord Tywin?» ribatté Catelyn. «Lui vuole che tu marci su Harrenhal, chiedi a tuo zio Brynden se...»

«Io non ho mai parlato di Harrenhal» la interruppe Robb. «Ora, madre, andrai da Renly per me, o devo mandare Grande Jon?»

Il ricordo di quel dialogo portò un debole sorriso sul viso di Catelyn. Come trucco era ovvio, scontato, eppure astuto per un ragazzo di quindici anni. Robb sapeva quanto fosse poco adatto Grande Jon Umber a trattare con un damerino come Renly Baratheon, e sapeva che anche lei ne era consapevole. Quale altra scelta aveva Catelyn se non accettare, pregando che suo padre potesse vivere fino al suo ritorno? Se lord Hoster fosse stato in salute, sarebbe stato lui ad andare, Catelyn ne era certa. In ogni caso, il commiato era stato difficile, molto difficile. Quando era andata a dire addio al padre, lui non l'aveva neppure riconosciuta. «Minisa» l'aveva chiamata. «Dove sono le bambine? La mia piccola Cat, la mia dolce Lysa...»

Catelyn lo aveva baciato sulla fronte, rassicurandolo che le bambine stavano bene. «Resta ad aspettarmi, mio signore» aveva detto quando gli occhi del vecchio morente si erano richiusi. «Quante volte io ho aspettato te... ora, ti prego, aspetta che sia io a tornare.»

"Il destino continua a portarmi a sud, e poi di nuovo a sud" pensò Catelyn sorseggiando il tè forte "mentre è a nord che dovrei andare. Sì, a nord, a casa." Aveva scritto una lettera a Bran e a Rickon, la notte prima di lasciare Delta delle Acque: "Non vi ho dimenticati, amati figli. Vi prego, credetemi. È solo che adesso è vostro fratello ad avere più bisogno di me".

«Oggi dovremmo raggiungere l'alto corso del Mander, mia lady» disse ser Wendel mentre Shadd distribuiva il porridge. «Se quanto si dice è vero, lord Renly non dovrebbe essere lontano.»

"E una volta che lo avremo trovato, che cosa gli dirò? Che mio figlio non lo considera il vero re?" L'incontro con Renly era l'ultima delle cosa che Catelyn desiderava. Era di amici che avevano bisogno, non di altri nemici. Ma, al tempo stesso, Robb non si sarebbe mai inginocchiato per rendere omaggio a un uomo che riteneva non avesse alcun diritto al trono.

La sua ciotola era vuota, ma Catelyn non si era nemmeno resa conto di assaggiare quella zuppa d'avena. L'appoggiò per terra. «È tempo che ci rimettiamo in marcia» dichiarò.

Quanto prima avesse parlato con Renly, tanto prima sarebbe potuta tornare a casa. Fu lei la prima a montare in sella, e fu lei a stabilire il passo dell'intera colonna. Hal Mollen, un altro uomo del Nord che era stato comandante della Guardia di Grande Inverno, cavalcò al suo fianco innalzando il vessillo della Casa Stark, il meta-lupo grigio su sfondo bianco come ghiaccio.

Si trovavano ancora a mezza giornata di cavallo dall'accampamento di Renly quando vennero individuati. Robin Flint era andato in avanscoperta; rientrò al galoppo, avvertendo che qualcuno stava osservando dalla sommità di un lontano mulino a vento. Quando Catelyn e il suo gruppo ci arrivarono, la vedetta si era dileguata da un pezzo. Continuarono ad avanzare. Nemmeno un miglio più oltre, si ritrovarono circondati dalle avanguardie di Renly, una ventina di uomini a cavallo in maglia di ferro, guidati da un cavaliere con la barba grigia, la sopravveste con stornelli ricamati.

«Mia lady.» Nel vedere i vessilli degli Stark e dei Tully fu lui il solo ad avvicinarsi. «Ser Colen di Greenpools, per compiacerti. Sono terre pericolose queste che stai attraversando.»

«Ci troviamo qui per urgenti motivi» gli rispose lei. «Vengo quale inviata di mio figlio, Robb Stark, re del Nord, per trattare con Renly Baratheon, re del Sud.»

«Re Renly è il re incoronato e investito di tutti i Sette Regni, mia lady.» Ser Colen rispose in modo cortese ma fermo. «Sua maestà è accampato con il suo esercito presso Ponte Amaro, dove la strada delle Rose incrocia il Mander. Sarà per me un grande onore scortarti da lui.»

Il cavaliere alzò una mano protetta da un guanto di ferro. I suoi uomini avanzarono a formare una doppia colonna ai fianchi di Catelyn e del suo gruppo. "Scorta... o carcerieri?" si domandò lei. In ogni caso, c'era ben poco da fare se non fidarsi dell'onore di ser Colen e di quello di lord Renly.

Cominciarono a vedere il fumo che si levava dagli accampamenti quando ancora si trovavano a un'ora dal fiume. Poi, superando campi e fattorie e crinali di colline, giunsero i suoni. All'inizio non fu altro che un mormorio, simile allo sciabordare di un mare lontano. Ma poi, continuando ad avvicinarsi, lo sciabordio divenne un rombo di ondate violente. Quando finalmente furono in vista delle acque fangose del Mander che scintillavano sotto il sole, riuscirono a distinguere voci di uomini, il cozzare delle spade, il nitrire dei cavalli. Ma né il fumo né quei rumori avrebbero potuto prepararli per la visione dell'esercito che si parò davanti a loro.

Migliaia di fuochi riempivano l'aria di fumo livido. Solamente la fila dei cavalli si stendeva per leghe e leghe. Di certo, un'intera foresta era stata abbattuta per ottenere il legno sul quale ora s'innalzavano tutti quegli alti vessilli. Lungo il bordo erboso della strada delle Rose si allineavano le macchine da guerra: mangani e trabocchi, catapulte e arieti, tutti montati su ruote più alte di un uomo a cavallo. I raggi del sole incendiavano le punte d'acciaio delle picche, conferendo loro una tonalità rossa, come se già grondassero sangue. Gli ampi padiglioni dei lord e dei cavalieri emergevano dall'erba simili a funghi di seta. Catelyn vide uomini armati di lance e uomini armati di spade, prostitute al seguito che mostravano la loro merce carnale, arcieri che limavano le frecce, carovanieri che guidavano carri, guardiani di porci che conducevano suini, paggi che portavano messaggi, scudieri che affilavano spade, cavalieri che cavalcavano purosangue, stallieri che si occupavano dei destrieri più irrequieti.

«Un'impressionante massa di uomini» non poté fare a meno di ammettere ser Wendel Manderly mentre attraversavano l'antica arcata di pietra che dava a Ponte Amaro il suo nome.

«Nessun dubbio» concordò Catelyn.

Sembrava che l'intera casta nobiliare del Sud avesse risposto alla chiamata di Renly. Dovunque svettava la rosa dorata di Alto Giardino: ricamata sul pettorale destro degli armigeri, a garrire nel vento sui vessilli di seta che adornavano picche e lance, dipinta sugli scudi cha facevano bella mostra di sé davanti ai padiglioni dei figli, dei fratelli, dei cugini, degli zii della Casa Tyrell. Catelyn individuò anche la volpe circondata di fiori della Casa Florent, le mele rosse e verdi dei Fossoway, i cacciatori al galoppo di lord Tarly, le foglie di quercia degli Oakheart, le gru dei Crane, la nube nera e gialla delle api dei Mullendore.

Era oltre il Mander che i lord della Tempesta innalzavano i loro stendardi: erano gli alfieri di Renly, coloro i quali avevano giurato fedeltà alla Casa Baratheon e a Capo Tempesta. Catelyn riconobbe gli usignoli di Bryce Caron, le penne d'oca dei Penrose, la tartaruga marina di lord Estermont, verde in campo verde. Eppure, per ogni scudo che riconosceva, ce n'erano altri dieci che le erano ignoti, emblemi di piccoli lord che a loro volta avevano giurato fedeltà agli alfieri, emblemi di piccoli cavalieri e di mercenari che erano accorsi per rendere Renly Baratheon re di fatto oltre che di nome.

Ed era il suo vessillo che svettava più in alto di tutti, dalla sommità della più imponente delle torri d'assedio, un gigante di quercia pieno di feritoie, da cui si dispiegava la bandiera più grande che Catelyn avesse mai visto: un drappo sufficiente a coprire il pavimento di molte sale grandi di molti castelli. Su di esso, nero ed enorme in campo oro, alto e orgoglioso, si ergeva il cervo incoronato dei Baratheon.

«Mia lady, lo senti questo rumore?» Hallis Mollen le si affiancò al trotto. «Che cos'è?»

Catelyn tese le orecchie. Grida di battaglia, nitrire di cavalli, cozzare d'acciaio e... «Applausi» disse.

Cavalcarono su per il declivio di una collina, verso una serie di padiglioni di nobili collocati sulla sua sommità. Mentre superavano le tende, le schiere umane si fecero più numerose, più compatte, i suoni divennero più forti. E alla fine, Catelyn vide qual era la causa di tutto quel rumore.

Sotto di loro, attorno alle fondazioni di tronchi e di pietra di un piccolo castello, c'era in corso una mischia.

Un campo era stato tenuto sgombro, in modo da poterci sistemare corsie, passerelle inclinate e spalti. A centinaia si erano radunati a guardare, forse a migliaia. A giudicare dalle condizioni del terreno, disseminato di lance distrutte e pezzi di armature ammaccate, il confronto doveva essere andato avanti per l'intera giornata o forse più. Ora però pareva prossimo a concludersi: solamente una scarna schiera di guerrieri a cavallo si ostinava a caricare e ad assalire. Tutti contro tutti mentre orde di spettatori e di guerrieri caduti ed eliminati in precedenza si sgolavano a incitarli dal perimetro. Catelyn vide due cavalieri armati di tutto punto arrivare a un duro scontro frontale e finire entrambi a terra in un groviglio d'acciaio e di zampe annaspanti.

«Un torneo...» Hallis Mollen aveva l'inveterata abitudine di constatare l'ovvio.

«Oh, magnifico!» fu il commento di ser Wendel Manderly al colpo all'indietro di un cavaliere armato d'ascia che abbatté il contendente che lo inseguiva.

Il denso assembramento davanti a loro rese l'avanzata ancora più difficile.

«Lady Stark» disse ser Colen. «Se i tuoi uomini vogliono aspettare qui, ti condurrò io da re Renly.»

«Come tu dici.»

Nel dare l'ordine, Catelyn fu quasi costretta a urlare per farsi udire al di sopra del fragore della mischia. Lentamente, ser Colen condusse il cavallo tra la folla assiepata, e Catelyn gli tenne dietro da vicino. Un ruggito si levò da mille gole quando un guerriero privo di elmo, un grifone sullo scudo, crollò sotto l'assalto di un cavaliere in armatura blu. Tutto il suo acciaio era di un'intensa sfumatura color cobalto, perfino la mazza chiodata da addestramento che maneggiava in modo tanto letale. Sulla gualdrappa del suo destriero campeggiavano la luna e il sole della Casa Tarth.

«Ronnet il Rosso è a terra» imprecò qualcuno. «Maledetti gli dei...»

«Ci penserà Loras a quel blu...» un nuovo ruggito inghiottì la risposta del suo compagno.

Un altro uomo era finito sul terreno, intrappolato sotto il suo cavallo ferito, cavaliere e cavallo che urlavano di dolore. Scudieri si precipitarono a prestare soccorso.

"Follia, pura follia" Catelyn non riusciva a crederci. "Nemici dappertutto, il reame a ferro e fuoco, e Renly che gioca alla guerra come un ragazzino a cui è stata data la sua prima spada di legno."

I lord e la lady sugli spalti erano completamente assorbiti dallo scontro, quanto gli uomini che si affrontavano sul terreno. Catelyn ne riconobbe parecchi. Svariate volte suo padre era stato ospite dei signori del Sud del reame, così come parecchi di loro avevano visitato Delta delle Acque. C'era lord Mathis Rowan, più corpulento e florido che mai, l'albero dorato della sua casa che gli campeggiava sul farsetto. Sotto di lui, sedeva lady

Oakheart, minuta e delicata. Alla sua sinistra, lord Randyll Tarly della collina del Corno, la sua spada lunga, Veleno del cuore, appoggiata allo schienale dello scranno. Di alcuni nobili, Catelyn conosceva solamente i vessilli, altri ancora le erano del tutto sconosciuti.

E al centro di tutti loro, che guardava e si divertiva con la sua giovane regina al fianco, sedeva uno spettro con in capo una corona d'oro.

"Nessuna sorpresa che tutti questi lord gli si raccolgano attorno con tale fervore" pensò Catelyn. "Ecco Robert risorto." Renly Baratheon era di bell'aspetto quanto lo era stato suo fratello maggiore Robert Baratheon, il defunto re. Slanciato, spalle larghe, stessi capelli neri come il carbone, stessi magici occhi azzurri, stesso sorriso accattivante. Il sottile cerchio metallico che portava in capo gli donava alquanto. La corona era d'oro bianco, squisitamente lavorato a forma di anello di rose. Sulla parte frontale, s'innalzava una testa di cervo di giada verde, occhi e corna dorate.

Il medesimo emblema, il cervo incoronato ricamato in oro, adornava anche la sopravveste verde del re: l'emblema dei Baratheon nei colori di Alto Giardino. E anche la fanciulla che condivideva con lui lo scranno regale era di Alto Giardino: la sua giovane regina, Margaery, figlia di lord Mace Tyrell. Era quel matrimonio a tenere assieme la grande alleanza dei signori del Sud, Catelyn non aveva dubbi in merito. Renly aveva ventun anni, la ragazza la stessa età di Robb; era estremamente graziosa, con dolci occhi da cerbiatta, folti boccoli castani che le ricadevano pigramente sulle spalle e un sorriso timido e dolce.

Sul terreno della mischia, un altro contendente venne disarcionato dal cavaliere con la cappa nei colori dell'arcobaleno. Il re inneggiò il suo sostegno insieme a molti altri: «Loras! Loras!» lo udì gridare. «Loras! Alto Giardino!» La sua regina batteva le mani.

Catelyn tornò a rivolgere lo sguardo allo scontro, decisa a vedere come sarebbe andato a finire. Rimanevano solamente in quattro ad affrontarsi, e non c'era il benché minimo dubbio a quale di quei quattro andasse il favore del re e della folla. Catelyn non aveva mai incontrato ser Loras Tyrell, ma perfino nel remoto Nord erano giunte storie sulla grande abilità in combattimento del giovane Cavaliere di fiori. Ser Loras montava uno splendido stallone bianco protetto da maglia d'argento, e combatteva con un'ascia dal manico lungo. Dal centro del suo elmo s'innalzava una cresta di rose dorate.

Due dei superstiti avevano stretto alleanza contro il cavaliere con l'armatura blu. Entrambi diedero di speroni, lanciandogli contro i cavalli. Nel momento in cui stavano per chiuderlo, il cavaliere in blu pestò lo scudo scheggiato in faccia al primo, uno degli zoccoli ferrati d'acciaio del suo destriero nero che scalciava brutalmente il cavallo dell'altro. In un batter d'occhio, uno dei cavalieri si ritrovò disarcionato e il secondo a battere in ritirata. Il guerriero in blu gettò a terra lo scudo ormai inservibile, liberando il braccio sinistro. Il Cavaliere di fiori gli fu addosso. Il peso di tutto l'acciaio che lo proteggeva non parve minimamente intralciare la fluidità e la rapidità con cui si muoveva ser Loras, il mantello nei colori dell'arcobaleno che gli volteggiava attorno.

Il cavallo nero e il cavallo bianco danzarono uno attorno all'altro come due amanti alla festa del raccolto, il cavalieri che si lanciavano colpi al posto di baci. L'ascia lunga lampeggiò e la mazza chiodata sibilò. Entrambe le armi erano spuntate, ma nell'entrare a contatto emettevano comunque un clangore sinistro. Privo di scudo, il cavaliere in blu stava incassando colpi su colpi. Ser Loras lo investì con una massiccia grandinata alla testa e alle spalle. La folla ululò: «Alto Giardino! Alto Giardino!». L'avversario rispose con la mazza chiodata, ma ogni volta il malconcio scudo verde di ser Loras, con tre rose dorate come emblema, intercettava e deviava i colpi. Quando l'ascia lunga centrò la mano del cavaliere in blu in un contrattacco, facendo volare via la sua mazza chiodata, gli spettatori ruggirono come un'orda di animali assetati di sangue. Il Cavaliere di fiori sollevò l'ascia per il colpo finale.

Privo d'armi, il guerriero in blu andò all'assalto, in modo temerario. Gli stalloni arrivarono uno contro l'altro, la lama spuntata dell'ascia lunga picchiò duro contro la corazza frontale del cavaliere blu ma, in qualche modo, lui riuscì ad afferrarne il manico nella morsa della mano guantata di metallo. Un sussulto brutale, e l'ascia venne strappata dalla presa di ser Loras. All'improvviso, i due guerrieri ancora in sella stavano lottando corpo a corpo. Subito dopo i loro destrieri si separarono ed entrambi i cavalieri caddero sul terreno dello scontro in un impatto da spezzare le ossa. Loras Tyrell si ritrovò sotto, incassando la maggior parte dell'urto. Il guerriero in blu, estratto un lungo stiletto, aprì di forza la celata del Cavaliere di fiori. Il ruggito della folla era troppo assordante perché Catelyn potesse udire le parole che ser Loras pronunciò, ma le bastò vedere i movimenti delle sue labbra spaccate, sgorganti sangue: "Mi arrendo".

Il guerriero in blu si rimise in piedi barcollando, sollevando lo stiletto in direzione di Renly Baratheon, il saluto del campione al suo re. Alcuni scudieri corsero sul campo, aiutando anche il cavaliere sconfitto a rialzarsi. Quando rimossero il suo elmo, Catelyn poté vedere quanto era giovane, forse due anni più di Robb. Era probabilmente bello quanto sua sorella Margaery, ma con le labbra spaccate, lo sguardo offuscato e il sangue che colava dai suoi capelli impastati di sudore, era difficile dirlo con certezza.

«Avvicinati» comandò re Renly al campione.

Il guerriero si mosse verso gli spalti, zoppicando. Vista da vicino, la sua brillante armatura blu appariva molto meno brillante, molto meno splendida; era tutta segnata da cicatrici: le depressioni scavate dalle mazze e dalle asce, il lunghi solchi lasciati dalle spade, lo smalto della corazza e dell'elmo malamente scheggiato. La cappa era ridotta a uno straccio. Dal modo in cui si muoveva, il vincitore non era in condizioni migliori.

Alcune voci inneggiarono a lui: «Tarth! Tarth!» e anche, cosa piuttosto strana, «La Bella! La Bella!». Poche voci, in realtà. Tutti gli altri astanti rimasero in un silenzio teso, quasi ostile. Il guerriero s'inginocchiò davanti al re, la sua voce resa irriconoscibile dall'elmo da battaglia ammaccato: «Maestà».

«Sei proprio come il lord tuo padre afferma tu sia.» La voce di Renly si propagò sul campo dello scontro. «Ho visto ser Loras venire disarcionato una, forse due volte... ma mai a quel modo.»

«Non è stato un vero disarcionamento» obiettò un arciere ubriaco lì vicino, la rosa dei Tyrell cucina sul farsetto. «Un bieco trucco, tirare il ragazzo giù da cavallo in quel modo.»

Il pubblico cominciò a disperdersi.

«Ser Colen.» Catelyn si rivolse al cavaliere che l'aveva scortata fin là. «Chi è quell'uomo? E perché gli sono tutti così ostili?»

Ser Colen corrugò la fronte. «Perché non è un uomo, mia signora. Quella è Brienne di Tarth, figlia di lord Selwyn la Stella della sera.»

«Figlia?» Catelyn era stupefatta.

«Brienne la Bella, la chiamano. Ma di certo non glielo dicono in faccia, a meno che non siano pronti a difendere quelle parole con la spada in pugno.»

Re Renly dichiarò lady Brienne di Tarth vincitrice del grande torneo del Ponte Amaro, l'ultimo guerriero rimasto in piedi dei cento e sedici cavalieri che erano scesi in campo.

«Quale campione» concluse re Renly «è tuo diritto chiedermi qualsiasi cosa tu desideri. Se è nei miei poteri, te la concederò.»

«Maestà» rispose Brienne «chiedo l'onore di fare parte della tua Guardia dell'arcobaleno. Desidero essere uno dei tuoi sette, in modo da offrire la mia vita per la tua, andare dove tu andrai, cavalcare dove tu cavalcherai, proteggendoti da qualsiasi danno e da qualsiasi dolore.»

«Accetto» rispose Renly. «Alzati e togliti l'elmo.»

Brienne obbedì, e dopo che l'ebbe fatto, Catelyn capì il significato delle parole di ser Colen.

La Bella, la chiamavano... ma era uno sberleffo. I capelli sotto la celata parevano un nido di scoiattolo riempito di paglia sporca. E il viso, poi... gli occhi di Brienne erano grandi e azzurri, occhi di ragazza, pieni d'innocenza e di fiducia, ma tutto il resto... lineamenti grossolani e aspri, denti prominenti tutti storti, bocca troppo larga, labbra talmente piene da apparire gonfie. Mille e mille lentiggini disseminavano le sue guance e la fronte, e il naso doveva essersi spezzato più volte. Il cuore di Catelyn fu pieno di pietà. "Quale creatura sulla terra è più sfortunata di una donna brutta?"

Eppure, dopo che Renly ebbe tagliato il suo mantello a brandelli e le ebbe posto sulle spalle la cappa nei colori dell'arcobaleno, Brienne di Tarth non parve affatto sfortunata. Un grande sorriso si diffuse sul suo volto e la sua voce risuonò forte, piena d'orgoglio: «La mia vita per la tua, maestà. Da questo giorno in avanti, io sarò il tuo scudo. Lo giuro sugli dei, vecchi e nuovi».

Il modo in cui Brienne guardò il re – dall'alto in basso, poiché lei lo sovrastava di una spanna almeno, per quanto Renly fosse alto quasi quanto lo era stato suo fratello Robert – fu invece doloroso da osservare.

«Maestà!» Ser Colen di Greenpools volteggiò giù da cavallo e si accostò agli spalti. «Con il tuo permesso...» Piegò un ginocchio di fronte al sovrano. «Ho l'onore di portarti lady Catelyn Stark, inviata a te quale emissario di suo figlio Robb, lord di Grande Inverno.»

«Lord di Grande Inverno e re del Nord, ser» lo corresse Catelyn. Detto questo, scese a sua volta da cavallo e andò ad affiancare ser Colen.

«Lady Catelyn?» Renly apparve sorpreso. «Siamo molto compiaciuti della tua presenza tra noi.» Si rivolse alla sua giovane regina. «Margaery, mia cara, questa è lady Catelyn Stark di Grande Inverno.»

«Sei la benvenuta, lady Stark» le disse la fanciulla in tono oltremodo cortese. «Sono addolorata per la tua perdita.»

«Apprezzo la tua gentilezza» rispose Catelyn.

«Mia lady, te lo giuro» dichiarò il re. «I Lannister risponderanno dell'assassinio di tuo marito. Quando avrò preso Approdo del Re, ti manderò la testa di Cersei.»

"E questo mi riporterà Ned?" «Sarà sufficiente sapere che giustizia è stata fatta, mio lord.»

«Maestà» corresse Brienne in tono sferzante. «E tu dovresti inginocchiarti al cospetto del re.»

«La distanza tra un lord e una grazia è molto scarsa, mia lady.» Catelyn non si lasciò impressionare. «Lord Renly porta una corona, ma anche mio figlio Robb ne porta una. Se proprio ci tieni, possiamo restare qui in piedi nel fango a disquisire quali onori e quali titoli spettano all'uno e all'altro, ma ritengo che abbiamo argomenti più pressanti da discutere.»

Alcuni dei lord di Renly mormorarono nell'udire queste parole, ma il re non perse il senso dell'umorismo. «Ben detto, mia signora. Ci sarà tempo a sufficienza per le grazie una volta che queste guerre saranno finite. E dimmi, quand'è che tuo figlio marcerà su Harrenhal?»

Fino a quando non avesse capito se questo re era un amico o un nemico, Catelyn non intendeva rivelare niente della strategia di Robb. «Non partecipo ai consigli di guerra di mio figlio, mio lord.»

«A patto che mi lasci qualche Lannister da distruggere, non sarò certo io a oppormi. Che ne ha fatto dello Sterminatore di re?»

«Jaime Lannister è prigioniero a Delta delle Acque.»

«Ancora vivo?» Lord Mathis Rowan parve spiacevolmente sorpreso.

«Si direbbe che il meta-lupo è più gentile del leone» rilevò Renly, sempre in tono divertito.

«Più gentile dei Lannister» commentò lady Oakheart con un sorriso sarcastico «è come dire più asciutto del mare.»

«Gentile? Io lo chiamerei debole.» Lord Randyll Tarly aveva una corta barba grigia e la reputazione di parlare chiaro. «Senza volere mancarti di rispetto, lady Stark, ma sarebbe stato meglio se lord Robb fosse venuto di persona a rendere omaggio al re, piuttosto che nascondersi dietro le sottane di sua madre.»

«Re Robb sta combattendo una guerra, lord Randyll» ribatté Catelyn con glaciale cortesia «non giocando ai tornei.»

Renly fece un sogghigno. «Calma, lord Randyll, temo che tu ti stia scontrando con un valente avversario.» Il re convocò un attendente nella livrea di Capo Tempesta. «Trova una sistemazione per il seguito della lady e provvedi che i suoi abbiano ogni comodità. Lady Catelyn potrà alloggiare nel mio padiglione personale. Io non ne ho bisogno, dal momento che lord Caswell è stato così cortese da permettermi di usare il suo castello. Mia signora, quando ti sarai riposata, sarei onorato di averti a condividere il nostro desco alla festa che lord Caswell darà questa sera. Una festa d'addio. Dubito che al lord dispiaccia vedere la mia fin troppo affamata orda levare finalmente le tende.»

«Questo non è vero, maestà» protestò un giovanotto asciutto che doveva essere lord Caswell. «Ciò che è mio è tuo.»

«Ogni volta che qualcuno lo diceva a mio fratello Robert, lui lo prendeva in parola. Hai figlie, mio buon lord?»

«Sì, maestà. Due.»

«E allora sii grato agli dei che non sono Robert. La mia dolce regina è la sola donna che desidero.» Renly offrì la mano per aiutare Margaery ad alzarsi. «Riprenderemo la nostra conversazione dopo che avrai avuto la possibilità di rinfrescarti, lady Catelyn.»

Renly condusse la sua sposa verso il castello mentre il suo attendente guidava Catelyn verso il padiglione di seta verde del re. «Qualsiasi cosa ti serva, mia signora, non hai che da chiedere.»

Difficilmente Catelyn sarebbe riuscita a immaginare di aver bisogno di qualsiasi cosa che già non fosse disponibile. Il padiglione era più vasto della sala comune della maggior parte delle locande e dotato di ogni conforto: materassi imbottiti di piume e coperte di pelliccia; vasca da bagno di legno e rame grande abbastanza per due persone; bracieri per sconfiggere il freddo della notte; sedie sdraio reclinabili di cuoio; tavolo per scrivere fornito di penne d'oca e calamaio; cesti di frutta colmi di pere, pesche, prugne; caraffa di vino e due coppe d'argento lavorato; bauli di legno di cedro contenenti gli abiti di Renly, e poi libri, mappe, giochi degli scacchi e della dama, una grossa arpa, arco da caccia e relativa faretra, una coppia di falconi da caccia dalla coda di piume rosse, un arsenale da viaggio di armi affilate. "Si tratta proprio bene, il nostro Renly." Catelyn non poté fare a meno di pensarlo nel curiosare per il padiglione. "Non c'è davvero da stupirsi se il suo esercito si muove così lentamente."

L'armatura del re pareva montare la guardia poco a lato dell'ingresso: era interamente smaltata di un colore verde foresta, gl'innesti laminati d'oro, sull'elmo una svettante coppia di corna di cervo, anch'esse laminate d'oro. L'acciaio era stato lucidato al punto da permettere a Catelyn di vedere il proprio viso riflesso nella corazza pettorale, quasi stesse guardando in un profondo stagno verde. "Il volto di una donna annegata." Catelyn distolse lo sguardo. "È possibile annegare nella sofferenza?" S'impose di non vedere, arrabbiandosi con se stessa per la sua fragilità. Non poteva lasciarsi andare all'autocommiserazione: doveva togliersi dai capelli la polvere del viaggio e indossare un abito più consono alla festa in onore di un re.

Furono ser Wendel Manderly, Lucas Blackwood, ser Perwyn Frey e tutti gli altri nobili della spedizione ad accompagnarla al castello. La sala grande del maniero di lord Caswell era chiamata grande solo per cortesia, ma tra i cavalieri di Renly venne fatto comunque spazio agli uomini di Catelyn. A lei venne invece assegnato un posto sul palco, tra il rubicondo lord Mathis Rowan e il geniale ser Jon Fossoway, dei Fossoway della Mela verde. Ser Jon raccontò storielle divertenti mentre lord Mathis s'informò con gentilezza della salute di suo padre, di suo fratello e dei suoi figli.

Brienne di Tarth era seduta all'estremità più lontana della tavola nobiliare. Al posto dell'abbigliamento da dama d'alto lignaggio, aveva scelto quello da cavaliere: farsetto a quattro settori rosa e azzurro, brache, stivali ed elegante cinturone con spada. La sua nuova cappa arcobaleno le scendeva dalle spalle. Ma nessun tipo di abbigliamento poteva celare quanto poco attraente lei fosse; quelle mani enormi coperte di lentiggini, quella faccia larga e piatta, quei denti sporgenti. Fuori dell'armatura, il suo corpo appariva ugualmente sgraziato, con fianchi larghi e ossatura grossa, spalle spioventi cariche di muscoli e seno piatto. Da ogni sua azione, da ogni suo piccolo movimento, era chiaro che Brienne era fin troppo consapevole di tutto ciò, così com'era chiaro quanto ne soffrisse. Parlava solamente per rispondere, e raramente alzava lo sguardo dal cibo.

Di cibo ce n'era in quantità. La guerra non aveva intaccato la leggendaria abbondanza di Alto Giardino. Mentre i cantanti cantavano e i saltimbanchi saltavano, il banchetto iniziò con pere annegate nel vino, per continuare a base di piccole e croccanti aguglie fritte e capponi ripieni di cipolle e funghi. C'erano grandi forme di pane nero, montagne di rape, pannocchie dolci e fave. E poi giganteschi prosciutti cotti, anatra arrosto, enormi taglieri di legno colmi di cacciagione stufata in birra e orzo. Come dolce, dalle cucine del castello i servitori di lord Caswell portarono vassoi di pasticceria: cigni di crema e unicorni di zucchero caramellato, tortelli al limone in forma di rose, biscotti al miele speziato, cannoli ai mirtilli, paste di mele e forme di formaggio burroso.

A Catelyn, tutto quel ricco cibo quasi arrivò a dare la nausea. Ma in un momento in cui così tanto si affidava alla sua forza, mai avrebbe dato il benché minimo segno di debolezza. Mangiò frugalmente, senza smettere di osservare l'uomo che si era dichiarato re. Renly aveva la giovane consorte alla sua destra e il fratello di lei alla sinistra. Fatta eccezione per la benda di lino bianco attorno alla fronte, ser Loras Tyrell non appariva minimamente provato dalla sua disavventura di quel giorno. In effetti, il giovane cavaliere era davvero avvenente come Catelyn aveva immaginato che fosse. Persa l'opacità causata dai duri scontri del torneo, i suoi occhi erano tornati a essere vividi e intelligenti. I capelli, una folta cascata di riccioli castani, avrebbero fatto invidia a molte fanciulle. Aveva sostituito la malconcia cappa usata in torneo con una nuova, a strisce di seta multicolore, che identificava i Cavalieri dell'arcobaleno, la Guardia personale di Renly, trattenuta da un fermaglio che raffigurava la rosa d'oro di Alto Giardino.

Di tanto in tanto, Renly faceva assaggiare a Margaery un bocconcino offertole sulla punta del suo stiletto, oppure si chinava verso di lei a deporle un affettuoso bacio sulla guancia. Ma rimaneva ser Loras l'oggetto principale delle sue attenzioni e delle sue confidenze. Al re piacevano il cibo e il vino, questo era chiaro, ma non scadeva in eccessi, né ingozzandosi né ubriacandosi. Rideva spesso e garbatamente, conversando in modo amabile sia con gli alti lord sia con le servette del popolino.

Alcuni degli altri ospiti erano meno moderati, bevevano e si vantavano troppo, per i gusti di Catelyn: i figli di lord Willum, Josua ed Elyas, erano impegnati in un'animata discussione su chi sarebbe stato il primo a salire sulla sommità delle mura di Approdo del Re; lord Varner aveva fatto sedere una servetta sulle ginocchia, sbaciucchiandole la gola e infilandole una mano in esplorazione sotto il corpetto; Guyard il Verde, il quale si credeva un grande cantante, strimpellava un'arpa e si cimentava in una strofa che parlava di come fare nodi alle code dei leoni, parte della quale riuscì a far rimare; Ser Mark Mullendore aveva con sé una scimmietta bianca e nera e le dava da mangiare dal proprio piatto; Ser Tanton, dei Fossoway della Mela rossa, salì in piedi sul tavolo e giurò di uccidere Sandor Clegane in singolar tenzone, giuramento che sarebbe stato accolto con maggiore serietà se, nel pronunciarlo solennemente, ser Tanton non avesse avuto un piede affondato in una salsiera piena di sugo.

Il colmo dell'assurdo venne raggiunto quando un giullare grassottello si presentò nella sala addobbato di un'armatura di latta dipinta color oro e con un elmo di stoffa a forma di testa di leone sul capo, rincorrendo un nano attorno ai tavoli e picchiandolo sulla testa troppo grossa con un pitale. Alla fine, il re volle sapere per quale motivo il giullare stesse percuotendo suo fratello.

«Perché, mio signore, io sono lo Sterminatore di nani!»

«Sterminatore di re, sciocco!» replicò Renly, e in tutta la sala scoppiò una fragorosa risata.

Lord Rowan, seduto a fianco di Catelyn, non condivise l'ilarità generale: «Sono tutti così giovani».

Era vero. Il Cavaliere di fiori doveva aver avuto non più di due anni di vita quando Robert aveva ucciso in duello il principe Rhaegar sul Tridente. Quanto agli altri, ben pochi erano più vecchi di lui. Erano stati dei poppanti durante il saccheggio di Approdo del Re, e dei ragazzini quando Balon Greyjoy era insorto nella ribellione delle isole di Ferro. "Nessuno di loro ha ancora provato il sapore acre del sangue." Catelyn lo capiva con chiarezza, osservando lord Bryce Caron e ser Robar Royce sventolare daghe e pugnali. "Per loro, è tutto ancora come un gioco, un torneo, solo più grande degli altri. Vedono solamente la gloria, gli onori, il bottino. Ragazzi ubriachi di sogni e di canzoni, uguali a tutti gli altri ragazzi, che credono di essere invincibili e immortali."

«Sarà la guerra a farli diventare vecchi» disse Catelyn. «Nello stesso modo in cui ha fatto diventare vecchi noi.» Anche lei era stata una fanciulla quando Robert, Ned e Jon Arryn avevano innalzato i loro vessilli contro Aerys Targaryen, ma era ormai donna quando i combattimenti ebbero fine. «Provo pietà per loro.»

«Perché?» le domandò lord Rowan. «Guardali. Sono giovani, forti, pieni di vita e di risate. E anche di desiderio carnale, eh sì, assai più di quanto sappiano che cosa farci. Genereranno molti bastardi questa notte, te lo garantisco, mia lady. Perché provare pietà?»

«Perché non durerà» la voce di Catelyn era piena di tristezza. «Perché sono i cavalieri dell'estate... Ma l'inverno sta arrivando.»

«Lady Catelyn, ti sbagli.» Brienne di Tarth la stava osservando con occhi dello stesso colore blu della sua armatura. «Per quelli come noi» riprese la giovane donna guerriera «l'inverno non arriverà mai. Se dovessimo cadere in battaglia, le nostre gesta verranno cantate nelle canzoni, ed è sempre estate nelle canzoni, tutti i cavalieri sono valorosi, tutte le fanciulle sono belle e splende sempre il sole.»

"L'inverno arriva per tutti noi. Per me, è arrivato con la morte di Ned. E arriverà anche per te, piccola, prima ancora di quanto credi." Ma questo, Catelyn Stark non ebbe la forza di dirglielo.

«Lady Catelyn» fu re Renly a trarla d'impaccio. «Vorrei prendere una boccata d'aria. Non vorresti accompagnarmi?»

Catelyn si alzò immediatamente in piedi: «Ne sarei onorata».

Anche Brienne balzò in piedi. «Maestà, dammi il tempo d'indossare la mia cotta di maglia. Non dovresti mai essere senza protezione».

Re Renly sorrise: «Se non sono al sicuro nemmeno tra le mura del castello di lord Caswell, circondato da tutto il mio esercito, non credo che una singola spada potrebbe fare molta differenza... nemmeno la tua spada, Brienne. Siedi e continua pure a mangiare. Se dovessi avere bisogno di te, ti manderò a chiamare».

Queste parole parvero colpire la ragazza ancora più duramente dei colpi che aveva incassato durante il torneo. «Come desideri, maestà.» Brienne tornò a sedersi, lo sguardo abbassato.

Renly prese Catelyn per un braccio e la condusse fuori dalla sala. Passarono accanto a una guardia scomposta, e l'uomo si raddrizzò con tale foga che per poco non lasciò cadere la lancia. Il re gli diede un paio di colpetti sulla spalla e prese la cosa con spirito.

«Da questa parte, mia lady.» Renly fece strada, superando una bassa porta e iniziando a salire le scale della torre. «Per caso, c'è anche ser Barristan Selmy con tuo figlio a Delta delle Acque?»

«No.» Catelyn fu sorpresa da quella domanda. «Vuoi dire che non è più con Joffrey? Era il lord comandante della Guardia reale.»

Renly scosse il capo. «I Lannister gli hanno detto che era troppo vecchio e hanno dato la sua cappa al Mastino. Mi è stato detto che è fuggito da Approdo del Re, giurando di mettersi al servizio del vero re. Quella cappa arcobaleno che ora appartiene a Brienne l'avevo preparata per ser Barristan, nella speranza che potesse offrire a me la sua spada. Non vedendolo arrivare ad Alto Giardino, avevo supposto fosse venuto a Delta delle Acque.»

«Non l'abbiamo visto.»

«Era anziano, lo so, ma ancora un uomo valido. Spero sinceramente che non gli sia accaduto nulla di male. I Lannister sono dei grandissimi stupidi.» Renly salì alcuni gradini. «La notte in cui Robert morì, offrii a tuo marito cento spade e feci pressioni su di lui perché prendesse Joffrey in suo potere. Se mi avesse ascoltato, oggi sarebbe lui il reggente, e non ci sarebbe alcun bisogno di questa mia pretesa al trono.»

Niente che Catelyn già non sapesse. «Ma Ned non ti ha ascoltato.»

«Aveva giurato di proteggere i figli di Robert» disse Renly. «E io non avevo forze sufficienti per agire da solo. Così, quando lord Eddard ha rifiutato la mia proposta, non ho avuto altra scelta se non fuggire. Se io fossi rimasto, sapevo per certo che difficilmente la regina mi avrebbe concesso di vivere molto più di mio fratello.»

"Se tu fossi rimasto, se tu avessi dato a Ned il tuo appoggio, forse lui sarebbe ancora vivo" pensò Catelyn con amarezza.

«A me tuo marito piaceva, mia lady. Era un leale amico di Robert, lo so... ma rifiutò di ascoltare, e rifiutò di piegarsi.» Avevano raggiunto la cima delle scale. «Vieni, voglio mostrarti qualcosa.» Renly aprì una porta di legno e precedette Catelyn sul tetto del torrione.

Il torrione della fortezza di lord Caswell non era molto alto, ma le terre che lo circondavano erano basse e piatte, quindi dalla sua sommità si riuscivano comunque a dominare molte leghe in tutte le direzioni. E ovunque Catelyn guardasse, vide fuochi. Coprivano la terra come stelle cadute dai cieli. E, come le stelle, parevano senza fine.

«Contali pure, se proprio vuoi, mia lady» disse piano Renly. «Quando l'alba verrà a oriente, starai ancora contando. E io mi domando, quanti sono i fuochi che questa notte brilleranno attorno a Delta delle Acque?»

Catelyn poteva ancora udire una musica attutita arrivare dalla sala grande e diffondersi poi nelle tenebre. No, meglio non contarle, tutte quelle stelle cadute.

«Mi è stato detto che tuo figlio ha varcato l'Incollatura con ventimila spade al seguito» riprese Renly. «Ora che i lord del Tridente sono con lui, forse Robb comanda fino a quarantamila spade.»

"Non così tante. Abbiamo perduto uomini in battaglia, e altri sono impegnati nei raccolti."

«Solamente qui, io ne ho il doppio» dichiarò Renly «e non è che una parte della mia forza complessiva: Mace Tyrell rimane ad Alto Giardino con altri diecimila uomini; una mia forte guarnigione presidia Capo Tempesta e ben presto sarà dalla mia anche Dorne, con tutto il suo potere militare. E non dimenticare mio fratello Stannis, che tiene la Roccia del Drago e che comanda i lord del mare Stretto.»

«A me sembra che sia tu quello che dimentica Stannis.» Catelyn aveva parlato in un tono più sferzante di quanto avrebbe voluto.

«Parli della sua pretesa al trono?» Renly rise. «Siamo sinceri, mia lady. Non solo Stannis sarebbe un pessimo re, ma ben difficilmente riuscirebbe a diventarlo. Gli uomini rispettano Stannis Baratheon, e lo temono, anche, ma ben pochi lo hanno mai amato.»

«Rimane comunque tuo fratello maggiore. E se è vero che uno di voi due ha il diritto di ascendere al Trono di Spade, quello deve essere lord Stannis.»

«E dimmi, mia lady, quale diritto ebbe mai mio fratello Robert di ascendere al Trono di Spade?» Renly si strinse nelle spalle, senza attendere una risposta. «Oh, certo, si parlò di legami di sangue tra i Baratheon e i Targaryen, di matrimoni consumati centinaia di anni prima, di figli secondogeniti e di figlie maggiori. Tutte cose di cui importa solamente ai maestri della Cittadella. È stato con la sua mazza da guerra che Robert si è conquistato il trono.» Fece un ampio gesto, indicando i fuochi dell'immane esercito estesi da un orizzonte all'altro. «Ebbene, eccola là fuori, la mia pretesa al trono. Valida tanto quanto lo fu quella di Robert. Se tuo figlio vorrà appoggiarmi, così come suo padre prima di lui volle appoggiare Robert, scoprirà che posso essere quanto mai generoso. Con piacere confermerò tutte le sue terre, i suoi titoli, i suoi onori. Potrà governare Grande Inverno come preferisce. Potrà addirittura continuare a farsi chiamare re del Nord, se proprio ci tiene... a patto che s'inginocchi al mio cospetto e mi consideri il suo sovrano. "Re" è soltanto una parola, ma fedeltà, onore, lealtà, servizio... di quelli ho bisogno.»

«E qualora lui non ti desse queste cose, mio lord?»

«Io intendo essere re, mia lady, e non il re di un regno diviso. Non credo di potermi esprimere in termini più chiari di questi. Trecento anni fa, nel rendersi conto che non sarebbe stato in grado di prevalere, un re Stark s'inginocchiò di fronte ad Aegon il Drago. Fu saggio da parte sua. Tuo figlio deve dare prova ora della stessa saggezza. Nel momento in cui stringerà alleanza con me, questa guerra sarà già vinta. Noi...» Renly s'interruppe, improvvisamente distratto da qualcosa. «E ora che cosa succede?»

Lo sferragliare di catene annunciò il sollevarsi della saracinesca del portale. Nel cortile sottostante, un cavaliere con un elmo alato fece passare al galoppo il suo destriero schiumante di sudore sotto i rostri d'acciaio.

«Chiamate il re!»

«Cavaliere!» Renly si sporse da uno dei merli. «Sono quassù!»

«Maestà» il cavaliere si avvicinò. «Sono giunto quanto più in fretta ho potuto. Da Capo Tempesta. Siamo sotto assedio, maestà. Ser Cortnay intende reggere, ma...»

«Ma questo... non è possibile! Se lord Tywin avesse lasciato Harrenhal, lo avrei saputo.»

«Mio signore, non si tratta dei Lannister. È lord Stannis Baratheon a cingere d'assedio Capo Tempesta... Re Stannis, si fa chiamare adesso.»

JON

Gocce di pioggia dure come colpi di frusta flagellavano Jon Snow mentre conduceva il cavallo a guadare un torrente dalle rapide rabbiose. Accanto a lui, il lord comandante Mormont si strinse attorno al volto il cappuccio del mantello nero, imprecando contro il tempo. Il suo corvo gli stava appollaiato sulla spalla, le piume arruffate, tanto fradicio e tetro quanto lo era il Vecchio orso. Un colpo di vento gelido mandò turbini di foglie bagnate a vorticare attorno a loro come uno stormo di uccelli morti. "La foresta Stregata?" Jon strinse le palpebre nel diluvio. "Sarebbe più giusto dire che questa è la foresta annegata."

Si augurò che Sam, in coda alla colonna, riuscisse a reggere. Non era un buon cavaliere nemmeno col tempo buono, e sei giorni di pioggia ininterrotta avevano reso il terreno estremamente infido, una distesa di fango molle piena di rocce nascoste. Ogni volta che il vento soffiava, l'acqua li accecava. In quel momento, la Barriera stava ruscellando sul suo versante sud, il ghiaccio disciolto che andava a mescolarsi con la pioggia più calda, generando veri e propri torrenti. Pyp e Toad probabilmente se ne stavano all'asciutto nella sala comune del Castello Nero, bevendo vino speziato prima di cena vicino al camino. Jon li invidiò. Gl'indumenti di lana che portava gli stavano appiccicati addosso, bagnati e fastidiosi. Il peso della maglia di ferro e della spada gli aveva tramutato collo e spalle in un tormento di dolori. Inoltre, la sola idea di un altro pasto a base di merluzzo, manzo salato e formaggio duro gli dava letteralmente la nausea.

Da qualche parte avanti a loro, un corno emise una nota prolungata, udibile a stento nell'infuriare della tempesta.

«Il corno di Buckwell» riconobbe il Vecchio orso. «Siano lodati gli dei. Craster è ancora là.» Il suo corvo sbatté le ali gracchiando: «Grano», poi scosse le penne per l'ennesima volta.

Jon aveva spesso udito i confratelli in nero raccontare storie di Craster e della sua fortezza. Ora, finalmente, avrebbe potuto vedere con i propri occhi. Dopo sette villaggi abbandonati, gli uomini della spedizione avevano cominciato a temere che anche quel punto di riferimento fosse morto e desolato come tutto il resto. Ora però sembrava che almeno quello sarebbe stato loro risparmiato. "Forse il Vecchio orso riuscirà ad avere qualche risposta." Jon continuò ad avanzare. "Quanto meno, ci toglieremo da questa pioggia."

Secondo Thoren Smallwood, Craster era un amico della confraternita, a dispetto della sua pessima reputazione. «L'uomo è mezzo pazzo, non cercherò di negarlo» aveva detto al Vecchio orso. «Ma forse anche tu lo saresti se passassi tutta la tua vita in queste foreste malefiche. In ogni caso, non ha mai negato a un ranger un pasto caldo attorno al suo fuoco, né sta dalla parte di Mance Rayder. E ci darà validi consigli.»

"Basta che ci dia un pasto caldo e il tempo di asciugarci i vestiti, e a me starà più che bene" pensò Jon. Di Craster, Dywen dipingeva un quadro sinistro: fratricida, bugiardo, stupratore, codardo, uno che faceva consorteria con schiavisti e demoni. «E peggio ancora» sosteneva il veterano confratello, facendo schioccare i denti di legno. «Io sento puzza di freddo attorno a quello, la sento sì.»

«Jon» comandò lord Mormont. «Va' in coda alla colonna e passa la voce. E ricorda agli ufficiali che non voglio guai di nessun tipo con le mogli di Craster. Che tutti tengano le mani a posto e che parlino con le donne il meno possibile.»

«Sarà fatto, mio lord.» Jon fece voltare il cavallo e tornò nella direzione dalla quale era venuto. Era piacevole non avere la pioggia in faccia, anche se solamente per poco. Ognuno dei confratelli che superava sembrava stesse piangendo, e l'intera colonna si allungava per almeno mezzo miglio nella foresta.

Al centro del convoglio dei carri, Jon superò Samwell Tarly, afflosciato sulla sella e protetto a stento da un ampio cappello molle. Era su un cavallo da tiro che ne trainava altri. Il rumore della pioggia sulle coperte che proteggevano le gabbie dei corvi rendeva gli uccelli messaggeri agitati; sbattevano le ali e gracchiavano di continuo.

«Che succede, Sam?» lo chiamò Jon. «Hai messo una volpe in quelle piccionaie?»

«Oh, Jon... salve.» L'acqua ruscellò giù per le falde del cappello quando Sam alzò la testa. «No, è solo che anche loro la odiano, questa pioggia. Proprio come noi.»

«Come te la passi, Sam?»

«A mollo.» Il ragazzo grasso riuscì a tirare fuori un sorriso. «Però niente mi ha ancora ucciso.»

«Ottimo. La fortezza di Craster è poco più avanti. Se gli dei ci assistono, questa notte dormiremo all'asciutto e vicino al fuoco.»

«Edd l'Addolorato dice che Craster è un terribile barbaro.» Sam era dubbioso. «Sposa le sue figlie e l'unica legge alla quale obbedisce è la sua. E Dywen ha detto a Grenn che nelle sue vene scorre sangue nero. Sua madre era una donna dei bruti che giacque con un ranger, per cui lui è un bas...» S'interruppe, rendendosi conto di ciò che stava per dire.

«Un bastardo, certo.» Jon si fece una risata. «Dillo pure, Sam. L'ho già sentita, quella parola.» Diede un colpo di speroni al suo piccolo destriero dal passo sicuro. «Devo trovare ser Ottyn. E tu stai all'occhio con le donne di Craster.» Come se questo, a Samwell Tarly, ci fosse bisogno di ricordarlo. «Ci vediamo dopo che ci saremo accampati.»

Jon andò a riferire a ser Ottyn Wythers, che arrancava nella retroguardia. Uomo piccolo, dal viso raggrinzito, della stessa età di Mormont, ser Ottyn aveva l'aria perennemente stanca, perfino al Castello Nero. La pioggia lo aveva impietosamente reso ancora più abbattuto.

«Buone notizie» confidò a Jon. «Quest'umidità mi è entrata nelle ossa. E le mie piaghe da sella si lamentano delle piaghe da sella.»

Tornando verso la testa della colonna, Jon fece un ampio giro al di fuori della linea di marcia, prendendo una scorciatoia che tagliava nel bosco. Era primo pomeriggio, eppure la foresta Stregata sembrava avvolta nelle tenebre come al crepuscolo. Jon avanzò evitando formazioni rocciose e ristagni nel terreno, passando oltre grandi querce, alberi-sentinella dai tronchi grigioverdi e alberi-ferro dalla corteccia nera. In certi punti, i rami formavano una sorta di cupola solida sopra di lui, dandogli una breve tregua dalla pioggia sferzante. Mentre superava un castagno squarciato da un fulmine, dal cui tronco sventrato crescevano a ciuffi rose selvatiche bianche, udì un fruscio fra le fitte felci.

«Spettro» chiamò Jon. «Spettro, da me.»

Ma non fu il suo meta-lupo a emergere dal folto della boscaglia. Era Dywen, in sella a un cavallo grigio grondante, con Grenn al suo fianco. Il Vecchio orso aveva voluto battistrada su entrambi i lati della colonna, in modo da tenere d'occhio la marcia e dare l'allarme in caso avvistassero una presenza nemica. E persino in quel luogo deserto non aveva corso rischi: gli uomini erano sempre in coppia.

«Ah, sei tu, lord Snow.» Dywen fece uno dei suoi sorrisi distorti: aveva dentiere fatte di legno di quercia, che non combaciavano proprio bene. «Avevo pensato che io e il ragazzo avevamo a che fare con uno di quegli Estranei. Ti sei perso il tuo lupo?»

«È andato a caccia da qualche parte.» A Spettro non piaceva spostarsi insieme alla colonna, ma non si allontanava mai troppo. Ogni volta che si accampavano per la notte, riusciva regolarmente a trovare Jon nella tenda del lord comandante.

«Con quest'acqua, mi sa che è andato a pesca.»

«Mia mamma diceva sempre che la pioggia fa bene ai raccolti» commentò Grenn, ottimista.

«Sicuro, proprio un bel raccolto di muffa» ribatté Dywen. «C'è una sola cosa buona in una pioggia come questa qua: ti evita di farti il bagno» fece schioccare le dentiere di legno una contro l'altra.

«Buckwell ha trovato Craster» li informò Jon.

«Perché, l'aveva perso?» sghignazzò Dywen. «E voi giovani stalloni... meglio che state alla larga dalle mogli di Craster.»

Jon sorrise. «Le vuoi tutte tu, Dywen?»

«Magari sì.» I dentoni di legno schioccarono di nuovo. «Craster ha dieci dita e un solo cazzo, per cui non sa contare sopra l'undici. Col due ci azzecca sempre, però.»

«Ma quante mogli ha davvero Craster?» domandò Grenn.

«Più di quante tu ne potrai mai avere, fratello. Ma non è poi così difficile quando le mogli le fai con il tuo stesso sangue. Eccola lì la tua bestia, Snow.»

Spettro trottava a fianco del cavallo di Jon, coda dritta e pelliccia bianca a ciuffi fradici per la pioggia. Si muoveva talmente silenzioso che Jon non era neppure in grado di dire quando esattamente fosse riapparso. Il cavallo di Grenn diventò subito nervoso nel sentire l'odore della fiera. Perfino adesso, dopo quasi un anno, tutti i cavalli continuavano a essere a disagio in presenza del meta-lupo albino.

«Spettro, con me.»

Jon Snow diede di speroni in direzione della fortezza di Craster.

Jon non aveva certo pensato di trovare un castello di pietra sul lato nord della Barriera, ma almeno aveva immaginato che fosse una sorta di primitivo maniero protetto da una palizzata di legno e da un torrione di tronchi. Quello che invece trovarono fu un mucchio di letame, una porcilaia, un serraglio per le pecore vuoto, e un'infame baracca intonacata priva di finestre, che proprio non meritava il nome di fortezza. Era una struttura bassa e allungata, dalle pareti di tronchi trattenuti da funi e dal tetto di zolle. Tutto questo, circondato da un argine di terriccio, sorgeva sulla sommità di un'altura troppo modesta per essere definita collina. Rivoli di acqua fangosa colavano giù per il pendio dai punti in cui la pioggia aveva scavato brecce frastagliate nelle difese, andando poi a confluire in un torrente infido, ingrossato dalle piogge pesanti, che si curvava in direzione nord.

A sudest, Jon incontrò un portale lasciato aperto. Su ogni lato, c'era un palo con sulla sommità un teschio di animale: da una parte un orso, dall'altra un ariete. Mentre Jon rientrava nella colonna che già stava superando quei macabri resti, notò brandelli di carne annerita ancora attaccati al cranio dell'orso. All'interno dell'argine, le guide di Jarmen Buckwell e gli uomini dell'avanguardia di Thoren Smallwood erano impegnati ad allineare i cavalli per la sosta e a cercare di rizzare le tende. Nella stia, una falange di maialini si ammucchiava attorno a tre enormi scrofe. Poco distante, una ragazzina, completamente nuda sotto la pioggia, stava strappando carote dal terreno ineguale di un orto. Due donne avevano legato le zampe di un maiale in preparazione per la scuoiatura; le urla dell'animale erano alte, orribili, quasi umane nella loro sofferenza. A dispetto delle imprecazioni di Chett, i suoi mastini abbaiavano furiosamente, facendo schioccare le zanne e cercando di attaccare briga con due dei cani di Craster, anche loro ringhianti e sbavanti. Nel momento in cui videro Spettro, alcuni dei cani corsero via, altri arretrarono, uggiolando e latrando. Il meta-lupo si limitò a ignorarli. Lo stesso fece Jon.

"Bene, trenta di noi staranno al caldo e all'asciutto." A Jon bastò appena un'occhiata alla sala comune per rendersene conto. "Forse cinquanta." Il posto era fin troppo piccolo per riuscire a contenere duecento uomini. La maggior parte dei confratelli sarebbero stati costretti a rimanere all'esterno. E anche così, dove metterli? La pioggia aveva tramutato una metà del cortile in un labirinto di pozzanghere in cui si affondava fino alla caviglia, e l'altra metà in una palude di fango. Si preparava un'altra notte tragica.

Il lord comandante aveva affidato il suo cavallo a Edd l'Addolorato. Quando Jon si decise a scendere di sella, Edd stava togliendo il fango dagli zoccoli dell'animale.

«Lord Mormont è nella sala» annunciò. «Ha detto di andare da lui. Meglio che il lupo lo lasci fuori, ha l'aria sufficientemente affamata da fare un boccone di uno dei figli di Craster. A dirla tutta, anch'io sono sufficientemente affamato da fare un boccone di uno dei figli di Craster, basta che me lo servano caldo. Va', Jon, mi occupo io del tuo cavallo. Se dentro è caldo e asciutto, non dirmelo. Non sono stato invitato a entrare.» Rimosse uno spesso grumo di fango viscido da uno dei ferri. «Questa che roba è, secondo te, fango o merda? Chissà, forse questa intera baracca è costruita sulla merda di Craster.»

Jon sorrise: «So che è qui da molto, molto tempo».

«Non sei certo incoraggiante... Forza, va' a vedere il Vecchio orso.»

«Spettro, a cuccia» ordinò Jon al meta-lupo.

La porta della fortezza di Craster era chiusa da due pelli di cervo. Jon le spostò di lato ed entrò, chinandosi per passare sotto il basso architrave. Le due dozzine di ranger veterani che lo avevano preceduto erano in piedi attorno alla fossa del focolare al centro del pavimento di cruda terra, pozze umide che si formavano attorno alle suole dei loro stivali. L'atmosfera era satura del tanfo di fuliggine, sterco e pelo di cane bagnato. Era anche impregnata di fumo, pur ostinandosi a rimanere umida, poiché la pioggia gocciolava dal foro di uscita del fumo nel tetto. Era un unico grande spazio, con un soppalco sul quale erano sistemati i paglericci, raggiungibile per mezzo di un paio di scale malridotte.

A Jon tornò in mente il giorno in cui aveva lasciato Grande Inverno diretto alla Barriera. Era stato nervoso come una vergine, quel giorno, ma anche desideroso di vedere i misteri e le meraviglie che potevano stendersi oltre ogni nuovo orizzonte. "Bene, eccola qui una di quelle meraviglie." Il suo sguardo si spostò su quel locale squallido e puzzolente. Il fumo acre gli faceva lacrimare gli occhi. "Un vero peccato che Pyp e Toad non possano vedere quello che si stanno perdendo."

Craster era seduto presso il fuoco, l'unico uomo a permettersi il lusso di una sedia tutta per sé. Perfino il lord comandante Mormont era stato costretto a sistemarsi su una delle panche comuni, il corvo sulla spalla che protestava gracchiando sommessamente. Dietro di lui, c'erano in piedi Jarmen Buckwell, maglia di ferro nera e lucida giubba di cuoio ancora grondanti di pioggia, e Thoren Smallwood, il quale indossava il pesante pettorale e la cappa bordata di ermellino del defunto ser Jaremy.

La giubba di pelo di pecora di Craster e il suo mantello di pelli di animali cucite insieme non reggevano certo il confronto, però aveva, attorno a un polso tozzo, uno spesso bracciale che scintillava, il cui metallo aveva il colore dell'oro. Nell'aspetto dava l'idea di essere un uomo poderoso, per quanto nell'inverno della vita, la massa di capelli grigi ormai tendente al bianco. Il naso schiacciato e la bocca incurvata verso il basso gli conferivano un aspetto crudele e gli mancava un orecchio. "Quindi è questo uno dei bruti." Jon ricordava le storie che la vecchia Nan raccontava sugli esseri selvaggi che bevevano sangue servendosi di un teschio umano svuotato come coppa. Craster invece sembrava bere una birra dal colore pallido in una scheggiata coppa di pietra. Forse, lui non le aveva sentite, quelle storie.

«Benjen Stark? Sono tre anni che non lo vedo» stava dicendo a Mormont. «E a dire il vero, non ne ho mai sentito la mancanza, nemmeno una volta.»

Una mezza dozzina di cuccioli di cane neri e un paio di piccoli maiali se ne andavano a spasso sotto le panche. Donne che indossavano malconce pelli di cervo passavano a offrire corni pieni di birra, attizzavano il fuoco e affettavano carote e cipolle, lasciandole poi cadere in una pentola.

«Dovrebbe essere passato da queste parti l'anno scorso» intervenne Thoren Smallwood. Un cane venne ad annusargli uno stivale, lui gli diede un calcio e quello se la batté guaendo.

«Ben era andato alla ricerca di ser Waymar Royce, scomparso insieme a Gared e al giovane Will.»

«Ah, quei tre me li ricordo. Il signorino non più giovane di quei cagnetti lì, troppo orgoglioso per dormire sotto il mio tetto, lui con quella sua bella cappa d'ermellino e la corazza nera. Le mie mogli però... loro gli hanno fatto gli occhioni da mucca lo stesso.» Craster si voltò a scoccare uno sguardo torvo alla più vicina delle donne. «Gared ha detto che erano a caccia di predoni. Con un comandante così giovane, meglio se non li prendevano, gli ho detto io. Gared non era poi male, per essere un corvo nero. Aveva meno orecchie di me, quel tipo. Gliele aveva mangiate via il freddo, lo stesso che è successo a me.» Craster rise. «Adesso ho sentito che non ha più nemmeno la testa. Il freddo gli ha mangiato anche quella?»

Altri ricordi tornarono alla mente di Jon Snow: il frastagliato fiotto di sangue sul bianco della neve e il modo in cui Theon

Greyjoy aveva dato un calcio al cranio mozzato. "Quell'uomo era un disertore." E più tardi, mentre tornavano a Grande Inverno, Jon e Robb si erano sfidati al galoppo. E avevano trovato i sei cuccioli di meta-lupo abbandonati nella neve. Cose che parevano accadute migliaia di anni prima.

«Quando ser Waymar se n'è andato, dov'era diretto?»

Craster scrollò le spalle. «Ho di meglio da fare che vedere chi va e chi viene dei corvi.» Bevve un sorso di birra e posò la coppa da un lato. «Non ho avuto del buon vino del Sud per almeno tutto un letargo d'orso. Mi andrebbe un po' di quello, e anche una nuova ascia. La mia ha perso il taglio. Non va bene, no.» Spostò lo sguardo sull'andirivieni delle sue mogli. «Devo proteggere le mie donne io qua.»

«Siete pochi e isolati» disse Mormont. «Se vuoi, posso distaccare alcuni uomini perché ti scortino a sud della Barriera.»

Al corvo, quell'idea parve piacere. «Barriera!» gridò, allargando le grandi ali come una strana aureola nera dietro la testa del lord comandante.

Il loro ospite fece un sorriso cattivo, mostrando una chiostra di denti guasti, anneriti. «E che cosa ci facciamo là, serviamo la cena? Siamo gente libera quassù. Craster non fa il servo di nessun uomo.»

«Questi sono tempi duri per stare da soli nelle terre selvagge. I gelidi venti si stanno alzando.»

«Lascia che si alzino. Le mie radici sono profonde.» Craster afferrò per il polso una delle donne che passava lì vicino. «Diglielo, moglie. Di' al lord Corvo nero come siamo contenti noi qua.»

«È questo il posto nostro» la donna si passò la lingua sulle labbra sottili. «Craster ci tiene al sicuro. Meglio morire liberi che vivere schiavi.»

«Schiavi» ripeté il corvo.

«Craster, ascolta.» Mormont si protese in avanti. «Ogni villaggio che abbiamo superato era vuoto, abbandonato. Le vostre sono le prime facce vive che vediamo da che abbiamo lasciato la Barriera. La gente è svanita... morti, scappati, catturati, non so dire. Anche gli animali sono svaniti. Non rimane niente. E qualche tempo fa, a solo poche leghe dalla Barriera, abbiamo trovato i corpi di due dei ranger di Ben Stark. Corpi pallidi e freddi, mani e piedi anneriti, ferite che non sanguinavano. Eppure, quando li abbiamo portati al Castello Nero... nel mezzo della notte, quelli sono tornati dal regno dei morti e si sono messi a uccidere. Uno ha assassinato ser Jaremy Rykker, e l'altro è venuto per me. Questo mi dice che ricordavano alcune delle cose che sapevano quando erano ancora in vita. Ma in loro non rimaneva nessuna umana compassione.»

La bocca della donna si aprì, una muta, umida caverna rosa. Crester per contro emise un grugnito.

«Robe brutte così non ne abbiamo noi qua» disse. «E ti sono grato se non dici cose maledette sotto il mio tetto. Io sono un uomo che crede negli dei, e gli dei, a me, mi proteggono. Se i nonmorti arrivano camminando, lo so io come rimandarli nelle loro tombe. Però una nuova ascia che taglia mi serve proprio a me qua.» Fece muovere la moglie con una pacca sul didietro. «Altra birra, e portala in fretta.»

«Nessun problema dai morti, d'accordo» intervenne Jarmen Buckwell. «Ma che mi dici dei vivi, mio lord? Che cosa sta facendo il tuo re?»

«Re!» gracchiò il corvo di Mormont. «Re, re, re.»

«Quel Mance Rayder là?» Craster sputò nel fuoco. «Il re oltre la Barriera. Di cos'ha bisogno la gente libera da un re?» Si girò verso Mormont. «C'è tanto che ti posso dire su Mance e sulle sue imprese, se ci penso. Quei villaggi vuoti, è lavoro suo, quello là. Trovavi anche la mia sala vuota, se ascoltavo le sue storie. Mance mi manda un cavaliere, mi dice che devo venire via dalla mia fortezza e strisciare ai suoi piedi. Gliel'ho rimandato il suo uomo. Ma la sua lingua... Quella me la tengo. È inchiodata a quel muro là.» Indicò un punto. «Forse te lo dico dove trovare Mance Rayder, se ci penso.» Di nuovo esibì il sorriso di denti marci. «Ma avremo tempo per parlare di quella storia lì. Se volete dormire sotto il mio tetto, qua, fate pure, ma non mi mangiate tutti i miei maiali.»

«Saremo molto grati per un tetto, mio lord» disse il Vecchio orso. «Cavalchiamo senza sosta da molto tempo, sotto una forte pioggia.»

«E allora siete ospiti qua per una notte. Ma non più di quella, non è che a me piacciono poi tanto, i corvi neri. Il soppalco è per me e i miei, ma sistematevi pure per terra. Ho carne e birra per venti, non di più. Il resto di voi corvi neri può beccare il loro, di grano.»

«Abbiamo portato le nostre vettovaglie, mio lord» confermò il lord comandante. «E saremo onorati di condividere con te il nostro cibo e il nostro vino.»

Craster si passò il dorso di una mano pelosa sulle labbra gocciolanti: «Me lo prendo un sorso del tuo vino, lord Corvo nero, me lo prendo sì. E un'altra cosa. L'uomo che mette la mano su una delle mie mogli, la perde quella mano là».

«Tetto tuo, regole tue» concordò Thoren Smallwood. Il Vecchio orso annuì, per quanto non avesse affatto l'aria troppo contenta.

«D'accordo, allora.» Craster lo sottolineò con un altro grugnito. «Ce l'avete uno che sa fare una mappa?»

«Sam Tarly può farlo.» Jon si fece avanti. «A Sam piacciono le mappe.»

Mormont gli fece cenno di avvicinarsi. «Mandalo da noi dopo che avrà mangiato. E che porti penna e pergamena. Trova anche Tollett. Digli di portarmi la mia ascia. Un regalo per il nostro ospite.»

«Chi è questo qua nuovo?» domandò Craster prima che Jon potesse andare. «Ha la faccia degli Stark.»

«Il mio attendente e scudiero, Jon Snow.»

«Snow... un bastardo, no?» Craster studiò Jon da capo a piedi. «Se un uomo vuole una donna, mi sembra che la deve prendere in moglie. Così faccio io.» Comunicò a Jon di togliersi dai piedi con un brusco cenno della mano. «Va', bastardo, va' a fare il tuo servizio. E vedi che l'ascia è buona e che taglia bene, che non mi serve acciaio spuntato, qua.»

Jon si costrinse a fare un rigido inchino e se ne andò. Sulla porta chiusa dalle pelli di cervo, per poco non si scontrò con ser Ottyn Wythers, il quale stava entrando mentre lui usciva.

Fuori, la pioggia sembrava essere diminuita d'intensità. Tende erano sorte dappertutto nel cortile fangoso. Sotto gli alberi, Jon ne vide altre.

Edd l'Addolorato stava dando da mangiare ai cavalli. «Da' pure un'arma da battaglia al bruto, giusto, perché no?» Accennò all'arma di Mormont, un'ascia dall'impugnatura corta, con un intarsio in oro sulla lama d'acciaio nero. «E lui te la restituirà, te l'assicuro, piantata nel cranio del Vecchio orso, molto probabilmente. Perché non dargli tutte le nostre asce, e anche tutte le spade, già che ci siamo? Non mi piace proprio quel suono metallico che fanno quando cavalchiamo. E senza, andremo più veloci... Dritti fino alla porta dei sette inferi. Piove, all'inferno, questo mi domando? Chissà, magari Craster si accontenterebbe di un bel berretto.»

«Vuole un'ascia» sorrise Jon «e anche del vino.»

«Visto? Il Vecchio orso è astuto. Se riusciamo a fare ubriacare per bene il bruto, quando cercherà di ammazzarci con quell'ascia, al massimo ci taglierà via un'orecchio. Di orecchie ne ho due, ma di testa una sola.»

«Secondo Smallwood, Craster è un amico della confraternita.»

«Lo sai che differenza passa tra un bruto che è amico della confraternita e uno che non lo è?» gli domandò l'acido confratello nero. «I nostri nemici lasciano i nostri cadaveri ai corvi e ai lupi, i nostri amici li seppelliscono in fosse senza nome. Io mi chiedo da quanto tempo quella testa d'orso è sulla picca all'ingresso... e anche che cosa aveva infilzato Craster, sulla stessa picca, prima che arrivassimo noi belli contenti.» Edd scrutò l'ascia con espressione dubbiosa, la pioggia che scorreva lungo il suo volto allungato. «Di' un po', Snow, è davvero più asciutto, là dentro?»

«Più di qui.»

«Se più tardi m'intrufolo dentro, se sto abbastanza lontano dal fuoco, magari non si accorgono di me fino a domattina. Quelli che stanno sotto il suo tetto saranno i primi a essere ammazzati, ma almeno creperemo all'asciutto.»

«Edd, andiamo.» Jon non trattenne una risata. «Craster è da solo, noi siamo in duecento. Dubito molto che ammazzerà qualcuno.»

«Mi sento già meglio se dici così.» Edd, al contrario, pareva addirittura più depresso. «E c'è anche qualcos'altro da dire su una buona ascia affilata. Proprio non mi garberebbe essere fatto fuori con una mazza. Ho visto un uomo colpito da una mazza, una volta. La pelle appena intaccata, ma poi la testa gli era diventata tutta molle e gonfia come una zucca, solo color porpora. Un uomo di bell'aspetto, ma bruttissimo da morto. Meno male che non gliele diamo, le mazze.»

E con questo, Edd l'Addolorato si allontanò scuotendo il capo, la cappa fradicia che gli sgocciolava dietro.

Prima di pensare alla propria cena, Jon finì di dare da mangiare ai cavalli. Stava pensando che forse avrebbe potuto mangiare un boccone con Sam, se solo fosse riuscito a trovarlo, quando udì un grido di paura: «Al lupo!».

Jon roteò su se stesso, gli stivali risucchiati dal fango, cercando d'individuare da dove era arrivato l'urlo. Una delle donne di Craster era con le spalle contro il muro infangato della fortezza.

«Sta' lontano!» urlava a Spettro. «Sta' lontano da me!»

Il meta-lupo albino aveva un coniglio tra le fauci, e un secondo coniglio, morto e insanguinato, per terra davanti a sé. La donna vide Jon che accorreva: «Portalo via da me, milord...» implorò.

«Non ti farà del male.» A Jon era bastata un'occhiata per rendersi conto di che cosa era successo: una gabbia di legno, le sbarre distrutte, era rovesciata sull'erba bagnata. «Dev'essere affamato. Non abbiamo visto molti animali nella foresta.» Jon fischiò: il meta-lupo divorò il coniglio in pochi momenti, schiantando le ossa con le zanne, e trottò da lui.

La donna li osservò entrambi con un'espressione ancora allarmata. Era più giovane di quanto Jon non avesse pensato, una ragazza di quindici, forse sedici anni, i capelli scuri bagnati appiccicati al viso, i piedi nudi infangati fino alle caviglie. Sotto le pelli cucite assieme che la ricoprivano, s'indovinavano i primi rigonfiamenti di una gravidanza.

«Sei una delle figlie di Craster?»

«Una delle mogli, adesso.» Si allontanò ancora di più da Spettro, sedendosi sui talloni presso la gabbia distrutta. «Li volevo allevare, i conigli. Pecore non ce n'è più.»

«La confraternita vi ripagherà.» Jon non aveva denaro, altrimenti glielo avrebbe dato... per quanto non era del tutto certo a che cosa sarebbero potute servire poche monete di rame, o anche d'argento oltre la Barriera. «Domattina parlerò con lord Mormont.»

La ragazza si ripulì le mani sulla gonna: «Mio lord...».

«Non sono un lord.»

Attirati dalle grida e dallo schianto del legno spezzato, erano venuti a raccogliersi attorno a loro altri confratelli.

«Non credergli, ragazzina» fece Lark delle Sorelle, un ranger infido come una iena. «Quello lì è lord Snow in persona.»

«Bastardo di Grande Inverno e fratello di un re» ridacchiò Chett con aria di derisione. Aveva abbandonato i suoi mastini per venire a vedere che cosa stava succedendo.

«Il meta-lupo ti guarda con la bava sulle zanne, ragazzina» insistette Lark. «Magari gli piace quell'affarino tenero che hai nella pancia.»

«Falla finita, Lark.» Jon non si stava divertendo. «La stai spaventando.»

«Avvertendo, direi piuttosto.» Il sogghigno di Chett era brutto quanto i foruncoli che gli coprivano la faccia.

«Non ci dobbiamo parlare con voi» si ricordò la ragazza d'un tratto.

«Aspetta...» disse Jon. Troppo tardi: lei si voltò e scappò via.

Lark fece per afferrare il secondo coniglio ma Spettro fu più rapido. Spaventato dalle zanne del meta-lupo, Lark scivolò all'indietro e il suo deretano ossuto finì nel fango, fra le risate generali. Spettro prese il coniglio tra le fauci e lo portò a Jon.

«A cosa è servito spaventarla, quella ragazzina?» Jon affrontò l'intero gruppo.

«Non accettiamo rimproveri da te, bastardo.» Chett ce l'aveva con Jon per aver perduto, a causa sua, il posto comodo e al caldo presso maestro Aemon. Non si poteva dargli torto: se Jon non fosse andato da Aemon a raccomandare Sam Tarly, in quel preciso istante Chett sarebbe stato a occuparsi dell'anziano sapiente cieco invece che dannarsi sotto la pioggia per badare a un branco di cani dal pessimo carattere. «Tu sarai anche il cuccioletto del lord comandante, ma non sei il lord comandante... e di certo non faresti così il duro senza quella specie di mostro che ti porti sempre dietro.»

«Non mi batterò con un altro confratello mentre siamo oltre la Barriera.» Il tono di Jon era molto più freddo dei sentimenti che provava.

«Ha paura di te, Chett.» Lark si puntellò su un ginocchio. «Alle Sorelle, ce l'abbiamo il nome per quelli come lui.»

«Li conosco tutti, quei nomi. Risparmia pure il fiato.» Jon se ne andò, Spettro che gli trottava al fianco. Nel tempo che impiegò ad arrivare al portale, la pioggia era diminuita d'intensità. Presto sarebbe arrivato il crepuscolo, a cui sarebbe seguita un'altra notte bagnata e disagiata. Le nubi avrebbero celato le stelle e anche la Torcia di Mormont, rendendo la foresta nera come l'inchiostro. Perfino farsi una pisciata sarebbe diventata un'avventura, e non di quelle che Jon Snow aveva sognato un tempo.

Fuori del perimetro, sotto gli alberi, alcuni ranger avevano trovato abbastanza legna asciutta da accendere un fuoco in prossimità di una lastra inclinata di ardesia. Alcuni dei confratelli avevano rizzato tende, altri avevano steso le cappe fra i rami bassi, creando rozzi ripari.

Gigante si era infilato nel tronco cavo di una quercia morta. «Che te ne pare del mio castello, lord Snow?»

«Sembra accogliente. Hai idea di dove sia Sam?»

«Continua per questa direzione. Se arrivi alle tende di ser Ottyn, sei andato troppo lontano.» Gigante sorrise. «Magari ci si è infilato anche Sam, in un albero. T'immagini che albero sarebbe quello?»

Alla fine, fu Spettro a trovare Sam. Il meta-lupo schizzò via come un dardo lanciato da una balestra. Sotto alcune rocce, che offrivano un minimo riparo dalla pioggia, Sam stava nutrendo i corvi. A ogni movimento, i suoi stivali emettevano suoni viscidi.

«Ho i piedi fradici» ammise cupamente. «Scendendo da cavallo, sono finito in una buca e sono affondato fino alle ginocchia.»

«Togliti gli stivali e asciugati le calze. Vado a cercare un po' di legna secca. Se sotto questa roccia il terreno non è bagnato, forse riusciamo ad accendere il fuoco.» Jon gli mostrò il coniglio. «E poi si banchetta.»

«Non dovresti essere con lord Mormont nella sala?»

«Io no, tu invece dovrai andarci. Il Vecchio orso vuole che gli tracci una mappa. Craster dice che ci farà trovare Mance Rayder.»

«Ah.» Sam non sembrava troppo ansioso d'incontrare Craster, nemmeno se questo significava un fuoco caldo.

«Prima però, io direi di mangiare. Asciugati i piedi.»

Jon andò alla ricerca di legna da ardere. Scavò nel terreno sotto mucchi di arbusti e manciate di aghi di pino caduti, nel tentativo di raggiungere gli strati meno umidi. Ma anche così, parve ci volle un'eternità perché la scintilla finalmente prendesse. Jon appese il mantello a uno sperone di roccia per proteggere dalla pioggia il loro piccolo falò fumoso, allestendo un'alcova di fortuna per Sam e per sé.

Mentre Jon s'inginocchiava a scuoiare il coniglio, Sam si tolse gli stivali. «Mi sta crescendo il muschio tra le dita dei piedi» disse in tono accorato, muovendo le dita in questione. «Sarà ottimo quel coniglio, e nemmeno mi farà effetto il sangue.» Distolse lo sguardo. «Be', forse solo un po'...»

Jon finì di preparare la carcassa, piazzò un paio di rocce ai lati del fuoco e ci sistemò sopra il coniglio. Era un animaletto scarno, ma nell'arrostire emanò un odore da cena regale. Gli altri ranger scoccarono loro occhiate cariche d'invidia. Perfino Spettro li osservava con aria famelica, le fiamme che si riflettevano nei suoi ferali occhi rossi. «Tu te lo sai già mangiato, il tuo coniglio» gli ricordò Jon.

«Craster è davvero così selvaggio come dicono i ranger?» domandò Sam. Il coniglio era leggermente al sangue, ma comunque ottimo. «E il suo castello? Com'è?»

«Un mucchio di letame dal tetto di sterpi, con un focolare nel mezzo.»

Jon gli riferì quanto aveva visto e sentito nella fortezza di Craster. Quand'ebbe finito, erano ormai calate le ombre della notte e Sam si stava leccando le dita.

«Buono» confermò. «Adesso però non ci starebbe male un cosciotto d'agnello. Tutto per me. Speziato con foglie di menta, miele e chiodi di garofano. Ce n'erano, di agnelli?»

«Ho visto un recinto, ma niente pecore.»

«Che cosa darà da mangiare ai suoi uomini?»

«Non ne ho visti di uomini. C'è solamente Craster, le sue mogli e qualche bambina. Quello che vorrei sapere è come riesce a tenere questo posto. Le sue difese sono pietose, niente più di un argine di fango. Sam, adesso è meglio che tu vada là a tracciare quella mappa. Riesci a trovare la strada?»

«Sperando di non cadere nel fango.»

Sam infilò gli stivali tirando con forza, prese pergamena e penna d'oca e si avviò nel buio, la pioggia che picchiava sulla sua cappa e sul suo cappello floscio.

Spettro appoggiò il muso sulle zampe anteriori e si addormentò presso il fuoco. Jon andò a sistemarsi accanto a lui, grato per il calore che gli trasmetteva. Aveva freddo ed era bagnato, ma forse meno di com'era stato poco prima.

"Forse questa notte il Vecchio orso scoprirà qualcosa che ci condurrà dallo zio Benjen."

Nuvolette candide si condensavano nel gelo del mattino: era il suo respiro. Jon se ne rese conto svegliandosi, le ossa che gli dolevano a ogni più piccolo movimento. Spettro era sparito, il fuoco estinto. Jon allungò una mano per prendere la cappa che aveva appeso alla roccia. La trovò rigida, congelata. Vi scivolò sotto e si alzò in piedi, ritrovandosi in una foresta cristallizzata.

La pallida luce rosata dell'alba scintillava sui rami, sulle foglie, sulla roccia. Ogni singolo filo d'erba pareva scolpito da una pietra di smeraldo, ogni goccia di pioggia era un diamante. Fiori e funghi erano avvolti in una crisalide di vetro. Persino sulle pozze fangose luceva uno strato marrone trasparente. In tutto quel verde splendente, anche le tende nere dei confratelli erano incastonate in una sottile patina di ghiaccio.

"C'è davvero del magico oltre la Barriera." Jon si scoprì a pensare alle sue sorelle, forse perché, quella notte, le aveva sognate. Sansa, gli occhi pieni di lacrime di commozione, avrebbe chiamato quello scenario un incanto. Arya invece si sarebbe messa a correre, ridendo e gridando, desiderosa di toccare ogni cosa.

«Lord Snow?» lo chiamò una voce alle sue spalle, esile e timida.

Jon si voltò. Seduta sui talloni sulla roccia che gli aveva offerto riparo, avvolta in un mantello nero talmente enorme da inghiottirla, c'era la fanciulla incinta che allevava i conigli. "Il mantello di Sam" si rese conto Jon. "Perché porta il mantello di Sam?"

«Quello grasso mi ha detto che eri qua, milord.»

«Il coniglio lo abbiamo mangiato.» Un'ammissione che fece sentire Jon assurdamente in colpa. «Se è quello che sei venuta a cercare.»

«Il vecchio lord Corvo nero, quello con l'uccello parlante, ha dato a Craster una balestra che ne vale cento, di conigli.» Si abbracciò il ventre prominente. «È vero, milord? Sei il fratello di un re?»

«Fratellastro» assentì Jon. «Sono il bastardo di Ned Stark. Mio fratello Robb è il re del Nord. Ma tu perché sei qui?»

«Quello grasso, quel Sam, mi ha detto di venire a vederti. Mi ha dato il suo mantello, in modo che nessuno vede che non sono una dei Guardiani neri.»

«Craster non si arrabbierà?»

«Ha bevuto troppo vino del Vecchio corvo, ieri notte. Adesso dorme quasi tutto il giorno.» Il suo fiato si condensava in ritmici sbuffi nervosi. «Dicono che il re fa la giustizia e protegge i deboli.»

Goffamente, la ragazza cominciò a scivolare giù dalla roccia. Ma le lastre di ghiaccio rendevano il fondo scivoloso. Jon riuscì a prenderla al volo, evitando che cadesse, e la posò piano a terra. Lei si prostrò davanti a lui sul terreno congelato.

«Milord, t'imploro...»

«No, non m'implorare. Tu non dovresti trovarti qui. Torna nella tua sala. Abbiamo ricevuto l'ordine di non parlare con le donne di Craster.»

«Tu non devi parlare con me, milord. Solo... portami con te quando vai via, è solo questo che ti chiedo.»

"Solo questo... come se fosse niente."

«Io... io sarò tua moglie, se lo vuoi. Mio padre ne ha diciannove adesso, una in meno non gli fa niente.»

«I confratelli in nero hanno giurato di non prendere mai moglie, non lo sai? Inoltre, siamo ospiti nel castello di tuo padre.»

«Non tu. Io ti ho guardato. Non hai mangiato alla sua tavola, non hai dormito vicino al suo fuoco. Non ti ha mai dato il diritto dell'ospite, non hai obblighi con lui. È per questo bambino che porto dentro di me che voglio andare via.»

«Non so nemmeno il tuo nome.»

«Giglio, lui mi chiama. Come il fiore.»

«È un bel nome.» Sansa gli aveva insegnato, molto tempo prima, che era quella la cosa giusta da dire quando una lady gli diceva il suo nome. Non sarebbe stato in grado di aiutarla, quella ragazza, ma un po' di cortesia forse le avrebbe fatto piacere. «È di Craster che hai paura, Giglio?»

«Per il bambino, non per me. Se è una bambina, non sarà poi così brutto. Crescerà per un po' di anni, e poi lui la sposerà. Ma Nella dice che sarà un bambino. Lei le sa, queste cose, ne ha avuti sei. E Craster i bambini li dà agli dei. Quando viene il freddo bianco, lui glieli dà, e adesso il freddo bianco viene sempre più spesso. Ecco perché gli ha dato anche le pecore, anche se a Craster piace il montone. Solo che adesso anche di pecore non ce n'è più. Poi gli darà i cani. E poi...» Giglio abbassò lo sguardo, tastandosi il ventre.

«Di quali dei parli?» Jon stava ripensando al fatto che non c'erano ragazzi nella fortezza di Craster, e nemmeno uomini, eccetto Craster.

«Gli dei freddi» sussurrò la ragazza. «Quelli delle tenebre. Le ombre bianche.»

Altre memorie, molto più spaventose, si affacciarono alla mente di Jon: la torre del lord comandante al Castello Nero, la mano mozzata, mostruosa, che si arrampica su per la sua gamba. Jon la stacca con la punta della spada lunga, la mano cade, ma le dita continuano a contorcersi da sole. Il non-morto torreggia davanti a lui, occhi scintillanti di letale luce azzurra nel volto piagato e gonfio. Grovigli di carne e di viscere fuoriescono dallo squarcio nel suo ventre, eppure non c'è sangue, nemmeno una goccia.

«Ombre bianche...» ripeté Jon. «E i loro occhi? Di che colore sono i loro occhi?»

«Blu. Luminosi come le stelle nel cielo, e freddi uguale.»

"Li ha visti! Anche lei ha visto i non-morti... Craster ci ha mentito."

«Mi porti?» riprese Giglio. «Anche solo fino alla Barriera...»

«Non stiamo andando alla Barriera. Cavalchiamo verso nord, in cerca di Mance Rayder e degli Estranei, queste ombre bianche e i loro non-morti. Li stiamo cercando, Giglio. Il tuo piccolo non sarà al sicuro con noi.»

«Ma poi tornate... sì?» La sua espressione era distorta dalla paura. «Quando avete finito di far guerra, passate ancora di qua...»

«Potremmo.» "Se alcuni di noi ne usciranno vivi." «È il Vecchio orso a decidere, quello che tu chiami lord Corvo. Io sono solo il suo scudiero, non scelgo io la strada per la quale cavalchiamo.»

«No.» Ora c'era sconfitta nella voce di Giglio. «Scusa per essere di fastidio, milord. Io voglio solo... ecco, loro dicono che il re tiene la gente sicura, e così io penso...»

La ragazza corse via, piena di disperazione, il mantello di Sam che le svolazzava dietro come grandi ali nere.

Jon l'osservò allontanarsi, la gelida bellezza di quel mattino dissipata. "Dannata te. E dannato Sam tre volte per averti mandata da me. Che cosa pensava avrei potuto fare? Siamo qui per combattere i bruti, non per salvarli."

Altri uomini stavano scivolando fuori dai loro rifugi, sbadigliando e stiracchiandosi. La breve magia che aveva pervaso la foresta era già svanita: la luce del sole tramutò rapidamente la glaciale luminosità in comune rugiada. Qualcuno doveva avere acceso un fuoco: sentiva filtrare fra gli alberi l'odore di legna che bruciava, insieme al profumo della pancetta che si affumicava. Jon prese il mantello e lo sbatté contro la roccia, disintegrando la sottile crosta di ghiaccio che si era formata durante la notte. Poi recuperò Lungo artiglio e fece scivolare un braccio nella correggia a spalla. Andò a liberarsi la vescica poche iarde più in là, orina che fumava nell'aria fredda e scioglieva il ghiaccio nel punto in cui cadeva. Si allacciò poi le brache di lana nera e seguì l'odore del cibo.

C'erano Grenn e Dywen tra i confratelli raccolti attorno al fuoco. Hake passò a Jon un fondo di pane cavo con dentro pancetta abbrustolita e blocchetti di pesce salato scaldati nel grasso della pancetta. Jon divorò la colazione ascoltando Dywen che si vantava di essersi sbattuto ben tre delle donne di Craster durante la notte.

«Tu non hai sbattuto nessuno» fece Grenn con un grugnito. «Io avrei visto.»

«Tu? Visto?» Dywen gli diede un manrovescio dietro l'orecchio. «Ma se sei più cieco di maestro Aemon? Non hai neanche visto quell'orso.»

«Orso? Un momento... quale orso?»

«C'è sempre un orso, da qualche parte» dichiarò Edd l'Addolorato nel suo solito tono di tetra rassegnazione. «Uno ha ucciso mio fratello, quand'ero giovane. E dopo, l'orso s'è messo a portare i suoi denti in un sacchetto di cuoio appeso al collo. E aveva anche buoni denti, mio fratello, migliori dei miei. Ho sempre avuto guai con i denti, io.»

«Sam ha dormito nella sala, questa notte?» gli domandò Jon.

«Non lo chiamerei proprio dormire. Il terreno era duro, le coperte puzzavano e i confratelli russavano da far paura. Parla di orsi finché ti pare, ma non ne ho mai sentiti grugnire tanto forte quanto Bernarr il Marrone. Almeno faceva caldo, però. Poi dei cani mi hanno camminato sopra. Il mio mantello si era quasi asciugato quando uno mi ha pisciato addosso... o forse è stato Bernarr il Marrone a pisciarmi addosso. Avete notato che la pioggia ha smesso di cadere nel momento in cui ho avuto un tetto sopra la testa? E adesso che il tetto sopra la testa non ce l'ho più, si rimetterà a piovere. È sempre così. Agli dei e ai cani piace un sacco pisciarmi addosso.»

«Meglio che io vada a vedere lord Mormont.» Jon decise che ne aveva avuto abbastanza.

Aveva smesso di piovere, nessun dubbio, ma il terreno continuava a essere un pantano di laghi poco profondi e di fango scivoloso. I confratelli in nero erano intenti a smontare le tende, dare da mangiare ai cavalli e masticare strisce di manzo sotto sale. Gli esploratori di Jarman Blackwell stavano stringendo i sottopancia delle selle, preparandosi a marciare.

«Salve, Jon» lo salutò Jarman. «Tienila bene affilata quella tua lama bastarda. Ne avremo bisogno fin troppo presto.»

In contrasto con la vivida luce dell'esterno, la sala di Craster pareva immersa nella penombra. Le torce notturne si erano ormai consumate, eppure sembrava che il sole non fosse neppure sorto. Il corvo di Mormont fu il primo a notare il suo ingresso. Tre pigri battiti d'ali, e il volatile venne a posarsi sull'elsa di Lungo artiglio. «Grano?» chiese con una beccata ai capelli di Jon.

«Ignoralo quel dannato uccellaccio, Jon, si è appena fatto fuori metà della mia pancetta.»

Il Vecchio orso sedeva al tavolo di Craster, rompendo il digiuno insieme agli altri ufficiali con pane fritto, pancetta e salsicce di pecora. L'ascia di Craster era posata sul ripiano, le istoriazioni d'oro che scintillavano debolmente al chiarore delle fiamme. Il suo nuovo proprietario giaceva ancora privo di sensi sul soppalco, ma le sue donne erano tutte in piedi, intente a darsi da fare e a servire.

«Che giornata è, Snow?»

«Fredda, ma ha smesso di piovere.»

«Molto bene. Provvedi che il mio cavallo sia sellato e pronto. Voglio che ci rimettiamo in marcia entro un'ora. Tu hai fatto colazione? La roba di Craster è ordinaria, ma riempie quanto basta.»

"Non voglio mangiarlo, il cibo di Craster" decise improvvisamente Jon. «Ho spezzato il digiuno con gli uomini, mio lord.»

Cacciò via l'uccello dalla spada, e il corvo torno a posarsi sulla spalla di Mormont. E lì, prontamente, si fece una cacata.

«Ecco fatto.» Rumoreggiò il Vecchio orso. «Non potevi scaricarla su Snow, quella, invece di conservarla per me?»

Il corvo gracchiò, quasi a prenderlo in giro.

Jon trovò Sam dietro la sala, vicino alla gabbia dei conigli distrutta. Era insieme a Giglio. La ragazza lo stava aiutando a mettere il mantello. Nel momento in cui vide Jon, lei si dileguò.

Sam gli scoccò una triste occhiata di rimprovero: «Credevo che l'avresti aiutata».

«Aiutarla, Sam? E come, me lo spieghi?» ribatté Jon in tono duro. «Portarla con noi avvolta nel tuo mantello? E poi avevamo l'ordine di non...»

«Lo so, Jon» disse Sam con aria colpevole. «Ma aveva paura. Io so bene che cosa vuol dire avere paura. Le ho detto...» inghiottì a vuoto, senza terminare la frase.

«Detto cosa? Che l'avremmo portata con noi?»

La faccia grassa di Sam divenne paonazza: «Sulla via del ritorno». Non fu in grado di sostenere lo sguardo di Jon. «Sta per avere un bambino.»

«Sam, ma hai perso tutto il tuo buon senso? Al ritorno, forse nemmeno ci passeremo di qui. E anche se lo facessimo, credi davvero che il Vecchio orso ci permetterebbe di caricare una delle mogli di Craster e di portarcela via?»

«Io pensavo... ecco, che forse sarei riuscito a trovare un modo...»

«No, senti, non ho tempo per queste assurdità adesso. Ho dei cavalli da strigliare e da sellare.»

Jon se ne andò, tanto confuso quanto infuriato. Sam aveva un cuore grande come il resto della sua persona ma, a dispetto di tutti i libri che aveva letto, certe volte riusciva a essere più ottuso di Grenn. Prendere quella ragazzina e portarla via da là? Impossibile. E anche disonorevole.

"E allora come mai mi sento così pieno di vergogna?"

Quando i Guardiani della notte superarono i teschi ai lati dell'ingresso della fortezza di Craster, Jon era al suo posto, a lato del lord comandante. Diressero a nord e poi a ovest, seguendo una contorta pista lasciata da animali migratori. Il ghiaccio che si scioglieva continuava a cadere su di loro, simile a una lenta pioggia che cantava piano.

Il torrente a nord del castello era gonfio e impetuoso, e trascinava a valle masse di foglie e rami spezzati. Gli esploratori però erano riusciti a trovare un guado, e la colonna poté passare dall'altra parte, i cavalli che sguazzavano tra le rapide nell'acqua che arrivava al ventre. Spettro attraversò a nuoto, tornando a emergere sulla sponda opposta, la sua pelliccia bianca resa marrone dalla corrente fangosa. Quando il meta-lupo si diede la scrollata, schizzando fiotti di gocce opache in tutte le direzioni, Mormont non disse niente ma il corvo sulla sua spalla gracchiò sonoramente.

«Mio signore.» Jon cominciò in tono calmo quando la foresta Stregata tornò a chiudersi su di loro. «Craster non ha pecore. E non ha nemmeno figli maschi.»

Mormont non rispose.

«A Grande Inverno, una delle serve raccontava storie» continuò Jon. «Diceva che certi bruti giacevano con gli Estranei, generando esseri solo in parte umani.»

«Storie da focolare. A te Craster sembra solo in parte umano?»

"In cento e uno modi." «Lui consegna i suoi figli maschi alla foresta.»

Un lungo silenzio. «Sì» cedette alla fine Mormont.

«Sì, sì, sì» gracchiò il corvo.

«Tu... sapevi?»

«Me lo ha detto Smallwood, molto tempo fa. Tutti i ranger lo sanno, anche se pochi ne parlano.»

«Anche mio zio lo sapeva?»

«Tutti i ranger» ripeté il Vecchio orso. «Tu pensi che io dovrei fermarlo, non è così? Che dovrei ucciderlo, se necessario.» Il lord comandante fece un profondo sospiro. «Se fosse solo che Craster vuole sbarazzarsi delle bocche in più da sfamare, ben volentieri manderei Yoren o Conwys a prendere i suoi ragazzi. Potremmo farli crescere fra i Guardiani della notte, e la confraternita si rafforzerebbe. Ma i bruti servono dei crudeli, Jon, molto più crudeli dei nostri. Quei ragazzi sono le offerte sacrificali di Craster. Le sue preghiere, se preferisci.»

"Le sue mogli devono innalzare preghiere assai diverse" si disse Jon.

«Come lo hai scoperto?» gli domandò il Vecchio orso. «Da una delle mogli di Craster?»

«È così, mio lord» confessò Jon. «Ma preferirei non dirti quale. Era spaventata e voleva aiuto.»

«Jon, di gente che vuole aiuto è pieno il mondo. Come vorrei che un po' di quella gente trovasse il coraggio di aiutare se stessa. In questo preciso momento, Craster è ancora sbracato sul suo soppalco, fradicio di vino, privo di sensi. Sulla tavola sotto di lui c'è un'ascia nuova di zecca. Se fossi io, la chiamerei "preghiera esaudita" e porrei fine a questa storia.»

"Giusto." Jon pensò a Giglio. A lei e alle sue sorelle. Loro erano diciannove e Craster era solo, eppure...

«Ma se Craster dovesse morire, per noi sarebbe un brutto giorno. Tuo zio ti direbbe che per molti ranger, la fortezza di Craster ha rappresentato la differenza tra la vita e la morte.»

«Mio padre...» Jon esitò.

«Va' avanti, ragazzo. Di' quello che pensi.»

«Mio padre mi disse una volta che certi uomini non vale la pena di averli dalla tua parte» concluse Jon. «Un alfiere che è brutale o ingiusto non disonora solo se stesso, disonora anche il lord a cui ha giurato fedeltà.»

«Craster sta per conto suo. A noi non ha giurato fedeltà di certo, né è soggetto alle nostre leggi. È nobile il tuo cuore, Jon, ma c'è una lezione in tutto questo che devi imparare: non possiamo raddrizzare i torti del mondo. Non è questo il nostro scopo. Sono altre le guerre che i Guardiani della notte sono chiamati a combattere.»

"Altre guerre, è vero. E io devo sempre tenerlo a mente." «Jarmen Buckwell mi ha detto che presto potrei aver bisogno della mia spada.»

«Ha detto così, eh?» Mormont non fu affatto contento di udirlo. «Ieri notte, Craster ha parlato molto, confermando a tal punto le mie paure da non farmi chiudere occhio. Mance Rayder sta radunando la sua gente sulle Zanne del Gelo: è per questo che i villaggi sono vuoti. È la stessa cosa che ser Denys Mallister ha udito dai bruti catturati dai suoi uomini nella Gola. Craster però ha precisato "dove" si stanno raggruppando. E questo fa tutta la differenza.»

«Ma cosa sta mettendo assieme, una città... o un esercito?»

«Prima di questa domanda ce n'è un'altra. Quanti sono i bruti? E quanti di loro sono in età per combattere? Nessuno lo sa con certezza. Le Zanne del Gelo sono un luogo freddo, inospitale, una desolazione di roccia e di ghiaccio, non in grado di garantire la sopravvivenza a molte persone. Vedo un'unica ragione per questa adunata: Mance Rayder vuole colpire a Sud, vuole attaccare i Sette Regni.»

«I bruti hanno già invaso il reame in passato.» Jon ricordava bene le storie della vecchia Nan e di maestro Luwin, a Grande Inverno. «Raymun Barbarossa li guidò a Sud nel tempo del nonno di mio nonno. E prima di lui, lo fece anche un altro re, Bael il Bardo.»

«Sì, e prima ancora calarono il lord Cornuto e i due re fratelli Gendel e Gorne. E nei giorni antichi, venne anche Joramun, il quale soffiò nel Corno dell'Inverno, risvegliando i giganti. Eppure, tutti loro finirono sconfitti contro la Barriera, o dall'esercito di Grande Inverno, quando riuscirono a superarla. Ma adesso...» Il Vecchio orso scosse il capo. «I Guardiani della notte sono soltanto l'ombra di ciò che erano un tempo. E chi altri rimane a opporsi ai bruti oltre a noi? Il lord di Grande Inverno è morto. Il suo erede ha marciato con il suo esercito al Sud, per combattere i Lannister. Per i bruti, un'occasione come questa potrebbe non ripresentarsi mai più. Io conosco Mance Rayder, Jon. Ha infranto il giuramento, è vero... ma ha occhi per vedere, e nessun uomo ha mai osato chiamarlo codardo.»

«Che cosa faremo, mio lord?»

«Lo troveremo» rispose Mormont. «Lo combatteremo e lo fermeremo.»

"Trecento uomini... contro tutto il furore delle terre selvagge." La dita ustionate di Jon Snow si aprirono, poi tornarono a chiudersi.

Era una bellezza, senza ombra di dubbio. "Ma la tua prima è sempre una bellezza" si disse Theon Greyjoy.

«Ma guarda che bel sorrisetto compiaciuto» disse una voce di donna dietro di lui. «Deduco che al signorino piace parecchio, giusto?»

Theon si girò per esaminarla da capo a piedi. E di nuovo, ciò che vide gli piacque. Era una donna delle isole di Ferro, lo capì dal primo istante: corpo asciutto, gambe lunghe, capelli neri tagliati corti, mani forti e sicure, pugnale alla cintola. Il naso stonava un po', troppo grande e troppo affilato per il viso di lei, il suo sorriso però ristabiliva l'equilibrio. Theon valutò che avesse appena qualche anno più di lui, ma in ogni caso non poteva averne più di venticinque. Si muoveva come se fosse abituata ad avere la tolda di una nave sotto i piedi.

«Sì, è una magnifica vista» disse Theon. «Mai magnifica quanto te.»

«Oh, oh» sogghignò lei. «Meglio che stia attenta. Il signorino ha la lingua di miele.»

«Assaggia e vedrai.»

«Quindi è così che stanno le cose?» Lei lo guardò con aria di sfida. Sulle isole di Ferro c'erano donne – poche, ma c'erano – che si imbarcavano sulle navi lunghe insieme ai loro uomini. Si diceva che il sale e il mare le facessero cambiare, dando loro gli stessi appetiti dei maschi. «Sei stato in mare per così tanto tempo, signorino? O forse non ci sono donne nel luogo da cui provieni?»

«Ce ne sono, ma nessuna come te.»

«E tu che cosa ne sai di come sono io?»

«I miei occhi vedono il tuo viso. Le mie orecchie odono la tua risata. E per merito tuo, mi è venuto il cazzo duro come un albero maestro.»

La donna gli si avvicinò e premette una mano contro le sue brache. «Bene bene, almeno non sei un bugiardo.» Diede una strizzata attraverso il tessuto. «Fa proprio tanto male?»

«Un tormento.»

«Povero signorino...» Lasciò la presa e arretrò. «Il fatto è che sono una donna sposata, e in attesa di un bimbo.»

«Gli dei sono generosi» rispose Theon. «Nessun pericolo che ti dia un bastardo, quindi.»

«Se anche fosse, il mio uomo non verrebbe a ringraziarti.»

«Lui no, ma tu forse sì.»

«Tu dici? Ho avuto altri lord, e sono fatti esattamente come tutti gli altri uomini.»

«E un principe? L'hai mai avuto un principe?» insistette Theon. «Quando sarai vecchia e rugosa e le tette ti si saranno afflosciate fino all'ombelico, potrai dire ai figli dei tuoi figli che hai amato un re, un tempo.»

«Oh, oh, quindi adesso è di amore che stiamo parlando? E io che pensavo fosse solo di cazzi e di fiche.»

«Amore? È questo che vuoi?» Theon decise che gli piaceva, questa donna. Il suo acido senso dell'umorismo era come una boccata d'aria fresca nell'umida tetraggine di Pyke. «Potrei chiamare la mia nave lunga col tuo nome, o magari farti serenate con l'arpa e tenerti nella stanza della torre del mio castello, facendoti indossare solo gioielli, come le principesse nelle ballate.»

«In realtà, tu dovresti in ogni caso chiamare la tua nave lunga con il mio nome» replicò lei, semplicemente ignorando tutto il resto. «Sono stata io a costruirla.»

«No, è stato Sigrin a costruirla, il mastro navale del lord mio padre.»

«E io sono Esgred, figlia di Ambrode e moglie di Sigrin.»

Theon non aveva mai saputo che Ambrode avesse una figlia, né Sigrin una moglie. D'altro canto, aveva incontrato il giovane mastro soltanto una volta. Quanto al vecchio, lo ricordava a stento. «Sei sprecata con Sigrin.»

«Oh, oh. Tu pensa invece che è Sigrin a dire che questa splendida nave lunga è sprecata per te.»

Theon s'irritò: «Lo sai con chi stai parlando?».

«Con il principe Theon della Casa Greyjoy. Chi altro? Dimmi la verità, mio signore: quanto realmente ami questa tua nuova fanciulla? Sigrin vorrebbe saperlo.»

La nave lunga era talmente nuova da essere ancora avvolta dall'odore della pece e della resina. Suo zio Aeron l'avrebbe benedetta l'indomani; Theon, però, non aveva voluto aspettare, ed era sceso a cavallo da Pyke per darle un'occhiata prima del varo. Il vascello non era grande quanto la *Grande piovra* di lord Balon, né come la *Vittoria di ferro* di suo zio Victarion, eppure, perfino nell'invaso di legno sulla spiaggia, appariva snello ed elegante. Cento piedi di scafo nero, un singolo albero maestro, cinquanta remi lunghi, tolda in grado di ospitare cento uomini... e sulla prua, il grande ariete di ferro a forma di punta di freccia.

«Sigrin in effetti mi ha reso un ottimo servizio» ammise Theon. «È davvero veloce quanto sembra?»

«Anche più veloce... per un capitano che sappia come portarla.»

«Sono parecchi anni che non porto una nave.» "E in verità, non ne ho mai comandata una." «Ma sono ancora un Greyjoy, e sono sempre un uomo di ferro. C'è il mare nel mio sangue.»

«Ma se navighi come parli» lo imbeccò lei. «Il tuo sangue sarà nel mare.»

«Non intendo trattare male una simile delicata fanciulla.»

«Delicata fanciulla?» La donna rise. «È una strega del mare, questa.»

«E tu le hai appena trovato un nome: *Strega del mare*.»

Quest'idea la divertì: a Theon non sfuggì il lampo nei suoi occhi neri.

«Non dicevi che l'avresti chiamata con il mio, di nome?» disse Esgred in tono di finto rimprovero.

«L'ho detto, è vero.» Theon le prese la mano. «Aiutami, mia signora. Nelle terre verdi, si crede che una donna che porta dentro di sé un bimbo rechi buona fortuna all'uomo che giace con lei.»

«Che cosa possono saperne di navi, nelle terre verdi? O di donne, se è per questo? Inoltre, credo che quella favoletta della buona fortuna tu te la sia appena inventata.»

«Se confesso la verità, mi amerai ancora?»

«Ancora? E quando mai ti ho amato?»

«Mai» concordò Theon. «Ma a quello, mia dolce Esgred, sto cercando di porre rimedio. Il vento è freddo. Vieni con me a bordo della mia nave e lascia che ti riscaldi. Domattina, mio zio Aeron verserà acqua di mare sulla sua prua e mormorerà una preghiera al dio Abissale. Io però preferirei benedirla con il caldo fluido dei miei lombi... e dei tuoi.»

«Il dio Abissale potrebbe non prenderla bene.»

«Che vada alla malora, il dio Abissale. Dovesse darci noia, lo annegherei in un abisso ancora più profondo. In meno di un ciclo di luna, andremo alla guerra. Non vorrai mandarmi in battaglia insonne per il desiderio, vero?»

«Lo farei invece. E con piacere, anche.»

«Ah, crudele fanciulla. Non ci poteva essere nome più adatto per la mia nave! Ma se in una virata finirò a schiantarla contro le rocce, la colpa sarà solo tua.»

Esgred gli si avvicinò di nuovo. «Hai intenzione di virare con questo?» Con un sorriso, il suo dito indice seguì i contorni del rigonfiamento della virilità di Theon.

«Torna con me a Pyke» disse Theon d'un tratto, pensando: "Ma che direbbe lord Balon? E comunque, perché dovrebbe importarmi? Sono un uomo fatto, e se voglio portami una qualche prostituta a letto, sono solo affari miei".

«A Pyke?» La mano di Esgred rimase dov'era. «A fare che cosa?»

«Mio padre offre un banchetto in onore dei capitani, questa sera.» In realtà, mentre aspettava che anche gli ultimi arrivassero all'arcipelago, lord Balon offriva un banchetto ai capitani ogni sera. Ma questo, Theon non trovò alcun motivo per dirglielo.

«Per cui, mio lord principe» sul viso di Esgred c'era il sorriso più perfido che lui avesse mai visto sul volto di una donna «mi nomineresti capitano della tua nave per questa notte?»

«Potrei farlo, certo. A patto che tu riesca a condurmi in porto sano e salvo.»

«Bene, so quale parte del remo va immersa in acqua, e con funi e nodi, nessuno mi batte.» Con una mano sola, Esgred gli allentò il laccio delle brache. Poi sogghignò e fece un breve passo indietro. «Un vero peccato che sia una donna sposata, e in attesa di un bimbo.»

«È tempo che io ritorni al castello.» Turbato, Theon riallacciò la stringa di cuoio. «Se non verrai con me, potrei perdere la strada a causa del mio cuore spezzato, con grave detrimento per le isole di Ferro.»

«Questo proprio non possiamo permetterlo... Ma sfortunatamente, non ho cavallo, mio lord.»

«Potresti prendere quello del mio scudiero.»

«Costringendolo quindi a tornare fino a Pyke a piedi?»

«Allora condividi la mia, di sella.»

«Qualcosa che ti piacerebbe molto, non ne dubito.» Di nuovo il sorriso perfido. «E dimmi, mio signore, cavalcherei dietro di te, o davanti a te?"

«Dovunque tu desideri.»

«Che te ne pare di sopra di te?»

"Ma dov'è stata questa sgualdrina per tutto questo tempo?" «Il castello di mio padre è scuro e umido. C'è bisogno di Esgred per attizzare i fuochi.»

«Il signorino ha la lingua di miele.»

«Non era proprio da lì che eravamo partiti?»

«Ed è lì che finiamo.» Lei alzò le mani, in segno di resa. «Esgred è tutta tua, mio principe. Portami nel tuo castello. Permettimi di ammirare le tue torri ergersi orgogliose dal mare.»

«Ho lasciato il mio cavallo alla locanda. Vieni.»

Si avviarono lungo la spiaggia fianco a fianco. Theon la prese sottobraccio e lei non si scostò. Gli piaceva il modo in cui Esgred camminava. C'era determinazione nei suoi passi, equilibrati, vagamente ondeggianti. Il che suggeriva una pari determinazione anche sotto le coperte.

Mai aveva visto Porto dei Lord tanto affollato, brulicante degli equipaggi delle navi lunghe che si allineavano lungo la spiaggia sassosa o che avevano gettato l'ancora oltre la linea dei flutti. Gli abitanti delle isole di Ferro non si genuflettevano spesso né volentieri, ma Theon notò come tutti quanti, rematori o cittadini che fossero, si azzittivano al loro passaggio, salutandolo con rispettosi cenni del capo. "Finalmente hanno imparato chi sono" gongolò Theon. "Mai abbastanza in fretta, comunque."

Lord Goodbrother era arrivato la notte prima da Grande Wyk con il grosso delle sue forze, circa quaranta navi lunghe. I suoi uomini erano dappertutto, riconoscibili dalle fusciacche striate di pelo di caprone che portavano legate attorno alla testa. Quanto alla locanda, girava voce che le puttane di Otter Ginocchiomolle si facessero sbattere fino a non essere più in grado di reggersi in piedi da quegli sbarbatelli con le fusciacche. Per quanto riguardava Theon, che facessero pure: lui non aveva certo intenzione di andare a cacciarsi in un simile bordello pieno di baldracche con la sifilide. La sua attuale accompagnatrice era molto più di suo gusto. Il fatto che fosse la moglie del mastro navale di suo padre, e per giunta incinta, rendeva la cosa ancora più succulenta.

«Il mio lord principe ha già cominciato a scegliere il suo equipaggio?» gli domandò Esgred mentre si dirigevano verso la stalla. «Ehi, Denteblu!» gridò poi a un marinaio che passava, un uomo alto, con un gilè di pelo d'orso e con in capo un elmo ornato da una coppia di ali di corvo. «Come sta la tua sposa?»

«Molto gravida. Si parla di gemelli.»

«Così presto?» Di nuovo, Esgred tirò fuori quel suo sorriso. «Lo hai messo ben in fretta il remo in acqua.»

«Sì, e poi ho remato e remato e remato!» ruggì il marinaio.

«Uomo bello grosso» commentò Theon. «Denteblu, hai detto che si chiama? Uno di quelli che dovrei scegliere per la *Strega del mare*?»

«Solo se è tua intenzione insultarlo. Denteblu ha il suo, di ottimo vascello.»

«Sono stato lontano troppo tempo per saper riconoscere un uomo da un altro» fu costretto ad ammettere Theon. Da quando era tornato, aveva cercato i suoi amici d'infanzia, ma non c'erano più: alcuni erano andati, altri erano morti, altri ancora diventati degli estranei. «Mio zio Victarion mi ha concesso il suo timoniere.»

«Rymolf il Tempestoso? Uomo valido... quando riesce a stare sobrio.» Esgred vide altre facce note, e apostrofò un terzetto che passava: «Uller, Qarl. Dov'è tuo fratello, Skyte?».

«Ho paura che il dio Abissale abbia avuto bisogno di un forte rematore.» Dei tre, rispose l'uomo tozzo, con un ciuffo bianco nella barba nera.

«Quello che Skyte intende dire» aggiunse il giovane dalle guance rosa accanto a lui «è che Eldiss ha bevuto tanto di quel vino da farsi scoppiare quel suo gran pancione.»

«Che ciò che è morto non muoia mai» disse Esgred.

«Che ciò che è morto non muoia mai.»

Anche Theon mugugnò le parole di rito, i tre uomini che passavano oltre. «Sei molto conosciuta, qui» disse a Esgred.

«Tutti vogliono bene alla moglie del mastro navale. Gli conviene: chi vorrebbe affondare con la sua nave? In ogni caso, se sono rematori che cerchi, troveresti ben di peggio di quei tre.»

«Non vedo penuria di braccia forti a Porto dei Lord.»

Era da parecchio tempo che Theon pensava al suo futuro equipaggio, ma quello che cercava erano guerrieri, e soprattutto uomini che fossero leali a lui, non al lord suo padre o ai suoi zii. Aspettando che lord Balon rivelasse tutti i suoi piani, lui avrebbe continuato a recitare la parte del bravo giovane principe. Ma nel momento in cui quei piani non gli fossero piaciuti, ebbene...

«La forza non basta» riprese Esgred. «Per ottenere la velocità massima, i remi di una nave lunga devono muoversi come un unico remo. Se sei saggio, sceglierai uomini che hanno già remato assieme.»

«Ottimo consiglio. Forse potresti aiutarmi tu a sceglierli.» "Facciamole pure credere che sono interessato alla sua esperienza, alle donne questo piace sempre."

«Perché no? A patto che tu mi tratti con gentilezza.»

«Ne dubiti, forse?»

Avvicinandosi alla *Myraham*, che ondeggiava vuota all'ormeggio, Theon allungò il passo. Il capitano aveva cercato di salpare oltre una settimana prima, ma lord Balon gliel'aveva impedito. A nessuna delle navi mercantili che avevano fatto scalo a Porto dei Lord era stato consentito di ripartire: il signore delle isole di Ferro non aveva nessuna intenzione di rischiare che la notizia dell'ammassarsi del suo esercito filtrasse prima che lui fosse pronto ad attaccare.

«Milord...» Una voce quasi implorante risuonò dal castello di prora del mercantile. La figlia del capitano era protesa sul parapetto della murata e guardava verso di lui. Il padre le aveva proibito di sbarcare ma, tutte le volte che Theon era sceso a Porto dei Lord, l'aveva vista vagare, sola e triste, sulla tolda della nave.

«Milord, un momento» invocò di nuovo la ragazza. «Se ti compiace...»

«Lo ha fatto?» gli domandò Esgred mentre Theon si affrettava oltre il vascello. «Ha compiaciuto milord?»

«Per un po'.» Non c'era ragione che lui facesse il riservato con Esgred. «Adesso vuole essere la mia moglie del sale.»

«Oh, oh. Un po' di cura del sale le farà bene, nessun dubbio. Troppo soffice e blanda, direi. O sbaglio?»

«Non sbagli.» "Soffice e blanda... proprio così. Ma lei come fa a saperlo?"

Aveva detto a Wex di aspettarlo alla locanda. La sala comune era talmente affollata che Theon fu costretto a superare la porta aprendosi un varco a spallate. Non c'era un solo posto a sedere disponibile, da nessuna parte. Quanto al suo scudiero, di lui nemmeno l'ombra.

«Wex! Ehi, Wex!...» Theon fu costretto a gridare per farsi udire al di sopra del frastuono delle voci e del cozzare dei boccali. "Se è andato a inforcare una di queste baldracche con la sifilide, gli stacco la pelle dalla schiena." Fu a quel punto che lo individuò, intento a giocare a dadi presso il camino... e a vincere, a giudicare dalla pila di monete che aveva davanti.

«È ora di muoversi» gli annunciò Theon.

Il ragazzo non sembrò prestargli attenzione. Lui lo prese per un orecchio e lo strappò alla partita. Senza dire una parola, Wex afferrò una manciata di monete e lo seguì. Era una delle cose di quel ragazzo che a Theon piacevano di più: che stesse zitto. La maggior parte degli scudieri avevano la lingua fin troppo pronta, ma Wex era muto dalla nascita... il che però non gl'impediva di essere svelto come qualsiasi altro ragazzo di dodici anni. Era figlio di basso lignaggio di uno dei fratellastri di lord Botley. Prenderlo come scudiero era stato parte del prezzo che Theon aveva dovuto pagare per il cavallo.

Wex sbarrò gli occhi nell'attimo stesso in cui vide Esgred. "Sembra che non abbia mai visto una donna in vita sua" pensò Theon, poi annunciò: «Esgred torna a Pyke con me. Sella i cavalli. E fa' in fretta».

Il ragazzo l'aveva seguito fin lì a dorso di un macilento ronzino delle stalle di lord Balon. La cavalcatura di Theon però era tutt'altro genere di animale.

«E questo destriero infernale dov'è che l'hai trovato?» Esgred rise nel vederlo, ma dal modo in cui pronunciò quelle parole, Theon capì che la ragazza era impressionata.

«Lord Botley lo ha comprato a Lannisport l'anno scorso, ma si è rivelato un cavallo troppo difficile per lui. Così non gli è affatto dispiaciuto venderlo.»

Le isole di Ferro erano troppo desolate e rocciose per allevare buoni cavalli. La maggior parte degl'isolani erano cavalieri senza infamia e senza lode, e si trovavano molto più a loro agio sul ponte di una nave lunga che non su una sella. Era una terra, quella, dove perfino i lord se ne andavano in giro su ronzini o su scalcinati pony di razza Harlaw, e dove i carri trainati da buoi erano ben più numerosi di quelli tirati da cavalli. I popolani, troppo poveri per possedere l'un tipo di animale o l'altro, si arrabattavano a muovere a forza di muscoli l'aratro nel suolo arido e pietroso.

Theon però aveva trascorso dieci anni a Grande Inverno, e non aveva nessuna intenzione di andare in guerra senza un buon cavallo fra le gambe. L'errore di valutazione di lord Botley era stato la sua fortuna: uno stallone dal carattere nero quanto il suo pelo, più grande di un corsiero ma non grosso quanto la maggior parte dei destrieri. Visto che Theon non era grosso quanto la maggior parte dei cavalieri, quell'animale per lui era pressoché perfetto. Una bestia con il fuoco negli occhi, che quando aveva incontrato il suo nuovo padrone aveva cercato di portargli via mezza faccia con un morso.

«Ha un nome?» domandò Esgred.

«Sorriso.» Theon allungò un braccio e l'aiutò a issarsi in sella, sistemandola davanti a sé, in modo da poterla circondare con le braccia. «Un tempo, qualcuno mi disse che io sorrido sempre nelle occasioni sbagliate.»

«Ed è vero?»

«Solo per quelli che non sorridono mai in nessuna occasione.» Stava pensando a suo padre e a suo zio Aeron.

«Adesso stai sorridendo, mio lord principe?»

«Oh, sì.»

Theon le passò le braccia attorno alla vita in modo da afferrare le redini. Esgred era quasi alla sua stessa altezza; i suoi capelli avevano bisogno di una lavata, e c'era una piccola cicatrice rosata sul suo collo affusolato, ma a Theon piacque l'odore che lei emanava: odore di sale e di sudore e di donna.

La cavalcata di ritorno a Pyke prometteva di essere molto più interessante di quella all'andata.

Avevano lasciato Porto dei Lord da un pezzo, quando Theon le fece scivolare una mano su un seno.

«Meglio tenere le mani su entrambe le redini.» Esgred gli afferrò il polso e l'allontanò. «Se no questa tua belva nera ci sbalza a terra e ci ammazza a suon di calci.»

«Gli ho già fatto passare quel tipo di voglie.»

Per un po', Theon si comportò bene. Cominciò con il parlare del tempo, che aveva continuato a essere grigio e coperto, con frequenti piogge, fin dal giorno del suo arrivo. Quindi passò a narrarle della battaglia del bosco dei Sussurri. Quando arrivò al racconto di come per poco non aveva abbattuto niente meno che lo Sterminatore di re in persona, fece scivolare nuovamente la mano dov'era prima. Esgred aveva seni piccoli, ma Theon apprezzò la loro sodezza.

«Ti consiglio di non farlo, mio lord principe.»

«E io voglio farlo, invece.» Theon diede un'altra strizzata.

«Il tuo scudiero ti sta guardando.»

«Che guardi pure. Non dirà mai una parola, puoi giurarci.»

Una a una, Esgred gli aprì le dita serrate attorno al proprio seno. E questa volta, le tenne solidamente imprigionate tra le sue. Aveva mani forti, molto forti.

«Mi piace una donna che sa stringere forte.»

«Non lo avrei mai detto» grugnì lei «vedendo quella sgualdrina al porto.»

«Non giudicarmi male a causa sua. Era l'unica donna sulla nave.»

«Parlami di tuo padre. Mi farà sentire la benvenuta nel suo castello?»

«E per quale ragione dovrebbe farlo? Ha fatto sentire a stento me, il benvenuto nel suo castello, io che sono sangue del suo sangue, erede di Pyke e delle isole di Ferro.»

«Sei davvero tutto questo?» domandò Esgred a bassa voce. «Si dice che tu abbia zii, fratelli... e una sorella.»

«I miei fratelli sono morti da molto tempo. Quanto a mia sorella... ebbene, si dice che la gonna preferita di Asha sia una cotta di maglia lunga fino al polpaccio, con sotto mutande di cuoio. Ma mettere abiti da uomo non farà di lei un uomo. Una volta che avrò vinto la guerra, le combinerò un buon matrimonio per forgiare un'alleanza come si deve. Ammesso e non concesso che riesca a trovare un uomo che se la prenda. Se ricordo bene, ha un naso grosso quanto il becco di un avvoltoio, la faccia piena di foruncoli e davanti è più piallata di un ragazzino.»

«Puoi mandare tua sorella in sposa a qualcuno, questo sì» osservò Esgred «ma non puoi fare lo stesso con i tuoi zii.»

«I miei zii...»

La pretesa di Theon al trono delle isole di Ferro veniva prima di quelle dei tre fratelli di suo padre; Esgred aveva comunque toccato un punto dolente. Nell'arcipelago, non era affatto insolito che uno zio forte e ambizioso liquidasse un nipote debole per impossessarsi dei suoi diritti di successione. Dove con "liquidare" s'intendeva "assassinare". "Ma io non sono debole" si ripeté Theon "e, quando mio padre morirà, intendo essere anche molto più forte."

«I miei zii non rappresentano alcuna minaccia nei miei confronti» dichiarò poi. «Aeron è ubriaco marcio di acqua di mare e di santità. Vive solo per il suo dio...»

«Il "suo" dio? Non è anche il "tuo" dio?»

«Anche il mio, certo. Che ciò che è morto non muoia mai.» Theon fece un debole sorriso. «Se dico tutte le frasette di rito, Capelli umidi non mi procurerà fastidi. E mio zio Victarion...»

«Il lord comandante della flotta del Ferro, temibile guerriero. Ho sentito molte ballate su di lui nelle birrerie.»

«Durante la ribellione del lord mio padre, fece rotta su Lannisport insieme all'altro mio zio, Euron, e incendiò l'intera flotta dei Lannister ancora all'ancora» ricordò Theon. «Il piano però era di Euron. Victarion è un po' come uno di quei grossi manzi grigi, forte e instancabile e testardo, ma che non arriverà mai a vincere niente. Non dubito che servirà me con la medesima lealtà con la quale ha servito il lord mio padre. Tanto non ha l'astuzia né l'ambizione per complottare un tradimento.»

«Per contro, Euron Occhio di corvo di astuzia ne ha da vendere. Ho sentito dire cose terribili di lui...»

«Sono quasi due anni che Euron non si fa vedere alle isole di Ferro.» Theon si agitò sulla sella. «Potrebbe anche essere morto.»

Che sarebbe stata la cosa migliore. Euron Greyjoy, fratello maggiore di lord Balon, non aveva mai abbandonato la Vecchia legge, nemmeno per un solo giorno. Il suo vascello, *Silenzio*, con le sue vele nere e lo scafo rosso scuro, si era guadagnato una sinistra nomea in ogni porto conosciuto, da Ibben fino ad Asshai delle Ombre.

«Potrebbe essere morto, certo» concordò Esgred «e se è ancora vivo, ha passato così tanto tempo in mare, che qui sarebbe una specie di estraneo. Mai gli uomini di ferro permetterebbero a un estraneo di sedere sul Trono di Pietra di mare.»

«Suppongo di no.»

Ma nel dirlo, Theon si rese conto che la parola estraneo poteva benissimo attagliarsi anche a lui; un pensiero, questo, che gli fece aggrottare la fronte. "Dieci anni sono tanti, ma adesso sono tornato, e mio padre è ben lungi dall'essere morto. Avrò tutto il tempo per dimostrare chi sono."

Meditò di riprovare a tastare il seno di Esgred, ma sapeva che lei gli avrebbe allontanato di nuovo la mano. Inoltre, tutto quel parlare dei suoi zii aveva smorzato il suo ardore. Avrebbe avuto modo più tardi, nella quiete del castello, di riprendere i giochi carnali.

«Parlerò con Helya, una volta che saremo giunti a Pyke» riprese. «E farò in modo che al banchetto di questa sera tu abbia un posto d'onore. Io dovrò sedere sul palco dei nobili, alla destra di mio padre, ma nel momento in cui lui lascerà la sala, verrò da te. Si trattiene di rado a lungo, e di questi tempi, non ha più lo stomaco per il bere.»

«Cosa triste per un grande uomo diventare vecchio.»

«Lord Balon è solo il padre di un grande uomo.»

«Modesto, il signorino.»

«Soltanto uno stolto fa il modesto con un mondo così pieno di gente pronta a umiliarlo.» Theon le depose un leggero bacio sull'incavo del collo, ma Esgred gli allontanò il volto con la mano e gli domandò: «Che cosa indosserò a questa grande festa?».

«Chiederò a Helya di procurarti l'abito adatto. Uno di quelli della lady mia madre andrà bene. Lei è a Harlaw, da dove non credo farà ritorno.»

«I freddi venti hanno intaccato la sua salute, si dice. Perché non vai a farle visita? Harlaw è solamente a un giorno di navigazione, e sono certa che lady Greyjoy non chiede di meglio che di vedere suo figlio.»

«Vorrei potere andare da lei, ma ho troppo da fare qui. Adesso che sono di nuovo a casa, mio padre ha bisogno del mio appoggio. Una volta che sarà tornata la pace, forse...»

«Una tua visita potrebbe farla tornare per lei, la pace.»

«Adesso fai la lagna proprio come una donna» commentò Theon.

«Lo confesso, sono una donna... e in attesa di un bambino.»

«Me lo hai già detto.» Quel risvolto continuava a eccitarlo. «Ma il tuo corpo non mostra alcun segno. Che prove ci sono? Prima che io ti creda, dovrei vedere i tuoi seni che si riempiono e assaggiare il tuo latte di madre.»

«E che ne direbbe mio marito, uomo che ha giurato di servire fedelmente tuo padre?»

«Gli darò talmente tante navi da costruire, che nemmeno si accorgerà che lo hai lasciato.»

«È un signorino crudele, quello che mi ha catturata» rise Esgred. «Se ti prometto che un giorno potrai guardarmi allattare il mio bimbo, mi parlerai della tua guerra, Theon della Casa Greyjoy? Avanti a noi ci sono ancora molte miglia da percorrere, e molte montagne da superare. Mi piacerebbe ascoltare la storia di questo re del Lupo che hai servito, e dei leoni dorati che ora lui combatte.»

Più che ansioso di compiacerla, Theon l'accontentò. Il resto della lunga cavalcata trascorse in fretta, mentre lui riempiva la sua graziosa testolina con le vicende di Grande Inverno e della guerra. I commenti di Esgred erano sempre arguti, e a lui piaceva sempre più. "È facile starle vicino, siano lodati gli dei!" pensò. "È come se la conoscessi da sempre. E se questa donna pratica il letto con la stessa perizia con cui usa il cervello, potrei addirittura tenerla con me..." Scosse il capo pensando a Sigrin, il mastro navale, un individuo dal fisico tozzo e dalla mente ancora più rozza, capelli color paglia che recedevano da una fronte piena di foruncoli. "Che spreco. Che tragico spreco."

Quasi non si rese conto del tempo che era passato: le grandi mura esterne di Pyke adesso incombevano davanti a loro.

Le porte del castello erano aperte. Theon diede un colpo ai speroni e condusse Sorriso a superare l'arcata a un rapido trotto I cani si misero ad abbaiare furiosamente mentre lui aiutava

Esgred a scendere di sella. Gli animali arrivarono correndo e le saltarono addosso festosamente, uggiolando e leccandola da tutte le parti.

«Via!» Theon cercò di allungare una pedata a una grossa femmina marrone. «Levatevi dai piedi!» intimò loro ma, niente da fare, i cani non ne volevano sapere. Esgred, da parte sua, continuava a ridere e a giocare con loro.

Uno stalliere arrivò di corsa.

«Prendi il cavallo» gli ordinò Theon. «E porta via questi dannati cani.»

Ma quello zoticone nemmeno gli prestò attenzione. La sua faccia si aprì in un gran sorriso più o meno sdentato, mentre diceva: «Lady Asha... Sei tornata».

«La notte scorsa» rispose lei. «Sono venuta da Grande Wyk insieme a lord Goodbrother e ho trascorso la notte alla locanda.» Diede un bacetto sul naso a uno dei cani e rivolse a Theon un sogghigno. «Il mio caro fratellino, qui, è stato cortese abbastanza da permettermi di venire con lui a cavallo da Porto dei Lord.»

Tutto quello che Theon Greyjoy riuscì a fare fu restare impalato a fissarla a bocca aperta. "Asha. No... non è possibile! Mia sorella!" E di colpo si rese conto che c'erano due Asha nella sua testa. La prima era la ragazzina che lui aveva conosciuto. La seconda era la Asha adulta, che lui aveva vagamente immaginato simile alla loro madre. Ma né l'una né l'altra avevano alcuna somiglianza con questa... questa... questa...

«I foruncoli sono spariti quando sono arrivati i seni» gli spiegò senza smettere di giocare con il cane. «Quanto al naso a becco d'avvoltoio, quello me lo sono tenuto.»

«Perché...» Theon ritrovò la voce. «Perché non me lo hai detto?»

«Per prima cosa, volevo vedere chi eri.» Asha allontanò il cane. «Ebbene, l'ho visto.» Gli offrì la farsa di un mezzo inchino. «E ora, fratellino, ti chiedo di scusarmi. C'è una festa, e io devo fare un bagno, prepararmi. Chissà se riesco a trovare quella maglia di ferro lunga fino al polpaccio e le mie mutande di cuoio!»

Gli rivolse un ultimo sogghigno malefico e si allontanò lungo il ponte di collegamento, camminando in quel modo che a lui piaceva così tanto, equilibrato, vagamente ondeggiante.

Theon si girò. Wex, il suo giovane scudiero, aveva una smorfia di derisione dipinta in faccia. Theon gli allungò una sventola su un orecchio. «Questa è per il tuo divertimento.» Gliene assestò un'altra, più forte. «E questa è per non avermi avvertito. La prossima volta, fatti crescere la lingua.»

Le serve avavano lasciato acceso il braciere, ma le sue stanze nella Fortezza degli Ospiti non gli erano mai sembrate così gelide. Theon si sbarazzò degli stivali scalciandoli lontano, lasciò cadere la cappa sul pavimento e si versò una coppa di vino. Nella sua memoria, continuava a rimbalzare l'immagine di quella ragazzina goffa, piena di foruncoli e dalle ginocchia sporgenti. "Mi ha slacciato le brache... e poi ha detto... e io le ho detto..." Emise un gemito. Non avrebbe potuto fare una figura peggiore, né rendersi più grottescamente ridicolo. "Invece no... è tutta colpa di quella malefica troia! Quanto deve esserle piaciuto farmi passare da cretino. E poi quel modo in cui si ostinava a toccarmi il cazzo..."

Prese la coppa e andò a sistemarsi sul sedile presso la finestra. Continuò a bere e a rimuginare, osservando l'oceano e il sole che calava su Pyke. "Non posso restare qui. E la causa di tutto questo è lei: Asha! Che gli Estranei se la portino alla dannazione!" Sotto di lui, da grigie le acque del mare divennero nere. Musica lontana aveva cominciato a scivolare sulle onde e sulle pietre. Era tempo che lui si cambiasse per andare al banchetto.

Scelse semplici stivali e abiti ancora più semplici, colori sul grigio e sul nero, in sintonia con il suo umore. Nessun ornamento, non possedeva nulla che avesse comprato con il ferro. "Avrei dovuto portare via qualcosa a quel bruto che uccisi per salvare Bran Stark, ma non aveva niente che valesse la pena di prendere. Eccola, la mia fortuna maledetta: uccidere i morti di fame."

La lunga sala era piena di fumo. Erano almeno in quattrocento ad affollarla quando Theon vi fece ingresso, tutti lord e comandanti di suo padre. Dagmer Mascella spaccata non era ancora tornato da Vecchia Wyk con gli Stonehouse e i Drumm, ma tutti gli altri c'erano: gli Harlaw da Harlaw, i Blacktyde da Blacktyde, gli Sparrs, i Merlyn e i Goodbrother da Grande Wyk, i Saltcliffe e i Sunderly da Saltcliffe, i Botley e i Wynch dall'altra parte di Pyke. Le serve continuavano a versare birra a fiumi. E c'era musica: archi, fiati, tamburi. Tre uomini corpulenti erano impegnati nella danza delle dita, passandosi asce dall'impugnatura corta. Il trucco era afferrare l'ascia o schivarla senza mancare un passo. Veniva chiamata la danza delle dita perché finiva quasi sempre con uno dei danzatori che si ritrovava con un dito mozzato, o magari con due o anche con cinque dita mozzate...

Né i danzatori né gli ospiti fecero troppo caso al principe Theon Greyjoy che andava a prendere posto sul palco dei nobili.

Lord Balon occupava il Trono di Pietra di mare, scolpito nella forma di una grande piovra da un unico, immenso blocco di pietra nera. Secondo la leggenda, erano stati i Primi Uomini a trovarlo sulle coste di Vecchia Wyk quando erano arrivati alle isole di Ferro. Alla sinistra del trono, sedevano gli zii di Theon. E alla destra, al posto d'onore, c'era Asha, perfettamente a proprio agio.

«Sei in ritardo, Theon» osservò lord Balon.

«Ti chiedo di scusarmi, padre.» Theon si sistemò nella sedia vuota accanto ad Asha. Si protese a sibilarle all'orecchio: «Sei nel posto che è mio».

«Tuo, fratellino caro?» Si volse verso di lui, guardandolo con occhi innocenti. «Credo che tu stia commettendo un errore. Il tuo posto è a Grande Inverno.» Il sorriso di Asha era tagliente. «E dove sono tutti i tuoi bei vestiti? Si dice che ti piaccia sentire sulla pelle sete e velluti.» Asha indossava un abito di soffice lana verde, dalla foggia semplice, che disegnava le forme del suo corpo snello.

«La tua cotta di maglia dev'essersi arrugginita, sorellina» ribatté lui. «Un vero peccato. Mi piacerebbe vederti tutta in ferro.»

«Non perdere le speranze, fratellino.» Asha gli rise in faccia. «Specialmente se t'illudi che la tua *Strega del mare* riesca a competere con la mia *Vento nero*.»

Una delle serve arrivò davanti a loro, reggendo una caraffa di vino.

«Che cosa gusterai questa sera, Theon?» gli sussurrò Asha «birra, vino... o il mio latte di madre?»

Lui arrossì: «Vino» disse alla serva.

Asha si ritrasse, picchiando il boccale sul tavolo e chiedendo altra birra.

Theon tagliò in due una forma di pane, poi svuotò un tagliere e fece cenno a uno dei cuochi di riempirglielo con stufato di pesce. L'odore della crema spessa quasi gli fece rivoltare lo stomaco, ma si costrinse comunque a mandarne giù qualche cucchiaiata. Aveva già bevuto vino a sufficienza non per uno ma per due banchetti. "Dovessi star male, almeno vomiterò addosso a lei."

«Nostro padre è informato che sei sposata al suo mastro navale?» le domandò.

«Non più di quanto ne sia informato Sigrin.» Asha si strinse nelle spalle. «Esgred è il nome della prima nave che lui ha costruito. In onore di sua madre. Ma troverei difficile dire chi delle due lui abbia amato di più.»

«Ogni singola cosa che mi hai detto è una menzogna...»

«No, non ogni singola cosa.» Asha sogghignò di nuovo. «Ricordi quando ti ho detto che mi piaceva stare sopra?»

Questo lo fece infuriare ancora di più: «Tutte quelle fregnacce sull'essere una donna sposata, e in attesa di un figlio...».

«Oh, lì una parte di verità c'era.» Asha balzò in piedi. «Rolfe! Qui!» urlò a uno dei danzatori delle dita, alzando una mano.

Lui la vide, roteò su se stesso e, in un lampo, l'ascia che impugnava volò via vorticosamente dalla sua presa, la lama che mandava lampi rossastri al bagliore delle torce che illuminavano la sala. Theon ebbe appena il tempo di emettere un gemito soffocato. Asha afferrò l'arma al volo e la schiantò sul tavolo. Il tagliere di Theon venne spaccato esattamente in due, mentre zampilli di crema gocciolante schizzarono ad affrescargli il mantello.

«Quest'ascia è il lord mio marito...» Asha frugò sotto il vestito, e dall'incavo fra i seni sfoderò un affilato stiletto. «E questo è il mio dolce figlioletto.»

Theon Greyjoy non riuscì a immaginare che espressione dovesse avere in quel momento, ma d'un tratto si rese conto che tutti quanti, nell'intera sala grande di Pyke, erano scoppiati in una fragorosa risata. "Di me... stanno ridendo di me!" Perfino suo padre stava sorridendo, dannati tutti gli dei, e suo zio Victarion sghignazzava allegramente. La miglior risposta che fu in grado di dare fu un ghigno distorto. "Vedremo chi riderà per ultimo, puttana!"

Asha estrasse l'ascia dal tavolo e la gettò di nuovo ai danzatori in un assordante concerto di fischi e applausi.

«Faresti meglio a seguire i miei consigli per quanto riguarda la scelta del tuo equipaggio.» Un'altra serva passò a offrire loro un vassoio. Asha infilzò un pesce salato e cominciò a mangiarlo direttamente dalla punta dello stiletto. «Se ti fossi preso il disturbo d'imparare qualcosa, qualsiasi cosa, su Sigrin, non sarei mai riuscita a trarti in inganno. Ma tu no. Dieci anni passati a giocare al lupo, poi torni qui e ti credi di essere il principe delle isole... mentre non sai niente e non conosci nessuno. Per quale ragione gli uomini dovrebbero combattere, e morire, per te?»

«Perché io sono il loro principe» rispose rigidamente Theon.

«Forse secondo le leggi delle terre verdi. Ma qui noi abbiamo le nostre, di leggi. O forse te lo sei scordato?»

Inferocito, Theon riportò di forza lo sguardo sulla crema che colava dal tagliere da tutte le parti, infradiciandogli gli abiti. Chiamò una serva perché ripulisse. "Per metà della mia vita ho aspettato di poter tornare a casa... e per avere cosa? Derisione e scorno?" No, questa non era la Pyke che lui ricordava. Ma ricordava poi veramente? Era stato soltanto un bambino quando lo avevano portato via come ostaggio.

Il banchetto fu un'esperienza miserabile, nient'altro che una successione di zuppe di pesce, pane nero e carne di capra senza spezie. Theon trovò che la pietanza più saporita fosse uno sformato di cipolle. Birra e vino continuarono a scorrere per parecchio dopo che gli ultimi vassoi erano stati portati via.

Lord Balon si alzò dal Trono di Pietra di mare: «Finite la vostra coppa e raggiungetemi nel solarium» ordinò ai nobili sul palco. «Ci sono piani da definire.»

Se ne andò senza aggiungere altro, scortato da due guardie. I suoi fratelli, Aeron e Victarion, lo seguirono immediatamente, e Theon si alzò per andargli dietro.

«Guarda, guarda...» Asha sollevò il corno per avere altra birra. «Il mio fratellino è tanto ansioso di muoversi.»

«Nostro padre ci aspetta.»

«L'ha già fatto, e per molti anni... aspettare un altro po' non gli darà alcun disturbo... ma se è la sua ira che ti preoccupa, va' pure. Non credo che ti sarà difficile correre dietro ai nostri zii.» Asha sorrise. «In fondo, uno è ubriaco marcio d'acqua di mare, e l'altro è un grosso manzo grigio talmente scemo che probabilmente finirà col perdersi.»

Theon tornò ad afflosciarsi sullo scranno, sempre più contrariato: «Io non corro dietro a nessun uomo».

«Nessun uomo, certo, ma... le donne?»

«Non sono stato io prendere in mano il tuo cazzo.»

«Io non ce l'ho, un cazzo, ricordi? In compenso però hai preso in mano tutto quello che hai potuto.»

«Sono un uomo, con gli appetiti di un uomo.» Theon sentì di nuovo il rossore diffondersi sulle sue guance. «Mentre tu, che genere di creatura saresti?»

«Solo una timida fanciulla...» La mano di Asha si fiondò sotto il tavolo, dandogli una nuova strizzata all'uccello. Per poco, Theon non decollò dalla sedia. «Che succede, fratellino, non vuoi più che ti conduca in porto?»

«Il matrimonio decisamente non fa per te» decise Theon. «Una volta che sarò io a dominare le isole di Ferro, credo proprio che ti manderò dalle Sorelle del silenzio.»

Detto questo, Theon Greyjoy si alzò e si avviò a passi incerti alla ricerca del padre.

Si era messa a cadere una fredda pioggia quando raggiunse il ponte sospeso che collegava la Torre del mare con il resto della fortezza. Il vino gli aveva reso le gambe incerte. Theon sentiva lo stomaco torcersi e schiantarsi come le onde che mugghiavano contro le rocce sotto di lui. Afferrò le funi su entrambi i lati del ponte sospeso e si trascinò sulle assi corrose, facendo finta che fosse la gola di Asha che stava afferrando.

Il solarium di lord Balon sembrava ancora più umido e pieno di correnti del solito. Avvolto nelle sue pelli di foca, il signore delle isole di Ferro sedeva di fronte al braciere, i suoi fratelli accanto a lui. Quando Theon entrò, Victarion stava parlando di venti e di maree. Lord Balon impose il silenzio con un brusco cenno della mano.

«Ho già preparato i piani» disse. «È tempo che voi ne siate messi al corrente.»

«Il mio consiglio è che...» iniziò Theon.

«Se e quando mi serviranno i tuoi consigli, verrò a chiederteli» tagliò corto suo padre. «Abbiamo ricevuto un corvo messaggero da Vecchia Wyk. Dagmer sta venendo qui con i Drumm e gli Stonehouse. Se gli dei ci concederanno venti favorevoli, salperemo al loro arrivo... o, per meglio dire, sarai tu a salpare, Theon. Voglio che sia tu a sferrare il primo colpo. Porterai otto navi lunghe a nord...»

«Otto?» Il volto di Theon avvampò. «E che cosa ti aspetti che riesca a concludere con otto navi solamente?»

«La tua missione è raggiungere la Costa Rocciosa, attaccare i villaggi di pescatori e affondare tutte le navi che incontrerai. Potresti addirittura stanare alcuni lord del Nord dai loro castelli. Con te ci sarà Aeron, e anche Dagmer Mascella spaccata.»

«Possa il dio Abissale benedire le nostre spade» intonò il sacerdote.

A Theon parve di aver ricevuto uno schiaffo in piena faccia. Lo stavano mandando a fare il lavoro del predatore: bruciare villaggi di miserabili pescatori e stuprare le loro brutte figlie. Eppure, pareva che lord Balon non si fidasse di lui nemmeno per quella missione. Non solo era costretto a sopportare i grugniti e i rimbrotti di Capelli umidi, no... con Dagmer Mascella spaccata al seguito, Theon avrebbe avuto il comando soltanto di nome.

«Asha, figlia mia» riprese lord Balon, e Theon si rese conto solo in quel momento che anche sua sorella era entrata, silenziosamente, nel solarium. «Tu guiderai trenta navi di uomini scelti oltre la punta del Drago Marino. Sbarcherai nelle terre piatte delle maree a nord di Deepwood Motte. Marcia rapidamente, e il castello potrebbe cadere nelle tue mani anche prima che loro si rendano conto che stai arrivando.»

Il sorriso di Asha pareva quello di un gatto davanti a una ciotola piena di panna: «L'ho sempre voluto, un castello» disse dolcemente.

«E allora va' a prenderlo.»

Theon s'impose di mordersi la lingua. Deepwood Motte era la piazzaforte dei Glover. Con Robett e Galbart impegnati nella guerra al Sud, sarebbe stata scarsamente difesa. Nel momento in cui il castello fosse stato nelle loro mani, gli uomini di ferro avrebbero potuto contare su una base sicura nel cuore stesso del Nord. "Dovrei essere io ad avere la missione di prendere Deepwood." Lui conosceva bene Deepwood Motte, aveva fatto visita ai Glover molte volte, al seguito di Eddard Stark.

«Victarion» Lord Balon si rivolse al fratello. «Sarai tu a guidare il fulcro dell'assalto. Una volta che i miei figli avranno colpito, Grande Inverno sarà costretta a rispondere. Dovresti incontrare una resistenza molto scarsa nel risalire la Lancia di Sale e il fiume delle Febbri. Raggiunte le sorgenti, ti troverai a meno di venti miglia da Moat Cailin. L'Incollatura è la chiave del regno. Abbiamo già il controllo dei mari occidentali. Quando avremo il controllo anche di Moat Cailin, il piccolo Stark non sarà più in grado di riprendersi il Nord... e se sarà sciocco al punto da tentare, i suoi nemici sbarreranno l'estremità sud del passaggio tra le paludi... e Robb il ragazzino rimarrà in trappola come un topo in una bottiglia.»

«Un piano astuto, padre» Theon non poté più tacere. «Ma i lord nei castelli...»

«I lord nei castelli sono andati a Sud con il ragazzino» lo interruppe di nuovo lord Balon. «A casa sono rimasti solo codardi, vecchi e ragazzi inesperti. O si arrenderanno o cadranno, uno dopo l'altro. Grande Inverno riuscirà a reggere forse per un anno, ma che importanza ha? Il resto sarà nostro, foreste e campi e tutto quanto. Tramuteremo gli uomini nei nostri servi e le donne nelle nostre mogli di sale.»

«E le acque del furore si leveranno alte.» Aeron Capelli umidi sollevò le braccia al cielo. «E il dominio del dio Abissale si spargerà su tutte le terre verdi!»

«Che ciò che è morto non muoia mai» intonò Victarion.

«Che ciò che è morto non muoia mai» Lord Balon e Asha gli fecero eco.

Theon non ebbe altra scelta se non unire il proprio mugugno alle loro voci. E con questo, il Concilio fu dichiarato concluso.

Fuori, la pioggia martellava con violenza. Sotto i suoi piedi, il ponte sospeso oscillava pericolosamente a ogni raffica di vento. Theon Greyjoy si fermò nel centro del passaggio, lo sguardo sulle rocce sotto di sé. Il rumore delle onde era un ruggito feroce, e sulle labbra, sentiva il sapore acre della salsedine. Un'ennesima raffica di vento gli fece perdere l'equilibrio, costringendolo a cadere in ginocchio.

«Quindi non reggi nemmeno il vino, caro fratello.» Asha lo aiutò ad alzarsi.

Theon fu costretto ad appoggiarsi alla sua spalla, facendosi guidare lungo le assi viscide di pioggia. «Mi piacevi di più quando eri Esgred» le disse in tono accusatorio.

«Siamo pari» rise lei. «Anche tu mi piacevi di più quando avevi nove anni.»

TYRION

Le delicate note dell'arpa, mescolate all'armonia del flauto, filtravano dalla porta lasciata socchiusa. La voce del cantante era soffocata dalle mura spesse; Tyrion, però, conosceva le rime: "Ho amato una fanciulla bella come l'estate, con la luce del sole nei capelli...".

C'era ser Meryn Trant a montare la guardia alla porta delle stanze della regina, quella notte. Mugugnò: «Mio lord» in un tono che a Tyrion suonò decisamente ostile ma, in ogni caso, lo lasciò entrare. Nel momento preciso in cui lui fece ingresso nella camera da letto della sorella, la canzone s'interruppe di colpo.

Cersei era adagiata su una pila di cuscini. Era a piedi nudi, i capelli biondi acconciati in modo eccellente, i fugaci riflessi delle candele sulla sua vestaglia di seta verde ricamata in oro.

«Dolce sorella» esordì Tyrion «hai un aspetto splendido, questa sera.» Si voltò verso il cugino. «Lo stesso vale per te, cugino. Non avevo idea che tu avessi una voce tanto soave.»

Un complimento che ser Lancel Lannister parve trovare offensivo: chissà, forse pensava che lui stesse deridendolo. Tyrion ebbe l'impressione che il ragazzo fosse cresciuto parecchio di statura, di almeno tre pollici, da quando era stato fatto cavaliere. Lancel aveva folti capelli color sabbia, gli occhi verdi dei Lannister e appena un accenno di serici baffetti sul labbro superiore. A sedici anni, era intriso di tutta la sicumera della giovinezza, non mitigata dal benché minimo senso dell'umorismo, dal più piccolo dubbio. Era anche impregnato dell'arroganza tipica di tutti coloro che nascono belli, biondi e forti. Il suo salto di rango non aveva fatto altro che peggiorare le cose.

«È stata forse sua maestà a mandarti a chiamare?» fece il ragazzo.

«Non che io ricordi» ammise Tyrion. «Non sai quanto mi addolori disturbare le tue melodie, Lancel, ma si dà il caso che abbia un affare importante da discutere con mia sorella.»

Cersei lo occhieggiò con sospetto. «Se è di quei profeti da trivio che vuoi parlarmi, Tyrion, risparmiami pure i tuoi rimproveri. Non permetterò che continuino a diffondere le loro parole di tradimento nelle strade della mia capitale. Predichino pure quanto vogliono nelle segrete della Fortezza Rossa.»

«E si considerino anche fortunati ad avere una regina tanto clemente» aggiunse Lancel. «Fosse dipeso da me, gli avrei fatto strappare la lingua.»

«Uno di loro ha addirittura osato dire che gli dei ci stanno punendo perché Jaime ha assassinato l'unico vero re» intervenne Cersei. «Non intendo accettarlo, Tyrion. Ti ho dato ampia libertà di occuparti di quella feccia, ma tu e il tuo ser Jacelyn non avete fatto nulla. Così ho dato ordine a Vylarr di procedere.»

«E lui lo ha fatto di certo.» In realtà, a Tyrion non era piaciuto affatto che, senza minimamente consultarlo, le cappe porpora avessero trascinato in cella una mezza dozzina di quei profeti esaltati. In ogni caso, quei ciarlatani non rappresentavano certo una battaglia che valesse la pena di combattere. «Senza dubbio le nostre strade saranno molto più tranquille, adesso» riprese il Folletto. «Ma non è questa la ragione per cui mi trovo qui. Porto notizie delle quali ritengo tu debba essere informata, dolce sorella. Ma credo che sia meglio parlarne in privato.»

«Molto bene, dunque.» L'arpista e il flautista fecero un inchino e si dileguarono. Cersei diede un casto bacio sulla guancia del caro cuginetto. «Ora lasciaci, Lancel. Quando è da solo, mio fratello è del tutto inoffensivo. E se avesse portato con sé i suoi cani delle montagne, ne sentiremmo l'odore.»

Il giovane cavaliere scoccò al cugino uno sguardo d'odio e uscì, sbattendo la porta con rabbia.

«Sappi, Cersei, che ho dato ordine a Shagga di farsi il bagno almeno due volte al mese» precisò Tyrion dopo che Lancel se ne fu andato.

«Mi sembra che oggi tu sia particolarmente soddisfatto di te stesso, o sbaglio? Per quale motivo?»

«Perché no?» Ogni giorno, ogni notte, la strada dell'Acciaio echeggiava dei colpi dei martelli dei mastri armaioli, e la grande catena diventava sempre più lunga. Tyrion spiccò un salto e si sistemò sul grande letto a baldacchino. «È qui che ha tirato le cuoia Robert? Mi domando perché tu lo abbia tenuto, questo letto.»

«Mi regala dolci sogni. Ora sputa fuori quello che hai da dire e poi levati dai piedi, Folletto.»

«Lord Stannis è salpato dalla Roccia del Drago.» Tyrion sorrise.

«E tu te ne stai lì a ghignare come una zucca del giorno del raccolto?» Cersei balzò in piedi. «La Guardia cittadina... l'ha chiamata a raccolta, Bywater? Dobbiamo mandare all'istante un corvo messaggero a Harrenhal!» Tyrion continuò a ridacchiare. Lei lo afferrò per le spalle, scuotendolo. «Basta! Sei impazzito o ubriaco? Smettila!»

Ma Tyrion non riusciva a contenere le risate, e fu in grado di pronunciare solo poche parole: «Non posso... smettere... Per gli dei... Fa troppo ridere... Stannis...».

«Stannis che cosa?»

«Non è salpato contro di noi» riuscì a tirare fuori Tyrion. «È andato a cingere d'assedio Capo Tempesta. E così Renly adesso sta marciando ad affrontarlo.»

Le unghie di Cersei gli affondavano dolorosamente nel braccio. Per un lungo momento, lei lo guardò con aria stupefatta, quasi che le avesse parlato in chissà quale lingua sconosciuta.

«Vuoi dire che... Stannis e Renly stanno scornandosi l'uno contro l'altro?» Lui annuì, e a quel punto anche Cersei si mise a ridacchiare. «Oh, per gli dei... sto davvero cominciando a credere che, dei tre, fosse Robert quello furbo.»

Tyrion gettò indietro la testa ed esplose in una risata fragorosa, cui si unì la sorella. Cersei lo tirò giù dal letto, lo prese per le braccia e lo fece roteare per la stanza, arrivò addirittura ad abbracciarlo. Per un momento, fu di nuovo la ragazzina spensierata di Castel Granito. Quando finalmente Cersei lo lasciò andare, Tyrion era senza fiato e aveva le vertigini. Barcollò fino alla sponda del letto e si appoggiò a essa per tenersi in piedi.

«Pensi che arriveranno veramente alla battaglia in campo aperto? E se invece dovessero raggiungere un qualche accordo?»

«Non credo proprio.» Tyrion scosse il capo. «Sono troppo diversi. E al tempo stesso troppo simili. Inoltre, nessuno dei due è mai riuscito a digerire l'altro.»

«E Stannis è sempre stato convinto che Capo Tempesta gli sia stata portata via ingiustamente» commentò Cersei, pensierosa. «L'antica sede della Casa Baratheon, sua di diritto... tu non hai idea di quante volte si è presentato da Robert a cantare sempre quella stessa solfa, in quel suo tono sempre greve. E quando Robert la fortezza la diede a Renly, la mascella di Stannis si è contratta talmente da farmi temere che si stesse per schiantare tutti i denti.»

«L'ha presa come un'offesa.»

«Voleva essere un'offesa» precisò Cersei.

«Non dovremmo alzare le coppe?» suggerì Tyrion. «All'amore fraterno?»

«Ma sì» approvò Cersei. «Per gli dei... ma certo!»

Tyrion le voltò le spalle e riempì due coppe di vino rosso di Arbor. E quanto fu facile, la cosa più facile del mondo, fare scivolare nella coppa della sorella appena pochi grani di una leggera polverina...

«A Stannis!» esclamò passandole il calice. "Così, ti sembro inoffensivo quando sono da solo, eh?"

«A Renly!» esultò lei, ridendo. «Che la loro sia una battaglia lunga e sanguinosa, e che gli Estranei se li portino entrambi agli inferi!»

"È questa la Cersei che vede Jaime, che Jaime ama?" Perché quando Cersei Lannister sorrideva, la sua abbagliante bellezza risplendeva. "Ho amato una fanciulla bella come l'estate, con la luce del sole nei capelli..."

Tyrion si sentì quasi triste per averla avvelenata... quasi.

Il paggio arrivò da lui la mattina dopo, mentre il Folletto stava facendo colazione, annunciandogli che la regina era indisposta e non sarebbe stata in grado di lasciare le sue stanze. "Di lasciare la latrina delle sue stanze, intendi dire." Tyrion si profuse nelle solite frasi di circostanza e mandò a dire a Cersei di riposare pure, avrebbe provveduto lui a occuparsi di ser Cleos Frey... proprio secondo i loro accordi.

Il Trono di Spade di Aegon il Conquistatore era un groviglio di insidiose e appuntite zanne di metallo in famelica attesa del prossimo imbecille che avesse voluto sistemarsi su di essa, nell'illusione di riuscire a starci comodo. I gradini furono un ulteriore tormento per le gambette storte e deformi di Tyrion, che era fin troppo consapevole di quale grottesco spettacolo stava offrendo. Esisteva però almeno un pregio in quel diabolico scranno: era alto.

Le cappe porpora dei Lannister, i mezzi elmi a cresta di leone, montavano silenziosamente la guardia da un lato. Le cappe dorate di ser Jacelyn erano schierate sul lato opposto. I gradini del trono erano sorvegliati da Bronn e da ser Preston Greenfield della Guardia reale. I cortigiani affollavano la galleria superiore, mentre i postulanti si trovavano ammassati presso le torreggianti porte di quercia e bronzo della sala. Quel mattino, per quanto pallida in volto come alabastro, Sansa Stark appariva particolarmente attraente. Il malaticcio lord Gyles tossiva come suo solito, mentre il povero cugino Tyrek Lannister portava sulle spalle la cappa nuziale di velluto ed ermellino: erano passati tre giorni dal suo matrimonio con l'infante lady Ermesande e gli altri scudieri gli avevano già trovato il soprannome di "Balia asciutta". Gli avevano anche chiesto che tipo di sensuali fasce la sua sposa avesse indossato la loro prima notte di nozze.

Dalla vetta del Trono di Spade, Tyrion poteva guardarli tutti quanti dall'alto in basso, letteralmente. Scoprì che quella prospettiva gli piaceva, e anche parecchio.

«Fate entrare ser Cleos Frey.»

La sua voce echeggiò sulle pareti di pietra, raggiungendo il fondo della sala. Anche questo gli piacque molto. "Peccato che Shae non sia qui a godersi lo spettacolo" rimuginò. Lei in effetti gli aveva chiesto di venire, ma questo non era possibile.

Con lo sguardo fisso davanti a sé, ser Cleos percorse il lungo varco delimitato dalle cappe porpora e dai mantelli dorati. Quando s'inginocchiò al cospetto del trono, Tyrion notò che suo cugino stava perdendo i capelli.

«Ser Cleos» esordì Ditocorto dal tavolo del Concilio. «Ti porgiamo anzitutto i nostri ringraziamenti per averci portato l'offerta di pace di lord Stark.»

Il gran maestro Pycelle si schiarì la gola: «La regina reggente, il Primo Cavaliere del re e il Concilio ristretto hanno preso in esame le condizioni poste da questo autoproclamatosi re del Nord. Triste a dirsi, esse sono per noi inaccettabili e tu, cavaliere, tanto dovrai dire agli uomini del Nord.»

«Per contro» proseguì Tyrion «ecco le nostre, di condizioni. Robb Stark deve deporre le armi, giurare a noi fedeltà e fare ritorno a Grande Inverno. Deve liberare mio fratello Jaime e porre quindi l'esercito del Nord sotto il suo comando, in modo che detto esercito possa marciare contro i ribelli Stannis e Renly Baratheon. Ciascuno dei lord alfieri di Stark dovrà inviarci un figlio in ostaggio. Qualora non sia disponibile un figlio, una figlia sarà sufficiente. Saranno trattati con gentilezza e verrà loro dato un alto posto qui a corte... sempre che i loro padri non si macchino di ulteriori tradimenti.»

«Mio lord Primo Cavaliere...» Ser Cleos parve sul punto di sentirsi male. «Lord Stark non sottostarà mai a simili condizioni.»

"Lo sappiamo, Cleos, lo sappiamo perfettamente." «Digli che abbiamo radunato un nuovo, grande esercito a Castel Granito, che presto marcerà contro di lui da occidente, mentre il lord mio padre procederà da oriente. Digli che ora lui è solo, e non ha alcuna speranza di trovare altri alleati. Stannis e Renly Baratheon si combattono l'un l'altro, e il principe di Dorne ha acconsentito alle nozze tra suo figlio Trystane e la principessa Myrcella.»

Dalla galleria e dal fondo della sala, si levò un mormorio misto di approvazione e di costernazione.

«Per quanto concerne i miei cugini» proseguì Tyrion «noi offriamo Harrion Karstark e ser Wylis Manderly in cambio di Willem Lannister, lord Cerwyn e ser Donnel Locke in cambio di tuo fratello Tion Frey. Di' a Stark che due Lannister valgono quattro uomini del Nord in qualunque luogo e in qualsiasi stagione.» Attese che la risata generale si smorzasse, poi riprese: «Le ossa di lord Eddard suo padre, quelle può averle, quale gesto di buona volontà da parte di re Joffrey.»

«Lord Stark ha anche chiesto anche di riavere le sue sorelle, e la spada di suo padre» gli ricordò ser Cleos.

Ser Ilyn Payne, il boia del re, rimase immobile, muto. L'elsa della spada lunga di Eddard Stark sporgeva da dietro la sua spalla.

«Ghiaccio» disse Tyrion. «Robb Stark potrà riavere Ghiaccio quando avrà stretto pace con noi.»

«Come comandi. E le sue sorelle?»

Tyrion spostò lo sguardo su Sansa. Non poté non sentire una fitta di compassione nel dire: «Fino a quando non avrà liberato mio fratello Jaime, le due fanciulle rimarranno qui in ostaggio. Il modo in cui verranno trattate dipenderà dal modo in cui lui tratterà Jaime.» "E se gli dei ci assistono, Bywater riuscirà a trovare Arya Stark prima che Robb si renda conto che la ragazza è scomparsa."

«Porterò a lord Stark il tuo messaggio, mio lord.»

Tyrion passò cautamente un polpastrello lungo una delle lame distorte che si protendevano dal trono. "E adesso, la stoccata conclusiva." «Vylarr» chiamò.

«Mio signore» rispose il capo delle guardie Lannister.

«Gli uomini di Stark saranno anche sufficienti a proteggere le ossa di lord Eddard, ma un Lannister deve avere una scorta Lannister» dichiarò Tyrion. «Ser Cleos è cugino della regina, e anche mio. Tutti noi dormiremo sonni più tranquilli se sarai tu, comandante Vylarr, a scortarlo fino a Delta delle Acque.»

«Come comandi. Quanti uomini vuoi che prenda con me?»

«Quanti? Ma tutti, è chiaro.»

Vylarr rimase impietrito. Fu il gran maestro Pycelle ad alzarsi, cercando di opporsi: «Mio lord Primo Cavaliere, questo non può... tuo padre, lord Tywin in persona, ha inviato questi bravi uomini nella nostra città per proteggere la regina Cersei e per vegliare sui suoi figli...».

«Saranno sufficienti la Guardia reale e la Guardia cittadina a proteggerli. E che gli dei proteggano te nel tuo viaggio, Vylarr.»

Al tavolo del Concilio, Varys si concesse un sorriso complice, Ditocorto rimase seduto con aria fintamente annoiata mentre Pycelle, pallido e confuso, era rimasto a bocca aperta. Un araldo si fece avanti: «Chiunque abbia ulteriori argomenti da presentare al Primo Cavaliere del re, che parli ora o che rimanga in silenzio».

«Io ho una questione da sottoporre.»

Un uomo dalla corporatura asciutta, tutto vestito di nero, si aprì la strada tra i gemelli Redwyne.

«Ser Alliser Thorne!» esclamò Tyrion. «Non avevo idea tu fossi venuto a corte. Avresti dovuto farmi avvertire.»

«Io ti ho fatto avvertire, come tu ben sai.» Alliser Thorne, Guardiano della notte, maestro d'armi del Castello Nero, aveva un carattere suscettibile e irritabile. Era un tipo segaligno, sulla cinquantina, i capelli neri striati di grigio. Un duro dai lineamenti decisi, gli occhi severi e la mano pesante. «Sono stato deriso, umiliato e lasciato ad aspettare come un volgare sguattero.»

«Davvero? Bronn, questo non è stato un comportamento gentile. Ser Alliser e io siamo vecchi amici, abbiamo camminato sulla Barriera fianco a fianco.»

«Caro ser Alliser» mormorò Varys. «Ti preghiamo, non giudicarci con troppo astio. In tanti cercano la buona parola del nostro Joffrey in questi tempi tormentati e turbolenti.»

«Sono molto più turbolenti di quanto tu possa immaginare, eunuco.»

«Noi lo chiamiamo lord eunuco, in sua presenza» precisò Ditocorto.

«In che modo possiamo esserti d'aiuto, valoroso confratello in nero?» chiese Pycelle in tono conciliante.

«Il lord comandante dei Guardiani della notte mi ha inviato da sua maestà il re» rispose Thorne. «La ragione è troppo grave per essere lasciata ai suoi leccapiedi.»

«In questo momento, il re è molto impegnato a giocare con la sua nuova balestra» dichiarò Tyrion. Per togliersi dai piedi Joffrey era bastato procurargli una balestra poco maneggevole, costruita a Myr, in grado di lanciare tre dardi alla volta. Il prode giovane sovrano non era riuscito a resistere all'irrefrenabile impulso di provarla all'istante. «Per cui, ser Alliser, o parli con i suoi leccapiedi o resterai in silenzio.»

«Come desideri.» L'ostilità grondava da ogni singola parola di ser Alliser Thorne. «Sono stato inviato qui per dirti che abbiamo ritrovato due dei nostri ranger, dispersi da molto tempo. Erano morti, eppure, dopo che abbiamo riportato i loro cadaveri al Castello Nero, questi sono risorti. Uno ha ucciso ser Jaremy Rykker, mentre il secondo ha tentato di assassinare il lord comandante.»

Da qualche parte, Tyrion udì qualcuno che sghignazzava. "Ma che intenzioni ha, vuole forse prendermi in giro con questa follia?" Si dimenò, a disagio, sullo scomodo scranno di ferro, scoccando occhiate a Varys, a Ditocorto, a Pycelle, chiedendosi se uno di loro fosse complice di una simile farsa. Un nano aveva solamente un tenue, incerto controllo sulla propria dignità; nel momento in cui la corte e il reame avessero cominciato a ridere di lui, sarebbe stata la sua fine. Eppure... eppure...

C'era stata quella notte, molto tempo prima, quella notte gelida sotto gelide stelle, in cui lui era rimasto a fianco del ragazzo bastardo, Jon Snow, e del suo lupo albino. Erano sulla sommità della Barriera, all'ultimo confine del mondo. Scrutando nelle tenebre senza fine che si stendevano al di là, lui aveva sentito... che cosa? Qualcosa, certo, un terrore che gli era penetrato nelle ossa come il glaciale vento del Nord. Un lupo aveva ululato nella notte, e quel suono gli aveva fatto scivolare un rigagnolo gelido giù per la schiena.

"Non essere sciocco" si disse Tyrion. "Un lupo che ulula, il vento, una foresta oscura... Nulla di tutto ciò ha un significato. Eppure..." Nella sua visita al Castello Nero, ricordava di avere provato simpatia per il vecchio Jeor Mormont.

«Confido che il Vecchio orso sia scampato all'attacco.»

«È scampato.»

«E che quindi tu e i tuoi confratelli abbiate ucciso questi, be'... non-morti.»

«Li abbiamo uccisi.»

«E sei certo che questa volta siano morti per davvero?» domandò Tyrion. Sotto il trono, udì Bronn che sghignazzava. E a quel punto, seppe come doveva procedere. «Ma proprio morti morti?»

«Erano morti anche la prima volta» scattò ser Alliser. «Pallidi e freddi, mani nere e piedi neri. Ho portato con me la mano di Jared, uno di loro, staccata dal lupo bianco del bastardo.»

«E dove si troverebbe questo affascinante oggetto?» chiese Ditocorto sbuffando.

«Ecco...» Di colpo, fu ser Alliser a sentirsi a disagio. «La mano si è putrefatta del tutto mentre ero in attesa di udienza, senza ottenere udienza. Non sono in grado di mostrare altro se non le ossa.»

Questa volta, le risate serpeggiarono da un capo all'altro della sala del trono.

«Lord Baelish.» Tyrion apostrofò Ditocorto. «Compriamo al bravo ser Alliser almeno cento vanghe da riportare con lui alla Barriera.»

«Vanghe?» Ser Alliser socchiuse gli occhi con sospetto.

«Vi serviranno a seppellirli, i vostri morti, in modo che non riprendano ad andarsene a spasso» gli disse Tyrion. La corte rise a scena aperta. «Le vanghe risolveranno i vostri problemi, insieme alle braccia forti per maneggiarle. Ser Jacelyn, provvedi che questo valido confratello prelevi gli uomini che vuole dalle nostre prigioni.»

«Come desideri, mio lord» rispose ser Jacelyn Bywater. «Le prigioni però sono quasi vuote. Confratello Yoren ha già preso tutti gli uomini disponibili.»

«E allora arrestatene altri» ribatté Tyrion. «O mettete in giro la voce che sulla Barriera c'è abbondanza di pane e di rape. Vedrete che gli uomini salteranno fuori da soli.»

La città era cronicamente inondata di bocche da sfamare e i Guardiani della notte era cronicamente carenti di guerrieri. Al segnale di Tyrion, l'araldo annunciò la fine dell'udienza del Primo Cavaliere e la sala cominciò a svuotarsi.

Ser Alliser Thorne però non aveva intenzione di farsi liquidare tanto facilmente. Rimase ad aspettare Tyrion alla base del Trono di Spade.

«Credi che abbia navigato fin qui dal Forte orientale della Barriera soltanto per farmi prendere in giro da te?» Thorne, inferocito, gli sbarrò la strada. «Non è uno scherzo, ti dico. Li ho visti con i miei occhi. Quei morti... camminano!»

«Per cui farete bene a ucciderli meglio.» Tyrion lo superò. Thorne cercò di afferrarlo per la manica, ma ser Preston lo respinse: «Non ti avvicinare oltre, ser».

Thorne non era temerario al punto da schierarsi contro un cavaliere della Guardia reale. «Folletto!» gli gridò dietro. «Sei uno sciocco!»

«Davvero?» Tyrion si voltò verso di lui. «Sono davvero io, lo sciocco? E allora come mai è di te che tutti quanti stavano ridendo?» Fece un debole sorriso. «Tu sei venuto qui a cercare altri uomini, o sbaglio?»

«I venti gelidi si stanno levando. La Barriera deve essere difesa.»

«Nel caso tu non te ne fossi accorto, Thorne, nel caso le tue orecchie riescano a sentire qualcosa di diverso dagli insulti, io te li ho concessi questi uomini. Per cui prendili, ringraziami e scompari... Prima che cambi idea e ti faccia cacciare con un forcone. Porgi i miei più calorosi saluti a lord Mormont... e anche a Jon Snow.»

Bronn afferrò ser Alliser per un braccio e lo condusse a forza fuori dalla sala.

Il gran maestro Pycelle si era già eclissato, ma Varys e Ditocorto avevano osservato lo scontro dall'inizio alla fine.

«L'ammirazione che nutro per te cresce ogni giorno che passa, mio lord» confessò l'eunuco. «Dai un dolcetto al ragazzino Stark concedendogli le ossa di suo padre e ti sbarazzi di tutti i protettori di tua sorella in un unico, rapido colpo di mano. Dai al confratello in nero gli uomini che cerca, elimini un po' di feccia dalla città e fai apparire il tutto come uno scherzo, in modo che nessuno possa dire che il nano ha paura di elfi e di spiriti maligni. Abile, lord Tyrion, molto abile.»

Ditocorto si accarezzò il pizzetto: «Intendi veramente mandare via tutte le tue guardie, Lannister?».

«No, intendo veramente mandare via tutte le guardie di mia sorella.»

«La regina non lo permetterà mai.»

«Oh, io invece credo proprio di sì. Io sono suo fratello, e una volta che mi conoscerai meglio, saprai anche che traduco sempre le parole in azioni.»

«Anche le menzogne?»

«Soprattutto le menzogne. Percepisco però, lord Petyr, che la mia linea di condotta ti rende infelice.»

«Mio lord, il mio affetto per te mai ha trovato eguali come in questo momento... Anche se non esulto nel fare la figura dello sciocco. Se Myrcella sposa Trystane Martell, dubito che potrà sposare anche Robert Arryn, o sbaglio?»

«Non senza causare un grande scandalo» ammise Tyrion. «Sono dispiaciuto per il nostro piccolo malinteso, lord Petyr, ma non avevo modo di sapere che il principe di Dorne avrebbe accettato la mia offerta.»

«Non apprezzo che mi si mentisca, mio lord» Ditocorto continuava a essere contrariato. «Lasciami quindi fuori dal tuo prossimo inganno.»

"Solo se tu avrai la medesima cortesia nei miei confronti." Lo sguardo di Tyrion si spostò sulla daga nel fodero al fianco di Ditocorto. «Se ti ho arrecato offesa, ne sono profondamente dispiaciuto. Tutti sanno quanto affetto io provo per te, mio lord. E quanto tutti noi abbiamo bisogno di te.»

«Cerca di non scordarlo, allora.» E con questo, Petyr Baelish se ne andò.

«Varys, vieni con me» disse Tyrion.

Lasciarono la sala uscendo dalla Porta del re, situata dietro il Trono di Spade, le soffici pantofole dell'eunuco che parevano sussurrare sulle pietre del pavimento.

«Lord Baelish ha detto la verità, tu questo lo sai, non è vero, lord Tyrion? La regina non ti permetterà mai di allontanare le sue guardie.»

«Me lo permetterà, invece. Te ne occuperai tu.»

Un sorriso lampeggiò sulle labbra carnose di Varys: «Davvero?».

«Ma certamente, è chiaro: le dirai che fa tutto parte del mio piano per liberare Jaime.»

Varys si accarezzò la guancia incipriata: «Piano che senza alcun dubbio coinvolge i quattro uomini che Bronn ha così diligentemente cercato in tutti i bassifondi di Approdo del Re... il ladro, l'avvelenatore, il guitto e l'assassino».

«Metti loro addosso un mantello color porpora e un elmo a cresta di leone, e saranno del tutto indistinguibili dagli altri soldati. Ho perso parecchio tempo e parecchie energie per escogitare un modo di farli entrare di nascosto a Delta delle Acque prima d'intuire che il modo migliore era nasconderli sotto gli occhi di tutti. Entreranno dal portale principale del castello, sotto i vessilli dei Lannister e scortando le ossa di lord Eddard Stark.» Tyrion fece un sorriso ironico. «Quattro uomini soltanto verrebbero attentamente sorvegliati. Quattro uomini in mezzo ad altri cento non si notano più. Per questo devo inviare sia le guardie vere sia quelle false... e tanto tu dirai a mia sorella.»

«E nel nome della salvezza del suo amato fratello prigioniero, ella acconsentirà, a dispetto dei suoi dubbi.» Avevano raggiunto un colonnato deserto. «Al tempo stesso, la perdita di tutte le sue cappe porpora la metterà a disagio.»

«Io voglio che lei sia a disagio» ribatté Tyrion.

Ser Cleos Frey lasciò Approdo del Re quello stesso pomeriggio. A scortarlo, c'era il comandante Vylarr alla testa delle cento guardie Lannister.

Gli uomini che Robb Stark aveva inviato li attesero presso la Porta del re per compiere insieme la loro lunga cavalcata verso Occidente.

Tyrion trovò Timett figlio di Timett nei baraccamenti, intento a giocare a dadi con il resto degli Uomini Bruciati.

«Vieni nel mio solarium a mezzanotte» gli ordinò.

Per tutta risposta, Timett gli lanciò un duro sguardo con il suo unico occhio e fece un brusco cenno di assenso. La loquacità non era una delle maggiori virtù del barbaro delle montagne.

Quella notte, il Folletto offrì ai Corvi di Pietra e ai Fratelli della Luna un banchetto nella sala piccola. Ma per una volta tanto, si tenne lontano dal vino: era di vitale importanza che rimanesse sveglio e allerta.

«Shagga, lo sai in che luna siamo?»

«Nera, penso.» Il cipiglio di Shagga figlio di Dolf faceva paura.

«Nell'ovest, la chiamiamo la luna dei traditori. Cerca di non ubriacarti troppo, questa notte. E provvedi che la tua ascia sia ben affilata.»

«L'ascia di un Corvo di Pietra è sempre affilata, e l'ascia di Shagga figlio di Dolf è la più affilata di tutte. Una volta ho tagliato la testa a un uomo. Non se n'è accorto fino a quando non ha cercato di pettinarsi i capelli... perché è allora che la testa gli è caduta.»

«Quindi è per questo che i capelli non te li pettini mai?» I Corvi di Pietra risero fragorosamente e pestarono i piedi, e Shagga rideva più forte di tutti.

Mezzanotte: la Fortezza Rossa era buia e silenziosa. Le poche cappe dorate che sorvegliavano le mura li videro uscire dalla Torre del Primo Cavaliere ma si guardarono bene dall'interferire. Tyrion Lannister era il Primo Cavaliere, e dove andava erano affari suoi.

Sotto l'impatto dello stivale di Shagga, l'esile porta di legno si spaccò in due, proiettando verso l'interno una pioggia di frammenti. Tyrion udì una donna gemere di terrore. Shagga macellò la porta con tre colpi d'ascia e finì di rimuovere i resti a pedate. Timett figlio di Timett fece irruzione per secondo, infine, fu Tyrion ad avanzare a sua volta attraverso lo squarcio, calpestando i frammenti di legno con fare circospetto. Il fuoco si era ormai estinto, lasciando nel camino nient'altro che ceneri pulsanti. Nella stanza da letto, le ombre erano fitte. Timett scostò bruscamente le pesanti tende che avvolgevano il letto a baldacchino. La servetta nuda li fissò con occhi sbarrati.

«Vi prego, miei lord» implorò. «Non fatemi del male.»

Cercò di allontanarsi da Shagga, arrossendo e tremando di

paura, cercando inutilmente di coprire le proprie grazie, poiché non aveva abbastanza mani per farlo.

«Vattene» le disse Tyrion. «Non è te che vogliamo.»

«Shagga vuole questa donna.»

«Shagga vuole ogni puttana in questa città di puttane» si lamentò Timett figlio di Timett.

«Sì» confermò Shagga, imperterrito. «Shagga le dà un forte figlio.»

«Se volesse un forte figlio, lo saprebbe da sola a chi rivolgersi» tagliò corto Tyrion. «Timett, portala fuori... con gentilezza, se è possibile.»

L'Uomo Bruciato tirò fuori la ragazza dal letto. Un po' spingendola un po' trascinandola, la costrinse ad attraversare la stanza. La servetta cercò di tenersi in equilibrio sul pavimento disseminato di rottami. Un'ultima spinta di Timett la proiettò oltre la porta sfondata. Sopra di loro, gracchiavano i corvi.

«Dimmi, saggio gran maestro...» Tyrion diede uno strattone alle coperte, scoprendo il gran maestro Pycelle, nudo anch'egli come un verme, ma molto meno gradevole alla vista della ragazza. «La Cittadella approva che tu ti sbatta le tue servette?»

«Ma... ma che significa tutto ciò?» Per una volta tanto, le palpebre eternamente pesanti del cosiddetto sapiente erano spalancate. «Sono un vecchio, e sono un tuo leale servitore.»

«Talmente leale, infatti, che a Doran Martell hai mandato solamente una delle mie lettere.» Tyrion si issò a sua volta sul letto. «L'altra l'hai consegnata a mia sorella.»

«No, no» piagnucolò Pycelle. «È falsità, non sono stato io, lo giuro. È stato Varys! Varys, lui! Ti avevo avvertito che il Ragno...»

«Anche gli altri maestri sono dei bugiardi così ridicoli? Ho detto a Varys che avrei dato mio nipote Tommen al principe Doran perché lui lo allevasse. Ho detto a Ditocorto che avevo intenzione di far sposare la principessa Myrcella al piccolo Robert Arryn al Nido dell'Aquila. Ma non ho detto proprio a nessuno che pianificavo il matrimonio tra Myrcella e il ragazzo di Dorne. Quella verità era contenuta solamente nella lettera che affidai a te.»

«Sai, a volte gli uccelli si perdono, i messaggi vengono rubati o venduti...» Pycelle si strinse al petto un angolo della coperta. «È stato Varys. Potrei dirti cose terribili su quel maledetto eunuco che ti gelerebbero il sangue nelle vene...»

«La mia signora il mio sangue lo preferisce caldo.»

«Non farti trarre in inganno, mio lord. Per un segreto che l'eunuco ti sussurra all'orecchio, ce ne sono altri sette che tiene per sé. E poi Ditocorto, oh, lui sì che...»

«So tutto quello che c'è da sapere sul caro lord Petyr Baelish. È uno sporco mentitore, quasi pari a te. Shagga, tagliagli la sua virilità e dalla in pasto alle capre.»

Shagga sollevò la sua enorme ascia con la doppia lama: «Non ci sono capre qua, Mezzo-uomo».

«Allora gettala ai suoi corvi.»

Shagga si slanciò con un ruggito. Pycelle cacciò un urlo stridulo e pisciò sulle coperte dal terrore. Cercò di ritrarsi per sfuggire a quella furia, orina che zampillava in tutte le direzioni. Il barbaro delle montagne della Luna riuscì ad agguantarlo per la punta della lunga barba bianca e, con una singola passata dell'ascia, ne mozzò di netto tre quarti della sua lunghezza.

«Che te ne pare, Timett?» Tyrion usò il lenzuolo per ripulirsi gli stivali dagli schizzi di piscio. «Pensi che il nostro amico sarà più prodigo di dettagli senza quei quattro pelucchi dietro cui cerca di nascondersi?»

«Presto lui dirà il vero.» La cavità orbitale svuotata e ustionata di Timett era un pozzo di tenebra assoluta. «Sento il puzzo della sua paura.»

Shagga gettò la manciata di peli sul letto e serrò la poca barba restante in una morsa.

«Meglio che tu stia ben fermo, maestro venerabile» sogghignò Tyrion. «Quando Shagga si arrabbia, gli tremano le mani.»

«Le mani di Shagga non tremano mai» protestò il gigante, indignato. Poi premette il filo dell'ascia contro la gola di Pycelle e gli affettò un altro bel ciuffo di barba.

«D'accordo, riproviamo» disse Tyrion. «Da quanto tempo sei la spia di mia sorella?»

«Tutto... Tutto quello che ho fatto...» Il respiro di Pycelle era rapido, affannoso. «L'ho fatto per la Casa Lannister.» Un velo di sudore scintillava sul suo cranio calvo, ciuffi di capelli avvizziti si ostinavano ad aggrapparsi alla sua pelle solcata dalle rughe. «Da sempre... per anni... il lord tuo padre, chiedi a lui, sono sempre stato il suo leale servitore. Fui io a dire ad Aerys di aprire le porte della città...»

E questa, per Tyrion Lannister, fu veramente una sorpresa. Lui non era altro che un ragazzino deforme a Castel Granito, all'epoca in cui la città era caduta.

«Per cui anche il saccheggio di Approdo del Re è stato opera tua?»

«È stato per il reame! Alla morte di Rhaegar, la guerra era finita. Aerys era pazzo, Viserys era troppo giovane, il principe Aegon un infante da latte. Ma il reame aveva comunque bisogno di un re... Pregai perché potesse essere il tuo buon padre. Ma Robert si rivelò troppo forte, e lord Stark si mosse troppo in fretta...»

«Quanti ne hai traditi, Pycelle? Mi piacerebbe davvero saperlo, questo. Aerys Targaryen, Eddard Stark, me... anche re Robert? Anche lord Arryn e il principe Rhaegar? Dov'è cominciata, Pycelle?» Tyrion sapeva comunque come sarebbe finita.

Il filo dell'ascia grattò il pomo nella gola del gran maestro, quindi scivolò sulla pelle flaccida sotto il suo mento, grattando via gli ultimi peli rimasti.

«Tu... tu non eri qui, Tyrion...» Il vecchio emise un gorgoglio. La lama stava scalando su per le sue guance. «Tu non hai visto... Robert... le sue terribili ferite... Se le avessi viste, se avessi percepito l'odore che emanavano, non avresti dubbi...»

«So benissimo che è stato quel cinghiale a fare il vostro lavoro sporco. Ma se anche il lavoro fosse rimasto a metà, ci avresti pensato tu a finirlo.»

«Lui... lui era un re infame, ecco! Vanesio, ubriacone, lascivo.. Stava per... per ripudiare la tua dolce sorella. Stava per prendersi un'altra regina... No, ti prego... Renly stava complottando per portare a corte quella fanciulla di Alto Giardino... voleva che suo fratello se ne invaghisse... Gli dei sanno la verità!»

«Certo, certo. E lord Arryn? Lui invece cos'è che stava complottando?»

«Lui... sapeva!» esclamò Pycelle. «Sapeva di... del...»

«Lo so che cosa sapeva» lo interruppe con voce sferzante Tyrion, che non era propriamente ansioso di condividere quell'imbarazzante verità con Shagga e Timett.

«Lord Arryn voleva rimandare sua moglie al Nido dell'Aquila... e voleva che suo figlio venisse allevato alla Roccia del Drago. Voleva agire...»

«E così tu lo hai avvelenato prima che lo facesse.»

«No...» Pycelle cercò di divincolarsi, ma Shagga gli afferrò il cranio con un grugnito. La mano del barbaro era talmente gigantesca, che avrebbe potuto schiantare l'intera testa del vecchio come se fosse stata un uovo marcio.

«No?» Tyrion fece un'espressione poco convinta. «Ho visto le lacrime di Lys tra le tue pozioni. Hai allontanato il maestro personale di lord Arryn e ti sei occupato di lui in prima persona. In modo da essere certo che morisse.»

«È falso!»

«Fagli un bel contropelo, Shagga. Alla gola. Sì, alla gola.»

L'ascia riprese a muoversi, la lama che grattava contro la pelle del vecchio. Bava ribollì sulle sue labbra. «Io... Io ho cercato di salvare Jon Arryn. Lo giuro...»

«Attento, Shagga. L'hai tagliato.»

«Dolf è padre di guerrieri» ruggì di nuovo il colosso «non di barbieri.»

Caldo sangue ruscellò lungo il collo, lungo il torace del vecchio. E a quel punto, anche le sue ultime difese andarono in pezzi. Il gran maestro Pycelle parve contrarsi, apparendo molto più piccolo, molto più fragile di quando Tyrion e i suoi due barbari avevano fatto irruzione.

«Sì» mugolò. «Sì, è stato ucciso. Maestro Colemon lo stava purgando, forse sarebbe anche riuscito a salvarlo. Per questo io l'ho mandato via. La regina voleva lord Arryn morto. Non lo disse apertamente, non poteva dirlo. Non con Varys che ascoltava tutto, sempre, tutto quanto. Ma quando io la guardai... capii. Non fui io però a somministrargli il veleno, lo giuro.» Il vecchio si mise a piangere. «Quel ragazzo, Hugh, il suo giovane scudiero, deve essere stato lui. Chiedi a tua sorella, chiedilo a lei.»

«Legate questo vecchio fetente e portatelo via» ordinò Tyrion, pieno di disgusto. «Sbattetelo dentro una delle celle oscure.»

«Lannister...» Pycelle continuò a mugolare mentre Shagga e Timett lo trascinavano via attraverso la porta sventrata. «Ho fatto tutto per i Lannister...»

Una volta che se ne furono andati, Tyrion se la prese molto calma a perquisire le stanze del vecchio, prelevando alcuni flaconi per sé. Sopra di lui, i corvi messaggeri continuavano a gracchiare, ma adesso le loro grida erano molto più calme, quasi suadenti. Avrebbe dovuto trovare qualcuno che si occupasse di loro finché la Cittadella non avesse inviato un nuovo maestro a sostituire Pycelle.

"Speravo di potermi fidare di lui." Varys e Ditocorto non erano di certo più leali... erano semplicemente più subdoli, quindi molto più pericolosi. Forse il metodo giusto era quello del lord suo padre: convocare ser Ilyn Payne ed esporre tre teste fresche a ornare la cima delle mura della Fortezza Rossa e chiudere così i conti. "E quale dolce visione sarebbe quella!" pensò.

"La paura uccide più della spada" continuava a ripetere Arya dentro di sé, ma ciò non bastava a dissiparla, perché adesso la paura faceva parte di ogni singolo istante del suo tempo, come il pane raffermo, come le vesciche ai piedi dopo aver marciato tutto il giorno lungo la strada piena di crepe e di pietre.

Aveva creduto di sapere che cosa significasse avere paura, ma fu in quel magazzino sulle rive dell'Occhio degli Dei che imparò lezioni ben più terribili sulla paura. Otto giorni, otto interi giorni era rimasta là dentro prima che la Montagna che cavalca desse l'ordine di mettersi in marcia. E ogni giorno aveva visto qualcuno morire.

La Montagna si presentava nel magazzino subito dopo aver rotto il digiuno e prendeva uno dei prigionieri per interrogarlo. Gli abitanti del villaggio non lo guardavano, cercando di evitare i suoi occhi. Forse speravano che in questo modo lui non li notasse. Ma lui li notava lo stesso, e prendeva chi gli pareva. Non c'era nessun posto in cui nascondersi, nessun trucco cui ricorrere, nessun modo per mettersi al sicuro.

Una delle ragazze aveva condiviso il letto di un soldato per tre notti di fila. La Montagna la prese il quarto giorno, e il soldato non disse una parola.

Un vecchio sorridente aveva pulito i loro vestiti, parlando di suo figlio, il quale prestava servizio nelle cappe dorate ad Approdo del Re. «Un uomo del re» diceva in continuazione il vecchio. «Un bravo uomo del re, proprio come me, tutto per Joffrey.» Lo diceva talmente spesso che a un certo punto, quando le guardie non ascoltavano, gli altri prigionieri si misero a chiamarlo Tutto-per-Joffrey. Tutto-per-Joffrey venne preso il quinto giorno.

Una giovane madre con la faccia scavata dal vaiolo si offrì di dire loro tutto quanto, a patto che promettessero di non fare del male alla figlia. La Montagna ascoltò quello che lei aveva da dire e la mattina dopo prese sua figlia: voleva essere certo che la madre non si fosse dimenticata qualcosa.

Chi veniva preso era poi interrogato davanti agli altri prigionieri, in modo che tutti potessero vedere che fine facevano ribelli e traditori. A porre le domande era un uomo che gli altri chiamavano Messer Sottile. La sua faccia era così ordinaria, i suoi abiti così anonimi che Arya aveva creduto fosse anche lui uno degli abitanti del villaggio. Ma cambiò idea quando lo vide all'opera. «Messer Sottile li fa urlare talmente forte da farli pisciare sotto» aveva raccontato loro Chiswyck, il vecchio soldato gobbo. Chiswyck era l'uomo che Arya aveva cercato di mordere la notte in cui era stata catturata, quello che aveva detto: "Ne abbiamo uno che combatte", e che poi le aveva spaccato la faccia con un pugno coperto dalla maglia di ferro. Certe volte anche Chiswyck aiutava Messer Sottile nelle torture, oppure erano altri a farlo. Ser Gregor Clegane rimaneva immobile a guardare e ad ascoltare. Fino a quando la vittima moriva.

Le domande erano sempre le stesse. Dov'era nascosto l'oro del villaggio? C'era argento, c'erano gemme? C'era altro cibo? Dov'era lord Beric Dondarrion? Chi nel villaggio l'aveva aiutato? Quando era andato via? Che direzione aveva preso? Quanti uomini cavalcavano con lui? Quanti cavalieri, quanti fanti, quanti arcieri? Com'erano armati? Quanti cavalli avevano? In quanti erano feriti? Quali altri nemici avevano visto? Quanti? Quando? Quali vessilli innalzavano? Dov'erano diretti? Dov'era nascosto l'oro? Argento, gemme? Dov'era lord Beric Dondarrion? Quanti uomini aveva? Al terzo giorno, anche Arya avrebbe potuto farle, le domande.

Gli uomini di Clegane trovarono un po' d'oro, un po' d'argento, un grosso sacco di monetine di rame e una vecchia coppa ammaccata, ornata di opali. Per averla, mancò poco che due dei soldati venissero alle mani. Scoprirono che lord Beric Dondarrion aveva con sé dieci disperati che stavano morendo di fame, o che invece aveva cento cavalieri; che era andato a nord, a ovest o forse a sud; che aveva attraversato il lago in barca; che era forte come un uro o indebolito dalle febbri. Nessuno riusciva a sopravvivere all'interrogatorio di Messer Sottile. Nessun uomo, nessuna donna, nessun bambino. Il più forte non ce l'aveva fatta neppure ad arrivare al tramonto. I loro cadaveri venivano appesi alle catene, oltre i fuochi. Cibo per i lupi.

Quando alla fine iniziarono a marciare, Arya aveva capito di non essere affatto una danzatrice dell'acqua. Syrio Forel non avrebbe mai permesso loro di sconfiggerlo, né di prendere la sua spada, né sarebbe stato a guardare quando avevano assassinato Lommy Maniverdi. Syrio Forel non si sarebbe mai rassegnato a rimanere inerte in quel magazzino, né si sarebbe sottomesso a marciare insieme agli altri prigionieri. C'era il meta-lupo sull'emblema degli Stark, ma in quel momento Arya Stark si sentiva più un agnello, circondata da un branco di pecore. Odiava gli abitanti del villaggio per la loro inerzia da pecore. Li odiava quasi quanto odiava se stessa.

I Lannister le avevano portato via tutto: padre, amici, casa, speranza, coraggio. Uno di loro le aveva preso Ago, un altro aveva spezzato in due contro il ginocchio la sua spada di legno. Le avevano persino portato via il suo stupido segreto. Il magazzino era grande abbastanza da permetterle di appartarsi in un angolo e fare la sua acqua mentre nessuno guardava. Durante la marcia, però, era tutt'altra cosa. Aveva cercato di resistere quanto più a lungo aveva potuto, ma alla fine era stata costretta a sedersi sui talloni vicino a un cespuglio e a tirarsi giù le brache davanti a tutti. L'alternativa era pisciarsi addosso. Frittella l'aveva guardata a bocca aperta, gli occhi sbarrati. Ma a nessun altro era importato niente. Ragazza-pecora, ragazzo-pecora: per ser Gregor e i suoi uomini non faceva alcuna differenza.

Gli aguzzini non permettevano loro di parlare. Un labbro spaccato insegnò ad Arya a tenere la lingua a posto. Altri invece non impararono mai. Un bambino di tre anni non voleva smettere di chiamare suo padre, così gli sfondarono la faccia e il cranio con una mazza chiodata. La madre del bambino si mise a urlare, così Raff Dolcecuore ammazzò anche lei.

Arya li guardò morire e non fece niente. A che cosa sarebbe servito essere coraggiosi? Una delle donne scelte per essere interrogate aveva cercato di essere coraggiosa ma era morta come tutti gli altri, urlando. Non c'era gente coraggiosa in quella colonna in marcia, c'era soltanto gente spaventata e gente affamata. La maggior parte erano donne e bambini. Quei pochi uomini rimasti con loro erano vecchi o molto giovani; gli altri erano stati appesi a marcire sulle forche. Gendry era stato l'unico degli uomini a venire risparmiato, e solo perché aveva ammesso di essere stato lui stesso a forgiare l'elmo con le corna. In tempo di guerra, i fabbri, perfino gli apprendisti fabbri, erano troppo preziosi per essere uccisi.

La Montagna che cavalca aveva annunciato che li stavano portando a Harrenhal, a servire lord Tywin Lannister. «Siete traditori e ribelli, quindi ringraziate i vostri dei che lord Tywin vi sta dando questa possibilità. È ben di più di quanto otterreste dai disertori. Obbedire, servire e continuare a vivere.»

«Non è giusto, non è giusto.» Arya udì una vecchia avvizzita che lo diceva a un'altra, dopo che si erano accampati per la notte. «Noi non abbiamo mica tradito. Gli altri sono venuti e hanno fatto lo stesso di questi qua.»

«Lord Beric però non ci ha fatto del male» sussurrò la sua amica. «E quel prete rosso che era con lui, ha pagato per quanto ha preso.»

«Pagato? S'è portato via due dei miei polli e in cambio mi ha dato un pezzo di carta con su un segno. Cosa faccio, adesso, mi mangio un vecchio pezzo di carta? Mi darà delle uova, quel vecchio pezzo di carta?» La vecchia si guardò attorno, in modo da essere sicura che non ci fossero guardie a portata di voce, poi sputò a terra tre volte. «Questo per i Tully, questo per i Lannister, questo per gli Stark.»

«È un peccato e una vergogna» sibilò un vecchio. «Quando il vecchio re era ancora vivo, non lo permetteva questo.»

«Re Robert?» Arya forse non l'aveva ancora imparata, la sua lezione di stare zitta.

«Re Aerys, gli dei lo abbiano in gloria» l'uomo rispose, a voce troppo alta, e una guardia arrivò per farli tacere. Il vecchio perse i suoi due ultimi denti. E non ci furono più discorsi, quella notte.

Ser Gregor non stava portando a Harrenhal soltanto i prigionieri. Aveva razziato anche una dozzina di maiali, una gabbia di galline, una macilenta mucca da latte e nove carri di pesce salato. La Montagna e i suoi uomini erano a cavallo, i prigionieri, invece, andavano tutti a piedi. Quelli troppo deboli per reggere il passo venivano abbattuti sul bordo della strada. Anche quelli stupidi al punto da cercare di fuggire venivano uccisi. Ogni notte, le guardie portavano le donne tra i cespugli e le stupravano. La maggior parte si sottomettevano a quel turpe destino. Una ragazza, più attraente delle altre donne, veniva stuprata ogni notte da quattro, cinque uomini diversi, fino a quando colpì uno di loro con un sasso. Ser Gregor costrinse tutti quanti a guardare mentre le tagliava la testa con un solo colpo della sua spada lunga impugnata a due mani. «Lasciate le carcasse ai lupi» concluse.

Poi diede la spada al suo scudiero perché ripulisse la lama dal sangue.

Arya lanciò un'occhiata furtiva ad Ago, inguainata al fianco di un armigero calvo, dalla barba nera, chiamato Polliver. "È un bene che me l'abbiano portata via" si disse. Se l'avesse avuta ancora fra le mani, lei sapeva che avrebbe cercato d'infilzare ser Gregor. Ma poi la Montagna l'avrebbe tagliata in due e anche i suoi resti sarebbero finiti in pasto ai lupi.

Polliver aveva preso Ago, ma non era malvagio come tutti gli altri. La notte in cui era stata catturata, per Arya tutti gli uomini Lannister erano estranei senza nome, le loro facce uguali sotto i mezzi elmi con protezione al naso. Col tempo, aveva imparato a conoscerli uno a uno. Aveva dovuto farlo, bisognava sapere chi era pigro e chi era crudele, chi era astuto e chi era stupido. Aveva dovuto imparare che quello che gli altri chiamavano Lingua di merda, per quanto fosse l'uomo dalla parlata più sguaiata che lei avesse mai udito, era pronto a dare un pezzetto di pane in più se glielo si chiedeva. Mentre l'allegro Chiswyck e il mellifluo Raff Dolcecuore offrivano un pugno guantato di ferro.

Arya osservò e ascoltò e continuò a lucidare il proprio odio nello stesso modo in cui Gendry aveva continuato a lucidare il suo elmo con le corna. Adesso era Dunsen a portare quelle corna in testa, e lei lo odiava per questo. E poi odiava Polliver per averle portato via Ago, odiava il vecchio Chiswyck perché pensava di essere divertente. E Raff Dolcecuore, era stato lui e squarciare la gola di Lommy con la lancia, lei lo odiava ancora di più. Odiava ser Amory Lorch per aver ucciso Yoren, odiava ser Meryn Trant per aver ucciso Syrio Forel, odiava il Mastino per aver ucciso Mycah, il garzone del macellaio, odiava ser Ilyn Payne e la regina Cersei e re Joffrey per aver ucciso suo padre e Fat Tom e Desmond e tutti gli altri giunti con lei dal Nord. Li odiava anche per Lady, il lupo di sua sorella Sansa. Messer Sottile faceva troppa paura perché lo si potesse odiare. Quando non faceva le sue domande maledette, era un soldato come tanti, ancora più silenzioso degli altri, una faccia simile a mille altre.

Ogni notte, Arya ripeteva i loro nomi. «Ser Gregor» sussurrava contro il suo cuscino di pietra «Dunsen, Polliver, Chiswyck, Raff Dolcecuore, Messer Sottile e il Mastino. Ser Amory, ser Ilyn, ser Meryn, re Joffrey, regina Cersei.»

Quando era ancora a Grande Inverno, Arya pregava con sua madre nel tempio e con suo padre nel parco degli dei. Ma non c'erano dei lungo la strada per Harrenhal, e i nomi dell'odio erano le uniche preghiere che le importasse di ricordare.

Ogni giorno marciavano, e ogni notte Arya ripeteva i nomi dell'odio. Alla fine, gli alberi cominciarono a diradarsi, sostituiti da un paesaggio di colline, torrenti dai percorsi sinuosi e campi illuminati dal sole, costellati dai resti anneriti dei fortini bruciati, simili a denti marci. Ci volle un'altra lunga giornata di marcia prima che potesse avvistare le torri di Harrenhal, ombre nere contro le acque blu del lago.

Le cose sarebbero andate meglio una volta che fossero giunti a Harrenhal, si dicevano i prigionieri, ma Arya non ne era affatto certa. Ricordava bene le storie della vecchia Nan su quella fortezza costruita sulla paura. Harren il Nero mescolava sangue umano insieme alla calce, diceva Nan, ma i draghi di Aegon avevano arrostito Harren e tutti i suoi figli dietro le loro grandi mura di pietra. Arya si morse il labbro, continuando a camminare, i piedi pieni di calli. Non mancava molto, quelle torri non potevano distare più di poche miglia.

Invece marciarono ancora tutto il giorno e la maggior parte del giorno seguente prima di raggiungere i margini dell'esercito di lord Tywin Lannister, accampato a ovest del castello tra i resti di una città distrutta. Harrenhal era ingannevole, vista da lontano, perché era immensa. Le sue immani mura perimetrali si alzavano sulle sponde del lago, incombenti e inaccessibili come montagne. Sulle merlature, gli scorpioni di ferro e legno apparivano piccoli come gli animali dai quali prendevano nome.

Arya percepì il tanfo dell'esercito Lannister ben prima di riuscire a vedere i vessilli e i padiglioni degli uomini dell'Occidente disseminati sulla riva dell'Occhio degli Dei. Era un tanfo talmente repellente da far comprendere ad Arya che lord Tywin si trovava là da un pezzo. Le latrine che circondavano l'accampamento rigurgitavano sterco, ed erano infestate da migliaia d'insetti; muschio verdastro era visibile sui ranghi di pali acuminati che proteggevano il perimetro.

Il posto di guardia all'entrata di Harrenhal, grosso quanto tutta la Prima Fortezza di Grande Inverno, era costellato di cicatrici, le sue pietre piene di crepe e sbiadite dal tempo e dagli elementi. Dal di fuori, solamente le cime delle cinque gigantesche torri della struttura erano visibili oltre le mura. La più bassa tra esse era alta quasi il doppio della torre più alta di Grande Inverno. Ad Arya parvero le dita deformi e scheletriche di un vecchio malvagio che cercassero di afferrare le nubi in fuga nel cielo. Ricordava

Nan raccontare come le pietre si erano sciolte sotto il calore divorante dell'assalto dei draghi, scorrendo via come cera di candele giù per le scale, colando dalle finestre. Fiumi di pietra liquefatta, rossa e bruciante, che erano andati alla ricerca di Harren. Adesso Arya credeva a ogni singola parola, quelle torri erano strutture grottesche, deformi, piene di escrescenze e di crepe.

«Io non ci voglio andare là dentro» si lamentò Frittella mentre le porte di Harrenhal si aprivano davanti a loro. «Ci sono gli spettri.»

Chiswyck lo udì ma, per una volta, si limitò a sorridere e a metterlo in guardia: «Ragazzo, scegli tu: o vieni a vivere con gli spettri o diventerai uno di loro». E Frittella entrò insieme agli altri.

Nella echeggiante sala dei bagni, fatta di pietra e di tronchi, ai prigionieri venne ordinato di spogliarsi e di strigliarsi gli uni con gli altri all'interno di vasche grezze piene d'acqua bollente. Due vecchie arpie li sorvegliarono, facendo commenti apertamente, quasi stessero esaminando un branco di somari appena acquistati al mercato. Venne il turno di Arya. Alla vista dei suoi piedi, comare Amabel scosse il capo sbigottita. Comare Harra tastò i calli che Arya aveva sulle dita delle mani, frutto delle molte ore di addestramento con Ago.

«Questi ti sono venuti rimescolando il burro, vero?» domandò comare Harra. «Sei la servetta di un qualche contadino, sì? Non ha importanza, ragazzina, qui sali in alto se lavori duro. Se invece non lavori duro, verrai picchiata. E com'è che ti chiamano?»

Arya non osava dare il suo vero nome. Ma nemmeno Arry andava bene, Arry era un nome da maschio e loro potevano vedere bene che lei non era un maschio. «Donnola» rispose. «Lommy mi chiamava Donnola.»

«Non è difficile capire perché.» Comare Amabel tirò su con il naso. «I tuoi capelli sono un disastro e sono anche un nido di pulci. Prima le togliamo tutte e poi vai nelle cucine.»

«Preferisco occuparmi dei cavalli.» Ad Arya piacevano i cavalli. Forse sarebbe addirittura riuscita a rubarne uno e a scappare.

Comare Harra le assestò un manrovescio talmente forte da spaccarle nuovamente il labbro ancora gonfio. «Morditi la lingua o ne prendi ancora. Nessuno ti ha chiesto il tuo parere.»

Il sangue che le riempì la bocca aveva un sapore salato, metallico. Arya abbassò lo sguardo e rimase in silenzio. "Se avessi ancora Ago non oserebbe colpirmi" pensò cupamente.

«Lord Tywin e i suoi cavalieri hanno già stallieri e scudieri per i loro cavalli, e te non gli servi a niente» commentò comare Amabel. «Le cucine sono belle e pulite, e c'è sempre un fuoco caldo e roba da mangiare. Stavi bene là, ma vedo che te non sei una ragazzina furba. Harra, credo che questa la diamo a Weese.»

«Se pensi così, Amabel.»

Le diedero una tunica grigia di lana grezza e un paio di scarpe sformate e la mandarono via.

Weese era il sottoattendente della Torre dei lamenti, un uomo tozzo, dal naso rincagnato, con un favo di vesciche violacee all'angolo della bocca carnosa. Arya gli venne affidata insieme ad altri cinque. Lui li guardò tutti da capo a piedi con occhio laido.

«I Lannister sono generosi con quelli che li servono bene, un onore che nessuno di voialtri si merita, ma in guerra si deve prendere quello che c'è. Lavorate duro e state al vostro posto e può darsi che un giorno vi innalzate al mio grado. Se pensate di fare conto sulla gentilezza di sua eminenza il lord, ricordate che avrete a che fare con me dopo che lui se n'è andato, capito?»

Marciò avanti e indietro davanti a loro, impettito come un tacchino, dicendo che non dovevano mai guardare i nobili negli occhi, che dovevano parlare solo se veniva loro rivolta la parola e che non dovevano stare mai fra i piedi del lord.

«Il mio naso non dice bugie» si vantò Weese. «Io sento il puzzo della sfida, e il puzzo della superbia, e il puzzo della disobbedienza. Se sento anche solo un accenno di questi fetori, è con me che fate i conti. E quando vi annuso, voglio sentire un solo puzzo. La paura.»

Sulle mura di Qarth, uomini percuotevano grandi gong, annunciando la sua venuta, altri invece soffiavano entro corni che avvolgevano i loro corpi simili a strani serpenti di bronzo. Una colonna di truppe cammellate emerse dalla città come sua guardia d'onore. Alti sulle loro selle, ornate di rubini e di gemme, i cavalieri indossavano armature di bronzo a lamine ed elmi a becco, dotati di grandi zanne di rame e di lunghi pennacchi di seta nera. Le gualdrappe dei cammelli erano di cento colori diversi.

«Qarth è la città più grande che esiste, e che mai esisterà» le aveva detto Pyat Pree, quando ancora si trovavano tra le ossa di Vaes Tolorro. «È il centro del mondo, il portale tra il Sud e il Nord, il ponte tra l'Est e l'Ovest. È antica oltre la memoria dell'uomo, ed è talmente splendida che, dopo averla veduta, Saathos il Saggio decise di accecarsi. Sapeva che qualsiasi cosa avesse visto dopo, al confronto sarebbe apparsa brutta e squallida.»

Daenerys si guardò bene dal prendere le parole dello stregone per oro colato, al tempo stesso, la magnificenza della grande città era innegabile. Tre spesse cinte di mura circondavano Qarth, ognuna delle quali era istoriata con elaborate decorazioni. La cinta esterna era di arenaria rossa, alta trenta piedi e decorata con figure di animali: serpenti acciambellati, aquiloni in volo e pesci che nuotavano andavano a mescolarsi con lupi del deserto rosso, zebre maculate e mostruosi elefanti. La cinta intermedia, alta quaranta piedi, era di granito disseminato di scene di guerra: il cozzare di spade, scudi e lance, nugoli di frecce in volo, eroi in battaglia e infanti che venivano macellati, pire dei caduti. Le istoriazioni della cinta più interna, cinquanta piedi di marmo nero, illustravano eventi di fronte ai quali Dany si sentì arrossire, tanto da dire a se stessa che si stava comportando da sciocca. Non era più un'innocente fanciulla: se riusciva a guardare le scene dei massacri sulla cinta grigia, per quale motivo avrebbe dovuto abbassare gli occhi davanti a immagini di uomini e donne intenti a darsi reciproco piacere?

Le porte esterne erano a innesti di rame, quelle mediane bordate di ferro, quelle interne con bulloni d'oro massiccio. E tutte e tre si aprirono per accoglierla. Nel fare ingresso nella città in sella alla sua puledra argentata, frotte di bambini vennero a spargere fiori davanti a lei. I piccoli indossavano sandali dorati, tinte sui loro corpi e nient'altro.

Tutti i colori che avevano abbandonato Vaes Tolorro erano venuti a concentrarsi a Qarth. I palazzi della città, in una fantasmagoria cromatica di sfumature del rosa, del violetto e dell'ocra, che parvero scivolare su di lei come sogni di febbre. Passò sotto un'arcata di bronzo configurata come due serpenti che si accoppiavano, le loro scaglie fatte di giada delicata, di ossidiana, di lapislazzuli. Esili torri s'innalzavano più alte di qualsiasi torre Daenerys avesse mai visto. In tutte le piazze, si ergevano elaborate fontane con sculture di grifoni, draghi, manticore.

Molti degli abitanti di Qarth erano venuti ad ammassarsi nelle strade, altri osservavano da eteree verande, che apparivano decisamente troppo fragili per reggerne il peso. Era gente pallida, vestita di lino e sete e pellicce di tigre. Agli occhi di Daenerys, tutti loro parvero nobiluomini e gentildonne. Le donne indossavano abiti che lasciavano un seno scoperto, gli uomini preferivano caftani di seta e perline. Nella sua tunica di pelle di leone, con Drogon, il drago nero, appollaiato sulla spalla, Dany si sentì infima e barbarica. I suoi Dothraki chiamavano il popolo di Qarth uomini-latte, a causa del pallore della loro carnagione, e spesso khal Drogo aveva sognato il giorno in cui avrebbe saccheggiato le grandi città dell'Est. Daenerys guardò i suoi cavalieri di sangue, ma i loro occhi a mandorla non lasciavano trasparire nulla dei loro pensieri. "È davvero solo la razzia che vedono?" non poté fare a meno di domandarsi. "Quanto selvaggi dobbiamo apparire a queste raffinate genti di Qarth..."

Pyat Pree guidò il piccolo khalasar lungo un grande viale ad arcate, dove gli antichi eroi della città, scolpiti tre volte più grandi delle loro dimensioni naturali, torreggiavano su colonne di marmo bianco e verde. Passarono attraverso un rutilante bazar, ospitato all'interno di un edificio cavernoso dal soffitto a stucchi, sul quale erano istoriati mille e mille uccelli multicolori. Alberi e fiori erano in pieno rigoglio sugli ampi giardini pensili sopra i negozi aperti, che sembravano offrire ogni singola cosa gli dei avevano voluto collocare in questo mondo.

La puledra argentata divenne nervosa quando il principe mercante Xaro Xhoan Daxos arrivò a fianco di Daenerys, la quale aveva scoperto che i cavalli mal sopportavano la prossimità dei cammelli.

«Qualora tu veda una qualsiasi cosa che desideri, qualsiasi cosa in assoluto, o più splendida delle donne, di' solo una parola e quella cosa ti apparterrà» affermò Xaro dall'alto della sua sella finemente ornata.

«Qarth già le appartiene» lo imbeccò Pyat Pree, storcendo le labbra colorate di blu. «La madre dei draghi non ha alcun bisogno di ninnoli. Sarà tutto come ti ho promesso, khaleesi. Vieni con me alla Casa degli Eterni, in modo da abbeverarti di saggezza e di verità.»

«Per quale ragione la khaleesi dovrebbe vedere il tuo Palazzo di polvere, quando io posso darle la luce del sole e acqua profumata e sete in cui riposare?» ribatté Xaro. «Sul suo prezioso capo, i Tredici porranno una corona di giada nera e di opali di fuoco.»

«L'unico palazzo che m'interessa vedere, mio lord Pyat, è il palazzo rosso di Approdo del Re.» Dany diffidava dello stregone, la maegi Mirri Maz Duur l'aveva resa guardinga verso tutti coloro i quali praticavano incantesimi. «E se i grandi di Qarth vogliono farmi dei regali, Xaro, allora che mi diano navi e spade per riconquistare ciò che mi appartiene di diritto.»

Le labbra blu di Pyat Pree s'incurvarono in un sorriso amabile: «Sarà come tu comandi, khaleesi». E con questo, si allontanò, la sua figura che ondeggiava seguendo il passo del cammello; le lunghe tuniche gli svolazzavano dietro.

«La giovane regina è ben più saggia dei suoi anni» mormorò Xaro Xhoan Daxos. «C'è un proverbio qui a Qarth: la casa di uno stregone è costruita sulle ossa e sulle menzogne.»

«E allora come mai gli uomini abbassano la voce quando parlano degli stregoni di Qarth? Dovunque, nell'Est, i loro poteri e la loro saggezza sono riveriti.»

«Essi erano potenti...» concordò Xaro. «Ma questo era molto tempo fa. Oggi sono diventati tanto ridicoli quanto quei vecchi soldati che si ostinano a vantarsi del loro eroismo quando ormai la loro forza e la loro abilità se ne sono andate da un pezzo. Gli stregoni leggono i loro rotoli incartapecoriti, bevono ombra-della-sera fino a quando le labbra non diventano blu e suggeriscono l'esistenza di terribili poteri ma, al confronto di ciò che erano un tempo, ormai non sono altro che vuote crisalidi. I regali di Pyat Pree si tramuteranno in polvere nelle tue mani, ti avverto, graziosa regina.» Xaro Xhoan Daxos diede un secco colpo di frustino e passò oltre.

«Quando il corvo chiama nera la cornacchia...» mugugnò ser Jorah nella lingua comune dell'Occidente. Il cavaliere esiliato cavalcava alla destra di Daenerys, come sempre. Per il loro ingresso a Qarth, aveva rinunciato agli indumenti dothraki tornando a indossare la corazza, la maglia di ferro e la lana dei Sette Regni all'altro capo del mondo. «Credo, maestà, che farai bene a evitarli entrambi, quegli uomini.»

«Quegli uomini mi aiuteranno a riconquistare la mia corona. Xaro possiede vaste ricchezze, quanto a Pyat Pree...»

«... Fa finta di possedere vasti poteri» concluse aspramente il cavaliere. Sulla sua tunica verde scuro, l'orso dei Mormont, nero e poderoso, torreggiava sulle zampe posteriori. Jorah non appariva meno feroce mentre osservava la folla che gremiva il bazar. «Né io mi fermerei qui troppo a lungo, mia regina. Proprio non mi piace l'odore di questo posto.»

«Forse è l'odore dei cammelli quello che senti.» Dany sorrise. «Gli abitanti di Qarth sono piuttosto gradevoli alle mie narici.»

«A volte i profumi vengono usati per coprire odori ben più forti.»

"Mio grande orso" pensò Dany. "Sono la tua regina, ma resterò sempre il tuo cucciolo, e tu sempre mi farai la guardia." Qualcosa che la faceva sentire al sicuro, ma che le arrecava anche tristezza. Quanto avrebbe desiderato voler bene a Jorah in un modo diverso.

Xaro Xhoan Daxos aveva offerto a Daenerys ospitalità nella sua casa durante la permanenza in città. Aveva immaginato una dimora lussuosa, ma ciò che la giovane regina non si aspettava era una residenza vasta più di un intero mercato. "Fa sembrare il palazzo di magistro Illyrio a Pentos come un serraglio di porci." Xaro garantì che la sua dimora era in grado di ospitare comodamente l'intero seguito di Daenerys, insieme a tutti i loro cavalli. In effetti, inghiottì gli uni e gli altri. Le venne data un'intera ala. Dany avrebbe avuto a disposizione giardini, un'immensa vasca di marmo per le abluzioni, una torre di scritture e un labirinto da stregone. Schiavi si sarebbero occupati di soddisfare ogni sua necessità. Nelle sue stanze private, le pareti erano decorate con coloratissimi arazzi di seta che ondeggiavano a ogni più esile soffio di vento.

«Sei troppo generoso» disse Daenerys a Xaro Xhoan Daxos.

«Nessun dono è troppo grande per la madre dei draghi.» Xaro era un uomo languido ed elegante, dal cranio calvo. Nel suo imperioso naso aquilino erano incastonati rubini, opali e scaglie di giada. «Domattina, farai colazione a base di pavone e di lingua di allodola, e sarai deliziata da melodie cantate dalle donne più splendide. I Tredici verranno a porgerti omaggio, e lo stesso varrà per l'intera grande Qarth.»

"L'intera grande Qarth vorrà anche vedere i miei draghi" ma questo Dany non lo disse. Invece, ringraziò di nuovo Xaro Xhoan Daxos per la sua gentilezza e infine si congedò da lui. Anche Pyat Pree se ne andò, promettendole di chiedere udienza agli Eterni. «Un onore raro quanto neve in estate.» Prima di andarsene, depose un bacio sui piedi di Daenerys con le sue labbra blu pallido e le offrì il suo dono, una giara piena di un unguento che, assicurò lo stregone, le avrebbe permesso di vedere gli spiriti dell'aria. L'ultimo dei tre emissari ad andarsene fu Quaithe, la sacerdotessa delle ombre. La sola cosa che Daenerys ricevette da lei fu un avvertimento: «Stai attenta» disse la donna rossa dal viso coperto dalla maschera smaltata.

«Attenta a chi?»

«A tutti quanti. Verranno giorno e notte ad ammirare le meraviglie apparse nuovamente su questo mondo. E quando le vedranno, crescerà la loro avidità di possederle. Perché i draghi sono fuoco divenuto carne, e il fuoco è potere.»

Ser Jorah attese che anche Quaithe se ne fosse andata. «Dice il vero, mia regina» affermò il cavaliere. «Per quanto quella donna non mi piaccia più di quanto mi piacciano gli altri.»

«Io non la capisco.»

Pyat e Xaro avevano sommerso Dany di promesse fino dal primo istante in cui avevano visto i draghi, dichiarandosi suoi leali servitori in tutto e per tutto, mentre ciò che aveva avuto da Quaithe non erano state altro che poche parole criptiche. Inoltre, la disturbava non aver mai visto il vero volto di quella donna. "Ricordati di Mirri Maz Duur" Dany ammonì se stessa. "Ricordati del suo tradimento."

«Monteremo turni di guardia per tutto il tempo in cui staremo qui» Daenerys si rivolse ai suoi cavalieri di sangue. «Provvedete a che nessuno entri, senza il mio permesso, in questa ala del palazzo. E fate sì che i draghi rimangano sempre attentamente sorvegliati."

«Sarà fatto, khaleesi» confermò Aggo.

«Finora, abbiamo visto solamente quelle cose di Qarth che Pyat Pree ci ha voluto mostrare. Rakharo, va' in esplorazione, osserva tutto e torna a riferirmi ciò che avrai scoperto. Prendi uomini validi con te... e anche delle donne, in modo da accedere a quei luoghi che agli uomini sono proibiti.»

«Come comandi, sangue del mio sangue» disse Rakharo.

«Ser Jorah, trova i moli e scopri che genere di navi sono all'ancora. È passata almeno la metà di un anno dall'ultima volta che ho avuto notizie dei Sette Regni. Forse gli dei hanno spinto un qualche bravo capitano fin qui dalla terra dell'Occidente. E forse lui potrebbe riportarci a casa.»

Il cavaliere corrugò la fronte: «Non proprio gentile da parte sua. L'Usurpatore ti ucciderebbe, sicuro come la prossima alba». Ser Jorah infilò i pollici nel cinturone della spada. «Il mio posto è qui, mia regina, al tuo fianco.»

«Jhogo può proteggermi ugualmente bene. Tu conosci un numero maggiore di lingue dei miei cavalieri di sangue, ser Jorah, inoltre i Dothraki non si fidano né del mare né di coloro che lo navigano. Tu sei l'unico in grado di servirmi in questo aspetto. Va' tra le navi, parla con gli equipaggi, scopri da dove vengono, dove stanno andando e chi li comanda.»

Con riluttanza, il cavaliere esiliato annuì: «Come desideri, mia regina».

Una volta che gli uomini se ne furono tutti andati, le sua ancelle le tolsero le sete sporche per il viaggio e Daenerys s'immerse nella vasca di marmo avvolta dalle ombre del porticato. L'acqua era deliziosamente fresca e vi pullulavano minuscoli pesci rossi che esplorarono curiosi la sua pelle, facendola sorridere. Fu splendido potere finalmente chiudere gli occhi e lasciarsi andare a galleggiare, con la consapevolezza di potervi rimanere tutto il tempo che si desidera. Si domandò se la Fortezza Rossa di Aegon avesse una vasca come quella, e giardini pieni della fragranza della lavanda e della menta. "Deve averli, per certo. Viserys diceva sempre che i Sette Regni sono più splendidi di qualsiasi altro luogo al mondo."

Il pensiero di casa la rese inquieta. Se il suo sole-e-stelle fosse vissuto, avrebbe condotto il suo khalasar oltre l'acqua velenosa, spazzando via i suoi nemici. Ma ora la forza di Drogo non apparteneva più a questo mondo. Le rimanevano solamente i suoi cavalieri di sangue, i quali avevano giurato le loro vite per la sua ed erano abili a uccidere, ma unicamente secondo la via dei signori del cavallo. I Dothraki saccheggiavano città e depredavano regni, ma in realtà non dominavano nulla. Daenerys non aveva alcuna intenzione di tramutare Approdo del Re in un ammasso di macerie annerite, ennesimo ricettacolo di fantasmi inquieti. Troppo a lungo le lacrime avevano riempito il suo universo. "Voglio che il mio regno sia bello, voglio che sia abitato da uomini floridi e da delicate fanciulle e da bambini felici. Voglio che le mie genti sorridano quando mi vedono cavalcare tra loro, nello stesso modo in cui Viserys diceva che sorridevano per mio padre."

Ma prima di potere fare tutto questo doveva conquistare.

"L'Usurpatore ti ucciderebbe, sicuro come la prossima alba" aveva detto Mormont. Robert Baratheon aveva abbattuto il suo valoroso fratello Rhaegar, e uno dei suoi emissari aveva addirittura attraversato il mare Dothraki per venire ad avvelenare lei e il bambino che portava in grembo. Dicevano che Robert Baratheon fosse forte come un toro e che non conoscesse la paura in battaglia, un uomo che amava la guerra al di sopra di ogni altra cosa. E con lui si schieravano i grandi lord che suo fratello aveva chiamato i "cani dell'Usurpatore": Eddard Stark, con i suoi occhi freddi e il suo cuore di ghiaccio; i dorati Lannister, padre e figlio, così ricchi, così potenti, così infidi.

Come poteva mai sperare di sconfiggere simili uomini? Quando khal Drogo era ancora in vita, gli uomini davanti a lui tremavano e gli facevano doni per non incorrere nel suo furore. Se non lo facevano, lui prendeva le loro città, le loro ricchezze, le loro mogli. Prendeva tutto quanto. Ma il suo khalasar era stato tanto immenso quanto quello di Daenerys era scarno. La sua gente l'aveva seguita attraverso il deserto rosso mentre lei inseguiva la cometa. L'avrebbe seguita anche al di là dell'acqua velenosa, ma loro non sarebbero bastati. Forse, neppure i suoi draghi sarebbero bastati. Viserys aveva creduto che il reame si sarebbe sollevato nel nome del vero re... Ma Viserys era stato uno sciocco. E gli sciocchi credono in cose sciocche.

Tutti quei dubbi la fecero tremare. Di colpo, l'acqua le parve troppo fredda, e quei piccoli pesci attorno a lei divennero presenze fastidiose. Daenerys si alzò e uscì dalla vasca. «Irri» chiamò. «Jhiqui.»

Mentre le sue ancelle l'asciugavano e l'aiutavano a indossare una vestaglia di seta, il pensiero di Dany tornò ai tre strani personaggi che erano venuti a cercarla alla Città delle Ossa. "La stella che sanguina mi ha guidato fino a Qarth per uno scopo. È qui che troverò ciò che mi serve, ma solo se avrò la forza di prendere ciò che mi viene offerto e la saggezza di evitare trappole e inganni.

Se il disegno degli dei è che io conquisti, allora m'invieranno un nuovo segno. Se no... se no..."

Al tramonto, mentre Daenerys stava dando da mangiare ai draghi, fu Irri ad annunciarle che ser Jorah aveva fatto ritorno dal porto... e non da solo.

«Fallo entrare» disse lei, incuriosita. «Lui e chiunque lui abbia portato.»

Quando i due uomini entrarono, Dany era seduta su una pila di cuscini, i suoi tre draghi attorno a lei. L'uomo che ser Jorah aveva con sé indossava una cappa di piume verdi e gialle, e la sua pelle era nera e liscia come ossidiana.

«Maestà» esordì il cavaliere. «Ti porto Quhuru Mo, capitano del vascello *Vento di cannella*, della Città degli Alti Alberi.»

Il nero s'inchinò: «Sono grandemente onorato, mia regina». Non si espresse nel linguaggio delle isole dell'Estate, che Dany non conosceva, ma nell'armonioso valyriano delle nove città libere.

«L'onore è mio, Quhuru Mo» rispose lei nella stessa lingua. «Sei arrivato dalle isole dell'Estate?»

«È così, maestà. Ma prima, meno di mezzo anno fa, abbiamo fatto sosta a Vecchia Città, nella terra dell'Occidente. Ed è proprio da là che io ti porto un meraviglioso dono.»

«Un dono?»

«Il dono di una notizia. Madre dei draghi, Nata dalla tempesta, io ti dico che, in verità, re Robert Baratheon è morto.»

Oltre le mura della residenza di Xaro Xhoan Daxos, il sole stava tramontando su Qarth, ma nel cuore di Daenerys Targaryen era appena spuntata una nuova alba.

«Morto?» Sul suo grembo, Drogon, il drago nero, sibilò. Esile fumo avvolse il viso di Daenerys come un velo. «Ne sei certo? L'Usurpatore è veramente morto?»

«Così si ripete a Vecchia Città e a Dorne e a Lys e in tutti gli altri porti nei quali ci siamo fermati.»

"Fu lui a mandarmi vino avvelenato. Ma ora lui è svanito, mentre io vivo." «Come è avvenuta la sua morte?» Appollaiato sulla sua spalla, Viserion, il drago pallido, sbatté le ali, agitando l'aria.

«Sventrato da un mostruoso cinghiale mentre era a caccia nella foresta del Re, o almeno ciò è quanto ho udito a Vecchia Città. Altri dicono che è stata la sua regina a tradirlo, o suo fratello, o lord Stark, che era il suo Primo Cavaliere. Ma tutte le storie sono in accordo: re Robert è morto e ora giace nella sua tomba.»

Daenerys non aveva idea di quale fosse stato il volto dell'Usurpatore, ma di rado passava giorno senza che il pensiero di quell'uomo le attraversasse la mente. La sua grande ombra si era proiettata su di lei fino dall'istante della propria nascita, quando era entrata in un mondo, sconvolta dal sangue e dall'infuriare delle tempeste, dove non c'era più posto per lei. E adesso questo sconosciuto fatto d'ebano quell'ombra l'aveva dissipata.

«Adesso è il ragazzo che siede sul Trono di Spade...» intervenne ser Jorah.

«È re Joffrey che regna» concordò Quhuru Mo. «Ma sono i Lannister a dominare. I fratelli di Robert sono fuggiti da Approdo del Re. Hanno entrambi pretese sulla corona, dicono le voci. E anche il Primo Cavaliere è caduto in disgrazia: lord Stark, che era amico di re Robert, è stato imprigionato per tradimento.»

«Ned Stark un traditore?» Ser Jorah emise un grugnito. «No, maledizione, non lo credo possibile. La Grande Estate sarà di nuovo con noi prima che quell'individuo possa macchiare il suo preziosissimo onore.»

«E quale onore sarà mai, il suo?» lo contraddisse Daenerys. «Ha tradito il suo vero re, mio padre Aerys. Nello stesso modo in cui lo hanno tradito i Lannister.»

Era lieta che i cani dell'Usurpatore si stessero azzannando alla gola gli uni con gli altri, ma non ne era affatto sorpresa. La stessa cosa era accaduta alla morte di Drogo, quando il suo grande khalasar era andato in pezzi.

«Anche mio fratello Viserys è morto. Ed era lui il vero re» disse all'uomo delle isole dell'Estate. «Khal Drogo, il lord mio marito, lo ha ucciso ponendogli in capo una corona di oro liquefatto.» Suo fratello sarebbe stato più saggio, se avesse mai saputo che la vendetta che tanto a lungo aveva invocato era in realtà così vicina?

«In tal caso, soffro per te, Madre dei draghi. E soffro anche per le terre insanguinate dell'Occidente, private del loro vero re.»

Tra le dita delicate di Daenerys, Rhaegal, il drago verde, osservò lo straniero con occhi simili a oro fuso. Quando aprì la bocca, le sue zanne scintillarono simili ad aghi neri. «Quando farà ritorno la tua nave nella terra dell'Occidente, capitano Mo?»

«Non prima di un anno, temo. Da qui, la *Vento di cannella* salperà verso est, per compiere la rotta dei mercanti attorno al mare di Giada.»

«Capisco» Daenerys era delusa. «In tal caso, ti auguro venti favorevoli e ottimi commerci. Sì, tu mi hai davvero portato un dono prezioso.»

«E tu mi hai ampiamente ripagato, grande regina.»
«In che modo?» domandò Dany, incuriosita.
Gli occhi del nero scintillarono: «Ho visto i draghi».
Dany rise: «E un giorno li vedrai ancora, io spero. Torna da me ad Approdo del Re, una volta che sarò di nuovo sul trono di mio padre, e riceverai una grande ricompensa».
L'uomo delle isole dell'Estate promise che lo avrebbe fatto, le baciò delicatamente le dita e si congedò. Jhiqui lo accompagnò, mentre ser Jorah rimase.
«Khaleesi» disse il cavaliere quando furono nuovamente soli. «Non parlerei con tanta disinvoltura dei tuoi piani, se fossi in te. Quell'uomo ne diffonderà la notizia dovunque andrà.»
«Faccia pure» ribatté Daenerys. «Che tutto il mondo sappia. L'Usurpatore è morto, che differenza può più fare?»
«Non tutte le storie dei marinai sono vere» la mise in guardia ser Jorah. «E anche se Robert è veramente morto, ora suo figlio regna al suo posto. In realtà, la sua morte non ha cambiato niente.»
«Invece cambia tutto!»
Bruscamente, Daenerys si alzò. Gracchiando, i draghi dispiegarono le ali. Drogon riuscì a levarsi in volo, andando ad appollaiarsi sull'architrave del portale. Rhaegal e Viserion scivolarono attraverso il pavimento, le loro ali membranose che strisciavano contro il marmo.
«Prima della morte dell'Usurpatore» riprese Daenerys «i Sette Regni erano come il khalasar del mio Drogo: decine di migliaia di guerrieri tramutati in un'unica forza dalla grandezza di un unico uomo. Ma adesso stanno crollando in pezzi, esattamente come accadde al khalasar di Drogo dopo la sua morte.»
«Gli alti lord dell'Occidente si sono sempre combattuti gli uni con gli altri. Dimmi chi ha vinto, e io ti dirò che cosa significa. Khaleesi, devi credermi, i Sette Regni non cadranno nelle tue mani come altrettante pesche mature. Ti serviranno una flotta, oro, eserciti, alleanze...»
«Sono consapevole di tutto questo.»
Daenerys prese le mani di ser Jorah tra le sue, scrutandolo negli occhi, così pieni di sospetto. "A volte mi vede come una bambina che deve proteggere, altre volte come una donna con cui vorrebbe giacere... Ma mi vedrà mai come la sua regina?"
«Jorah, non sono più la bambina spaventata che incontrasti a Pentos. Ho solamente quindici anni, è vero... eppure sono vecchia quanto le anziane del dosh khaleen e al tempo stesso giovane quanto i miei draghi. Ho cercato di dare vita a un figlio, ho dato

fuoco a un khal, ho attraversato il deserto rosso e il mare Dothraki. Il mio sangue è il sangue del drago.»

«Lo era anche quello di tuo fratello» si ostinò lui.

«Io non sono mio fratello.»

«No, è vero, non lo sei» fu costretto ad ammettere ser Jorah. «In te, c'è molto più di Rhaegar, io credo, ma anche Rhaegar poteva essere ucciso. Robert Baratheon lo dimostrò sul Tridente, impugnando nulla di più di una mazza da guerra. Perfino i draghi possono morire.»

«Sì, perfino i draghi possono morire.» Daenerys lo baciò sulla guancia irta di barba ispida. «Ma anche gli sterminatori di draghi possono morire.»

BRAN

Meera Reed si muoveva cautamente in cerchio, con la rete che oscillava nella sua mano sinistra, la snella lancia da rane a tre punte nella destra. Gli occhi dorati di Estate seguivano ogni suo passo, il corpo del meta-lupo immobile, rigido, la coda dritta. Intento a osservare, a osservare...

«Yai!» gridò la ragazza, allungando la lancia in avanti. Il metalupo deviò a sinistra, poi spiccò un balzo prima che lei avesse il tempo di ritirare la sua arma. Meera dispiegò la rete, allargandola nell'aria davanti a sé. Il salto di Estate lo portò dritto tra le maglie. Trascinò la rete con sé, urtando in pieno contro il torace di Meera, facendo volare via la lancia. Lei crollò all'indietro; l'erba umida assorbì l'impatto contro il terreno, ma tutta l'aria che Meera aveva in corpo uscì in un pesante sospiro. Il meta-lupo si accucciò sopra di lei.

Bran gridò: «Hai perso!».

«No, ha vinto» lo corresse Jojen, il fratello di Meera. «Guarda: Estate è in trappola.»

Era vero, si rese conto Bran. Agitandosi e ringhiando contro la rete, cercando di strapparla per liberarsi, Estate stava ottenendo l'unico risultato di intrappolarsi sempre più. Nemmeno mordendo le maglie otteneva alcun effetto.

«Lascialo andare» disse Bran.

Ridendo, la ragazza Reed avvolse le braccia attorno al meta-lupo catturato e si rotolò sull'erba con lui. Estate emise un lamento patetico, continuando a scalciare inutilmente contro la rete che ora li avvolgeva entrambi. Meera s'inginocchiò, sciolse un groviglio, tirò un angolo, armeggiò abilmente qua e là e di colpo il meta-lupo fu libero.

«Estate, da me.» Bran aprì le braccia. «Guardate» disse, una frazione d'istante prima che il lupo gli arrivasse addosso. Bran si afferrò con tutta la forza al torace della belva, che lo trascinò sul manto erboso. Lottarono e rotolarono e si aggrapparono uno all'altro, il meta-lupo ringhiava e guaiva, il ragazzo rideva. E alla fine, fu Bran a essere sopra, il lupo tutto incrostato di fango sotto di lui.

«Bravo lupo, bravo...» Bran era senza fiato. Estate lo leccò su un orecchio.

Meera scosse il capo: «Ma non si arrabbia mai?».

«Non con me.» Bran afferrò Estate per le orecchie e la fiera ringhiò minacciosamente, ma anche quello faceva parte del gioco. «Certe volte mi strappa i vestiti, ma non è mai uscita una goccia di sangue.»

«Del tuo sangue, vorrai dire. Se fosse riuscito a strappare la rete...»

«Non ti avrebbe fatto del male comunque» assicurò Bran. «Lo sa che sei mia amica.»

Nel giro di un giorno o due dopo la festa del raccolto, tutti i lord e i cavalieri se n'erano andati da Grande Inverno ma i ragazzi Reed erano rimasti, diventando inseparabili compagni di Bran. Jojen era talmente solenne che la vecchia Nan lo chiamava "il piccolo nonno", ma Meera ricordava a Bran sua sorella Arya: non aveva alcun timore di sporcarsi, sapeva correre e combattere, e usare la lancia come un ragazzo. Aveva più anni di Arya, però: quasi sedici, una donna fatta ormai. Erano entrambi più vecchi di Bran, sebbene il suo nono compleanno fosse ormai passato, ma non lo trattavano mai come un bambino.

«Vorrei che foste voi i nostri protetti invece dei Walder...» Bran cominciò a trascinarsi verso l'albero più vicino. I suoi sforzi, le sue contorsioni erano spiacevoli da guardare, ma quando Meera si mosse per aiutarlo, lui la fermò. «No, lascia stare, ce la faccio da solo.» Continuò a rotolare goffamente, spingendosi all'indietro a forza di braccia. Alla fine, riuscì ad appoggiarsi con la schiena contro il tronco di un alto frassino. «Visto? Te l'avevo detto che ce l'avrei fatta.» Estate gli sistemò il muso in grembo. «Non avevo mai visto nessuno combattere con una rete.» Bran grattò il meta-lupo dietro un orecchio. «È stato il tuo maestro d'armi a insegnartelo?»

«È stato mio padre a insegnarmelo. Non abbiamo cavalieri alle Acque Grigie. Né maestri d'armi, né maestri della Cittadella.»

«E chi si occupa dei vostri corvi messaggeri?»

Meera sorrise: «I corvi messaggeri non riescono a trovare la

Torre delle Acque grigie più di quanto non ci riescano i nostri nemici.»

«Perché no?»

«Perché si muove.»

Bran non aveva mai sentito di un castello in grado di spostarsi. Guardò Meera con aria perplessa, ma non riuscì a capire se lei lo stesse prendendo in giro. «Quanto vorrei vederla, la vostra torre. Pensi che il lord vostro padre mi permetterà di farvi visita quando la guerra sarà finita?»

«Sarai sempre il benvenuto, mio principe, allora così come ora.»

«Ora?» Bran aveva trascorso la sua intera vita a Grande Inverno. Desiderava tanto vedere altri luoghi. «Al suo ritorno, potrei chiedere il permesso a ser Rodrik.»

Il vecchio cavaliere era andato nell'Est, per tentare di sistemare problemi tutt'altro che banali. Era stato il bastardo di Roose Bolton a provocarli, sequestrando lady Hornwood mentre tornava dalla festa del raccolto e costringendola a sposarlo quella medesima notte, noncurante del fatto che, per età, la provata nobildonna avrebbe potuto essere sua madre. Lord Wyman Manderly di Porto Bianco aveva quindi occupato il castello degli Hornwood. Per proteggere le terre della lady dai Bolton, aveva scritto. Ser Rodrik, però, era infuriato con lui quasi quanto lo era con il bastardo.

«Ser Rodrik forse mi permetterebbe di venire» disse Bran. «Ma maestro Luwin non acconsentirebbe mai.»

Seduto a gambe incrociate sotto l'albero-diga, Jojen Reed lo guardò con espressione grave: «Sarebbe un bene se tu lasciassi Grande Inverno, Bran».

«Davvero?»

«Sì. E prima sarà, meglio sarà.»

«Mio fratello ha la visione dell'oltre» spiegò Meera. «Sogna cose che non sono accadute, ma che qualche volta accadono.

«Non "qualche volta", Meera.» Fratello e sorella si scambiarono un'occhiata, lui triste, lei provocatoria.

«Allora dimmi che cosa sta per accadere» disse Bran.

«Lo farò» rispose Jojen. «Ma solo se tu mi parlerai dei tuoi sogni.»

Il parco degli dei era diventato stranamente quieto. Bran poteva udire lo stormire delle foglie e i lontani rumori di schizzi di Hodor che sguazzava in uno degli stagni caldi. Nella sua mente, tornò l'uomo dorato che lo gettava nel vuoto. E tornarono il corvo con tre occhi, lo scricchiolare secco delle ossa nel suo becco, il sapore acre del sangue.

«Io non faccio sogni. Maestro Luwin mi dà una pozione per dormire.»

«E aiuta?»

«A volte.»

«Bran, tutta Grande Inverno sa che di notte tu ti svegli urlando, madido di sudore» disse Meera. «Le donne ne parlano al pozzo, e anche le guardie sulle mura ne parlano.»

«Parla con noi, Bran» insistette Jojen. «Che cosa ti fa così tanta paura?»

«Non voglio parlarne. E poi sono solamente sogni. Maestro Luwin dice che non sempre i sogni possono significare qualcosa.»

«Mio fratello sogna come gli altri ragazzi, anche i suoi sogni non sempre hanno significati reconditi» intervenne Meera. «Ma i sogni dell'oltre sono diversi.»

Bran incontrò lo sguardo di Jojen. Gli occhi del giovane delle paludi erano colore del muschio, e quando fissava qualcosa era come se vedesse oltre. Come in quel momento.

«Ho sognato un lupo con le ali, tenuto prigioniero alla terra da catene di pietra grigia» raccontò Jojen. «Era un sogno dell'oltre, per cui so che è vero. Un corvo cercava di spezzare le catene con il becco, ma la pietra era troppo dura e il corvo riusciva solamente a scheggiarla.»

«E quel corvo...» Bran esitò. «Aveva tre occhi?»

Jojen annuì.

Estate sollevò il muso dal grembo di Bran, osservando il ragazzo con i suoi scuri occhi dorati.

«Quando ero piccolo» proseguì Jojen «fui sul punto di morire a causa della febbre dell'acqua grigia. È stato allora che venne da me il corvo con tre occhi.»

«Venne da me dopo che caddi» cedette Bran. «Dormivo da molto tempo. "Vola o muori, mi disse il corvo." Così mi svegliai. Solo che ero storpio, come lo sono adesso. E di certo non potevo volare.»

«Tu puoi volare.» Meera raccolse la rete, sciolse gli ultimi nodi e cominciò a ripiegarla. «Basta che tu lo voglia.»

«Sei tu il lupo con le ali, Bran» gli spiegò Jojen. «Non ne ero sicuro quando siamo arrivati, ma adesso lo sono. Il corvo con tre occhi ci ha mandati qui per spezzare le tue catene.»

«Il corvo sta alle Acque Grigie?»

«No. È al Nord.»

«Alla Barriera?» Bran aveva sempre desiderato vedere la Barriera. Jon Snow, il suo fratello bastardo, era andato lassù, uno dei Guardiani della notte.

«Al di là della Barriera.» Meera Reed tornò ad appendere la rete piegata alla cintura. «Quando Jojen ha detto al lord nostro padre quello che aveva sognato, lui ci ha mandati a Grande Inverno.»

«Come faccio a spezzare quelle catene di pietra, Jojen?» domandò Bran.

«Apri l'occhio.»

«Li ho già aperti, gli occhi! Non vedi?»

«Due sono aperti» Jojen indicò. «Uno, due.»

«Ne ho solo due.»

«No, ne hai tre. Il corvo di ha dato il terzo occhio, ma tu rifiuti di aprirlo.» Jojen parlava in modo lento, suadente. «Con due occhi, puoi vedere la mia faccia. Con tre, potresti vedere il mio cuore. Con due riesci a vedere quella quercia laggiù. Con tre saresti in grado di vedere la ghianda da cui è sorta e il ceppo che diventerà un giorno. Con due, vedi solamente fino alle tue mura. Con tre, vedresti a sud fino al mare dell'Estate e a nord al di là della Barriera.»

Estate si rizzò sulle zampe.

«Non c'è bisogno che veda tanto lontano.» Bran sorrise nervosamente. «Sono stanco di parlare di corvi. Parliamo di lupi, o di lucertole-leone. Ne hai mai cacciata una, Meera? Noi non le abbiamo qui nel Nord.»

«Vivono nell'acqua.» Meera recuperò dall'erba la sua lancia da rane. «Nelle correnti lente e nelle paludi...»

Jojen la interruppe: «Hai mai sognato una lucertola-leone, Bran?».

«No. Te l'ho già detto, non voglio...»

«Hai mai sognato un lupo?»

«Io non devo parlarti dei miei sogni.» Bran stava cominciando ad arrabbiarsi. «Io sono il principe. Sono lo Stark di Grande Inverno.»

«Era Estate, quel lupo?»

«Smettila.»

«La notte della festa del raccolto, hai sognato di essere Estate nel parco degli dei, non è forse così?»

«Basta!» urlò Bran. Estate avanzò verso l'albero-diga, mostrando le zanne.

«Quando ho toccato Estate, ti ho sentito in lui.» Jojen Reed non fece caso alla belva. «Proprio come tu sei in lui adesso.»

«Non può essere. Io ero a letto, dormivo.»
«Eri nel parco degli dei, ed eri tutto grigio.»
«È stato solo un brutto sogno...»
«Io ti ho sentito.» Jojen si alzò. «Ti ho percepito cadere. È quello che ti fa paura, la caduta?»
"La caduta, sì... e l'uomo dorato, il fratello della regina. Anche lui mi fa paura. Ma specialmente la caduta." Ma non disse niente di tutto ciò. Come poteva dirglielo? Non lo aveva confessato a ser Rodrik né a maestro Luwin, quindi di certo non poteva dirlo ai ragazzi Reed. Se non ne parlava, forse avrebbe dimenticato. Non aveva mai voluto ricordare, e poi forse non era neppure un vero ricordo.
«Cadi ogni notte, Bran?» domandò in tono calmo Jojen.
Un basso ringhio uscì dalla gola di Estate. E questa volta, non c'era niente giocoso. Il meta-lupo avanzò, con le zanne sguainate, occhi incendiati.
Meera si frappose tra suo fratello e la belva, lancia in pugno. «Richiamalo, Bran.»
«Jojen lo sta facendo infuriare.»
Meera tornò a svolgere la rete.
«È il tuo furore, Bran.» Jojen non aveva dubbi. «La tua paura.»
«No, non può essere. Non sono un lupo.» Ma se non lo era, perché aveva ululato con loro nella notte? E perché aveva sentito il sapore del sangue nei suoi sogni di lupo?
«Parte di te è Estate, e parte di Estate è te. Tu questo lo sai, Bran.»
Estate si avventò, Meera lo respinse allungando la punta a tridente della sua lancia. Il lupo deviò, continuando a muoversi, pronto a scattare di nuovo.
«Richiamalo, Bran!» gridò Meera.
«Estate! Da me, Estate!» Bran si diede un forte colpo contro la coscia. La sua mano formicolò, ma la sua gamba inerte non percepì nulla. «Da me!»
Ma fu inutile: il meta-lupo si lanciò di nuovo, e di nuovo la lancia di Meera schizzò in avanti. Ci fu un fruscio tra i cespugli del parco degli dei. Una seconda forma nera scivolò fuori accanto all'albero-diga, le fauci spalancate. Cagnaccio, la belva di Rickon, aveva percepito l'odore della furia di suo fratello. Bran sentì i capelli sulla nuca che gli si rizzavano. Meera rimase a fianco di Jojen, entrambi assediati dai lupi.
«Fermali, Bran! Adesso!»
«Non ci riesco!»

«Jojen, sali sull'albero.»
«Non è necessario. Non è oggi il giorno della mia morte.»
«Fallo!» gridò Meera.

Jojen si arrampicò su per l'albero-diga, usando i rilievi della faccia scolpita nel tronco pallido come appigli. I meta-lupi attaccarono. Meera gettò via la lancia e la rete e spiccò un salto, aggrappandosi a un ramo basso. Le fauci di Cagnaccio si serrarono appena un palmo più sotto della caviglia della ragazza. Meera volteggiò a cavalcioni sul ramo. Estate sedette sulle zampe posteriori, ululando minacciosamente. Cagnaccio si avventò sulla rete, tirandola con i denti.

Fu allora che Bran ricordò: non erano soli nel parco degli dei. «Hodor!» Portò le mani a coppa attorno alla bocca. «Hodor! Hodor!» Era terribilmente spaventato, e provava anche una certa vergogna. «A Hodor non faranno del male» assicurò ai suoi due amici intrappolati sull'albero.

Passarono alcuni momenti prima che udissero un canticchiare privo di ritmo. Mezzo vestito e tutto schizzato di fango, Hodor arrivò dal suo tuffo negli stagni caldi. Bran non era mai stato così contento di vederlo. «Hodor, aiutami. Manda via i lupi. Via... Mandali via!»

Hodor ci si mise proprio d'impegno, agitando le braccia, pestando a terra i piedi enormi, urlando: «Hodor, Hodor», correndo ora dietro a un lupo ora all'altro. Cagnaccio fu il primo a dileguarsi, sparendo fra il fogliame con un ultimo ringhio feroce. Quando anche Estate ne ebbe avuto abbastanza, tornò ad accucciarsi vicino a Bran.

Non appena toccò terra, Meera si precipitò ad afferrare lancia e rete. Jojen non staccò mai lo sguardo da Estate. «Ne riparleremo» promise a Bran.

"Sono stati i lupi. Io non c'entro." Bran non riusciva a capire perché si fossero scatenati a quel modo. "Forse maestro Luwin ha avuto ragione a rinchiuderli qui nel parco degli dei."

«Hodor, portami da maestro Luwin.»

La torretta del maestro sotto l'uccelliera era uno dei posti preferiti di Bran. Luwin si aggirava in un costante, incredibile disordine, ma le sue montagne di antichi testi, le pergamene e le ampolle davano al ragazzo lo stesso senso di conforto della chiazza calva sulla sommità della testa dell'anziano dotto e delle ampie maniche dalle mille tasche nascoste delle sue tonache grigie. Anche i corvi gli piacevano.

Trovò Luwin appollaiato sul suo alto sgabello, intento a scrivere. In assenza di ser Rodrik, tutti i doveri di governo del castello ricadevano sulle sue spalle.

«Mio principe» disse vedendo entrare Hodor. «Sei in anticipo per le tue lezioni, quest'oggi.» Tutti i pomeriggi, il maestro passava svariate ore a istruire Bran, Rickon e i due Walder Frey.

«Hodor, rimani fermo.» Bran allungò le braccia, afferrò con entrambe le mani un candeliere infisso nella parete e si issò fuori della cesta sulla schiena del gigante. Rimase sospeso per un istante, poi Hodor lo trasportò fino a una sedia.

«Meera dice che suo fratello Jojen ha la visione dell'oltre.»

Luwin si grattò il naso con l'estremità della penna d'oca: «Dice questo, quindi».

Bran annuì. «E ricordo che tu mi hai detto che anche i figli della foresta avevano la visione dell'oltre.»

«Alcuni sostenevano infatti di avere quel potere. I loro saggi venivano chiamati oltre-vedenti.»

«Era magia?»

«Se proprio devi chiamarla in qualche modo, chiamala pure magia, in mancanza di una parola più adatta. In effetti, era un diverso tipo di conoscenza.»

«Che cosa vuoi dire?»

«Nessuno lo sa con precisione, Bran.» Luwin posò la penna d'oca. «I figli della foresta non sono più su questo mondo. Si pensa che la visione dell'oltre fosse collegata ai volti scolpiti negli alberi. I Primi Uomini pensavano che gli oltre-vedenti potessero osservare attraverso gli occhi nel legno. Fu per questo che, nelle loro guerre contro i figli della foresta, loro abbatterono tutti gli alberi-diga che trovarono. Pensavano anche che gli oltre-vedenti fossero in grado di comunicare con gli animali dei boschi e con gli uccelli del cielo. Perfino con i pesci nell'acqua. Anche il ragazzo Reed sostiene di avere simili poteri?»

«No. Non credo... ma fa sogni che certe volte si avverano. Così dice Meera.»

«Tutti noi facciamo sogni che a volte si avverano. Tu sognasti il lord tuo padre nelle cripta ancora prima di sapere che lui era morto, ricordi?»

«E anche Rickon lo sognò. Abbiamo fatto lo stesso sogno.»

«Chiamala pure visione dell'oltre, se vuoi... ma non dimenticare di tutte le altre migliaia di sogni che tu e Rickon avete fatto e che invece non si sono avverati. Ricordi ciò che ti ho insegnato sulla catena che ogni maestro porta al collo?»

Bran ci pensò su per un momento, sforzandosi di ricordare. «Un maestro forgia quella catena nella Cittadella di Vecchia Città. È una catena perché i maestri giurano di servire, ed è fatta di metalli diversi perché servono il reame e il reame è fatto di tante genti diverse. Ogni volta che imparano qualcosa, aggiungono un nuovo anello. Il ferro nero rappresenta la conoscenza dei corvi, l'argento rappresenta la capacità di curare, l'oro è per le operazioni con i numeri... non li ricordo tutti.»

Luwin fece scivolare l'indice sotto la catena e cominciò a farla scorrere. Aveva un collo robusto per un uomo di piccola statura, e la catena era stretta, ma con pochi tiri riuscì a farla ruotare completamente.

«Questo è acciaio di Valyria» precisò, indicando l'anello di metallo grigio al pomo della sua gola. «Solamente un maestro su cento porta un anello di questo tipo. Significa che ho studiato quelli che nella Cittadella vengono chiamati "gli alti misteri"... Magia, se preferisci. Una ricerca affascinante, è vero, ma di scarso uso, il che spiega perché sono così pochi i maestri che vi si dedicano.

«Presto o tardi, tutti coloro i quali studiano gli alti misteri finiscono con il tentare a loro volta di praticare qualche incantesimo. Io stesso ho ceduto a quella tentazione, devo confessarlo. Bene, ero un ragazzo, e qual è il ragazzo che, in segreto, non desidera scoprire i poteri nascosti dentro di sé? Ma pur con tutti i miei sforzi, non ottenni risultati migliori dei mille altri ragazzi che mi avevano preceduto, e degli altri mille che hanno tentato dopo di me. Triste a dirsi, caro figliolo, ma la magia semplicemente non funziona.»

«Certe volte sì, invece!» protestò Bran. «Ho fatto un sogno. E l'ha fatto anche Rickon. Ci sono maghi e stregoni nell'Est...»

«Ci sono uomini che si definiscono maghi e stregoni» lo corresse maestro Luwin. «E io avevo un amico alla Cittadella che sapeva come tirarti fuori una rosa dall'orecchio, ma non possedeva più poteri magici di me. È vero, ci sono molte cose che non comprendiamo. Gli anni passano a centinaia, a migliaia, ma che cosa vede ogni uomo del mondo che lo circonda se non poche estati e pochi inverni? Guardiamo le montagne e diciamo che sono eterne... e tali in effetti paiono... ma, con il passare del tempo, perfino le montagne crescono e poi crollano, i fiumi cambiano il loro corso, le stelle cadono dai cieli e le grandi città sprofondano nel mare. Perfino gli dei muoiono, pensiamo. Tutto, tutto quanto, cambia.

«Forse, nel lontano passato, la magia era veramente una grande forza nel mondo. Ma non lo è più. Quel poco che ne resta non è altro che l'esile filo di fumo che si leva nell'aria dopo che un grande incendio ha finito di consumarsi. E anche quell'esile fumo si va disperdendo. Valyria fu l'ultima di quelle braci, ma ora anche Valyria è svanita: i draghi sono scomparsi, i giganti sono morti, i figli della foresta sono dimenticati insieme a tutto il loro sapere.

«No, mio principe. Jojen Reed potrà anche aver fatto uno o due sogni che lui crede siano diventati realtà, ma non possiede la visione dell'oltre. Nessun uomo vivente possiede quel potere.»

Al tramonto, Meera venne da lui. Bran era sul sedile presso la finestra, e osservava le luci di Grande Inverno accendersi una a una. Le riportò ciò che maestro Luwin gli aveva detto.

«Mi dispiace di quanto è successo con i lupi» si scusò Bran. «Estate non avrebbe dovuto cercare di fare del male a Jojen, ma Jojen non avrebbe dovuto dire tutte quelle cose sui miei sogni. Il corvo con tre occhi ha mentito quando ha detto che potevo volare. E anche tuo fratello ha mentito.»

«O forse è il tuo maestro che si sbaglia.»

«Non si sbaglia. Perfino mio padre si affidava ai suoi consigli.»

«Tuo padre lo ascoltava, non ho dubbi. Ma alla fine, era lui a decidere. Bran, mi permetti di parlarti del sogno che Jojen ha fatto su di te e sui tuoi fratelli acquisiti?»

«I Walder non sono miei fratelli.»

«Eri seduto a cena» continuò Meera senza nemmeno attendere una risposta, ignorando il commento di Bran. «Ma invece di un servitore, era maestro Luwin a portarti il cibo. Ti servì un arrosto degno di un re, una carne quasi cruda, al sangue, che faceva venire l'acquolina in bocca a tutti. Invece, la carne che venne servita ai Frey era vecchia e grigia e morta. Eppure, la cena piacque a loro molto di più che non a te.»

«Che cosa significa? Non capisco.»

«Capirai, dice mio fratello. E quando avrai capito, parleremo ancora.»

Quella sera, Bran ebbe quasi paura di sedersi per la cena. Ma poi, a tavola, gli venne servito uno sformato di piccione, proprio come a tutti gli altri, e lui non notò niente di strano nelle pietanze che vennero servite ai Walder.

"È maestro Luwin ad avere ragione" ripeté a se stesso. Niente di tragico stava per abbattersi su Grande Inverno, a dispetto di qualsiasi cosa Jojen dicesse.

Bran si sentì sollevato... ma anche deluso. Fino a quando la magia fosse esistita, qualsiasi cosa avrebbe potuto diventare realtà. Spettri che camminano, alberi che parlano... e ragazzi storpi che diventano cavalieri.

«Ma non esiste» disse Bran ad alta voce nelle tenebre della sua stanza. «Non c'è nessuna magia, e le storie rimangono soltanto storie.» E lui non avrebbe più camminato, non avrebbe mai volato e non sarebbe mai diventato un cavaliere.

TYRION

Le lenzuola gli grattavano la pianta dei piedi nudi. «Mio cugino ha scelto un'ora ben strana per venire a farmi visita» disse Tyrion Lannister a Podrick Payne, ancora intontito dal sonno, il quale certamente si aspettava di essere bruciato sul rogo per aver svegliato il suo signore nel cuore della notte. «Fallo accomodare nel mio solarium e digli che sarò da lui tra poco.»

A giudicare dal buio fitto fuori della finestra, la mezzanotte doveva essere passata da un pezzo. "Che cosa pensa Lancel, che a quest'ora io sia assonnato e rimbecillito?" si domandò. "No, Lancel non pensa. Qui c'è lo zampino di Cersei." Sua sorella stava per ricevere una cocente delusione. Anche se era a letto, Tyrion andava avanti a lavorare fino all'alba e oltre, leggendo alla luce tremolante delle candele, valutando i rapporti degli informatori di Varys, esaminando i conteggi economici di Ditocorto fino a quando la vista gli si annebbiava e gli occhi gli bruciavano.

Si gettò acqua tiepida in faccia dal bacile accanto al letto e se la prese comoda, accovacciato sul pitale, nel fare i suoi servizi, lasciando che la fredda aria notturna gli scivolasse sul corpo. Ser Lancel aveva sedici anni e non era rinomato per la sua pazienza. Che aspettasse pure, e che diventasse sempre più nervoso. Una volta che le sue viscere furono sgombre, Tyrion indossò una vestaglia e si arruffò con le dita gli esili capelli biondicci. Voleva dare l'impressione di essersi appena svegliato.

Lancel passeggiava nervosamente di fronte alle ceneri spente del camino. Indossava un farsetto di velluto rosso a coste sopra una camicia di seta nera. Dal cinturone della spada, pendeva un fodero dorato da cui sporgeva l'impugnatura tempestata di gioielli di una daga.

«Caro cugino» esordì Tyrion, entrando. «Troppo rare sono le tue visite. A che cosa devo questo immeritato piacere?»

«Sua maestà la regina reggente mi ha inviato qui per comandarti di rilasciare il gran maestro Pycelle.» Ser Lancel tese a Tyrion una pergamena chiusa da un nastro rosso, con il sigillo a forma di testa di leone di Cersei impresso in ceralacca dorata. «Eccoti il suo ordine scritto.»

«Ah, è così.» Tyrion allontanò il documento con un gesto noncurante. «Spero che la mia dolce sorella, a così pochi giorni dalla sua malattia, non si stia sottoponendo a eccessivi sforzi. Sarebbe un vero peccato se dovesse soffrire una ricaduta.»

«Sua maestà si è rimessa perfettamente» rispose ser Lancel in tono secco.

«Musica per le mie orecchie.» "Ma non la musica che mi sarebbe piaciuto sentire. Avrei dovuto darle una dose più massiccia." Tyrion aveva sperato di poter avere qualche altro giorno senza interferenze da parte di Cersei, ma non fu comunque granché sorpreso dalla sua pronta guarigione: era, dopo tutto, la gemella di Jaime. Il Folletto si prodigò in un sorriso accattivante. «Pod, accendi il fuoco, fa troppo freddo per i miei gusti. Gradiresti una coppa di vino di verbasco, Lancel? Trovo che concili meravigliosamente il sonno.»

«Non ho bisogno di alcun aiuto per dormire» ribatté ser Lancel. «Sono venuto qui in vece di sua maestà, e non per bere con te, Folletto.»

Da quando era diventato cavaliere, il ragazzo era decisamente più arrogante, rifletté Tyrion.«Il vino in effetti contiene i suoi pericoli.» Tyrion sorrise, versandolo solo per sé. «Tornando al gran maestro Pycelle... se la mia dolce sorella è tanto preoccupata per lui, e visto che ora sta meglio, perché non è venuta da me di persona? Invece ha mandato te: che cosa dovrei dedurre da ciò?»

«Deduci quello che ti pare, basta che tu rilasci il prigioniero. Il gran maestro è un fidato amico della regina reggente, e si trova sotto la sua protezione.» C'era l'ombra di un sogghigno sulle labbra del ragazzo. Chiaramente, provava piacere in quel suo nuovo ruolo. "Prende lezioni da Cersei, il bamboccio?" «Sua maestà non ha alcuna intenzione di avallare un simile oltraggio. Ti ricorda che è lei la reggente di re Joffrey.»

«Così come io sono il Primo Cavaliere di re Joffrey.»

«Il Primo Cavaliere serve» dichiarò il giovane cavaliere con aria strafottente. «La reggente comanda fino a quando il re non avrà raggiunto l'età per governare.»

«Perché non me la scrivi questa frase, Lancel? Così me la ricorderò meglio.» Nel caminetto, adesso il fuoco scoppiettava allegramente. Tyrion si rivolse al suo scudiero. «Grazie, Pod. Puoi lasciarci.» Attese che il ragazzo se ne fosse andato prima di rivolgersi nuovamente a Lancel. «C'è dell'altro?»

«Sua maestà mi ordina d'informarti che ser Jacelyn Bywater ha disobbedito a un ordine impartitogli in nome del re.»

"Il che significa che Cersei ha ordinato a Bywater di rilasciare Pycelle e lui ha rifiutato." «Capisco.»

«Sua maestà insiste perché quell'insubordinato ufficiale venga rimosso dal suo incarico e posto agli arresti per tradimento. Ti avverto...»

Tyrion allontanò bruscamente la coppa. «Non accetto avvertimenti da te, ragazzino.»

«Ser!» sibilò Lancel con fermezza, sfiorando l'elsa della sua spada, quasi a ricordare a Tyrion che ne aveva una. «Attento a come ti rivolgi a me, Folletto.»

Di certo voleva farla suonare come una minaccia, ma i suoi assurdi e patetici baffetti rovinarono l'effetto.

«Oh, tirala pure fuori quella spada... Una sola parola da parte mia e Shagga verrà qui dentro a ucciderti. E non con un'otre di vino, ma con un'ascia.»

Lancel divenne color porpora. Era davvero cretino al punto di pensare che la sua complicità nella morte di Robert fosse passata inosservata? «Io sono un cavaliere...»

«Certo, certo. Ma dimmi, ser... il cavalierato Cersei te lo ha concesso prima o dopo averti portato a letto?»

Il lampo negli occhi di Lancel fu la conferma di cui Tyrion aveva bisogno. Varys aveva detto il vero. "Be', quanto meno non si potrà mai dire che la mia cara sorellina non ami la sua famiglia." «Non hai più niente da dire, ser? Nessun altro avvertimento da darmi?»

«Tu ritirerai queste luride accuse, Folletto, o io...»

«O tu cosa, giovane imbecille? Hai una sia pura vaga idea di che cosa re Joffrey potrebbe farti se io gli dicessi che hai assassinato suo padre per giacere con sua madre?».

«No!» protestò Lancel, inorridendo. «Non è affatto andata così!»

«E allora come è andata?»

«È stata la regina! Mi ha dato lei il vino liquoroso! E tuo padre in persona, lord Tywin, quando sono stato investito cavaliere, mi ha ordinato di obbedirla in ogni suo desiderio.»

«Ti ha anche ordinato di chiavartela?» "Ma tu guardalo... non è poi così alto, non ha lineamenti raffinati, i capelli sono come sabbia e non come oro fino, eppure... per Cersei, anche una scadente copia di Jaime è sempre meglio di un letto vuoto, immagino." «No, quello non credo te lo abbia ordinato.»

«Io non ho mai voluto... Ho solo fatto come mi è stato ordinato, io...»

«Hai di sicuro odiato ogni istante di quell'arduo dovere, è questo che vorresti farmi credere? Un alto posto a corte, il cavalierato, mia sorella a gambe aperte ogni notte, oh, me l'immagino, quale terribile esperienza dev'essere stata per te.» Tyrion si alzò. «Aspetta qui, ser. Sua maestà il re ha il diritto di saperlo.»

Improvvisamente, tutta la sicumera di ser Lancel era venuta meno. Il giovane cavaliere crollò in ginocchio piagnucolando, da quel ragazzino terrorizzato che in realtà era: «Pietà, mio lord, t'imploro».

«Risparmiale per Joffrey, le tue implorazioni. Lui le adora.»

«Mio lord, è stato il volere di tua sorella, la regina, proprio come tu dici, ma sua maestà Joffrey... lui non capirebbe mai...»

«Sono sconvolto!» Tyrion dovette compiere uno sforzo per non ridergli in faccia. «Ora vorresti che io celassi una simile turpe verità al nostro sovrano!»

«Nel nome di mio padre, ti supplico! Lascerò la città, sarà come nulla fosse mai accaduto! Lo giuro, io porrò fine...»

«Porre fine? Lo escludo.»

«Mio lord?» Lancel Lannister era disorientato.

«Hai sentito bene. Lord Tywin ti ha detto di obbedire a mia sorella, no? Magnifico: tu continuerai a farlo. Le starai vicino, conserverai la sua fiducia, le darai piacere tutte le volte che lei lo richiederà. Nessuno dovrà mai saperlo... a patto che tu sia fedele a me. Voglio sapere esattamente tutto quello che fa Cersei: dove va, chi vede, di che cosa parla, quali piani sta tramando. Tutto. E tu sarai colui che verrà a riferirmi ogni cosa, vero?»

«Sì, mio lord.» Non ci fu nemmeno un'ombra di esitazione nella risposta di Lancel, e Tyrion ne fu soddisfatto. «Lo farò. Lo giuro. Come tu comandi.»

«Alzati.» Tyrion riempì una seconda coppa e gliela spinse tra le dita. «Un brindisi al nostro accordo. E ti garantisco: non ci sono insidiosi cinghiali qui nella Fortezza Rossa... che io sappia.» Anche se un po' rigido nei movimenti, Lancel sollevò la coppa. «Sorridi, cugino. Mia sorella è una bellissima donna. E poi, è tutto per il bene del reame, giusto? Inoltre, potresti ricavarne ottimi vantaggi per la tua posizione. Il cavalierato? Sciocchezze. Se giocherai d'astuzia, avrai da me il titolo di lord ancor prima che l'avventura si sia conclusa.» Tyrion fece ondeggiare il vino nella coppa. «Voglio che Cersei continui a nutrire piena fiducia in te. Torna da lei e dille che imploro il suo perdono. Dille che mi hai spaventato a morte, che non voglio nessun conflitto tra lei e me e che quindi non farò nulla senza il suo consenso.»

«Ma... e le sue richieste?»

«Oh, le consegnerò Pycelle, certo.»

«Lo farai?» Lancel pareva sbalordito.

«Lo rilascerò domattina.» Tyrion sorrise. «Potrei spergiurare che non gli è stato torto un capello, ma la cosa non risponderebbe proprio a verità. In ogni caso, è in condizioni abbastanza buone, per quanto non scommetterei sul suo vigore fisico. Le celle oscure non sono ciò che si direbbe un luogo consono a un uomo di quell'età. Cersei può tenerselo come leccapiedi oppure mandarlo sulla Barriera, non m'importa che fine farà il gran maestro Pycelle, ma non lo voglio nel Concilio ristretto.»

«E ser Jacelyn?»

«Dirai a mia sorella che ritieni di poter fare in modo che io me ne sbarazzi. Col tempo. Questo dovrebbe darle un giusto contentino.»

«Come comandi.» Lancel finì il suo vino.

«Un'ultima cosa. Con re Robert nella tomba, sarebbe quanto mai imbarazzante se la sua inconsolabile vedova si ritrovasse tutto d'un colpo gravida.»

«Mio lord, io... noi... Ecco, la regina mi ha ordinato di non...» Le orecchie di Lancel divennero del color porpora dei Lannister. «Io verso il mio seme sul suo ventre, mio lord...»

«E quale grazioso ventre è il suo, senza dubbio. Annaffialo pure tutte le volte che vuoi... ma assicurati che la rugiada non vada a cadere nei posti sbagliati. Non voglio altri nipoti, sono stato chiaro?»

Ser Lancel fece un rigido inchino e si dileguò.

Tyrion si concesse un momento per sentirsi quasi dispiaciuto per il ragazzo. "Un altro idiota, e anche un debole, ma non merita quello che Cersei e io gli stiamo facendo." Era una fortuna che suo zio Kevan di figli ne avesse altri due, perché questo difficilmente sarebbe arrivato alla fine dell'anno. Se Cersei avesse scoperto che Lancel la stava tradendo, gli avrebbe fatto tagliare la gola in un battito di ciglia. Se invece, in virtù di chissà quale imperscrutabile miracolo degli dei, questo non fosse accaduto, gliel'avrebbe tagliata Jaime nel preciso istante in cui avesse rimesso piede ad Approdo del Re. L'unico interrogativo era se sarebbe stato Jaime a sventrarlo nel furore della gelosia, o se invece Cersei avrebbe fatto assassinare prima il giovane fesso, in modo da impedire che Jaime scoprisse la loro tresca. Tyrion puntava su Cersei.

Ma Tyrion continuava a essere inquieto. Sapeva fin troppo bene che non sarebbe più riuscito a prendere sonno, quella notte. "E comunque, non qui." Trovò Podrick Payne che dormiva sulla sedia appena fuori del solarium e lo svegliò scuotendolo per la spalla. «Va' a chiamare Bronn. Poi scendi nelle stalle e fai sellare due cavalli.»

Gli occhi del ragazzo erano annebbiati: «Cavalli...».

«Ma sì, quei grossi animali di colore marrone a cui piacciono tanto le mele. Sono certo che ne hai visto qualcuno: quattro zampe, coda, criniera. Ma prima, chiama Bronn.»

Il mercenario non ci mise molto ad apparire. «Chi ti ha pisciato nella minestra?» domandò d'acchito.

«Indovina.»

«Cersei?»

«L'hai detto. A questo punto, dovrei essermi abituato al gusto... be', lascia perdere. La mia dolce sorella sembra avermi scambiato per Ned Stark.»

«Ho sentito dire che era più alto.»

«Non dopo che Joffrey gli ha fatto tagliare la testa. Avresti dovuto vestirti più caldo, Bronn, la notte è fredda.»

«Andiamo da qualche parte?»

«Tutti i mercenari sono astuti come te?»

C'era sempre il pericolo in agguato nella strade di Approdo del Re, ma con Bronn al suo fianco, Tyrion si sentiva al sicuro quanto bastava. Le guardie lo lasciarono uscire da una postierla nelle mura nord del castello. Raggiunsero la strada delle Ombre Nere, ai piedi dell'alta collina di Aegon. Da là, svoltarono nella via dei Maiali in Fuga, superando file e file di finestre sbarrate e alti edifici di tronchi e pietra, i cui piani superiori erano così inclinati da dare quasi l'impressione che le pareti delle facciate opposte si stessero baciando. La luna sembrava seguirli a ogni passo, giocando a nascondino fra i camini. L'unica persona che incontrarono fu una solitaria vecchietta avvizzita, intenta a trascinare un gatto morto tenendolo per la coda. L'anziana donna lanciò loro un'occhiata piena di paura, quasi temesse che i due uomini a cavallo intendessero rubarle la cena. Poi, senza dire una parola, scivolò nelle tenebre.

Tyrion ripensò agli uomini che lo avevano preceduto nella carica di Primo Cavaliere del re. Tutti uomini che avevano perduto la partita contro la determinazione e i complotti di sua sorella. "E come poteva essere diversamente? Uomini come loro... troppo onesti per sopravvivere, troppo nobile per affondare le mani nella merda. Stolti del genere, Cersei li divora ogni mattina per colazione. C'è un solo modo per sconfiggere mia sorella: giocare al suo stesso gioco. E questo, lord Arryn e lord Stark non sarebbero mai stati capaci di farlo." Nessuna meraviglia se erano morti entrambi, mentre Tyrion Lannister non si era mai sentito così vivo. Le sue gambette deformi lo rendevano forse inadeguato ai balli della festa del raccolto, ma questo gioco lo conosceva alla perfezione.

A dispetto dell'ora tarda, il bordello era affollato. Chataya li accolse cordialmente e li condusse nella sala comune. Bronn salì al piano di sopra insieme a una ragazza dagli occhi scuri originaria di Dorne. Alayaya, però, in quel momento stava intrattenendo un altro cliente.

«Sarà molto lieta di sapere che sei venuto, mio lord» disse Chataya. «Farò approntare per te la stanza nella torre. Nell'attesa, gradisce il mio lord una coppa di vino?»

«Senz'altro.»

Il vino era roba da poco a confronto delle vendemmie di Arbor che venivano servite di solito in quella raffinata casa. «Dovrai perdonarci, mio lord» si scusò Chataya. «Di questi tempi, è diventato molto difficile trovare buon vino a un prezzo decente.»

«Di questi tempi, è diventato molto difficile trovare qualsiasi cosa a un prezzo decente, temo.»

Chataya continuò a compiangersi con lui per qualche altro momento, quindi, con licenza, si congedò. "Donna attraente" riconobbe Tyrion osservandola allontanarsi. Ben di rado aveva visto una simile eleganza e una simile dignità in una puttana. Indubbiamente però, Chataya vedeva se stessa più come una sorta di sacerdotessa. "Forse è quello il segreto: non tanto che cosa facciamo, quanto perché lo facciamo." Un pensiero che in qualche modo contribuì a confortarlo.

Alcuni clienti gli stavano scoccando occhiate di sottecchi. L'ultima volta che si era avventurato fuori della Fortezza Rossa, un uomo gli aveva sputato addosso... in realtà, ci aveva solo provato, ma aveva mancato il bersaglio, sputando su Bronn. Il suo prossimo sputo, quell'idiota lo avrebbe lanciato senza denti.

«Milord si sente forse trascurato?» Dancy gli scivolò sulle ginocchia, leccandogli il lobo di un orecchio. «Ho io la cura giusta.»

«Sei bellissima, mia dolcezza...» Sorridendo, Tyrion scosse il capo. «Ma di recente è la cura di Alayaya che preferisco.»

«Ma non hai mai provato la mia. Milord non sceglie mai nessuna al di fuori di 'Yaya. Lei è brava, certo, ma io sono ancora meglio. Sicuro di non voler vedere?»

«La prossima volta, forse.»

Tyrion non aveva dubbi che Dancy fosse appetibile: aveva il nasino all'insù ed era piena di vita, con tante lentiggini e serici capelli rossi che le scendevano fino a metà schiena. Lui però aveva Shae ad aspettarlo alla magione.

Ridacchiando, Dancy gl'infilò una mano tra le gambe e diede una strizzata attraverso la stoffa delle brache. «Mmmm, non direi che lui vuole aspettare fino alla prossima volta» dichiarò. «Credo anzi che vuole venire fuori a contare tutte le mie lentiggini.»

«Dancy.» C'era Alayaya sulla soglia, scura e splendida in seta verde trasparente. «Il lord è me che viene a visitare.»

Delicatamente, Tyrion si staccò dalla ragazza con i capelli rossi e si alzò. Dancy non parve troppo delusa: «La prossima volta» gli ricordò. Poi si mise un dito tra le labbra e lo succhiò.

La ragazza dalla pelle nera lo condusse su per le scale: «Povera Dancy» disse. «Ha solo un ciclo di luna per indurre milord a scegliere lei al mio posto. Altrimenti, finirà con il dover cedere le sue perle nere a Marei.»

Marei era una ragazza eterea e delicata, che Tyrion aveva notato un paio di volte. Una bellezza dagli occhi verdi e dalla carnagione di porcellana, con lunghi, lisci capelli argentei, decisamente adorabile ma anche terribilmente solenne. «Quanto sarei addolorato di fare perdere le sue perle a quella cara fanciulla.»

«E allora porta lei al piano di sopra la prossima volta.»

«Forse lo farò.»

Alayaya sorrise: «Non ci credo, milord».

"Ha ragione" riconobbe Tyrion. "Non lo farò. Shae sarà anche solo un'altra puttana, ma a modo mio, le sono fedele."

Nella stanza della torre, il Folletto gettò uno sguardo ad Alayaya prima di aprire la porta del guardaroba e le domandò: «Tu che cosa fai quando io non sono qui?».

La ragazza dalla pelle d'ebano sollevò entrambe le braccia e si stiracchiò come una gatta: «Dormo. Sono molto più riposata da quando hai cominciato a visitarci, milord. E Marei sta insegnando a leggere a tutte noi. Forse presto potrò far trascorrere il tempo con un libro».

«Il sonno fa bene» rispose Tyrion. «I libri fanno ancora meglio.»
Le diede un rapido bacio sulla guancia, poi scese la scala segreta celata nel guardaroba e s'inoltrò nel tunnel.

Lasciando la stalla in sella al suo purosangue, Tyrion udì musica echeggiare sui tetti. Faceva piacere pensare che gli uomini cantavano ancora, perfino nel mezzo dei massacri e della carestia. Il ricordo di altre note riempì la sua mente, e per un momento rivide Tysha, udì il suo canto per lui un abisso di tempo prima. Tirò le redini, fermò il cavallo e rimase ad ascoltare. La musica era sbagliata, e le parole risultavano troppo vaghe per poter essere decifrate. Una canzone diversa, quindi, e perché no? La sua dolce, innocente Tysha era stata una menzogna dall'inizio alla fine, niente di più che una baldracca che suo fratello Jaime aveva pagato per fare di lui un uomo.

"Adesso sono libero da Tysha. È stata come un'ombra sul mio cammino per metà della mia vita, ma adesso non ho bisogno di lei più di quanto abbia bisogno di Alayaya o Dancy o Marei, o delle cento altre come loro con cui ho giaciuto nel corso degli anni. Adesso ho Shae. Shae..."

Le porte della magione erano chiuse, sbarrate. Tyrion picchiò il batacchio fino a quando un ornato spioncino di bronzo non venne aperto.

«Sono io.»

L'individuo che lo fece entrare era uno delle più graziose scoperte di Varys, un pugnalatore di Braavos dal labbro leporino e lo sguardo torbido. Tyrion non aveva la minima intenzione di permettere ad armigeri giovani e aitanti di razzolare attorno a Shae dalla mattina alla sera. "Trovami individui vecchi, brutti, sfregiati, preferibilmente impotenti" aveva detto all'eunuco. "Uomini che preferiscono i ragazzini, o anche le pecore, per quello che m'importa." Varys non era riuscito a trovare amanti di ovini, in compenso aveva fatto saltare fuori uno strangolatore eunuco e un paio di fetidi assassini del Porto di Ibben, che adoravano le loro asce quasi quanto si adoravano l'un l'altro. Il resto era un rutilante campionario di mercenari pescato dalle patrie galere, uno più fetente e malvagio dell'altro. Quando Varys glieli aveva fatti sfilare davanti in parata, Tyrion aveva avuto il timore di essersi spinto un po' troppo oltre. Shae però non aveva mai proferito una sola parola di lamentela. "E perché avrebbe dovuto lamentarsi? Non si è mai lamentata di me, e io sono più repellente di tutte le sue guardie messe assieme. Forse, la bruttezza lei neppure la vede."

In ogni caso, Tyrion avrebbe preferito fare sorvegliare la magione dai suoi barbari delle montagne. Chella figlia di Cheyk delle Orecchie Nere, per esempio, o anche i Fratelli della Luna. Aveva molta più fiducia nel loro ferreo senso della lealtà e dell'onore che non dell'avidità di una masnada di mercenari tagliagole. Il rischio però era troppo grande. Tutta Approdo del Re sapeva che i barbari erano gente sua. Se avesse mandato qui le Orecchie Nere, sarebbe stata solo una questione di tempo prima che l'intera città scoprisse che il Primo Cavaliere del re aveva una concubina.

Uno dei gorilla di Ibben prese in consegna il suo cavallo. «L'avete svegliata?» gli domandò Tyrion.

«No, mio lord.»

«Bene.»

Il fuoco nel camino era diventato braci pulsanti, ma la stanza era ancora calda. Shae aveva calciato via lenzuola e coperte nel sonno e giaceva nuda sul materasso imbottito di piume, le soffici curve del suo giovane corpo delineate dal debole chiarore delle braci. "Più giovane di Marei, più dolce di Dancy, più bella di Alayaya. È tutto ciò di cui ho bisogno e anche di più." Com'era possibile che una puttana apparisse così delicata e innocente, non poté fare a meno di chiedersi Tyrion?

Non era sua intenzione disturbarla, ma la semplice vista di lei fu sufficiente a fargliela diventare duro. Lasciò cadere a terra gli abiti e scivolò sul letto. Le allargò piano le gambe e cominciò a baciarla fra le cosce. Shae mormorò qualcosa nel sonno. Lui la baciò di nuovo, leccando l'umido segreto, continuando a farlo fino a quando la sua barba e la fica di lei non furono entrambe grondanti. Shae emise un gemito, senza reprimere un sussulto. Tyrion si stese su di lei e la penetrò, esplodendole dentro pressoché istantaneamente.

Gli occhi della ragazza erano aperti. Gli sorrise, accarezzandogli la testa. «Ho appena fatto un sogno dolcissimo, milord» gli sussurrò.

Tyrion mordicchiò uno dei suoi piccoli capezzoli turgidi poi le appoggiò la testa sulla spalla, senza uscire da lei. Non sarebbe voluto uscire da lei mai più. «Non è un sogno» le promise.

"È reale, è tutto reale" rifletté. "Le guerre, gl'intrighi, l'intero maledetto gioco del trono, con me al centro... io, il nano, il mostro, quello che loro offesero e derisero. Adesso sono io ad avere in pugno tutto quanto: il potere, la città, la ragazza. È tutto questo ciò per cui sono nato e, gli dei mi perdonino... io amo tutto questo! E anche lei. Anche lei."

ARYA

Quali nomi Harren il Nero avesse voluto dare alle cinque torri della sua immane fortezza, erano ormai dimenticati da molto tempo. Adesso erano chiamate Torre del terrore, Torre della vedova, Torre dei lamenti, Torre degli spettri e Torre del rogo del re.

Arya dormiva su un letto di paglia in una bassa nicchia nelle cripte cavernose che si diramavano nel ventre sotterraneo della Torre dei lamenti. Aveva acqua per lavarsi e aveva anche un pezzo di sapone. Il lavoro era duro, ma non quanto lo era stato marciare ogni giorno per miglia e miglia. Per nutrirsi, la servetta Donnola non aveva bisogno di andare alla ricerca di scarafaggi e di vermi come era stato costretto a fare il ragazzino orfano Arry. C'era pane ogni giorno, e anche stufati d'orzo con pezzetti di carote e di rape. Una volta alla settimana, poteva avere addirittura una fetta di carne.

Frittella mangiava anche meglio. Erano le cucine il posto a cui lui giustamente era stato destinato, situate in un edificio rotondo di pietra, dal tetto a cupola, una specie di mondo a parte. Arya consumava i pasti a un tavolo a cavalletti nelle cripte, insieme a Weese e ai suoi altri sottoposti. A volte però, veniva scelta per andare a prendere il cibo per tutti loro, così lei e Frittella potevano trovare qualche momento per parlare. Lui non riusciva proprio a ricordare che adesso lei era Donnola, e continuava a chiamarla Arry, pur sapendo che era una ragazza. Una volta, aveva cercato di passarle una pasta calda alle mele, ma il suo fu un tentativo talmente goffo che due dei cuochi se ne erano accorti e uno di loro l'aveva picchiato con un grosso cucchiaio di legno.

Gendry era stato mandato alla forgia e Arya lo vedeva di rado. Quanto agli altri che servivano con lei, non voleva nemmeno sapere i loro nomi. Sarebbe servito solo a farla stare male se fossero morti. La maggior parte aveva più anni di lei, e preferivano lasciarla stare.

Harrenhal era immenso, e in uno stato di grande decadenza. Lady Whent aveva tenuto il castello quale alfiere della Casa Tully, occupando però solamente il terzo inferiore delle cinque torri e lasciando che tutto il resto andasse progressivamente in rovina. Dopo che lei era fuggita, la scarsa servitù rimasta nella fortezza non era stata in grado di fare fronte alle necessità di tutti i cavalieri, i lord e i prigionieri di alto lignaggio che lord Tywin si era portato al seguito conclusasi la battaglia del Tridente. Oltre che continuare a razziare e a bruciare le terre circostanti, i Lannister avevano quindi dovuto trovare altri servi. Girava voce che lord Tywin volesse restaurare Harrenhal alla sua antica gloria, eleggendola quale sua nuova sede una volta che la guerra fosse finita.

Weese usava Arya per portare messaggi, attingere l'acqua al pozzo e prendere cibo. A volte, la faceva servire a tavola nella mensa dei quartieri sopra l'armeria, dove mangiavano i soldati. Il grosso del suo lavoro, però, era fare le pulizie. Il piano terreno della Torre dei lamenti era occupato da ripostigli e da magazzini di granaglie, il primo e il secondo piano ospitavano parte della guarnigione, ma tutti gli spazi superiori non venivano occupati da oltre ottant'anni. Lord Tywin aveva dato ordine, di recente, che quelle stanze venissero rese nuovamente abitabili. C'erano pavimenti da strigliare, sporco da togliere dalle finestre, sedie rotte e letti marci da portare via. L'ultimo piano era infestato dagli enormi pipistrelli neri che rappresentavano l'emblema della Casa Whent, mentre i sotterranei brulicavano di ratti... e dappertutto c'erano fantasmi, dicevano alcuni, gli spettri di Harren il Nero e dei suoi figli.

Arya pensava che questa degli spettri fosse una stupidaggine. Harren e i suoi figli erano morti inceneriti dalle fiamme all'interno della Torre del rogo del re: per questo la torre aveva questo nome. Per quale motivo i loro fantasmi avrebbero dovuto attraversare il cortile per venire ad assalire proprio lei? La torre dei Lamenti si lamentava solamente quando soffiava il vento del Nord. Non erano altro che suoni prodotti dall'aria che sibilava attraverso le crepe delle pietre provocate dall'antico fuoco. Se c'erano davvero spettri a Harrenhal, nessuno di loro venne mai a disturbare Donnola. Erano i vivi che lei temeva, non i morti. Weese e ser Gregor Clegane e lo stesso lord Tywin Lannister, che aveva preso alloggio nella Torre del rogo del re, la più alta e la più possente dell'intera fortezza, per quanto le sue pietre distorte dal calore e afflosciate su loro stesse la facessero apparire simile a una gigantesca candela nera mezza consumata.

Arya si domandava che cosa avrebbe fatto lord Tywin nel caso lei gli si fosse presentata davanti e gli avesse confessato di essere Arya Stark. Ma sapeva che mai sarebbe riuscita ad arrivare tanto vicino a lui da potergli parlare e, in ogni caso, il lord di Lannister non le avrebbe creduto. Dopo, Weese l'avrebbe pestata a sangue.

Con quel suo modo di fare impettito, Weese faceva paura quasi quanto ser Gregor. La Montagna schiacciava gli uomini come mosche, ma nella maggioranza dei casi delle mosche nemmeno si accorgeva. Weese invece sapeva sempre dov'erano e che cosa stavano facendo tutti quanti, a volte sapeva addirittura che cosa stavano pensando. Colpiva e picchiava alla benché minima provocazione, e aveva un cane carogna quasi quanto lui, una brutta cagna maculata che puzzava più di qualsiasi altro cane Arya avesse mai incontrato. Non riusciva a dimenticare quando Weese l'aveva aizzata contro un ragazzo delle latrine che lo aveva irritato. La bestia aveva squarciato al ragazzo una parte del polpaccio, mentre Weese si spanciava dal ridere.

Gli ci vollero solo tre giorni per guadagnarsi il posto d'onore nella lista dei nomi dell'odio. "Weese" era il primo nome che Arya adesso sussurrava, seguito da Dunsen, Chiswyck, Polliver, Raff Dolcecuore, Messer Sottile e il Mastino. E poi ser Gregor, ser Amory, ser Ilyn, ser Meryn, re Joffrey, regina Cersei. Non poteva, non doveva dimenticare nemmeno uno di loro, altrimenti come avrebbe fatto a trovarli per ucciderli?

Durante la marcia, Arya si era sentita come una pecora. Harrenhal l'aveva tramutata in un topo. Come un topo era grigia, con addosso quella ruvida tunica di lana. E come un topo andava a celarsi nei recessi, nelle nicchie e nei buchi oscuri della fortezza, strisciando via alla vista dei potenti.

C'erano momenti in cui pensava che tutti quanti fossero topi tra quelle spesse mura, perfino i cavalieri e gli alti lord. Le dimensioni del maniero facevano apparire piccolo perfino Gregor Clegane. Harrenhal copriva il triplo del terreno su cui sorgeva Grande Inverno, e i suoi edifici erano talmente più grandi da rendere impossibile qualsiasi confronto. Le stalle di Harrenhal potevano ospitare fino a mille cavalli, il suo parco degli dei copriva trenta acri, le cucine erano vaste quanto la sala grande di Grande Inverno; la sala grande di Harrenhal, pomposamente chiamata sala dei Cento focolari – Arya aveva cercato di contarli, ma una volta era arrivata a trentatré, un'altra volta a trentacinque – era talmente cavernosa che lord Tywin avrebbe potuto farci banchettare il suo intero esercito, anche se non lo aveva mai fatto. Mura, porte, sale, scale, tutto quanto era costruito su una dimensione oltre l'umano, qualcosa che aveva fatto venire in mente ad Arya le storie della vecchia Nan sui giganti che avevano vissuto a nord della Barriera.

Mentre i lord e le lady neppure si accorgevano dei piccoli topi grigi che sgattaiolavano loro tra i piedi, Arya imparò ogni sorta di segreti semplicemente tenendo le orecchie bene aperte nel fare le sue faccende. Pia la Graziosa, una ragazza che si occupava della dispensa, era in realtà una troia che ogni notte si faceva sbattere da un cavaliere diverso. La moglie del carceriere aspettava un bambino, ma il vero padre era o ser Alyn Stackspear o un cantastorie chiamato Wat Dentibianchi. Lord Lefford derideva le storie di fantasmi, però dormiva sempre con accanto una candela accesa. Jodge, scudiero di ser Dunaver, si pisciava sempre a letto. I cuochi disprezzavano ser Harys Swyft e gli sputavano regolarmente nel cibo Una volta, Arya origliò una storia ancora più turpe: la servetta di maestro Tothmure aveva confidato al fratello di un certo messaggio arrivato al dotto, secondo cui Joffrey era un bastardo e non il re di diritto. «Lord Tywin ha dato ordine di bruciare la lettera e di non menzionare mai una simile depravata fandonia» aveva sussurrato la ragazza.

Il fratelli di re Robert, Stannis e Renly, erano anche loro scesi in campo, apprese Arya. «E tutti e due si proclamano re» aveva detto Weese. «Ci sono più re nel reame che ratti nel castello.» Perfino gli uomini dei Lannister avevano cominciato a interrogarsi su quanto a lungo Joffrey sarebbe rimasto sul Trono di Spade. «Il ragazzino non ha nessun esercito al di fuori di quelle cappe dorate, e riceve ordini da un eunuco, un nano e una donna» mugugnavano i signorotti davanti alle loro coppe di vino. «Se si arriva alla battaglia, a che servono quei tre?» E poi c'erano sempre discorsi su lord Beric Dondarrion. Secondo un arciere grasso, i Guitti Sanguinari lo avevano ucciso, ma tutti gli altri gli avevano riso in faccia. «Lorch lo aveva ucciso alle cascate Rabbiose, e la Montagna lo aveva ucciso due volte. Scommetto un cervo d'argento che non rimane morto neanche questa volta qua.»

Arya non scoprì chi erano i Guitti Sanguinari fino a una settimana più tardi, quando a Harrenhal arrivò la più bizzarra compagnia di uomini che lei avesse mai visto. Sotto il vessillo di un caprone nero dalle corna insanguinate cavalcavano uomini dalla pelle ramata con perline nei capelli, astati in sella a cavalli a strisce bianche e nere, arcieri dalle guance incipriate, tozzi uomini pelosi con scudi ricoperti di pelo, uomini dalla pelle marrone con indosso mantelli di piume, un allegro giullare dal capello a sonagli verde e rosa, spadaccini dalle fantastiche barbe biforcute dipinte di verde, di viola e d'argento, lancieri dalle guance segnate da cicatrici colorate, un uomo magro con le tuniche di un septon, un uomo corpulento con quelle dei maestri e un individuo dall'aria malaticcia, la cui cappa di cuoio era bordata di ciuffi di capelli biondi.

Alla loro testa, cavalcava un uomo magro come uno stecco e molto alto, il volto emaciato reso ancora più lungo da una rada barba nera che dalla punta del mento gli scendeva quasi fino alla vita. L'elmo che pendeva dal pomo della sua sella era di acciaio nero lucidato, a forma di testa di caprone. Attorno al collo portava una collana fatta di monete infilate, di dimensioni, metalli e forme diversi. E il suo cavallo era uno di quegli strani quadrupedi a strisce bianche e nere.

«Quel branco là è meglio che non li conosci, Donnola» le disse Weese quando notò che Arya stava osservando l'uomo con l'elmo a forma di caprone. I due che stavano bevendo con lui erano uomini di lord Lefford.

«Ma chi sono?» domandò Arya.

«Gli Uomini della Zampa, ragazzina» rise uno dei due soldati. «Le Unghie del Caprone... I Guitti Sanguinari di lord Tywin.»

«Lascia perdere le battute. Se la ragazzina finisce scuoiata, li pulisci tu i gradini dal suo sangue» ribatté Weese. «Sono mercenari, ragazzina Donnola. Si fanno chiamare i Bravi Camerati. Non fargli sentire nessun altro nome, o ti fanno male. L'elmo di caprone è il loro comandante, lord Vargo Hoat.»

«Non è nessun lord del cazzo, quello» sbottò il secondo soldato. «Ho sentito ser Amory Lorch che lo diceva. È solo un mercenario con la bocca piena di bava e un'alta opinione di se stesso.»

«Sì» fece Weese. «Ma la ragazzina Donnola è meglio che lo chiama lord lo stesso, se vuole tenerseli tutti attaccati assieme, i suoi pezzi.»

Arya guardò nuovamente Vargo Hoat. "Ma quanti di questi mostri ha lord Tywin?"

I Bravi Camerati furono sistemati nella Torre della vedova, e Arya fu felice di non dover essere lei a servirli. La medesima notte in cui arrivarono, scoppiò una rissa tra loro e alcuni degli uomini Lannister. Lo scudiero di ser Harys Swyft venne accoltellato a morte e due dei Guitti Sanguinari rimasero feriti. La mattina seguente, lord Tywin li fece impiccare entrambi alle mura del corpo di guardia, insieme a uno degli arcieri di lord Lydden. Weese disse che era stato l'arciere a innescare la rissa deridendo i Guitti Sanguinari in merito a Beric Dondarrion. Una volta che gl'impiccati ebbero finito di scalciare, Vargo Hoat e ser Harys si abbracciarono e si baciarono e spergiurarono sempiterno amore l'uno per altro, sotto lo sguardo di lord Tywin. Arya trovò che fosse divertente il modo in cui Vargo Hoat muoveva le labbra, sputacchiando e masticandosi le parole, ma sapeva che avrebbe fatto meglio a non ridere.

I Bravi Camerati non rimasero a lungo a Harrenhal, ma prima che se ne andassero, Arya udì uno di loro dire che un esercito del Nord al comando di lord Roose Bolton aveva occupato il guado del Tridente. «Se anche lo attraversa, lord Tywin lo farà a pezzi come ha già fatto sulla Forca Verde» dichiarò un arciere Lannister, ma i suoi commilitoni gli risero in faccia. «Bolton non attraverserà mai, non fino a quando il Giovane lupo marcerà da Delta delle Acque con i suoi selvaggi uomini del Nord e tutti quei lupi.»

Fino a quel momento, Arya non si era resa conto di quanto vicino fosse suo fratello. Sapeva che Delta delle Acque si trovava a una distanza molto inferiore di Grande Inverno, ma non sapeva dove fosse esattamente rispetto a Harrenhal. "Potrei scoprirlo, però. In qualche modo so che potrei scoprilo... se solo potessi fuggire." Al pensiero di rivedere il viso di Robb, Arya fu costretta a mordersi il labbro per non piangere. "E voglio anche vedere Jon, e Bran e Rickon, e la mamma. Perfino Sansa... le darei un bacio e le chiederei perdono, proprio come una vera lady, questo so che le farà piacere."

Dalle chiacchiere che udì nel cortile, imparò che le stanze ai piani superiori della Torre del terrore ospitavano almeno tre dozzine di prigionieri presi durante una battaglia combattuta sulla Forca Verde del Tridente. A molti di loro era stato concesso di muoversi liberamente per il castello in cambio della solenne promessa di non tentare di scappare. "Hanno giurato di non scappare" rimuginò Arya "ma non di non aiutare me a scappare."

I prigionieri mangiavano a un tavolo a parte nella sala dei Cento focolari, e spesso si vedevano aggirarsi all'esterno. Quattro fratelli si addestravano ogni giorno, combattendo con bastoni e coperchi di bidoni nel cortile delle Pietre umide. Tre di loro erano Frey del Guado, il quarto il loro fratello bastardo. Ma rimasero a Harrenhal solo per poco tempo: una mattina, altri due fratelli di Casa Frey arrivarono sotto il vessillo di pace trasportando un baule pieno d'oro, riscatto per i cavalieri che li avevano catturati. I sei Frey se ne andarono tutti assieme.

Nessuno però venne a pagare riscatti per gli uomini del Nord. C'era un signorotto parecchio grasso che dava sempre la caccia alle galline, le disse Frittella, e che era sempre pronto a fare uno spuntino. Aveva baffi talmente folti che scendevano a coprirgli la bocca, e il fermaglio del suo mantello era un tridente d'argento e di zaffiri. Era un prigioniero di lord Tywin, mentre il giovane fiero e barbuto che preferiva camminare da solo lungo le fortificazioni, nel suo mantello nero decorato con soli bianchi, era stato preso da un cavaliere indipendente che intendeva diventare ricco con il suo riscatto. Sansa di sicuro avrebbe saputo chi era, e anche quello grasso; Arya invece non era mai stata troppo interessata ai titoli nobiliari e agli emblemi. Ogni volta che septa Mordane si metteva a concionare della storia di questa casata o di quella nobile famiglia, lei si ritrovava a pensare ad altro, sperando che la lezione finisse presto.

Quello che invece ricordava bene era lord Cerwyn. Le sue terre si stendevano vicino a Grande Inverno, così lui e suo figlio Cley venivano spesso in visita. Ma per uno strano scherzo del destino, fu proprio lui l'unico dei prigionieri a non farsi mai vedere. Lord Cerwyn era confinato a letto in una cella della torre, per rimettersi da una ferita ricevuta in battaglia. Per giorni e giorni Arya cercò di escogitare un modo per aggirare le guardie allo scopo di vederlo. Se lui l'avesse riconosciuta, il suo onore gli avrebbe imposto di aiutarla. Un lord aveva con sé dell'oro, questo era certo. Forse avrebbe potuto usarlo per pagare uno dei mercenari di lord Tywin perché accompagnasse Arya a Delta delle Acque. Suo padre, lord Eddard, diceva sempre che un mercenario era pronto a tradire chiunque se il prezzo era giusto.

Le tre donne dai lunghi mantelli grigi con cappuccio apparvero un mattino e caricarono un cadavere sul loro carro. Erano i mantelli grigi delle Sorelle del silenzio. Il corpo era avvolto da una cappa della seta più fine, ornata con l'emblema di un'ascia da battaglia. Arya domandò di chi si trattasse, e una delle guardie le rispose che lord Cerwyn era morto. Quelle parole furono per lei come un calcio nel ventre. "Non sarebbe mai riuscito ad aiutarti comunque." Arya rimase a fissare le donne in grigio guidare il carro oltre le porte della fortezza. "Non è stato in grado di aiutare nemmeno se stesso, stupido topo che non sei altro."

Riprese quindi a strigliare, sgattaiolare e origliare. Presto, lord Tywin avrebbe marciato su Delta delle Acque, udì mormorare. O forse si sarebbe diretto a sud, verso Alto Giardino, compiendo una mossa che nessuno si sarebbe aspettato. No, invece, sarebbe andato a difendere Approdo del Re: era Stannis la più grave delle minacce. Aveva inviato Gregor Clegane e Vargo Hoat a distruggere Roose Bolton, in modo da rimuovere quella daga puntata contro la sua schiena. Aveva poi inviato corvi messaggeri al Nido dell'Aquila: voleva infatti sposare lady Lysa Arryn e impossessarsi così della sua Valle. Aveva comprato una tonnellata d'argento con la quale forgiare spade magiche con cui uccidere i mostri degli Stark. Stava scrivendo a lady Stark per trattare la pace, e lo Sterminatore di re sarebbe presto tornato libero.

Corvi messaggeri andavano e venivano ogni giorno, ma lord Tywin passava la maggior parte delle sue giornate a porte chiuse, in riunione con il suo Concilio di guerra. Di lui, Arya ebbe solo fugaci visioni, e sempre da lontano. Lo vide camminare lungo le mura insieme a tre maestri e al prigioniero grasso con i baffoni cespugliosi. Un'altra volta, lo vide uscire a cavallo con i suoi lord alfieri per visitare l'accampamento. Spesso però, il lord di Lannister si appartava sotto una delle arcate della galleria coperta. Rimaneva immobile, a osservare gli uomini che si addestravano nel cortile sottostante, le dita intrecciate sul pomello d'oro massiccio dell'elsa della sua spada lunga. Oro, era quello che lord Tywin amava più di qualsiasi altra cosa, dicevano. Perfino quando cacava, Arya udì scherzare uno degli scudieri, cacava oro. Il lord di Lannister appariva forte per un uomo della sua età, con baffi biondo aureo e la testa calva. Nel suo volto c'era qualcosa che ad Arya faceva tornare in mente suo padre, pur non essendoci alcuna rassomiglianza con lui. "Una faccia da lord, tutto lì." Ricordò un giorno in cui aveva udito la lady sua madre dire a suo padre di mettersi "la faccia da lord" e di andare a sistemare una qualche faccenda. Suo padre aveva riso a quella frase. Ad Arya riusciva però impossibile immaginare che lord Tywin Lannister potesse ridere per una qualsiasi ragione.

Un pomeriggio, mentre aspettava in coda per attingere un secchio d'acqua dal pozzo, udì i cardini della Porta est che cigolavano. Un gruppo di uomini superò la saracinesca a rostri conducendo i cavalli al passo. C'era una manticora sullo scudo del loro capo. Arya sentì l'odio tornare a sorgerle dentro come un'ondata di veleno.

Alla luce del giorno, ser Amory Lorch appariva molto meno

pauroso che non al chiarore rossastro delle torce, ma continuava ad avere gli occhietti porcini che lei ricordava. Una delle donne disse che Lorch e i suoi uomini avevano fatto tutto il giro dell'Occhio degli Dei, dando la caccia a Beric Dondarrion e massacrando ribelli. "Noi non eravamo ribelli" rimuginò Arya. "Eravamo Guardiani della notte, e i Guardiani della notte non si schierano con nessuno." Ser Amory però aveva con sé meno uomini di quanti lei ricordasse durante l'assalto al fortino, e parecchi di quelli ancora vivi erano feriti. "Spero che le vostre ferite s'infettino. Spero che tutti voi possiate morire."

Poi vide i tre che chiudevano la colonna. Rorge indossava un mezzo elmo nero con una larga protezione nasale che quasi riusciva a nascondere i resti del suo naso mozzato. Mordente gli cavalcava pesantemente al fianco, in sella a un destriero che sembrava crollare da un momento all'altro sotto il suo peso. Il suo corpo era disseminato di ustioni non ancora cicatrizzate che lo rendevano ancora più mostruoso.

Jaqen H'ghar, invece, non aveva abbandonato il suo eterno sorriso. I suoi abiti erano ancora sporchi e laceri ma, chissà come, aveva trovato il modo di lavarsi i capelli e di spazzolarseli. Gli fluivano sulle spalle in un'onda rossa e bianca splendente. Le ragazze attorno al pozzo ridacchiarono, piene di ammirazione.

"Avrei dovuto lasciare che il fuoco li divorasse. Gendry me l'aveva detto, avrei dovuto starlo a sentire." Se non avesse gettato loro quell'ascia nel carro dov'erano tenuti ai ceppi, sarebbero morti tutti e tre. Per un momento ebbe paura, ma i tre la superarono senza degnarla di un'occhiata. Solamente lo sguardo di Jaqen H'ghar passò su di lei, ma non si fermò, come se neppure l'avesse vista. "Non può riconoscermi. Arry era un duro ragazzino con una spada, Donnola è una ragazza grigia con un secchio."

Passò il resto della giornata a strigliare i gradini nella Torre dei lamenti. Al tramonto, aveva le mani scorticate e sanguinanti, e le braccia talmente indolenzite che le tremavano mentre riportava il secchio giù nelle cantine. Troppo sfinita perfino per mangiare, Arya chiese licenza a Weese e si trascinò fino al suo mucchio di paglia per mettersi a dormire.

«Weese» prese comunque a sussurrare i nomi dell'odio «Dunsen, Chiswyck, Polliver, Raff Dolcecuore, Messer Sottile e il Mastino. Ser Gregor, ser Amory, ser Ilyn, ser Meryn, re Joffrey, regina Cersei.» Pensò se aggiungere tre nuovi nomi alla lista, ma scivolò nel sonno prima di prendere una decisione.

Stava sognando lupi che correvano nella foresta quando una mano forte le coprì la bocca, simile a una pietra calda, solida e letale. Arya si sveglio di soprassalto, lottando disperatamente.

«Questa ragazza non dice nulla.» La voce al suo orecchio era poco più di un sussurro. «Questa ragazza tiene le sue labbra chiuse, nessuno può sentire. E gli amici possono parlare in segreto, vero?»

Con il cuore che le martellava in petto, Arya riuscì ad annuire impercettibilmente.

Jaqen H'ghar allontanò la mano. Il sotterraneo era nero come la pece e Arya non era in grado di distinguere il suo volto, anche se si trovava a un palmo di distanza. Ma poteva sentire il suo odore: la sua pelle sapeva di sapone, di pulito. C'era profumo nei suoi capelli.

«Questo ragazzo diventa una ragazza» bisbigliò Jaqen H'ghar.

«Lo sono sempre stata, una ragazza. Non pensavo che mi avessi vista.»

«Quest'uomo vede. Quest'uomo sa.»

«Mi hai fatto paura.» D'un tratto, Arya si ricordò che lo odiava. «Tu sei uno di loro, adesso. Avrei dovuto lasciarti bruciare. Che cosa ci fai qui? Va' via, o grido aiuto a Weese.»

«Quest'uomo ripaga i suoi debiti. Quest'uomo te ne deve tre.»

«Tre?»

«Il dio rosso deve ricevere quanto gli è dovuto, gentile ragazza, e solo la morte può ripagare per la vita. Questa ragazza ne ha presi tre che appartenevano a lui, al dio rosso. Pronuncia i loro nomi, e quest'uomo farà il resto.»

"Lui... vuole aiutarmi!" L'inaspettato sussulto di speranza le diede le vertigini. «Portami a Delta delle Acque! Non è lontano. Se rubassimo dei cavalli potremmo...»

«Tre vite tu avrai da me.» Jaqen H'ghar le pose un dito sulle labbra. «Non di più, non di meno. Tre, e il debito sarà estinto. Così questa ragazza deve pensare.» Le baciò delicatamente i capelli. «Ma non troppo a lungo.»

Quando Arya accese il mozzicone di candela, di lui rimaneva solo una vaga traccia di odore, appena un sospiro di ginepro che fluttuava nel buio. La donna nella nicchia accanto si girò sulla paglia, lamentandosi della luce. Arya spense la candela. L'odio aveva nomi, e aveva volti. Li vide fluttuare davanti a sé nelle tenebre. Joffrey e sua madre, Ilyn Payne e Meryn Trant e Sandor Clegane... Ma erano tutti ad Approdo del Re, a centinaia di miglia di distanza. Ser Gregor Clegane era rimasto solamente per qualche notte, poi era ripartito per andare a commettere nuove atrocità, portando con sé Raff e Chiswyck e Messer Sottile. Ser Amory Lorch, in compenso, era a Harrenhal, e lei lo odiava quasi quanto gli altri. E c'era sempre Weese...

Weese tornò a riempire i suoi pensieri la mattina dopo, quando la vide sbadigliare a causa della mancanza di riposo.

«Donnola» ridacchiò lui. «La prossima che ti vedo a bocca aperta, ti strappo la lingua e la do da mangiare alla mia cagna.»

Poi le torse un orecchio tra le dita, in modo da essere certo che lei avesse capito bene, e le ordinò di tornare a strigliare quei gradini nella Torre dei lamenti. Li voleva puliti fino al terzo pianerottolo entro il tramonto.

Lavorando, facendosi scoppiare altre vesciche alle mani, Arya continuò a pensare a quelli che voleva morti. Immaginò di vedere le loro facce sulla pietra, e strigliò più duramente, quasi potesse cancellarle insieme allo sporco. Gli Stark erano in guerra con i Lannister e lei era una Stark, per cui avrebbe dovuto uccidere quanti più Lannister possibile, era questo che si faceva in guerra. Ma non pensava di potersi realmente fidare di Jaqen H'ghar. "Dovrei essere io a ucciderli." Ogni volta che il lord suo padre condannava qualcuno a morte, lo uccideva di persona con Ghiaccio, la sua lunga spada. "Se togli la vita a un uomo, è tuo dovere guardarlo dritto in faccia e ascoltare le sue ultime parole" lo aveva udito dire a Robb e a Jon una volta.

Il giorno seguente, evitò Jaqen H'ghar, e lo evitò anche il giorno dopo quello. Non fu difficile. Lei era molto piccola mentre Harrenhal era molto grande, piena di luoghi in cui un topo potesse nascondersi.

E poi ser Gregor tornò. Rientrò prima del previsto, questa volta portando con sé un branco di caproni invece dei soliti prigionieri. Arya udì che aveva perduto quattro uomini durante un'incursione notturna condotta da lord Beric Dondarrion. Ma quelli che lei odiava tornarono tutti, illesi, e andarono a sistemarsi al secondo piano della Torre dei lamenti. Weese si occupò di rifornirli abbondantemente di birra e vino.

«Ha sempre sete, questo gruppo qua» brontolò. «Donnola, va' lassù e chiedigli se hanno vestiti da aggiustare, che poi gli mando le donne a rammendarli.»

Arya corse su per i gradini tirati a pomice. Nessuno le prestò alcuna attenzione quando entrò. Chiswyck era seduto presso il focolare, un corno di birra in mano, intento a raccontare a tutti una delle sue storielle sempre così divertenti. Lei non osò interromperlo, per paura di ricavarne un altro labbro spaccato

«È successo dopo il torneo del Primo Cavaliere, prima che veniva la guerra» stava dicendo Chiswyck. «Tornavamo verso ovest, noi sette con ser Gregor. C'era Raff con me, e il giovane Joss Stilwood, che aveva fatto lo scudiero per il ser nel torneo. Be', arriviamo su questo fiume piscioso, che è gonfio per le piogge. Niente guado, così andiamo a una locanda lì vicino. Il ser dice al locandiere che ci tiene i corni sempre ben pieni di birra fino a che smette la pioggia, e tu la vedi l'ingordigia negli occhi da porco di quello lì al vedere l'argento. Così ci porta la birra, lui e sua figlia, ma è una birra da niente, sembra proprio piscio, e io non sono contento, e neanche il ser. E 'sto birraio qua va avanti a menarcela che lui è lieto che noi siamo là, e che gli affari sono mosci per via di tutte quelle piogge. Quello scemo non stava mai zitto e il ser non diceva niente, continuava a pensare a quel finocchio di un cavaliere che gli ha fatto perdere il torneo con quel suo trucco fetente. E lo vedi come stringe le labbra, il ser, così io e gli altri sappiamo che è meglio non dirgli niente quando è così. Ma questo birraio qua non la smette mai di berciare, e chiede addirittura al mio lord com'è andata al torneo. Il ser gli dà un'occhiata.» Chiswyck sghignazzò, mandando giù altra birra e pulendosi la spuma dalle labbra con il dorso della mano. «Intanto, la figlia continua a prendere altra birra e a versare, una robetta sui diciotto anni, un po' grassottella...»

«Diciotto?» Raff Dolcecuore grugnì. «Io dico tredici anni...»

«Quello che è. Non era granché, la pupattola, ma Eggon aveva bevuto e così si mette a toccare. E forse una toccata gliel'ho data anch'io e Raff dice al giovane Stilwood che deve trascinarla di sopra e diventare un uomo e dà coraggio al ragazzo. Alla fine Joss le mette una mano sotto la gonna e lei urla e lascia cadere la caraffa e scappa via nella cucina. Be', finiva lì, giusto o no? Ma poi invece lo scemo del locandiere viene fuori a dire al ser che lui ci deve fare smettere di toccare la figlia perché lui è un cavaliere investito e tutte quelle altre cacate.

«Ser Gregor non ci faceva caso a tutto il ridere, ma adesso invece guarda, e lo sai come fa lui, no? Comanda che la ragazza gli viene portata davanti. Così adesso il vecchio scemo la deve tirare fuori della cucina, e solo lui ha la colpa di quello che capita. Il ser la guarda per bene e poi dice: "Quindi, è questa la baldracca che ti preoccupa tanto" e lo scemo cretino di locandiere fa: "La mia Layna non è una baldracca, ser". E glielo dice proprio in faccia a ser Gregor. Il ser, lui non batte una palpebra, dice solo: "È una baldracca adesso". Poi getta allo scemo un'altra moneta d'argento, strappa il vestito alla pupattola e se la sbatte lì sul tavolo, proprio sotto gli occhi di suo padre, lei che scalcia e si agita come una coniglia e fa tutti quei versi. Dovevi vedere la faccia che fa il suo vecchio, e io ridevo così tanto che mi si pisciava la birra fuori dal naso. Poi questo ragazzo sente tutto il rumore, mi sa che era il figlio del vecchio, e corre su dalla cantina. Così Raff gli pianta la daga nella pancia. Quando il ser ha finito di chiavarsi la baldracca, si mette di nuovo a bere e viene il nostro turno di sbatterla. Tobbot, lo sai com'è lui, no? La gira dall'altra parte e glielo caccia su per il didietro. Quando tocca e me, la baldracca l'ha piantata di scalciare e magari ha deciso che farsi chiavare davanti e didietro le piace anche, però a me non andava poi male se scalciava un po'. E qua viene il bello... Quando tutto è finito, il ser dice al vecchio scemo che vuole il resto, che la baldracca non valeva la moneta d'argento e... dannazione, non ci crederai! Lo scemo gli dà una manciata di rame e lo ringrazia anche perché siamo passati dalla locanda!»

Tutto il gruppo esplose in una tonante risata. Chiswick rideva più forte di tutti a quella storiella, così divertente che gli faceva colare il muco dal naso, a incaccolare la sua barba grigia spelacchiata.

Arya rimase immobile tra le ombre della scala, a guardarlo, poi tornò nei sotterranei della Torre dei lamenti senza dire una sola parola. Quando Weese scoprì che lei non aveva chiesto se avevano vestiti da rammendare, le tirò giù le brache e la picchiò con il bastone fino a quando il sangue non le scorse giù lungo le cosce. Arya chiuse gli occhi, pensando a tutto quello che Syrio Forel le aveva insegnato e quasi non sentì niente.

Due notti dopo, Weese la mandò alla mensa dei baraccamenti a servire ai tavoli. Arya stava versando vino da una caraffa quando vide Jaqen H'ghar che mangiava a un altro tavolo. Arya si morse il labbro, si guardò attorno per vedere se Weese fosse lì vicino. Ma di Weese nemmeno l'ombra. "La paura uccide più della spada."

Arya fece un passo avanti, poi un altro, poi un altro. E a ogni passo, si sentì sempre meno topo. Raggiunse la fine della panca, riempiendo una coppa dopo l'altra. C'era Rorge il senzanaso alla destra di Jaqen, ma era così ubriaco che non si rese conto di niente. Arya si protese in avanti.

«Chiswyck.» Fu un sussurro, nient'altro che un sussurro all'orecchio dell'uomo della città di Lorath. Non ci fu alcuna reazione. Forse Jaqen H'ghar non l'aveva nemmeno udita.

Una volta che la sua caraffa fu vuota, Arya corse giù nelle cantine per riempirla di nuovo dal rubinetto della botte. Quando tornò alla mensa, nessuno era morto di sete, nessuno aveva notato la sua breve assenza.

Il giorno seguente non accadde nulla, e nemmeno il giorno dopo quello. Il terzo giorno, Arya era di nuovo nelle cucine per prendere la cena di quelli di ser Gregor.

«Uno degli uomini della Montagna che cavalca è caduto dal camminamento delle mura, questa notte» stava dicendo Weese a una delle cuoche. «S'è spaccato il suo collo da scemo come un pezzo di legno.»

«Ubriaco?» domandò la donna.

«Non più del solito. Certi dicono che è stato lo spettro di Harren il Nero a buttarlo giù.» Dopo di che Weese emise un inarticolato grugnito nasale, a sottolineare la sua opinione in merito.

"Non è stato Harren il Nero" Arya avrebbe voluto urlare, ma non lo fece. "Sono stata io!" Le era bastato un sussurro per uccidere Chiswyck, e presto ne avrebbe uccisi altri due. "Sono io lo spettro di Harrenhal." E quella notte, ebbe un nome in meno da odiare.

CATELYN

S'incontrarono in una spianata erbosa, costellata di funghi color grigio pallido e dei ceppi irregolari degli alberi abbattuti.

«Siamo i primi, mia signora» dichiarò Hallis Mollen.

Trattennero le redini dei cavalli e si fermarono in mezzo ai resti dei tronchi, nella vuota terra di nessuno tra i due eserciti. Il vessillo con il meta-lupo della Casa Stark sventolava in cima alla lancia che Hallis stringeva in pugno. Da qui, Catelyn non riusciva a vedere il mare, poteva però percepirne la vicinanza. L'odore della salsedine era forte nel vento che soffiava da est.

I carpentieri di Stannis Baratheon avevano distrutto la foresta per ricavarne il legname con cui costruire catapulte e torri d'assedio. Catelyn si domandò da quanto tempo era esistita quella foresta, e se anche Ned si fosse fermato a riposare all'ombra di quegli alberi, adesso svaniti, quando aveva condotto il suo esercito a sud, per spezzare l'assedio di Capo Tempesta. Lord Eddard Stark aveva vinto una grande battaglia, quel giorno, resa ancora più grande dal fatto che non era stata versata una sola goccia di sangue.

"Gli dei mi concedano di riuscire a fare lo stesso" invocò silenziosamente Catelyn. Gli uomini che le avevano giurato fedeltà ritenevano che fosse stata pazza a venire. «Questa non è la nostra guerra, mia lady» aveva dichiarato ser Wendel Manderly. «Sono certo che il re non vorrebbe affatto che sua madre si esponesse a tale rischio.»

«Siamo tutti a rischio.» Catelyn sentì che il tono della sua risposta era stato troppo sferzante. «Credi forse che voglia davvero trovarmi qui?» "È a Delta delle Acque che dovrei essere, accanto a mio padre morente. Oppure a Grande Inverno, insieme ai miei figli." «Robb mi ha inviato a sud per parlare in suo nome, e tanto io farò.» Non sarebbe stato affatto facile portare la pace tra i due fratelli a confronto, Catelyn lo sapeva bene, eppure, per il bene del reame, il tentativo doveva essere fatto.

Oltre i campi inzuppati dalla pioggia e le colline pietrose, vedeva il grande castello di Capo Tempesta ergersi a sfidare il cielo, il mare invisibile dietro di esso. Al cospetto della torreggiante massa di pallida pietra grigia, l'esercito assediante di lord Stannis appariva piccolo e insignificante come un branco di topi che innalzavano minuscoli vessilli.

Le ballate narravano che Capo Tempesta era stata eretta in tempi antichi da Durran, il primo dei re della tempesta, il quale aveva conquistato il cuore della bella Elenei, figlia del dio del mare e della dea del vento. La notte delle loro nozze, nel cedere la sua purezza all'amore di un comune mortale, Elenei aveva condannato se stessa a un'identica morte. Ottenebrati dalla sofferenza, i suoi genitori avevano scatenato il loro furore: onde gigantesche e venti ciclonici si erano abbattuti sul castello di Durran. Gli amici, i fratelli, gli ospiti del re perirono tutti nel crollo delle mura della fortezza, oppure vennero spazzati via nelle profondità del mare. Elenei però protesse Durran con il suo abbraccio e lui sopravvisse. Alla fine della tempesta, quando l'alba tornò, Durran dichiarò guerra agli dei e giurò di ricostruire.

Costruì cinque altri castelli, ognuno più massiccio e più possente di quello su cui risorgeva, ma solo per vederli tutti e cinque spazzati via dai terribili venti che soffiavano dal golfo dei Naufragi, spingendo ondate simili a muraglie a flagellare la costa. I suoi lord lo implorarono di costruire nell'entroterra, i suoi sacerdoti gli dissero che doveva placare gli dei restituendo Elenei al mare, perfino la sua gente lo scongiurò di cedere. Durran fu sordo a qualsiasi invocazione. Costruì un settimo castello, il più massiccio di tutti. Si dice che furono i figli della foresta ad aiutarlo a costruirlo, configurando le pietre con i loro incantesimi; altri dicono che fu un bambino a dirgli come doveva fare, un bambino che crebbe e divenne Bran il Costruttore. Quale sia la versione veritiera, la conclusione fu la stessa: gli dei infuriati lanciarono contro la fortezza tempesta dopo tempesta, ma il settimo castello le sconfisse tutte. Così, Durran Dolore degli dei e la bella Elenei vissero insieme in quel castello fino alla fine dei loro giorni.

Gli dei però non dimenticano: venti ciclonici continuavano a dilagare dal mare Stretto, eppure, nei secoli, nelle decine di secoli dalla sua costruzione, Capo Tempesta aveva resistito come nessun'altra fortezza dell'Occidente. Le sue immani mura esterne s'innalzavano fino all'altezza di cento piedi, prive di qualsiasi apertura, prive addirittura di qualsiasi feritoia per gli arcieri. Muraglie arrotondate, ricurve, levigate, le cui pietre s'innestavano le une nelle altre in modo talmente perfetto da non creare la benché minima fessura, il benché minimo angolo, la benché minima apertura nella quale in vento potesse penetrare. Si diceva che quelle muraglie fossero spesse quaranta piedi nel loro punto più stretto, e quasi ottanta sul lato rivolto al mare, conformate con un doppio strato di pietre a racchiudere un nucleo interno di sabbia e ghiaia grossa. All'interno di quelle poderose mura, cucine, stalle e cortili erano protetti dalla furia dei venti e delle onde. Esisteva un'unica torre, a Capo Tempesta, una colossale torre a forma di tamburo, senza finestre dalla parte del mare, talmente enorme da alloggiare tutto quanto al suo interno: granai, baraccamenti, la sala dei banchetti, gli alloggi del lord. Sulla sommità, massicce merlature la facevano apparire da lontano come un pugno irto di rostri al termine di un braccio proteso verso l'alto.

«Mia lady» l'avvertì Hallis Mollen.

Due uomini a cavallo erano emersi dal piccolo, ordinato accampamento alla base dell'immane muraglia e avanzavano al passo verso di loro.

«Dev'essere re Stannis.»

«Senza dubbio.» Catelyn li osservò avvicinarsi. "Sì, dev'essere Stannis, ma quello non è il vessillo dei Baratheon." Era di un colore giallo brillante, non della tinta oro degli stendardi di Renly, e il simbolo su di esso era rosso, anche se lei non fu in grado di distinguerne la forma.

Renly sarebbe stato l'ultimo ad arrivare. Lo aveva annunciato nel momento in cui Catelyn si era messa in marcia. Non aveva alcuna intenzione di montare a cavallo fino a quando non avesse visto suo fratello già in marcia. Il primo sarebbe stato costretto ad aspettare l'altro, e Renly non aveva alcuna intenzione di aspettare. "È una sorta di gioco giocato dai re" risolse Catelyn. Ebbene, lei non era un re, quindi non doveva giocare. Quanto ad aspettare, aveva imparato a farlo da lungo tempo.

Mentre Stannis continuava ad avvicinarsi, Catelyn notò che portava una corona d'oro rosso le cui punte erano a forma di fiamma. Nella sua cintura erano incastonati tormaline e topazi gialli, mentre un grosso rubino tagliato a quadrato ornava l'elsa della sua spada. Per il resto, il suo abbigliamento era semplice: tunica di cuoio a borchie sopra un farsetto trapuntato, stivali usurati, brache di grezza lana marrone. Il simbolo sul suo vessillo giallo come il sole mostrava un cuore rosso circondato da un alone di fiamme arancioni. Il cervo incoronato dei Baratheon c'era, questo sì... solo di dimensioni ridotte e racchiuso al centro del cuore fiammeggiante. Ma il particolare più strano era l'alfiere che innalzava il vessillo: una donna, interamente vestita di rosso, il volto tenuto in ombra dall'ampio cappuccio del suo mantello scarlatto. "Una sacerdotessa rossa" riconobbe Catelyn, perplessa: questa setta era potente nelle città libere e nel lontano Est, ma di scarsa rilevanza nei Sette Regni.

«Lady Stark» la salutò con gelida cortesia Stannis Baratheon nel fermare il cavallo.

«Lord Stannis.» Quando lui chinò leggermente il capo, Catelyn notò come fosse più calvo di come lo ricordava. Sotto la barba tagliata cortissima, la sua mascella ebbe una dura contrazione; Stannis però non fece alcuna obiezione al titolo che lei aveva usato, e Catelyn gliene fu grata.

«Non avrei pensato di trovarti a Capo Tempesta» le disse.

«Non avrei pensato di dover venire a Capo Tempesta.»

Gli occhi infossati di lui la scrutarono, non privi di una luce di disagio. Non era uomo da cortesie formali, Stannis Baratheon. «Sono dolente per la morte del lord tuo marito» dichiarò infine. «Per quanto Eddard Stark non fosse amico mio.»

«Ma nemmeno è stato mai tuo nemico, mio lord. Ti ricordo che quando i lord Tyrell e Redwyne ti tenevano prigioniero nel tuo castello, ridotto alla fame, fu Eddard Stark a rompere l'assedio.»

«Per ordine di mio fratello, non certo per affetto verso di me» rispose Stannis. «Lord Eddard ha fatto il suo dovere, non lo nego. Ma io mi sono forse mai comportato diversamente? Avrei dovuto essere io il Primo Cavaliere del re, non lui.»

«Anche quello è stato per volontà di tuo fratello. Ned non aveva mai desiderato essere Primo Cavaliere.»

«Ma ha in ogni caso accettato quella carica, che spettava a me. Hai comunque la mia parola: per il suo assassinio, giustizia sarà fatta.»

"Quanto amano promettere teste, questi uomini che vogliono farsi re." «Anche tuo fratello Renly ha dato la sua parola. Ma a dire il vero, preferirei di gran lunga riavere le mie figlie e lasciare che siano gli dei a fare giustizia. Cersei continua a tenere Sansa in ostaggio, mentre Arya... è dal giorno della morte di Robert che di lei non si è saputo più nulla.»

«Se troveremo le tue figlie una volta che la città cadrà in mano mia, ti verranno rimandate.» "Vive o morte" era sottinteso.

«E questo quando avverrà, lord Stannis? Approdo del Re è vicina alla Roccia del Drago, invece ti trovo a Capo Tempesta.»

«Sei esplicita, lady Stark. Molto bene, lo sarò anch'io. Per prendere Approdo del Re, ho bisogno dell'appoggio dei lord del Sud che vedo sull'altro lato di questa terra di nessuno. È mio fratello a controllarli, un controllo che deve passare a me.»

«Gli uomini si alleano con chi preferiscono, mio lord. Questi nobili hanno giurato fedeltà a Robert e alla Casa Baratheon. Se tu e tuo fratello poteste mettere da parte la vostra disputa...»

«Non esiste alcuna disputa con Renly, è sufficiente che lui faccia il suo dovere. Io sono suo fratello maggiore e sono il suo re. Voglio solo quanto mi spetta di diritto. Renly mi deve lealtà e obbedienza, ed è mia intenzione ottenerle. Da lui e tutti questi altri lord.» Stannis studiò l'espressione di lei. «Ma qual è la ragione che ti porta in questo campo di battaglia, mia lady? Forse che la Casa Stark ha stretto alleanza con Renly, è questa la ragione?»

"Mai quest'uomo si piegherà" capì Catelyn. Ma lei doveva tentare: la posta in gioco era troppo alta. «Mio figlio Robb regna come re del Nord, per volontà dei suoi lord e della sua gente. Non intende inginocchiarsi davanti a nessun uomo, ma estende la sua mano in segno di amicizia a tutti.»

«I re non hanno amici» rispose Stannis duramente. «Hanno solamente sudditi. E nemici.»

«E fratelli!» La voce allegra era risuonata alle spalle di Catelyn. Lei si girò e vide il purosangue di Renly che avanzava fra i tronchi mutilati. Il più giovane dei Baratheon appariva splendido nel suo farsetto verde foresta e nel mantello di satin bordato di ermellino. La corona di rose dorate gli cingeva le tempie, la testa di cervo di giada che s'innalzava alta sulla fronte, i lunghi capelli neri che gli fluivano sulle spalle. C'erano frammenti di diamanti neri a ornare il cinturone della sua spada, e portava una collana d'oro e smeraldi.

Anche Renly aveva scelto una donna come alfiere, per quanto l'armatura e l'elmo non dessero alcuna indicazione del vero sesso di Brienne di Tarth. Sulla punta della sua lancia lunga dodici piedi, il cervo incoronato risaltava nero in campo oro sul vessillo sbattuto dal vento di mare.

Il benvenuto di suo fratello fu secco: «Lord Renly».

«"Re" Renly. Ma sei davvero tu, Stannis?»

Stannis corrugò la fronte: «Chi altri potrei essere?».

Renly si strinse nelle spalle: «Nel vedere quello stendardo, sulle prime non ne ero certo. A chi apparterrebbe quell'emblema?».

«È il mio.»

«Il re ha scelto come suo emblema il cuore di fuoco del Signore della luce.» Fu la sacerdotessa rossa a rispondere.

«Ottima scelta.» Renly sembrava sinceramente divertito. «Se entrambi avessimo usato il medesimo vessillo, t'immagini la confusione in battaglia?»

«Speriamo invece che non ci sia alcuna battaglia» intervenne Catelyn. «Noi tre abbiamo un comune nemico, pronto a distruggerci tutti.»

Stannis la fissò senza sorridere: «Il Trono di Spade è mio di diritto e tutti coloro che lo negano sono miei nemici».

«L'intero reame lo nega, fratello.» Renly non si scompose. «Lo negano i vecchi sul loro letto di morte, e lo negano gli infanti ancora nel ventre delle loro madri. Lo negano a Dorne e lo negano sulla Barriera. Nessuno vuole te come re. Spiacente.»

Stannis serrò la mascella, l'espressione imperscrutabile. «Avevo giurato di non condurre nessuna trattativa con te fino a quando tu avessi portato la corona del traditore. Un giuramento che ora mi pento di aver infranto.»

«Tutto questo è folle» li riprese Catelyn in tono sferzante. «Lord Tywin è asserragliato a Harrenhal con ventimila spade. I resti dell'esercito dello Sterminatore di re si stanno riorganizzando alla Zanna Dorata, e un secondo esercito dei Lannister si sta raccogliendo all'ombra di Castel Granito, mentre Cersei e Joffrey hanno in pugno Approdo del Re e il vostro prezioso Trono di Spade. E voi due non trovate di meglio da fare che proclamarvi entrambi re, mentre l'intero reame è in un bagno di sangue e l'unico rimasto a difenderlo è mio figlio.»

Renly alzò le spalle. «Tuo figlio ha vinto qualche battaglia, ma sarò io a vincere la guerra. I Lannister faranno i conti con me.»

«Se hai proposte da fare, fratello, falle» disse bruscamente Stannis «oppure io me ne vado.»

«Molto bene» rispose Renly. «Io propongo che tu scenda da cavallo, t'inginocchi davanti a me e mi giuri fedeltà.»

Stannis controllò a stento la propria rabbia. «Da me non otterrai niente del genere.»

«Hai servito Robert, perché non puoi servire anche me?»

«Robert era mio fratello maggiore. Tu sei il più giovane.»

«Più giovane, più determinato e di gran lunga più attraente...»

«... oltre che ladro e usurpatore.»

Renly scosse il capo. «Usurpatore? Era proprio così che i Targaryen definivano Robert, eppure lui non sembrava essersi posto troppi problemi in merito. Non vedo perché dovrei pormene io.»

"Questo battibecco non porterà a niente" pensò Catelyn. «Ma vi state ascoltando?» tuonò lei. «Se foste miei figli, vi sbatterei le teste una contro l'altra e vi rinchiuderei in una stanza fino a quando non vi foste ricordati di essere fratelli!»

«Tu osi troppo, lady Stark.» Stannis la guardò con la fronte aggrottata. «Sono io il re di diritto, e tuo figlio è un altro traditore, non meno di quanto lo sia mio fratello, qui. Verrà anche il suo giorno di scontarla.»

Questa aperta minaccia alimentò il furore di Catelyn Stark. «Ritieniti pure libero di chiamare chi vuoi traditore e usurpatore, mio lord, ma dimmi, che cosa ti rende tanto diverso? Dici di essere l'unico re di diritto, eppure mi risulta che Robert abbia avuto due figli maschi. Secondo tutte le leggi dei Sette Regni, è il principe Joffrey l'erede al trono, e Tommen dopo di lui. Quali che siano le nostre buone argomentazioni, siamo tutti traditori e usurpatori.»

«Devi perdonare lady Stark, Stannis» rise Renly. «Ha fatto tutta questa strada a cavallo da Delta delle Acque, e credo quindi che non abbia visto la tua letterina.»

«Joffrey non è nato dal seme di mio fratello» le spiegò Stannis senza mezzi termini «e neanche Tommen. Sono dei bastardi. E anche la figlia, Myrcella. Sono tutti e tre degli abomini nati dall'incesto.»

"Che Cersei sia davvero tanto folle?" Catelyn era senza parole.

«Non sembra anche a te una storia incredibile, mia lady?» riprese Renly. «Ero accampato sulla collina del Corno, quando lord Tarly ha ricevuto la lettera in questione. E, lo ammetto, ha lasciato anche me senza parole.» Rivolse un sorriso al fratello. «Non avrei mai sospettato che tu fossi tanto astuto, Stannis. Se fosse vero, tu saresti realmente l'erede di Robert.»

«Se fosse vero? Mi stai dando del bugiardo?»

«Sei in grado di provare anche una sola parola di questa favoletta?»

Stannis digrignò i denti.

"Robert non deve avere immaginato neppure remotamente un tradimento del genere" intuì Catelyn. "Diversamente, Cersei si sarebbe ritrovata senza testa in un battito di ciglia." «Lord Stannis» lo apostrofò lei. «Se sapevi che la regina si era macchiata di un tale mostruoso crimine, per quale ragione sei rimasto in silenzio?»

«Non sono affatto rimasto in silenzio» dichiarò Stannis. «Ho fatto presente i miei sospetti a Jon Arryn.»

«Perché a lui e non a tuo fratello il re?»

«La considerazione che mio fratello il re aveva nei miei confronti non è mai stata eccelsa. Se fossero provenute da me, simili accuse sarebbero apparse vili e premeditate: una strategia per privilegiare me stesso nella linea di successione. Ritenni quindi che Robert sarebbe stato molto più incline ad ascoltare queste accuse se fosse stato lord Arryn, che lui stimava, a presentare il problema.»

«Bene» commentò Renly. «Quindi abbiamo la conferma di un morto!»

«Ma cosa credi, cieco imbecille, che sia morto per cause naturali? È stata Cersei a farlo avvelenare, nel timore che lui rivelasse la verità. Lord Jon era andato raccogliendo le prove...»

«... le quali ora sono morte con lui. Che peccato!»

Ma ora Catelyn cominciava a ricordare, a far combaciare indizi solo apparentemente sconnessi. «In una lettera segreta che m'inviò a Grande Inverno, mia sorella Lysa accusava la regina di aver assassinato il suo defunto marito» ammise lei. «In seguito, al Nido dell'Aquila, accusò del delitto Tyrion Lannister, fratello della regina.»

Stannis fece un sorriso sarcastico. «Se metti un piede in un groviglio di vipere, che differenza fa quale di esse ti morderà per prima?» commentò.

«Tutta questa storia d'incesti e di vipere è molto divertente, ma non cambia niente. Tu potrai avere anche più diritti al trono, Stannis, ma sono io quello che ha l'esercito più forte.» Renly infilò una mano sotto la cappa. Nel percepire quel movimento, la destra di Stannis impugnò l'elsa della spada. Ma prima che potesse estrarre il suo acciaio, il fratello estrasse... una pesca.

«Ne vuoi una anche tu, fratello?» Renly sorrise. «È di Alto Giardino. Non gusterai mai nulla di più dolce, te lo garantisco.» Diede un morso e il succo gli gocciolò dall'angolo della bocca.

«Non sono venuto qui per mangiare frutta!» Stannis era furibondo.

«Miei lord!» tornò a imporsi Catelyn. «Ci troviamo qui per definire i termini di un'alleanza, non per fare giochetti.»

«Un uomo non dovrebbe mai rifiutare un assaggio di pesca.» Renly gettò via il nocciolo. «È un'occasione che potrebbe non ripetersi. La vita è breve, Stannis. Ricorda ciò che dicono gli Stark.» Si pulì le labbra con il dorso della mano. «L'inverno sta arrivando.»

«E non sono venuto qui nemmeno per essere minacciato.»

«E difatti non sei stato minacciato» ribatté Renly bruscamente. «Nel momento in cui farò minacce, te ne accorgerai. E per dirla tutta con estrema franchezza, tu non mi sei mai piaciuto, Stannis. Rimani però sangue del mio sangue, e non ho alcuna intenzione di ucciderti. Per cui, se è Capo Tempesta che vuoi, prenditela pure... Dono da fratello a fratello. Così come Robert un giorno la diede a me, io oggi la do a te.»

«Tu a me non fai proprio nessun dono, Renly. Capo Tempesta è mia di diritto.»

Renly sospirò, girandosi a metà sulla sella. «Che cosa posso fare con questo mio fratello, Brienne? Rifiuta la mia pesca, rifiuta il mio castello, non si è neppure presentato alle mie nozze...»

«Sappiamo tutti e due che il tuo matrimonio è stato una farsa da guitti. Un anno fa tu stavi complottando per fare di quella ragazza un'altra della baldracche di Robert.»

«Un anno fa io stavo cercando di fare di quella fanciulla la regina di Robert» ribatté Renly. «Ma che differenza fa più, ora? Quel cinghiale s'è preso Robert e io mi sono preso Margaery. E sarai lieto di sapere che è venuta da me con la sua purezza intatta.»

«E, nel tuo talamo, è probabile che morirà con la sua purezza intatta.»

«Invece conto che possa essere in attesa di un figlio entro l'anno. A proposito, tu quanti ne hai di figli, Stannis? Ah, già: nessuno.» Renly esibì un sorriso fintamente innocente. «Per quanto riguarda tua figlia, se mia moglie assomigliasse alla tua, manderei anch'io il mio giullare a servirla.»

«Ora è troppo!» ruggì Stannis. «Non mi farò deridere a questo modo! Non te lo permetterò, sono stato chiaro?» Sfoderò la spada lunga e, nella debole luce del sole, l'acciaio parve scintillare di una strana luce propria, ora rossa, ora gialla, ora bianca e intensa. E l'aria attorno a essa tremava, come riscaldata da vapori torridi.

Il cavallo di Catelyn nitrì e arretrò. Brienne di Tarth avanzò a frapporsi tra i due fratelli, spada in pugno. «Sono pronta ad affrontarti!» urlò a Stannis.

"Cersei Lannister sarà senza fiato dalle risate" fu il cupo pensiero nella mente di Catelyn.

Stannis puntò la spada scintillante dritta contro il fratello. «Non sono privo di misericordia» tuonò l'uomo, fin troppo noto per essere invece del tutto privo di misericordia «e non voglio che il primo sangue sparso sulla lama della Portatrice di luce sia quello di mio fratello. In onore della memoria della madre di entrambi, ti do questa notte per ripensare alla tua stoltezza, Renly.

Abbassa i tuoi vessilli e vieni da me prima dell'alba... e da me avrai Capo Tempesta e il tuo posto nel Concilio ristretto. Ti nominerò persino erede al trono in attesa che nasca il mio primo figlio maschio. Altrimenti, io ti distruggerò!»

«Hai proprio una bella spada, Stannis» rise Renly. «Nessun dubbio in merito. Ma ho l'impressione che il riflesso della lama ti abbia danneggiato la vista. Distruggermi dici? Da' un'occhiata in quella direzione, fratello. Li vedi tutti quei vessilli?»

«Credi davvero che pochi stracci nel vento possano fare di te un re?»

«No, credo che le spade di Tyrell faranno di me un re. Rowan e Tarly e Caron faranno di me un re, con l'ascia, la palla chiodata e la mazza da guerra. Le frecce di Tarth e le lance di Penrose, e poi Fossoway, Cuy, Mullendore, Estermont, Selmy, Hightower, Oakheart, Crane, Caswell, Blackbar, Morrigen, Beesbury, Shermer, Dunn, Fotly... perfino la Casa Florent, niente meno che i fratelli e gli zii di tua moglie, tutti loro faranno di me un re. La cavalleria di tutto il Sud è con me, ed è solo la parte più piccola delle mie forze. La mia fanteria è in marcia, centomila spade e picche e lance... E tu dici che mi distruggerai? Con che cosa, Stannis? Forse con quella soldataglia scalcinata che vedo ammassarsi sotto le mura dei mio castello? Quanti sono, Stannis? Cinquemila? Forse nemmeno... Lord pescivendoli, cavalieri delle cipolle e mercenari. Metà di loro saranno passati dalla mia parte ancora prima che la battaglia abbia inizio. Hai meno di quattrocento cavalli, questo mi dicono i miei informatori... altri mercenari, protetti da giubbe di cuoio, i quali non reggeranno nemmeno per un istante l'impatto della mia cavalleria pesante. Non ha nessuna importanza se tu ti ritieni un grande stratega, Stannis, quel tuo scheletro di esercito non sopravviverà nemmeno alla prima carica della mia avanguardia.»

«Vedremo, fratello.» Stannis rinfoderò la spada. E una volta che lo ebbe fatto, il mondo parve stranamente meno luminoso. «Quando arriverà la prossima alba, vedremo.»

«Ti auguro che il tuo nuovo dio sia un dio misericordioso, fratello.»

Stannis si congedò con una smorfia e si allontanò al galoppo. La sacerdotessa rossa si attardò per qualche altro momento. «Ripensa bene ai tuoi peccati, lord Renly Baratheon» disse, poi voltò il cavallo e se ne andò a sua volta.

Catelyn e Renly rientrarono assieme all'accampamento dove i pochi uomini di lei e le migliaia di soldati di lui erano in attesa del loro ritorno.

«Esperienza divertente» commentò Renly. «Per quanto non troppo costruttiva. Chissà dove potrei trovarla anch'io una spada come quella di Stannis. In ogni caso, Loras me ne farà dono dopo la battaglia. Mi addolora che si sia giunti a questo.»

«Il tuo dolore si manifesta in modo quanto mai allegro» commentò Catelyn, senza nascondere la propria angoscia.

Renly si strinse nelle spalle. «Tu dici, mia lady? Ebbene, sia come sia. Stannis comunque non è mai stato il più amato dei fratelli, devo proprio confessarlo. Che cosa ne pensi di quella sua storia? Sarà vera? Se Joffrey è figlio dello Sterminatore di re...»

«... il Trono di Spade spetta di diritto a tuo fratello.»

«Almeno fino a quando lui è in vita» replicò Renly. «Una legge quanto mai assurda, non sei d'accordo anche tu? Perché il figlio maggiore e non quello più adatto? La corona è adatta a me, non era adatta a Robert e non lo sarebbe a Stannis. Io sono già un grande re: forte e al tempo stesso generoso, astuto, giusto, diligente, leale verso i miei amici e implacabile verso i miei nemici, ma anche capace di clemenza, paziente...»

«... umile?» suggerì Catelyn.

«Andiamo, mia signora.» Renly rise. «Un re dovrà pure avere qualche piccolo difetto, o no?»

Catelyn si sentiva molto stanca. Non era servito a niente. I fratelli Baratheon si sarebbero annegati nel reciproco sangue mentre Robb continuava ad affrontare da solo i Lannister. E non c'era niente che lei potesse dire o fare per impedirlo. "È tempo che io torni a Delta delle Acque, a chiudere gli occhi di mio padre. Quello, almeno, posso farlo. Sarò anche un'emissaria da poco, ma nella sofferenza e nel lutto rimango imbattibile, gli dei mi assistano."

L'accampamento era situato sul crinale di una bassa collina rocciosa che si dipanava in direzione nord-sud. Era più ordinato dell'immenso aggregato sul fiume Mander, ma era soltanto un quarto di esso. Nel momento in cui aveva ricevuto la notizia dell'assalto di suo fratello contro Capo Tempesta, Renly aveva diviso le proprie forze in due tronconi, seguendo una logica identica a quella di Robb alle Torri Gemelle. La fanteria, che costituiva il grosso dell'esercito, era rimasta a Ponte Amaro insieme alla giovane regina, ai carriaggi, agli animali da soma e a tutte le ingombranti macchine da guerra. Renly invece aveva condotto di persona i suoi cavalieri e i suoi mercenari in un rapido spostamento verso est.

Quanto era simile a Robert in questo... solo che Robert aveva sempre avuto Eddard Stark al suo fianco, a stemperare la sua temerarietà con la cautela. Ned di sicuro sarebbe riuscito a convincere Robert a muovere a Capo Tempesta il suo intero esercito, in modo da circondare Stannis e assediare gli assedianti. Una scelta che Renly, nella sua impulsiva ricerca del corpo a corpo con il fratello, aveva negato a se stesso. In questo modo, aveva interrotto il contatto con le sue linee di rifornimento, lasciando cibo per gli uomini e foraggio per gli animali a interi giorni di marcia dietro di sé, insieme ai carri e ai buoi. Adesso Renly era costretto a dare battaglia al più presto, o per lui sarebbe stata la fame.

Catelyn mandò Hal Mollen a occuparsi dei cavalli e accompagnò Renly al padiglione reale al centro dell'accampamento. Raccolti all'interno delle pareti di seta verde, in attesa della parola del sovrano, c'erano i suoi comandanti e i suoi lord alfieri.

«Mio fratello non è cambiato affatto.» Dichiarò subito Renly, mentre Brienne rimuoveva la cappa dalle sue spalle e sollevava la corona d'oro e di giada dalla sua fronte. «Castelli e cortesie non sono serviti a placarlo: è il sangue che vuole. Ebbene, visto che insiste tanto, sono incline a esaudire il suo desiderio.»

«Maestà, non vedo alcuna ragione di scendere in battaglia.» Lord Mathis Rowan si azzardò per primo. «Il castello è fortemente difeso e abbondantemente rifornito. Ser Cortnay Penrose è un valido comandante, e non esiste alcuna macchina da guerra in grado di fare breccia nelle mura di Capo Tempesta. Che lord Stannis si diletti pure nel suo assedio: ne ricaverà ben scarso sollazzo. E mentre lui rimane al freddo e alla fame, senza ottenere nulla, noi prenderemo Approdo del Re.»

«In modo che si dica che ho avuto paura ad affrontare Stannis?»

«Solamente gli stolti diranno una cosa simile» obiettò lord Mathis.

«E voi?» Renly si rivolse agli altri. «Anche voi siete dello stesso avviso?»

«Io dico che lord Stannis rappresenta per te un pericolo» affermò lord Randyll Tarly. «Evitare lo scontro significa consentirgli di diventare sempre più forte, mentre le tue forze diventeranno sempre più deboli a causa dei combattimenti. I Lannister non verranno sconfitti in un giorno. Quando avrai finito con loro, lord Stannis potrebbe essere forte quanto te... se non addirittura più forte.»

Seguì un coro di assensi, e il re ne fu compiaciuto: «Allora è deciso: si combatte!».

"Ho fallito" pensò Catelyn. "Ho deluso Robb, come avevo deluso Ned." «Mio lord» disse «dal momento che questa è la tua decisione, la mia presenza qui non ha più senso. Chiedo licenza per fare ritorno a Delta delle Acque.»

«La mia licenza, lady Stark, ti è negata.» Renly si accomodò su uno degli scranni.

Catelyn s'irrigidì. «Speravo di poterti aiutare a fare la pace, mio lord. Non ti aiuterò a fare la guerra.»

Renly alzò le spalle. «Oso dire che riusciremo a prevalere anche senza i tuoi venticinque armati, mia signora. Non intendo farti prendere parte alla battaglia, intendo solo farti assistere.»

«Ero al bosco dei Sussurri, mio lord, e ti garantisco che ho già assistito a fin troppe stragi. Sono venuta quale emissaria...»

«... e quale emissaria te ne andrai» l'interruppe Renly «ma più saggia di quando arrivasti. Vedrai la distruzione dei ribelli con i tuoi occhi, in modo che tuo figlio ne sia informato dalle tue stesse labbra. Sarai al sicuro, non temere.» Si girò per definire la strategia. «Lord Mathis, tu comanderai il cuneo centrale dell'attacco. Bryce, a te l'ala sinistra. Io guiderò l'ala destra. Lord Estermont, a te spetterà la forza di riserva.»

«Non ti deluderò, maestà» rispose lord Estermont.

«Chi comanderà l'avanguardia?» domandò lord Mathis Rowan.

«Maestà.» Si fece avanti ser Jon Fossoway. «Ti chiedo di farmi l'onore.»

«Chiedi quanto ti pare» lo rimbeccò ser Guyard il Verde. «Per diritto, dev'essere uno dei sette a sferrare il primo colpo.»

«Ci vuole molto di più che non un bel mantello per andare alla carica di una falange nemica» annunciò Randyll Tarly. «Io guidavo l'avanguardia di Mace Tyrell quando tu succhiavi ancora il latte dalla tetta di tua madre, Guyard.»

Il padiglione si tramutò in una confusione totale, poiché tutti reclamavano il loro diritto alla guida della prima linea del massacro. "Eccoli, i cavalieri dell'estate" rimuginò Catelyn.

«Basta così, miei lord!» Renly alzò una mano, imponendo il silenzio. «Se avessi una dozzina di avanguardie, ognuno di voi ne avrebbe il comando, ma la gloria più grande appartiene al cavaliere più grande. Sarà ser Loras a sferrare il primo attacco.»

«Con il cuore lieto, maestà.» Il Cavaliere di fiori s'inginocchiò davanti al re. «Concedimi la tua benedizione e un guerriero che cavalchi al mio fianco innalzando il tuo vessillo. Che il cervo e la rosa scendano in battaglia fianco a fianco.»

Lo sguardo di Renly si spostò alle spalle di ser Loras. «Brienne.»

«Maestà.» La donna guerriera si era tolta l'elmo, ma indossava ancora l'armatura di acciaio blu. Faceva caldo nel padiglione affollato, e il sudore le aveva appiccicato i capelli biondi sul viso largo, dai tratti ordinari. «Il mio posto è al tuo fianco, ho giurato di essere il tuo scudo...»

«Uno dei sette» le rammentò il re. «Non temere, quattro dei tuoi compagni saranno con me durante il combattimento.»

Brienne cadde a sua volta in ginocchio e l'implorò: «Se devo separarmi da te, maestà, concedimi almeno l'onore di procedere alla tua vestizione per la battaglia».

Dietro di lei, Catelyn udì qualcuno sogghignare. "È innamorata di lui, povera ragazza. È pronta a essere il suo scudiero pur di poterlo toccare per pochi attimi. E non le importa nulla di essere derisa."

«Te lo concedo» approvò Renly. «Ora lasciatemi solo. Perfino i re devono riposare prima di scendere in campo.»

«Mio lord» disse Catelyn. «C'è un piccolo tempio nell'ultimo villaggio che abbiamo superato. Dal momento che non mi permetti di partire per Delta delle Acque, permettimi almeno di andare là a pregare.»

«Come desideri. Ser Robar, da' a lady Stark una buona scorta fino a questo piccolo tempio... ma assicurati che sia di ritorno prima dell'alba.»

«Farai meglio a pregare anche tu, lord Renly.»

«Per la mia vittoria?»

«Per la tua saggezza.»

Renly rise. «Loras, rimani con me e aiutami a pregare. È passato tanto tempo che credo di aver dimenticato come si fa. Per quanto riguarda il resto di voi, voglio che gli uomini siano ai loro posti di combattimento alle prime luci, armati, corazzati e in sella. Quella che abbiamo in serbo per Stannis sarà un'alba che difficilmente dimenticherà.»

Era ormai il crepuscolo quando Catelyn lasciò il grande padiglione del re.

Ser Robar Royce le si affiancò. Lo conosceva vagamente, uno dei figli di Yohn Royce il Bronzeo. Era un giovane dall'aspetto deciso, un cavaliere che si era guadagnato una certa rinomanza nei tornei. Renly gli aveva fatto dono di uno dei mantelli arcobaleno e di un'armatura color rosso sangue, investendolo come uno dei sette della sua Guardia personale.

«Sei molto lontano dalla Valle di Arryn, ser.»

«E tu sei ancora più lontana da Grande Inverno, mia lady.»

«Io so che cosa mi ha portato fin qui, ma tu, giovane Robar, lo sai perché sei qui? Questa non è la tua battaglia più di quanto non sia la mia.»

«È diventata la mia battaglia nel momento in cui ho scelto Renly come mio re.»

«I Royce sono alfieri della Casa Arryn.»

«Il lord mio padre deve fedeltà a lady Lysa, e lo stesso vale per il suo primogenito. Ma un secondo figlio può cercare la gloria dove meglio crede.» Ser Robar si strinse nelle spalle. «Si finisce con l'averne abbastanza dei tornei.»

Non poteva avere più di ventun anni, notò Catelyn, quasi la stessa età del re che si era scelto... ma il suo re, il suo Robb, a quindici anni aveva molto più discernimento e giudizio di quanto questo giovane nobile fosse riuscito a imparare. O almeno, tanto lei sperava.

Nel piccolo settore dell'accampamento dove Catelyn aveva fatto erigere le sue tende, Shadd stava affettando carote in una pentola, Hal Mollen giocava a dadi con tre dei suoi uomini di Grande Inverno e Lucas Blackwood sedeva ad affilare il suo pugnale.

«Lady Stark» l'apostrofò Lucas nel vederla apparire. «Mollen dice che ci sarà battaglia all'alba.»

«Mollen dice la verità» rispose lei, pensando: "E Mollen ha anche la lingua troppo lunga, a quanto pare".

«Che cosa facciamo, mia lady? Combattiamo... o fuggiamo?»

«Preghiamo, Lucas» rispose Catelyn Stark. «Preghiamo.»

APPENDICE

I RE E LE LORO CORTI

Il re sul Trono di Spade

RE JOFFREY BARATHEON, primo del suo nome, un ragazzo di tredici anni, primogenito di re Robert I della Casa Baratheon e della regina Cersei della Casa Lannister

- **Re Robert**, padre di Joffrey, morto in un controverso incidente di caccia al cinghiale
- **Regina Cersei**, madre di Joffrey, reggente e protettrice del reame
- **Principessa Myrcella**, sorella di Joffrey, nove anni
- **Principe Tommen**, fratello di Joffrey, otto anni, erede al Trono di Spade

Gli zii di re Joffrey per parte di padre

- **Stannis Baratheon**, signore della Roccia del Drago, si proclama re Stannis I
- **Renly Baratheon**, lord di Capo Tempesta, si proclama re Renly I

Gli zii di re Joffrey per parte di madre

- **Ser Jaime Lannister**, lo "Sterminatore di re", lord comandante della Guardia reale, prigioniero a Delta delle Acque
- **Tyrion Lannister**, facente funzioni di Primo Cavaliere del re
  - **Podrick Payne**, scudiero di Tyrion
  - Le guardie del corpo e i guerrieri che hanno giurato fedeltà a Tyrion
    - **Bronn**, mercenario, nero di capelli e nero nel cuore
    - **Shagga figlio di Dolf**, dei Corvi di Pietra
    - **Timett figlio di Timett**, degli Uomini Bruciati
    - **Chella figlia di Cheyk**, delle Orecchie Nere
    - **Crawn figlio di Calor**, dei Fratelli della Luna
  - **Shae**, concubina di Tyrion, prostituta, diciotto anni

Il Concilio ristretto di re Joffrey

Gran maestro Pycelle, dotto della Cittadella

Lord Petyr Baelish, detto "Ditocorto", maestro del conio

Lord Janos Slynt, comandante della Guardia cittadina di Approdo del Re (le "cappe dorate")

Varys, eunuco, detto "Ragno tessitore", capo dello spionaggio

La Guardia reale

Ser Jaime Lannister, detto "Sterminatore di re", lord comandante, prigioniero a Delta delle Acque

Sandor Clegane, detto "Mastino"

Ser Boros Blount

Ser Meryn Trant

Ser Arys Oakheart

Ser Preston Greenfield

Ser Mandon Moore

La corte di Approdo del Re

Ser Ilyn Payne, giustiziere reale, il boia

Vylarr, comandante delle guardie Lannister ad Approdo del Re (le "cappe porpora")

Ser Lancel Lannister, in precedenza scudiero di re Robert, recentemente fatto cavaliere

Tyrek Lannister, in precedenza scudiero di re Robert

Ser Aron Santagar, maestro d'armi

Ser Balon Swann, secondogenito di lord Gulian Swann di Stonehelm

Lady Ermesande Hayford, infante

Ser Dontos Hollard, detto "il Rosso", ubriacone

Jalabhar Xho, principe esiliato delle isole dell'Estate

Ragazzo di luna, giullare

Lady Tanda Stokeworth

Falyse, sua figlia maggiore

Lollys, sua figlia minore, una vergine di trentatré anni

Lord Gyles Rosby

Ser Horas Redwyne e suo fratello gemello **ser Hobber Redwyne**, figli del lord di Arbor

La gente di Approdo del Re

La Guardia cittadina (le "cappe dorate")

Janos Slynt, lord di Harrenhal, lord comandante

Morros, suo figlio maggiore ed erede

Allar Deem, braccio destro di Slynt

Ser Jacelyn Bywater, detto "Mano di ferro", capitano della Porta del fiume

Hallyne il Piromante, saggio dell'ordine degli Alchimisti

Chataya, proprietaria di un costoso bordello

Alayaya, Dancy, Marei, alcune delle sue ragazze

Tobho Mott, mastro armaiolo

Salloreon, mastro armaiolo

Ventre di ferro, fabbro

Lothar Brune, mercenario a cavallo

Ser Osmund Kettleblack, cavaliere di dubbia reputazione

Osfryd e **Osney Kettleblack**, fratelli di Osmund

Symon Lingua d'argento, cantastorie

Lo stemma di re Joffrey mostra il cervo incoronato dei Baratheon, nero in campo oro, e il leone dei Lannister, oro in campo porpora, che si affrontano.

IL RE NEL MARE STRETTO

RE STANNIS BARATHEON, primo del suo nome, maggiore dei fratelli di re Robert, in precedenza lord della Roccia del Drago, figlio secondogenito di lord Steffon Baratheon e di lady Cassana della Casa Estermont

Lady Selyse, della Casa Florent, moglie di Stannis

Shireen, la loro unica figlia, dieci anni

Lo zio e il cugino di re Stannis

Ser Lomas Estermont, zio

Ser Andrew Estermont, figlio di Lomas, cugino di Stannis

La corte della Roccia del Drago

Maestro Cressen, anziano dotto della Cittadella, guaritore e tutore

Maestro Pylos, giovane dotto della Cittadella, suo successore

Septon Barre

Ser Axell Florent, castellano della Roccia del Drago, zio della regina Selyse

Macchia, giullare dalla mente incerta

Lady Melisandre di Asshai, detta "la donna rossa", sacerdotessa del culto di R'hllor, il Cuore del fuoco

Ser Davos Seaworth, detto "Cavaliere delle cipolle" e anche "Manocorta", un tempo contrabbandiere, capitano del vascello *Beta nera*

Marya, sua moglie, figlia di un carpentiere

I loro sette figli

Dale, capitano della *Fantasma*

Allard, capitano della *Lady Marya*

Matthos, secondo ufficiale della *Beta nera*

Maric, capo rematore della *Furia*

Devan, scudiero di re Stannis
Stannis, un ragazzo di nove anni
Steffon, un bambino sei anni
Bryen Farring, scudiero di re Stannis

I nobili alfieri e i guerrieri che hanno giurato fedeltà a re Stannıs
Ardrian Celtigar, anziano lord dell'isola dell'Artiglio
Monford Velaryon, lord delle Maree e mastro di Driftmark
Duram Bar Emmon, lord di Punta acuminata, un ragazzo di quattordici anni
Guncer Sunglass, lord di stretto di Dolceporto
Ser Hubard Rambton
Salladhor Saan, della città libera di Lys, si proclama principe del mare Stretto
Morosh di Myr, ammiraglio mercenario

Re Stannis ha scelto come proprio stemma il cuore di fuoco del Signore della luce: un cuore rosso circondato da fiamme arancioni in campo giallo brillante. All'interno del cuore, è ritratto il cervo incoronato della Casa Baratheon, in nero.

IL RE AD ALTO GIARDINO

RE RENLY BARATHEON, primo del suo nome, minore dei fratelli di re Robert, in precedenza lord di Capo Tempesta, terzogenito figlio di lord Steffon Baratheon e di lady Cassana della Casa Estermont.

Lady Margaery della Casa Tyrell, la sua nuova sposa, una fanciulla di quindici anni

Lo zio e i cugini di re Renly

Ser Eldon Estermont, zio

Ser Aemon Estermont, figlio primogenito di ser Eldon, cugino di Renly

Ser Alyn Estermont, figlio di ser Aemon

I nobili alfieri di re Renly

Mace Tyrell, lord di Alto Giardino e Primo Cavaliere del re
Randyll Tarly, lord della collina del Corno
Mathis Rowan, lord di Goldengrove
Bryce Caron, lord delle Terre Basse
Shyra Errol, lady di Sala del Fienile
Arwyn Oakheart, lady di Vecchia Quercia
Alester Florent, lord della Fortezza di Acquachiara
Lord Selwyn di Tarth, detto "Stella della sera"
Leyton Hightower, Voce di Vecchia Città, lord del Porto
Lord Steffon Varner

La Guardia dell'arcobaleno

Ser Loras Tyrell, il Cavaliere di fiori, lord comandante
Lord Bryce Caron, il Cavaliere arancione
Ser Guyard Morrigen, il Cavaliere verde
Ser Parmen Crane, il Cavaliere viola
Ser Robar Royce, il Cavaliere rosso

Ser Emmon Cuy, il Cavaliere giallo
Brienne di Tarth, il Cavaliere blu, detta anche "Brienne la Bella", figlia di lord Selwyn la "Stella della sera"

I cavalieri e i guerrieri che hanno giurato fedeltà a re Renly
Ser Cortnay Penrose, castellano di Capo Tempesta
Edric Storm, protetto di ser Cortnay, figlio bastardo di re Robert e di lady Delena della Casa Florent
Ser Donnel Swann, erede di Stonehelm
Ser Jon Fossoway, dei Fossoway della Mela verde
Ser Bryan Fossoway, ser Tanton Fossoway e **ser Edwyn Fossoway**, dei Fossoway della Mela rossa
Ser Colen di Greenpools
Ser Mark Mullendore
Red Ronnet, cavaliere di Griffin's Roost

Il consigliere di re Renly
Maestro Jurne, dotto della Cittadella, guaritore e tutore

Lo stemma di re Renly è il cervo incoronato della Casa Baratheon di Capo Tempesta, nero in campo oro, lo stesso stemma che era stato di suo fratello re Robert.

IL RE DEL NORD

RE ROBB STARK, lord di Grande Inverno e re del Nord, figlio maggiore di Eddard Stark, lord di Grande Inverno, e di lady Catelyn della Casa Tully, un ragazzo di quindici anni

Lord Eddard Stark, suo padre, decapitato ad Approdo del Re per ordine di re Joffrey

Lady Catelyn, della Casa Tully, sua madre

Vento grigio, il suo meta-lupo

I fratelli e le sorelle di re Robb

Principessa Sansa, una fanciulla di dodici anni

Lady, la sua meta-lupa, uccisa a Castello Darry

Principessa Arya, una fanciulla di dieci anni

Nymeria, la sua meta-lupa, allontanata un anno prima

Principe Brandon, detto Bran, erede di Grande Inverno e del Nord, un ragazzo di otto anni

Estate, il suo meta-lupo

Principe Rickon, un bambino di quattro anni

Cagnaccio, il suo meta-lupo

Il fratellastro di re Robb

Jon Snow, figlio bastardo di Eddard Stark, quindici anni, un Guardiano della notte

Spettro, il suo meta-lupo, albino

Gli zii e le zie di re Robb

Brandon Stark, fratello maggiore di lord Eddard, ucciso per ordine di re Aerys II Targaryen

Lyanna Stark, sorella minore di lord Eddard, morta fra le montagne di Dorne

Benjen Stark, fratello minore di lord Eddard, un Guardiano della notte, disperso a nord della Barriera
Lysa Arryn, sorella minore di lady Catelyn, vedova di lord Jon Arryn, lady del Nido dell'Aquila
Ser Edmure Tully, fratello minore di lady Catelyn, erede di Delta delle Acque
Ser Brynden Tully, detto "Pesce nero", zio di lady Catelyn

Compagni di battaglia e guerrieri che hanno giurato fedeltà a re Robb
Theon Greyjoy, protetto di lord Eddard, erede di Pyke delle isole di Ferro
Hallis Mollen, comandante delle guardie di Grande Inverno
Jacks, Quent, Shadd, guardie agli ordini di Mollen
Ser Wendel Manderly, secondogenito del lord di Porto Bianco
Patrek Mallister, erede di Seagard
Dacey Mormont, primogenita di lady Maege ed erede all'isola dell'Orso
Jon Umber, detto "Piccolo Jon"
Robin Flint, ser Perwyn Frey, Lucas Blackwood
Olyvar Frey, scudiero di Robb, diciotto anni

La corte di Delta delle Acque
Maestro Vyman, consigliere, guaritore e tutore
Ser Desmond Grell, maestro d'armi
Ser Robin Ryger, comandante della Guardia
Utherydes Wayn, attendente di Delta delle Acque
Rymund della Rima, cantastorie

La corte di Grande Inverno
Maestro Luwin, consigliere, guaritore e tutore
Ser Rodrik Cassel, maestro d'armi
Beth, la sua giovane figlia
Walder Frey, detto "Grande Walder", protetto di lady Catelyn, di otto anni
Walder Frey, detto "Piccolo Walder", protetto di lady Catelyn, anch'egli di otto anni
Septon Chayle, custode del tempio e della biblioteca del castello
Joseth, mastro dei cavalli
Bandy e Shira, le sue figlie gemelle
Farlen, mastro dei canili
Palla, ragazza dei canili

Vecchia Nan, narratrice di leggende, un tempo balia, ora molto vecchia
Hodor, pronipote della vecchia Nan, ragazzo di stalla dalla mente semplice
Gage, cuoco
Turnip, sguattera
Osha, donna dei bruti presa prigioniera nella foresta del Lupo, ora al servizio nelle cucine
Mikken, fabbro e armaiolo
Testa di fieno, Skittrick, Tym il Foruncoloso, Alebelly, guardie
Calon, Tom, figli di guardie

Lord alfieri e comandanti di re Robb

(con Robb a Delta delle Acque)
Jon Umber, detto "Grande Jon"
Rickard Karstark, lord di Karhold
Galbart Glover, di Deepwood Motte
Maege Mormont, lady dell'isola dell'Orso
Ser Stevron Frey, primogenito di lord Walder Frey ed erede delle Torri Gemelle
Ser Ryman Frey, primogenito di ser Stevron
Walder Frey il Nero, figlio di ser Ryman
Martyn Rivers, figlio bastardo di lord Walder Frey

(con l'esercito di Roose Bolton alle Torri Gemelle)
Roose Bolton, lord di Forte Terrore, comandante della parte più consistente dell'esercito del Nord
Robett Glover, di Deepwood Motte
Walder Frey, lord del Guado
Ser Helman Tallhart, di Piazza di Torrhen
Ser Aenys Frey

(prigionieri di lord Tywin Lannister)
Lord Medger Cerwyn
Harrion Karstark, unico figlio superstite di lord Rickard
Ser Wylis Manderly, erede di Porto Bianco
Ser Jared Frey, ser Hosteen Frey, ser Danwell Frey e il loro fratellastro **Ronel Rivers**

(sul campo o nei loro castelli)
Lyman Darry, un ragazzo di otto anni
Shella Whent, lady di Harrenhal, privata del suo castello da lord Tywin Lannister

Jason Mallister, lord di Seagard
Jonos Bracken, lord di Stone Hedge
Tytos Blackwood, lord di Raventree
Lord Karyl Vance
Ser Marq Piper
Sel Halmon Paege

Nobili alfieri di re Robb e castellani del Nord
Wyman Manderly, lord di Porto Bianco
Howland Reed, della Torre della Acque grigie, un *crannogman*
Meera, figlia di Howland, una fanciulla di quindici anni
Jojen, figlio di Howland, un ragazzo di tredici anni
Lady Donella Hornwood, moglie e madre in lutto
Cley Cerwyn, erede di lord Medger, un ragazzo di quattordici anni
Leobald Tallhart, fratello minore di ser Helman, castellano di Piazza di Torrhen
Berena della Casa Hornwood, sua moglie
Brandon, suo figlio primogenito, quattordici anni
Beren, suo figlio secondogenito, dieci anni
Benfred, figlio di ser Helman, erede di Piazza di Torrhen
Eddara, figlia di ser Helman, nove anni
Lady Sybelle, moglie di Robett Glover, alla guida di Deepwood Motte in sua assenza
Gawen, figlio di Robett, erede di Deepwood, tre anni
Erena, figlia di Robett, un'infante di un anno
Larence Snow, figlio bastardo di lord Hornwood, dodici anni, protetto di Galbart Glover
Mors Crowfood ("Cibo di corvo") e **Hother Whoresbane** ("Veleno delle puttane") della Casa Umber, zii di Grande Jon
Lady Lyessa Flint, madre di Robin
Ondrew Locke, lord di Castello Vecchio, un uomo anziano

Lo stemma del re del Nord rimane quello che è stato per migliaia di anni: il meta-lupo grigio in corsa degli Stark di Grande Inverno, in campo bianco ghiaccio.

La regina al di là del mare

REGINA DAENERYS TARGARYEN, detta Daenerys "Nata dalla tempesta", la "Non-bruciata", "Madre dei draghi", khaleesi dei Dothraki, prima del suo nome, unica figlia superstite di re Aerys II della Casa Targaryen e di sua sorella e moglie, regina Rhaella della Casa Targaryen; moglie di khal Drogo, è rimasta vedova all'età di quattordici anni

Drogon, Viserion, Rhaegal, i suoi draghi appena nati

I fratelli e i nipoti di Daenerys

Rhaegar, principe della Roccia del Drago ed erede al Trono di Spade, ucciso da re Robert nella battaglia del Tridente

Rhaenys, figlia di Rhaegar e della principessa Elia di Dorne, uccisa durante il saccheggio di Approdo del Re

Aegon, figlio di Rhaegar e della principessa Elia di Dorne, un infante, ucciso durante il saccheggio di Approdo del Re

Viserys, si proclamava re Viserys, terzo del suo nome, detto il "re Mendicante", ucciso a Vaes Dothrak per mano di khal Drogo

Il marito di Daenerys

Drogo, uno dei khal dei Dothraki, morto a causa di ferite infettatesi

Rhaego, figlio nato morto di Daenerys e di khal Drogo, ucciso in grembo da Mirri Maz Duur

La Guardia della regina

Ser Jorah Mormont, cavaliere in esilio, un tempo lord dell'isola dell'Orso

Jhogo, ko e cavaliere di sangue, la frusta

Aggo, ko e cavaliere di sangue, l'arco

Rakharo, ko e cavaliere di sangue, l'arakh

Le ancelle della regina
Irri, una ragazza dothraki
Jhiqui, una ragazza dothraki
Doreah, una schiava di Lys, un tempo prostituta

I tre cercatori
Xaro Xhoan Daxos, principe mercante della città di Qarth
Pyat Pree, stregone di Qarth
Quaithe, sacerdotessa delle Ombre, mascherata, della città di Asshai

Illyrio Mopatis, magistro della città libera di Pentos, il quale combinò le nozze tra Daenerys e khal Drogo e cospirò per restaurare Viserys sul Trono di Spade

Lo stemma dei Targaryen rimane quello di Aegon Targaryen, che conquistò sei dei Sette Regni, fondò la dinastia e costruì il Trono di Spade dalle spade dei nemici sconfitti: il drago con tre teste, rosso in campo nero.

ALTRE NOBILI CASE

NOBILE CASA ARRYN

Allo scoppio della guerra dei Re, la Casa Arryn non si è schierata con nessuno dei contendenti, tenendo le proprie forze a protezione del Nido dell'Aquila e della valle di Arryn.

Il loro stemma è il falcone che sormonta la luna, bianco in campo azzurro cielo. Il motto degli Arryn è: "In alto quanto l'onore".

ROBERT ARRYN, lord del Nido dell'Aquila, difensore della Valle, protettore dell'Est, un ragazzo di otto anni cagionevole di salute
 Lady Lysa della Casa Tully, sua madre, terza moglie e vedova di lord Jon Arryn, defunto Primo Cavaliere del re, sorella di lady Catelyn Stark

La corte del Nido dell'Aquila
 Maestro Colemon, consigliere, guaritore e tutore
 Ser Marwyn Belmore, capitano della guardia
 Lord Nestor Royce, alto attendente della valle
  Ser Albar, figlio di lord Nestor
  Myranda, figlia di lord Nestor
  Mya Stone, ragazza bastarda al servizio di lord Nestor, figlia naturale di re Robert
 Mord, un brutale carceriere
 Marillion, giovane cantastorie

Nobili alfieri, pretendenti e cortigiani di Casa Arryn
 Lord Yohn Royce, detto "Yohn il Bronzeo"
  Ser Andar, primogenito di lord Yohn
  Ser Robar, secondogenito di lord Yohn, al servizio di re Renly, Robar il Rosso della Guardia dell'arcobaleno
  Ser Waymar, figlio minore di lord Yohn, un Guardiano della notte, disperso a nord della Barriera

Ser Lyn Corbray, pretendente di lady Lysa
  Mychel Redfort, il suo scudiero
Lady Anya Waynwood
  Ser Morton, figlio maggiore ed erede di lady Anya, pretendente di lady Lysa
  Ser Donnel, figlio minore di lady Anya, cavaliere della Porta insanguinata
Eon Hunter, lord di Longbow Hall, anziano pretendente di lady Lysa

NOBILE CASA FLORENT

I Florent della Fortezza di Acquachiara sono alfieri che hanno giurato fedeltà ad Alto Giardino e hanno seguito i Tyrell schierandosi a loro volta con re Renly.

Tuttavia, dal momento che Selyse, la regina di Stannis, è una Florent e suo zio è il castellano della Roccia del Drago, hanno anche mantenuto contatti con lo schieramento opposto.

Lo stemma della Casa Florent mostra una testa di volpe entro un circolo di fiori.

ALESTER FLORENT, lord di Acquachiara
- **Lady Melara**, della Casa Crane, sua moglie

I loro figli
- **Alekyne**, erede di Acquachiara
- **Melessa**, sposa di lord Randyll Tarly
- **Rhea**, sposa di lord Leyton Hightower

Fratelli e sorelle di lord Alester
- **Ser Axell**, castellano della Roccia del Drago
- **Ser Ryam**, morto a causa di una caduta da cavallo
  - **Regina Selyse**, figlia di Ryam, sposa di re Stannis
  - **Ser Imry**, primogenito ed erede di ser Ryam
  - **Ser Erren**, secondogenito di ser Ryam
- **Ser Colin**
  - **Delena**, figlia di ser Colin, sposata con ser Hosman Norcross
    - **Edric Storm**, figlio di Delena e figlio bastardo di re Robert
    - **Alester Norcross**, figlio di Delena
    - **Renly Norcross**, figlio di Delena

Maestro Omer, dotto della Cittadella, figlio di ser Colin, a servizio a Vecchia Quercia

Merrell, figlio di ser Colin, scudiero ad Arbor

Rylene, sorella di lord Alester, sposa di ser Rycherd Crane

NOBILE CASA FREY

Ricchi, potenti e numerosi, i Frey sono alfieri della Casa Tully, le loro spade hanno infatti giurato fedeltà a Delta delle Acque, ma non sempre sono stati diligenti nel compiere il loro dovere.

Quando Robert Baratheon affrontò Rhaegar Targaryen sul Tridente, i Frey non arrivarono che a battaglia finita e, da quel momento, lord Hoster Tully ha sempre definito lord Walder "il ritardato lord Frey".

Lord Frey ha accettato di schierarsi con la causa del re del Nord solamente dopo che Robb Stark ha acconsentito al matrimonio dinastico con una delle sue figlie o delle sue nipoti, a guerra finita.

Lord Walder ha ormai superato il suo novantunesimo compleanno, di recente però si è sposato per l'ottava volta, con una fanciulla che ha settant'anni meno di lui.

Di lord Frey si dice che sia l'unico lord dei Sette Regni in grado di schierare un intero esercito generato completamente dai suoi lombi.

WALDER FREY, lord del Guado

Dalla sua prima moglie, **lady Perra** della Casa Royce
- **Ser Stevron**, figlio maggiore di lord Walder, erede delle Torri Gemelle
  - **Corenna Swann**, prima moglie di Stevron, morta di consunzione
  - **Ser Ryman**, figlio maggiore di Stevron
    - **Edwyn**, figlio di Ryman, sposo di Janyce Hunter
      - **Walda**, sua figlia, otto anni
    - **Walder**, figlio di Ryman, detto "Walder il Nero"
    - **Petyr**, figlio di Ryman, detto "Petyr Foruncolo"

Mylenda Caron, sua sposa
Perra, figlia di Petyr, cinque anni
Jeyne Lydden, seconda moglie di Stevron, morta per una caduta da cavallo
Aegon, figlio di Stevron, detto "Campanello", mentalmente ritardato
Maegelle, figlia di Stevron, morta di parto
Ser Dafyn Vance, suo sposo
Marianne, figlia di Maegelle, fanciulla
Walder Vance, figlio di Maegelle, scudiero
Patrek Vance, figlio di Maegelle
Marsella Waynwood, terza moglie di Stevron, morta di parto
Walton, figlio di Stevron, sposo di Deana Hardyng
Steffon, figlio di Walton, detto "il Dolce"
Walda, figlia di Walton, detta "la Chiara"
Bryan, figlio di Walton, scudiero
Ser Emmon, figlio di lord Walder, sposo di Genna della Casa Lannister
Ser Cleos, figlio di Emmon, sposo di Jeyne Darry
Tywin, figlio di Cleos, scudiero, undici anni
Willem, figlio di Cleos, paggio ad Ashemark
Ser Lyonel, figlio di Emmon, sposo di Melesa Crakehall
Tion, figlio di Emmom, scudiero, prigioniero a Delta delle Acque
Walder, figlio di Emmon, detto Walder "il Rosso", paggio a Castel Granito
Ser Aenys, figlio di lord Walder, sposo di Tyana Wylde, morta di parto
Aegon il Sanguinario, figlio di Aenys, fuorilegge
Rhaegar, figlio di Aenys, sposo di Jeyne Beesbury
Robert, figlio di Rhaegar, tredici anni
Walda, figlia di Rhaegar, dieci anni, detta Walda "la Bianca"
Jonos, figlio di Rhaegar, otto anni
Perriane, figlia di lord Walder, sposa di ser Leslyn Haigh
Ser Harys Haigh, figlio di Perriane
Walder Haigh, figlio di Harys, quattro anni
Ser Donnel Haigh, figlio di Perriane
Alyn Haigh, figlio di Perriane, scudiero

Dalla sua seconda moglie, **lady Crenna** della Casa Swann
Ser Jared, figlio maggiore di lord Walder e di lady Crenna, vedovo di Alys Frey

Ser Tytos, figlio di Jared, sposato a Zhoe Blanetree
Zia, figlia di Tytos, quattordici anni
Zachery, figlio di Tytos, dodici anni, apprendista al tempio di Vecchia Città
Kyra, figlia di Jared, sposa di ser Garse Goodbrook
Walder Goodbrook, figlio di Kyra, nove anni
Jeyne Goodbrook, figlia di Kyra, sei anni
Septon Luceon, in servizio al Grande Tempio di Baelor ad Approdo del Re

Dalla sua terza moglie, **lady Amarei** della Casa Crakehall
Ser Hosteen, figlio maggiore di lord Walder e di lady Amarei, sposo di Bellena Hawick
Ser Arwood, figlio di Hosteen, sposo di Ryella Royce
Ryella, figlia di Arwood, cinque anni
Androw e **Alyn**, figli gemelli di Arwood, tre anni
Lady Lythene, figlia di lord Walder, sposa di lord Lucias Vypren
Elyana, figlia di Lythene, sposa di ser Jon Wylde
Rickard Wylde, figlio di Elyana, quattro anni
Ser Damon Vypren, figlio di Lythene
Symond, figlia di lord Walder, sposa di Betharios della città libera di Braavos
Alesander, figlio di Symond, cantastorie
Alyx, figlia di Symond, una fanciulla di diciassette anni
Bradamar, figlio di Symond, dieci anni, allevato quale protetto di Oro Tendyris, mercante di Braavos
Ser Danwell, figlio di lord Walder, sposo di Wynafrei Whent
molti nati morti e molte gravidanze interrotte
Merrett, figlio di lord Walder, sposo di Mariya Darry
Amerei, figlia di Merrett, detta "Ami", vedova all'età di sedici anni, sposa di ser Pate della Forca Blu
Walda, figlia di Merrett, detta "la Grassa", una fanciulla di quindici anni
Marissa, figlia di Merrett, tredici anni
Walder, figlio di Merrett, detto "Piccolo Walder", otto anni, allevato a Grande Inverno quale protetto di lady Catelyn Stark
Ser Geremy, figlio di lord Walder, annegato, sposo di Carolei Waynwood
Sandor, figlio di Geremy, dodici anni, scudiero di ser Donnel Waynwood
Cynthea, figlia di Geremy, nove anni, protetta di lady Anya Waynwood

Ser Raymund, figlio di lord Walder, sposo di Beony Beesbury
Robert, figlio di Raymund, sedici anni, apprendista alla Cittadella di Vecchia Città
Malwyn, figlio di Raymund, quindici anni, apprendista di un alchimista nella città libera di Lys
Serra e **Sarra**, figlie gemelle di Raymund, fanciulle di quattordici anni
Cersei, figlia di Raymund, detta "Piccola Ape", sei anni

Dalla sua quarta moglie, **lady Alyssa** della Casa Blackwood
Lothar, figlio maggiore di lord Walder e di lady Alyssa, detto "lo Storpio", sposo di Leonella Lefford
Tysane, figlia di Lothar, sette anni
Walda, figlia di Lothar, quattro anni
Emberlei, figlia di Lothar, due anni
Ser Jammos, figlio di lord Walder, sposo di Sallei Paege
Walder, figlio di Jammos, detto "Grande Walder", otto anni, allevato a Grande Inverno quale protetto di lady Catelyn Stark
Dickon e **Mathis**, figli gemelli di Jammos, cinque anni
Ser Whalen, figlio di lord Walder, sposo di Sylwa Paege
Hoster, figlio di Whalen, scudiero di ser Damon Paege
Merianne, figlia di Whalen, detta "Merry", undici anni
Lady Morya, figlia di lord Walder, sposa di ser Flement Brax
Robert Brax, figlio di Morya, allevato come paggio a Castel Granito
Walder Brax, figlio di Morya, sei anni
Jon Brax, figlio di Morya, tre anni
Tyta, figlia di lord Walder, detta "la Vergine", ventinove anni

Dalla sua quinta moglie, **lady Sarya** della Casa Whent
nessuna progenie

Dalla sua sesta moglie, **lady Bethany** della Casa Rosby
Ser Perwyn, figlio maggiore di lord Walder e di lady Bethany
Ser Benfrey, sposo di Jyanna Frey, una cugina
Della, figlia di Benfrey, detta "la Sorda", tre anni
Osmund, figlio di Benfrey, due anni
Maestro Willamen, in servizio a Longbow Hall
Olyvar, figlio di lord Walder, scudiero al servizio di Robb Stark
Roslin, figlia di lord Walder, fanciulla di sedici anni

Dalla sua settima moglie, **lady Annara** della Casa Farring
Arwyn, figlia di lord Walder, fanciulla di quattordici anni

Wendel, figlio maggiore di lord Walder e di lady Annara, tredici anni, allevato a Seagard quale paggio
Colmar, figlio di lord Walder, undici anni, promesso quale adepto al credo dei Sette Dei
Waltyr, figlio di lord Walder, detto "Tyr", dieci anni
Elmar, figlio di lord Walder, nove anni, promesso sposo di Arya Stark
Shirei, figlia di lord Walder, sei anni

Dalla sua ottava moglie, **lady Joyeuse** della Casa Erenford
ancora nessuna progenie

Figli naturali di lord Walder, da varie madri
Walder Rivers, detto "Walder il Bastardo"
Ser Aemon Rivers, figlio di Walder il Bastardo
Walda Rivers, figlia di Walder il Bastardo
Maestro Melwys, in servizio a Rosby
Jeyne Rivers, Martyn Rivers, Ryger Rivers, Ronel Rivers, Mellara Rivers e altri

Nobile Casa Greyjoy

Balon Greyjoy, lord delle isole di Ferro, guidò una ribellione contro il Trono di Spade, che venne soffocata da re Robert Baratheon e da lord Eddard Stark. Per quanto suo figlio Theon, allevato a Grande Inverno, fosse uno dei più strenui sostenitori e compagni d'armi di Robb Stark, lord Balon non si alleò con gli uomini del Nord quando essi marciarono a sud nelle terre dei fiumi.
Lo stemma dei Greyjoy è una piovra dorata in campo nero. Il loro motto è: "Noi non seminiamo".

BALON GREYJOY, lord delle isole di Ferro, re del sale e della roccia, Figlio del vento di mare, lord possessore di Pyke, comandante della *Grande piovra*
Lady Alannys della Casa Harlaw, sua moglie

I loro figli
Rodrik, ucciso a Seagard durante la ribellione di Greyjoy
Maron, ucciso a Pyke durante la ribellione di Greyjoy
Asha, comandante del vascello *Vento nero*
Theon, protetto di lord Eddard Stark a Grande Inverno

I fratelli di lord Balon
Euron, detto "Occhio di corvo", comandante del vascello *Silenzio*, fuorilegge, pirata e predone
Victarion, lord comandante della flotta del Ferro, comandante della *Vittoria di ferro*
Aeron, detto "Capelli umidi", prete del culto del dio Abissale

La corte di lord Balon a Pyke
Dagmer, detto "Mascella spaccata", maestro d'armi, comandante della *Bevitrice di schiuma*

Maestro Wendamyr, dotto della Cittadella, guaritore e consigliere
Helya, attendente del castello

Sigrin, mastro navale di Porto dei Lord

I nobili alfieri di lord Balon
Lord Botley, di Porto dei Lord
Lord Wynch, di Iron Holt
Lord Harlaw, di Harlaw
Stonehouse, di Vecchia Wyk
Drumm, di Vecchia Wyk
Goodbrother, di Vecchia Wyk
Goodbrother, di Grande Wyk
Lord Merlyn, di Grande Wyk
Sparr, di Grande Wyk
Lord Blacktyde, di Blacktyde
Lord Saltcliffe, di Saltcliffe
Lord Sunderly, di Saltcliffe

Nobile Casa Lannister

I Lannister di Castel Granito rimangono i principali sostenitori della pretesa di re Joffrey al Trono di Spade.

Il loro stemma è un leone dorato in campo porpora. Il loro motto è: "Udite il mio ruggito!".

TYWIN LANNISTER, lord di Castel Granito, protettore dell'Ovest, difensore di Lannisport e Primo Cavaliere del re, comandante dell'esercito Lannister a Harrenhal

- **Lady Joanna**, sua moglie e cugina, morta di parto

I loro figli

- **Ser Jaime**, detto "Sterminatore di re", protettore dell'Est, lord comandante della Guardia reale, gemello della regina Cersei
- **Regina Cersei**, vedova di re Robert I Baratheon, regina reggente e protettrice del reame, gemella di Jaime
- **Tyrion**, detto "Folletto", un nano

I fratelli e le sorelle di lord Tywin

- **Ser Kevan**, fratello maggiore di lord Tywin
  - **Dorna**, della Casa Swyft, sua moglie
    - **Ser Harys Swyft**, padre di lady Dorna
  - I loro figli
  - **Ser Lancel**, un tempo scudiero di re Robert, fatto cavaliere dopo la sua morte
  - **Willem**, scudiero, preso prigioniero al bosco dei Sussurri, gemello di Martyn
  - **Martyn**, gemello di Willem, scudiero
  - **Janei**, figlia di due anni
- **Genna**, sorella di lord Tywin, sposa di ser Emmon Frey

Ser Cleos Frey, figlio di Genna, preso prigioniero al bosco dei Sussurri

Tion Frey, altro figlio di Genna, scudiero, preso prigioniero al bosco dei Sussurri

Ser Tygett, fratello di lord Tywin, morto di malattia

Darlessa, la sua vedova, della Casa Marbrand

Tyrek, il loro figlio, scudiero del re

Gerion, fratello minore di lord Tywin, scomparso in mare

Joy, figlia bastarda di Gerion, dieci anni

Il cugino e i nipoti di lord Tywin

Ser Stafford Lannister, fratello della defunta lady Joanna

Cerenna e **Myrielle**, le sue figlie

Ser Daven, suo figlio

I principali nobili alfieri, capitani e comandanti di Casa Lannister

Ser Addam Marbrand, erede di Ashemark, comandante degli esploratori e degli incursori di lord Tywin

Ser Gregor Clegane, la "Montagna che cavalca"

Polliver, Chiswyck, Raff Dolcecuore, Dunsen e **Messer Sottile**, soldati agli ordini di ser Gregor

Lord Leo Lefford

Ser Amory Lorch, comandante dei saccheggiatori

Lewys Lydden, lord di Deep Der

Gawen Westerling, lord di Crag, preso prigioniero al bosco dei Sussurri e tenuto in carcere a Seagard

Ser Robert Brax e suo fratello, **ser Flement Brax**

Ser Forley Prester, della Zanna Dorata

Vargo Hoat, della città libera di Qohor, capitano mercenario dei Bravi Camerati

Il consigliere di lord Tywin

Maestro Creylen, dotto della Cittadella

Nobile Casa Martell

Dorne fu l'ultimo dei Sette Regni a giurare fedeltà al Trono di Spade. Dinastia, usanze e storia sono tutti elementi che differenziano grandemente quello dorniano dagli altri regni.

Allo scoppio della guerra dei Re, il principe di Dorne è rimasto in silenzio e non si è schierato.

Lo stemma dei Martell è un sole rosso perforato da un giavellotto. Il loro motto è: "Mai inchinati, mai piegati, mai spezzati".

DORAN NYMERIOS MARTELL, lord di Lancia del Sole, principe di Dorne
- **Mellario**, sua moglie, della città libera di Norvos

I loro figli
- **Principessa Arianne**, figlia maggiore, erede di Lancia del Sole
- **Principe Quentyn**, figlio maggiore
- **Principe Trystane**, figlio minore

Il fratello e la sorella del principe Doran
- **Principessa Elia**, sorella, sposa del principe Rhaegar Targaryen, uccisa durante il saccheggio di Approdo del Re
  - **Principessa Rhaenys**, figlia di Elia, una bambina uccisa durante il saccheggio di Approdo del Re
  - **Principe Aegon**, figlio di Elia, un infante ucciso durante il saccheggio di Approdo del Re
- **Principe Oberyn**, fratello, detto "Vipera rossa"

La corte di Dorne
- **Areo Hotah**, mercenario della città libera di Norvos, comandante della Guardia
- **Maestro Caleotte**, consigliere, guaritore e tutore

Il nobile alfiere del principe Doran
Edric Dayne, lord di Stelle al Tramonto

Case che hanno giurato fedeltà a Dorne
Jordayne, Santagar, Allyrion, Toland, Yronwood, Wyl, Fowler, Dayne

NOBILE CASA TYRELL

Lord Tyrell di Alto Giardino ha dichiarato il suo appoggio a re Renly dopo il matrimonio dinastico di Renly con sua figlia Margaery, portando a sostegno della pretesa al trono da parte di Renly la maggior parte dei suoi principali nobili alfieri.

Lo stemma dei Tyrell è una rosa dorata in campo verde erba. Il loro motto è: "Crescere forti".

MACE TYRELL, lord di Alto Giardino, protettore del Sud, difensore delle Terre Basse, gran maresciallo dell'Altopiano e Primo Cavaliere del re

Lady Alerie della Casa Hightower di Vecchia Città, sua moglie

I loro figli

Willas, figlio maggiore, erede di Alto Giardino

Ser Garlan, detto "il Galante", secondo figlio

Ser Loras, il "Cavaliere di fiori", figlio più giovane, lord comandante della Guardia dell'arcobaleno

Margaery, figlia, una fanciulla di quindici anni, di recente in sposa a Renly Baratheon

La madre vedova di lord Mace

Lady Olenna, della Casa Redwyne, detta "Regina di spine"

Le sorelle di lord Mace

Mina, sposa di Paxter Redwyne, lord di Arbor

I loro figli

Ser Horas Redwyne, gemello di Hobber, definito ironicamente "ser Orrore"

Ser Hobber Redwyne, gemello di Horas, definito ironicamente "ser Fetore'

Desmera Redwyne, fanciulla di sedici ann.
Janna, sposa di ser Jon Fossoway

Gli zii di lord Mace
Garth, detto "il Grosso", lord siniscalco di Alto Giardino
Garse e **Garrett Flowers**, figli bastardi di Garth
Ser Moryn, lord comandante della Guardia cittadina di Vecchia Città
Maestro Gormon, un dotto della Cittadella

La corte di Alto Giardino
Maestro Lomys, consigliere, guaritore e tutore
Igon Vyrwel, comandante della Guardia
Ser Vortimer Crane, maestro d'armi
Blocco di burro, giullare, enormemente grasso

Case che hanno giurato fedeltà alla Casa Tyrell
Vyrwel, Florent, Oakheart, Hightower, Crane, Tarly, Rowan, Fossoway, Mullendore

I GUARDIANI DELLA NOTTE

La confraternita in nero dei Guardiani della notte protegge il reame, e ha giurato di non prendere alcuna parte nelle guerre civili e nelle lotte per il trono.

Tradizionalmente, in tempi di rivolta, i Guardiani della notte onorano tutti i re ma non obbediscono a nessuno di loro.

AL CASTELLO NERO

JEOR MORMONT, lord comandante dei Guardiani della notte, detto "Vecchio orso"
- **Jon Snow**, il bastardo di Grande Inverno, suo attendente e scudiero, detto "lord Snow"
  - **Spettro**, il meta-lupo di Jon, albino
- **Maestro Aemon (Targaryen)**, consigliere e guaritore
  - **Samwell Tarly** e **Clydas**, attendenti di Aemon
- **Benjen Stark**, Primo Ranger, disperso a nord della Barriera
  - **Thoren Smallwood**, ranger veterano
  - **Jarmen Buckwell**, ranger veterano
  - **Ser Ottyn Wythers, ser Aladale Wynch, Grenn, Pypar Matthar, Elron, Lark** delle "Sorelle", **Bedwyck**, detto "Gigante", ranger
- **Othell Yarwyck**, primo costruttore
  - **Halder, Albett**, carpentieri
- **Bowen Marsh**, lord attendente
  - **Chett**, attendente e mastro dei cani
  - **Eddison Tollett**, detto "Edd l'Addolorato", un tetro scudiero
- **Septon Celladar**, un ubriacone devoto
- **Ser Endrew Tarth**, maestro d'armi

Confratelli al Castello Nero

Donal Noye, armaiolo e fabbro, con un braccio solo
Hobb Tre Dita, cuoco
Jeren, Rast, Cugen, reclute ancora in addestramento
Conwy, Gueren, "corvi erranti", reclutatori che vagano per il reame alla ricerca di ragazzi orfani e di criminali da portare alla Barriera
Yoren, il veterano dei "corvi erranti"
Praed, Cutjack, Woth, Reysen, Qyle, reclute dirette alla Barriera
Koss, Gerren, Dobber, Kurz, Jaqen H'ghar, Mordente, Rorge, criminali diretti alla Barriera
Lommy Maniverdi, Frittella, Gendry, Tarber, Arry (Arya), ragazzi orfani diretti alla Barriera

AL FORTE ORIENTALE

COTTER PYKE, comandante del Forte orientale
Ser Alliser Thorne, maestro d'armi

Confratello al Forte orientale

Dareon, attendente e cantastorie

ALLA TORRE DELLE OMBRE

SER DENYS MALLISTER, comandante della Torre delle ombre
Qhorin, detto "Monco", ranger veterano
Dalbridge, anziano scudiero e ranger veterano
Ebben, Stonesnake, ranger

RINGRAZIAMENTI

Altri dettagli, altri diavoli.

Questa volta, gli angeli che mi hanno aiutato a esorcizzarli sono Walter Jon Williams, Sage Walker, Melinda Snodgrass e Carl Keim.

Un ringraziamento anche ai miei pazienti editori e redattori: Anne Groell, Nita Taublib, Joy Chamberlain, Jane Johnson e Malcolm Edwards.

Infine, un cenno con la celata dell'elmo a Parris per il suo magico caffè, il carburante che ha creato i Sette Regni.